CARDANO

RAUL EMERICH

CARDANO

ASCENSÃO, TRAGÉDIA E GLÓRIA NA RENASCENÇA ITALIANA

1ª edição

EDITORA RECORD
RIO DE JANEIRO • SÃO PAULO
2013

CIP-BRASIL. CATALOGAÇÃO NA PUBLICAÇÃO
SINDICATO NACIONAL DOS EDITORES DE LIVROS, RJ

E45c   Emerich, Raul
        Cardano: ascensão, tragédia e glória na renascença italiana /
        Raul Emerich. – 1. ed. – Rio de Janeiro: Record, 2013.

        ISBN 978-85-01-40285-1

        1. Cardano, Girolamo, 1501-1576 – Ficção. 2. Renascença – Itália – Ficção. 3. Romance brasileiro. I. Título.

13-03043   CDD: 869.93
                                    CDU: 821.134.3(81)-3

Copyright © by Raul Emerich, 2013

Composição de miolo: Abreu's System

Capa: Sérgio Campante

Texto revisado segundo o novo Acordo Ortográfico da Língua Portuguesa.

Direitos exclusivos desta edição reservados pela
EDITORA RECORD LTDA.
Rua Argentina, 171 – 20921-380 – Rio de Janeiro, RJ – Tel.: 2585-2000

Impresso no Brasil

ISBN 978-85-01-40285-1

Seja um leitor preferencial Record.
Cadastre-se e receba informações sobre nossos lançamentos e nossas promoções.

Atendimento e venda direta ao leitor
mdireto@record.com.br ou (21) 2585-2002

Apresentação

A epopeia de um médico astrólogo
de Milão que foi preso pela Inquisição,
pensou ter a cura da asma e fez
parte da história britânica.

Você está prestes a conhecer a vida do italiano Girolamo Cardano, aquele que chegou a ser um dos médicos mais conhecidos no século XVI, cortejado por reis e intelectuais. Seu pai era amigo de Leonardo da Vinci, e seus escritos, a maioria em latim, foram lidos em toda a Europa. Foi uma incrível trajetória de ascensão até a glória, seguida de duros golpes.

Algumas figuras desta história também têm nomes amplamente conhecidos pelo público, como Nostradamus ou Leonardo da Vinci, mas poucos conhecem detalhes de suas vidas, seus erros e acertos e, principalmente, o longo tempo que decorria entre um fato histórico e o momento em que suas consequências seriam sentidas pela população.

Como especialista em Alergia, Raul Emerich ficou intrigado com a história desse médico italiano que propagandeou ter a cura da asma e foi contratado para fazer a consulta de um líder católico da Escócia. Como teria ele tratado uma doença que, mesmo hoje, ainda não tem cura? Como viajou para tão longe? Como se vestia? O que comia? Por que caminhos passou? Enfrentou que intrigas?

O autor partiu então para uma intensa pesquisa, começando pelas biografias de Cardano, a maioria delas lançada havia muito tempo. A paixão pelo tema aumentou. Começou a escrever durante a madrugada, debruçando-se sobre livros em latim, italiano, dialetos e textos antigos em inglês. A surpresa foi constatar que o próprio Cardano havia escrito uma autobiografia, além de uma centena de outras obras, algumas perdidas e muitas delas não publicadas em vida.

Um lembrete sobre a pronúncia de algumas palavras em italiano pode ser útil, pois aparecerão com frequência neste livro. A maneira mais comum de tratar uma pessoa, naquela época, era *messer*, para homens, e *madonna*, para mulheres. *Messer* vem de "meu sir", ou seja, meu senhor, e pronuncia-se "me-ssér". No caso da cidade natal de Cardano, Pavia, a tônica recai sobre o "i", isto é, "Pavía". O próprio prenome do médico, que em português seria Jerônimo, pode causar confusão, pois pronuncia-se "Girólamo".

Mais um lembrete: os termos e frases em inglês, italiano e latim foram transcritos com a grafia antiga, exatamente como se apresentam em originais publicados nos séculos XVI e XVII. Até porque o próprio estilo de Cardano e sua peculiar maneira de escrever o latim foram alvos de algumas críticas na época.

Dito isto, caro leitor, prepare-se então para uma viagem. Prepare-se para mergulhar na Renascença italiana.

Hieronymus

O verão dessa vez tinha sido ameno. Nem tanto sol, nem tanta chuva. Já passara da metade do ano 1501 da encarnação do Senhor, assim diziam. A cidade de Pavia ficava a duas horas de Milão, no galope rápido de um mensageiro. Por causa da gravidez avançada, Chiara tinha percorrido essa distância muito mais lentamente, em uma carroça que evitava ao máximo os solavancos desagradáveis do caminho.

Isidoro dei Resti, que a acolheu, era amigo do matemático e jurisconsultor Fazio, pai da criança que ela levava ao ventre. A esposa de Isidoro, *madonna* Giulia, foi extremamente amável com Chiara e fez com que ela se sentisse em casa. Aliás, uma casa bastante agradável e espaçosa, toda de pedra e com as paredes brancas. Diferentemente da maioria das residências, tinha mais de um aposento e ficava a menos de cem passos da igreja e do comércio de tecidos e grãos.

Nesse momento, na verdade, Chiara gemia na cama de hóspedes. As luzes das velas tremulavam no lustre de pedestal e em cima da cômoda. O quarto era bastante confortável, mas as dores do parto tornavam o lugar um inferno sem-fim. Isso sugeria que algo de errado poderia estar ocorrendo.

Não era normal um parto tão prolongado em quem já parira antes. Havia raiado o terceiro dia, e a barriga endurecia assustadoramente, de uma forma tão desgastante que Chiara desfalecia de tempos em tempos. A parteira, bastante cansada, tinha dormido por alguns minutos no sofá do canto do quarto e saíra um pouco para recobrar as forças.

Vestidas de preto, algumas vizinhas recepcionadas pela *signora* Dei Resti rezavam na sala de estar e já esperavam por uma notícia ruim. Afinal, o parto era um daqueles momentos de alto risco na vida de uma mulher e também, claro, da criança. De forma menos frequente, mas não rara, ambos terminavam enterrados lado a lado.

De qualquer maneira, o risco estava em toda parte. Voltara a Milão a peste negra, depois de uma ausência de muitos anos. A pobreza tinha aumentado, e os mais desamparados vagavam pela cidade.

Mesmo o *popolo grasso*, como eram chamados os mercadores em ascensão, não estava muito bem. Cardadores de lã, tintureiros e serventes reclamavam da situação. Em tom de lamento, repetia-se: quando falta comida, a peste come. Esta tinha sido a razão para Fazio escolher Pavia, aparentemente sem casos registrados até então. Pelo menos foi o que disse a Chiara.

Ela já tinha tido a peste e sobrevivera; este era o sinal de que tinha humores internos altamente favoráveis. O fruto da gravidez, porém, era uma incógnita. E nem sempre bem-vindo.

— Chega... Este é o castigo... — gemeu Chiara, quase em alucinação. No fundo, ela sabia que o castigo poderia ser ainda pior. E gritou, a ponto de ser ouvida na sala: — Eu amaldiçoo este filho!

Todos ficaram petrificados. Ninguém falava algo dessa magnitude e permanecia impune. Acreditava-se que tanto os espíritos da floresta poderiam agir de forma bastante malévola quanto o próprio Espírito Santo. Uma das choradeiras saiu subitamente pela porta da casa à procura da *madonna* Di Filippi, a adivinhadeira mais influente de toda a região. Ela já havia conversado com Chiara alguns dias antes. Talvez pudesse quebrar o efeito de uma corrente tão negativa.

— Fazio... — gemeu de olhos fechados —, eu quero o Fazio. Por que ele não vem?

— Ele já vem, Chiara, calma. — Margherita tentava consolar a irmã, segurando-lhe as mãos suadas. — Parece que ele foi a Gallarate ver um cliente. Na certa os franceses fizeram um bloqueio na estrada...

Os franceses agora recebiam a culpa de tudo. Não sem razão. Milão, apesar de ser um dos condados mais fortes da península, tinha sido invadido quase dois anos antes, em dezembro de 1499. Dessa vez, o senhor e soberano Ludovico Sforza — também chamado de Ludovico il Moro por causa da pele escura e dos cabelos negros em forma de tigela — não conseguira o apoio necessário para defender sua cidade e suas terras, pois estava falido.

Os Estados Papais, e provavelmente também Veneza, fizeram um jogo duplo, deixando fragilizado um ducado famoso por sua perícia no trato dos metais, inclusive para fins militares. Muita gente tinha sido avisada de que isso era inevitável e não quis presenciar a investida nos muros da cidade. O próprio Fazio sabia; mas, se fugisse, como iria trabalhar fora do condado? Ele não era artesão nem pedreiro.

É verdade que houve comemoração quando as tropas de Luís XII, que reclamava o trono do ducado, finalmente capturaram Il Moro. O duque exigia demais com suas taxas elevadas. Entretanto, boa parte da população, naquele momento, já havia se cansado da dominação francesa.

Também era verdade que a aristocracia milanesa controlava de fato o Senado, principal órgão de governo do estado. Mas a chegada dos franceses fez com que Milão gradativamente perdesse a centralidade cultural que gozou por tantos anos sob os Sforza.

As contrações deram uma pausa. As velas ardiam e derretiam lentamente. *Madonna* Di Filippi, uma vidente e astróloga nos seus 60 anos, com a face marcada de rugas fundas, chegou de mansinho e observou a situação de forma preocupada. Suas roupas extravagantes denotavam alguma herança cigana. Segurou as mãos de Chiara.

Margherita apressou-se em trazer um banquinho para que ela se sentasse ao lado da cama. A vidente entoou uma reza ritmada, sem largar as mãos da grávida. Seus olhos se viraram para trás, deixando uma horripilante aparência do branco das órbitas. A irmã de Chiara se virou discretamente para não mirar aquela visão incômoda.

— Não tenho mais nada a dizer. Já disse tudo. Seu filho traz sofrimento... Se ele resistir aos primeiros anos, os outros é que serão cobrados por causa disso — e a senhora fez uma pausa, como se estivesse esperando que

Chiara finalmente compreendesse o que estava dizendo. — O que você fez terá um preço. Você pensou sobre isso, não é mesmo?

Chiara abriu os olhos lentamente e olhou o vazio, quase sem forças.

— O que eu fiz... — relembrou, atordoada, e começou a chorar compulsivamente. Margherita respirou fundo. Em lugar de consolar a irmã, começou a rezar o padre-nosso, como que para afastar, com as forças d'Ele, a presença do mal que crescia naquele quarto.

— *Pater Noster, qui es in caelis, sanctificetur nomen tuum...*

Fazio tinha exigido uma atitude de Chiara quando soubera da gravidez, mesmo considerando que, muitas vezes, as formulações tradicionais não surtiam o efeito desejado, além de colocar seriamente em risco a vida da mulher.

As tentativas de abortamento, com o óleo extraído de *Menta puleggio*, uma erva sugerida pelo boticário Alfredo, pesavam fundo na consciência de Chiara. Além disso, ela suspeitava que aquela fuga da peste era apenas uma desculpa de Fazio, um modo de mantê-la distante de Milão, junto com uma criança não desejada. Chiara sentia que Fazio não queria mostrar a criança à sociedade milanesa. Além do medo e do remorso havia, portanto, uma ponta de mágoa.

— Ele vai sair do seu ventre — disse com segurança a senhora. — Hoje consultei novamente a carta — continuou lentamente: — Marte e Saturno estão fortes no horizonte. Marte está fazendo uma má influência, filha. E Vênus e Mercúrio estão abaixo da linha dos raios do Sol. — Acariciou a barriga. — Mas ele não deve sair com deformações visíveis. Só não sei se terá vida longa — e se afastou para rezar.

— Ele? Então é menino, mesmo? — perguntou a mãe, para logo em seguida suspirar de decepção ao constatar o aceno de cabeça positivo da vidente astróloga.

— Não entendo direito a força que ele tem, filha. Há energias positivas e também a escuridão — como que se desculpando por não conseguir dar informações mais precisas. — Já disse tudo que sei.

Tinham acabado os minutos de trégua nas contrações, que agora voltavam com toda a força. Apesar de estar na quarta gravidez, a sequência de endurecimento da barriga e uma dor entre a vagina e o ânus tinham uma intensidade que Chiara nunca antes experimentara. Os três filhos anteriores, já bem crescidos, moravam em uma casa simples, fora dos muros de Milão. Souberam da notícia da saída da mãe para Pavia por um enviado de Fazio.

A vagina se dilatava e deixava aparecer os cabelos negros da criança, misturados com sangue e gordura do líquido uterino. Margherita, agoniada pela saída da parteira, que precisara tomar um pouco de ar, tinha ficado mais tranquila com o seu retorno, a tempo de tomar o lugar ao pé da cama.

— Vamos, madame! Repita aquela força de soltar os intestinos! Aperte a barriga!

Com firmeza, a jovem senhora, que já tinha feito mais de cinquenta partos, tentava rodar um pouco a cabeça da criança, para que esta ficasse na posição ideal, com a nuca para cima.

Madonna Di Filippi considerou que já tinha feito sua parte e deixou a casa enquanto os sons da carroça de Fazio se aproximavam. A chegada do pai não foi ouvida pelos que estavam dentro do quarto. Após cumprimentar os presentes, ele foi para o canto da sala em silêncio. Assim permaneceria, para não trazer má fortuna ao momento delicado do nascimento. Informado da gravidade da situação, ele esfregava as mãos continuamente e se culpava pelo que pudesse acontecer de ruim.

Dentro do quarto, a parteira voltou a ficar agitada, sentindo que o momento era decisivo. A cabeça parada por muito tempo naquela posição seria certamente a morte do bebê. Ela já presenciara isso mais de uma vez.

— Signora Margherita, traga duas garrafas de vinho branco e despeje na água quente. E mais dois panos, por favor.

Ao passar pela sala, Fazio aproximou-se rapidamente.

— Como ela está? Vamos, fale!

— *Madonna* Di Filippi disse que a criança vai sair. Falta pouco. Nem pense em entrar agora — e saiu apressada para trazer o que fora pedido.

A parteira se besuntou com uma grossa banha branca e enfiou os dedos em cada lado da cabeça, até conseguir encaixá-los no maxilar e puxar com toda a força para baixo. Simultaneamente, Margherita empurrava a barriga, numa tentativa coordenada de expulsar aquele feto que insistia em permanecer no canal de parto. Duas vezes e uma vez mais. Desenrolou então o cordão, que dava duas voltas no pescoço. Água manchada de sangue saía aos jatos, junto com um forte cheiro azedo.

No começo da noite, finalmente, na *hora noctis prima*, o corpo aparentemente sem vida de um menino era retirado de Chiara Micheri. Estava branco como cera, com lábios e olhos arroxeados, sem nenhum movimento nos membros ou na respiração. A mãe, desacordada, expelia sangue abundante pela vagina após a retirada da placenta, um sinal de que as coisas poderiam realmente piorar por causa da perigosa palidez que se instalava.

— Rápido, Margherita, o vinho! — E as garrafas de vinho morno foram trazidas para um banho que poderia ter consequências desastrosas para a maioria dos rebentos.

A situação era mais que grave. A parteira provocou então movimentos vigorosos na criança mergulhada no líquido. Estando apenas com a cabeça de fora do banho de vinho, o bebê soluçou pela primeira vez, respirando debilmente por dois a três minutos, gradativamente recuperando a cor. A satisfação tomou conta da parteira como havia muito não experimentara.

— Ele está voltando! Ele está voltando! Que Jesus o abençoe! — Então se ouviu o primeiro choro, ainda sem a força dos recém-nascidos de parto rápido.

O pai Fazio, ao ouvir aquele som, entrou no quarto e viu o menino, ainda com o cordão umbilical pendurado, iluminado pelas velas e pela última claridade do dia. Em seguida, olhou para Chiara, pálida e desacordada:

— Ela está bem?

— Parece que sim — respondeu Margherita. — O sangue está diminuindo. — Apontou para a criança: — Veja seu filho, um menino. Não tem nenhuma amputação, nenhuma deformidade.

Fazio pegou-o no colo, levantou-o para ver melhor e depois o ergueu acima da altura da cabeça.

— Seu nome será Girolamo — falou, firme, o novo pai. Repetiu lentamente, com orgulho e prazer: — Gi-rò-la-mo. — Em seguida, entoou a versão do nome também em latim, como que pressagiando seu futuro: — Hieronymus... Hieronymus Cardanus... Que Jerônimo, o Santo, o acompanhe sempre. — E então, naquele momento, Fazio se esqueceu de vez que um dia tinha desejado que aquela criança não viesse ao mundo.

A ama de leite contratada para amamentar o pequeno Girolamo chegou na manhã do dia seguinte, 25 de setembro, e se ocupou prontamente do recém-nascido. Amamentou-o com paciência, deu-lhe um banho morno, retirou o restante dos sinais do parto em seu frágil corpo e colocou o esterco fresco no umbigo, passando uma faixa que envolvesse toda a barriga.

Em seguida, ajeitou-o em um pequeno cobertor de lã, presente dos donos da casa, de tal forma que os braços ficassem bem apertados junto ao corpo. A aparência era de uma pequenina múmia de cabeça descoberta. A nova serva demonstrava destreza e experiência.

A recuperação de Chiara era bastante lenta. Talvez porque não fosse mais jovem. Já estava com 37 anos. Nos primeiros dias, mal conseguia sair da cama para ir ao lavatório. Ao alívio de parir a criança seguiu-se uma sensação desagradável de mal-estar e tristeza. Uma tristeza tão profunda que praticamente a impedia de comer. Nem queria ver a luz do sol.

Pessoas com algumas posses, como Fazio, poderiam se dar ao luxo de contratar alguém para dar o leite do próprio seio ao bebê. Era pensamento corrente que isso iria facilitar uma recuperação mais tranquila da mãe.

Entretanto, os donos da casa estavam bastante preocupados. Se por um lado era comum ver uma nova mãe com modos como aqueles, e às vezes, diziam, os espíritos pediam apenas uns dias de adaptação após um desgaste intenso, por outro se temia uma incorporação maléfica; algo mais comum, é verdade, em mulheres jovens e sem filhos.

Na rua mesmo dos Resti, por exemplo, uma filha pacata, de conhecida e boa família, ficou semanas em estado de total silêncio e depois desatou a externar ideias extravagantes contrárias à religião e aos costumes da cidade. Por sorte, o pai conseguiu dos juízes o pagamento de uma caução e a manutenção de um esquema rígido de nutrição de quatro ovos pela manhã, quatro à noite, vinho doce e uma quantidade substancial de *brodo*, uma sopa resultante do lento cozimento de especiarias, carne e vegetais em água limpa.

Felizmente, nada de mau aconteceu naqueles primeiros dias. A *signora* Giulia dei Resti, já com filhos de certa idade, se esmerava em manter o lugar em ordem e, às vezes, ainda fazia sala para o novo pai, Fazio Cardano, que fora convidado a ficar em um quarto pequeno, mas simpático, ao lado do de Chiara.

— *Messer* Fazio, meu marido deve voltar de Florença nos próximos dias. Ele foi concluir a compra de outro vinhedo próximo ao nosso. Ao chegar, talvez ainda encontre o senhor aqui, o que o encheria de prazer, tenho certeza.

— De fato, me agrada a companhia de Isidoro. Se não for possível agora, de qualquer maneira eu voltarei em breve... Me parece que vocês estão se tornando muito importantes na região, não é mesmo? — Fazio congratulou espontaneamente a dona da casa. — Meu amigo deve em breve entrar para a política, creio.

— Pode ser que sim. Na verdade, ele está pensando nesses termos.

— Que ótimo, um brinde a isso também. — Levantou a taça. — E ao meu filho, que será um mestre da jurisprudência!

— *Signor* Cardano — falou de forma mais formal, em lugar de tratá-lo de *"messèr"*, e com uma leve ponta de recriminação —, *mulieres participes sunt, sed vinum non bibunt.*

— Claro, as senhoras não bebem nestas circunstâncias — desculpou-se Fazio. — A colocação foi inconveniente. Estou um pouco emocionado com o nascimento do meu filho. Ainda assim, nos dias de hoje, o vinho nos deixa afastados de muitas doenças...

— Quanto a isso, não precisa se preocupar — argumentou *madonna* Giulia: — Nossa água é da fonte norte, da melhor qualidade. Não temos visto febre intestinal por aqui já faz algum tempo.

Com delicadeza, ela se desculpou com Fazio, pois teria de pedir à serva para salgar a carne, saindo e deixando-o na sala, afundado no sofá, sozinho com seus pensamentos.

A cidade de Pavia vivia dias de calmaria. Nem sempre fora assim. Já era um assentamento antigo quando os romanos nomearam-na Ticinum. Com o tempo, foi brindada com a extensão da Via Emilia, importante estrada que atravessava a península itálica desde o mar Adriático até Piacenza. Invasões e saques se repetiram quando a chama de Roma se apagou.

Depois perdeu o posto de cidade mais importante da Lombardia, após muitos anos de rivalidade com Milão, agora a capital do ducado; mas Pavia continuava mantendo o frescor da indignação contra uma dominação externa. Tanto que, dois anos atrás, com a recente invasão francesa, tinha armado uma insurreição contra a guarnição que se postava na vizinhança da cidade. A revolta resultou em uma multa que acabou saindo bastante cara aos cofres públicos. Calmaria, sim, mas com um toque de tensão no ar.

Fazio voltou para Milão. Não pôde esperar a chegada de seu amigo, pelo menos dessa vez. Evitou se aproximar de Chiara, pois sentia que ela ainda não estava em seu estado normal. Preferiu despedir-se apenas com um beijo na testa, sem muitas palavras.

O pequeno Cardano, de aparência frágil, conseguia manter um mínimo de força para sugar o seio da ama. Parecia ter ganho peso após alguma relutância inicial e, felizmente, não tivera nenhum sinal da doença dos sete dias, uma forma grave de espasmos de músculos de todo o corpo, acompanhada de um terrível sorriso diabólico. Uma em cada duas crianças sobrevivia.

Com o passar do tempo, Chiara já estava autorizada a se movimentar para fora da casa. O médico da família, doutor Angelo Gira, viera de Milão e examinara a mãe e o menino Cardano.

— E então, *signora* Micheri, acha que pode seguir as recomendações?

Com um olhar vago, sem muita convicção, Chiara respondeu ao médico:

— Farei o que mandar, doutor Angelo.

Estava claro para ele que havia um distúrbio, descrito por Hipócrates com o nome de *melancolis*, ou seja, excesso de bile, a *colis*, de cor negra, *melanus*. Galeno, o renomado médico romano admirado pelo doutor Angelo, tinha redefinido a *melancolis* como uma doença da alma, resultante de uma quebra da eucrasia, termo que significava o equilíbrio do corpo.

Uma boa opção nesses casos seria a utilização da *Hypericum perfuratum*, chamada pelos ibéricos de erva-de-são-joão, junto com o chá de *Rosmarinus officinalis*, o alecrim-de-cheiro, conhecido pelos romanos como o orvalho que vem do mar.

O médico chamou Margherita, a irmã de Chiara, para dar orientações mais detalhadas:

— Coloque dois palmos de *Rosmarinus* em meia caçarola de água. Pode melar um pouco. Ela deve tomá-lo na primeira hora, à tarde e ao escurecer.

— Quente ou frio, doutor?

— Como quiser. Fica mais agradável quando tomado morno, mas há preferências e gostos diferentes, como consequência da discrasia de cada pessoa — e, voltando-se para Chiara: — Adeus, *signora* Micheri. Parabéns por mais um filho. Obedeça a sua irmã, seguindo as minhas orientações, certo? — Ao que ela aquiesceu, com um demorado balançar da cabeça.

O médico saiu do quarto com a irmã de Chiara para, discretamente, dar-lhe um último conselho:

— A *melancolis, signora* Margherita, pode resultar em impulsos da mãe contra o bebê — disse de forma grave. — Fique atenta.

— Mas o que pode acontecer?

— De tudo. Fique de olho. Nestes casos há possivelmente a influência de Saturno. Do grande maléfico, como dizem. O problema é que a ação de Saturno é lenta e duradoura. Não sei se acredito neste tipo de explicação, pois não sou da corrente astrológica, se você me entende. Mas, às vezes, tenho que admitir que faz sentido. Na dúvida, é melhor não desprezar a influência dos astros.

Com a partida do doutor Angelo e a chegada do dono da casa, Isidoro dei Resti, a vida retornava gradativamente ao normal. No canto do maior quarto de hóspedes, o berço de madeira balançava lentamente com o movimento ritmado do braço da serva que vinha amamentando o bebê, Chiara repousava no leito e Margherita tinha saído para comprar um tecido na venda próxima.

No início, a senhora Dei Resti ficara um pouco incomodada com a presença da irmã de Chiara. "Não basta a vinda de uma mulher que vai ter filho, teremos que aguentar também sua irmã?", teria perguntado ao marido. Mas passou a achar uma boa ideia depois que conheceu a moça. Além de discreta e muito afetuosa, estava se ocupando bem do trabalho de cuidar dos afazeres pós-parto.

A verdade é que a situação se colocava, após um nascimento mais trabalhoso que o normal, surpreendentemente calma. O bebê Girolamo mal chorava, e a mãe, com olhar distante, mantinha-se em silêncio por grande parte do tempo. Até os vizinhos perguntavam se a criança continuava na casa.

Na tarde seguinte ao primeiro mês de vida de Girolamo Cardano, Chiara, junto com a irmã, havia acabado de voltar de um passeio pelas ruas pavimentadas da cidade. Com os cavalos emprestados pela anfitriã, elas tiveram um momento bastante agradável. Perto da igreja, passaram na frente do majestoso prédio de três andares da Faculdade de Medicina.

Poucas cidades no continente podiam se orgulhar de ter um centro de conhecimento como aquele. As ruas de pedra, algumas com marcas profundas da roda das carroças, denotavam um passado de intensa movimentação e atividade comercial desde os primeiros tempos da era cristã.

Na volta, passaram pela casa do moleiro, onde adquiriram farinha fresca. O vai e vem na rua estreita, já no limite da cidade, era bastante intenso. Duas crianças estavam sendo vendidas na casa ao lado, e um senhor, sobre um pequeno palanque improvisado, lia uma carta de protesto contra os preços praticados pelos grandes donos de terras.

As taxas do campo eram frequentemente motivo de agitação. Além disso, nem sempre a parceria de dividir a metade do que tinha sido plantado funcionava na prática. Rusgas eram comuns.

A senhora Giulia dei Resti preparava, junto com as criadas, um jantar especial, pois Fazio chegaria de Milão para ficar por mais alguns dias. Haveria talheres individuais, carne e pão de trigo; luxo reservado para poucos. A maioria da população vivia nas cercanias da cidade, comia carne só eventualmente e tinha como base da alimentação diária o pão preto, feito de centeio.

Dessa vez, o pai iria combinar com Chiara como o pequeno Cardano seria cuidado pelos três próximos anos, período no qual receberia o leite do peito.

Da janela da casa, Chiara e Margherita viram a aproximação de Fazio e Isidoro pela rua pavimentada. Eles tinham se encontrado na entrada da cidade e vinham conversando calmamente lado a lado. Com quase a mesma idade, ao redor dos 56 anos, eram grandes amigos desde os tempos de juventude, quando terminaram o estudo da jurisprudência e Isidro — como carinhosamente Fazio o chamava — ainda morava em Milão, antes de herdar a casa e as terras do pai em Pavia.

Após tirarem os arreios e colocarem os animais para aplacar a sede, Fazio, vestido na sua forma extravagante habitual, com camisa vermelha e capa preta, foi ter com Chiara enquanto Margherita e Isidoro ajudavam a anfitriã em seus últimos afazeres antes da aguardada refeição. Um aroma agradável se espalhou por toda a casa.

Fazio aproximou-se devagar.

— Chiara, vejo que está melhor. — Deu um beijo em seu rosto e pegou em suas mãos de uma forma carinhosa pouco usual. Ele era bem mais alto e esguio. Ela, baixa e atarracada, de seios fartos.

— São bons os ares desta cidade, Fazio. Hoje fui com Margherita fazer um caminho muito prazeroso. Vimos tecidos e sabões de cheiro com cores mais bonitas do que em Milão. Também fiquei surpresa com os prédios. Não sabia que Pavia era tão grande e bonita.

— Tem razão, é uma bela cidade — concordou Fazio, contente por ver que Chiara tinha recuperado grande parte do brilho nos olhos.

— Também é verdade que algumas ruas cheiram tão mal como em Milão. Rimos muito quando Margherita quase foi atingida por uma tina de excrementos que foi jogada perto dela.

— Imagino o susto... E como está o pequeno Girolamo? Posso pegá-lo agora? — Mesmo com a ansiedade de quem tinha seu primeiro filho, Fazio sabia que a mãe é quem decidia quando o pai poderia se aproximar do bebê, para não causar um distúrbio nesse delicado momento de adaptação do sono e da amamentação.

— Em breve. Ele está acabando de mamar e vai dormir um pouco — respondeu com o sorriso de quem já estava gostando das mordomias a que tinha direito.

Chiara enviuvara logo após o terceiro filho. Não tivera o luxo de servas para auxiliá-la. Menos ainda uma ama de leite, cujos préstimos custavam bem mais caro. Sentia falta apenas dos filhos, com quem Fazio nunca fizera questão de se relacionar. Sabia, no entanto, que em breve voltaria a vê-los em Milão.

O sol ainda iluminava forte quando todos foram convidados a sentar-se na grande mesa da sala de jantar e iniciar a refeição com um *consommé* de vegetais plantados no próprio jardim da casa. Um bom vinho doce foi aberto e misturado em partes iguais com água fresca. Fazio estava contente por ter visto o filho em um sono tranquilo, já mais crescido e com a cara redonda.

A conversa se desenvolveu tranquila e amável. Ao fim, após bastante vinho servido, Fazio e Isidoro voltaram a falar de forma intensa e animada sobre as novidades do ducado. As duas ajudantes da casa tiravam os pratos enquanto Giulia, Margherita e Chiara iam para a cozinha conversar e terminar o doce de cereja. O tom de voz entre os homens aumentava. Como às vezes divergiam em muitos pontos, quem não os conhecia poderia crer que estivessem brigando.

— Então, caro amigo Fazio, e os projetos em Milão? Da última vez que nos encontramos, conversamos rapidamente.

— Poderiam estar melhores. Há pobreza e doença... A peste negra tem atacado de quando em vez. Nem me importo, pois tive um surto quando era criança.

— Você já escapou da peste? — perguntou Isidoro, impressionado.

— Um tal de Giovanni Scorpioni, conhecido nosso, fugiu da casa dele, que tinha sido fechada, e, desesperado, foi pedir ajuda aos meus pais. Ficou no quarto dos fundos, isolado, mas eu era curioso, ia ver as feridas dele... Acabei pegando, mas fiquei curado. Só restaram umas cicatrizes na virilha. Agora fico preocupado porque voltou a aparecer na cidade. Vou deixar o pequeno Girolamo fora de Milão.

— Por que não aqui? — perguntou, sem muita convicção, o amigo.

— Não, daria muito trabalho a vocês. Além disso, Moirago tem casas boas e baratas. Fica a sete mil passos de Milão. Girolamo poderia permanecer lá pelo tempo suficiente, com uma ama, até a doença acalmar.

Fazio se recostou no sofá, pensando sobre o momento atual.

— Você me perguntou como andam as coisas — continuou Fazio. — Bem, temos que nos adaptar às novas regras após a saída de Ludovico Sforza. Eu, particularmente, preferia que ele continuasse na cabeça do ducado. Algumas pessoas de importância para a cidade foram embora — lamentou. — Comecei um trabalho conjunto com um grande protegido de Il Moro, o mestre Leonardo di Ser Piero...

— De onde?

— Da cidade de Vinci, perto de Florença.

— Você está brincando? Ele circula em Florença agora. Aquele mestre é muito talentoso!

— Eu sei — respondeu Fazio, com certo orgulho de conhecer um nome cada vez mais famoso nas artes.

— Ouvi dizer que ele não se dá muito bem com o Michelangelo Buonarroti... A verdade é que Michelangelo também é um mestre. A *Pietà* que ele fez, com o mármore se dobrando, parecendo um vestido, é fenomenal. Aliás, falando nele, tenho uma novidade: sabe aquele bloco gigante da Santa Maria del Fiore?

— O bloco do Agustino di Duccio? — perguntou Fazio, que se lembrava vagamente de ter ouvido a história de um imenso bloco de mármore que estava em Florença havia quase quarenta anos. Ele tinha sido um pouco trabalhado e depois abandonado pelo escultor.

— Acredite! No mês passado foi Michelangelo quem recebeu autorização de trabalhar nele. Agora a escultura vai acontecer mesmo, finalmente!

— Minha nossa... Poderiam ter dado ao mestre Leonardo, não?

— Sei lá — e Isidoro fez uma cara maliciosa de dúvida. — Nem sempre ele termina o que começa... Acho melhor arriscar com um jovem cheio de energia, mesmo que seja rude e arrogante. Mas, diga — e deu mais um gole no vinho doce —, o que Da Vinci foi falar com você?

— Ele costumava me consultar sobre questões de perspectiva e luz. De óptica, em suma. Acho que é a pessoa mais estranha e inteligente que já conheci.

— Mais estranha que você? — perguntou Isidoro rindo, e fazendo um *scherzo*, um comentário jocoso.

E não era um comentário sem motivo. Além de usar sempre um capuz, ou chapéu preto, por causa de um acidente que resultou na falta de uma parte dos ossos do crânio, Fazio costumava se vestir de vermelho, com uma capa preta. Cairia bem no século anterior, o *Quattrocento*. Agora, no entanto, época em que as pessoas ficavam cada vez mais atentas ao que os outros vestiam, os hábitos de vestimenta de Fazio eram, no mínimo, esquisitos.

Fingindo que não ouvira a piada, Fazio continuou:

— Ele realiza diversos estudos quando recebe uma encomenda, mas não costuma pintar muito. Conhece a parede do refeitório da Igreja Santa Maria delle Grazie, onde ele fez o Cristo com os apóstolos?

— Não vi — disse Isidoro com certa displicência. — Quando vou a Milão, é sempre uma correria. Disseram-me que alguns pedaços estão caindo do reboco.

— O trabalho é maravilhoso, mas, é verdade, parece que ele experimentou uma base que não deu muito certo...

— Já sei! — atestou Isidoro com firmeza. — Daqui a alguns anos vão achar que é o Cristo no calvário e não na Última Ceia! — E riram às gargalhadas.

Poucas pessoas levavam Fazio a abandonar o ar circunspecto e grave que sempre o acompanhou. Além disso, a característica forte de homem metódico, por exemplo, fazia com que os arroubos de impaciência de Chiara estivessem estremecendo gravemente a relação entre os dois. A chegada do menino Girolamo, no entanto, desencadeou uma ternura que havia muito Fazio não experimentava. Inicialmente, ele não tinha planos de ser pai, menos ainda com Chiara, mas constatou que as situações não programadas, por vezes, podem trazer surpresas agradáveis.

A risada dos dois atraiu as mulheres para a sala. Os homens, no entanto, fingiam que guardavam um segredo que não poderia ser revelado, quando então tomaram um susto ao ouvirem o som seco semelhante ao de um tronco batendo no chão, vindo do quarto onde estava o bebê.

Correram e presenciaram a ama de leite debatendo-se no assoalho de madeira, em um quadro assustador de convulsões que tomavam todo o corpo.

— Meu Deus! Ela está possuída! — gritou Chiara; fez o sinal da cruz e apressou-se em acudir o bebê Girolamo, que começava a chorar.

Enquanto isso, Fazio e Isidoro seguravam com força os membros da serva, sem sucesso. Momentos após, no entanto, os espasmos acalmaram, e a criada entrou em uma espécie de sono profundo.

— Isidoro, melhor levar para o depósito de trás — orientou a *signora* Dei Resti. — Lá existe uma cama de palha.

Com dificuldade, passaram pela sala e levaram a moça para a edícula, onde havia um pequeno canto para repouso. Ao deitarem-na, perceberam que o joelho direito estava bastante inchado.

— Então era por isso que ela estava mancando? — disse Margherita. — Será que uma queda na escada pode mesmo deixar um joelho assim?

— É estranho — respondeu Fazio. — Essa história também não explica as manchas na barriga.

Ao levantarem o vestido, revelavam-se chagas abertas e horríveis à visão.

— Melhor chamar *messer* Carlo di Perugia — disse Isidoro, tentando evitar uma expressão de asco. — Ele irá provavelmente lancetar esse joelho, que está enorme.

De forma geral, médicos sem conhecimento da arte da cirurgia não lidavam com pus, sangue e secreções. Aliás, nem a consideravam uma arte evoluída. Para isso havia o barbeiro-cirurgião, um profissional que poderia se aventurar nesse tipo de procedimento.

No pequeno cômodo atrás da casa, com a porta de madeira vazada e paredes já bastante manchadas pelos anos de acúmulo de grãos, sacos e material de reparos, a ama de leite permanecia sem recobrar os sentidos.

Messer Carlo não demorou muito a chegar e ficou pensativo após ver a manifestação de uma doença pouco comum. Após escolher uma boa lâmina, deu um rápido golpe no meio do joelho dilatado. Um pus diferente escorreu, sem aquele cheiro fétido peculiar aos outros quadros exclusivos de mal local, o que o fez pensar em um caso semelhante ao que tinha visto no mês anterior.

— A crise de espasmos, junto com esse pus diferente... terá que ser visto por um médico, com certeza — explicou o barbeiro, que pacientemente colocava mais panos no joelho aberto, pensando se faria o tratamento clássico de aplicação de óleo fervente na ferida. — Eu poderia apostar que é um quadro pestilento, a nova peste que chegou a Nápoles. Alguns a chamam de mal-francês.

A doença causava muita polêmica, a começar pelo próprio termo, negado veementemente pelos franceses. Estes e os espanhóis se enfrentaram alguns anos antes pelo domínio da cidade napolitana, um grande porto, mais populoso que Veneza. Prostitutas e casas noturnas de prazer se multiplicavam, assim como as doenças.

O exército vindo da França, composto de mercenários de vários países, tivera a anuência de Ludovico il Moro para passar pelo território da Lombardia. Carlos VIII era rei na ocasião. Aqueles que sonhavam com a Itália unida nunca perdoariam a atitude do duque de Milão. Diziam, inclusive, que por causa dele os franceses tinham aprendido o caminho. Bastava ver a situação que Milão enfrentava agora.

— Peste... — Fazio e Isidoro começaram a se afastar, e Margherita não conteve o choro. — Corremos perigo? — perguntou Fazio.

— Não é como a peste negra. Alguns têm contraído uma doença rápida e mortal. Parece que é mais arriscado para homens que frequentam mulheres sujas — respondeu *messer* Carlo. Tratava-se de um assunto polêmico. Se era uma doença transmitida em uma noite de contato íntimo, como explicar o fato de muitos clérigos e padres terem contraído o mal?

Perdido em pensamentos, Isidoro mostrou uma ponta de preocupação ao se lembrar das noites quentes que tivera em Florença.

Enquanto os cavalheiros ainda discutiam, a serva entrou em mais uma crise geral de espasmos, que durou um minuto. A salivação deixou a boca espumando por alguns momentos, causando má impressão. Ninguém mais queria tocá-la.

— Talvez — arriscou o barbeiro —, melhor do que um médico, seria bom chamar um padre.

De fato, o padre chegou a tempo de aplicar-lhe o último sacramento. Pela manhã, ela apresentou febre e novos espasmos até ficar com os olhos fixos definitivamente. A casa de família onde anteriormente morava a serva foi avisada do ocorrido. Eles transmitiriam a mensagem para quem perguntasse sobre o paradeiro, pois não encontraram nenhum papel que desse informações mais precisas.

Fazio, sem conhecimento de alguém da família da falecida no condado, tomou algumas decisões práticas: contratou o serviço funerário e um ataúde simples, mas não excessivamente pobre. Prova disso é que foram gastas duas moedas para o transporte do corpo e oito moedas para que dois padres e dois religiosos acompanhassem o transporte da casa até o enterro, ao lado da igreja. Mais sete moedas foram gastas com os coveiros e cinco para velas e tochas.

Como último dos gastos, uma moeda para que os sinos tocassem durante todo o trajeto. No fim da tarde daquele dia, um pequeno cortejo acompanhou o cadáver, elevado sobre a cabeça de Fazio e Isidoro. Mais dois rapazes, trabalhadores de feno, ajudaram a carregar o ataúde aberto, de modo que o corpo pudesse ser visto enquanto transitava pelos becos acinzentados da cidade.

Também naquele mesmo dia, o bebê Girolamo começou a apresentar feridas na testa e no nariz. Foram cinco carbúnculos, formando uma cruz. Nada mais aconteceu. Nem febre, nem choro.

Por dez dias ele foi amamentado com o leite de uma cabra que tivera filhotes recentemente. Bem cedo, pela manhã, a boca dos cinco cabritinhos era amarrada para que o leite pudesse ser retirado. Por dez dias Margherita aplicara por sobre as feridas, delicadamente, uma solução de lágrima de Agalloco, dito vulgarmente *legno Aloe*. Ao fim desse período, remanesceu uma ferida cicatrizada na ponta do nariz.

Estava quase terminada a turbulenta estadia na casa dos Dei Resti. Um parto difícil, uma melancolia severa, uma morte de mal-francês, uma ferida em forma de cruz. Mas não seria tudo. Quando a última ferida de Girolamo deixou de verter pus, o filho mais velho de Chiara já apresentava, em Milão, os primeiros sinais da peste.

Seguindo as orientações de Isidoro dei Resti, Fazio encontrara a nova ama de leite no vilarejo de Moirago, a meio caminho entre Milão e Pavia. Para lá é que seria levado Girolamo, onde permaneceria em segurança até o desmame — por volta dos 3 ou 4 anos. Até, como se dizia, começar a falar e pensar como uma criança, e não mais como um bebê. Combinaram que Fazio resolveria algumas obrigações em Milão e, após retornar, traria o filho diretamente para Moirago.

A estada em Milão dessa vez foi curta. Visitou um cliente, arrumou novas roupas no saco largo e acertou as contas com a senhora que cuidava da casa. Explicou que tinha assumido muito trabalho na cidade de Pavia e que já estava quase tudo terminado. Iria apenas acertar os últimos detalhes.

Fazio subiu na mula e dirigiu-se inicialmente para a casa onde moravam os filhos de Chiara, onde comunicaria as novidades em relação ao nascimento da criança e à recuperação da mãe. Ao entrar, no entanto, ficou chocado com o que encontrou. Foi quando se deu conta da gravidade da situação.

O filho Tommasino, já com idade de frequentar a escola, estava deitado na cama do quarto, como um cadáver vivo. Lábios pálidos, face encovada, olhos fixos no teto. Um dos bubões negros, embaixo do braço, havia estourado, e os vapores fétidos se espalhavam pela casa.

As necessidades corpóreas básicas já não eram mais recolhidas, contribuindo para tornar a cena próxima ao insuportável. O tio paterno, que cuidava da casa e recebia de Fazio a ajuda de duas libras por mês, partira sem avisar.

Os irmãos menores, Caterina e Gianambrogio, já cansados de chorar, estavam encolhidos no canto do único cômodo da casa. Levantaram-se, pedindo comida e colo para Fazio. Ele controlou o mal-estar e a náusea e preferiu não abraçá-los. Apenas disse com firmeza para eles não saírem dali, pois iria tomar conta de tudo.

Respirou fundo e lembrou-se das palavras de Boccaccio no *Decamerone*: muitos sujeitos caíam enfermos e, quase abandonados à própria sorte, definhavam inteiramente. Um cidadão tinha repugnância do outro. Parentes, quando se visitavam, faziam-no só de longe. Um irmão deixava o outro, o tio deixava o sobrinho, a irmã deixava a irmã e, frequentemente, a esposa abandonava o marido. Pais e mães sentiam-se enojados ao visitar e prestar ajuda aos filhos, como se não o fossem.

Um largo tempo tinha se passado desde o surgimento da peste negra no continente europeu. De fato, era o ano bem farto de 1348 da encarnação do filho de Deus, como Boccaccio o descrevera. Por vezes, nos anos seguintes, o pesadelo voltava, como uma nuvem de pestilência e dor. No entendimento da maioria, tratava-se seguramente de um sinal da cólera divina.

Em uma rápida pesquisa na vizinhança, Fazio encontrou uma senhora que se prontificou a arrumar a casa e alimentar os pequenos. Pagaria caro pelo serviço, mas isso, pelo menos, o tranquilizaria um pouco. Voltou a casa para falar com as crianças antes de trazer um médico. Já era tarde. Tommasino não se mexia mais. Fazio respirou fundo, cobriu o corpo, acomodou o pão na mesa da sala e partiu para novas medidas.

Deixou orientações de como a senhora conduziria o féretro com um mínimo de decência, mesmo que não conseguisse nenhum clérigo para acompanhá-los. Sabia que Chiara não chegaria a tempo para o enterro, principalmente por causa das condições que se apresentavam.

Resolvidas as questões básicas, Fazio partiu imediatamente pela estrada de Pavia. A viagem transcorreu sem surpresas, com uma lua quase cheia iluminando o caminho. Ele refletiu como daria uma notícia daquelas a uma mulher ainda não completamente recuperada. Não teria alternativa. Mesmo porque não poderia guardar a informação por muito tempo, infelizmente.

Chegou já noite alta, dirigindo-se diretamente ao quarto em que Chiara dormia com o bebê. Acordaria Chiara para dar a notícia? Talvez fosse melhor. Assim, pela manhã, retornariam a Milão, o mais rapidamente possível, após deixar o pequeno Girolamo em Moirago.

Tocou o sino da porta duas vezes e foi recebido por um sonolento Isidoro.

— Ah, é você, Fazio, chegou tarde... Que aconteceu?

— Desculpe o horário, Isidoro. Essa é a ama de leite que cuidará de Girolamo. — Isidoro fez um aceno com a cabeça, e se dirigiram para a sala. — Aconteceu algo terrível, amigo. O filho mais velho de Chiara... O Tommasino... Morreu de peste negra.

Isidoro fez uma cara de quem não queria mais problemas, mas sabia que seria inevitável.

— Se essa é a vontade de Deus... Você vai falar com ela agora?

— Vou. Melhor já resolver isso — e dirigiu-se para o quarto ao lado do de Chiara, onde acomodou a serva, para depois ir dar a notícia.

— Chiara... Chiara, por favor... — Chacoalhou-a levemente.

— Que foi? — Ela acordou com a face contraída de quem ainda tentava entender onde estava. — Fazio? Como foi? — Esfregou o rosto para conseguir enxergar melhor. — Conseguiu uma ama para alimentar o bebê?

— Consegui, está tudo combinado... — Fazio tentava escolher as palavras mais adequadas. — Mas tenho que dizer uma coisa muito desagradável. Chiara, seu filho, Tommasino...

— Tommasino, sim, o que aconteceu?

Fazio expôs então a situação, dizendo que o filho ficara subitamente doente e que, sem dor nem sofrimento, partira desta vida. Seria muito cruel contar os detalhes daquilo que tinha presenciado.

Chiara levantou da cama em desespero, sem saber para onde ir, atordoada, até cair de joelhos. Soltou então um grito gutural e profundo. Os braços cruzados sobre o peito tentavam aplacar a dor intensa que invadia, como uma espada cortante, todo seu interior. Assim ficou, até os primeiros sinais de claridade invadirem o quarto. Quase não derramou lágrimas naquela noite. Fazio, muito acostumado a tomar decisões práticas e objetivas, tinha dificuldade em dar consolo naquele momento. Puxou a cadeira e acariciou os cabelos de Chiara lentamente, sem saber o que dizer.

O bebê, apesar de estremecer com o grito da mãe, continuou a dormir, até o dia começar. Fazio pediu para ela lavar o rosto e se vestir. Ao trocarem algumas palavras pela manhã, constatou que pelo menos não existiam sinais de que ela tivesse alterado suas faculdades mentais. Havia apenas a dor calada da perda. Margherita soube pela manhã do que ocorrera e, bastante abalada, sentou-se a um canto, rezando e chorando baixinho.

Naquela manhã cinzenta de novembro de 1501, Isidoro pegou o bebê nu de uma tina de vinagre morno e entregou à nova criada, que o envolveu em um pano limpo de algodão e ofereceu o seio à criança pela primeira vez. Momentos após, estavam prontos para seguir viagem, em uma carroça alugada pelo pai, a tia Margherita, a criada e o pequeno Girolamo. Ao lado seguiriam, cada um em uma mula, Fazio e Chiara. A chuva, que ameaçava aparecer, felizmente ainda não viera.

Margeando um pequeno canal, viajariam até Moirago, um vilarejo, um *villaggio* distante sete milhas da capital do ducado, onde deixariam o bebê e a ama de leite, seguindo viagem para Milão.

O pequeno Girolamo seria levado embora mas haveria de voltar. *Madonna* Di Filippi fora enfática: se o pequeno sobrevivesse, Pavia se tornaria parte importante de sua vida. Da porta, na hora da despedida, observavam com olhar grave Isidoro e Giulia.

— *Ciao*, Isidoro, obrigado. Nos veremos em Milão — despediu-se Fazio.

— *Vale* — respondeu Isidoro, na língua latina, e dirigiu-se a Chiara com pesar: — Lamentamos muito.

Seriam muitas horas pela planície lombarda, uma região de canais de água, névoa e uma beleza doce e suave, própria daquela parte do norte da Itália. Doce e suave, nada mais distante do aperto que Chiara sentia no peito.

Milano

Antes de chegar a Milão, Girolamo e a ama de leite ficaram na cidade de Moirago, numa casa simples de madeira bem no centro, próxima à igreja. Fazio disse que voltariam dali a um mês para ver se haveria necessidade de algo. A verdade é que a despedida se deu sem grande emoção. Chiara nem desceu da carroça. Ela ansiava por voltar à própria casa e reencontrar os filhos. O bebê Girolamo, acomodado em seu cesto, mal deu sinais de que estava presente, mesmo quando foi transferido para dentro da casa.

A carroça voltou a ranger, mostrando que havia falta de azeite nas rodas. Margherita abriu o lanche cuidadosamente guardado. Partiu o queijo e o pão preto habilmente, mesmo com o balançar ritmado do caminho. Trouxera também um delicioso suco de frutas vermelhas.

As últimas três horas de viagem foram vencidas sem esforço, e assim chegaram às portas da cidade antes do anoitecer. Fazio estava bastante apreensivo com o que poderiam encontrar. Apesar de ter combinado pagar muito mais do que se gastaria com um habitual serviço de limpeza e cuidado de crianças, nada garantia que a senhora tivesse realmente feito o trabalho.

Na parte de fora dos muros, casas se apinhavam de forma desordenada e pequenos veios de dejetos corriam pelo meio da rua. De tempos em tempos, pequenos incêndios varriam conjuntos de madeira que se escoravam preguiçosamente. Mas, ao chegar perto da sua casa, Chiara teve a sensação de que de lá nunca deveria ter saído. O pequeno Girolamo estava a salvo em um vilarejo onde a peste não circulava. Seus filhos, no entanto, foram deixados à própria sorte. Esse era um ponto de forte controvérsia entre ela e Fazio.

— Chiara, como acomodará seus filhos? Você perdeu a razão? Nunca prometi que levaria todos vocês para dentro de casa — argumentou ele.

— É muito fácil para você continuar levando sua vida sozinho — falou ela, com raiva. — Assim, não precisa dizer a todos que conheceu uma mulher viúva que não tem estudo, que não tem o dinheiro que você tem, não é mesmo?

Margherita se curvava sobre seus pensamentos como se não estivesse presenciando a desagradável discussão.

— Vai ajudar alguma coisa se eu perder o meu sustento? De onde vem o conforto que tem recebido? Quem pagou para o seu filho ser enterrado ao lado da igreja? — Subitamente Fazio se arrependeu de ter usado aquele argumento. Agora era tarde. A raiva de Chiara voltou a transformar-se em dor.

A carroça parou diante da casa. Caterina e Gianambrogio, sentados na porta, explodiram em alegria e correram para a mãe, que desceu da carroça e os abraçou demoradamente.

— Não vou deixar vocês, meus filhos, nunca mais. — E, com a alegria de reencontrá-los, chorava a perda do mais velho.

Foram dias de paciente trabalho arrumando a desordem que ficara após o abandono do tio paterno das crianças. Ainda assim, teria sido muito pior se uma primeira limpeza não tivesse sido feita, junto com a queima do colchão de feno onde jazia o garoto.

Margherita era sempre alegre e prestativa. Às vezes, contudo, parecia que ela sentia mais a falta do bebê do que a mãe Chiara.

— Quando vamos ver o pequeno Girolamo? — perguntou Margherita.

— Daqui a uma ou duas semanas, quando Fazio for a Pavia. Ele nos deixará em Moirago por um dia e nos pegará na volta.

— Que baixeza do irmão do Antonio, não é, Chiara? Nunca confiei nele, na verdade...

O irmão do falecido marido de Chiara, um sujeito com poucos escrúpulos, não tinha ocupação e aceitou de bom grado a incumbência de cuidar das crianças quando ficou sabendo o valor que receberia pela tarefa. A verdade é que não tiveram mais notícias depois de sua partida inesperada.

— Se ele chegasse aqui eu o estrangularia! — Chiara então pensou bem e mudou de ideia: — Não, eu o perdoaria... o tempo suficiente para achar um veneno que o fizesse cuspir sangue por dois dias.

— Apesar de tudo, eu acho que o seu falecido marido Antonio não faria isso — ponderou Margherita. — Eu gostava dele.

— Do Antonio? Era um traste! Você não presenciou tudo porque ainda morava com a mamãe. Felizmente desapareceu no rio sem me dar o trabalho de colocar o corpo embaixo da terra.

— Que é isso, Chiara? — fez o sinal da cruz. — Pelo amor de Deus Pai, não fale desse jeito, porque me assusta. Vamos lavar a roupa logo, *via*! — E saíram para a rua, cada uma levando um cesto de roupa suja.

Margherita, apesar de não ser uma moça feia, não tivera nenhuma proposta razoável para desposar alguém. Chiara, no entanto, casara-se jovem com o ferreiro Antonio, um rapaz bem-apessoado que trabalhava o metal escuro, principalmente o ferro forjado e batido, tanto que o chamavam frequentemente de Antonio Ferrari. Quando não estava bêbado, ele fazia com precisão arreios e ferraduras, chaves, machados e arados. Se não arranjasse tantas desavenças e brigas, certamente ela estaria bem melhor financeiramente.

O primeiro mês da volta de Margherita e Chiara para casa transcorreu sem surpresas. As folhas por todo lado tinham se tornado amarronzadas e caíam suavemente, embelezando a paisagem do bairro no lado interno dos muros.

As crianças brincavam livremente, e os adultos agradeciam a Deus serem poucos os casos de doentes que tinham que ser transferidos ao Lazzaretto, um grande prédio público quadrado construído recentemente na parte oriental. Lá poderiam ser acomodados os pacientes com doença grave, isolando-os do resto da população. Eram 288 quartos de medidas iguais: quatro braços de largura. Uma colossal construção com amplo átrio central, onde existia uma igreja.

É bem verdade que uma grande epidemia da peste impediria que qualquer hospital público desse conta do recado. De qualquer modo, alguns anos antes do nascimento de Girolamo Cardano, Ludovico il Moro determinou a construção do Lazzaretto junto ao canal Martesana.

A menção ao lugar causava arrepios em muita gente. Foi isso que aconteceu quando uma carroça do ducado veio buscar um doente na rua da casa de Chiara, como se a sina anunciada pela senhora Di Filippi insistisse em rondar. Seria um sinal de que ainda haveriam de chegar dias difíceis?

No centro da cidade, Fazio parecia distante desse cenário, mesmo que visitasse Chiara a cada quatro ou cinco dias. Combinaram que na semana seguinte viajariam para ver o bebê Girolamo e levariam três jogos de roupa branca de algodão e casacos de lã. Afinal, o inverno começaria em breve.

Foi na Via dei Maini, dois dias depois, conversando calmamente com um cliente, que o jurisconsulto Fazio foi interpelado por um rapaz que o conhecia de vista, lá do bairro de Chiara.

— *Signor* Cardano?

— Sim?

— *Madonna* Chiara pede que o senhor venha urgente. O pequeno Gianambrogio começou a ter febre e manchas pelo corpo. — Dado o recado, o rapaz se despediu rapidamente.

Fazio, estático, observou-o entrar na primeira viela do canal. Uma sensação de raiva apoderou-se dele. Já poderia adivinhar que a situação, caso se mostrasse realmente grave, demandaria mais trabalho, mais dinheiro e mais dificuldade em lidar com os nervos inconstantes da mãe de seu filho.

Com uma certa dose de convencimento, Fazio trouxe consigo o doutor Angelo Gira para avaliar a gravidade do caso. Como Fazio e Chiara já tinham enfrentado e se salvado da peste quando crianças, podiam se aproximar sem medo.

Sabendo que poderia ser a grave doença, que continuava a se espalhar naquela parte da cidade, doutor Angelo chupou alguns pedaços de canela e ingeriu quatro grandes picles.

À sua roupa preta tradicional, acrescentou um capuz fechado. Na extremidade na frente do nariz, onde havia um pequeno receptáculo, acomodou delicadamente a *ambra gialla di Germania*, um âmbar amarelado que poderia afastar o humor contaminado. Assim, junto a uma razoável coragem, o médico chegou com Fazio à casa de Chiara. Margherita, com Caterina no colo, recepcionou-os na porta.

Antes de entrarem, eles já avistaram o garoto Gianambrogio, sentado na cama maior, com a mãe ao lado.

— Esse é o doutor Angelo, Chiara. Ele está com as roupas de proteção e vai tratar do Gian.

Cumprimentando com um leve curvar de cabeça, o médico iniciou seu interrogatório:

— *Signora*, vou fazer algumas perguntas para esclarecer a situação. Preciso que responda com clareza e verdade.

— Sim — respondeu Chiara, abanando a cabeça.

— Ele teve sintomas da febre nestes dias?

— Há três dias, doutor, com muito calor no corpo, às vezes com as mãos geladas.

— E como estão as secreções e os excrementos?

— As fezes estão saindo com muito sangue — continuou Chiara. — Hoje começou a vomitar. Saíram pedaços inteiros do frango com a sopa.

— Levante a roupa dele.

A mãe aquiesceu, mostrando o tronco e a barriga tomados por manchas vermelhas de variados tamanhos, algumas arroxeadas em seu interior. Com os olhos encovados e sem forças, o garoto quase não se mexia. Como última solicitação em seu exame, o médico pediu que mostrasse a língua e as mãos.

Após refletir por alguns momentos, doutor Angelo chegou à conclusão de que se tratava de fluxo sanguíneo, uma peste que poderia ser tratada em duas a cada três pessoas. Mas havia o risco de outros da casa ficarem doentes. O mais prudente para todos era que o garoto fosse levado ao Lazzaretto.

Fazio, em silêncio no canto do quarto, contraía os lábios. Tomada pelo desespero, Chiara ajoelhou-se aos pés do médico.

— Não! Aquele é um depósito de pessoas... Meu filho nunca sairá de lá. Por favor, doutor... — implorou Chiara.

— Farei tudo o que for necessário, mas algumas medidas estão além do que posso decidir.

Margherita, sacudindo nervosamente a pequena Caterina em seu colo, tentou dar uma solução:

— Ficaremos na casa. Doutor, cuidaremos dele, pode estar certo.

Fazio saiu com o médico e foram ao boticário aviar *legno aloe* e eufórbia, com lágrimas de amoníaco, mas teve o esclarecimento de que as chances de cura não eram animadoras. Crianças pequenas, com sinais de olhos fundos, resistiam menos que adultos.

Fazio retornou com a medicação e a promessa de que, pelo menos por enquanto, o garoto seria cuidado em casa. Combinou com Chiara que voltaria no dia seguinte, trazendo novamente o médico. Os vizinhos notaram a movimentação na casa e a presença ilustre do profissional de saúde, nem sempre considerado o mais adequado para lidar com doenças como aquela.

As tentativas de dar o remédio não surtiram muito resultado. A tosse e a falta de ar ficavam mais intensas a cada momento, e os vômitos se tornaram mais frequentes. Nem mesmo água Gian conseguia engolir adequadamente.

Caterina se agarrava a Margherita, dormindo no seu colo. Como um sinal de mau agouro, a pequenina tinha começado a tossir e, no início da noite, estava ardendo em febre. O médico tinha lembrado aos presentes a frase de Hipócrates: "Dai-me uma febre e curarei qualquer doença!" Era um daqueles momentos em que o paciente se perguntava qual seria a utilidade de se demonstrar erudição, principalmente porque as notícias não eram boas.

De fato, o pior aconteceu. Os momentos de agonia de Gian cessaram na madrugada, quando ele respirou pela última vez. Em seu choro de lamento, agarrada ao corpo do menino, Chiara não percebeu que Caterina, sem forças ao raiar do dia, já não conseguia ficar em pé.

Fazio chegou pela manhã, com pão e leite. Trouxera também manteiga, um artigo de luxo, para tentar compensar o momento difícil pelo qual passavam. A sombria casa tinha o silêncio cortado apenas pela tosse de Caterina. As brasas do fogão estalavam pausadamente enquanto ele abria a porta do quarto. Uma vela ardia na cabeceira da cama.

— O padre não teve chance de vir — disse Chiara, sentada no chão ao lado da cama, olhando para o corpo do menino, pálido como cera. — Ou então — continuou com uma ponta de cinismo — estava com medo...

— Meu Deus... — deixou escapar Fazio, prevendo que as coisas iam ficar mais difíceis. Então virou-se para Margherita. — Quando ele...?

— Bem no meio da noite. — Nesse momento, ela fez um olhar de preocupação e apontou para a sobrinha em seu colo, demonstrando que Caterina não estava bem.

Fazio pôs a mão na testa da menina e sentiu que estava bastante quente. Ela respirava rapidamente, com falta de ar.

— Doutor Angelo está chegando — falou baixinho para a irmã de Chiara e sentou-se na cadeira. Após alguns momentos de silêncio, cortou o pão e ofereceu o leite.

— Só espero que Deus não nos abandone — desabafou Margherita.

Os sons da manhã cresciam lentamente. Algumas pessoas vieram à porta, mas ninguém quis entrar. Pouco depois, doutor Angelo, devidamente paramentado, chegou e se surpreendeu com o fato de ter perdido o paciente da noite e ganhado um novo pela manhã. Fez algumas poucas perguntas e encostou o ouvido nas costas da menina.

— Os sons da respiração estão alterados. A *pneuma* foi afetada.

— Ela vai resistir? — perguntou Margherita.

— Vocês têm fé, não têm? — Pela voz seca e rude se percebia que o médico estava sem paciência. — Então comecem a rezar. Temos uma única chance: sangrá-la para esvaziar o humor tóxico.

Margherita sentou-se com Caterina ainda no colo, fechou os olhos e começou a balançar devagarzinho. Tinha rezado bastante para a salvação de Gian, mas estava no limite de sua resistência.

Chiara olhava o vazio, como que não entendendo as palavras do médico. Fazio, mais uma vez, se sentia um pouco perdido. Começou a pensar nos detalhes práticos: o féretro do menino, as chances de Caterina e a visita dos agentes do governo, que não tardariam a aparecer para marcar a casa e pedir que todos ficassem incomunicáveis. Diria que os adultos estavam excluídos da doença, mas poderia não funcionar. Teria de convencê-los com uma boa gratificação.

O médico deitou a menina de costas na cama, onde dormia com Margherita, e abaixou a camisola branca de linho. Caterina estava sem forças para chorar e quase não sentiu as finas lâminas afiadas do aparelho de mola se ativarem e fazerem pequenos cortes paralelos na pele branca. As ventosas quentes, encostadas com cuidado e precisão, chupavam o sangue para dentro dos vidros em forma de cilindro. Assim deveriam ficar por cerca de meia hora.

Doutor Angelo chamou Fazio para conversar do lado de fora da casa enquanto aguardavam o fim do procedimento.

— Tenho poucas esperanças de que a sangria vá surtir resultado, mas é o que temos que fazer.

— Sim, doutor, entendo.

— Outro detalhe: já avisei o Lazzaretto. Se não o fizesse, teria que enfrentar o Colégio dos Médicos para justificar minha conduta. Não tive saída.

— Que péssima notícia, doutor... A mãe não vai admitir. Conheço Chiara.

Mais uma hora daquela manhã se passou. Caterina, com dedos e lábios arroxeados, respirava com mais dificuldade. A tosse aumentara, agora com escarro de sangue. As ventosas aparentemente não tinham funcionado. O médico se despediu com poucas palavras e um aceno de cabeça. Fizera sua parte. Deu a entender a Fazio que depois acertariam as despesas.

No começo da rua de chão batido já se via a carroça, puxada por dois homens, com o estandarte do hospital. O lúgubre chamado arrepiava todos ao redor: "Tragam seus mortos! Tragam seus doentes!" até que pararam em frente da casa de Chiara, que se levantou e saiu à rua para enfrentá-los.

— Saiam daqui! Vão embora, não há nada para vocês!

Fazio segurou os braços de Chiara com firmeza e falou em seu ouvido:

— Prometo que não deixarei Caterina sozinha, eu irei junto. Você entendeu, Chiara? Fique tranquila, estarei ao lado dela. O tempo todo.

— Saiam! Saiam! — continuava Chiara, fora de si.

Os dois carroceiros nem se importavam com a movimentação e os olhares dos vizinhos. Calmamente, caminhava ao lado um jovem da guarda do ducado, com elmo de metal cobrindo a cabeça e o tronco, uma lança e botas de couro escuro. A camisa vermelha, por baixo da couraça prateada, chamava a atenção. Afinal, cores escuras e pálidas predominavam nas roupas e nas paredes do bairro que ficava na parte de fora dos muros.

Fazio levou Chiara para dentro. Ela subitamente parou de gritar e chorar e sentou-se na cama. Dava a impressão de que estava com algum pensamento fixo, distante. Margherita acomodou a criança na carroça, certificando-se de que Fazio iria acompanhá-la, e voltou para dentro de casa, sentando-se ao lado da irmã, abraçando-a ternamente. Nem se mexeram quando retiraram o corpo de Gianambrogio.

Fazio entrou para falar rapidamente com as duas:

— Virei buscá-las mais tarde. Gastarei o que for preciso para que ele seja enterrado ao lado da igreja.

Os sons da carroça diminuíram aos poucos. Fazio acompanharia o sinistro cortejo tendo a mão segurada por Caterina durante mais uma hora, tempo suficiente para a menina não ter mais forças, largá-la lentamente e logo em seguida dar um último suspiro. Era a *pneuma* que partia. A alma, com diziam os gregos. Era o ar, a respiração e o espírito, ao mesmo tempo, segundo o Evangelho de São João: "O vento, a *pneuma*, sopra onde quer; ouves o som, mas não sabes donde vem, nem para onde vai." Essa partida ruidosa significava o último momento de vida.

Em sua casa, Chiara estava agora com um olhar diferente. Encostava com força o queixo no peito e mirava Margherita de forma desafiadora. Subitamente levantou-se e irrompeu pela porta, em uma corrida alucinada. A irmã foi ao seu encalço, mas não conseguia acompanhar o ritmo.

Em poucos segundos, atingiram o matagal próximo, onde Chiara foi tirando, uma por uma, suas peças de roupa, até ficar completamente nua. Margherita gritava o nome da irmã em vão. Interrompia a corrida para tomar ar, sem perder de vista a mulher que em tão pouco tempo só teria um filho para dedicar seu carinho, aquele a quem ela não tinha vontade de se afeiçoar. Justamente agora que dava sinais de não ter condições de fazer seu papel de mãe. A mãe de Girolamo Cardano.

O inverno daquele ano foi particularmente intenso. Trouxe mais frio e neve do que de costume. Assim, todos passavam mais tempo em casa. Ao menos quem tivesse condições financeiras para isso. Os pobres agricultores da Lombardia, por exemplo, foram às portas de Milão para reclamar. Diaristas e até carpinteiros e pedreiros estavam descontentes. Ouviam-se relatos de pessoas que morreram de fome.

Havia, claro, quem se movesse para melhorar a cidade. O humanista Tommaso Piatti instituiu uma escola — que logo passou a ser chamada de Piattine — no mesmo local de funcionamento do Ospedale Maggiore di Milano, uma grande e bela construção em tijolos vermelhos. Muitos até se perguntaram por que escolher o principal hospital de Milão para instalar uma escola, mas, para a maioria, a decisão tinha ficado muito clara: hospitais eram casas de Deus, refúgio dos desenganados e dos sem-amparo, dos *pauperes Christi*, ou seja, dos pobres de Cristo. Natural que o Piattine, além de absorver o espírito cristão no ensino das letras e da virtude, aceitasse também o encargo de instruir os pobres, em uma missão elevada de diminuir a ignorância.

Em uma carta endereçada a um deputado do Ospedale Maggiore, Giangiacomo Gilino relatou, em língua vulgar do norte da Itália, que a instituição pagava muitos professores da arte liberal para promover, gratuitamente, a formação erudita entre os jovens.

Fazio ficou particularmente contente com a iniciativa, pois foi convidado a ministrar aulas de matemática e de geometria. Afinal, ele tinha traduzido, alguns anos antes, o livro *Perspectiva Communis*, do arcebispo inglês John Peckam, um matemático e filósofo conhecidíssimo em seu tempo, lá pelos anos 1250. Da Vinci ficou encantado com o livro quando Fazio o apresentou. A descrição da câmara escura, que seria um *oculus artificalis*, como deixou escapar o mestre Leonardo, deu a ideia de compará-la ao olho humano.

Fazio se sentia bastante orgulhoso por ter concluído aquela obra e, ainda por cima, ser reconhecido por um mestre das artes, mas se incomodava um pouco com as atividades de Da Vinci, como cortar cadáveres, despelar os músculos, arrancar os olhos para fatiar em pedaços menores e outras ousadias que preferia não citar em público.

Pensando bem, talvez tivesse sido melhor que o renomado pintor estivesse longe de Milão. Se Roma começasse a ir atrás de heresias como essas, seguindo o exemplo de Castela e Aragão, quem seria poupado?

Apesar de pequena, a renda extra permitiu a Fazio cumprir pelo menos parte da promessa que tinha feito a Chiara. Se não a traria para morar consigo, se não contrairia matrimônio, pelo menos a alojaria, com a irmã, em um local com mais conforto, construído com tijolos, dentro dos muros da cidade.

A casa alugada ficava na Via Arena. Era a terceira após a do mestre artesão de sapatos, ao lado de outra com um leão de pedra na entrada.

A sala-cozinha era bem razoável. Tinha um belo fogão a lenha, cavaletes para que se montasse rapidamente a mesa de refeições, uma cama alta com outra cama embaixo, locais na parede apropriados para as tochas e uma pedra de moer grãos. Além disso, existia um segundo cômodo, exclusivo para dormir, com uma arca própria para roupas. Na parede, em cima da cama, a habitual pintura da *Madonna*, a Virgem Maria.

A condição instável de Chiara pedia os cuidados da irmã. Fazio, por outro lado, preferia manter uma certa distância. Estava claro que todos saberiam, por fim, que ele tinha uma concubina e um filho ilegítimo, mas preferia que a situação se revelasse aos poucos, sem alarde. Não se pode negar que três crianças a menos facilitam as coisas, pensou Fazio. Talvez por nunca as ter visitado longamente, não tinha desenvolvido nenhuma especial afeição.

Então Margherita teve uma ideia que se mostrou crucial na recuperação, pelo menos parcial, da irmã Chiara: lembrou a Fazio que na infância tinham aprendido alaúde com o pai, um risonho senhor que tocava em festas.

Meio desconfiado com o pedido, o pai de Girolamo trouxe de presente o instrumento musical que permitiria a Chiara uma imersão por horas a fio, por dias e dias seguidos. Desde então ela não apresentava mais aqueles arroubos da corrida em disparada, sem rumo.

Em uma daquelas vezes, por exemplo, Margherita só tinha achado a irmã no fim da madrugada, morrendo de medo de que alguém fizesse uma denúncia de algum pacto com o mal, ou então de bruxaria. Notícias chegavam da Suíça dizendo que tinham até queimado uma suposta bruxa perto de Sion. Todo cuidado era necessário.

Com uma trégua no frio naquele início de 1502, Fazio chegou cedo pela manhã — os sinos da cidade tinham tocado havia uma hora — e amarrou sua mula na entrada da modesta casa da Via Arena, vizinha à Porta Ticinese. Logo atrás vinha seu servo, um pacato rapaz bem jovem, nos seus 15 anos, conduzindo uma carroça onde se alojariam as duas irmãs.

— Chiara! Margherita! Estão prontas?

— Já vamos! — respondeu uma voz de dentro da casa. Sem demora saíram as duas, com um saco de roupas cada, duas mantas grossas, a cesta para a refeição durante a viagem e o alaúde.

— Parece que poderemos permanecer lá por um mês se a estrada for interrompida...

— Não exagere, *messer* Fazio — disse sorrindo Margherita, após breve deferência. — Não esperava que duas mulheres trouxessem apenas um pequeno saco de homens, não é mesmo? — Sempre bem-humorada, ela vinha toda coberta com um vestido verde-escuro e com um largo tecido marrom enrolado no pescoço, caindo-lhe sobre os ombros.

Chiara, antes de subir na carroça, olhou nos olhos de Fazio com ternura. Ele retribuiu, acenando com a cabeça de forma elegante. Ela era uma mulher baixa. Após tantos anos, continuava com o mesmo corpo roliço de outrora. Trajava um simples, mas bonito, vestido verde-claro, com mangas compridas e profundo decote. Por baixo, uma camisola escura cobria o colo. Sobre os cabelos presos, o véu branco que ela costumava usar quando saía de casa.

Dessa vez, Fazio não viera com sua tradicional roupa vermelha. Trajava uma capa roxa, que cobria os ombros e descia para as costas. A camisa escura era grande e fofa nos braços, com amarras na altura do pescoço; por baixo, um camisão branco de algodão, que sobrava muito em tecido na cintura e nos punhos. Junto à pele, vestia a camisola justa que tinha trocado na semana anterior.

Não seria adequado trocar a roupa de baixo e lavar-se de corpo inteiro com muita frequência, principalmente em época de peste. Acreditava-se que a água poderia retirar defesas importantes do corpo. Como desvantagem, existia a presença constante das pulgas, mesmo que se realizasse uma investigação minuciosa do tecido de tempos em tempos.

Protegendo os ouvidos, ele trazia um chapéu quadrado com tecido grosso de lã. A calça laranja era justa e coberta, em sua maior parte, por uma sobrecalça de couro, própria para o cavalgar prolongado e também para enfrentar o clima ainda bem fresco daquele fim de inverno. Assim se iniciou, de forma amistosa, a primeira viagem que faziam juntos para Moirago, o vilarejo onde o bebê Girolamo Cardano era cuidado pela ama de leite.

Na verdade, Fazio já passara por lá com seu ajudante, um mês antes, quando foi à Universidade de Pavia — onde tinha feito seus estudos jurídicos na juventude — para conversar sobre a proposta de palestras e aulas públicas. Uma proposta interessante e sedutora. Apesar de não pagar tão bem, pertencer à Universidade seria uma forma de manter um nome conceituado nos círculos de Milão.

A passagem de Fazio por Moirago tinha acontecido em um momento importante. O bebê Girolamo estava definhando, com aparência de pele e osso. A barriga dilatada e endurecida, assim como o choro fraco, contribuía para a impressão desagradável e preocupante.

A criada se desculpou, argumentando que talvez tivesse pouco leite. De fato, mal podia disfarçar a gravidez que avançava. Com o oferecimento de uma coroa de ouro por mês, Fazio não teve dificuldade para conseguir outra ama de leite, uma senhora tranquila e afetuosa, que tinha parido pela décima vez poucos meses antes.

Amamentar os filhos dos outros colocava as amas em um dilema nem sempre fácil de resolver. Os próprios filhos costumavam necessitar de outras opções de alimentação, pois a maior parte do leite estava sendo requerida pelo bebê da família abastada. Sopas e caldos ralos eram utilizados. Menos frequentemente, teriam acesso a um leite como o de égua, cabra ou vaca.

Em épocas de peste e febre intestinal, crianças pequenas que não eram amamentadas no peito costumavam não resistir na proporção de até um para um.

Menos de quinze dias depois de resolvido o problema, Fazio enviara seu servo para avaliar a evolução do garoto. Dessa vez, as notícias eram boas. Foi informado de que Girolamo já sorria e dormia bem. Assim ele pudera programar a primeira viagem para a mãe reencontrá-lo.

Chiara esfregou as mãos e, mesmo com a sensação de frio, dedilhou seu alaúde, deixando Fazio bastante impressionado. A bruma ainda estava baixa sobre o campo, fazendo com que os contornos das árvores fossem menos nítidos.

Passando pelo canal, viam-se barcos compridos que lentamente avançavam em direção a Pavia. Os raios de sol penetravam em fachos, aqui e ali. Com todo esse contorno natural, agradável aos olhos e ao espírito, a música parecia um fundo harmonioso e perfeito para o momento.

Fazio agradeceu, espontaneamente, a sensação divina de estar vivendo aquele dia, de paz e beleza, resultado da mão do Senhor:

— *Omne quod in virtute a Deo fit, dicitur eius inspiratione fieri!*

Tudo aquilo que é feito pela força de Deus diz-se que é resultado de sua inspiração! Era importante não perder o hábito de enaltecer a obra de Deus de forma efusiva, principalmente diante de pessoas que não se conhecia direito, como o novo servo que Fazio tinha arranjado. Assim se afastavam possíveis comentários de heresia, ou de uso de outras formas de religião. É como se se dissesse: "Veja, eu sou um seguidor de Roma!"

No meio do caminho, eles tomaram o lanche, sem perder o ritmo, chegando antes do almoço em Moirago, o pequenino e simpático vilarejo. Muitos lotes de terra próximos eram de propriedade da igreja local. Costumavam ser arrendados para camponeses, como o do Moinho, por exemplo. As poucas famílias dominavam o comércio e o cultivo da terra da mesma forma como tinha sido pelos séculos anteriores.

Ao se aproximarem, Fazio se adiantou e contornou a casa da ama de leite. Encontrou-a tecendo a lã, na porta dos fundos, aproveitando os raios de sol para se aquecer.

— *Buon giorno, signora* — disse Fazio, tirando as luvas. — Onde está o pequeno Girolamo? Ele está bem?

A criada aquiesceu com a cabeça e apontou para dentro da cozinha, onde o bebê dormia profundamente no cesto junto ao forno. Nesse instante se aproximaram Chiara e Margherita, pisando com cuidado entre as pedras e as fezes dos cachorros.

Fazio observou o garoto com afeto e orgulho, mas foi Margherita quem tomou a iniciativa de pegá-lo e trazer para a mãe. Pela primeira vez, Chiara acomodava o bebê em seu colo. Também pela primeira vez tinha um sentimento bom em relação a ele. Mas, de qualquer forma, a sensação era estranha. Poderia tanto deixá-lo anonimamente na roda da igreja, quanto afagá-lo e dizer: sua mãe está aqui, não tenha medo.

Os tempos com a nova criada tinham feito a diferença. Agora Girolamo estava com as bochechas reluzentes, os braços redondos e bastante cabeludo. Um cabelo preto, enrolado. Em breve serão cachos, pensou Chiara. Mas novamente se sentiu incomodada quando o pequeno Girolamo começou a reclamar e foi levado para ser amamentado.

A senhora, com braços e coxas gordas, com seios bem fartos, maiores que os de Chiara, era o que se costumava chamar de *mamma*, uma verdadeira *mamma*.

— Vamos abrir a toalha e comer um pouco? Chiara? Margherita? — perguntou Fazio, depois de fitar por alguns instantes o ato repetitivo do bebê, de sorver o leite da ama.

— Claro! Será aberto o vinho? — contrapôs Margherita de forma alegre. Chiara não dizia nada, mas a irmã já percebera que nesses momentos de silêncio residia um profundo incômodo. Iria passar, por certo.

Fazio acrescentou um pouco de mel ao vinho e misturou meio a meio em água de confiança. Afinal, como ele sempre gostava de lembrar, *L'aqua la fa mal, la bev la gent de l'uspedal*, repetindo o provérbio da língua milanesa. A água faz mal, bebeu quem está no hospital...

Cortaram o pão, o queijo e uma fina fatia de carne cozida, salgada e prensada em forma de bastão redondo junto com pequenos pedacinhos de gordura. Já tinham começado a comer quando o bebê voltou a dormir.

Chegaram então, falantes e barulhentas, as crianças da casa. Tinham ido à igreja com o resto da família da ama. Em seguida, vieram as tias e o pai, além de um bebezinho, pouco maior que Girolamo, no colo de uma avó. Em poucos minutos, o ambiente se modificou. Curiosas, as crianças vieram ter com Margherita, para saber o que ela estava comendo.

Após o almoço, Fazio e as irmãs foram dar um pequeno passeio no vilarejo. Visitaram uma artesã, conhecedora da arte maior da seda e da lã, e completaram as horas passadas em Moirago com uma reza no único prédio público, a igreja. Ao voltar para ver o filho, antes de partir, Chiara, dessa vez, não acomodaria novamente o bebê em seus braços. Sabia que daqui a alguns anos ele seria completamente seu.

Fazio acertou as contas com a ama de leite e cuidadora. Deu uma estimativa de quando voltaria a passar por Moirago e chamou o jovem servo, que descansava sob a árvore, para ajudar na arrumação da carroça. Despediram-se e tomaram o caminho de volta para Milão, senão a noite os pegaria na estrada. Chiara, fechada em si mesma, não disse uma palavra.

Foi a única vez que vieram juntos a Moirago. Fazio percebeu que nas outras vezes ele teria que vir sozinho. Quando partia de Milão para ficar alguns dias em Pavia, em função das orientações para alunos e aulas públicas na Universidade, sempre que possível ele interrompia o percurso por duas ou três horas para ver o filho.

Aos poucos, o afeto por ele aumentava. Começava a sentir saudades quando voltava para casa. Como se o tempo estivesse passando muito rápido, Fazio maravilhou-se em ver o pequeno Girolamo Cardano sentar, andar e falar as primeiras palavras. Brincava e corria como toda criança sã. As mortes tinham cessado em Milão. Era hora de trazê-lo para mais próximo, decidiu Fazio.

No verão de 1504, o pequeno Girolamo, de cabelos pretos cacheados, um garoto nem tão feio nem tão bonito, falante e alegre, de barriga protuberante e olhar suave, sairia de Moirago para, provavelmente, nunca mais voltar. Tinha vivido em total felicidade. Mas era ainda muito pequeno. Certamente nenhum daqueles dias ficaria em sua lembrança.

Um pouco antes de Girolamo ser trazido a Milão, a cidade viveu dias de alegria. Uma procissão solene comemorou o fim da peste. Tambores, pífaros e flautas desfilaram junto com as cores vivas de estandartes. Clérigos formavam um bloco religioso compacto; todos abaixavam a cabeça e se ajoelhavam à sua passagem.

As ruas principais de Milão foram tomadas pela população, que saiu para ver a festa. O governador, Charles d'Amboise, também participou. Todos precisavam de algum motivo para comemorar. Afinal, a Itália continuava a viver dias difíceis. Os espanhóis tinham conquistado definitivamente o reino de Nápoles, que se uniu, sob a coroa de Aragão, também à Sicília. Desta forma, Luís XII, o rei francês, contentou-se com a manutenção da posse de Milão.

A morte do papa Alexandre VI, também no ano anterior, não produzira uma comoção particularmente sincera. Ele tinha sido o chefe religioso mais corrupto e devasso até então. Tivera amantes, vários filhos bastardos, favorecera a própria família e, curiosamente, tinha decretado a divisão do mundo desconhecido entre Portugal e Espanha com suas Bulas Alexandrinas.

Os franceses não tinham engolido o conluio, claro. O mundo político europeu, definitivamente, tinha mudado. Agora existiam embaixadores permanentes espalhados pelos vários países, com o objetivo de manter constante captação de informações.

Ludovico Sforza continuava preso na França. Recentemente, ele tinha sido transferido do Castelo de Lys, localizado entre Bordeaux e Toulouse, para o de Loches, em Tourraine, no vale do rio Loire.

O Chateau de Loches, um dos preferidos do rei, agora tinha uma ala da torre exclusivamente utilizada como prisão. Poderia ser considerado por Il Moro como um local honroso para ser mantido como prisioneiro. Felizmente seu primeiro filho, Ercole Sforza, educado e criado em Flandres, estava a salvo ao norte da Europa Central.

Ao chegar a Milão, nenhuma dessas histórias importava ao pequeno Girolamo. Estava maravilhado com o que seus olhos captavam. Tinha feito o percurso pelo canal junto com o pai e vislumbrado cada detalhe, de cada casa e de cada comércio, principalmente após passagem pela Porta Ticinese, entrando em sua nova cidade.

Milão era um dos principais polos de comércio do fim do século XV, junto com Paris, Augsburgo, Veneza e Roma. A Igreja Duomo, na praça principal, já tinha seus pináculos e laterais terminados. As obras da fachada estavam a todo vapor. Ao contrário dos tijolos vermelhos que predominavam na cidade, lá se poderia ver o belo mármore trabalhado. Seu pai Fazio posava orgulhoso por ter sido consultado para examinar a porta setentrional da catedral, junto com figuras importantes como o artesão Caradosso, o escultor Briosco e os arquitetos Bramantino e Dolcebuono.

Até aquele momento, no entanto, Girolamo ainda não tinha conhecimento da decisão do pai de que nunca mais deveria se encontrar com a ama de leite, a forte figura materna de sua vida até então. Ao chegarem em frente da casa que ele pensava apenas visitar, aquelas que seriam a partir de agora suas cuidadoras saíram para recepcioná-lo.

— Essa é sua tia Margherita, Girolamo — apresentou Fazio. E então ele se ajoelhou da forma como tinha orientado o pai.

— Como você está lindo, Girolamo! Que mocinho! — Ela beijou a cabeça do garoto.

Chiara então se aproximou.

— Agora beije a mão de sua mãe — falou Fazio. — Ela cuidará de você a partir de agora.

Por um momento, Girolamo ficou paralisado quando ouviu a palavra mãe. Ainda não entendia o que estava acontecendo. Tudo começou a ficar confuso. Um empurrão do pai e um abraço pouco sincero selaram o primeiro contato entre mãe e filho depois de quase quatro anos de afastamento.

Entraram na casa, onde uma carroça de metal e um cavalo de pau estavam expostos na sala, esperando o menino. Girolamo ficou fascinado com os presentes e pôs-se a brincar. Fazio sorria, orgulhoso, certo de que suas decisões tinham sido acertadas; assim ele passou a tarde na casa, tomando um bom vinho e vendo o filho entreter-se nas brincadeiras.

— Então, *messer* Fazio, tem já algum plano para o futuro do garoto? — perguntou Margherita. — Em breve ele poderá aprender as primeiras letras.

— Sim, claro. Já falei com alguns bons mentores na cidade. Um hebreu conhecedor de álgebra, latim e astrologia está como opção na minha cabeça. Há também um professor do Piattine, muito especial.

— E o que ele gosta de comer? — lembrou Chiara.

— Ao que parece, aceita de tudo. Pão, sopa de frango, *spaghetto* e *maccheroni* com pedaços de carne, por exemplo. Daqui a pouco ele vai se sentir à vontade e começará a falar sem parar. Ele já sabe dizer o que lhe agrada. Mas é importante que vocês tomem conhecimento de algumas coisas um pouco singulares do menino. — A face de Fazio se tornou levemente preocupada: — Ele enxerga durante a noite, em meio à escuridão. Em uma noite a criada me mostrou pela fresta da porta: ele se senta e brinca sem precisar acender a vela.

— O que é isso, Fazio? — perguntou Chiara. — Ele é visitado por espíritos? Já bastam suas estranhezas, agora passou para o menino...

— Pela manhã — continuou Fazio, fingindo não se importar com os comentários de Chiara —, ele fica uma ou duas horas mirando algo que não sabemos. Dá risada e conversa. Talvez seja algum espírito da floresta... Sim, por que não? Ele jamais quis contar o que via. Diz que não é nada, mas certamente há algo. Acredito que não seja maléfico. Portanto, fiquem tranquilas.

— Não sei se vamos ficar tranquilas; sei apenas que agora receberemos mais visitas suas — cutucou Chiara.

— Sim, Chiara, já entendi o que quer dizer. Sei também que os gastos serão maiores. Sou um homem de palavra.

— E a palavra de nos casarmos? De morarmos em uma mesma casa? Acha que é fácil ouvir comentários por aí, até do pároco? — explodiu Chiara enquanto Fazio contraía os lábios.

Havia algum tempo que ela estava com o assunto engasgado na garganta.

— Você me manda para Pavia fingindo que eu sou uma serva, pensa que eu não sei? — continuou Chiara no mesmo tom. — Ficou com vergonha porque não sei a escrita e não sei somar, ou por causa dos três filhos que eu tinha?

Como acontecia naquelas ocasiões de atrito, Margherita se retirava do ambiente de forma discreta. Dessa vez, levou junto um garoto assustado, para que continuasse a brincar fora da casa.

— Não complique as coisas — respondeu Fazio, tentando manter-se calmo. — Veja o conforto à sua volta. Se não fosse por mim, não haveria mais nenhum filho. Os outros não farão falta. Lembre-se de que agora há um garoto, que saiu do seu ventre.

— Como ousa dizer que não farão falta? Não fale dos meus filhos! — gritou Chiara, partindo para cima de Fazio, que evitou agredi-la, esquivando-se e dirigindo-se para a porta.

— Está louca? — gritou Fazio, empurrando Chiara para cima das cadeiras, após nova investida. — Pensa que quero voltar aqui, para este inferno? — e, apontando para fora: — Fique com ele, é seu! Não aguento mais esses seus nervos, essa negatividade de querer estragar tudo — e saiu com raiva, sabendo que muito em breve estaria de volta, como sempre fizera.

Quando voltou para dentro da casa, Margherita viu Chiara com o olhar fixo e assustador que havia muito não apresentava. Balançava-se para a frente e para trás, como um pêndulo. O receio de que a irmã entrasse em uma nova crise de insanidade era real, mas, felizmente, Chiara aos poucos voltou a si; levantou-se, pegou o instrumento e tocou. Os dedos correram ágeis, precisos. O som encheu a casa, hipnotizando o garoto, que nunca tinha sentido toda a beleza e a paz transmitidas pela música.

Mas a noite chegou, e a angústia do garoto aumentou por não saber de seu pai e da mulher que chamava de mãe.

— Girolamo, venha, fique no meu colo — chamou Margherita, tocada pelo sofrimento dele.

— *Mamma...* onde está *mamma*? — gemia baixinho, perguntando onde estaria sua ama de leite.

Chiara, aparentemente sem se incomodar com o lamento, estava no fogão preparando arroz. Ao contrário dos povos do sul, que levavam o cereal ao forno, os lombardos preparavam-no sob fogo intenso, deixando a água reduzir, até a mistura pegar o gosto do frango ou da carne. Em dias especiais, experimentavam também o presunto e a alcachofra, com sal e pimenta. *Artichok i giambun*, diziam, em uma mistura do francês com a antiga língua germânica longobarda.

O agradável cheiro do arroz cozido não faria o garoto interromper seu lamento. Ele passou a ficar em pé na cozinha, repetindo incansavelmente o pedido pela ama que chamava de mãe. Lágrimas se misturavam à secreção do nariz, que descia abundante, deixando um rastro em seu pequeno rosto a cada vez que o esfregava com o braço.

Margherita mais uma vez tentou acalmá-lo, em vão, ajoelhando-se ao lado dele. O pequeno Girolamo repetiu tantas vezes a sua demanda que Chiara finalmente perdeu a paciência, largando a grande colher em cima do forno e partindo com raiva para cima dele.

— Eu sou sua mãe, entendeu? Eu! — gritou, apontando para o próprio peito.

Mas nem mesmo com os gritos de Chiara o lamento terminava. Então soou um estalo seco, e Girolamo subitamente se viu de joelhos, olhando o chão da cozinha, atordoado. Em um átimo, o lado esquerdo do rosto começou a arder. À secreção que descia misturou-se o sangue.

— Nunca mais quero ouvir isso! Eu é que quase morri depois de três dias de sofrimento. Eu é que perdi meus filhos! — gritou mais uma vez Chiara. — Agora tenho que aguentar esse traste... — e voltou-se para terminar o arroz.

Margherita ajudou-o a se levantar e abraçou-o carinhosamente. Ele não falou mais nada, aterrorizado. Apenas continuou com um choro silencioso.

— Calma, minha irmã. É só o primeiro dia. Verá que logo tudo se acertará. — Lentamente, Margherita levou-o para o quarto e se sentaram na cama, que, a partir de agora, seria dos dois.

No dia seguinte, estouraram cinco carbúnculos na face do garoto. Um deles, com base avermelhada, apareceu exatamente na ponta do nariz. As feridas, em forma de cruz, lembravam as lesões que tivera pouco tempo após o nascimento e contribuíram para ele se manter sem dizer uma palavra, a não ser na presença do pai.

Fazio já tinha esquecido da ameaça de não mais voltar à casa da Via Arena. Foi visitar Girolamo e assim passaria a fazê-lo quase diariamente. Sua afeição crescia, o que não impedia de eventualmente utilizar a vara nas pernas do garoto para impedir que ele se desviasse de uma criação rígida. A informação de que ele tinha sido punido por Chiara no primeiro dia de casa nova, por exemplo, fora mais que suficiente para uma série de chicotadas.

Qui diligit filium suum assiduat illi flagella — dizia Fazio, citando Eclesiastes, o livro de Sirach. Quem ama o filho assiduamente o flagela.

— Não sei se essa é a melhor maneira de educar um filho — comentou certa vez Galeazzo Rosso, amigo de Fazio e ferreiro habilidoso. — Veja a escola de Vittorino da Feltre, em Pádua. Tem outro pensamento.

— Pois ouvi dizer que lá se usam a vara e mesmo o relho de cavalo — rebateu Fazio.

— Talvez um pouco — ponderou Galeazzo. — Um pouco é necessário. Mas muitas crianças às vezes nem sabem por que estão apanhando. Meu pai me disse que Da Feltre lembrava a todos que crianças são humanas, que devemos tratá-las com humanismo.

— Pare com isso, Galeazzo! Recebi muita vara nas pernas durante a infância e nem por isso deixei de ser humano. Veja as crianças de Flandres — comentou Fazio, usando argumentos de conversas da rua, mesmo sem nunca ter ido lá: — Muitas se tornam efeminadas por causa da indulgência dos pais. Um filho deixado sem rumo será um cabeça-dura, diz o livro de Sirach: *Filius remissus evadet præceps!* Lembre-se disso.

— Certo, não discutiremos, Fazio. Mas faça atenção com seus exemplos na língua latina, amigo. Recorde o que o vigário-geral disse sobre esses livros não inspirados por Deus. Essa versão de Eclesiastes é bastante popular, eu sei, mas não está na Bíblia de Roma. Deve existir alguma parte dos Provérbios falando de como educar filhos — completou, rindo. — Use isso, por favor.

— Vou levar em consideração seu conselho — disse Fazio, despedindo-se. Logo depois virou-se, a tempo de Galeazzo ainda ouvir: — Estou falando do conselho sobre a Bíblia, não o de diminuir a vara! — Os dois riram, e cada um seguiu seu caminho pelas estreitas ruas de pedra da capital milanesa.

Fazio tinha orgulho do relacionamento com aquele que era um dos poucos amigos. Galeazzo Rosso tinha descoberto o parafuso de Arquimedes antes de ele ser publicado. Além disso, inventou um método de temperar espadas para que cortassem ferro como se fosse lenha.

Após uma caminhada de vinte minutos, chegou à casa da Via Arena, onde viviam as duas irmãs e o filho. Fazio trouxe uma notícia que deixaria o garoto bastante animado.

— Girolamo! Chiara! — saudou ao entrar em casa. — Ouçam esta novidade!

O garoto acorreu para o pai, abraçando-o carinhosamente. Em seguida cumprimentaram Fazio as duas mulheres da casa.

— O grupo I Golosi chegou à cidade e recebeu permissão de encenar o *teatro all'improviso* dentro dos muros — falou animado o pai de Girolamo. — Será na Piazzetta di Brera em frente à Sant'Eusebio, após o sino da missa.

— Nós vamos, pai?

— Claro, claro! — E, olhando para as duas: — O que acham?

Todos concordaram. No domingo seguinte, caminharam cedo para a missa, com suas melhores roupas. Fazio usava a capa negra, com a roupa vermelha de que tanto gostava; dessa vez também vermelho era seu chapéu alongado, de onde saía um comprido pano que dava a volta no pescoço. Uma corrente dourada adornava seu colo.

Chiara usou pela primeira vez um vestido roxo estampado, com o colo coberto pelo mesmo tecido, além de seu véu branco. Margherita, por sua vez, trajava um longo vermelho, e o menino, uma calça laranja bem justa e uma camisa verde por cima da folgada camisola branca. Tinha um cinto preto sobre a roupa de cima.

Apesar de a igreja de Sant'Eusebio não ser uma das maiores, Girolamo ficou impressionado com o movimento das pessoas, de tipos físicos diversos e roupas diferentes. Surpreendeu-se mesmo quando viu um grande pano pintado com o motivo de ruas de uma cidade se erguer atrás das duas carroças e do pequeno palco montado para a apresentação.

Sentaram-se no meio da praça, que enchia de gente. Muitos ficaram em pé logo atrás. Dois garotos levavam o saco para pegar as contribuições para o espetáculo.

Na primeira parte, a companhia encenou, com o auxílio da narração de um ator que ficava em cima de uma caixa, em uma das laterais, a história da bela do castelo, que ficara paralisada em um sono de morte depois de engasgar com uma maçã envenenada. A mãe invejosa, disposta a comer o fígado da filha de beleza incomparável, fora a responsável pelo ato cruel. Sete anões da floresta carregariam a bela até uma clareira, antes de ela ser enterrada.

A perspectiva de uma mãe que poderia aplicar tal violência a um filho deixou Girolamo bastante impressionado. O clima pesado se aliviou quando dois anões entraram levando a bela e alguém da plateia perguntou, em tom jocoso, onde estavam os outros cinco.

— Os cinco anões amigos estavam naquele momento trabalhando na mina de metais — completou o narrador, sem perder tempo.

— Estão com Il Moro! — gritou outro, e todos riram.

Com a habilidade de quem conhecia o ofício, o narrador aguardou diminuir a excitação coletiva pelo *scherzo* e continuou:

— Mas quando os anões tropeçaram, a maçã envenenada saiu da garganta da bela, que acordou. A chegada, logo após, do príncipe e o beijo na mão da amada levantaram a plateia, que gritou bastante em meio às palmas.

Em seguida, a trupe mostrou suas habilidades de canto, dança e malabarismo. O improviso dos atores acontecia sobre um roteiro básico repetido à exaustão pelas cidades do norte da Itália. Os amantes, ou seja, *gli innamorati*, não conseguiam ficar juntos devido à intrusão do pai da moça, um velho médico intransigente.

— Pai, o que eles estão dizendo? — cochichou Girolamo.

— Não consigo entender algumas partes — disse Fazio, no ouvido do filho. — Eles falam também em latim e toscano.

A mistura de línguas, hilariante para alguns espectadores que sabiam um pouco mais dos falares próximos de Milão, era compensada pela mímica bastante convincente.

Com a ajuda do servo esperto e trapaceiro, os amantes fizeram o *dottore* achar que o pretendente tinha muitas posses. Assim eles puderam se casar, para delírio da plateia. A surpresa veio no fim, quando o amante mostrou que ele é quem tinha ficado grávido.

Voltaram todos lentamente para casa, parando, de tempos em tempos, para ver curiosidades nas ruas da cidade. Um pônei para crianças darem uma pequena volta, cerejas com mel, exibições de artistas com muita habilidade nas pequenas bolas e um grupo que tocava músicas de igreja de forma magnífica.

Na Piazza dei Mercanti, peles de coelho, gato e raposa estavam à venda, além de água de rosas, mirra, incenso e aloé de Socotora, uma goma feita de suco de folhas que vinha de algum reino às margens do mar Vermelho.

Além disso, havia pequenos grupos de homens entretidos em jogar os dados, com o dinheiro percorrendo de mão em mão.

Perto do Seminário Maggiore era também possível comprar uma compensação por algum pecado cometido. Os *quæstores*, os perdoadores autorizados, ficavam na tenda no canto da pequena praça e orientavam os interessados de que não bastava aquela aquisição; era fundamental ter o perdão sacerdotal.

Girolamo assistia a tudo com atenção. Agora falava com mais desenvoltura e chegou até a se aproximar de Chiara, de quem recebeu um discreto afago.

Fazio ficou o resto da jornada com os três. Quando anoiteceu, ainda permanecia na casa, tal o prazer que tinha experimentado naquele dia especial. Com as pequenas tochas da cozinha ainda acesas, e o fogão mantendo o ambiente bastante agradável, ele saboreava o vinho quando deu a bênção ao filho e se despediu de Margherita. Ambos foram dormir.

Chiara sentou-se no chão, aos seus pés, e apoiou a cabeça em suas pernas. Esse momento de ternura fez Fazio se lembrar de quando tinha se sentido atraído por ela, anos atrás; a única mulher que despertara nele o desejo. Fazio puxou-a para si e beijou-a apaixonadamente. Então, se amaram como quando se conheceram e, já noite alta, adormeceram abraçados.

Ao cantar o galo, na primeira hora da manhã, Fazio acordou e teve a certeza de que o melhor a fazer era se mudar para aquela casa. A partir de agora, viveriam todos juntos. Traria seus servos, com a possibilidade de serem alojados na parte dos fundos, e, muito importante, diminuiria as despesas, que já ultrapassavam o valor que tinha planejado. Sem alarde, no fim do ano de 1504 da graça do Senhor, a família Cardano passava a ter apenas um endereço, a Via Arena.

A última ceia

Um ano e outro ano transcorreram mais tranquilos na casa de Girolamo, que se desenvolvia solto, alegre, rosado, cheio de vida. Todo fim de tarde sentava-se à beira da cadeira da cozinha para ver a mãe tocar o alaúde, depois de um dia de intensas brincadeiras com soldadinhos e o cavalo de madeira, sem contar as estripulias sobre os muros da casa.

A decisão de Fazio de se mudar definitivamente para lá acabou tendo efeito bastante benéfico na relação entre todos. O ambiente tenso das brigas e discussões deu lugar à calmaria necessária a uma infância saudável, pontilhada, obviamente, com eventuais surras de vara.

Margherita, como sempre, defendia Girolamo e o consolava nesses momentos difíceis. A verdade é que o próprio menino as aceitava e até as achava justificáveis em vista das desobediências próprias de uma nova fase mais inquisidora.

Até esse ponto, uma infância totalmente normal. Isso não significava, no entanto, que ainda não houvesse alguns resquícios da ruptura pela qual o garoto tinha passado. Tinha dificuldade em fazer amigos na vizinhança.

— Fazio, precisamos conversar — chamou-o de lado o senhor Carlo Baronio, professor de filosofia e história bíblica.

— Sim, Carlo, como estão indo as aulas? Já faz mais de um mês.

— É exatamente sobre isso que gostaria de falar. O menino Girolamo é de fato bastante inteligente. Para quem tem 6 anos, ele capta tudo com muita rapidez. Mas eu não tinha sido informado antes... — hesitou um pouco o professor Baronio. — Será difícil continuar. Não sei lidar com um garoto mudo, não tenho essa experiência.

— Mas meu filho não é mudo, Carlo! — surpreendeu-se Fazio, para logo depois se dar conta de que o garoto realmente não conversava na presença de estranhos. — É verdade... Nem pensei sobre isso. Achei que seria um processo natural ele se soltar ao longo das aulas.

— Se não é mudo, então não sei, mas o fato é que ele não falou uma só palavra...

— Está bem, verei isso. De qualquer maneira, agradeço, Carlo — e Fazio se despediu, pensativo.

Mais uma tentativa foi levada a cabo naquele ano, revelando-se infrutífera. Dessa vez o tutor já sabia do detalhe e insistiu por quase dois meses. Restou a Fazio tomar uma decisão importante: ele mesmo assumiria a responsabilidade pela educação do menino.

— Chiara, chegou o momento de Girolamo me ajudar em meus afazeres diários e assim aprender o ofício, além de tudo o que sei.

— Será maravilhoso, marido. Ele já brincou o bastante — concordou Chiara. — Assim será alguém nesta vida de Deus.

— Ele terá a função de meu servo, o que também será bom, pois já estou cansado. O material que carrego começa a pesar um pouco em cima da idade.

— Mas quando ele começa?

— Amanhã mesmo — disse Fazio. — Faço aula no Piattine, na parte da manhã. Ele assistirá e depois já me acompanhará na audiência à tarde.

Inicialmente Girolamo seria apresentado às três vias do conhecimento, o *trivium*: gramática, lógica e retórica. Todos começam por aí, pensou Fazio. Depois, o *quadrivium*: geometria, aritmética, astronomia e música.

— Música? Vou aprender música? — perguntou o garoto, ansioso.

— Sim, filho, a música é outra maneira de aprender matemática — uma resposta que deixou Girolamo em dúvida se iria, ou não, pegar em um alaúde.

Talvez fosse melhor conversar com a mãe sobre isso, pensou Girolamo.

— Vamos, garoto, mantenha o passo senão vamos nos atrasar.

Ao chegar ao Piattine, foram inicialmente à sala dos grandes. O professor Fazio deu as instruções iniciais da leitura a ser realizada para em seguida falar sobre adição de números na sala dos pequenos.

As horas passaram rápido para o pequeno Girolamo. Ficou sentado no fundo, sem dizer uma palavra, como se fosse um elemento estranho naquele ambiente de garotos e garotas bastante simples. Percebeu que era chegado o momento de aprender muitas outras coisas que não sabia, entre elas a arte da leitura.

Na hora do almoço, comeram algo com pressa e saíram em direção ao prédio anexo do arcebispado, poucas quadras ao norte do Ospedale Maggiore, próximo à igreja Duomo. Chegaram a tempo. Muitas pessoas se agarravam às grades para saber notícias de seus parentes e amigos encarcerados. Alguns presos passariam em audiência naquela tarde.

Entre gritos e choro, Fazio e seu filho abriram caminho até o controlador, que, vendo o jurisconsulto, abriu os grilhões de ferro. Após entrarem, as lamúrias do exterior foram desvanecendo à medida que avançavam dentro do prédio de paredes e teto brancos.

Chegaram então a uma pequena capela sem imagens religiosas, agora utilizada para as audiências. Fazio explicou, falando baixo no ouvido do surpreso senhor que controlaria o ofício, que o menor Girolamo, apesar de criança, era seu ajudante. Um ajudante que não falaria nada.

Havia apenas três fileiras de bancos, postadas entre o transepto e a diminuta nave, que serviriam para os juristas que estavam para chegar. Foram então chamados, para subir ao local antigamente usado como altar, os dois rapazes acusados de sodomia.

— *Messer* Gian Antonio Boagaglia di Padova, ourives, e *signor* Teodoro Gent delle Fiandre, pintor — anunciou o controlador do ofício.

De braços atrás das costas e cabeça baixa, eles subiram os degraus e ficaram em pé, lado a lado. A queixa, apresentada pela dona da pensão onde ficava o pintor nascido nas Terras Baixas da Holanda, era muito grave. Poderia resultar em decapitação ou morte no fogo.

— *Signori,* façamos atenção! Os magistrados!

Com o anúncio dos magistrados que iriam julgar o caso, fez-se silêncio na sala e entraram três juízes com toda a vestimenta preta, incluindo o manto. O chapéu, também preto, bastante avantajado e quadrado, dava a dimensão da importância do cargo.

Após se sentarem nos bancos, o mais velho, vigário, solicitou a leitura do relatório, que detalhou a possível relação íntima delituosa entre os dois amigos. O que parece ter originado a denúncia teria sido a falta de pagamento do jovem de Flandres. No quarto dele, os guardas encontraram o livro de Ovídio, *A arte de amar*, condenado pela Igreja, além de um quadro quase terminado com a imagem do amigo.

— Magníficos juristas, caros amigos presentes, admiradores da herança das leis de Roma! — começou Fazio sua exposição, sob o olhar incrédulo do pequeno Girolamo. — Mostrarei brevemente como a denúncia foi mesquinha e equivocada, como dois jovens de boa conduta, que Milão poderia se orgulhar de ter como habitantes, são apenas amigos, aprendizes de artes indispensáveis para a condução da vida na cidade, do sucesso de um centro de excelência que atrai pessoas de todas as províncias da Europa!

Então Fazio Cardano explicou como o jovem dos Países Baixos ainda não havia recebido a parte da herança que lhe cabia e que no momento ainda não tinha possibilidades plenas de pagar o que devia, por ser ainda um estudioso em uma oficina de música.

Por certo pagaria. Até propunha a adição de juros. Além disso, suas atrações físicas e amorosas se pautavam no universo feminino. Prova irrefutável seria o livro de Ovídio, achado em seu aposento.

— Permitam-me, senhores, que sejam lidos os trechos grifados do livro apreendido — continuou Fazio, com pompa. — Foram trechos marcados pelo próprio dono, *signor* Teodoro de Flandres. Sabemos todos que a posse do livro poderia ser interpretada como uma tendência à luxúria e não seria digna deste tribunal, mas, como se trata de uma prova que pode decidir a vida do jovem réu, peço que se abra uma exceção para a leitura de partes que não atentem contra a pureza dos costumes de nosso país.

Os magistrados se olharam e trocaram comentários por um breve momento, e um deles autorizou o andamento da solicitação extraordinária.

— Prossiga, *messer* Fazio, com comedimento.

O controlador do ofício leu o primeiro trecho grifado:

— *Si doctus videare rudi, petulasnve pudenti, diffidet miserae protinus illa sibi.*

— Se se mostrar sábio para uma inexperiente, ou atrevido para uma recatada, logo elas desconfiarão e ficarão na defesa! — Fazio levantou a cabeça. — A todos aqui presentes eu pergunto: quem está preocupado em artimanhas para conquistar mulheres, se não um amante da graça feminina, se não um rapaz que, por ainda não ter as posses a que terá direito, treina sua arte pintando a figura de um amigo? Ou então iremos dizer que todo artista que faz a figura de um homem é amante da sodomia?

Em seguida, mais um trecho marcado foi lido, em que Ovídio escreveu: TRAVE CONHECIMENTO PRIMEIRO COM A CRIADA DA MULHER QUE QUERES SEDUZIR. A afirmação causou um certo incômodo entre os presentes na audiência. Por último, mais uma parte grifada na obra, no livro primeiro.

— *Sunt diversa puellis*. São diversos os sentimentos das mulheres. *Pectora: mille animos excipe mille modis*. Para conquistá-las, empregue mil meios, diz o texto — completou Fazio. — Caríssimos, esses fatos deixaram claro, sem sombra de qualquer dúvida, quais são as preferências amorosas de nosso injustamente acusado, um rapaz muito amigo e confidente de Massimiliano Sforza, filho primeiro do magnífico Ludovico Sforza e da querida falecida Beatrice d'Este!

Fazio tinha deixado para o fim a última cartada ao citar a figura de Massimiliano, o filho de Ludovico Il Moro criado em Flandres. O jovem poderia, com apoio dos suíços, reivindicar o Ducado de Milão a qualquer momento. Aliás, a infantaria da Suíça, a mais formidável da Europa, estava sempre pronta a invadir o sul dos Alpes e auxiliar quem pagasse melhor. Agora os franceses estavam no poder, mas quem poderia dizer sobre o dia de amanhã?

A menção do nome Sforza causou mais incômodo que a leitura dos trechos de Ovídio. Mais uma vez os magistrados se entreolharam, e o vigário sugeriu aos outros, em voz baixa, que o processo fosse arquivado, ao que anuiriam sem discutir.

— Que sejam determinados os juros em questão e o processo seja encerrado — disse o vigário ao controlador do ofício, que de pronto anunciou para toda a sala: — Que sejam determinados os juros e seja finalizado o processo de Gian Antonio Boagaglia di Padova e Teodoro Gent delle Fiandre!

Fazio sorriu com prazer, e o pequeno Girolamo percebeu que algo de muito bom tinha acontecido.

Dias após, na volta do mercado, Fazio comprou para o filho, no vendedor ao lado do *Molino delle Armi*, o livro infantil de Esopo, na edição de Steinhowel, de 1501, com poesia e fábula: *Esopi appologi, carminum et fabularum*.

De vulpe et vua.

As lindas ilustrações fizeram com que Girolamo ficasse apaixonado pelo livro. Assim, passou a folheá-lo diariamente, mesmo que não compreendesse ainda as letras impressas. À noite, antes de dormir, sua tia sempre lia uma das pequenas histórias. "A Raposa e as Uvas", "Hermes e os Artesãos",

"Diógenes e o Homem do Rio". Eram pequenos contos que entretinham e prendiam a atenção. Ao contrário da mãe de Girolamo, Margherita tinha algum conhecimento do latim escrito.

— "A Porca e a Cadela" — começou Margherita, sob o olhar atento do sobrinho. — A porca e a cadela discutiam para ver quem era melhor parideira. "Eu sou a melhor", disse a cadela, "pois eu consigo parir mais rápido". "Ora, retrucou a porca, mas seus filhotes chegam ao mundo cegos, de olhos fechados. A pressa é inimiga da perfeição!"

— Por quê, tia?

— Como assim? Se o animal faz o filhote mais rápido, não nasce tão bem. É isso.

— Mas como é parir? — continuou o garoto.

— Depois explico. Vamos dormir. Já é tarde. — E se cobriram com a manta de lã.

Pouco a pouco, nos intervalos das caminhadas, nas esperas de audiências, ou assistindo às aulas do pai, Girolamo começou a adquirir rudimentos de álgebra, grego, latim, retórica, filosofia e poesia. O prazer em acumular mais conhecimento era evidente no pequeno aprendiz.

O pai também sabia como entretê-lo com histórias fantásticas, contos de magos, demônios e bruxas, adivinhações, milagres e traições. O medo da inveja alheia fornecia igualmente relatos reais arrepiantes. Nunca se sabia de onde poderia vir um objeto amaldiçoado.

Giovanni d'Áustria, por exemplo, morreu após calçar sapatos envenenados. A mãe de Henrique IV, após entrar em contato com luvas e coletes perfumados dados por Caterina de Medici, teve o mesmo triste fim, e Henrique de Luxemburgo, por sua vez, agonizou em definitivo após comer a hóstia consagrada embebida em vinho maculado.

— O grande mestre Leonardo di Ser Piero, da pequena cidade de Vinci, meu filho, fez estudos de como obter um pêssego venenoso.

— Como ele fez isso, pai?

Fazio explicou, citando as próprias palavras de Da Vinci, como seria instilada, em um buraco feito no pequeno pessegueiro, *um bucho dentro un albusciello*, uma solução de arsênico e ácido gálico com álcool, *arsenico e risigallo chon acquavite*, para tornar as frutas venenosas, *a forza di fare e sua frutti velenosi...*

— E depois, pai?

— Depois? O pessegueiro morreu! — E deu uma gargalhada.

Alguns momentos dessa vida do dia a dia poderiam ser particularmente mágicos. Um deles certamente ficaria gravado na memória de Girolamo.

— Vou mostrar, filho, como o mestre Leonardo não era apenas matador de pessegueiros.

Caminharam então, em uma bela tarde de outono, atravessando a cidade em direção às portas do sol poente. Deixaram para trás a Igreja do Santo Sepulcro e em seguida a de Sant'Agnese. Não era difícil passar em frente de uma igreja quando se caminhava em Milão. Entre os lugares de culto catalogados dentro dos muros havia pelo menos 194 opções para rezar.

Pai e filho chegaram então à entrada lateral da Igreja Santa Maria delle Grazie e, após a permissão do padre, entraram no refeitório. Fazio não tinha contado o que veriam lá. Adentrando o grande e alto salão, bem acima da altura da cabeça, em uma das paredes podia ser vista a enorme obra de tirar o fôlego, a última refeição de Cristo com os apóstolos. Pintada ao longo de vários anos, terminada pouco antes de Girolamo ter nascido, tornou-se motivo de peregrinação na época. Toda Milão quis ver a obra inesquecível, solicitada pelo duque Ludovico Sforza. Todos queriam ver *A Última Ceia*.

— Ludovico permitiu isto, filho. Ele gostava muito desta igreja. Inclusive sua mulher Beatrice está enterrada aqui — explicou Fazio. — Não é incrível?

— Nossa, pai, é lindo. Parece que nós estamos dentro da sala.

— Isso é perspectiva do ponto de vista atual, no mundo de hoje, filho. É a nova filosofia.

Então citou Peckam, do livro que tinha traduzido:

— A perspectiva deve ser proposta a todas as disciplinas humanas. Nela se encontra a glória da física.

Olharam por um breve tempo em silêncio. Estarem somente os dois no refeitório era um grande privilégio. Depois Fazio começou a chamar a atenção para os detalhes da pintura.

— Veja como as linhas do teto vão para o fundo, dando essa impressão de estarmos dentro, conforme a sua observação. Mas o mestre tinha seus truques. Lembra o que lemos na Bíblia, no livro de Mateus?

— Qual parte? — indagou Girolamo.

— *Et accipiens calicem gratias.*

— Ele pegou o cálice — repetiu Girolamo.

— *Hic est enim sanguis meus novi testamenti in remissionem peccatorum.*

— Deu graças e disse que era o sangue para o perdão dos pecados...

— Correto, filho — aquiesceu Fazio, com um sorriso. — Mas o que está faltando na pintura? Pense nesse trecho que falamos.

— Faltando... — Girolamo pensou um pouco. — O cálice?

— Muito bem! — concordou o pai, orgulhoso.

— Mas por que ele não pintou o cálice?

— Esse é mais um dos segredos do mestre. Ele apenas riu quando eu perguntei. Veja também que os apóstolos estão em grupos de três, deixando Jesus sozinho.

— Mas todos gostavam de Jesus, não gostavam?

— Sim, mas um deles vai traí-lo, lembra-se? Jesus falou isso, e a pintura mostra o momento em que todos estão preocupados. Ele está só, pois vai morrer.

— Ele já sabia que ia morrer?

— Sabia inclusive quem era o traidor: *dico vobis quia unus vestrum me traditurus est.*

— É verdade. É Judas, não é? Mas onde ele está?

— Olhe da esquerda para a direita, filho. No segundo grupo de três, Judas Iscariotes, Iudae Simonis Scariotis, de cabelos brancos, está com a cabeça entre os dois. Jesus deu o pão a ele, *Iesus cum intinxisset panem*, e assim Satanás entrou no corpo de Judas, *dedit et post introivit in illum Satanas...*

— Em que parte está escrito isso, pai?

— Em São João. Mas veja bem o rosto de João, do lado da mão direita de Jesus. Parece um menino ou uma menina?

— Nossa...

Nesse momento entrou o padre Carlo no refeitório, e Fazio agradeceu a possibilidade da visita.

— Muito obrigado, padre, estava explicando ao meu filho como a glória de Deus está presente na pintura pelas mãos do mestre. A inspiração do Senhor.

E novamente citou em voz alta, com um pouco de exagero:

— *Omne quod in virtute a Deo fit, dicitur eius inspiratione fieri!*

— Claro, claro — completou o padre com discreta impaciência. — Todos já vão entrar. Se me permitem... — E mostrou a porta de saída para os dois.

Fora da igreja, Fazio prometeu ao filho que um dia o apresentaria ao mestre que tinha pintado a obra-prima. Depois de ter visitado Mântua, Veneza e Florença, mestre Leonardo participou de campanhas na qualidade de arquiteto e engenheiro militar, sob as ordens do feroz comandante-chefe da armada papal, César Bórgia, filho do falecido Alexandre VI.

Atualmente Da Vinci morava em Florença, mas, no começo do ano, tinha feito uma visita à capital lombarda, a convite do amigo Charles d'Amboise, governador francês de Milão. Ficou pouco tempo, conforme autorizado pela *signoria* florentina, mas manifestou interesse em retornar.

— Quem sabe definitivamente — explicou Fazio.

Pai e filho tomaram, então, o caminho de casa. Voltaram discutindo o mistério da imagem de João e a astrologia árabe.

Esses raros momentos de contemplação eram preciosos. Ainda assim, a jornada era bastante dura para o garoto, mesmo que agora já contasse com sete anos. Não havia a companhia de outros meninos da sua idade. Além disso, os atrasos e tropeços eram duramente punidos. As dormidas fora de hora também.

Às vezes Girolamo nem sabia ao certo por que recebera novamente a vara em suas pernas finas. Acompanhar o pai pela cidade, carregando livros e relatórios, talvez fosse uma tarefa por demais exaustiva para aquele momento da vida, a ponto de a tia e a mãe pedirem uma folga maior para o garoto, e não apenas quando Fazio saía da cidade.

Uma vez a cada semana, ou a cada quinze dias, seu pai partia com um servo para Pavia, onde apresentava sua aula pública sobre jurisprudência. A faculdade era uma das mais tradicionais da Europa.

Recentemente, o estudo da medicina tinha deixado de fazer parte do curso de direito canônico, aquele relacionado às leis da Igreja, e do direito civil. Mesmo assim, professores que ensinavam artes médicas ainda recebiam muito menos.

Em Pádua, por exemplo, um professor jurista recebia mil ducados por ano; enquanto isso, o professor de retórica Lauro Quirino, primo distante de Fazio, recebia apenas quarenta ducados. Laurentius Valla, este professor da matéria em Pavia, tinha um soldo ao redor de cinquenta pequenas moedas de ouro.

O tempo passou e nada mudou para o pequeno Girolamo. Apenas o dia da ausência do pai era aquele em que podia acordar sem a urgência do horário. Preferia ficar na cama mais uma, duas, até três horas, já acordado, somente vislumbrando as figuras mágicas que dançavam à sua frente.

Imagens de nuvens, fortalezas, casas, animais e cavaleiros, instrumentos musicais e trombeteiros, soldados e bosques. As figuras ascendiam em semicírculo do fundo do leito, à direita, até desaparecerem do lado esquerdo. Agoniada com o que ocorria, a tia perguntava o que ele estaria olhando:

— Mas o que está olhando tão intensamente? — perguntava, angustiada. Depois o enxotava da cama, no meio da manhã, o sol já alto, com receio de que a experiência produzisse um resultado malévolo.

À tarde, Girolamo sentava-se no degrau em frente de casa e via chegar a amiga Lucilla, de quinze anos. Não entendia como uma garota mais velha e bonita se interessava em conversar com ele.

Talvez não fosse o menino mais feio da região, mas Girolamo, com sua cabeça achatada, pescoço comprido, tórax dividido e pernas finas, não era o modelo de atração para uma pessoa do sexo feminino que já estava em idade de se casar e se fixar a alguém com boas posses.

— Mas você tem um furinho no queixo, Girolamo — disse Lucilla, de forma carinhosa. — Eu gosto de furinho no queixo...

Ela sempre sabia dizer algo que fizesse ele se sentir melhor. Aos oito anos, ele nunca tinha dirigido a palavra a alguém que não fosse seu pai, sua mãe, sua tia e... Lucilla.

Quando estava em presença de outras pessoas, cochichava no ouvido do pai, que transmitia a informação a quem estava com eles. Dentro de casa, por outro lado, era uma criança normal; cantava e falava à vontade.

— Existe uma coisa que me chateia bastante, minha amiga. Às vezes meus pais estão no quarto, eu finjo que estou dormindo e ouço quando eles começam a gemer. Então meu pai bate na minha mãe, eu acho. Não sei por que ele faz isso... Sabe de uma coisa?

— O quê? — pergunta Lucilla calmamente.

— Pensei no que eu disse na semana passada. Não vou me casar, nem namorar. Nem ter filhos — falou Girolamo, com a cara fechada.

— Mas você disse que iria se casar. Talvez o destino lhe reserve três filhos...

— Não sei mais... — E Girolamo ficou intrigado com o comentário de Lucilla. — Só tem uma pessoa com quem eu me casaria.

— Eu, não é mesmo? — rebateu Lucilla, com aquele sorriso que deixava Girolamo desconcertado. Ele ficava perplexo como ela sempre adivinhava seus pensamentos. Nem a tia Margherita adivinhava tanto. Mas logo depois ela fez um semblante grave. — O problema, Girolamo, se nos casarmos, será o destino de nossos três filhos.

— Como assim? Vão morrer todos?

— Não posso dizer — respondeu ela.

— Então pode me dizer se sobrará pelo menos um? — perguntou Girolamo. — Um filho homem?

— Está bem. Digo que restará um, mas talvez não seja o filho mais querido. Tenho que ir — despediu-se Lucilla. — E lembre-se sempre: jamais diga o meu nome.

Desde quando apareceu pela primeira vez, Lucilla foi bem clara ao dizer que ele não poderia pronunciar o nome dela. Girolamo não sabia a razão do pedido, mas não se sentia à vontade para perguntar.

Ele virou-se para trás ao ouvir o barulho dos passos de sua mãe. Ao olhar para o lado, Lucilla tinha ido embora. Ela sempre fazia assim, sorrateiramente.

Na semana seguinte, quando questionada sobre o porquê de nunca esperar sua mãe chegar, de não entrar para comer o bolo da tarde, ela foi direta. E suas palavras não foram doces:

— Não posso ser vista falando com você. Dizem que sua mãe é vagabunda.

Girolamo sentiu um frio desagradável na barriga, mas ainda assim conseguiu se conter. Estava bastante acostumado a segurar o que sentia quando acompanhava seu pai. Além disso, sabia que Lucilla não era uma pessoa que faria esse tipo de comentário por mal. Ela estava apenas deixando-o a par do que acontecia à sua volta. Se ninguém vinha chamá-lo para brincar, não era apenas porque ele se portava como um garoto mudo. É porque falavam mal de sua mãe. Agora estava claro. Naquela tarde, ele se dirigiu a Chiara e perguntou sobre o que tinha ouvido. Precisava esclarecer algo que não compreendia.

— Mãe, você é vagabunda?

Chiara soltou a colher de pau que estava usando para mexer o molho e levou as mãos aos olhos. Começou então a chorar, perdendo um pouco o equilíbrio. Margherita chegou na cozinha a tempo de ampará-la, levando-a para a cama.

Chorou por dez dias e dez noites. Não falou uma única palavra. Nada foi dito. O esclarecimento que Girolamo queria não veio. Restara apenas a sensação terrivelmente desagradável de ver a mãe aos prantos pelo que dissera. Ficou claro que a culpa era dele. Mas, dessa vez, não apanhou de ninguém, nem do pai; fato que o deixou ainda mais intrigado.

No décimo primeiro dia, após se trocar e se preparar para sair, Margherita interpelou-a:

— Chiara, por que sair sozinha toda semana? Não é melhor que eu vá junto?

— Entenda, cara irmã, este passeio eu preciso fazer só. Ando pela cidade. Qual é o problema?

— Eu vou junto, está bem? — falou Margherita, preparando-se para sair também.

— Não! — falou Chiara, de forma incisiva. — Eu posso me cuidar. Se não sair, ficarei louca! — E, arregalando propositalmente os olhos, completou: — Minha irmã quer que eu fique louca?

Margherita se encolheu e percebeu que não poderia fazer mais nada. De qualquer maneira, Chiara estava levando uma vida normal, sem crises de insanidade; tinha perfeita consciência de que perdera a razão em situações críticas mas, passados esses momentos, se restabelecera bem. Então surgiu uma ideia.

— Chiara! — chamou Margherita antes de a irmã sair. — O que acha de falar com Fazio para passarmos uns dias no campo? Ele tem falado frequentemente em irmos conhecer o primo dele em Gallarate. Acho que seria bom para todos nós. O que acha?

Chiara parou na porta, pensou um pouco, sorriu e acenou com a cabeça, dando a entender que tinha gostado da sugestão. Fechou a porta e foi ao endereço aonde costumava ir de tempos em tempos. Esse era seu segredo.

O ano de 1509 começou sem grandes novidades. Em janeiro, a neve paralisara boa parte das atividades da cidade e também as escaramuças militares próximas ao rio Adda, a leste de Milão, uma divisa natural que funcionava havia bastante tempo como demarcação de território entre Veneza e o Ducado Milanês.

Todo ano o inverno espantava as trupes teatrais e musicais que procuravam o reino de Nápoles mais ao sul. Não é à toa que se dava o nome a essa época de tempo de hibernação, o *tempus hibernus* da língua latina, ou seja, o *hibernu*. Restavam apenas as missas, as cerimônias religiosas, que congregavam praticamente toda a população da cidade.

À noite, Margherita e Chiara preparavam os tijolos quentes no forno. Eles seriam envolvidos em pano para serem colocados na extremidade da cama, entre os pés. Às vezes, o frio era tão intenso que tornava difícil até o ato de virar-se embaixo das mantas. Um palmo ao lado, e o colchão, sem o calor do corpo, parecia a superfície de um lago gelado.

Isso era particularmente preocupante no caso de Girolamo, pois suas pernas não aqueciam com facilidade. Várias vezes Margherita se assustara ao encostar no garoto, tendo a impressão de que tocara um cadáver. Nesses casos, a rouxidão da pele se esvaía somente com massagens e aquecimento.

De manhãzinha, quando saía para trabalhar, Girolamo se maravilhava com a água congelada no canal, mas, se o frio apertava, aproveitava alguns momentos em que o pai estava ocupado para se deitar em trechos de grama de onde as vacas tinham acabado de se levantar. Era possível observar até o vapor saindo do solo.

Se alguém perguntasse ao garoto o que era felicidade, ele certamente responderia que felicidade significava poder se deitar na grama quentinha.

Em meados de fevereiro houve uma jornada terrivelmente desgastante para Fazio e seu filho. O frio diminuiu o suficiente para chover, em vez de nevar. Debaixo d'água, percorreram boa parte da cidade para realizar os compromissos necessários. Evitar que os papéis molhassem, desviar das poças e ter que suportar o frio ainda cortante foram fatores adicionais bastante desagradáveis.

Ao chegarem em casa, Girolamo já apresentava febre. Assim foi por toda a madrugada. Pela manhã, apareceu uma diarreia intensa. A febre continuava tão alta que levava o garoto ao delírio.

Os médicos Barnabo Croce e Angelo Gira foram chamados e, após avaliarem Girolamo, não tinham boas notícias.

— *Messer* Fazio, *madonna* Chiara, vejam que os lábios do menino estão excessivamente secos, e os olhos, muito fundos. O coração já está bastante fraco. Os vômitos fazem seu papel de limpar as impurezas humorais da febre intestinal, mas não será suficiente. Minha própria opinião, e também do eminente colega doutor Gira, é de que o garoto não tem mais como resistir.

Margherita apoiou-se no leito e começou a rezar, chorando baixinho, mas Chiara explodiu em raiva.

— Não! Outra vez, não! Saiam daqui! — gritou, expulsando os médicos. — Não sabem de nada! Saiam!

Fazio se desculpou da reação irascível de Chiara, que foi compreendida pelos doutores. Acompanhou-os até a porta enquanto ela colocava a mão no rosto, forçando-se a entender o que estava acontecendo e o que poderia fazer, tentativas vãs ante a confusão mental que tomava conta dela. Fazio voltou-se, abraçou Chiara, que então cedeu, deixou-se abraçar e chorou. Depois ele saiu para um canto, ajoelhou-se e pediu a intervenção de São Jerônimo.

— Prometo não castigá-lo mais — rezou. — Meu santo protetor, protetor de meu filho, traga-o de volta...

Girolamo não gemia mais. Com os lábios pálidos como a cera, sem forças para chorar, apenas respirava ofegante. Fazio e Chiara saíram de casa abraçados e dirigiram-se à paróquia que frequentavam para falar com o padre. Ele ainda não tinha chegado. Miraram os túmulos ao lado da igreja, e já decidiam em que local ele poderia ser enterrado quando, nesse momento, como há algum tempo não acontecia, o espírito familiar de Fazio aproximou-se e soprou em seu ouvido: "Ofereça a água livre de impurezas. Quando aceitar, estará curado."

— Chiara, o que fazemos aqui? Ele precisa de nós em casa, vamos voltar! — E os dois se deram conta de que Girolamo ainda estava vivo.

Ao chegarem, Margherita adiantou-se, animada, explicando o que acontecera:

— De pouquinho em pouquinho, ele está bebendo a água da fonte, Chiara, e não vomitou desde que saíram. Venham ver.

Fazio reconheceu o sinal dado por seu espírito e sorriu. Não perderia seu filho, a razão de sua vida. Dali por diante, pensou, deixaria que dormisse o quanto quisesse, não castigaria suas pernas e não exigiria mais do que pudesse dar. Chamaria um servo para fazer o serviço de peso. Que cada espírito seja em louvor do Senhor, pensou, de olhos fechados, fazendo o sinal da cruz. Aquele que é a fonte de toda virtude.

Messer Girò

A recuperação de Girolamo produziu profundas mudanças na família. A primeira delas foi colocar em prática a ideia, aprovada por todos, de passar uma temporada no campo. Como já transcorrera a parte mais dura do inverno, Fazio aproveitou uma trégua na neve e no frio e foi até o pequeno vilarejo de Cardano, região dos ancestrais da família, para conversar com dom Giacomo, seu primo de sangue e pároco da região.

Ficou combinado que Giacomo, assim que voltasse de Roma, no começo de abril, forneceria uma casa da paróquia, usada como repouso de hóspedes, para que Fazio e sua família aproveitassem o mês. Ela era muito espaçosa e confortável. Ficava em Gallarate, também uma cidadezinha bem próxima, a uma milha e meia de distância de Cardano.

A partir de Milão, o tempo necessário de deslocamento para Cardano e Gallarate era o mesmo que para Pavia, mas, enquanto esta estava ao sul, os dois vilarejos ficavam na estrada que mirava o noroeste, a meio caminho para a passagem dos Alpes, em direção à cidade de Sion, na Suíça.

As semanas passaram rápido, e o garoto já se sentia bem melhor, praticamente recuperado.

— Amanhã vamos para a cidade do meu pai, Gallarate — disse Girolamo, sentado no alpendre.

— Ou é Cardano? — rebateu Lucilla.

— Bem, não sei. Acho que são as duas — respondeu ele, meio confuso.

— Pois, quando voltarem a Milão, não vamos mais nos ver.

— Por quê? — perguntou com tristeza o garoto.

— Porque tem que ser — respondeu firme Lucilla, ao se levantar. — Vou morar perto de Pádua.

Girolamo sentiu um aperto no peito.

— Assim eu vou chorar. Não vai me dar um abraço?

— Haverá tempo. Afinal, vamos nos reencontrar, não vamos? — disse ela de forma animada. — Seguramente será daqui a alguns anos... Vai me esperar?

— Eu já sou quase grande. Minha tia disse que em breve vou ficar adulto.

— Então me espere — disse Lucilla, indo embora devagarinho. Ao chegar na virada da rua, acenou para ele de longe. — Me espere!

— Lucilla! — gritou Girolamo, e ela desapareceu.

Uma grande tristeza tomou conta de um pedaço do coração dele naquela noite, apesar da excitação pela preparação da viagem. Iria para fora de Milão pela primeira vez, mas, ao se aninhar ao lado da tia Margherita, embaixo das mantas, pensou em como é triste se separar das pessoas queridas. E chorou baixinho, bem baixinho, até dormir.

No dia seguinte, cedo, colocaram com cuidado os baús na carroça coberta. Na parte de trás, Girolamo e tia Margherita. Na parte da frente, um servo conduziria, com Chiara ao lado. Fazio seguiria com a própria mula da família. A névoa espessa anunciava um bonito dia de sol. Quando partiram, os primeiros raios da manhã já apareciam.

Ao se dirigirem à Porta Tenaglia, no Borgo degli Ortolani, em direção a Gallarate, passaram primeiro na loja de Galeazzo Rosso. A ampla parte de baixo do imóvel era exclusiva da ferraria. A escada externa de madeira, que dava ao segundo piso, tinha sido substituída por uma escada interna de pedra. Um terceiro andar estava sendo construído, denotando o momento financeiramente vantajoso pelo qual passava o artesão.

Fazio iria sugerir ao amigo que ele os visitasse um dia no campo, mas logo percebeu que o ferreiro estava demasiadamente atarefado.

— Sair da cidade? Impossível, meu caro — largando o martelo, interrompeu momentaneamente o trabalho e começou a se limpar em um pano só um pouco menos sujo que as mãos. — Veja — continuou a argumentar Galeazzo, apontando com o queixo —, estamos com as fornalhas acesas quase o tempo todo; dois servos e três aprendizes trabalhando sem parar. A *signoria* nos encheu de pedidos. Acho que vai acontecer algo em breve, perto do rio.

— Perto do Adda? — interpelou Fazio, curioso. — Não o preocupa ajudar os franceses?

— Ajudo a quem me paga — respondeu o ferreiro, arregalando os olhos para, *incontinenti*, pegar uma armadura e mostrá-la a Girolamo, que estava postado ao lado do pai. — Olhe só para este peitoral. Pode aguentar armas de fogo de qualquer regimento. E é tão leve que talvez seja possível cair no rio sem se afogar. Meu ferro é o melhor da planície *padana*.

Despediram-se e, logo após, chacoalhando ao ritmo do balanço da carroça alugada, o pequeno Girolamo externou seu contentamento com o que vira:

— Que loja linda, não é, mãe?

— Detesto loja de ferreiros — respondeu Chiara sem tirar os olhos da estrada. Parte de seu mau humor estava relacionada ao dedão da mão direita, que latejava bastante após ter furado acidentalmente enquanto costurava, no dia anterior.

Depois de pensar um pouco, Girolamo completou:

— Sabe, mãe, gostaria de ser ferreiro, igual ao *zio* Galeazzo...

— Então — virando-se para fitar diretamente nos olhos do garoto — vai apanhar até desistir da ideia.

Margherita abraçou-o, arregalou os olhos e fez o sinal para que ele ficasse em silêncio. Então os dois se entreolharam, segurando a risada.

A estrada ainda estava em razoável estado de conservação, pois na época da Roma imperial elas eram escavadas até a altura de três homens. Pequenas pedras, areia e até uma massa inventada pelos romanos, o *calcestruzzo*, davam uma liga com firmeza suficiente para aguentar o intenso movimento.

Quando não estavam guerreando, as legiões construíam ainda mais estradas, com postos de parada e troca de animais. Uma carta podia levar apenas um dia e uma noite para chegar a uma cidade distante 150 milhas, ou 13 dias até Londinium, na Britannia.

Estradas mais importantes recebiam, na superfície curvada, grandes pedras achatadas cuidadosamente colocadas lado a lado. Era o ato de *pavire*, em latim, de fazer o *pavimentum*.

As explicações de Fazio ocupavam e maravilhavam o filho. Assim se passaram as horas até vislumbrarem as primeiras casas do vilarejo de Gallarate, aos pés das colinas de Ronchi e Crenna, na porção setentrional da pianura padana. Tudo indicava que esse era o local onde Girolamo seria feliz.

Antes de ir à casa prometida pelo primo de Fazio, a carroça entrou no primeiro vilarejo, andou algumas ruas, rumou a oeste, e minutos depois eles pararam diante de uma pequenina igreja branca, no vilarejo que outrora fora um feudo de Gallarate.

Ninguém sabia ao certo o porquê do nome Cardano. Talvez por causa de um assentamento romano em uma encruzilhada de estradas que se chamavam Cardo — na direção norte-sul — e Decumano, leste-oeste. Ou talvez fosse pura especulação.

Dom Giacomo e seu ajudante, ao ouvirem o barulho da chegada, vieram ao encontro. O pároco cumprimentou a todos efusivamente, dando boas-vindas aos amigos.

— *Benvenuti carissimi amici!*
— Primo Giacomo, esta é Chiara, mãe do garoto — apresentou Fazio. — Sua irmã, Margherita, meu filho Girolamo e nosso servo Fulvio.
— Entrem para conhecer nossa paróquia! É uma morada do Senhor modesta, mas com muito carinho os recebe. Enquanto isso, pegarei a mula para irmos juntos à casa onde ficarão.

Logo após recepcionar os recém-chegados, ouviu-se um barulho seco, e uma andorinha caiu morta próximo aos pés do frade Giacomo.

— Vejam o sinal da vossa chegada — disse o padre. — Uma andorinha perdida neste fim de inverno — e abaixou-se para pegá-la.

A construção da capela mostrou estar na rota das andorinhas. As paredes brancas enganavam a visão dos pássaros, que, no verão, passaram a se chocar mortalmente, em grande quantidade.

— O senhor nos tem mandado alimento — disse o pároco, sorrindo, mostrando a andorinha a Girolamo; depois brincou com o ditado lombardo sobre a fortuna de ter um pássaro na mão, em lugar de cem estarem voando: — *L'è mej un usell in man che cent che vula.*

Partiram todos e, ao chegarem à enorme casa, em Gallarate, Girolamo acompanhou, curioso, a abertura das portas de cada aposento. O salão de encontros, a sala com uma janela para um jardim de inverno, dois quartos coligados — curiosamente, apenas um deles tinha porta para a sala — e a ampla cozinha.

Na parte dos fundos, no chão de terra batida, um galinheiro e um depósito. Alguns passos adiante passava um pequeno riacho. Construído de forma engenhosa, logo acima do fio d'água, havia uma casinha para as necessidades intestinais. A privada de madeira tinha um buraco estrategicamente escavado. Desta forma, os excrementos caíam diretamente na água.

Após descarregarem os mantimentos e baús de roupa, Fazio e dom Giacomo se alojaram no sofá da sala, brindaram com vinho e relembraram os antecedentes que dignificavam a família Cardano.

— No ano de 1189, Milone Cardano foi prefeito de Milão por vinte e sete anos! — falou Fazio, orgulhoso.

— Sete anos, primo — corrigiu Giacomo.

— Certo, sete anos — aquiesceu Fazio; depois, pensando melhor, falou animadamente: — Mas é a mesma coisa! O importante é que até a cidade de Como estava na jurisdição, sob seus cuidados. Lembre-se de que entre nossos antepassados estava o papa Celestino IV.

— Se não me engano, ele era um Castiglioni — corrigiu novamente Giacomo —, mas pode ser que os Cardano sejam um braço dessa família, é verdade.

— Sim, acredito que sim. Depois veio Fazio, depois Aldo Cardano. E depois nosso avô, Antonio. — Uma história contada dezenas de vezes. Chiara e sua irmã arranjaram uma desculpa para sair da sala. Só Girolamo estava lá, sentado, prestando atenção, como se fosse uma deferência aos mais velhos.

Os ares do campo fizeram muito bem ao garoto. A espaçosa casa estava no limite de um pequeno bosque, próximo ao moinho. No tempo livre dos afazeres domésticos, tia Margherita ensinou a Girolamo como achar ninhos escondidos, uma verdadeira diversão.

A maneira rápida de ciscar o terreno mostrava que a galinha deveria estar em tempo de retornar para onde estava chocando. Então os dois a prendiam e aguardavam um pouco, até que ela ficasse bastante agitada. Depois soltavam a galinha e corriam atrás, pelo meio do mato. O prêmio, além da descoberta de um punhado de ovos, era saborear uma boa omelete, uma *frittata* com pedaços de toucinho e banha.

Os primeiros dias correram gostosos, sem a pressão de horários, de estudo ou de trabalho. Fazio também estava aproveitando. O único detalhe é que retornaria em breve para Milão por causa do trabalho, pelo menos por alguns dias.

Para Chiara, no entanto, havia uma chateação crescente: seu polegar inchara bastante, esticando a pele e fazendo com que a dor se instalasse de forma lancinante. O que era apenas um incômodo transformou-se, no quarto dia, em urgência.

Chamaram então mestre Achilles, barbeiro-cirurgião que morava nas redondezas.

Ele veio rápido. Após se apresentar, pediu licença e analisou em que local da casa poderia examinar com atenção o dedo inflamado.

— Esta sala está perfeita — disse ele, simpático, de cabeça branca. — Há panos, tigela e água pura. Ótimo. — Ao ver o mirrado Girolamo acompanhá-los, surpreendeu-se: — Nossa, um garoto corajoso para vir conosco, qual é o seu nome?

— Ele só fala com a família — adiantou-se a tia.

— Ah... sem problema — comentou Achilles e virou-se para analisar o dedo de Chiara.

Girolamo pediu para entrar com a tia e disse em seu ouvido que iria ajudar no que fosse preciso, mas estava curioso mesmo para ver a maleta cheia de apetrechos metálicos inusitados. De fato, era uma visão incrível.

Fazio preferiu não participar. Passava mal só de ver uma gota de sangue. Ficou na sala, apenas ouvindo os comentários.

— Mestre Achilles, não vai cortar meu dedo, vai? — perguntou Chiara, bastante preocupada.

— Não, claro que não — respondeu o barbeiro, de forma pouco convincente, segurando o bisturi na mão que estava atrás das costas. — Por favor, *signorina* — dirigiu-se a Margherita, que ajeitava a bacia esmaltada —, jogue um pouco mais de água sobre o dedo.

Após ordenar que Chiara virasse o rosto, deu um rápido golpe na região central do volumoso dedo, fazendo escorrer um pus espesso e amarelado. Ao ver o que acontecera, ela gritou com toda a força de seus pulmões.

— Maldito! Ele me enganou!

Fazio, imaginando que Achilles pudesse estar abusando de sua esposa, entrou esbaforido no aposento onde estavam. Seus olhos se voltaram à secreção purulenta misturada com sangue para, logo em seguida, seu corpo amolecer e se esparramar no meio da sala.

Margherita foi acudir o cunhado, não sem antes pisar na beirada da bacia de pus. Achilles apertou com mais força o dedo de Chiara, que tentava se desvencilhar. Girolamo, em seu canto, de olhos arregalados, sem se mexer, divertia-se mais do que poderia imaginar.

A verdade é que alguns minutos depois a dor já tinha passado e Chiara até esboçou um sorriso, ao mostrar seu dedo enfaixado. Fazio, recuperado, pôde partir para Milão.

Mestre Achilles arrumou os instrumentos, mas, antes de ir embora, tirou um tabuleiro dobrado de dentro de sua mala, abriu-o e mostrou a Girolamo, sem falar uma única palavra.

Suas sobrancelhas lhe diziam: quer jogar comigo? O menino, que nunca tinha mexido em peças de xadrez, se interessou e aceitou o desafio. Sentaram-se na sala de reuniões, e, pacientemente, cada movimento básico do jogo foi mostrado, incluindo a Rainha Louca, uma versão recente das regras em que a rainha poderia andar várias casas ao mesmo tempo.

Passadas duas horas, em completo silêncio, continuavam a jogar. Girolamo demonstrava incomum habilidade para um iniciante, mas rompeu sua condição silenciosa quando o barbeiro-cirurgião fez um movimento de xeque, como se a torre estivesse originalmente em outra casa.

— Você roubou! — gritou o garoto.

Achilles voltou a peça para o lugar correto com um olhar de duvidosa inocência. Passado um tempo razoável, salientou o ocorrido:

— E você falou.

Girolamo caiu em si. Refletiu por alguns minutos. Poderia falar, sim, por que não? Estaria curado?

— Quantos anos tem, Girolamo? — Achilles soltou uma pergunta despretensiosa, como se já conversassem havia muito.

— Oito.

— Gostou de Gallarate?

Após pensar um pouco, Girolamo não só explicou o que gostava no vilarejo, passados esses primeiros dias, como contou também sobre o teatro divertido e majestoso que tinha visto em Milão, as primeiras palavras em latim que tinha escrito, os detalhes do canal pelo qual tinha passado, a andorinha morta que pegara na mão, os livros de Homero que tinha lido, as cartas astrológicas que estava decifrando, as contas que tinha aprendido, os versos em grego, as pinturas, as rezas, as igrejas, tudo. Tudo de que lembrava.

Falou sem parar, como se uma jarra tampada com vinho gasoso se abrisse e seu conteúdo transbordasse, para deleite do interlocutor. Margherita e Chiara, grudadas ao batente, do lado de fora da porta do salão, estavam embasbacadas. Nunca tinham ouvido Girolamo falar assim. Sentiam pelo fato de Fazio não estar presente.

No dia seguinte, o filho de Chiara atendeu ao chamado dos garotos da rua e foi brincar com eles. Correram, desenharam em paredes e puxaram pipas ao vento. À tarde, depois do almoço, sentaram-se na porta da rua, e Girolamo começou a contar a história de Ulisses.

Aos meninos que já estavam com ele juntaram-se outros. O menor de todos, o mascote, com 5 anos, era Kenneth, filho de um anglo-saxão que saiu da Inglaterra para peregrinar na Palestina mas acabou ficando na Lombardia, onde se casou.

— O filho mais velho do rei de Troia raptou uma moça muito bonita, a mais bonita do mundo. Ela se chamava Helena, era a mulher de um rei grego. Quando souberam, todos foram guerrear em Troia, para resgatar Helena. Foi também Ulisses, que é o herói da nossa história, uma história chamada *Odisseia*.

— Por que *Odisseia*? — perguntou um dos garotos.

— O herói é Odisseu, como eles chamam na Grécia. Aqui chamamos de Ulisses.

— Então deveria ser "Ulisseia", não é? — perguntou o pequeno Kenneth.

— Talvez — pensou Girolamo —, mas é *Odisseia*, está bem?

Então, contou como Ulisses foi a contragosto lutar em Troia, pois tinha uma esposa muito boa, chamada Penélope. O problema é que a volta de Ulisses, junto com outros guerreiros, demorou muito tempo, exatamente dez anos. No começo eram seiscentos homens.

— *Partim errant, nequinont Graeciam redire* — continuava Girolamo, às vezes intercalando frases da versão em latim. — Quer dizer, eles erraram pelos mares e não conseguiam à Grécia retornar.

Todos permaneciam sentados, em silêncio, hipnotizados pela narrativa que continuava a descrever as peripécias pelas quais passava o herói. Segundo a história, Telêmaco, o filho de Ulisses, recebeu então um chamado para ir à procura do pai. E foi mesmo. Essa parte emocionava bastante Girolamo, como se ele estivesse ainda procurando um pai que não encontrara.

Quando Telêmaco chegou a uma ilha e conheceu Helena, que tinha voltado sã e salva, e seu marido Menelau, eles choraram juntos. Helena colocou então no vinho uma potente poção que tirava o pranto e levava ao esquecimento.

A noite estava chegando, e todos combinaram que a história continuaria no dia seguinte. O grupo ficou tão impressionado com a capacidade de Girolamo em descrever os detalhes do enredo que começaram a chamá-lo de mestre.

Mais tarde, ele sonhou com o momento em que encontrava o pai e juntos lutavam para expulsar os pretendentes maliciosos da mãe Penélope. Acordou assustado quando, em seguida, começou a lutar contra o próprio pai, um desfecho que não existia na história original da *Odisseia*.

Bem cedo, na frente da casa, gritaram o nome da tia Margherita. Ela havia combinado acompanhar a carroça de leite. Os primeiros raios da manhã mal penetravam a densa névoa. O primo mais velho do pequeno Kenneth fazia o serviço de coleta nas fazendas leiteiras. Grandes latas com tampa, lado a lado, ocupavam mais da metade do espaço. Girolamo subiu por trás e ficou contente em ver que o mascote do grupo também estava lá.

— Kenneth, que prazer em vê-lo! — disse Girolamo, ajeitando-se entre as grandes latas de leite.

— Bom dia, *messer* Girò.

Margherita ouviu o cumprimento, logo após ajudar seu sobrinho a subir, e perguntou, curiosa:

— Que negócio é esse de chamá-lo de senhor?

— Ele sabe contar histórias bonitas — disse o pequeno Kenneth.

Margherita mirou Girolamo com o canto do olho para se certificar de que não tinha ouvido nenhum absurdo. O sobrinho sorriu, levantando as sobrancelhas e os ombros.

— Quando eu for padre, vou contar histórias também — completou Kenneth.

— Você é ainda muito criança para falar do que será quando adulto. Não atraia forças difíceis de lidar. Espere o seu tempo — aconselhou a tia de Girolamo.

— Eu já vou fazer seis. *Six years old.* — Abriu as duas mãos, mostrando os dedos, e completou, agradecendo à Virgem Maria: — *Hayl Marie ful of grais...*

Margherita não entendeu o que dissera, então achou melhor não prolongar a conversa. Deixou bem claro que eles não poderiam se levantar sob risco de se acidentar. Foi para a frente da carroça, sentar-se ao lado do primo do garoto.

Quem ficou curioso foi Girolamo.

— Que língua foi essa? É da Toscana?

— Não — respondeu Kenneth. — É a língua do meu pai. Ele reza nessa língua comigo.

— Ah... — suspirou Girolamo. E ficou em silêncio, achando que não teria mais nada a dizer.

Foram três as fazendas naquela manhã. Em uma delas havia uma fornalha onde faziam pão de trigo, assim como na França. A casquinha crocante e o recheio mole, bem branco, soltando vapor, de tão quentinho, deixaram claro para Girolamo que esse era o melhor pão que existia.

Naquela tarde, novamente o grupo de garotos, com mais duas meninas, se sentou na frente da casa para ouvir a continuação da história.

Mestre Achilles passou por eles, pois iria ver como estava o dedo de Chiara. Antes de entrar, chamou a atenção do contador de histórias para fazer um convite.

— Caros, desculpem a interrupção. — Olhou para Girolamo. — Depois de amanhã eu estarei livre. Jogamos xadrez após o almoço?

Girolamo sorriu com prazer.

— Aqui em casa?

— Vou ver. Falarei com sua mãe. Até lá.

Achilles tirou a faixa do dedo de Chiara e constatou que tudo estava indo bem. Aproveitou para atender a uma solicitação de Margherita, que sofria repetidamente de dores na barriga. Pediu licença para apalpá-la sobre a roupa fina de algodão.

— Não sei o que é isso — disse o barbeiro-cirurgião. — Dona Margherita, seria melhor consultar um dos médicos do Colegiado de Milão. Não percebi nada de errado dentro da barriga. — E, após pensar um pouco, acrescentou: — O sangue feminino está diferente?

— Meu sangue está enlouquecido, mestre Achilles. Não há mais rotina. Pensando bem, vou seguir seu conselho. Assim que voltarmos, farei uma consulta em Milão.

Margherita disse que faria logo uma consulta com médico somente para impressionar Achilles. Sabia que deveria conversar primeiro com Fazio. Ele é quem tinha o dinheiro. Chiara também exibia algum, pois recebia do marido uma razoável quantia semanal, mas as moedas tinham um destino certo: pagamento dos servos, dos grãos, dos tecidos, do azeite e, quando sobrava, da carne.

Como irmã mais velha, Chiara fazia questão de manter o controle das coisas da casa, principalmente do dinheiro. Fazio chegou a pensar que ela não teria condições de assumir essa responsabilidade, mas foi obrigado a ceder graças à ferocidade dos argumentos apresentados.

Dois dias depois, com a autorização de Chiara, Girolamo combinou de jogar xadrez na casa de Achilles. A autorização foi dada por uma mãe impressionada com a evolução do filho após o contato com o barbeiro-cirurgião.

Ele comentou que Girolamo tinha falado bastante sobre a amiga Lucilla, única pessoa com quem o menino costumava dialogar, e ouviu uma revelação surpreendente:

— Não, *messer* Achilles. Girolamo se sentava no alpendre de vez em quando, é verdade, mas lá permanecia falando sozinho. Nunca vimos essa amiga Lucilla a quem ele se refere. Esse fato era motivo de tantos comentários maliciosos que resolvemos mudar de vizinhança.

— Então era uma amiga da imaginação dele?

— Sim, isso mesmo — confirmou Chiara.

Naquela tarde, após comer um delicioso *maccherone* com molho de carne temperado com um ingrediente que o deixou apaixonado, o parmesão ralado, Girolamo foi se encontrar com o barbeiro-cirurgião em sua casa.

— Lucilla era a pessoa com quem eu mais queria conversar, tanto quanto com a minha tia.

— Gosta bastante da sua tia, não? — movendo o *alfiere*, uma peça do jogo que podia andar pela diagonal por quantas casas quisesse.

— Tia Margherita é boa comigo. Gosto muito mesmo — enfatizou Girolamo, movendo o cavalo.

— É realmente uma pessoa amável — afirmou Achilles.

— Tenho medo de ela morrer... — Girolamo pensou um pouco. — Quando isso acontecer, ela vai descansar e depois virar uma estrela? — perguntou o garoto, interrompendo o jogo e olhando com um semblante triste para o barbeiro-cirurgião.

— Vai — concordou Achilles —, ela vai virar uma estrela.

— Por que as pessoas morrem?

— Porque Deus quer que sejamos felizes. Não dá para ser feliz se soubermos que vamos viver para sempre.

— Mas morrer dá muita tristeza.

— Claro. A tristeza faz parte da felicidade — disse Achilles, deixando o garoto confuso. — Olhe, vou lhe dar um pequeno livro que eu li e que fala dessas respostas. É preciso guardar e ler depois, quando for adulto. Já dou agora pois nunca se sabe o futuro. Não sei se viverei muito. Além disso, seu latim de leitura é melhor que o meu. — Achilles foi ao quarto e voltou com o livro.

— *Epistulae morales ad Lucilium*, de Sêneca — Girolamo conferiu o título, para logo em seguida perguntar: — Mas quem é Lucílio?

— Um amigo. Ele escreve as cartas a Lucílio, pois vai morrer — respondeu Achilles.

Jogaram mais um pouco e depois Girolamo contemplou os vidrinhos de remédios, as lâminas especiais para barbear, as pequenas chapas de metal para aproximar a pele em caso de corte profundo, o ativador de lancetamento para as sangrias. Eram instrumentos que estimulavam a imaginação.

Na semana seguinte o mês já tinha passado, como um raio. Despediu-se com pesar dos amigos que fizera. Abraçou-se longamente ao mestre Achilles antes da partida. Fazio veio pegá-los. Precisavam terminar a arrumação da casa nova. Fazio já tinha feito a mudança, após três idas e vindas da carroça.

Ele estava, no fundo, preocupado com os rumores de guerra, pois não se sabia se aconteceria muito próxima de Milão. Era preferível estar na cidade em uma situação temerária como essa.

Alguns amigos foram à despedida da família Cardano. Entre eles estava o pequeno Kenneth, agora um admirador de Girolamo. Ele ainda teve tempo de gritar, ao longe:

— Adeus, *messer* Girò!

Castelletto

A preocupação de Fazio se mostrou verdadeira. Alguns dias após a volta dos Cardano para Milão, a guerra estourou, e os franceses derrotaram os venezianos em Agnadello, nos confins do rio Adda. Era previsível. Veneza, ou, como lá a chamavam, Serenìsima Repùblica Vèneta, tinha ficado isolada.

Talvez fosse o primeiro sinal de sua decadência. Circulavam informações de que novas rotas de navegação tinham sido abertas, além da descoberta de um novo mundo que, segundo boatos, tinha acontecido pelas graças do florentino Américo Vespúcio.

Para confrontar Veneza, o papa Júlio II juntou-se à Liga de Cambrai, que incluía nada menos que Espanha, França, o Império Germânico e a Inglaterra, sem contar o apoio dos duques de Savoia, Ferrara e do marquês de Mântua. Toda a Europa contra a isolada república.

Gian Giacomo Trivulzio, à frente o exército de Luís XII, atacou a retaguarda veneziana em Agnadello, provocando uma desordem geral nas tropas da Sereníssima. Dizia-se que 15 mil combatentes teriam caído no campo de batalha, e o próprio Bartolomeo Alviano, comandante das tropas de Veneza, teria sido feito prisioneiro. Vinte e três peças de grossa artilharia ficaram nas mãos dos vencedores. Uma perda e tanto.

Nos meses seguintes, Vicenza, Verona e Pádua foram subjugadas e passaram à jurisdição de Maximiliano de Habsburgo, que, no ano anterior, se tornara imperador sagrado.

Para ostentar o título simbólico, que implicava a obrigação de proteger a Igreja, sempre houve a necessidade da coroação em Roma, pelas mãos do próprio papa. Pelo menos até 1508. Nesse ano, o benefício honorífico de chefe do Sacro Império Romano-Germânico, que a rigor não tinha nada mais de romano e apenas remetia ao antigo imperador Carlos Magno, foi reconhecido sem a necessidade da coroação; um sinal dos novos rumos da política.

Como tinham se mudado para uma nova casa situada perto do castelo, na Via del Maino, um pouco mais ampla e quase do mesmo preço, Girolamo testemunhou a passagem triunfal da comitiva militar sem precisar sair da janela. Infantaria, tambores, flautas e estandartes desfilaram em Milão no primeiro dia do mês de julho de 1509.

Abria o cortejo um grupo de trombeteiros. Logo atrás, Luís XII, o rei da França. Vestido de branco, cavalgava um soberbo cavalo de cor marrom-avermelhada. Em seguida, via-se uma numerosa cavalaria de marqueses, príncipes e condes portando suas armas, cobertos com mantos e saiotes de brocado de ouro. Logo atrás, um enorme carro puxado por quatro cavalos brancos, com os panos de seda ricamente trabalhados, que os milaneses tinham preparado para que o rei desfilasse com toda a pompa; mas ele preferiu ir a cavalo.

O cortejo contornou a fossa do *naviglio*, entrou na Porta Romana, seguiu pela avenida principal, toda ornada com tecidos coloridos e tendas militares montadas nas laterais. No fim do cortejo, próximo ao castelo, Luís XII passou por um gigantesco arco triunfal trabalhado com rosas e imagens suas representando as principais atuações vitoriosas em campos de batalha.

Girolamo permanecia estático, quase sem piscar. Não queria perder um único detalhe da maravilhosa apresentação. Vislumbrava, no rosto dos combatentes, o orgulho da vitória. Por outro lado, entre aqueles que observavam o cortejo havia certa desconfiança.

A maioria da população concordava que os países abaixo dos Alpes tinham muita coisa em comum. Poderiam até, juntos, serem chamados de Itália. Havia a herança da Roma antiga e a sensação de que os invasores franceses eram bárbaros. "*Fuori i barbari!*", alguns costumavam gritar. No entanto, cada região tinha sua língua — todas próximas e parentes, é verdade —, das quais ninguém gostaria de abdicar.

Por que um lombardo teria que aprender a língua da Toscana, ou do Reino de Nápoles? A fragmentação dos estados, o ciúme em relação à potente Sereníssima e a falta de milícias bem-treinadas colocavam o projeto de unidade por terra.

Fazio tinha lido o pequeno texto de um eminente encarregado de relações políticas de Florença, Niccolò dei Machiavelli. Lembrava-se do início do título: *Descrizione del modo tenuto dal Duca Valentino*. Tinha chamado a atenção de Fazio os fatos de o duque ser da Lombardia e os assassinatos minuciosamente descritos terem sido cometidos pelo filho do papa Alexandre VI.

Além disso, a forma como Machiavelli defendeu a ideia de preparar as milícias, torná-las profissionais, utilizando inclusive a religião, impressionou não só o pai de Girolamo, mas muitos professores do Piattine. Esse rapaz vai longe, pensou Fazio. Machiavelli era um defensor da unidade dos povos da Itália, uma proposta que agradava bastante o pai de Girolamo. Alguns consideravam o florentino brilhante; outros, apenas mais um idealista.

Aos poucos, finalmente, a vida em Milão voltou ao normal. Ou quase. A família Cardano não precisava mendigar o pão, mas muitos emigraram devido às miseráveis condições de vida e da política instável. A nova casa, também alugada do médico Lazzaro Soncini, foi muito apreciada por Girolamo, que agora se aventurava a conhecer seus vizinhos e a brincar um pouco fora dos confins domésticos.

Em um desses dias ele viu um mensageiro chegar para avisar seu pai que o mestre Da Vinci tinha voltado a viver em Milão e montara uma nova oficina.

A fama do pintor-inventor estava ainda maior, pois tinha solucionado o enigma de como colocar a figura humana, ao mesmo tempo, dentro de um quadrado e de um círculo, possibilidade descrita por Marco Vitruvius antes mesmo do nascimento de Cristo.

As proporções perfeitas, confirmadas pela matemática, seriam o sinal da mão do Senhor. Não foi à toa que o franciscano e matemático Luca Pacioli tinha publicado naquele ano um livro com o título *De Divina Proportione*, recheado com ilustrações de Leonardo da Vinci.

Chiara voltara a sair uma vez por semana, como sempre. Vista grossa se tornou a tática utilizada por Fazio, apesar de os passeios solitários de uma mulher comprometida não serem, em geral, bem-vistos.

Já havia se passado quase oitenta anos quando foi publicado pela primeira vez *Da Familia*, de Leon Battista Alberti. Para muitos, o tratado continuava completamente atual. Não se esqueça do que falou mestre Alberti, costumava-se dizer.

Fazio tinha prazer em citar, por exemplo, o trecho que descrevia os papéis de cada gênero. Que a mulher defenda, fechada em sua residência, as coisas e a si mesma com calma, prudência e atenção. Que o homem defenda sua mulher, seu lar, os seus e a pátria, ao que Chiara respondia com um olhar raivoso.

Tinha tentado convencer a esposa a evitar as saídas solitárias, pois poderiam ser mal interpretadas pela vizinhança, mas uma nova reação irascível de Chiara fez com que ele desistisse de qualquer outra atitude.

Margherita continuava a ter dores abdominais eventualmente. Os médicos não souberam dizer o que era. Talvez um tumor estivesse se desenvolvendo muito lentamente, ou seria apenas uma alteração momentânea dos humores. Não havia nada a fazer, senão esperar.

Assim os anos passaram, sem grandes solavancos ou novidades. Felizmente, não eram só as missas que distraíam as famílias.

Às festas do Natal, as preferidas de Girolamo, pois contavam com enormes fogueiras nas praças, seguiram-se desfiles do Ano-Novo, dia dos Reis e dia de São Valentim, assim como as corridas de judeus e de velhos; sem contar o Carnaval, cada vez com mais jovens mascarados, alguns ultrapassando o limite da legalidade e da decência, quando ruidosas brincadeiras jocosas eram feitas com os monges, por exemplo. Alguns se aproveitavam do anonimato para gritar impropérios a damas de família.

O ducado pensou em banir as máscaras, mas depois a ideia foi abandonada. Ao lado da pobreza, que tinha aumentado, alguns abastados patrocinavam cortejos cada vez maiores. Era a política do prestígio. Assim o ano passou, e mais outro, e mais outro.

Girolamo e Ambrogio sentaram-se na soleira da porta para descansar. Era o dia em que Fazio viajava para Pavia. Tinham corrido bastante atrás de uma ratazana, que importunaram com um pedaço de pau até ela conseguir desaparecer por entre duas casas do bairro. Ambrogio Varadei tinha a mesma idade de Girolamo. Moravam a vinte passos de distância e imediatamente passaram a ser companhias frequentes.

Quando não estavam ocupados com aulas de tutores, lições ou visitas à missa, inventavam brincadeiras sem se cansar. Eram teatros de improviso com bonecos feitos de pano, montagem de pipas e simulações de proclamação. Estas eram realizadas por gritadores oficiais, do alto de uma caixa, perto da igreja Duomo. Sempre após as doze badaladas, os proclamadores comunicavam as informações atuais do condado.

— O mensageiro — disse Girolamo, um pouco ofegante — falou ao meu pai que no domingo vamos receber a visita do mestre Leonardo.

— Qual mestre? Aquele que faz os carros dos desfiles? — perguntou Ambrogio, ao que o amigo concordou, pendendo a cabeça. — É bastante bonito...

— Ele faz muito mais coisa — rebateu Girolamo. — Meu pai falou que ele sabe tudo de tudo.

— Tudo de tudo? — Ambrogio ficou impressionado. — Então me avise quando ele chegar, para eu conhecê-lo também.

— Não sei, Ambrogio, tenho que falar com meu pai.

— Está bem... Não vai me mostrar o livro que ganhou?

Então Girolamo se levantou e rapidamente foi pegar o livro que tinha recebido de presente do tio Ottone. Na capa, estava estampado em grandes letras: *DE VITA PROPRIA*.

— Que quer dizer? — perguntou Ambrogio.
— Quer dizer "da minha vida" — explicou Girolamo.

— Por que o livro se chama assim? — indagou Ambrogio e, ao folheá-lo, ficou surpreso ao constatar que estava todo em branco.

— Porque eu vou escrever nele! Será um livro em que escreverei as coisas da minha vida — disse Girolamo, orgulhoso.

— Mas que coisas? — continuou Ambrogio, curioso.

— Veja, já comecei. Escrevi que cheguei a Milão com quatro anos, *quarto delatus mediolanum*, e que tia Margherita era uma mulher que não tinha nenhuma maldade dentro dela, *Margarita, mulier cui fel defuisse existimo*.

— Ela morreu?

— Não, mas passa muito tempo doente. Fica na cama e muitas vezes não sai conosco quando vamos à praça do teatro — respondeu Girolamo. — Fico triste e tenho medo de que ela morra, e também meu pai e minha mãe, como se isso pudesse acontecer de repente; a qualquer momento.

Após ouvir o relato, Ambrogio leu a primeira frase do livro. Como era fraco em latim, conseguiu entender o que estava escrito graças à explicação que tinha ouvido, mas fez uma cara de certo desapontamento, pois não havia mais nada registrado. Então perguntou, levantando as sobrancelhas:

— Só isso?

— *No, testa d'asino!* — falou de forma arrogante Girolamo, retirando o livro das mãos do amigo. Entre adultos, chamar alguém de cabeça de asno poderia resultar em um duelo, mas Ambrogio se sentia inferiorizado por não entender muito bem outras línguas. — Esse é só o começo. Por exemplo, vou escrever sobre o dia em que receberei toda a herança do meu tio! — falou com alegria enquanto Ambrogio arregalava os olhos.

— Quando será?

— Primeiro meu tio Ottone deve morrer, claro. Confesso que tenho um desejo, lá dentro, de que isso aconteça o quanto antes. Depois eu ganho tudo. Vou comprar um cavalo bem bonito. O mais bonito de toda Milão, como um modelo do mestre Leonardo! — suspirou Girolamo. — Amanhã vou com meu pai à casa do tio Ottone.

Ultimamente, Fazio tinha feito uma reaproximação com o restante da família. Assumiu a função de tutor para dois sobrinhos-netos da falecida irmã, por exemplo. Eles se revezavam na tarefa de ajudantes, diminuindo a exigência física a que Fazio tinha submetido o filho até então.

Girolamo e seu pai também passaram a visitar, quinzenalmente, um dos parentes, Ottone Cantoni. Já com certa idade, ele tinha se encantado com a perspicácia de Girolamo. Ottone tornara-se muito rico com seu trabalho de coletor de impostos e decidiu deixar toda a herança para o filho de Fazio, seu parente em segundo grau.

No dia combinado, chegaram de mula, pois a casa de Ottone era o dobro da distância do Piattine. Tinham feito o percurso em silêncio, e Girolamo não ousara interromper os pensamentos do pai. Fazio logo entrou no assunto, de forma direta, como era de seu feitio:

— Considerei sua proposta de herança, caro Ottone. Agradeço imensamente ter pensado em meu filho. — Girolamo, ao lado, apenas observava, contendo o nervosismo o mais que podia.

— Sabe da minha doença, Fazio. Quando as formigas lambem a urina, por ser tão doce como o mel, o sinal é claro que não se viverá muito.

— Lamento, Ottone. — Fazio contraiu os lábios por um momento e depois retomou o discurso: — Lamento também dizer que não poderei aceitar sua oferta.

Girolamo não conseguiu acreditar no que tinha ouvido, e Ottone, sem esconder a irritação, sentiu-se ofendido.

— O quê? É essa a consideração a um homem prestes a morrer? Meu dinheiro não é suficientemente bom?

— Não é isso, meu caro, não me entenda mal. Suas videiras são fantásticas, e poucos têm vacas tão bonitas — falou Fazio, tentando manter um clima amistoso. — Mas Girolamo será jurisconsulto do ducado. A família Sforza está de volta; tenho cargos que serão úteis ao menino. Ele já está com a vida encaminhada, e o dinheiro, além de provavelmente ser mais necessário a seus outros parentes, poderá desviá-lo dos estudos mais aprofundados.

Fazio se referia ao fato de os suíços terem expulsado os franceses e empossado Massimiliano Sforza, filho do falecido Ludovico il Moro. Considerava que esse importante evento político faria com que a vida voltasse ao normal, ou melhor, aos velhos tempos.

Girolamo, por sua vez, tentava entender a razão dos argumentos enquanto Ottone Cantoni se refazia na cadeira, parcialmente convencido das explicações. Despediram-se e voltaram para casa, mais uma vez em silêncio.

Mais tarde, desolado, sem vontade de sair à rua após o chamado do amigo Ambrogio, Girolamo escreveu em seu livro: Ottone Cantoni disse, antes de morrer, *Otto Cantonus Publicanus dicit qui prius moriens*, que gostaria de me deixar como herdeiro, *voluerat me hæredem relinquere*. Mas meu pai vetou, por considerar que o dinheiro era sujo, continuou Girolamo, registrando em poucas e secas palavras: *sed pater vetuit, dicens malè parta esse*.

Chiara, como era de se esperar, explodiu de raiva ao saber da decisão de Fazio. Argumentou que o dinheiro não era sujo nem limpo; era apenas dinheiro. Além disso, apesar do prestígio do jurisconsultor, estavam quase a passar dificuldades. Que houvesse mais dinheiro para casa antes de tomar decisões como essa, vociferou Chiara, ao sair para lavar a roupa.

Alguns dias depois, uma ilustre visita tirou a casa de Girolamo da monotonia. Um senhor de cabeça rala, cabelos compridos, que desciam junto com a longa barba de fios amarelos e brancos, chegou no horário combinado, às quatro badaladas da tarde. Era Leonardo da Vinci. Seu andar se mostrava ágil. Vinha acompanhado de um jovem assistente, o conde Francesco Melzi.

Fazio já tinha manifestado ao filho a predileção por encontrar Melzi em lugar de Salai, um arrogante servo que atrapalhava as conversas, comia demais e ainda por cima furtava objetos que o atraíssem. Salai era como um filho mimado que o mestre não tivera, pois desde os 10 anos era seu protegido.

Melzi, ao que parece, era um assistente escolhido por Da Vinci em virtude de seu mérito de pintor. Enquanto o convidado ilustre trocava ideias com Fazio, o assistente se interessou em conversar com Girolamo.

— Então escreve um livro? Deixe-me ver — disse Melzi.

— Ainda está no começo — respondeu Girolamo, apresentando o volume ao pintor.

— Que interessante, um livro em branco para que seja escrito. — Melzi virou-o de vários ângulos, olhando os detalhes da encadernação. Em seguida, folheou-o, atendo-se às primeiras páginas já registradas. — Vejo que escreve em latim e faz desenhos de geometria. Quem é seu tutor?

— Meu pai — respondeu, orgulhoso.

— Bravo! — Melzi fez cara de admiração. — Acho que você ficaria impressionado em ver os desenhos e os escritos do mestre Leonardo.

— Ele escreve muito?

— Muito. Sempre misturado com esboços de carros, cavalos e estudos de funcionamento do nosso corpo. Mas é complicado, pois escreve do jeito dele. Se fosse apenas da direita para a esquerda, ótimo. O problema é que, além disso, a escrita vem cheia de símbolos e palavras que o mestre inventa.

— Posso ser aprendiz do mestre Leonardo? — animou-se Girolamo, para logo em seguida decepcionar-se com a resposta.

— Estamos de saída de Milão. Lamento. O mestre perdeu o patronato, sabe? Agora é Massimiliano Sforza quem está no poder. A vida dos artistas depende de quem os está apoiando.

— Eu vou ser jurisconsultor — disse Girolamo, sem muita firmeza.

— É uma boa opção. Pelo menos não depende das ondas políticas. Quem sabe não nos visita daqui a alguns anos.

— Onde vão morar até o fim da vida?

Melzi soltou uma gargalhada.

— Quem sabe? Talvez em Roma, talvez na França — pensou um pouco. — Talvez até em Milão, se Massimiliano não durar muito... — devolveu o livro, pediu licença e foi juntar-se aos adultos.

Girolamo deixou-se divagar sobre como seria ter um mestre como Da Vinci. Já não era mais criança, os pelos do corpo começavam a aparecer, duros e pretos. Poderia começar a ter pensamentos de projetos para o futuro como, por exemplo, ter sua própria casa, um cavalo, muitos aprendizes.

Lembrou-se então do trabalho do mestre Achilles, de como era atraente mexer com todos aqueles vidrinhos, poções mágicas que fariam pessoas vencerem a morte, saírem da tristeza para a felicidade.

Talvez fosse interessante se tornar um barbeiro-cirurgião, por que não? Ou talvez matemático, como o pai. Assim não dependeria do apoio do duque de Milão.

Ao interessar-se pelas razões de o mestre Leonardo e seu aprendiz Melzi partirem da cidade, questionou Fazio sobre Massimiliano.

— É bastante complicado, filho — sorriu Fazio. — Quer saber mesmo?

— Quero — respondeu Girolamo com interesse.

— Bem — começou Fazio —, antes de você nascer, Ludovico fez uma manobra para tomar o poder de um garoto, o sobrinho Gian Galeazzo, filho do grande e magnífico Galeazzo Maria Sforza. Gian Galeazzo, alijado do poder, cresceu e teve, por sua vez, um filho chamado Francesco. Muitos chamavam esse filho de *Duchetto*, o pequeno duque, que também foi levado para a França pelo rei Luís XII, assim como o encarcerado Ludovico il Moro.

— O *duchetto* poderia então ser o duque de Milão? — perguntou Girolamo.

— Poderia. Pelo menos alguns achavam que sim — continuou Fazio. — O herdeiro do ducado não estava claro. Massimiliano era o filho mais velho de *Il Moro*, e Francesco era o filho mais velho de Gian, que tivera o ducado usurpado. Se os franceses caíssem, haveria briga, mas a Santa Liga acabou por apoiar Massimiliano.

— Por quê? Ele era melhor? — perguntou Girolamo, que passou a ficar curioso com a história.

— A fortuna pendeu para Massimiliano — Fazio sorriu. — O *duchetto* Gian, lá na França, caiu do cavalo e morreu.

— Nossa, cavalo é mesmo perigoso — deu-se conta Girolamo, lembrando-se das advertências do pai.

— Quando eu digo que deve ser feita atenção, filho, é por isso. Ninguém morre após cair de uma mula.

Massimiliano, primogênito de Ludovico, tinha fugido de Milão, na época da invasão francesa, com uma grande comitiva. Segundo o Cameriere Maggiore, o conde Francesco Pietra e o médico Luigi Marliani, foi um séquito de cortesãos e um tesouro de pedras preciosas no valor de 130 mil ducados e mais 200 mil em moeda.

Massimiliano foi recepcionado em Innsbruck pela prima Bianca Sforza, casada com o rei do Império Germânico. Mas Bianca morreu alguns anos depois, e assim Massimiliano, já com 17 anos, foi para os países baixos, ficar aos cuidados de Margherita d'Austria.

— As negociações para a restauração da linhagem dos Sforza continuou durante esse período, até que se fechou o acordo que poderíamos chamar de todos contra a França, filho, ou seja, a Liga Santa, em que entrou até o rei da Inglaterra, Henrique VIII. O papa Júlio II tinha ficado arrependido de jogar todos contra Veneza alguns anos antes e então fez essa liga. Ganhar batalhas, às vezes, é um pequeno detalhe dos acordos — concluiu Fazio. — No ano retrasado, os suíços até chegaram próximo a Milão, mas o inverno estava muito frio, lembra-se?

— Foi quando a tia Margherita piorou, não é, pai?

— É verdade — concordou Fazio. — Então, há um ano, os franceses foram expulsos e Massimiliano chegou.

— Ele não gosta do mestre Leonardo, pai?

— Esse frangote só gosta de festas e mulheres. É uma lástima. Se alguém oferecer um bom dinheiro, ele foge e vai viver de pensão em algum lugar. Agora vamos trabalhar, pois temos duas audiências — e desceram da mula, carregados de papéis.

Em uma noite daquela mesma semana, Chiara e Fazio trataram do início da maturidade do filho, que tinha agora outros interesses e já exibia sinais, no corpo franzino, de que estava se tornando um homem.

— A voz dele não é mais de criança, Fazio. Deve levá-lo ao Castelletto — tocou no assunto Chiara. — Daqui a pouco ele pode querer se aproximar demais de uma mulher honesta, e estaremos perdidos.

— Não sei se é a hora — rebateu Fazio, com cara de dúvida.

— O que está esperando? Que tenha contato com animais e se bestialize? — inquiriu Chiara, continuando no mesmo tom. — Sabemos também de histórias de gente que se estimulava e enlouqueceu, não sabemos? Então trate de levá-lo!

— Pode ser que tenha razão. Conversarei primeiro com o abade — respondeu, sem paciência para continuar o assunto.

— Lembre-se de que a visita é só para o seu filho — e, com ar de ameaça, continuou: — Se eu pegar uma doença, vou escolher uma faca bem afiada e cortá-lo para que nunca mais se esfregue em uma mulher, ou em um homem, entendeu? — e virou-se para dormir.

— Durma, Chiara, e não fale bobagem — ordenou Fazio.

Ela fizera a ameaça típica de uma esposa possessa, mas a verdade é que havia muitos anos não se deitavam como marido e mulher, desde um aborto que encerrou a última oportunidade de Girolamo ter um irmão. Com o passar do tempo, o sangramento mensal de Chiara passou a rarear até cessar por completo.

O Castelletto, citado pela mãe de Girolamo, e bastante conhecido pelos milaneses, era uma instituição tradicional, controlada por um órgão oficial.

A Casa Fechada, como constava da placa em latim, *Clauxura Casteleti*, era um grupo de construções localizadas no coração da cidade, separadas por muros. Ficava bem ao lado da sede do arcebispado e tinha apenas uma entrada, devidamente observada por dois controladores que se reportavam diretamente aos *ufficiali di guardia* do ducado.

Pouco mais de cem anos atrás, era um bairro aberto, o Pasquirolo, onde se concentravam prostitutas, casas de jogo e locais onde aconteciam apresentações musicais.

Um decreto de 1390, com o objetivo de trazer maior decoro à cidade, regulamentou o uso dos serviços oferecidos, tornando-o um *locum publicum*.

Ficou estabelecido que as meretrizes poderiam circular pela cidade, inclusive aos domingos, desde que vestissem uma pequena manta de algodão com comprimento não maior que um braço. Eram impedidas de exibir botões de ouro, ou de prata, e saias ousadas. Aos poucos, as leis que facilitavam o reconhecimento fácil das profissionais desse ramo começaram a ser desobedecidas. Algumas delas podiam ser vistas até em igrejas fora do Castelletto, vestidas como uma mulher não censurada e com enormes livros debaixo do braço, simulando o domínio da leitura.

A mulher de muito má vida, como se dizia, geralmente começava a trabalhar e a viver no Castelletto por volta dos 15 aos 17 anos. Na maior parte das vezes, era trazida pelo pai, ou por um companheiro, em função das dificuldades financeiras da família. Contra a sua vontade, geralmente.

Pelo estatuto, não poderia se encontrar com um amante do coração dentro dos limites do condomínio. Às vezes, conseguia até voltar à sociedade, desposada por um senhor de uma riqueza suficiente a ponto de permitir que ela se tornasse uma mulher respeitável.

Ao chegarem à entrada do Castelletto, Girolamo se deu conta de para onde o pai o estava levando.

— Que estamos fazendo aqui, pai?

— É hora de se tornar homem.

— Hoje? — perguntou Girolamo, um pouco assustado.

— Fique tranquilo. Já combinei com o abade. — Pagou a taxa de entrada e animou o filho a seguir caminho pela rua principal ao seu lado.

Abade, assim chamavam o administrador do local. Muitas vezes tinha sido uma mulher, ou seja, a abadessa.

Talvez a denominação fosse resultado de tantos locais públicos como aquele, principalmente na França, há mais de um século serem geridos por elementos do clero. Afinal de contas, esse serviço era considerado um mal necessário, que preservava as mulheres pudicas e poderia evitar o impulso de homens quererem copular com homens.

Fazio, após se apresentar, deixou sua arma aos cuidados do controlador. Passaram na frente da igreja de San Giacomo Rodense e cumprimentaram a importante figura do vigário do *podestà*, o magistrado chefe que controlava os locais públicos da cidade.

O controle do uso de armas era bastante rigoroso, principalmente no período noturno.

Francesco Sforza, fundador da dinastia à qual Ludovico e Massimiliano pertenciam, tinha deixado claro, na Statuta Iurisdictionum Mediolani, de 1451, que era missão do *podestà*, *vicarium domini potestatis*, observar aqueles que portavam arma após o pôr do sol, *armorum, de nocte, in bordellorum*.

Entraram na maior casa da rua, onde o abade os acolheu e os introduziu na sala. O mínimo que se poderia dizer era que Girolamo estava constrangido. A possibilidade de ter que se encontrar de forma íntima com uma mulher não o animava. Pelo contrário. O fato de o pai estar ali, ao lado, impávido, participando daquele momento, só aumentava a ansiedade. Aqueles minutos pareciam intermináveis.

Passaram pela sala duas mulheres com seios fora do vestido, e logo chegou uma jovem com seus 17 anos, baixinha e gordinha, com rosto redondo e seios fartos, vestindo apenas um traje íntimo, uma camisola de baixo branca, fofa nas mangas.

Ela sorriu, mostrando que possuía a maioria dos dentes, com exceção de dois laterais na arcada superior direita.

Pegou na mão do garoto, evidenciando que algo já estava combinado de antemão, e puxou-o suavemente, fazendo-o se levantar e acompanhá-la até uma grande sala, mal iluminada, com três camas ladeadas por quatro altas estacas de madeira, uma em cada ponta, e um teto de tecido drapeado de cor vermelha.

A cabeceira era encapada também com tecido vermelho, pregada com botões. Pequenos móveis, próximos a cada cama, junto à parede, acomodavam jarras de água trabalhadas.

— Sei que é a sua primeira vez. Nós vamos com calma, está bem? — disse ela, de forma doce. Sentou-se, chamou-o para si, puxou as cortinas laterais da cama para ter um mínimo de privacidade e começou a retirar a camisa de cima de Girolamo.

Percebendo que não estava pronto para aquele momento, ouvindo sons de um encontro amoroso que acontecia na cama ao lado, ele tentou ganhar tempo:

— Preciso ir à sala de banho. — Ela se surpreendeu um pouco com o pedido, mas indicou que se localizava à esquerda, ao sair pela porta.

Girolamo dirigiu-se afobado ao recinto próximo do fim da parede, ouvindo no caminho os gemidos e gritos do outro salão. A sala de banho, de onde acabara de sair uma jovem que ele não se atreveu a observar, tinha uma entrada sem porta, deixando-o ainda mais apreensivo.

Foi para o canto onde havia um urinol, apoiou-se na parede com a mão esquerda e estimulou-se para tentar adquirir uma firmeza mínima necessária. Após manipular-se intensamente, constatou, surpreso, que houve o jorro de seu líquido branco e espesso. Notou que, curiosamente, ainda não estava completamente preparado. Pensou em Lucilla e como seria bom se ela estivesse ao lado a esperá-lo, mas os sons que entravam pela janela, de pessoas caminhando e conversando próximo da casa, fizeram com que ele se apressasse em sair e voltar a se encontrar com a jovem escolhida pelo pai.

Como poderia completar a ação em uma mulher tão parecida com a própria mãe?, pensou Girolamo, ao entrar no quarto.

— Milagre! O garoto está de volta! — zombou a jovem. — Quer que eu tire a camisa? Alguns têm atração por peitos — falou, deitando-se na cama.

— Não precisa — respondeu Girolamo, sem saber o que dizer. Então pensou, de forma prática, que era melhor terminar o quanto antes com tudo aquilo para poder ir embora.

Desamarrou o cordão, abaixou as calças, deitou-se desajeitadamente para, nos momentos seguintes, conseguir apenas parcialmente consumar o ato, simulando algum prazer. Levantou-se e despediu-se dela sem olhar outra vez nos olhos. Tinha executado a ação com o mínimo de eficiência pela qual pudesse se orgulhar, mesmo sem ter a certeza exata daquilo que tinha acontecido.

Mais irritante foi ter que ouvir, no caminho de volta, assertivas do pai a respeito da experiência:

— As mulheres honestas não podem ser tocadas, filho, até o contrato de honra ser firmado. De outra forma, colocará por terra seu futuro.

— E o contrato com a minha mãe, como foi, pai? — perguntou Girolamo de forma petulante.

Como o pai se mantivesse em silêncio, tentou consertar:

— Posso ter, de tempos em tempos, algumas moedas para visitar o Castelletto? — Sorriu. — Já sei o caminho...

Fazio concordou com a cabeça, admitindo que o filho já tinha idade para começar a ter gastos de homem. Assim Girolamo conseguiu uma excelente oportunidade para comprar, secretamente, algumas leituras que tanto desejava, em lugar de gastar o dinheiro nas dependências do Castelletto.

América

O jovem Girolamo já tinha absorvido os seis livros de geometria de Euclides e as histórias de Homero. Desejava a nova edição do *Livro das maravilhas*, que narrava a fantástica viagem de Marco Polo, a poética de Aristóteles e, sem que ninguém soubesse, *A arte de amar*, de Ovídio.

Lembrava-se também do livro sobre as coisas celestes, *De rebvs coelestibvs*, de Giovanni Pontano, muito falado pelo tio dom Giacomo. Ele dizia, e repetia, que desde a primeira linha já havia referência ao genial Aristóteles, o questionador incansável sobre o significado das coisas da natureza: *Aristoteles rerum naturae indagator...*

Girolamo gostava particularmente dos livros impressos na versão *octavo*, aqueles que tinham um palmo de altura. Eram mais práticos de ler e de carregar, os chamados *libri portabili*.

Seu pai, ao contrário, gostava dos tradicionais fólios. As edições de fólio eram livros menos grossos, fáceis de empilhar, mas tinham páginas grandes demais para as mãos pequenas de Girolamo.

Dizia-se que o editor Aldo Manuzio, de Veneza, tinha inventado o *octavo*. Ele não confirmava, mas também não negava, aproveitando a fama em seu benefício.

Outra invenção sua, esta plenamente aceita, foi a mudança da letra, que, na sua gráfica, se tornou bem mais fina e delicada, permitindo mais palavras serem colocadas em uma página, resultando em diminuição dos custos.

Alguns passaram a chamar a escritura de *"aldina"*, outros de *"letra d'Itália"*. Para a maioria, no entanto, o tipo inovador era chamado de *"itálico"*.

Naquela semana, Aldo Manuzio ficou hospedado na casa da família Cardano. Girolamo, como acontecia nessas situações, foi dormir no chão, ao lado da cama dos pais. Mas não se importava. Adorava presenciar as conversas de Aldo com o pai. Ele sempre tinha algo interessante a dizer.

— O dia que vier a Veneza eu mostro nossa sala de impressão — explicava Aldo. — É magnífica — disse, empolgado, um falante de voz grossa e impostada, barriga volumosa e um raminho de romã sendo invariavelmente mastigado no canto da boca.

— *Octavo?* São 16 páginas impressas em um papel. Mudam-se os tipos e depois imprime-se do outro lado. Assim temos uma folha com frente e verso.

Fazio abria o vinho e observava o interesse do filho na conversa. Girolamo não piscava. Aldo pegou um papel e dobrou uma vez, ao meio. Dobrou novamente.

— Se pararmos por aqui, teríamos um fólio, mas vou dobrar novamente. — Aldo ajeitou com cuidado a dobradura. — Veja, a terceira dobra diminui bastante o papel e nos dá 16 folhas. Agora é só cortar para deixá-las todas de maneira uniforme.

Girolamo estava impressionado, mas Aldo Manuzio tinha mais trunfos a mostrar. Pegou um livro que estava em cima da arca, folheou um pouco e encontrou a parte que procurava.

— Está vendo este símbolo aqui? A vírgula com um ponto em cima?

— Sim, vejo, mas o que há de interessante? — perguntou Girolamo.

— O que há de interessante? — Aldo sorriu. — Pois fui eu que inventei! Notei que a vírgula era insuficiente para algumas interrupções em que o ponto era excessivo. Vírgula mais ponto, minha inovação; o símbolo que representa a visão do futuro. Quando vir este símbolo, poderá lembrar-se de mim.

— Mas assim vai tirar minha concentração da leitura — queixou-se, de forma amigável, Girolamo. Fazio continuava a observar, sem querer interromper o diálogo do editor com o filho.

— Vai logo se acostumar, não se preocupe... — emendou Aldo. — No fim, é só colocar um ponto. Nós fizemos isso também. No fim do pensamento, um ponto.

— Qual livro foi feito no seu escritório de impressão? — perguntou Girolamo.

— Muitos! Gregos, latinos e até edições italianas! — Aldo sorriu. — Os livros impressos estão tomando o lugar dos manuscritos. É só constatar com qualquer vendedor de livros, mas a verdade é que interrompemos momentaneamente nossa produção por causa da maldita guerra. Agora que a Liga Santa é contra a França — Aldo levantou as sobrancelhas —, e não contra a Sereníssima, podemos retomar nosso trabalho. Abaixo os franceses! — E ergueu o copo para um brinde, sendo acompanhado pelo pai de Girolamo.

— Quem encontrará aqui em Milão? — perguntou Fazio, tomando o primeiro gole do delicioso vinho moscatel da região de Asti.

— Milão não é mais como antigamente, mas aqui ainda circulam pessoas interessantes. Vou me encontrar com o livreiro Niccolò Gorgonzola, jovenzinho que herdou o comércio do pai, e também com o padre Basílio. Ele fará o contato com um professor de Wittenberg. — Aldo colocou a mão no queixo, puxando pela memória. — Lembra-se de quando falei daquele teólogo da Germânia, Martin Luther, que em nosso país começaram a chamar de Lutero?

— Não sei se me lembro... — respondeu Fazio.

— Ele estava de passagem por Milão, há alguns anos, na mesma semana em que eu ia para Pavia. Dormiu no convento da Igreja de San Marco. Fiquei impressionado com o domínio que ele tinha da Bíblia. Além disso, era fluente no latim eclesiástico. O fato é que talvez façamos algum trabalho juntos. — Aldo fez uma pausa. — Lembro-me de que ele estava um pouco indignado com a Igreja daqui. Luxúria, lassidão, comércio de absolvições, aquela coisa toda.

— Isso é porque ele ainda não tinha ido até Roma... — completou Fazio.

— É verdade! — Aldo deu uma gargalhada que ressonou por toda a casa.

— E o Arentino di Perugia? Vai fazer um livro dele? — deixou escapar Girolamo, para logo depois se arrepender do comentário.

Fazio nunca tinha ouvido falar, mas Aldo arregalou os olhos. Arentino era um jovem que tinha espalhado manuscritos de poesias eróticas, que circulavam de mão em mão. O pai de Ambrogio tinha trazido um exemplar após uma viagem a Veneza.

— Bons, esses escritos. — Aldo deu uma risada maliciosa. — Algum dia, quem sabe, farei, sim, um livro com o material dele.

Chiara chegou com a compra de farinha, cumprimentou a todos e preparou, junto com a criada, uma deliciosa papa de grão-de-bico, acompanhada de pedaços de carne de carneiro por cima de grossas fatias de pão preto. A pimenta em pó deu um sabor especial ao modesto banquete, bastante elogiado pelo visitante.

No dia seguinte, Aldo iria de tarde à taverna do GianCarlo para presenciar a leitura das cartas de Américo Vespúcio. Eram textos que descreviam suas viagens e o contato com índios em terra desconhecida, considerada a quarta parte do mundo. Pediu permissão aos pais e fez o convite a Girolamo, que prontamente aceitou.

Nenhuma história de viagem estimulava o imaginário tanto quanto o relato de Marco Polo, mas havia uma certa curiosidade em relação ao que o aventureiro de Florença teria visto em terras novas. Em parte porque já circulara a carta que tinha recebido em Veneza o título de *Mundus Novus*, um razoável sucesso editorial, publicada em diversos países.

Girolamo acordou com grande expectativa e contou o fato ao amigo Ambrogio, que implorou para acompanhá-los, conseguindo igualmente a autorização da mãe. Os dois amigos comeram algo antes de partir. Na hora do almoço, saíram os três, Aldo Manuzio, Girolamo Cardano e Ambrogio Varadei, em direção à Porta Argentea, uma entrada que continuava na estrada para Veneza. Tinham tempo, então decidiram ir a pé.

No caminho, Aldo perguntou a Girolamo como ele adquirira as duas marcas fundas na cabeça, do lado esquerdo das têmporas, e ouviu o relato dos eventos que faziam com que o garoto interpretasse a casa onde moravam como amaldiçoada.

Primeiro foi a queda da escada, com o martelo na mão. O ferimento no lado esquerdo da cabeça produziu séria lesão no crânio, além de uma escara que nunca mais permitiu a pele voltar ao normal. Um mês após, quando estava sentado no umbral da porta da rua, uma pedra do tamanho de uma noz rolou do beiral do telhado de uma altíssima casa ao lado e acertou-o em cheio na cabeça, produzindo uma volumosa descarga de sangue. Parecia que ele estava fadado a ter que usar uma touca na cabeça, assim como seu pai.

Mas nem todos os eventos que circundavam a vida de Girolamo eram trágicos. Ele contou a Aldo como, no último verão, em Gallarate, interrompeu o caminhar, atravessando imediatamente a rua e obrigando os amigos a seguirem o mesmo percurso. Exatamente naquele momento em que atravessavam desabou parte do segundo andar da casa, esmagando a traseira da carroça que estava parada em frente. Todos ficaram impressionadíssimos.

— Diríamos, desta forma, que o senhor tem alguns poderes premonitórios, estou correto? — perguntou de forma bem-humorada o editor veneziano, quase chegando à taverna.

— Pode-se dizer que sim — respondeu o garoto, inabalável.

Penetraram na barulhenta e escura taverna, sendo logo recebidos por um dos servos, que ofereceu três lugares na bancada já quase cheia. Aldo foi à cozinha escolher a comida e discutir o preço do almoço. Como sempre, ficava bravo quando tentavam cobrar mais pelo fato de ele não ser da região. Pediu três cervejas e divertiu-se ao observar os dois garotos tomarem a bebida fazendo cara feia.

Menos de uma hora depois chegou Massimo, com a roupa própria de moleiro, ou seja, lã branca, em capuz e capa. Acompanhado de GianCarlo, o coletor de dízimos da paróquia, apresentaram o material que seria lido. Certo silêncio se fez no recinto quando explicaram que tipo de relato seria.

— Caros amigos e admiradores das letras e das histórias de nossa terra. Agradeço ao grande Massimo por podermos estar aqui — começou o moleiro. — Vou ler a chamada *Lettera a Soderini*, ou seja, a *Quatuor Americi Vesputii Navigationes*. Isso mesmo: quatro navegações feitas por nosso conterrâneo de Florença, representando a casa bancária de Lorenzo dei Medici, amigo de Piero Soderini e descobridor do novo mundo. Podemos nos orgulhar, povos da Itália, por termos o nome de um italiano gravado para sempre nas novas terras, agora chamadas de América...

— América? — sussurrou Girolamo para Aldo. — Não é Índia?

— Índia já conhecemos, rapaz, esse é um lugar desconhecido.

— Ah...

— *... E partimmo del porto di Calis a di 10 di maggio 1497, e pigliammo nostro cammino per el gran golfo del Mare Oceano,* partimos em 10 de maio e tomamos o caminho do Mar Oceano — continuou Massimo, sob o olhar atento de todos na taverna, relatando como em 27 dias o grupo de naus chegou a certa terra julgada firme, distante mil léguas das Ilhas da Grande Canária, para lá do que se conhecia na zona tórrida, fora do Ocidente habitado.

Esse fato, por si só, já causaria estupefação. Devido ao calor, conforme afirmação de Ptolomeu, a zona tórrida não permitiria a presença de vida.

A audiência tinha uma grande parte de pessoas simples. Aldo adorava eventos como esse, pois poderia sentir, bem próximo, o impacto de publicações que caíam no gosto do público.

O relato continuou até o ponto de as naus chegarem à orla da praia, avistando uma multidão, muitos dos quais, desnudos, foram nadando até encontrar os navegantes.

— *Tutti disnudi, uomini comme le donne,* homens e mulheres, *senza coprire vergogna nessuna,* sem cobrir as vergonhas...

— Todos sem roupa, *messer* Aldo? — assustou-se Ambrogio.

— Sim, isso mesmo, partes pudendas à mostra. Continue prestando atenção. — Aldo fez sinal para que os dois meninos ficassem em silêncio.

O texto falava sobre o tipo físico das pessoas encontradas por Vespúcio, com estatura mediana, pele tendendo ao vermelho, belas cabeleiras, corpo totalmente sem pelos e face larga, como a dos tártaros. A comparação com os habitantes do Oriente causou outro burburinho entre os presentes.

Mais adiante a carta dava detalhes dos novos povos, dizendo que não observavam nenhuma justiça, pois não puniam os malfeitores. Os pais não educavam e não repreendiam os pequenos. Apesar disso, não se viam discussões entre eles. Alimentavam-se quando tinham vontade, sem horas precisas, sentando-se no chão, sem toalhas ou guardanapos.

Essa parte deixou Girolamo extremamente interessado. Imaginou como o mundo seria perfeito se os pais não punissem os filhos, se não houvesse hora para acordar ou para comer. O relato deixava claro que aquela maneira simples de vida era verdadeiramente a ideal. Uma vida repleta de paz.

Mas o moleiro continuava sua leitura, explicando que não havia matrimônio, *non usano infra loro matrimoni*. Os homens poderiam ter quantas mulheres desejassem, *ciascuno piglia quante donn'e' vuole*, para depois repudiá-las, se quisessem, sem haver desonra, *quando le vuole repudiare, le repudia, senza che gli sia tenuto ad ingiuria o alla donna vergogna*.

Se antes Girolamo estava interessado, agora seu grau de excitação estava no auge. *La loro vita giudico esser epicurea*, dizia o texto. Sendo a vida dos nativos julgada como epicúria, ele se imaginou sentado à beira do mar, recebendo o carinho de lindas mulheres, cercado de livros, uvas, pão branco e moedas de ouro. Que maravilhosa conjunção!

O prazer do amor físico junto ao prazer da boa comida e dos bons livros à hora que quisesse.

Não era exatamente o que o filósofo Epicuro tinha pregado em seus escritos, nem o exemplo que dera ao viver comedidamente em uma comunidade perto de Atenas muitos séculos antes. Não importava. O que contava era vislumbrar a possibilidade de uma nova vida.

Ambrogio, de olhos arregalados, também dava mostras de estar singrando os mares com a força do pensamento. Surpreendente também era constatar que no Novo Mundo não havia os animais que conheciam.

— *Non tengono cavalli, né muli, né asini, né cani, né di sorte alcuna vaccino*.

— Nem gado? — sussurrou Girolamo. — Que estranho...

Mas logo o registro de Vespúcio deu uma guinada repentina, ao relatar que os selvagens comiam carne de homens e mulheres de maneira animalesca. *Mangion poca carne, salvo che carne di uomo, si femine come maschi*. Ambrogio e Girolamo ficaram embrulhados e engoliram em seco a imagem dourada que tinham feito daquele lugar. A desumanidade transporia qualquer costume conhecido.

— *Sono tanto inumani che trapassano ogni bestial costume*.

O burburinho aumentou, com sinais de desgosto na plateia, que nem por isso desejava perder cada detalhe.

Então a história tomou ares de aventura, quando os europeus encontraram mais adiante outra população, hostil, que os atacou de surpresa. Jovens que tinham se aproximado em pequenos barquinhos feitos de troncos de árvore subitamente levantaram as lanças que estavam escondidas e investiram sem piedade.

O grupo das naus se defendeu com valentia, afundando os barcos e promovendo uma grande matança. Vários entre eles morreram e muitos se feriram. *Moriron di loro circa 15 o 20, e molti restoron feriti*. Duas moças e três homens foram feitos prisioneiros.

Mais adiante, Vespúcio e seus companheiros se maravilharam ao encontrar uma pequena embarcação que restou da fuga de outros indígenas, assustados com o som do disparo das bombardas.

No barco estavam rapazes que tinham sido capados e apresentavam a ferida ainda fresca. *Li avevano cappati*, dizia o relato, *chi tutti eron senza membro virile e con la piaga fresca*. Nesse momento, a idílica terra criada na imaginação dos dois amigos sentados na mesa da taverna desvaneceu-se completamente.

Circular entre lindas mulheres sem o membro masculino, ver filhos copulando com a mãe, ser atacado por clavas pontiagudas pelas costas, engalfinhar-se com bestas de unhas cortantes e comer a carne de outras pessoas não estava nos planos deles, exceto pelo fato de que, ao contrário de Girolamo, Ambrogio tinha ficado atraído pela aventura de atravessar o Mar Oceano.

Aldus Manutius, como ele se intitulava em suas edições, trouxe os garotos para casa antes de encontrar-se com padre Basílio. No caminho, discutiram sobre o que tinham ouvido. Girolamo achara interessante a explicação preliminar de que, como já existiam três continentes com nomes de mulheres — Europa, Ásia e África, derivados de deusas mitológicas —, nada mais natural que batizar de forma feminina o quarto mundo.

Vespúcio, Amerigo Vespucci, seu descobridor, deveria, naturalmente, receber a honra. Vespúcia seria muito estranho, não soaria bem, tinha salientado o moleiro naquela tarde. Melhor mesmo América, como foi escolhido por geógrafos franceses. Mas Aldo torceu o nariz para as explicações.

— Rapazes, muita atenção com o que se ouve por aí — ponderou. — Primeira coisa: provavelmente os nomes dos continentes não são derivados de mulheres, mas termos que vêm de línguas antigas que designam lugares do nascer e do pôr do sol, se não me engano.

Ambrogio e Girolamo ouviam com atenção. A opinião de Aldo, um conhecedor das letras impressas, tinha um peso razoável. Eles sabiam disso.

— Mas não é só isso. É possível que tenha sido um italiano, ou mesmo um espanhol, quem descobriu o novo mundo. Já me disseram que o nome América foi até retirado dos novos mapas que fizeram na França. Podem ter certeza: a palavra América vai cair em desuso.

— Nossa, *messer* Aldo — espantou-se Ambrogio —, e como vai se chamar então?

— Talvez Ambrògia, talvez Giròlama — e deu uma boa gargalhada. — Não tenho a mínima ideia, senhores. O tempo dirá.

— Mas a carta a Soderini foi incrível — admitiu Girolamo. — Que viagens perigosas, não é mesmo? Quantas pessoas diferentes, quantos animais que Plínio não tinha nem ideia que existiam.

— É verdade — concordou Aldo Manuzio. — O relato é muito bom. Digno de um livro de grandes vendas, como de fato tem sido. E é uma pena que o tenham lançado nessa versão de pequeno panfleto. Só tem um detalhe — continuou, fazendo cara de dúvida: — O texto é uma mistura de escritos novos com partes copiadas do *Livro das maravilhas*, de Marco Polo, e de outra carta do próprio Vespúcio, a *Mundus Novus*. Fica difícil saber quem a escreveu realmente e quanto daquilo é verdade.

Poucos estavam preocupados com os detalhes levantados por Aldo Manuzio. Queriam aventura, emoção e divertimento. A *Lettera a Soderini* trazia os elementos necessários ao estímulo da imaginação, uma maneira de ir a um lugar distante e fugir, pelo menos um pouco, das agruras do cotidiano.

A vida não era fácil para os pedreiros, diaristas agrícolas, cardadores e operários tintureiros. O endividamento era crônico. Aqueles que não conseguiam pagar suas dívidas eram chamados de *impotenti*. Muitos passavam necessidades. Pelo menos havia as festas para alegrar os que já não tinham esperanças de sair daquela situação.

Corria o ano de 1518. As escaramuças eventuais, bem próximas a Milão, entre tropas francesas e suíças — estas provisoriamente leais a Massimiliano —, não colaboravam para o cenário melhorar. Menos ainda os eventos recentes. O papa Júlio II tinha acabado de morrer, algum tempo após iniciar o Concílio de Ferrara, uma medida inicial para tentar reverter os abusos da Igreja.

Os povos da Itália tinham total ciência dos excessos, mas também se orgulhavam de a Igreja de Roma ter seu coração fixado lá. Houve algumas décadas em que o papado tinha se transferido para Avignon, é verdade, mas já tinham se passado dois séculos do que muitos consideraram uma espécie de exílio.

Além disso, havia um grupo grande de cardeais propensos a acreditar que a partir de agora o chefe da Igreja deveria ser um italiano e tão somente um italiano.

O cardeal Giovanni Lorenzo di Medici, filho de Lourenço, o Magnífico, pertencia à poderosa família responsável por alçar Florença ao seu auge econômico e artístico um pouco antes da nau de Vespúcio ter singrado os mares.

Giovanni tornou-se o novo papa em 1513, passando a chamar-se Leão X. Contava a lenda que uma família de famosos médicos do século XIV, ou seja, *i medici*, tinha ajudado as vítimas da peste negra em sua fase mais terrível e fundado em Florença um hospital.

O fato é que foram as artes das finanças e da política que alavancaram o poder entre os membros da família, tornando-os riquíssimos banqueiros e astutos controladores da sucessão das senhorias. O regime republicano, em suma, ficava nas mãos dos Medici. Era um processo complexo, sempre sujeito à interferência de clãs opositores, mas habilmente dominado pela poderosa família.

Mas, recentemente, os Medici tinham perdido o poder e o recuperado de volta a duras penas, com Piero Soderini designado gonfaloneiro vitalício. Niccolò dei Machiavelli detivera um cargo de decisão nas mãos por alguns anos, mas acabara acusado de um complô. Foi preso, torturado e expulso da cidade. Uma sensação de retrocesso estava no ar. A produção de manufaturas apresentava nítido declínio. O último navio enviado para a Inglaterra tinha partido em 1480. Muitos bancos florentinos tinham transferido suas sedes para Lyon.

Um dos produtores conhecidos em Milão, e que também tinha ido à falência nesse período, era um Cardano, pai do garoto Niccolò, um primo conhecido de Girolamo. No meio do ano, em pleno verão, um mensageiro chegou esbaforido trazendo a notícia que Niccolò Cardano tinha morrido durante a madrugada. Chiara gostava bastante do garoto. Girolamo também tinha afeição por seu pequeno primo. Geralmente encontravam-se na missa, a que assistiam juntos.

Aprontaram-se todos e foram à casa onde Niccolò estava sendo velado. Chiara chegou com olhos inchados de choro; foi junto Evangelista, filho da irmã falecida de Fazio, que o convidou a morar com eles. Ter em casa um clérigo tão correto e afetuoso como Evangelista era muito bom para estimular Girolamo a, quem sabe, fazer as escolhas certas.

A primeira coisa que chamou a atenção de Girolamo, quando chegaram, era a movimentação. Tanto do lado de fora como de dentro da casa. Não parecia estar relacionada a um velório. Pessoas conversavam animadamente, alguns bebiam e contavam piadas. Uma deliciosa sopa estava sendo servida para todos os presentes.

Outro detalhe: à parte o preto das roupas, havia muitos tecidos de um maravilhoso vermelho vivo, do mesmo tom usado pelos cardeais. Estavam sobre o corpo do menino, envolvendo o sofá e sobre as cadeiras.

O pai de Niccolò Cardano tinha uma tinturaria que pintava os tecidos vindos do norte para depois revendê-los por toda a Europa. Até a queda de Ludovico Sforza, poucas cidades possuíam uma indústria de tingimento do vermelho tão reconhecida como as de Milão e Florença.

A derrocada do negócio resultou em um empobrecimento rápido, com muitas dívidas. O orgulho permanecia. Poder ostentar um velório abastado e concorrido era importante para a imagem da família, que tentava se reerguer comercialmente. O vermelho era o símbolo dessa esvaída riqueza.

Nos últimos séculos, o que estava por trás do sucesso dos povos da Itália do norte, além das viagens dos homens de Gênova e de Veneza, era um adstringente bastante conhecido pelos médicos: o alume. Era usado em remédios, mas também evitava o apodrecimento precoce de produtos animais; daí ser igualmente usado na indústria do couro. Mais que isso, sua função de mordente, de fixador do corante, permitia um produto inigualável.

A rocha alunita, matéria-prima do alume, era importada de Castela, da Ásia Menor e extraída em vários pontos da península italiana. A invasão turco-otomana no Levante, alguns anos atrás, tinha atrapalhado o abastecimento do material nobre. Anatólia, Rumeli, Wallachia e Belgrado, esta banhada pelo Danúbio, faziam parte do novo império. Uma cunha penetrava fundo na Europa. O mar Egeu estava quase completamente controlado pelos turcos.

Seguiram-se as guerras dentro da Itália para controle de jazidas, a redução da importação de lã inglesa, a quebra de bancos, a decadência de Veneza e a invasão de forasteiros.

Até a Igreja lutou contra Florença, precipitando a falência de muitos. Em 1478, a filial dos Medici em Milão foi fechada. Terminava um ciclo. Alguns ainda sobreviviam a duras penas. Ali, sobre o corpo do menino, estava o símbolo de uma era que se fora.

Girolamo se aproximou do caixão aberto, recheado de flores, e estranhou aquele corpo imóvel, pálido. Por que não se mexia? Conhecia aquele rosto, lembrava-se da voz que saía daqueles lábios agora sem cor. O som alto das conversas ao redor desaparecera dos ouvidos do rapaz, que se via estupefato pela evidência da morte.

Aguardou mais um pouco. Talvez os olhos fossem se mexer, revelar o castanho-claro da sua cor. Talvez um sopro de vida. Talvez um sinal da alma pudesse aparecer naquele momento, algo que desse a certeza de que Niccolò ainda continuasse, ainda que transparente, ainda que sobrenatural.

O jovem Girolamo voltou para casa absorvido pelo pensamento sobre a finitude humana. A visão que teve de Niccolò, deitado e imóvel, sem proferir mais nenhuma palavra nem fazer as birras e as brincadeiras, mesmo que fossem um pouco estúpidas e próprias da idade, foi um choque e tanto, também pelo fato de perceber que os pais dele estavam mais preocupados com a recepção aos convidados do que com a memória do falecido.

As semanas se passaram, e ninguém mais falava de Niccolò. Ele não produzira nenhuma obra, nenhum escrito, nenhuma pintura, nada. Não deixara sua imagem registrada em tela, ou gravada em uma moeda. Estava desaparecendo para sempre, sem deixar rastros. Era uma realidade que não estava sendo notada por ninguém. Não se falava dele. Não era mais lembrado. Em breve, não faria parte nem mesmo do passado, e essa perspectiva assustou Girolamo.

Pela primeira vez, escreveu em seu livro o motivo da angústia: como farei para emergir sobre os outros, eu, que não tenho riqueza, saúde, robusteza ou excelência em algum dote pessoal? Não tentaram isso também César, Alexandre e Aníbal, *sed tamen Cæsar, Alexander, Annibal,* mesmo enfentando o risco da infâmia, o preço da tortura, *cum summa infamia, cum cruciatu maximo,* e pagando com a própria vida? *Etiam cum vitæ dispendio?*

Saberei escrever algo digno de ser lido em virtude de um estilo polido e elegante, ou por um conteúdo que chame a atenção e leve ao estupor os leitores? *Quo stylo, qua sermonis elegantia, ut legere sustinenat?*

A vida tem os dois lados, continuou rápido sua pena, *duplicem essem intelligebam vitam,* a existência sólida e comum dos animais e plantas, *solidam, & communem animalibus ac stirpibus,* e a existência do homem, que deseja glória e grandes realizações. *Et propriam homini gloriæ atque actorum studioso.*

Eu também vou desaparecer?, pensou.

Chiara comentara, ao perceber sua angústia, que três irmãos também já tinham morrido.

— Esse é nosso destino — completou Chiara, de forma grave, para Girolamo.

Ele, atônito, refletia: Como assim? Tivera três irmãos e era a primeira vez que sabia disso? Aqueles três irmãos também não significavam nada? Não, não vou desaparecer como os outros! E assim se decidiu a escrever um livro.

Tinha conhecimentos razoáveis de música, astrologia, literatura grega, álgebra e filosofia. Música, por sinal, o atraía bastante, mesmo que não fosse um exímio instrumentista.

Maestro Leone Uglioni, um velho excêntrico musicista, passeava pela cidade dando aulas. Aproveitava para comer, aqui e ali, na casa de seus alunos. *Signor* Leone circulava com uma bizarra manta verde sobre os ombros, que não largava nunca, e eventualmente ocupava algumas tardes livres de Girolamo ensinando-o a tocar flauta e entender as notações musicais. Esta arte, afinal, simbolizava a ligação que ele tinha com a sua mãe.

O pai achava qualquer gasto com música um desperdício. Por essa razão, as aulas eram pagas pela mãe sem o conhecimento de Fazio.

Mas Girolamo optou pela matemática. Um amigo da família, o ancião Agostino Lanizario di Como, incentivou-o nessa empreitada, pois conhecia um editor que era amante de álgebra, a ciência da matemática que acolhia as letras em suas equações. Era uma pessoa-chave, alguém que poderia dar seguimento ao projeto.

Foram três semanas de trabalho duro. Pesquisa e escrita. No *libretto*, expunha a maneira de se calcular a distância entre duas localidades diferentes conhecendo-se a latitude e a longitude. Entregou o material e aguardou.

Aguardou um mês, ansioso por ouvir a opinião de uma pessoa que considerava plena de sabedoria. Na falta de interesse do pai em fazer uma leitura crítica do material, os comentários do *signor* Lanizario poderiam norteá-lo em seus próximos livros.

Como não obtivesse uma resposta, tomou coragem e decidiu ir à casa dele. Lá encontrou apenas um servo, já de saída.

— *Signor* Lanizario? Morreu de peste. A família já se mudou para Como, levando tudo.

— E meu manuscrito? Alguém deixou algo para mim? — perguntou Girolamo, angustiado.

— Que manuscrito? — rebateu o servo, surpreso. — A casa está limpa. Se quiser, pode entrar e conferir.

Lástima. Desânimo. Perder um trabalho como aquele, seu primeiro livro, foi arrasador. Voltou para casa sem defesas para enfrentar a tensão que se propagava no ar.

Naquele exato momento, Chiara ouvia de Evangelista como ele tinha feito para doar toda a herança do irmão, Ottone Cantoni, ao Lazzaretto. Ela engoliu em seco. A recusa de Fazio em permitir que seu filho recebesse a herança do tio ficara engasgada na garganta. Ainda viria o pior. O pai de Girolamo tinha anunciado que dois aprendizes receberiam sua herança em caso de morte do filho. Ao ficar sabendo da decisão, a indignação de Chiara alcançou um novo patamar. Assim que Evangelista saiu para a missa noturna, pouco antes de Girolamo retornar a casa, ela iniciou a discussão.

— Você não pensou antes de colocar em risco a vida de nosso filho? — gritava, do fundo de seus pulmões.

— *Puro giuoco!* — respondeu Fazio, dando de ombros. Ele sabia que chamar aquela decisão de uma piada, de um *scherzo*, iria deixá-la ainda mais irritada.

O argumento de Chiara parecia muito justo aos ouvidos de Girolamo, pois ninguém poderia garantir que não preparassem uma armadilha contra ele.

— Quem garante que os pais daqueles rapazes não investirão contra a vida de nosso filho para ganhar a herança? — esbravejou Chiara ainda mais forte, até começar a se debater convulsivamente, caindo sem proteção, dando um forte golpe no chão com a parte de trás da cabeça.

Fazio saiu da sala, duvidando da gravidade da situação, enquanto Girolamo, extremamente angustiado, acudiu a mãe.

As querelas entre seus pais eram frequentes, porém estavam cada vez mais intensas. Chiara perdeu os sentidos e assim continuou durante a hora seguinte, em um ataque provavelmente desencadeado pelo movimento do sangue no útero, a *hystèra*, segundo Hipócrates. Foi assim que o filho, assíduo leitor de temas médicos, tinha interpretado o sofrimento da mãe.

Fazio considerou que a discussão tinha ultrapassado os limites do razoável. Tomou a decisão de separar-se. Foi recebido por um colega, também professor do Piattine, que se dispôs a abrigá-lo.

O desenrolar da crise instalou-se de forma tão desgastante para Girolamo que ele também decidiu sair de casa. Iria tocar a própria vida. Escolheu entrar em um convento. Um ambiente mais recente, em que os Frades Menores, como foi chamada a ordem, inspirados pela simplicidade de São Francisco, estavam em constante contato com a comunidade, em uma mescla de clérigos que ia além do modelo de mosteiro dos séculos anteriores.

A instituição monástica, mais antiga, parecia muito fechada para ele. Entrar em um monastério significava abdicar da família.

No dia em que se decidiu ir para o convento, sofreu um ataque em que divagou, sem perceber, por três dias. Não tocou em comida. Caminhou pela periferia da cidade, sem rumo certo, atravessando jardins e imaginando que tinha jantado na casa de Agostino Lanizario.

Seu pai pensava que ele estivesse com Chiara e vice-versa. No terceiro dia, voltou à casa da mãe e a febre atacou-o. Gritava que estaria sobre outra cama. *Sono sul letto d'Asclepiade... d'Asclepiade!*, em referência ao médico que estudara em Alexandria e tinha trabalhado em Roma na época do império.

O corpo de Girolamo tremia e parecia ser jogado para cima e para baixo. Chiara pensou que ele não passaria daquela noite. Um dos tratamentos de Asclepíades, Girolamo explicou depois à mãe, consistia em erguer e abaixar violentamente uma espécie de grande berço em que estava o paciente, com o auxílio de quatro escravos. Não era uma forma de tratamento recomendada pelo Colegiado de Milão.

No último dia ocorreu um fato inesperado. Um enorme carbúnculo na lateral da última falsa costela, à direita, rasgou-se espontaneamente, deixando purgar um líquido preto e viscoso. O suor sobreveio, molhando copiosamente os lençóis, a ponto de pingar no chão.

Dois dias depois Girolamo estava completamente curado. Considerou que o ataque de divagação sofrido naqueles dias tinha sido um sinal de renovação, um indício de que estava no caminho certo para a vida religiosa. Havia muitas opções de conventos à escolha, claro. Conventi dei Santi Cosma e Damiano, dei Servi, della Rosa e di Sant'Ambrogio eram alguns exemplos. Preferiu seguir os passos do tio Evangelista, que o apresentou ao frade do Convento Sant'Angelo, frade Emanuele. Sant'Angelo era interessante por ficar fora dos limites cercados da cidade, ou seja, *fuori le mura*. Havia um frescor do campo, do isolamento.

É bem verdade que estar fora dos muros vinha trazendo problemas nos últimos anos, pois a cada investida estrangeira, a cada tentativa de invasão da cidade, o Convento de Sant'Angelo era o primeiro a ser tomado; um ponto de apoio antes do assalto. Mas Girolamo ficou cativado pelo modo de vida franciscano.

Os aposentos simples, remetendo à introspecção, o acordar cedo, a reza na diminuta capela, antes do sol nascer, o cuidado com as videiras, a discussão do Evangelho. Pela primeira vez, percebeu como era o lado profissional da vida religiosa, que o ato de rezar fazia parte da atividade diária, não apenas a pregação no púlpito.

Ao passar pelo jardim que ficava ao redor do convento, admirou-se com a atenção que davam às roseiras, próximas aos pés de uva. As rosas tornavam o entorno ainda mais belo.

— Não é beleza, não, meu caro — disse um frade. — As rosas são mais sensíveis. Se aparecer uma praga, elas serão as primeiras a serem afetadas, e assim conseguiremos proteger as videiras.

Com o passar dos dias, sentiu-se mais à vontade entre seus companheiros de convento. Confidenciou com frade Emanuele sua fragilidade física, que resultava em diversos sintomas diferentes. Contou como as pernas ficavam extremamente frias do joelho para baixo, da hora de dormir até a meia-noite. Além disso, falou sobre as crises de insônia, que duravam oito dias, sempre oito dias, nem mais nem menos, e que aconteciam uma vez a cada estação. Girolamo ocupava esse tempo lendo, do contrário ficaria insano.

Outra preocupação dizia respeito ao vento frio. Sempre que respirava o ar gelado da manhã de inverno tinha uma falta de ar intensa que o impedia de caminhar. Se segurasse a respiração por um tempo razoável, porém, a normalidade sobrevinha e assim ele podia voltar às atividades.

Cada vez mais, Girolamo acreditava que o prazer consistia na ausência de dor, na *indolentia*, um termo inventado por Cícero, o grande filósofo romano. Quietude, esta seria a verdadeira felicidade.

Três semanas tinham se passado, quando frade Emanuele o chamou a sua sala.

— Caro Girolamo Cardano, ficamos bastante impressionados com suas capacidades mentais. Seu domínio de álgebra, astronomia e filosofia é muito superior aos jovens da sua idade; sem contar o conhecimento de línguas. Deixa-nos contentes saber que tenha tido aqui seu primeiro contato com os escritos do Santo Tomás de Aquino. Isso vai enriquecer sua mente e mantê-lo devoto às palavras do Senhor.

— Agradeço o elogio, frade — respondeu Girolamo, sem saber exatamente o motivo da conversa.

— A sua pergunta, Girolamo, inquirindo o porquê da existência de injustiça no mundo, já que Deus faz tudo, vê tudo e conhece tudo, é respondida exatamente por Tomás de Aquino. Basta ler um pouco mais e conhecerá a explicação.

— O senhor me chamou... — titubeou Girolamo. — Pensei que teria algo muito importante a dizer.

— Sim, de fato. — Esperou um pouco, como se escolhesse as palavras mais adequadas; mordeu levemente os lábios. — Sei que provavelmente ficará chocado com o que tenho a dizer, mas sou obrigado a fazê-lo.

Girolamo sentiu um frio na espinha e um súbito tremor, como se um golpe de ar frio entrasse pela janela. Frade Emanuele, já experiente nesse tipo de comunicado, visto que era grande a procura pela vida religiosa para se ter uma oportunidade de ascensão social, ou de profissão segura, continuou, no mesmo tom de voz:

— Consideramos que seu perfil não é compatível com a formação religiosa. — Fez mais uma pausa. — Veja, não é por falta de inteligência, de conhecimento ou de postura. Seus anseios filosóficos são profundos e sua ambição é natural; só não se encaixam com esta vida que levamos aqui. Algum dia verá que impedimos uma grande perda de tempo. O mundo é grande, cheio de desafios. Ele espera sua participação. Seu lugar não é aqui.

Girolamo pediu licença e retirou-se aos seus aposentos. As palavras do frade ecoavam em sua cabeça. Meu lugar não é aqui? Como ele pode saber?, refletiu Girolamo. Ou será que ele sabe?, ponderou, e chegou à conclusão de que frade Emanuele não tinha nenhuma razão específica, aparentemente, para boicotar seu futuro dentro da Igreja. Talvez ele saiba..., considerou finalmente.

Girolamo arrumou suas coisas e combinou uma carona com um carroceiro que fornecia legumes para o convento e que em breve iria para o centro de Milão. Ele o aguardaria logo à entrada.

Observava com certa tristeza os vãos das portas, tão baixos que obrigavam que cada um se curvasse para passar. Os franciscanos eram lembrados, a cada momento, que o gesto de se abaixar, de se curvar, não era nenhuma vergonha. Antes, era uma necessidade do cotidiano. Não esquecer a humildade, nunca.

Enquanto seu pensamento viajava livre, ouviu uma voz a chamá-lo animadamente:

— *Messer* Girò!

Virou-se e viu um rapaz mais jovem que ele, mas com o corpo bastante desenvolvido.

— Não me reconhece? Sou Kenneth, de Gallarate. Ouvíamos suas histórias sobre cavaleiros, reis e ninfas, lembra-se?

— Kenneth? — surpreendeu-se Girolamo. — Agora me lembro... você era o pequeno Kenneth e me chamava de *messer* Girò, claro... Demorei para fazer a associação, pois você já está um homem — cumprimentaram-se afetuosamente. — Vejo que está entrando para a Ordem. Desejo boa sorte.

— Obrigado. Mas para onde está indo? — perguntou Kenneth, curioso.

— Para onde devo ir, para a Universidade. — A carroça parou em frente da entrada do convento, Girolamo ajeitou seu saco de roupas na parte de trás e acenou para Kenneth. — Até breve!

— Anseio por vê-lo dando palestras. Serão incríveis, tenho certeza — completou Kenneth enquanto observava a carroça se distanciar pouco a pouco.

O herege

Naquele fim de verão de 1518, quando Girolamo já contava praticamente 17 anos, o clima dentro de casa voltava a ser razoavelmente bom. Seu pai decidira que estava muito velho para ficar sozinho e voltara a morar com Chiara. Além disso, atendeu aos pedidos dela, que insistia no fato de ser a hora de levar o filho para iniciar estudos mais avançados, sem depender das orientações do pai.

Fazio, com alguma resistência, acabou concordando e chamou Girolamo para ir com ele a Pavia, conhecer a faculdade. Finalmente admitiu que era o momento de o rapaz tomar contato com o lugar onde deveria estudar jurisprudência, como o pai, e, quem sabe, já formalizar a admissão. Apresentaria o filho ao pró-reitor e ao professor encarregado para que eles conhecessem as capacidades intelectuais do pretendente.

Na entrevista, seriam questionados alguns tópicos, visando a analisar o estágio de estudo de Girolamo. Assim, poderiam determinar o início das atividades, ou seja, sua entrada no seleto grupo de estudantes da Universidade.

Ficaram hospedados na casa de Isidoro. Havia muito Fazio não pernoitava lá, pois Isidoro costumava viajar muito. Era comum estar ausente. A casa era a mesma de sempre, mas havia uma certa tristeza. Após arrumarem o baú de roupa no quarto, Girolamo e o pai foram para a sala, ter com o anfitrião.

— Caro Fazio, que saudade! — lamentou-se Isidoro, chateado por não se verem mais frequentemente. — Faz um ano que esta casa está sem minha esposa. É muito triste. Espero que venha mais vezes.

— Suas viagens são muitas... — justificou-se Fazio.

— Agora serão raras, amigo. Estou velho e doente. — Voltou-se para Girolamo, que se ajeitava no sofá. — Lembro-me bem de quando seu pai estava quase morrendo dos nervos, em pé nesse canto, e sua mãe dando à luz, lá no quarto, gritando como uma cabra. — Os três sorriram ao mesmo tempo. — Agora vejo um rapaz mais esticado que um ramo de trigo e inteligente como poucos.

Girolamo sorriu amistosamente, não sabendo o que dizer. Isidoro continuou, ansioso por conhecer a opinião de Fazio sobre as novidades da capital do ducado.

— Conte-me sobre Milão, meu caro. Estou mais informado de Florença do que de lá.

— Nada que não saiba, Isidoro. Nestes três anos, depois que Massimiliano se vendeu e foi levar uma vida boa na França, nós estamos pagando pesado o preço do acordo. Foram cinquenta mil ducados para manter o direito sobre a água do Naviglio Grande e do Naviglio della Martesana.

Fazio se referia aos dois importantes canais de navegação que chegavam a Milão.

— Como se não bastasse — continuou Fazio, torcendo o nariz —, ainda temos de suportar os franceses de volta. Morre um rei, vem outro, e eles não desistem de Milão!

— Mas agora o Colegiado de Jurisconsultores poderá escolher um administrador daqui — lembrou Isidoro. — Isso é uma grande mudança, não?

— Bem, isso é verdade. François I voltou para a França. Que Deus o mantenha lá. — Fazio fez o sinal da cruz. — E nós mesmos nos administramos.

Girolamo só observava. Essas querelas de adulto, que envolviam política, não lhe interessavam tanto, mas o assunto das bruxas do monte Tonale despertou-o de outros pensamentos.

— Não sei se a política é pior que a bruxaria, Fazio. Estou preocupado com o aumento dos casos de heresia. Parece uma praga...

— Talvez — refletiu Fazio. — Desde criança, ouço histórias desse tipo. Parece que está aumentando, ou talvez estejamos mais bem informados. Os panfletos circulam em uma velocidade assombrosa.

— Eu tenho um deles aqui — falou Isidoro, de forma grave. — Levantou-se e pegou o material na cabeceira. — Neste folheto, colocaram trechos da carta de Carlo Miani, na qual ele reporta que mulheres atormentadas confessaram terem matado incontáveis homens. Ouça isso: Carta escrita pelo *Signor Carlo Miani, castellan a Breno di Valmonica,* endereçada a *Marin Zorzi el Dotor* — leu Isidoro, como se tivesse uma grande plateia, relatando que algumas mulheres confessaram ter matado inúmeros homens com o pó do demônio — *polvere avuta dal demonio...*

— Ouvi dizer que foram queimadas entre setenta e oitenta bruxas nesse episódio, Isidoro. Imagine quanta lenha foi necessária.

Uma delas fazia a corda tremer sozinha, dizendo que Deus deveria protegê-la das setes dores. *Di fuocho ardente, de acqua corrente, de omo male faciente,* continuava a carta de Miani, citando o fogo, a água e o homem mau, *con Dio e la Vergene Maria,* finalizava a bruxa.

— *In nomine Domini, amen.* — Isidoro fez o sinal da cruz e suspirou fundo. Depois de um momento de reflexão, olhou para Girolamo. — E esse rapaz, o que tem feito? — disse Isidoro, mudando o tom da conversa.

— Tem feito bobagem! — de pronto respondeu Fazio.

— Pai... — falou Girolamo, rudemente, pois sabia que ele ia se referir ao episódio do foguete.

— Vou falar, sim, não fui eu que fiz besteira. — E, voltando-se para Isidoro, que já ria por antecipação: — O rapazola, esse que está aqui na sua frente, aprendeu a fazer um foguete com o Galeazzo, artesão amigo nosso, lembra-se? — Isidoro acenou que sim. — Pois bem, soltou-o no meio da rua, com estardalhaço. O projétil, descontrolado, acertou a perna da respeitável senhora de um músico.

Assim registrou Girolamo em seu livro, naquela noite: *vulnerata foret uxor honesta musici...*

— Era seu inimigo, Girolamo? — perguntou Isidoro, zombando do garoto e dando em seguida uma gargalhada.

Girolamo, de cara amarrada, continuava em silêncio.

— E depois? — perguntou Isidoro, curioso.

— Depois? — disse Fazio, levantando o indicador. — Tive que pagar um profissional do Colégio de Médicos de Milão para cuidar da ferida e, ainda por cima, comprar uma mula para o músico flamengo.

— Uma mula? — riu mais ainda Isidoro.

— Só faltava eu ter que comprar um cavalo — falou, bravo, Fazio. — Aí é que eu teria que vender minhas calças.

— Não exagere, pai, ele ficou muito agradecido com o presente. Além do mais, a oferta foi sua. Não precisava, ele nem tinha pedido.

— Prefiro ser correto do que morrer com dinheiro, filho. Já basta os dentes que eu perdi quando me envenenaram — queixou-se Fazio de forma melancólica. Depois respirou fundo e preferiu mudar de assunto: — Mas diga-me, Isidoro, por que não vem a Milão? Só Florença o cativa?

— Gosto muito de Florença — respondeu Isidoro, animando-se e mostrando um brilho nos olhos ao tocar no assunto. — Gosto do emaranhado de ruas estreitas, com palácios de pedra que mais parecem fortalezas, dos balcões que avançam bem acima da cabeça, das igrejas com figuras geométricas.

— Não conheço Florença, amigo, mas não trocaria Milão por outra cidade — falou Fazio, sem tanta empolgação quanto se esperaria de quem venerava a capital lombarda.

— Como viver toda uma vida praticamente sem sair de onde tinha nascido? — perguntou Girolamo a si mesmo. — O mundo é tão grande...

— Está dizendo isso pois ainda não foi lá, meu caro Fazio! A escultura *David*, de Michelangelo, é um primor! — Suspirou. — E ainda por cima tem a Ponte Vecchio, com várias casas de carne vendendo de tudo, ao lado de residências simples, mas bem-cuidadas, tudo em cima do rio.

Girolamo escutava com interesse a descrição de uma cidade que sonhava conhecer. Ambrogio falava muito de lá. Já tinha visitado uma vez.

Nesse mês em que Isidoro foi a Florença, discutia-se bastante uma carta escrita alguns anos antes pelo exilado político Niccolò dei Machiavelli, endereçada a um embaixador junto ao sumo pontífice: *La lettera a*

Francesco Vettori. Tinha sido transformada recentemente em panfleto e circulava pela cidade. Nela, Machiavelli relatava seu tédio por viver em San Casciano jogando *quattrino*, mergulhado na piolheira, *cosí, rinvolto in tra questi pidocchi*, com o cérebro mofando, desafogando a malignidade do destino, *traggo el cervello di muffa e sfogo questa malignità di questa mia sorta*.

— Machiavelli diz na carta que escreveu uma obra chamada de *Príncipe*, ou *Principado*, algo assim, em que explica como se conquista e como se mantém um governo.

— Um pouco pretensioso esse Machiavelli, não é? Se ele soubesse se manter no poder, não estaria lá onde está. Além disso, está querendo bajular político para voltar à cena — cutucou Fazio.

— Tem razão — considerou Isidoro. — Ele fala abertamente que desejaria muito que os Medici começassem a utilizá-lo para algo.

— Ele poderia ser mais sutil, não? — falou Fazio, desconfiado. — Achei muito interessante quando ele escreveu sobre a união da Itália e culpou os padres. Agora escreveu para o pontífice...

— Ele escreveu outros textos brilhantes, Fazio. Vamos ver quando sair essa obra de que ele fala. Mas deixe-me viajar um pouco mais por Florença. — Os olhos de Isidoro voltaram a brilhar. — Perto do *Mercato Vecchio*, por exemplo, onde antes ficava um Fórum Romano, algumas casas de artesãos têm velas de todo tipo, pode-se até encomendar uma do seu tamanho, se quiser.

— Mas às vezes o cheiro da parafina é muito forte, não? — questionou Fazio.

— Que nada! Eles colocam incensos de aromas variados; é incrível! E ainda por cima são casas que têm mulheres muito atraentes, de ancas largas como um homem gosta.

— Não é preciso ir a um Castelletto? — Fazio surpreendeu-se.

— Bem, depende do que se está procurando. Às vezes é muito caro nessas casas voltadas a quem tem dinheiro. Mas nem posso me queixar, estou bem servido. Alassa é uma serva que atende meus impulsos de homem sempre que preciso. — Isidoro sorriu. — Acompanha-me nas viagens e não reclama como as outras. As tártaras trabalham duro, nós sabemos bem, e têm uma certa delicadeza.

A compra de escravos era um resquício da autorização extraordinária que se seguiu à falta de pessoal, cento e cinquenta anos antes, resultante da peste negra. Vieram servos de várias partes da Europa, principalmente do leste. Nesse momento, Girolamo entendeu por que o garoto de 5 anos que os tinha recepcionado era tão parecido com o anfitrião.

— E as casas de lá, são boas? — Fazio quis saber mais detalhes.

— Iguais às daqui — ponderou Isidoro. — Só não gosto tanto de tapetes de junco, prefiro as tapeçarias. Tudo muda se a visita for à casa de um banqueiro. Aí sim. — Sorriu. — Nunca vi nada tão luxuoso. As camas, de tão grandes, servem a quatro, cinco pessoas. Pedras preciosas, botões de ouro e marchetaria por toda parte. Acho até uma ofensa às dificuldades pela qual estamos passando.

— Não gosto dos Medici. Acho que estaríamos bem sem eles, mas não posso falar nada. Milão não está melhor. Muita gente foi embora. Mestre Leonardo di Ser Piero, ouvi dizer, nem está mais em Roma, não é mesmo?

— Foi para a França. Da Vinci está velho, Fazio. Está cansado, mas deixou em Florença a maior obra de todas, a *Batalha de Anghiari*, um mural maravilhoso, no Palazzo della Signoria. Pena que ficou inacabado, com alguns problemas no reboco, acho.

— Mais bonito que *A última ceia*? — Fazio arregalou os olhos.

— Meus olhos são testemunha... Mas o mestre se foi. Agora François I está garantindo conforto para os últimos dias dele.

— Que facilidade! — rebateu Fazio. — Também estou velho e cansado, mas não ganho pensão de um rei francês. Tenho que trabalhar! Aliás — disse, levantando-se —, vou descansar um pouco. Amanhã será um dia cheio. Faremos uma visita à faculdade pela manhã e voltaremos a Milão no período da tarde.

Recolheram-se cedo e na primeira hora tomaram o desjejum com muitos ovos, pão branco, fatias finas de carne salgada, banha e um creme feito de queijo. Subiram nas mulas já descansadas, ladearam o baixo muro de pedra e partiram para o centro, onde ficava a Universidade.

As arcadas do majestoso prédio impressionaram Girolamo. Uma primeira escola de retórica tinha iniciado suas atividades no local, setecentos anos antes. Séculos após, o imperador romano Teodósio I fundou a Escola dos Direitos. Em 1361, a instituição se transformou em Universidade.

Como em outros lugares, dependia de patronos ricos e poderosos. A Universidade de Pádua era mantida pelo doge de Veneza; a de Pisa e depois a de Florença eram mantidas pelos Medici. Os Estados Papais sustentavam a instituição de Roma e, no caso da Universidade de Pavia, os Sforza passaram a patrociná-la.

A conversa com o pró-reitor foi amigável. A posição de Girolamo, com um pai professor da Universidade, e conhecedor de muitos assuntos, tornou o processo mais fácil e tranquilo. A direção estava vivendo dias delicados. Desde 1508 não havia um reitor eleito, como resultado das invasões recentes. De todo modo, alguma formalidade seria necessária.

Fazio e seu filho foram recebidos em uma sala toda de madeira escura, com enorme tapeçaria em uma das paredes, representando uma batalha, teto de tecido entremeado também com madeira e uma magnífica estante no lado contrário, em que alguns manuscritos estavam expostos.

Um fato lamentável em relação ao acervo, no entanto, tinha ocorrido recentemente. A biblioteca organizada pelo famoso poeta Petrarca, e presenteada por Gian Galeazzo Visconti, tinha sido levada pelos franceses. Também por isso, a tradição oral continuava muito forte dentro dos muros da Universidade.

Inicialmente, o pró-reitor, sentado em uma elevada cadeira com estofado vermelho, discorreu, com pompa, sobre a função da instituição. Fazio já tinha adiantado que seu filho seguiria seus passos; a jurisprudência. Ao seu lado, um professor do conselho, com bastante idade, apenas observava.

— Caro *signor* Girolamo Cardano — iniciou a exposição o pró-reitor —, em breve, estará na idade de frequentar nossos corredores, nossas aulas avançadas e ser autorizado a servir nosso país como um bom exemplo entre os homens de letras, os verdadeiros *viri litterati*.

"O Studium Generale de Pavia, ou Universidade, como tem sido chamado, muito nos orgulha. Desde o início, mantém relações cordiais com as *Studia* de Paris, Bolonha, Oxford, Orléans e Montpellier e tem criado laços com novas Universidades, como a de Wittemberg, na Germânia, fundada há quinze, ou dezesseis anos. A jurisprudência, antes conhecida como a arte da retórica, e hoje considerada a ciência dos direitos, pois inclui os dois direitos principais, o civil e o canônico, certamente fará do senhor uma figura importante."

Girolamo sabia que muitos da área se tornavam ricos e invejados. Seu pai, talvez por timidez, ou por ser um profissional apenas mediano, não amealhara fortuna, ou fama, à parte o livro de John Peckam, que tinha traduzido. Mesmo assim, sempre falava do direito como a profissão a ser seguida, inclusive pelo retorno financeiro. Escreveu então, em seu livro de anotações, que o pai desejava que ele seguisse a jurisprudência, *verum pater cum deseri studia a me Jurisprudenciæ*, considerada a mais nobre disciplina, *nam nobiliorem disciplinam,* sempre citando Aristóteles e o honorário de cem coroas, *cum honorarium centum coronatorum.*

— Não formamos mais apenas o clero para paróquias — salientou o pró-reitor. — No mundo atual, os governos precisam, cada vez mais, de funcionários com habilidades no direito civil.

Girolamo acenou com a cabeça, sinalizando que estava ciente do que era dito.

— A Universidade é filha da Igreja, e a ela agradecemos, mas os dias atuais necessitam de pluralidade de saberes. Portanto, além de vários professores conhecedores de Direito Canônico, são treze em Civil, cinco em Medicina, três em Filosofia e mais um professor para cada uma das artes de Astrologia, Grego e Retórica.

— Será um grande prazer fazer parte deste Studium Generale, excelentíssimo pró-reitor. Quando chegar minha hora, saberei honrar minha posição — falou Girolamo, bastante seguro, mostrando que tinha ensaiado a formalidade da apresentação, como seria de se esperar.

— O senhor tem se preparado adequadamente, imagino, e nesses estudos certamente tem papel importante o ensinamento de Aristóteles. Poderia dizer algo sobre nós, humanos; o porquê de nos diferenciarmos dos outros seres que estão vivos?

— Sim, com todo prazer. — Girolamo ajeitou-se na cadeira, mas conseguiu disfarçar o nervosismo. — O homem, excelentíssimo, não é nem um animal, nem uma planta. É algo entre os dois. O animal tem uma *anima sensitiva* que falta à planta. Aristóteles afirma, por outro lado, que o homem transcende o animal por possuir uma *anima intellectiva*. Esta alma de inteligência é única. Mas o corpo do homem é duplo. Os sinais corpóreos, originados da profundidade de nossa cegueira da carne, disse Santo Tomás de Aquino, correspondem às gerações das águas. Os conceitos intelectuais, que são resultado da fecundidade da inteligência, simbolizam as gerações humanas.

— Vejo que tem estudado — afirmou o pró-reitor, já um tanto impressionado com a habilidade retórica do rapaz. — E qual sua opinião pessoal?

Girolamo percebeu que a pergunta era perigosa. Sabia que a Universidade não era o local apropriado para a exposição de ideias próprias, nem novas. Seria arrogância não perceber que os grandes homens já tinham dito tudo o que se sabia. O conhecimento humano já estava consolidado. A função da Universidade era propagar esse conhecimento.

— Ainda tenho muito o que aprender — respondeu Girolamo e deu uma rápida pausa, antes de continuar. Um impulso indizível empurrou-o a discutir um pouco mais o assunto, em outros termos: — Alguns consideram que animais e homens são semelhantes em natureza e espírito, pois podemos contrair certas doenças dos animais. Outros argumentam que animais têm certas características de plantas. Ora, ninguém chamaria uma planta de animal! — E completou, de forma audaciosa: — A natureza humana é tripla: a divina, que não ilude, nem é iludida; a humana, que engana, mas não é enganada; e a bestial, que não ilude, mas pode ser ludibriada.

Girolamo e seu pai voltaram para Milão contentes com o encontro. O pró-reitor tinha se mostrado satisfeito com o patamar de conhecimento do pretendente. Ficou tudo acertado. Em um ou dois anos, Girolamo pertenceria a um dos mais conceituados centros de estudo da Europa.

No caminho de casa, já dentro das muralhas da cidade, próximo à padaria de *messer* Bossi, viram um grande aglomeramento.

— Deve estar acontecendo uma manifestação contra o preço do pão — brincou Fazio.

Mas logo perceberam que se tratava de uma distribuição de panfletos. Em um canto da pequena praça, dois homens esbravejavam. Fazio e o filho desceram das mulas e, trazendo-as pela mão, lentamente chegaram mais perto para ouvir melhor. Era mais um daqueles ataques à avareza e à devassidão da Igreja. O homem da esquerda, baixo, bem-vestido, com boina preta, lia um texto em latim.

— *nisi foris operetur varias carnis mortificationes!*

Em seguida, um rapaz bem jovem, alto, tez branca e com uma grande mancha negra abaixo do olho direito, traduzia para a linguagem popular, dizendo que a penitência interior seria nula se não produzisse a mortificação da carne.

— ... *La penitenza interiore è nulla se non produce esteriormente mortificazioni della carne...* — completava o colega com a mancha na face.

— O que eles estão falando, pai? — perguntou Girolamo.

— Como eu vou saber? Vamos ouvir um pouco mais — rebateu Fazio.

A cada leitura de um trecho, principalmente após a versão traduzida, o burburinho aumentava. Um dos folhetos chegou às mãos de Girolamo.

— Veja, pai, é uma *Declaratione Indulgentiarum, per Doctor Martin Lutero*. Quem é esse professor Lutero?

— É um professor de Wittenberg. Quer mudanças na Igreja.

— ... *Il Papa non può rimettere alcuna colpa se non dichiarando e approvando che è stata rimessa da Dio...* — continuou o leitor, de cima do caixote, explicando que o papa não poderia perdoar a culpa, a menos que houvesse a aprovação de Deus.

— Ele está falando do papa! — Girolamo espantou-se.

— Ainda verá coisa pior, filho. Não há mais limite para a falta de decência... — falou Fazio, indignado. — Não é o primeiro nem será o último que fala de forma desrespeitosa à Igreja de Roma.

— *Tesi Ventotto...*

— *In nomine domini nostri Hiesu Christi...* — completou o leitor da esquerda.

— Já estão na tese vinte e oito. Quantas são? — perguntou Fazio. — Veja no panfleto.

— São noventa e cinco... Na vinte e oito fala que no momento em que a moeda tilinta na caixa o amor ao dinheiro cresce.

— ... *al tintinnio della moneta nella cesta possono aumentare la petulanza e l'avarizia...*

Nesse momento, cavalos montados por guardiões do ducado investiram contra as pessoas que se amontoavam na praça. Grande balbúrdia se seguiu, com correria e gritos por toda parte. Os leitores das teses apressaram-se em descer do improvisado tablado e sumir na multidão.

Girolamo e Fazio subiram nas mulas, jogaram por terra os panfletos que tinham nas mãos e dirigiram-se a uma das saídas, em sentido norte. Alguns minutos depois, alcançaram a via da Chiesa Cathedrale, a igreja da gloriosa Virgem Maria, uma visão incrível. A igreja, toda de mármore branco, era, como se dizia, algo estupendo de se ver. Pararam um pouco e assim puderam suspirar e conversar sobre o ocorrido.

— Que foi aquilo, pai?

— Foi uma ação só para dispersar o amontoado de pessoas. Acho que não prenderam ninguém — disse Fazio. — Eles têm que mostrar aos cardeais que estão ativos contra a heresia.

— Fiquei com medo. Não gosto de tantas pessoas assim, juntas e depois gritando...

— Também não gosto, Girolamo. Mas aquele rapaz germânico, Martin Lutero, tem feito escritos que despertam a ira em muitas pessoas. Dizem que ele quer uma Igreja melhor. Não acredito. Ele quer a atenção voltada para ele.

— Vão prendê-lo? — questionou Girolamo.

— Só há duas saídas para quem enfrenta Roma — explicou Fazio, com sobriedade: — abjurar ou ser esmagado. Veja o que aconteceu com os cátaros.

— Cátaros de onde?

— Do norte da nossa península e também de Carcassone, próximo a Castela. Por mais de trinta anos o papa Inocêncio mandou tropas para acabar com qualquer vestígio de heresia. — Fazio pareceu lamentar.

— Conseguiram? — perguntou Girolamo, curioso.

— Parece que sim — respondeu Fazio, deixando a dúvida no ar.

A certeza da entrada na Universidade deixara Girolamo mais tranquilo. O plano de aquisição de conhecimento, fama e fortuna estava com seu curso garantido. Poderia, por ora, dedicar-se também a outras artes.

De exercitatione, escreveu no alto da página do seu diário. No ano de 1519, logo no início, intensificou a prática de luta com espada, isolada, *ab initio, omni genere meditationis gladiatoriae operam dedi*, ou com uso simultâneo de escudos, dos mais diferentes tamanhos e formatos, *cum scuto oblongo, & rotundo, & magno, & piccolo*: oblongo, redondo, grande e pequeno.

Sua arma preferida era a adaga, também curta, pontiaguda e afiada, como o punhal, mas de largura maior. Todas as tardes, saía para se exercitar e aprender com o amigo Prospero Marinone, um rapaz ativo e inteligente, também filho de um profissional do direito, que fazia aulas com um exímio espadachim. Assim como Girolamo, Prospero tinha o projeto de estudar em Pavia, também a cidade onde tinha nascido.

Com o passar dos meses, passou a correr e a andar a cavalo, cada vez com mais frequência, ganhando confiança sobre a sua timidez. As simulações de luta também evoluíram, com mais ênfase na autodefesa, pelo menos com o uso de armas mais leves. Meus braços são muito finos, precisaria de mais músculos, escreveu. *Nam brachiis minus ob exilitatem.*

Para andar a cavalo, nadar e mexer com armas de fogo, tenho pouca confiança, completou. *Equitandi, natandi, exonerandi machinas igneas parum confidens.*

— Por que não tem confiança nessas armas? — perguntou Prospero.

— Uma vez, o amigo do meu pai me ensinou a fazer um foguete com pólvora, que saiu desgovernado e explodiu no ar — explicou Girolamo. — Os pedaços acertaram a perna de uma vizinha. Ela caiu no chão, gritando, sangrando, como se estivesse morrendo. Fiquei apavorado.

— Que história! — sorriu Prospero. — Então sairemos cada um com sua arma.

— Vou com a espada — propôs Girolamo.

— Combinado! Passo na sua casa na quarta hora.

Naquela noite, excitado pela aventura, Girolamo saiu escondido de casa para circular armado pela cidade. Calçou sapatos de pele de ovelha e vestiu uma capa negra de lã para esconder sua esquálida figura. Parte da emoção decorria do fato de que se armar após o pôr do sol burlava expressamente o decreto do duque. *Noctu etiam adversus decreta Principium, armatus in ambulabam urbes.*

Passadas cinco horas do anoitecer, era difícil encontrar vivalma na cidade. Porcos, galinhas e cavalos eram vistos, mas tinham dono. Às vezes, algumas pessoas eram desalojadas e totalmente despojadas daquilo que possuíam devido à condenação de algum membro da família. Inútil tentar precisar aqueles que realmente eram culpados.

Odetto di Foix, *signor* di Lautrec, governador do estado de Milão a serviço do rei francês, autorizara a tortura para extrair confissões. Os bens confiscados ajudariam a manter em dia as contas a serem pagas aos franceses.

Frequentemente alguém que não resistia a tamanha pressão e se tornava um errante solitário nas ruas da cidade, com a mente dilacerada e o coração partido. Esses podiam ser vistos, bem tarde da noite, vagando e falando com seres imaginários. Pelo menos se exercitavam.

Exercícios movem a roda do moinho, assim como nos fazem andar, dirigir carruagens, navegar e conduzir um cavalo, caçar e jogar com a bola, refletia Girolamo.

Ele se referia ao mestre Galeno, que via a vantagem do exercício com bola sobre a arte da caça por ser acessível a todos, inclusive aos mais pobres. Assim, em sua cabeça, caminhando pela cidade, Girolamo catalogava seres e coisas, em uma infindável rememoração daquilo que estudava: sete são os principais gêneros de coisas que alimentam nossa vida, *summa rei genera septem*: ar, sono, exercício, comida, bebida, medicação e o meio de tudo. *Aere, somno, exercitatio, pane, cibus, potus, medicamenta, medium.*

Ao escolher o que comer, muita atenção deve ser feita, recordava Girolamo. Para quatro alimentos deve haver moderação, *quatuor mediocriter*, pois são altamente nutritivos: carne, gema de ovo, uva-passa e azeite. *Sunt enim alimenta caro, vitelli, ovorum, zibidum & oleum.*

E, em seu diário, completou: o último item é um elemento desconhecido; quando submetido ao fogo, corresponde, em determinada proporção, à propriedade das estrelas.

Pelas ruas da cidade, naquele ano de 1520, contavam-se com pesar os detalhes dos últimos momentos de vida do mestre Da Vinci. Consideravam-no um cidadão de Milão, mesmo que lá não tivesse nascido.

Após alguns anos no Vaticano, já velho, tinha ido para a França. Morreu no solar de Clos Lucé, próximo ao Castelo de Amboise, onde vivia o rei. Amparou-o o próprio François I, seu patrono e amigo, segundo diziam. Sempre haveria alguém, naqueles dias, na taverna, na praça, ou na igreja, a pedir a palavra e repetir de forma emocionada.

— Leonardo da Vinci, cujo espírito era diviníssimo, sabendo não poder haver maior honra, expirou nos braços do rei...

Estava também ao lado seu aprendiz, Francesco Melzi, um fiel companheiro que herdou os ducados que sobraram, as arcas, os livros, as roupas e, principalmente, os enigmáticos escritos do mestre.

Naquele ano, no entanto, a cabeça de Girolamo estava voltada para seu maior desafio: iniciar a faculdade. A perspectiva de fazer parte do seleto grupo dos homens de letras o arrepiava. Metodicamente arrumava a roupa, suas armas, seus livros. A partir daquele momento, sairia de Milão e passaria a maior parte do seu tempo em outro lugar, a cidade onde tinha nascido, Pavia.

Seu coração estava dividido, é verdade. Sentiria falta daqueles que amava. Ultimamente estava distanciado de Ambrogio, mas considerava-o seu grande amigo. Margherita, a tia que por tanto tempo o protegeu, praticamente não saía da cama e balbuciava palavras que ninguém mais entendia. Por vezes, parecia não estar naquele mundo.

Seu pai era seu mentor, seu professor. O que faria sem ele? Seus ensinamentos certamente o acompanhariam para sempre.

A mãe, com todos os ataques, gritos e crises de nervosismo, ainda assim percebia o que Girolamo necessitava. Sabia enfrentar Fazio quando necessário. Assim foi, quando bateu o pé em relação às suas aulas de música. Não mostrou emoção quando se despediu, mas, como sempre, tinha uma surpresa que o agradava.

— Filho, leve isto — disse Chiara, colocando na mão de Girolamo um saquinho de couro com pesadas moedas, firmemente atado com o cordão branco trançado. — Se não estiver durante a Páscoa aqui em Milão, não se esqueça de fazer a confissão e depois comungar.

Da mesma forma como a maioria dos cristãos, ele não via com bons olhos a confissão anual. Era desagradável pensar que o vigário teria ciência de suas falhas.

— E não fique tentando entender o que o padre está falando, Girolamo. Concentre-se em sua reza pessoal.

— Mas eu compreendo latim, mãe...

— Eles falam com Deus, não com quem vai à missa! É por essa razão que estão longe, depois do púlpito. Se o padre pedir a participação de todos, então reze alto. As pessoas estão observando, lembre-se disso.

Despediu-se então da tia Margherita. Infelizmente, ela não tinha ideia do momento especial por que passava o sobrinho, mas abraçou-o com ternura, como sempre fizera. Os olhos de Girolamo umedeceram, e ele disfarçou a emoção.

Foi com a mãe à porta da rua e esperaram Fazio trazer a mula. De repente, Girolamo percebeu que quem estava contornando a casa da esquina, trazendo um cavalo, era seu pai. Observou Fazio se aproximar sorrindo e soltou um grito de alegria quando se deu conta de que o cavalo era para ele.

— Minha Nossa Senhora! — soltou a exclamação Chiara. — Onde arrumou dinheiro para isso?

Enquanto Girolamo alisava o pelo do animal, Fazio se explicou:

— Querida, posso não ter dinheiro, mas tenho crédito.

— Ou melhor seria dizer... dívidas? — falou Chiara, com uma ponta de ciúme pelo presente dado por Fazio. — Não morra deixando processos contra nós, senão esgano seu pescoço quando chegar à casa do Senhor. — Fez o sinal da cruz.

Girolamo, maravilhado e alheio à discussão dos dois, agora poderia apresentar um transporte à altura de sua nova posição. Estaria lado a lado com seu amigo no caminho para a Universidade, sem precisar olhar para cima.

— Meu filho, há muito pensava dar esse presente. Chegou a hora. É velho, mas é manso, e certamente terá ainda alguns anos de vida útil. Deus fez os animais para servir nossa *anima intellectiva*. Aproveite, mas cuide bem dele.

— Obrigado. — Deu um abraço carinhoso e beijou o rosto do pai, pela primeira vez em sua vida. A ternura do beijo deixou Fazio sem ação.

Girolamo montou, subiu seus pertences para o lombo do cavalo, com especial dificuldade para acomodar o saco cheio de livros, e acenou para os pais, seguindo para a casa de Prospero. Em meia hora já rumavam em direção a Pavia. Aos poucos, deixavam as últimas moradias para trás.

— Vou sentir saudades de algumas pessoas. — Prospero fez cara de triste.

— De seus pais e de seus irmãos? — solidarizou-se Girolamo.

— Não, cara de *granoturco*! Das pessoas do Castelletto! — E deu uma sonora gargalhada, brincando com as feições do amigo, que faziam lembrar a espiga do novo milho que estava fazendo muito sucesso na Lombardia. — Não era fantástico poder escolher uma mulher diferente a cada vez? Não acha?

— Não sei o que acho — Girolamo fechou o semblante. — Sei que pude comprar muitos livros com essa história...

— Nenhuma mulher de reputação fará o que elas fazem. — Prospero suspirou, sem dar a mínima atenção ao comentário do amigo. — Não é uma delícia poder colocar o dedo onde se quer e escolher o introito enquanto admira o movimento dos quadris? Por fim, o prazer de ouvir os gritos de gata no cio, cada um mais alto que o outro...

— Isso me parece o Teatro all'Improvviso. A atriz sempre faz o mesmo papel e varia um pouco a fala — completou Girolamo sarcasticamente. — Case-se com ela, e a peça acaba... Prefiro o prazer de permanecer junto a Aristóteles, ou Galeno, por duas semanas. É o preço desses dez minutos. Depois continuo com a memória viva da experiência.

— Sinto que meu amigo, às vezes, é bem estranho... Talvez porque não tenha a memória das mulheres que conheci.

— É verdade — continuou Girolamo, ainda mais sarcástico. — A lembrança de uma ida ao Castelletto pode durar um mês, ou mais. A cada vez que soltar a urina com um catarro amarelado, a dor lancinante de um quase desejo vai trazer à memória o nome da preferida...

— Enterre seus pensamentos negativos, amigo. Agora só tenho a felicidade comigo! — Prospero sorriu.

— Gostaria de saber o que é a felicidade, Prospero. — Agora Girolamo falava sério.

— É isso, meu caro! Seremos *goliardi*. — Levantou o braço, excitado, falando em referência aos estudantes que celebravam a alegria da juventude. — Vamos, amigo, cante comigo: *gaudemus igitur, juvenes dum sumus... juvenes dum sumus!*

Alegremo-nos, portanto, somos jovens, continuava Prospero enquanto o amigo ao lado procurava, com uma ponta de constrangimento, se alguém estaria ouvindo aquela manifestação exagerada. Só vislumbrou a estrada de terra e as altas árvores que margeavam o canal.

Os cavalos seguiam seu passo lento, marcando o único som que escutavam na planície. O mato crescia a cada lado do caminho e não se importava com os arroubos do rapaz, que continuava como se tivesse plateia:

— Vamos a Pavia, Girolamo, começaremos a faculdade, cantaremos, beberemos, conheceremos as mulheres da cidade!

— Às de má vida, pelo jeito...

— Todas! — Prospero sorriu, para logo após fazer uma pausa. A ansiedade também era grande, para os dois. Era necessário ter um mínimo de aplicação para conseguir o diploma do bacharelado. Sabiam que não seria só diversão.

— Penso em meu pai, Prospero. Ele se considera feliz, mas não quero aquela felicidade dele.

— Tudo depende das coisas exteriores, Girolamo. Pergunte se há peste, se há carestia, se o comércio está em alta. Analise se os malditos franceses é que dominam, ou um Sforza desmiolado, então terá sua resposta.

— Não sei se esses fatos influenciam nosso íntimo — pensou alto Girolamo.

— Como não? O sacro imperador acaba de morrer. Era um aliado de Milão. Agora chega um Carlos de Habsburgo para ser nosso vizinho, um jovem que dizem ser o mais poderoso imperador desde a época de Carlos Magno.

— Ele é jovem?

— Um ano a mais que nós, rapaz! Lembre-se de que agora ele é dono da Espanha também. Nada mau — continuou Prospero, exaltado. — Poderia ter ficado nas terras da Borgonha, o que seria ótimo. Mas não. Vem assumir o reino germânico e pode, por capricho, decidir arrasar nosso país lombardo, pelo qual não tem nenhum carinho especial. Imagine o resultado: pais mortos, mulheres viúvas e crianças passando fome. Para onde vai a felicidade? Responda-me, caro filósofo!

— Entendo perfeitamente o que quer dizer. É claro que os sentimentos serão influenciados. Mas veja, há pessoas que estão com todas as condições, têm mil ducados em conta no banco dos Medici, casa com três servos, moinho e ainda assim não parecem estar felizes.

— Talvez fosse melhor, nesse caso, transformar o moinho de trigo em moinho cervejeiro! — respondeu Prospero, voltando ao seu bom humor de sempre.

Voltaram a mirar a estrada e a sentir o lento andar dos animais.

— Este é um novo momento — falou de forma grave Girolamo. — A partir de agora, meu nome será outro.

— Outro nome? Como assim? — surpreendeu-se Prospero.

— Cardano — falou o amigo. — A partir de agora, este será meu nome.

— Eu vou continuar a chamá-lo de Girolamo, está bem?

— Claro, Prospero! Mas, para todos os que me conhecerem de agora em diante, este será meu nome: Cardano.

Naquela noite, após se alojar com o amigo na casa de Giovanni Ambrogio Targio, em Pavia, abriu uma nova página em seu livro e escreveu na parte de cima o título "Felicidade". Em seguida, citou a vida de Augustus.

Ele foi um homem de muita sorte e, no julgamento de muitos, feliz. *Felicitas: Certè Augustus amplissimae fortunae vir fuit, & judicio hominum felix.*

Fama, tesouro e monumentos, tudo isso ele teve. Mas ele era realmente feliz enquanto viveu?, refletia Cardano. Pensava mais um pouco e voltava a correr a pena na folha de seu livro — sua casa era um tumulto, sua corte cheia de confusão, seus amigos próximos tramavam contra ele. *Domus plena tumultus, aula pertubationum; intimi insidiarum.* Se ele não conseguia dormir, era miserável. Mas, se cochilava, sua vigilância se esvaía, e assim acordava com ansiedade redobrada.

Tarde da noite, adormeceu sobre seu livro e ouviu os galos cantarem, na primeira hora da manhã. Acordou Prospero e tomaram o desjejum antes de seguirem para a Universidade. Os estudantes se apresentariam diante do pró-reitor e de alguns professores convidados. Muitos destes, os de maior fama, eram independentes e vagavam de Universidade em Universidade, recebendo pelas palestras que ministravam.

A *peregrinatio academica* tinha a vantagem de desonerar a faculdade. O outro efeito, não planejado, era o de permitir que o conhecimento se distribuísse por toda a parte norte da península itálica.

Foi grande a emoção de participar de uma reunião na sala do pró-reitor, na qual vários futuros profissionais das três faculdades superiores — teologia, direito e medicina — estavam sentados em cadeiras ao redor das quatro altas paredes.

Cardano observou, de forma discreta, que havia algumas figuras diferentes, como um rapaz com turbante, parecendo um árabe, e outro de pele bastante escura, certamente um etíope. Havia também um asiático. Sua face sugeria algum lugar das Índias Orientais. Talvez Cipangu, um país mencionado por Marco Polo, onde todos tinham olhos amendoados.

Nenhuma mulher estava presente na sala, como era de se esperar. Todos já tinham ouvido falar do caso de Isotta Nogarola, morta havia cinquenta anos, que, após lançar mão de um tutor privado, tentou entrar na Universidade e frequentar o círculo dos humanistas. Foi ridicularizada a ponto de ir para um convento.

O pró-reitor elogiou a presença dos novos alunos, lembrou como deveriam ser respeitadas as classificações recomendadas por Aristóteles e Cícero e salientou que o século que se iniciava tinha uma nova significação na história do mundo.

— Este é o século da informação e do conhecimento, caros alunos. Pela primeira vez, os livros não são mais submetidos a escribas que antes modificavam o texto conforme lhes aprouvesse. A memória dos autores, e seu conteúdo, agora pode ser mais bem conservada. Lembrem-se das falhas de tradução e transcrição que contaminaram o mundo árabe com cópias de manuscritos gregos adulterados.

A cada pausa do pró-reitor, um silêncio sepulcral se fazia sentir. Nenhum dos estudantes queria chamar a atenção para si. Seria por demais constrangedor.

— Mesmo assim, temos problemas — continuou o pró-reitor. — Nossos professores devem ser protegidos do roubo de ideias. Se este é o século da informação, meus caros, também o é das cópias sem autorização. A cidade de Lyon, por exemplo, tornou-se um centro de livros copiados em prensa de tipos de metal. Eles fazem até o desenho do símbolo da editora, com total descaramento.

A importância da profissão letrada, o valor dos livros, a postura do estudante e as opções de trabalho foram outras questões abordadas pelo pró-reitor. Uma hora depois, cada presente recebeu uma carta de boas-vindas, com detalhamento das matérias e dos cursos que seriam apresentados nos próximos meses. No mural da entrada, cartazes no formato fólio eram pendurados, avisando das atividades da semana.

Na saída, encontraram pessoas que se dirigiam a uma cerimônia pública de hostilização a um herege que seria queimado. Não era um fato corriqueiro. Logo a informação se disseminou entre os estudantes e vários deles foram juntos, em direção à praça da igreja de Pavia. Cardano, cheio de curiosidade, também foi com seu amigo.

Ao chegarem à praça, notaram que fora erguido um palanque em frente da igreja. Um herege tinha sido arrastado pelas ruas da cidade, junto com uma caixa cheia de livros. Cuspiram nele e nos livros, que tiraram de sua casa. Levantaram seu corpo já sem forças e amarraram seus braços atrás do poste de madeira. Aos seus pés, galhos, lenha e impressos.

Seu rosto estava ensanguentado, quase não se notavam seus traços, mas Cardano surpreendeu-se em reconhecer uma marca que estava guardada em sua memória: uma grande mancha escura na face, à direita. Nesse momento, assustou-se em perceber que a exposição de uma ideia poderia ser violentamente combatida.

A prefeitura de Pavia, explicou um estudante morador da região que viera com eles, escolhera um herege mais visado apenas para dar uma resposta aos anseios de Roma. Dessa forma, poderiam viver em paz por um bom tempo, sem precisar censurar outras pessoas. Sendo assim, pensou Cardano, existia uma pessoa que estava sofrendo para que outros não sofressem. Isso poderia ser encarado como um sofrimento útil, por que não?

Por alguns minutos foram lidas as acusações, mas, no momento em que acendiam a fogueira, o rapaz herege recobrou suas forças e começou a gritar, bem alto, suas convicções religiosas:

— O demônio também é filho de Deus! — E dava uma pausa para respirar. — Pois Deus fez tudo, e nós devemos tudo a Ele! — Mais uma pausa.

Enquanto isso, a fumaça começava a aparecer na base do palanque.

— Por que construir uma catedral tão grande em Roma? — insistia o herege. — Por que a riqueza, se Jesus foi pobre? Se a imagem de Maria chora lágrimas de sangue é porque vê a venda de confissões, a avareza dos padres e o dinheiro, usurpado dos fiéis, que vai para uma construção do papa! Não enxergam isso?

— Do que ele está falando? Ele está misturando a venda de indulgências com o Demônio e a *Crocifissione*! — sussurrou Cardano a Prospero, referindo-se ao milagre de São Calocero, ocorrido em Milão no ano anterior; era uma pintura da Virgem que vertia sangue e tinha virado ponto de visitação pública.

— Deve ser maluco, o coitado.

— Estou com mais pena dos livros que vão ser queimados... — brincou Cardano, no ouvido do amigo.

Alguém gritou para que a boca do herege fosse amarrada. Já tinham percebido o deslize grave no ato da execução, mas o ajudante que atava fogo se atrapalhou e não conseguia mais alcançar as costas do condenado com a escada. Agora o rapaz da mancha no rosto gritava a plenos pulmões.

— Ele estava tão quieto — Prospero ria com gosto — que esqueceram de amordaçá-lo. Agora acordou e bafeja sua heresia peculiar. Só falta o ajudante do carcereiro ser queimado junto!

Em seu desespero, o condenado misturava as línguas e continuava sua pregação final, criticando a venda de indulgências.

— É melhor dar a um pobre que gastar o dinheiro com indulgências!

— Agora ele está gritando as teses do professor Martin Lutero — confidenciou Cardano, passando a ficar mais interessado no desabafo final.

— Não é à toa que ele está ali... — concluiu Prospero.

— Que seja *maledetto* todo aquele que fala contra a verdade do perdão apostólico!

— Essa é outra tese de Lutero — disse Cardano —, ou seja, quem falar contra esse perdão deve ser desventurado por Deus.

Prospero arregalou os olhos e virou-se para Cardano:

— Tem lido Martin Lutero? — Nesse momento, algumas pessoas ao redor olharam com desconfiança para os dois.

— Não, claro que não! Foi só em um dia de manifestação em Milão — desconversou Cardano. Logo em seguida, sussurrou: — E fique quieto senão também nós faremos companhia ao rapaz do palanque...

O sacerdote agostiniano Lutero, professor de Wittenberg, estava sendo investigado por Roma. Suas teses tinham sido atacadas pelo sumo pontífice, que publicou uma refutação formal. Um conhecedor de teologia fora expressamente designado para investigar o caso e dar seu parecer.

Ninguém tinha dúvidas de que em breve o assunto seria resolvido. Enquanto isso, talvez mais alguns hereges exaltados fossem punidos como exemplo.

Logo a fumaça e o ar quente sufocaram o herege. Mais nenhum som foi ouvido, além do estalar frenético de galhos. Os espectadores ficaram em silêncio. Minutos após, um forte cheiro de carne assada tomou a praça. Muitos cachorros se aproximaram, vindos de todos os lados, enquanto algumas pessoas já estavam deixando o local.

Mais alguns minutos e seguiu-se um aroma de efeito oposto, como se a comida ao fogo tivesse sido esquecida e se tornasse paulatinamente puro carvão.

Os cheiros diversos confundiam os sentidos. Esse fato desagradou Cardano, que decidiu ir embora, sendo acompanhado pelo amigo. Não queriam presenciar o fim da festa, quando, em alguns casos, o corpo não era totalmente queimado e os cães disputavam os pedaços de carne restantes.

Dissecação

As palestras se sucediam de forma intensa, mas os assuntos ligados especificamente ao direito não se mostraram tão interessantes quanto Cardano imaginava. Gradativamente, sua preferência pendeu para as aulas de Medicina, Astrologia e Retórica.

Estudava alucinadamente. Sabia que era sua oportunidade de se destacar entre tantos alunos. Às vezes, consultava os manuscritos da faculdade, apesar das poucas opções que sobraram após os saques ocorridos nos anos anteriores.

Frequentava também, assiduamente, o livreiro Gianmarco, ao lado da ferraria, sempre perguntando o que havia chegado. As editoras mandavam apenas dois ou três exemplares de um livro recente. Quem estava atento conseguia comprar as novidades.

Alguns professores bastante renomados, como Matteo Curzio, Branda Porro e Francesco Fioravanti, estavam escalados para aquele semestre. A maioria das aulas acontecia na língua latina. No salão das exposições principais, Cardano acompanhava sem piscar o curso extracurricular de Angelo Candiano naquele início de setembro de 1520.

— A astrologia nos ajuda a entender a linguagem das estrelas — iniciou o professor Candiano. — E isto sabemos desde os tempos da Babilônia. Quem domina esta arte conhece as regras que permitem decifrar o livro dos céus. E a linguagem das estrelas coincide essencialmente com a linguagem dos seres humanos. Isto teve a chance de confirmar Giovanni Pontano, falecido alguns anos atrás. Estrelas e planetas, em sua órbita ao redor de nossa Terra, formam as letras de um alfabeto cósmico.

Podiam-se ouvir os suspiros de cada aluno no intervalo entre as falas do professor. As penas corriam rápidas, anotando cada detalhe. Às vezes, o som de um vendedor de doces, ou de um afiador, penetrava no ambiente, sem distrair a atenção dos alunos.

— Atributos simples, como aparência externa, velocidade ou direção de movimentos, revelam a influência de cada planeta, individualmente. Quem já não viu no céu a cor vermelha do planeta Marte? — perguntou o professor. — Esse é um bom exemplo de como uma característica externa pode revelar a natureza quente e seca de um astro. Não esqueçam que esse planeta está ligado diretamente às guerras e à violência. Mas essa força não ocorre sozinha. Há a força do oponente. Quem é o oponente de Marte? — Nesse momento, o professor fez silêncio para ouvir a manifestação de algum aluno.

Cardano sentiu seu coração acelerar. Responderia?, pensou. Tomou coragem e arriscou:

— Vênus, *signore*. — E todos olharam para trás. — Vênus é o oponente principal. Tem a umidade e a frieza que contrabalançam a força de Marte. — Ele notou que suas mãos tremiam bastante após conseguir dizer aquelas poucas palavras.

— Seu nome? — perguntou Candiano, interessado em saber quem era o estudante que respondera corretamente.

— Hieronymus Cardanus, filho de Facio Cardanus, escritor da edição latina dos Comentários de Giovanni Peckam.

— *Bravo, signor* Cardanus. Onde nasceu?

— Nesta mesma cidade, na casa do venerável Isidoro dei Resti.

— Muito bem, um filho da terra... Então continuemos. — E o professor voltou a dissertar enquanto se dirigia novamente para a cátedra: — Todo planeta faz o papel de uma letra com qualidades definidas. Uma verdadeira sequência de letras do cosmo. Aristóteles ampliou o pensamento de Platão e enxergou o universo de outra maneira; um todo dividido em duas partes: o reino superior, das esferas celestiais, e o reino inferior, dos quatro elementos. Uma pergunta fácil: quais são os quatro elementos?

— Terra, ar, fogo e vento — respondeu, rápido, Ottaviano Scotto, sentindo-se bem por receber a brisa que entrava pela janela.

— Vento? — surpreendeu-se o professor Candiano ao mesmo tempo que muitos riam comedidamente. — O senhor já fez Filosofia, Medicina e agora veio para a jurisprudência. Esta é uma pergunta muito básica, não?

— Água, excelentíssimo professor. — Ajeitou-se na cadeira. — Terra, ar, fogo e água. Foi apenas uma distração. Perdoável, acredito — corrigiu a tempo Ottaviano, fazendo uma reverência.

— Sim, claro, está perdoado. Então complete o raciocínio sobre o reino superior, por favor.

— No reino superior, acredita-se que tudo esteja em ordem, obedecendo a uma sucessão plena de beleza, luxo e calma. Esferas cristalinas, incrustadas em planetas e estrelas, compõem a música eterna do universo — finalizou, orgulhoso, Ottaviano.

— Agora, *signore*, apresente-se, por favor — solicitou o professor.

— Caros, sejam bem-vindos ao Studium Generale di Pavia — em tom de recepção aos mais novos. — Muito me orgulha estudar aqui. Sou Ottaviano Scotto da Brescia, parente *degli editori* Scotti di Venezia. Continuo vivo apesar do massacre francês à minha cidade, treze anos atrás. A sorte de sobreviver não tiveram meus pais, por isso fui convidado pelo meu tio para continuar a vida em Pavia.

— Precisava contar tudo isso? — cochichou Prospero a Cardano.

— Psst! — sussurrou o amigo. — Fique quieto!

— Grato, *signor* Scotto. Continuando: a influência dos astros nos vários recônditos da Terra, em suas cidades e em seu povo, pode ser analisada com grande precisão — discorreu o professor, agora andando pela sala. — Para isso, devem ser observadas as posições dos planetas e das estrelas na intersecção da linha do horizonte oriental. O sistema da natividade é particularmente interessante, pois considera de suma importância o conhecimento do ponto exato, o momento do nascimento de uma pessoa, ou seja, aquele átimo em que acontece a relação entre os planetas e as doze constelações, chamadas de casas celestiais.

O professor fez uma pausa para que os alunos tivessem tempo de anotar e depois questionou:

— Como é chamado esse ponto? Alguém arrisca? — E fez sinal para Ottaviano ficar em silêncio, pois era sabido que ele já tinha a resposta.

— *Il punto dell'eclittica* — respondeu Cardano com firmeza —, que é a *posizione di natività*, ou ascendente do horóscopo.

O professor acenou com a cabeça em discreto elogio e continuou:

— Nenhuma precisão seria atingida se não existisse o astrolábio, um instrumento que vocês já viram algumas vezes. Outra pergunta sem dificuldade. — Olhou para Prospero, que ficou petrificado: — Diga-me, *signore...* — e esperou que o aluno completasse a frase.

— Prospero Marinone di Pavia.

— Prospero, qual estrela é utilizada para a função do astrolábio?

Ele sabia, mas estava de tal modo amedrontado que não conseguia articular uma palavra. Para seu alívio, o professor desviou a atenção para o rapaz vindo da Etiópia:

— E o seu nome? — perguntou.

— Nagast d'Abissínia — respondeu com o orgulho de pertencer àquele que era considerado o povo mais antigo do mundo; mas não era só isso, também sentia que tinha a adição de sangue europeu em suas veias. — Minha mãe é etíope, mas sou neto, por meu pai, de Giovanni di Padova.

— Vejam só — surpreendeu-se o professor Angelo Candiano. — Com pele cor de carvão, falando nossa língua perfeitamente! Não há mais surpresas neste mundo. — O professor sorriu, para depois continuar: — *Signor* d'Abissínia, qual é o astro fixo no céu usado para determinar o grau de angulação com o horizonte?

— A Estrela Polar — respondeu, com segurança. — Como ela está exatamente em cima de nós, em ângulo de noventa graus, se formos para o sul, esse ângulo se alterará.

— Uma pergunta que até as crianças do Piattine saberiam responder, não é mesmo?

Cardano não entendeu bem por que o professor tinha se referido àquela escola. Talvez achasse que lá não se aprendia muito.

— Poderia acrescentar, se me permite, professor — adiantou-se Nagast —, que o quadrante também pode ser usado para essa determinação.

Nagast explicou aos colegas que o quadrante era um instrumento no formato de um quarto de roda, daí o nome, dotado de um prumo. O astrolábio, por outro lado, era um círculo de metal pesado, preferido nas medições náuticas. Este último poderia ser usado também para avaliar o ângulo do sol, exatamente ao meio-dia. Ajustava-se o aparelho de tal forma que a luz solar passasse por dois pequenos furos simultaneamente. Seu peso conferia alguma estabilidade, mesmo em alto-mar. Em terra firme, era usado para outras medições, como a altura de um edifício, por exemplo.

Após a discussão, iniciou-se a leitura do trecho mais importante do livro do alquimista Pontano. A tarefa tomaria cinco aulas, aproximadamente, contando com os comentários interpostos pelo professor.

Ao término da primeira aula de leitura, todos se levantaram e, de cabeça baixa, aguardaram o professor sair da sala. Assim que se sentiram liberados, dirigiram-se ao pátio central, com estardalhaço. Alguns deles, como de hábito, rumaram à parte levante da cidade, de onde viajantes iniciavam o caminho para Roma, a fim de ir à taverna tradicionalmente frequentada pelos estudantes, ao lado do moinho cervejeiro.

Pavia tinha pelo menos dez moinhos. Nem era muito. Algumas cidades tinham bem mais. Os moinhos de pisão tinham substituído o pisoamento com os pés, uma técnica antiga em que tecidos, por exemplo, eram pisoados para marcar a tintura. Eixos com ressaltos excêntricos, uma incrível invenção, agora acionavam o pilão, a cada pequena volta da roda empurrada pela força da água, dispensando o uso dos pés.

Os moinhos para cânhamo, uma variação do moinho de pisoamento, extraíam o óleo dessas sementes para alimentar o fogo de lamparinas, ou para fabricar sabões. Já os moinhos para ferro faziam com que o malho batesse o metal e, adicionalmente, outra roda acoplada fazia com que o fole assoprasse a fornalha.

A serra impulsionada pela água era ainda mais sofisticada. Subia na vertical e descia com o próprio peso, após a liberação do excêntrico, cortando ao meio a lenha da floresta. Outro moinho especial destinava-se à feitura do papel. Alguns eram uma adaptação de moinhos mais antigos, construídos para a fabricação do azeite, bastante diferentes dos moinhos para grãos, pois tinha uma mó, a enorme pedra redonda, que rodava dentro de uma grande cuba circular. A pasta de papel formava-se após a trituração dos trapos em água.

Muitos dos moinhos eram acionados por força das mãos dos escravos, alguns com o vento, boa parte com animais. Os mais cobiçados, no entanto, eram os que utilizavam a água, esta uma energia bastante procurada por manter-se constante. Às vezes, a impulsão da água era usada para fazer com que ela própria subisse a alturas maiores, com o objetivo de ser distribuída na cidade. A Itália do norte era bem servida nesse quesito.

As mós que trituravam os grãos de trigo também podiam ser empregadas para fazer a farinha dos grãos usados na fabricação da cerveja, além do lúpulo e do malte. Assim, alguns moinhos cervejeiros se especializaram para atender um mercado em franca ascensão. Cada vez mais, quem frequentava a Universidade acabava se tornando um grande consumidor.

A taverna dos estudantes estava bastante agitada naquele agradável fim de tarde. Cardano, sem muita empolgação, acedeu ao convite de Prospero. O lugar era aconchegante, construído com madeira escura nas paredes, mesas e balcões. Havia mesas também na parte externa, ao lado do moinho, onde alguns jovens discutiam bastante e outros jogavam cartas. Sentaram-se próximo ao aluno que tinha chamado a atenção por sua apresentação na sala de aula duas horas antes.

— Estávamos na aula há pouco. Ottaviano da Brescia, não é mesmo? — tomou a iniciativa Prospero. Os três se cumprimentaram sobre a mesa. — Diga-me, quanto tempo de viagem se gasta até sua cidade?

— Saindo de Milão, é o dobro do tempo até Pavia e um terço da viagem até Veneza. Mas meu tio mora aqui, como tinha dito.

— Somos de Milão — disse Cardano. — Eu apenas nasci em Pavia.

— Percebi que já tinha conhecimento de astrologia e astronomia — comentou Ottaviano.

— Conhecimento? — interrompeu de forma entusiasmada Prospero, adiantando-se a Cardano. — Esse rapaz aqui domina a astrologia de adivinhação. Já fez previsões que deixariam muitos de boca caída!

— Ele está exagerando — disse Cardano. — A verdadeira adivinhação é um dom exclusivo de sábios e prudentes. *Ex Aristotelis oraculo: solum ille prudentum, ac sapientum esse veram divinationem.*

— Bem — rebateu Ottaviano —, vejo que domina a língua latina, mas o tratado de Aristóteles que conheço tem a seguinte afirmação: "O poder da previsão ocorre em qualquer pessoa simples, e não nas mais sábias."

Cardano gostou de saber que estava dialogando com alguém à altura de seu conhecimento e sorriu. Talvez estivesse realmente errado em relação à sua citação de Aristóteles.

— Posso dizer que há espíritos que nos enviam mensagens — ponderou Cardano. — Mas, se o reconhecer, nunca deve dizer seu nome, senão ele se esvanecerá imediatamente. Meu pai me ensinou isso. Ontem mesmo recebi em sonho a figura de um querido parente, Niccolò Cardano. Ele me disse que um homem seria em breve condenado à forca, mas antes me procuraria para saber de seu destino. — Então comprimiu os lábios, agora em dúvida se deveria ter fornecido detalhes tão íntimos a uma pessoa que ainda não conhecia.

Uma alegre e sedutora jovem interrompeu a conversa para saber o que eles iriam beber. Avisou que, excepcionalmente naquela semana, tinham recebido pistaches e tâmaras da Pérsia, mas os três pediram somente cerveja e um prato de grão-de-bico.

— Poderia solicitar aos pais dessa moça sua mão em casamento. — Prospero divagou enquanto desviava os olhos para vê-la dirigir-se até o balcão. Subitamente acordou de seu devaneio. — Desculpe, senhores, do que falávamos? *Signor* Scotto, ouvi dizer que era de Brescia, mas tinha família em Monza, certo? É um longo caminho...

— Sim — respondeu Ottaviano —, tenho parentes em Veneza, como Ottaviano Scotto di Monza, um grande editor. Imagine o orgulho que tenho em ostentar o mesmo nome! — Levantou o queixo. — Estou aqui há mais de dois anos, formando-me em várias artes de letras. Provavelmente, um dia eu irei trabalhar com eles.

— Quem sabe não publicará meu livro? — adiantou-se Cardano.

— Do que se trata? — perguntou Ottaviano, interessado.

— Em breve direi. Primeiro preciso escrevê-lo... O único que escrevi até agora se perdeu com um velhinho que morreu de peste — e todos riram.

— Na aula, ouvimos seu relato do ataque francês a Brescia, não é mesmo? — indagou Prospero.

— É verdade. — Ao lembrar-se do ocorrido, Ottaviano fechou o semblante. — Um momento difícil. Foi no ano de 1512. Por uma semana, a milícia da cidade segurou os franceses. Depois, aconteceu uma tragédia. Mais de quarenta mil foram massacrados. Eu estava no grupo que se refugiou em uma igreja. Eles entraram gritando e golpeando as pessoas de forma inclemente. Um garoto ao meu lado, mesmo agarrado na mãe e na irmã, recebeu um golpe de sabre na boca, caindo ensanguentado no chão. Meus pais foram mortos. Eu sobrevivi por milagre. Não é uma boa lembrança.

Os três ficaram alguns minutos dando goles na cerveja, ouvindo as conversas que corriam paralelas nas mesas ao lado. Cardano rompeu o silêncio:

— Vi em um cartaz que haverá debate amanhã. Como é isso?

— É o debate dos homens de letras, normalmente entre dois professores, mas às vezes ocorre com alunos ou mesmo com alguém de fora da Universidade — respondeu Ottaviano. — Uma boa maneira de ganhar dinheiro e prestígio. Melhor do que lutar com espadas! — Sorriu. — Os debatedores registram um tema no cartório, com o notário, escolhem um prêmio em dinheiro, ou algo de comum acordo, e marcam uma data para o debate.

— Mas como se sabe quem venceu? — perguntou Prospero.

— São escolhidos três juízes, que analisam a retórica, os argumentos e a acolhida das pessoas que comparecem ao anfiteatro — explicou Ottaviano.

— Então a plateia interfere no resultado... — falou Cardano.

— Muito! — afirmou Ottaviano. — Muito mesmo. Há debates que são totalmente decididos pelos ouvintes. Se há uma posição clara dos que estão assistindo, os juízes apenas referendam em ata.

Cardano ficou bastante interessado no assunto. Pensou em programar-se para assistir ao próximo. Então viu que Ottaviano tirava do bolso um belo saco de couro.

— Caros, que acham de jogarmos *primero*? — perguntou Ottaviano, mostrando as cartas e os dados que tinha trazido.

— Por que não dados? — perguntou Cardano.

— Estes aqui são especiais...

Então Cardano rodou lentamente os dados entre os dedos e percebeu que nos dados de 16 lados havia a repetição dos números 4 e 14. Nos dados de 12 lados havia dois números 5. Arregalou os olhos.

— Também corremos o risco de sermos pegos. Os dados são proibidos nas tavernas de Pavia.

— Está bem, vamos jogar *primero*... — falou Cardano. — Mas já desconfio quem ganhará...

— Não, não se preocupe — tranquilizou-o Ottaviano. — As cartas não estão marcadas. Estas são virgens. Além disso, estou com pouco dinheiro. Nem poderia apostar muito.

— Certo. Pegamos duas cartas cada. — Prospero embaralhou-as e fez a distribuição. — Depois cada um escolhe mais duas até estar satisfeito, combinado?

— Não — respondeu Ottaviano. — Esta regra é de Milão. Vamos fazer a regra de Pavia, em que cada um só poderá trocar uma vez.

— Que regra esquisita... — estranhou Cardano.

— Isso porque não viram o *primero* de Veneza! — sorriu Ottaviano.

Depositaram a aposta e iniciaram o jogo. Prospero logo desistiu, pois suas cartas eram pouco promissoras. Cardano dobrou a aposta e anunciou que possuía um *flusso* em mãos, ou seja, todas as quatro cartas do mesmo naipe.

Ottaviano fez cara de quem não estava satisfeito, descartou uma e pegou outra carta. Continuou descontente, propondo então um acordo, um *fare a salvare*, isto é, uma maneira de partilhar a aposta proporcionalmente, segundo as possíveis opções de cartas que teriam nas mãos. Cardano concordou. Baixaram as cartas, dividiram a aposta, e o jogo recomeçou.

Ficaram na taverna até o anoitecer. Depois, voltaram para casa tropeçando nas pedras da rua. Prospero vomitou duas vezes durante o caminho, mas conseguiu chegar, com o apoio do amigo.

No dia seguinte, Cardano acompanhou o desafio de matemática entre dois professores da Universidade. Não achou tão empolgante, pois boa parte do tempo eles interrompiam a explanação para resolver problemas que um colocava para o outro. Após quatro horas, os juízes consideraram que tinha havido empate, pois chegaram até a equação de terceiro grau sem que nenhum dos dois tivesse a solução.

As aulas que envolviam temas médicos chamavam cada vez mais a atenção de Cardano. O estudo de Galeno era seu assunto preferido. Claudius Galenus era grego, mas fez sua fama em Roma, nas décadas de 160 a 180. Lá, ele se tornou um profissional contratado pelo imperador Marco Aurélio, inicialmente como médico militar e depois como médico da corte.

Suas dissecações de animais serviram de base para as descrições mais avançadas até então, resultando em uma grande produção de material escrito. Os livros já eram reproduzidos regularmente pelas editoras italianas, um item necessário a qualquer estudante de Medicina e Filosofia.

— Portanto — continuou o professor —, encomendem com o livreiro *As faculdades da alma seguem o temperamento do corpo*, ou *Quod animi mores corporis temperamenta sequantur*. Esse tratado é uma pequena obra-prima, um verdadeiro *capolavoro*. Hoje vamos falar sobre ele e alguns importantes conceitos de Galeno.

A chuva caía pesada lá fora. Era um bom dia para se concentrar totalmente em um dos maiores mestres da humanidade, um médico que condensara os pensamentos de Aristóteles e Hipócrates, trazendo-os a um novo patamar científico.

— Nos primeiros anos de nossa era cristã, os estoicos afirmavam que nosso corpo tenderia naturalmente para a virtude — falou o professor. — Lembrem-se de que os estoicos aceitavam as durezas da vida sem fazer reclamações. Para eles, era o bastante nascer, e nossa força interior faria o direcionamento adequado.

"No entanto, é óbvio que muitos não terão uma vida virtuosa. E por quê? — continuou de forma apaixonada, sendo observado atentamente por seus alunos. — Ora, a influência das pessoas ao redor poderia alterar esse caminho. Mas Galeno se perguntou, nesse momento, o seguinte: e o primeiro homem? Por que ele poderia corromper-se, se não havia ninguém ao lado para influenciá-lo? Ademais, por que dois filhos que recebem a mesma educação têm atitudes tão diferentes? Portanto, com um pouco de reflexão, vocês concordarão comigo que a tendência a uma vida virtuosa é uma teoria falha. — Fez uma pausa, olhou para os alunos e perguntou: — Quem arriscaria dizer a outra tese defendida na época?"

Cardano adiantou-se, com segurança:

— Também se acreditava que ninguém nascia para ser virtuoso. A questão era submeter o indivíduo a uma educação moral primorosa e assim conduzi-lo à virtude.

— Muito bem — concordou o professor. — Nesse caso, bastava que a criança fosse direcionada conforme preceitos rígidos. Para Platão, os homens se tornam maus por causa da má educação, ou uma disposição viciosa. Os humores que erram pelo corpo, disse ele, agitam-se e misturam-se com a alma, perturbando-a. Galeno então adicionou o pensamento de que o regime de vida e a dieta influenciariam diretamente a virtude.

— Professor! — falou o asiático e continuou após receber a autorização com um leve movimento de cabeça. — Mas não há a liberdade do próprio ser humano? Como a comida faria diferença nessas decisões?

— Essa é exatamente a pergunta que Galeno se faz — retomou o professor. — Lembre-se de que não é só a dieta; estamos falando também na maneira de viver, seus hábitos, seu dia a dia. Pois bem, seguindo a linha grega de Posidônio, Galeno atesta que a semente do mal está dentro de nós, assim como, majoritariamente, uma tendência a seguir o bem. A ingestão de alimentos não nocivos, de bebidas bem escolhidas, uma vida regrada e uma educação adequada seriam o adubo necessário à semente da virtude. Está claro?

Alguns fizeram semblante de que a posição de Galeno não estava tão clara assim.

— Vou continuar, e vocês entenderão. — O mestre pigarreou e retomou o discurso: — A alma, ou seja, a *psyché*, resulta do temperamento do corpo, de sua mistura, das alterações humorais. Do quente ao frio, do úmido ao seco e vice-versa; são estados influenciados pelo que se come e pelo jeito como se vive. Nesse sentido, a alma depende do corpo.

"Nesse momento, Galeno acrescenta uma observação fundamental. Atentem bem para isso — salientou o professor. — Ele diz que é um erro considerar que os humores, e só eles, são a causa natural do corpo. A causa vem de Deus, da inspiração divina. Logo, os humores são o veículo de influência da alma, e nosso corpo é a máquina construída pelo criador."

A excitação dos alunos ao ouvir a explanação provinha do fato de que esse assunto fazia, de certa forma, parte das conversas cotidianas. Poucos, no entanto, atentavam para a diferenciação formal de cada conceito.

— O coração é a fonte do calor — continuou —, o ar que entra em nosso corpo resfria o sangue e controla a temperatura de forma adequada. O cérebro é a fonte do movimento, da sensibilidade; é a sede de nosso pensamento. Por fim, vamos lembrar que a formação do sangue acontece no fígado. Essa sanguinificação, em que há a aquisição da cor vermelha, vem dos alimentos ingeridos, carregados por pequenas veias até encontrar uma grande veia, a veia porta. Ela é, como o nome diz, a porta de entrada do fígado. Os alimentos trazidos formariam, então, a base dos espíritos animais.

Após uma breve pausa, o professor retomou com uma pergunta:

— O sangue jorrado a partir do fígado, impregnado por alguns desses espíritos, vai para que sistema: direito ou esquerdo?

Ninguém preferiu arriscar. Cardano não respondeu, pois já tinha participado demais. Ele sabia que o sangue formado iria para o lado direito, o sistema sanguíneo, já que o lado esquerdo do coração, chamado de sistema aéreo, bombeava sangue com o ar e a maioria dos espíritos vitais, vindos do próprio coração.

Quando o professor, no entanto, falou sobre a mistura do sangue que ocorreria dentro do coração, Cardano ficou intrigado; essa explicação contradizia um comentário que tinha ouvido anteriormente, feito pelo próprio pai.

— Uma parte do sangue é filtrada pelo septo ventricular poroso e vai de um lado a outro do coração. Faz sentido, não é mesmo? Como o sangue circularia se não houvesse essa comunicação? — concluiu o professor, ao que todos concordaram. Todos, exceto Cardano. Fazio dissera que mestre Leonardo estava intrigado porque não tinha achado, nas autópsias que fizera, nenhuma evidência da passagem do sangue de um lado a outro.

À noite, como frequentemente fazia, Cardano saiu de casa com a adaga na cintura e sua capa preta. Dessa vez, no entanto, o passeio tinha um objetivo definido. Convencera o amigo Prospero a tomarem juntos uma decisão bastante arriscada. Ofereceriam um escudo ao coveiro para que ele permitisse a entrada deles na sala dos defuntos; assim poderiam fazer a investigação da estrutura do coração de alguém pronto para ser enterrado.

As arcadas escuras do necrotério contornavam o prédio de apenas um andar que ficava ao lado da igreja. Ele compreendia duas grandes salas altas, com a base das paredes carcomida pelo tempo. Ao chegarem à porta, deram duas batidas na peculiar aldabra, uma bela peça metálica no formato de martelo, simulando o ferreiro malhando em seu trabalho. O leve toque ecoou dentro do recinto. Um senhor de meia-idade, já curvado, vestido em trajes simples, chamou-os para entrar.

— Senhor, como tínhamos combinado, não mexemos em cadáveres putrefatos, ou que estejam sendo consumidos por vermes. Nosso objetivo é conhecer um pouco mais de nosso corpo, dentro dos preceitos da Igreja, que nos incumbiu de trazer menos sofrimento às pessoas.

O coveiro conduzia os dois jovens pela primeira grande sala enquanto ouvia as explicações pouco convincentes de Cardano. O importante é que recebera um escudo para deixá-los a sós com um morto por duas horas.

— Vejam, este senhor não tem família, foi achado na estrada e trazido para cá por uma pessoa bondosa que não quer ver sua alma em perdição. Vocês têm duas horas — e fechou o ferrolho da porta.

— Ele precisava ter trancado a porta, Cardano? Já estou apavorado com a ideia de explorar o corpo de um morto sem autorização e ainda por cima temos que ficar presos? E se nos acharem? Diga-me, o que vai acontecer?

— Calma, Prospero, a trava nos protege e evita que sejamos descobertos. Quando chegar a hora, ele dará duas batidas. Nós repetimos e ele abre.

— Bem, melhor acabar logo com isso. Como vamos abrir o peito dele?

Cardano tirou da cintura um saco de couro, onde tinha colocado uma grande tesoura. Colocou também a adaga na mesinha ao lado do defunto. Levantou o tecido que o cobria. O velho de cabeça branca que jazia na mesa, à espera de ser enterrado, era bem magro. Tinha um corte da largura de quatro dedos na altura do umbigo. Possivelmente uma investida de assaltantes.

Sua idade não era mais compatível com os duelos mortais, típicos dos jovens. Estava com a boca e os olhos abertos. Prospero ficou impressionado com a cena, fazendo imediatamente o sinal da cruz, na tentativa de afastar algum possível mau espírito.

— Reze por mim, Prospero — falou Cardano enquanto desferia o golpe de adaga que penetrava fundo logo abaixo das costelas, na parte de cima da barriga.

Em seguida, pegou a tesoura, tentando vencer os tecidos na altura da linha média. Encontrou o osso que protegia o coração. Desviou um pouco para o lado, cortando as cartilagens das costelas com enorme esforço. Os dedos doíam de tanto forçar as argolas metálicas.

Ao terminar o corte longo e profundo que corria da barriga até o pescoço, Cardano chamou Prospero para, com as mãos, cada um de um lado, abrirem o tórax, ao som de estalos de costelas se quebrando. Ficou à mostra uma série de membranas ressecadas, grudadas umas às outras. A excitação tomou conta de Cardano, normalmente uma pessoa fria em seu contato com amigos e, principalmente, com quem não conhecia. Nas aulas de investigação do corpo humano, por exemplo, fazia anotações enquanto alguns colegas vomitavam e outros ficavam brancos como cera, sentados, sem se mexer.

Afastaram e cortaram as escuras membranas que encontravam até vislumbrarem o coração, o órgão nobre, o último do corpo a parar de funcionar. Prospero estava firme em seu papel de ajudante. Se chegara até ali, gostaria então de satisfazer o impulso de curiosidade que se mostrava mais forte que o medo de ser enforcado como herege.

Cardano cortou os grandes vasos que estavam ligados ao coração, retirando-o para analisá-lo na mesa ao lado. Com cuidado, tirou duas fatias do músculo cardíaco até observar o septo que separava as duas grandes câmaras. Passou o dedo com firmeza e convidou Prospero a fazer o mesmo.

— Como é grossa esta parede, Girolamo! Será que o sangue passa mesmo por aqui?

— Não sei — respondeu Cardano, com cara de dúvida. — Galeno poderia estar errado...

— Não conte isso para ninguém, Girolamo, pelo amor de Deus! — Prospero se assustou.

— Fique tranquilo, não sairei alardeando nossas dúvidas por aí. Mestre Galeno é o maior de todos. Sabemos disso. — Olhou então para o tórax aberto, pensando no que faria depois. — Temos tempo. Vamos abrir o pulmão, quero ver mais de perto os condutos respiratórios por onde passa o ar resfriador do sangue.

O pulmão estava bastante escuro, com pontos pretos. Cortou o tecido esponjoso em fatias. Encontrou um tecido de consistência mais firme, da largura de um polegar, no meio do pulmão direito.

— Olhe, Prospero, se ele não morresse de um punhal, morreria deste tumor! Lindo, não?

— Só quem é médico considera bonita uma coisa dessas... — discordou Prospero. — Acho que a jurisprudência não é seu destino, Girolamo.

Ao continuar sua investigação, Cardano escorregou a mão pela traqueia e descortinou os anéis de músculos que envolviam o tubo respiratório.

— Interessante... Isto aqui parecem músculos. Será que estes músculos, ao se contraírem, esmagam a traqueia e fazem a pessoa sentir falta de ar? — Cardano perguntou baixinho a si mesmo, pensando em sua própria experiência, que misturava crises súbitas ao ar frio e em momentos de muita angústia. Lembrou-se então do médico Areteu da Capadócia, que tinha descrito crises de asma, aquela sensação de gatos no peito, que ocorriam em pessoas que corriam muito ou eram submetidas a um golpe de ar gelado.

— Por que está colocando o coração no saco? Está maluco, Girolamo? Devolva isso!

— Calma, Prospero. Amanhã teremos a investigação do corpo de um ser humano, não é mesmo? Vamos mostrar a todos o septo do coração que estamos levando. Diremos que compramos de um viajante.

Prospero fez cara de contrariedade, mas admitiu que poderia ser uma boa ideia.

— Está bem. Só não diga que eu estava junto...

Ao ouvirem as batidas na porta, os dois amigos já amarravam a pele ao redor do tórax, e os grossos barbantes fecharam o peito aberto. Alguns panos ficaram molhados de sangue, exceto um deles, que foi colocado sobre o corpo. A blusa surrada com babados, fechada até o pescoço, cuidadosamente colocada pelo coveiro, escondeu os últimos sinais da intervenção.

No dia seguinte, estavam os dois amigos ansiosos para participar da necrópsia que iria discutir especificamente o coração, sua função e suas câmaras, sob o comando do professor de Filosofia e Medicina.

O anfiteatro, em forma oval, tinha degraus mais altos ao redor, com beiral para o apoio dos alunos que ficavam em pé. A grande janela, de um dos lados, permitia a entrada de bastante luz. Todo o ambiente cheirava forte a um álcool destilado.

No centro, no nível mais baixo, uma mesa pesada de madeira, cuidadosamente talhada, permitia que líquidos do corpo escorressem para um orifício em um dos lados, quando, por sua vez, eram recolhidos em um balde.

A aula de necrópsia era um fato raro e observado de perto pelo cardeal da região. Havia a notícia de que algumas faculdades, como a de Bolonha e a de Pádua, já tinham realizado esse tipo de apresentação. Mesmo assim, as críticas eram muito severas, pois gastaria horas de aula que poderiam ser aproveitadas com a leitura de um livro de Hipócrates, por exemplo. Até porque já aconteciam aulas concorridíssimas de anatomia e de cirurgia, que duravam mais de um mês, todo início de ano.

Ao ser retirada a lona pelo ajudante, os alunos se surpreenderam, pois se tratava de um menino, de cerca de 4 anos de idade.

— Como vamos ver o coração de alguém desse tamanho? Será mais difícil — sussurrou Cardano, que tinha aos seus pés um pacote contendo o órgão recolhido naquela madrugada.

O menino ainda estava com a pele bastante arroxeada. Teria morrido naquela noite, provavelmente. A mãe, então, foi apresentada aos alunos. Era um fato bastante incomum, pois nas raras necrópsias normalmente eram autorizados estudos apenas de corpos de criminosos. O professor destacou a bondade dela, que teria permitido o exame do filho para o bem do conhecimento.

A criança já estava doente desde que nascera. Apresentava falta de ar e ficava azulada frequentemente, explicou o professor Giulio. Por fim, não resistiu. Na verdade, não se esperava que fosse durar muito. A mãe despediu-se dos alunos e saiu da sala, calmamente, conduzida pelo segundo servo.

— Que estranho — comentou baixinho Prospero —, ela não parece uma mãe triste, como seria de se esperar, mesmo para quem tivera um filho doente desde o nascimento.

— É verdade — concordou Cardano. — Além disso, o garoto tem a ponta da língua exposta bastante preta. Estranho, não?

— Acha que foi envenenado? — perguntou Prospero, falando mais alto do que deveria.

O etíope, que estava em pé ao lado deles, olhou de forma severa, repreendendo com os olhos a conversa dos dois amigos. Prospero deu uma risadinha sem graça, como que se desculpando, engoliu em seco e decidiu ficar em silêncio. Já estava preocupado demais com as emoções da noite anterior. Não queria chamar a atenção dos outros colegas.

O tórax do garoto foi aberto sem dificuldade. O barbeiro cortou as costelas, junto com a pele, de cada lado, retirando uma enorme tampa, deixando à vista as membranas dos pulmões e do coração. Com as mãos, afastou as mucosas internas e descortinou o coração dilatado, do tamanho de um punho aberto de adulto.

— Vejam, senhores — o professor Giulio Luttizi interrompeu a leitura do texto clássico e apontou para dentro do tórax do menino —, vejam como as duas circulações acontecem lado a lado. As câmaras se conectam verticalmente com válvulas que se abrem e se fecham em perfeita consonância, impulsionando o sistema sanguíneo de um lado e o sistema espirituoso, ou aéreo, de outro.

"A respiração extrai o *pneuma* da alma do mundo por meio da traqueia artéria, para jogá-lo no coração — explicou Luttizi, enquanto o barbeiro apresentava o coração em sua mão. — Vamos ver agora por onde ocorre a passagem do sangue de um lado para outro. Alguns alunos têm manifestado certa descrença em relação aos conceitos de Galeno, o que é muito grave — olhou discretamente para onde estavam Prospero e Cardano."

Prospero se encolheu ainda mais. Cardano encheu o peito, como que se estivesse se preparando para o enfrentamento. Com uma faca afiada, a parte frontal do coração foi retirada.

— Agora, cada um de vocês, aos poucos, virá aqui para sentir a comunicação entre os dois sistemas — solicitou o professor.

Cardano desceu desconfiado e ficou na fila para colocar o dedo nas câmaras cardíacas e sentir os septos internos. Para sua surpresa, seu dedo sentiu um buraco. Passou com folga. Não queria acreditar. Abriu cuidadosamente com as duas mãos a câmara cardíaca principal e pôde observar, com seus próprios olhos, a enorme fenda que permitia a mistura dos dois sangues. O professor percebeu que o aluno tinha ficado chocado com o que constatara.

— Surpreso, *signore*?

Cardano fez um meio sorriso e saiu da fila, deixando a vez para seu colega.

Voltou arrasado para seu lugar. Não conseguiu prestar atenção em mais nada do que foi falado na aula. Sua mente divagava para necrópsias distantes.

Giulio Luttizi se despediu dos alunos, e todos saíram da sala. Permaneceram Cardano e Prospero.

— Vamos, amigo. Galeno, como sempre, estava com a razão — disse Prospero, tentando animar o amigo.

Ao sair, jogaram em um canto o embrulho que tinham trazido. Deixaram o salão bem depois dos outros colegas. Observaram, em um dos cantos das arcadas, o professor conversando com a mãe do garoto que tinha sido necropsiado. Antes de perderem-nos de vista, viram a mãe recebendo moedas de Giulio.

Cardano achou estranho tudo aquilo, mas não estava em condições, naquele momento, de discutir o assunto; muito menos de criar animosidades sem ter algum trunfo em que se apoiar. Atravessaram a rua para comer em uma casa bastante simples que fazia refeições para alunos da faculdade. O chão permanecia sempre sujo, com muito feno espalhado e fezes de galinhas. As paredes eram verdes de tanto musgo, mas o aroma da comida enchia todo o ambiente.

— Muito suspeito o professor ao dar dinheiro à mãe, não é mesmo? — perguntou Cardano.

— É verdade, mas ele poderia estar apenas ajudando uma mãe simples que perdeu um filho e, ainda por cima, estava lá colaborando — ponderou Prospero.

— Talvez sim — concordou Cardano, desanimado por perceber que Prospero poderia estar com a razão.

Prospero nem se preocupou tanto com a decepção do amigo, pois logo o prato em sua frente recebeu uma larga concha de papa de *granoturco* e ovo misturada com pedaços de carne branca. Comeram com gosto e repetiram, acrescentando lascas de pão de centeio.

— Nesse caso — voltou ao tema Cardano —, temos que admitir que o mestre Giulio estava certo, que Galeno não tinha se equivocado e que nossa noite na sala dos defuntos não valeu para nada...

O debate

Prospero e Cardano se programaram para não perder a aula extraordinária do convidado Branda Porro, um renomado professor de Filosofia e Medicina. Alguns estudantes disseram que ele apresentaria a palestra "Homero e a Virtude de Ulisses", muito comentada e aguardada.

De fato, a audiência estava cheia. Branda começou, como de hábito, fazendo um panorama explicativo de seu tema.

— Caros presentes, muito me honra a presença nesta honorável faculdade — começou pausadamente o professor, lembrando os temas que expusera em anos anteriores, os debates que tinha vencido e os elogios que recebera de colegas eminentes.

"Como muitos de vocês já sabem, Flavius Blondus dividiu nossa história em Período Antigo, aquele em que os escritores clássicos produziram obras de grande valor, e Período Médio, o *medium aevum*, uma idade em que copistas nos mosteiros mantiveram todo esse conhecimento. Por isso, devemos à Igreja de Roma a preservação de obras inestimáveis — continuou Branda, sabendo que era sempre necessário fazer um elogio ao trabalho do papa. — Temos nesta faculdade, por exemplo, o manuscrito *Blondi Flavi historiaru ab inclinatióne Romanorú Imprerii liber primus*, ou seja, o livro primeiro sobre a deterioração do Império Romano, um momento de finalização da fase antiga do mundo."

Apesar do interesse, Prospero não conseguiu evitar um bocejo. Tinha comido como só os jovens conseguem fazer. As aulas do período da tarde eram chamadas de extraordinárias e, na maioria das vezes, particulares, ou seja, pagas pelos alunos. Os temas eram livres, escolhidos pelos professores, sendo apenas referendados pela reitoria. Poderiam repetir-se de três em três anos, período em que se completava a formação médica.

— Nessa fase anterior — continuou o professor Branda —, em seu marco primeiro, teremos as grandes obras de Homero: a *Ilíada* e a *Odisseia*. Como vocês já sabem muito bem, a *Ilíada* trata do período da guerra de Troia. Já discutimos isso em uma exposição anterior. Hoje vamos falar do périplo do herói chamado de Odisseu pelos gregos e de Ulisses na língua latina.

Antes de discutir os aspectos éticos da postura do herói Ulisses, Branda Porro explicou como ele tinha recebido o chamado dos deuses para ir lutar na guerra de Troia, mesmo a contragosto. Na volta, enfrentou perigos no oceano e precisou de dez anos para voltar ao seu lar.

Ao chegar, ainda teve que enfrentar os pretendentes que queriam usurpar seu trono. Bravamente, Ulisses retomou o lugar a que tinha direito e reiniciou seu governo, para o bem-estar de todos. Ulisses, salientou o professor, era o verdadeiro modelo de herói.

— Com todo respeito, senhor, eu discordo — falou Cardano, para espanto de todos. Um silêncio profundo se instalou enquanto o professor caminhava determinado em direção ao aluno que o desafiara.

Prospero encolheu-se e sussurrou, desesperado, tentando dissuadir o amigo:

— Está maluco? Diga que foi um mal-entendido, pelo amor de Deus!

O professor chegou mais perto e perguntou em um tom desafiante:

— Quem é o senhor para discordar de mim?

— Hieronymus Cardanus... *carus doctor* — apresentou-se Cardano, tropeçando um pouco nas palavras. — Respeitosamente, diria... que é fácil ser um herói quando os deuses estão ao seu lado. Poderá agir como bem entender. A felicidade está a serviço do herói.

— É fácil ser um herói, *signor* Cardanus? — perguntou o professor, voltando as costas e dirigindo-se para toda a plateia. — Talvez o senhor mesmo se considere um herói, não é mesmo? — E todos riram com gosto, tirando a tensão do ar. — Diga-me então o que o herói enfrenta com facilidade. A espada, por exemplo?

— A dor — respondeu Cardano. Apesar de sentir-se bastante humilhado pelo comentário do professor, ainda teve forças para continuar o diálogo.

— Belo exemplo, tenho que admitir. — Uma sensação de alívio momentâneo percorreu o recinto, e os olhares voltaram-se novamente para Cardano, dessa vez com curiosidade. — De fato, caro estudante, Homero fala da dor, talvez o primeiro relato da história. O senhor conhece essa parte? A *Odisseia* tem a descrição do seu antídoto, aquele que poderia aliviar até o sofrimento de um pai ao ver o filho perecer: o vinho.

— Devo discordar novamente, professor.

Prospero arregalou os olhos, como se o amigo tivesse ensandecido. Novo silêncio se instalou. Dessa vez, todos estavam ansiosos para ver o desfecho da provocação.

Branda Porro tinha visivelmente perdido a paciência. Voltou-se para Cardano, falando em outro tom:

— Estou percebendo que o estudante quer fazer um desafio comigo, não é verdade? Devemos marcar uma data?

Nesse momento, a conversa tinha tomado um rumo inesperado. A insinuação de Branda colocara Cardano em uma encruzilhada. Não era de bom-tom um professor desafiar um aluno, por isso o deixara decidir.

Se Cardano voltasse atrás, deveria ficar quieto e pedir desculpas. Se aceitasse, correria o risco de virar um motivo de pilhéria na Universidade.

— Caro professor Branda Porro, eu o desafio!

Uma estupefação geral tomou conta da plateia de alunos. Raras vezes se via um desafio de um deles contra um professor e, mesmo assim, normalmente ele ocorria em tom amistoso, quando o mestre dava a oportunidade para um preferido expor suas habilidades de retórica. O burburinho aumentou, e alguns deles até se identificaram com a audácia de Cardano.

— Ótimo — sorriu Branda, sentindo que era uma oportunidade para se divertir e aumentar seu prestígio. — "Ulisses e a Felicidade", o que acha? — Olhou para Cardano, que aquiesceu com um leve movimento de cabeça. — E o que vamos apostar? Pelos seus trajes, diria que vamos colocar como prêmio do desafio uma calça velha...

Uma nova risada geral percorreu o salão.

— Um cavalo! — respondeu, firme, Cardano.

Os alunos ao redor, alguns prestes a se formar, agora olhavam com admiração a coragem do rapaz.

— Nem pense em depois pedir o meu emprestado! — comentou baixinho Prospero.

— Combinado — respondeu Branda. — Não é o maior dos prêmios, mas vale uma tarde de retórica. Após a minha exposição de hoje, nos encontraremos na sala da reitoria, com o notário, para o registro do desafio e escolha da data. Agora, meus caros, voltemos a Ulisses.

Alguns desafios duravam dias de debate. Branda, no entanto, considerou que duas ou três horas seriam mais que suficientes para amealhar a aposta. Retomou sua palestra, tomando o cuidado de não detalhar alguns tópicos que poderiam ser usados no encontro que teria com o aluno.

Após a aula, ficou acertado que o desafio teria lugar no anfiteatro, como de costume, dali a dez dias, com um cavalo em bom estado como prêmio. Uma tarde extra estava reservada para a continuidade do debate, caso necessário. Três juízes foram determinados, e as regras, esmiuçadas. Entre elas, a interrupção da contenda caso houvesse manifestação uníssona da plateia em apoio a um dos concorrentes. Por fim, escolheu-se o tema: "Ulisses e a Felicidade Heroica em Homero". Panfletos seriam impressos para avisar os alunos do evento.

Na saída da faculdade, encontrou-se com Prospero e Ottaviano, que cumprimentaram o colega pelo que tinham visto naquela tarde. Ousadia, ou talvez temeridade, brincou Ottaviano. Antes de se separarem, abordou-os um senhor baixo, com aparência de 50 anos, com barba por fazer, bastante nervoso, de nome Giovanni Stefano Biffi, desejando falar com o *signor* Cardano. Tinha ouvido que poderia ter uma ajuda para saber seu futuro, pois tinha três filhas para cuidar.

— Não posso fazer nada pelo senhor — disse Cardano, intrigado em saber quem teria alardeado o fato de ele ter algum dom de clarividência.

— Preciso de uma palavra de tranquilidade — suplicou o senhor.

Nesse momento, Cardano teve a nítida impressão de tê-lo visto no sonho, ao lado de Niccolò. Arrepiou-se inteiro, o que foi notado pelos dois amigos, impressionados com a cena.

— Vá embora, senhor Stefano Biffi. Prepare suas filhas. Em breve, será enforcado.

O senhor pareceu resignar-se com a notícia. Afastou-se sem dizer mais nenhuma palavra. Ottaviano e Prospero abordaram-no, curiosos, mas não conseguiram extrair mais detalhes.

— Não fiz nada além de observar, meus caros. A aparência dele sugere que está sendo procurado. Apenas dei a sentença. Veja — continuou —, ele nem se chocou com o que eu disse. Já imagina o que vai ocorrer. Certamente será enforcado.

Os dois amigos ficaram inicialmente impressionados, mas depois irromperam em gargalhadas, admirando a capacidade de Cardano de se livrar de um inconveniente. Despediram-se, e ele voltou sozinho para a casa de Giovanni Targio. Agora dormia em um quarto com dois servos. Prospero já não pernoitava mais lá, pois o pai tinha providenciado para ele ficar, a partir de então, no albergue Il Falcone, o melhor de Pavia.

Os albergues pagos eram chamados igualmente de *hospicium*, pois prestavam serviços aos *hospites extraneis gentibus pro lucro* e se espalharam, havia séculos, por todo o norte da península. Todos conheciam a história de Salio Grosso, *un operatore del settore alberghiero* que fez fortuna nos idos do século XIII. Sua moradia, em dois andares, com teto de telhas, taverna acoplada, poço e buracos de descargas para dejetos humanos, era um exemplo de negócio de sucesso. Seu contrato com o *podestà* incluía a rejeição de abrigo a malfeitores, exilados e ladrões.

Frequentemente os albergues tinham ligação com uma taverna, que vendia comida pronta, ou a opção para usar o fogo. Costumavam ter, conforme trato com a prefeitura, um sino que anunciava a hora de interrupção de venda de vinho e cerveja e a norma de banir jogos proibidos. A multa para a inobservância da regra poderia chegar a 25 liras.

Em relação aos estudantes que vinham de todas as partes da Itália e do exterior havia uma relação de amor e ódio. *Un pó amati, un pó odiati*, dizia-se. Traziam divisas, mas, às vezes, confusão. Fazio tinha relatado a Cardano curiosas histórias da taverna de Giovanni Gatti, a última etapa onde estudantes de Como e Milão podiam deixar os cavalos antes de entrar em Pavia. Brigas, bebedeiras e expulsões de alunos que se recusavam a pagar se tornavam célebres relatos na região.

As conhecidas casas-albergues de domínio dos Cevolle, Belbelli e Belbelloti, por exemplo, pagavam taxa de interesse anual à pretoria e cobravam dos albergados, além da estadia, também pelo depósito de mercadorias e cuidado de cavalos nas estalagens. Eram albergues que costumavam acomodar muitos estudantes.

Il Falcone, localizada na Piazza Grande, na área da Chiesa di Santa Maria Gualtieri, próxima à Porta Palazzo, podia ser considerada um caso à parte. Era um complexo sofisticado com lojas acopladas, como taverna, ferreiro e barbeiro. Com o comerciante de armas, por exemplo, poderia ser comprada a *asta*, uma conhecida lança de madeira com ponta de ferro, a preferida de muitos viajantes. Para Prospero tinha sido reservado um quarto com dois leitos, sala de refeição com toalha de mesa, guardanapos e utensílios de cozinha. Um luxo que poucos podiam ostentar.

Para alguns estudantes sem posses, que não tiveram a sorte de achar um quarto como o de Cardano, a melhor opção seria o *xenodochium*.

O primeiro *xenodochium* da região que se tinha notícia foi obra do rei lombardo Desidério. Ele construiu em Pavia, perto do palácio real, na área oriental da cidade, um galpão para acolhimento caridoso de doentes, pobres e peregrinos viajantes. Desde o início, aquele *xenodochium* ficou sob a tutela do Monastero di Santa Giulia di Brescia.

Cardano agradecia bastante o fato de não ter precisado ir a um *xenodochium*; lá, acreditava, não conseguiria ter a concentração necessária ao estudo, pois hospedava todo tipo de pessoa.

Ao chegar em casa, surpreendeu-se com a presença de seu pai, Fazio.

Após pedir a bênção, perguntou:

— Pai, o que traz o senhor aqui?

— Venho com uma informação desagradável — engoliu em seco. — Sua tia Margherita morreu, meu filho. Foi enterrada ontem.

Cardano sentou-se devagar, olhando o vazio. Sentiu um aperto no peito ao ouvir as palavras do pai.

— O fim foi de muito sofrimento — continuou Fazio. — No último mês, consultamos três médicos do Colégio de Milão. Todos vieram com belas roupas, cavalos novos, fizeram receitas complicadas e cobraram uma fortuna. Para nada. Foi um desígnio divino, filho — deu uma pausa. — Não poderei ficar muito, pois, como deve imaginar, sua mãe não está bem. Mais uma coisa: nós queremos saber como estão seus estudos de jurisprudência.

Cardano se virou e olhou o pai nos olhos com serenidade.

— Não farei nenhum Direito, pai. Nem Civil, nem Canônico. Farei Medicina. Serei médico.

— Está louco? — revoltou-se Fazio. — Vai perder um estipêndio de cem ducados que estou deixando já combinado? Filho, quem vai ampará-lo na área da Medicina? Não conhecemos ninguém!

— Serei médico, pai.

Fazio voltou a se sentar, arrasado. Desde o nascimento do filho, planejara a continuidade de seu trabalho. Agora tudo parecia se esvair. Colocou as mãos no rosto e chorou. Era a primeira vez em sua vida de adulto. Chorou e agora era observado pelo filho, ternamente. Cardano sentia, naquele momento, um afeto que nunca sentira, talvez por ver seu pai desguarnecido dos sentimentos austeros que sempre o dominavam.

Fazio enxugou os olhos, envergonhado, e apressou-se:

— Preciso ir. — Levantou-se e saiu.

Cardano encolheu-se na cama de feno e assim ficou até o anoitecer. Começava um novo ciclo de insônia em sua vida, que duraria oito noites. Nesse período, percorreria a cidade na escuridão sem lua, observando detalhes que nenhum outro conseguiria distinguir.

No meio da madrugada, sentava-se para ler. Achou uma frase de Sêneca que o encantou: "Aceitarei de boa vontade aquilo que me cabe, pois tudo o que provoca nossos sentimentos e nossos medos é a lei da vida." O escritor Lucius Seneca tinha morado em Roma dez séculos antes. Aproveitou o prazer da riqueza, quando foi tutor do imperador Nero, e amargou o desterro na pobreza com resignação. Foi um sereno mentor para muitas gerações depois dele.

Mas a resignação não faz parte da atitude do herói, pensou Cardano. Voltou-se para a *Odisseia*, temeroso de seu embate com o professor Branda, que ocorreria em breve. Cartazes foram afixados pela faculdade, e os comentários eram mais frequentes. Afinal, a oportunidade se tornara única por ser um aluno a desafiar um professor.

Ulisses tinha participado na invasão de Troia, recordou Cardano, fato necessário para conquistar Helena, a mulher mais bela do mundo, que tinha sido raptada. A guerra acabou, e Helena retornou a Esparta. Ulisses ansiava voltar para casa, mas a tarefa demandaria dez anos, com enfrentamentos no mar e em ilhas distantes. Seus companheiros morreram ao longo do caminho, e ele restou só. Algo na história não convencia Cardano. A força do herói parecia fútil. Esses pensamentos deixaram-no atormentado. Não poderia ir para um debate com dúvidas tão marcantes.

Na oitava noite, ardeu em febre e delirou como uma criança. Um dos servos do *signor* Cattanei cuidou dele, dando-lhe uma sopa com pão e galinha, além de água a todo momento. Por fim, seu corpo sossegou, dormindo profundamente.

— Girolamo! Acorda, rapaz! — Prospero chacoalhou o amigo, que abriu os olhos pesadamente. — Não vai ao debate?

A palavra debate o fez acordar rapidamente.

— Que horas são? — Arregalou os olhos.

— Já é hora do almoço — respondeu Prospero. — Vamos logo, senão o vexame será maior ainda. Não assumiu a loucura? Vamos enfrentá-la...

De pronto Cardano lavou o rosto, pegou os livros, e encaminharam-se para a faculdade em uma bonita tarde de outono. Ao chegarem, os olhares de curiosidade pareciam estar voltados para eles. O anfiteatro já estava parcialmente cheio. Cardano dirigiu-se para a bancada, no canto direito do tablado frontal. Branda chegou em seguida, seguro de si, acompanhado de seus dois pupilos.

O notário, um profissional do direito incumbido de registrar formalmente os acontecimentos do ducado, anunciou a contenda, as regras e o prêmio estipulado.

Os juízes foram apresentados, e o pró-reitor falou em seguida, lembrando da importância de eventos como aquele, muitas vezes com repercussão fora dos limites da Lombardia, fato que trazia prestígio à faculdade. Cada competidor ficaria em um dos cantos quando não estivesse com a palavra. Não poderia interromper o discurso do oponente, a menos que fosse autorizado por um dos juízes.

Como de hábito, havia uma preleção que durava por volta de meia hora, em que cada um deles expunha seu ponto de vista e os conceitos básicos de sua argumentação. Depois se seguia o debate propriamente dito, que poderia durar dois ou três dias.

— Agradeço a presença de todos — começou Branda, após o sorteio. — Na bela tarde em que muitos poderiam estar pescando nas tranquilas margens do canal, vejo que o tema "Ulisses e a Felicidade" atraiu bastante a atenção. — E deu uma risadinha sarcástica olhando para Cardano, insinuando que a atração para o desafio seria na verdade o prazer mórbido de se ver alguém sendo humilhado publicamente.

Apontando para o meio da audiência, Branda agradeceu a presença de um médico do Colegiado de Milão, que viera especialmente observar a disputa.

— Como a discussão envolve o tema felicidade, nada mais natural que comecemos detalhando esse conceito, tão gasto pelo tempo que seu real significado tem perdido o valor. Os estoicos usavam o termo "indiferente" para representar tudo o que não contribuiria nem para a felicidade, nem para a infelicidade, como o dinheiro, a fama e a saúde — começou Branda, em tom professoral. — Para eles, a felicidade se originaria da virtude, a disposição harmoniosa, segundo Chrysippus, e não de coisas externas. Epicuro também partilhava esse pensamento, mas Aristóteles, como vocês sabem, foi além, definindo a felicidade como a virtude em seu estado puro. Ninguém melhor do que o herói para incorporar esse conceito. Não por acaso, Aristóteles, ele próprio, foi o tutor pessoal de um dos maiores heróis que o mundo conheceu.

"Lembrem-se de que faltava pouco mais de trezentos anos para o nascimento de Cristo — explicou Branda — quando Alexandre, filho do falecido rei Felipe, tornou-se o soberano da Macedônia, uma região ao nordeste da Grécia estigmatizada pelos habitantes de Atenas. Os atenienses consideravam os que lá viviam como ignorantes. Não que Felipe fugisse à regra em relação aos seus modos à mesa, ou na sua maneira de lidar com os subalternos, mas ele trouxera ninguém menos que Aristóteles para ser o professor de seu filho. Uma prova da visão do rei Felipe na educação de seu sucessor.

"Após uma série de campanhas militares incríveis — continuou Branda —, Alexandre tornara-se senhor de toda a Grécia e se preparava para conquistar o Oriente. Faltava se certificar de que esses eram os desígnios divinos. Então Alexandre subiu as montanhas, até a cidade sagrada de Delfos, parou em frente do santuário de Apolo, o magnífico templo da época, e vislumbrou as palavras escritas em letras de ouro: Conhece a ti mesmo. *Nosce te ipsum.*

"Sim, meus senhores — enfatizou, já com a plateia fixada em suas palavras e em seu movimento —, conhecer a si próprio, ou seja, seus medos, suas paixões e sua fortaleza, é o grande passo do herói virtuoso, aquele que será o modelo para todos nós. Nesta tarde, falaremos do grande herói Ulisses, o maior de todos, maior ainda que Alexandre Magno. Ulisses enxergou seu desígnio divino e agiu com retidão de caráter, o mais virtuoso e, por conseguinte, aquele que teve a felicidade que nos servirá de mirante."

Branda, um mestre da retórica, com sua voz possante e postura sedutora, usara o artifício de lançar uma história cativante para, desde o início, ganhar a atenção dos ouvintes antes de entrar no tema propriamente dito.

Cardano, portador de uma voz esganiçada, percebeu que a tarefa de trazer a plateia para seu lado naquela tarde não seria fácil. Ademais, tinha uma aparência peculiar.

Em seu livro, escrevera que possuía estatura mediana e o pescoço longo e fino: *statura mediocris, collo aliquantulum longiore, & tenuoire*; lábio inferior caído e olhos pequenos, aparentemente meio fechados: *labro inferiore crasso & pendulo, oculis valde parvis.* Para completar, tinha um tórax estreito e a barba dividida, com falhas. Enfim, era detentor de uma figura que se distanciava bastante da beleza grega.

O estudante iniciou sua apresentação de forma reticente, discorrendo sobre as razões que levaram Ulisses a partir de casa. O herói vivia confortavelmente com sua esposa Penélope, mas atendeu ao chamado dos deuses e ajudou a empreender a tomada de Troia.

Depois, teria de enfrentar os obstáculos da volta. Ele era esperto, não havia dúvida. Tinha até criado o estratagema de construir um enorme cavalo de madeira para que guerreiros ficassem escondidos em seu interior. Isto, contudo, não seria suficiente para tornar um homem digno de admiração, segundo Cardano.

— Será mesmo virtuoso aquele que não se sacrifica por seus companheiros? Veja a história de Alexandre, para citar o exemplo levantado pelo nobre professor: um herói que lutou e morreu por seus homens. Vamos recordar que bem antes dessa época o velho e cego Homero tinha escrito inicialmente a *Ilíada*, o primeiro livro que conhecemos. Ele tratava da guerra de Troia, em grego, *Ílion*, na qual participou o afoito Aquiles, o rapaz do calcanhar sensível. Helena foi resgatada, e a epopeia da volta na *Odisseia* se iniciou.

"Todos os bravos guerreiros que vieram junto com Ulisses, no entanto, sendo mais de trezentos, morreram na viagem de retorno. Pergunto-me se ele estava tão ansioso assim para lutar por seus homens — questionou Cardano — e em voltar para sua terra natal, onde esperava sua esposa Penélope. Vejam só. Ficou sete anos em uma das ilhas, em companhia de uma feiticeira, meus caros, na casa da ninfa Calipso, filha de Atlas. Na tradução de Livius Andronicus, *apud nimpham Atlantis filiam Calipsonem*. Não me admiraria se já tivesse ali constituído outra família."

Boa parte da plateia deu risadas, o que era um bom sinal, pensou Cardano.

— Ao que tudo indica — completou —, ele estava muito confortável no papel de viajante que não conseguia voltar.

"O verdadeiro herói, caros senhores, foi Telêmaco, o filho de Ulisses — ousou Cardano, adquirindo mais confiança. — Um jovem que sofria com a dor da falta paterna e com a visão diária de aproveitadores que queriam tomar o lugar do pai ao lado da mãe. Telêmaco, já rapaz, saiu à procura de Ulisses, um homem que tinha renunciado às obrigações familiares e que, só por isso, mereceria fazer parte do *Inferno* de Dante Alighieri, para se martirizar junto com Diômedes. *En quel fuoco si martira insieme Ulisse e Diomede*, descreveu o autor, no Canto vinte e seis.

"Sim, Telêmaco teve o sinal dos deuses para iniciar sua empreitada — explicou Cardano — e sentiu que precisava fazer isso, mas não tinha as certezas de sucesso que Ulisses possuía. É mais fácil enfrentar obstáculos quando toda a força divina está a seu lado, não é mesmo? A dor do filho à procura do pai era tão profunda que foi amparado por Helena. — Nesse momento, Cardano sentiu como se ele mesmo estivesse à procura do pai e assim continuou seu discurso, de forma apaixonada: — Ele estava infeliz... Estava infeliz pois amargava um sentimento que o corroía. Mas o que é a felicidade, senhores? A felicidade seria o contrário, seria a ausência dessa sensação amarga e também a ausência da dor. Claro que a virtude é um aspecto central, como disse Aristóteles, mas não é possível ser feliz com o peso do sofrimento nas costas."

A preleção de Cardano deixou muitas pessoas intrigadas. Como alguém poderia falar contra a posição heroica de Ulisses? Como a dor poderia impedir a felicidade?

— Se conhece tão bem esse tema na obra sobre Ulisses — rebateu Branda, ao tomar a palavra —, diga aos senhores aqui presentes: quantas vezes aparece a palavra "felicidade" no livro de Homero? Caso não tenha a mínima ideia, lembro-lhe que a palavra "vinho" aparece mais de noventa vezes...

Cardano não respondeu. A *Odisseia* continha mais de 12 mil versos. Sabia que a palavra "felicidade" aparecia poucas vezes, mas não queria errar a resposta.

— Deixo-o escolher entre três opções: dez, vinte ou cinquenta? — inquiriu Branda.

Cardano permaneceu em silêncio. Aquele era um tipo de pergunta que empolgava a plateia, mas não passava de pura encenação de conhecimento. Um aluno poderia fazer aquele trabalho, contando determinadas palavras para o professor deleitar os mais facilmente impressionáveis. Apenas não poderia usar o artifício muitas vezes, sob pena de esvaziar seu impacto.

— Vinte! — arriscou Cardano.

— Nada disso, são apenas sete! — gargalhou Branda, no que foi seguido por muitos dos que presenciavam o desafio. — Vejo que está se esforçando, rapaz!

Cardano concentrou-se no próximo item da argumentação enquanto Branda desfilava de um lado a outro do tablado, lançando seu charme e sua verve sobre a plateia. Analisou que não poderia cair na armadilha do professor, que jogava ardis a fim de que ele perdesse a paciência e ficasse irritado. Sabia que depois seriam levantados argumentos sérios. Deveria manter a mente calma e fria. Aguardou o silêncio retornar ao recinto e retomou a discussão.

Por mais uma hora eles trocaram perguntas básicas e fizeram contrapontos com as posições dos filósofos da Grécia Antiga. Cardano conseguiu equilibrar a disputa. Agora a palavra novamente era sua. Estava mais seguro e pronto para jogar seu grande trunfo.

— Já que o professor faz questão de discutir detalhes, pergunto em alto e bom som, para que todos possam ouvir: o que foi servido por Helena para aplacar a infelicidade de Telêmaco?

— Vinho! — respondeu Branda, sem perder tempo, sendo aplaudido por alguns dos presentes. — A bebida que aplaca a dor de se ver parentes sendo mortos à sua frente!

— Não é verdade — rebateu Cardano. — Seu limitado conhecimento da obra de Homero me surpreende, professor!

Nesse momento a plateia fez um profundo silêncio, e o médico do Colegiado de Milão fez cara de reprovação com a demonstração de prepotência do aluno. A arrogância de Cardano tinha sido uma cartada muito elevada. Se estivesse errado, poderia interromper prematuramente o debate, dando vitória a Branda. Assim perderia o cavalo que recebera de presente do pai.

— Tragam-me o manuscrito! — pediu o professor, sendo atendido por um de seus pupilos, que se aproximou com a tradução latina de Livius Andronicus em suas mãos. A maravilhosa obra, com lindas iluminuras, fazia parte do acervo da Universidade e tinha escapado ao último saque. Abriu no Livro Quarto, onde a cena se passava no vale da grão Lacedemônia e leu em voz alta o trecho em que o vinho era servido por Helena, produzindo o potente efeito anestesiador. Seguiram-se muitos aplausos e já alguns gritos de vencedor.

Cardano, confiante, aguardou a diminuição do burburinho e atacou:

— O senhor consultou o livro errado. A tradução é falha. Por que não consultamos o original, em grego?

— Esta tradução que tenho em mãos é fiel ao original. Eu mesmo conferi muitos trechos e os comparei aos versos originais. Se alguém tem o livro em grego — desafiou Branda —, traga-o e eu mesmo lerei a todos os presentes.

Prospero, a postos, apressou-se, subiu no tablado e levou o livro que pertencia a Cardano, uma versão original grega, editada em Veneza. Branda, sem perder tempo, folheou até o Capítulo Quarto e iniciou a leitura do trecho.

— Então, Helena, filha de Zeus, colocou uma droga... — e, subitamente, silenciou. O professor olhava para o livro, não acreditando naquilo que estava escrito. Lia e relia o texto grego, sem pronunciar uma palavra. Uma sensação de profundo constrangimento percorreu a sala. Todos se davam conta de que a falha de Branda tinha sido crucial. Gentilmente, Prospero retirou o livro das mãos do professor enquanto Cardano exortava alguém a fazer a releitura do trecho.

Um dos alunos tomou a frente e leu em voz alta:

— Helena, a filha de Zeus, colocou uma droga, um *fármacon*, dentro do vinho: *Nepenthès*.

O livro foi fechado e devolvido a Prospero. Não havia mais dúvida, o vinho tinha sido apenas o meio usado para dar o *fármacon*. A palavra estava realmente lá, escrita por Homero.

νηπενθές

— *Nepenthès*, a não pena, a não dor. A droga vinda do Egito que tinha o poder de aliviar o sofrimento — continuou Cardano, agora certo de sua vitória. — Não derramaria uma lágrima quem tomasse daquele vinho, nem se os genitores caíssem mortos, ou o irmão assassinado, ou mesmo um filho tombasse sob a força da espada, diante dos olhos do amado pai.

Branda estava arrasado. Cardano agora continuava, firme, a explicar o fim da história, com todas as suas conotações:

— Ulisses finalmente voltou para casa e então, ao tomar conhecimento da balbúrdia que se instalara, ficou colérico. Quando seria de se esperar uma certa benevolência em relação àqueles que tentavam se aproveitar da situação — explicou Cardano —, surgiu em Ulisses o desejo de vingança.

Disfarçado de mendigo, traçou um plano de ataque surpresa com seu filho Telêmaco e o levou a cabo sem piedade.

"Liodes ajoelhou-se aos pés de Ulisses — dramatizou Cardano — e, pedindo clemência, jurou que não compactuara com os pretendentes em nenhum mal e apenas servira no altar do oráculo. Não é pouco pedir aos deuses por tão nojentos homens, disse Ulisses e degolou-o com a espada. Quando ele se apresentou enfim à sua mulher, Penélope ficou desconfiada: os homens são férteis em ardis.

"Mas os séculos se passaram desde a obra-prima de Homero — continuou, emocionado. — Hoje, somos nós homens que temos o sentimento de desconfiança em relação à mulher, meus caros. São bruxas que nos ameaçam, são magas dissimuladas, como Morgana, conhecida da corte do Rei Arthur, na Britannia. Ulisses, então, em meio ao banho de sangue que tinha se tornado o palácio, finalmente convenceu Penélope de suas nobres intenções. A questão é se ele nos convence, a nós, leitores, de que as nobres intenções são o que bastam. O povo de Ítaca, por exemplo, se mostrou indignado com a atitude de Ulisses e, com razão, se rebelou."

Branda continuava em silêncio. Não se atrevia a pedir a palavra. Os juízes sinalizavam que o estudante podia continuar. E assim ele fez:

— Os habitantes de Ítaca pegaram em armas — finalizou Cardano —, mas a deusa Palas Atena falou aos homens da ilha: "Cessem esse inútil derramamento de sangue!" Todos ficaram petrificados e perceberam que Ulisses tinha um aliado contra o qual não era possível lutar. A paz então foi celebrada, à força. Notem que, apesar de o herói parecer destemperado, ele é o escolhido dos deuses. Essa é a fortuna que os antigos almejavam, um heroísmo como sinal de virtude própria de quem nasceu marcado para ser feliz. Mas a época em que Homero escreveu a narrativa passou. Nossa cidade evoluiu. A partir deste momento, a virtude do cidadão, aquele que respeita as leis, que é ético, passa ser a maior qualidade que leva alguém à felicidade. A virtude e a ética, aliadas à ausência da dor. Não é mais o heroísmo e a sorte de ser o escolhido pelos deuses. Apesar de a viagem de Ulisses ser o exemplo máximo da empreitada rumo ao desconhecido, o símbolo da trajetória do herói, a procura de Telêmaco pode nos tocar mais, por ser aquela na qual podemos nos identificar, meus caros. Nenhum de nós é e nem será Ulisses, mas qualquer um de nós poderia ser Telêmaco, um jovem ainda inseguro, no limiar da vida adulta, que recebe o chamado para ir em busca de seu pai, enfrentar o desafio, encarar o sofrimento das intempéries da vida; ou seja, reconhecer o sinal de que é hora de tornar-se homem!

Prospero começou a bater palmas, lenta e gradualmente. Aos poucos, foi acompanhado por mais e mais pessoas, até que toda a plateia, sincopadamente, aplaudia o novo vencedor do desafio em Pavia. Os juízes se levantaram, e Branda, mais uma vez, não ousou dirigir-lhes a palavra. Tinha agora dois dias para cumprir a entrega da aposta, para a estupefação de todos.

À saída, Cardano deixava a Universidade sob o olhar de admiração de muitos e de inveja de outros. Inquiriram-no sobre desafios anteriores. Poucos acreditavam que aquele jovem estudante participara pela primeira vez de uma contenda pública oficial. Ao responder que era seu desafio inaugural, um dos estudantes do terceiro ano bradou que era mentira, que ele seria experiente:

— *Te mentiri, esse peritissimum!*

Cardano escreveria no diário sua resposta enigmática: O Sol não deixa de existir porque o escondem da visão as nuvens, *nec defiit esse Sol cum obduct est nubes profunda*. Desvencilhou-se então do grupo que se formava à sua volta e seguiu para casa.

Não se despiu. Deitou com a roupa do corpo e dormiu profundamente. Sonhou diversas vezes. Visitou-o Niccolò e também Lucilla, assim como muitas imagens que se sucediam com rapidez. Os muros, as arcadas, o céu de um azul profundo, além de um senhor que perguntava se iria morrer em breve. Seu suor molhou os tecidos ao redor de sua cabeça.

Foi acordado três horas depois por seus amigos Prospero e Ottaviano, que planejaram uma *commemoratione* pelo sucesso daquela tarde.

— Aonde vamos? — perguntou Cardano, ainda zonzo, colocando a adaga na cintura.

— Sem perguntas! — Ottaviano sorriu. — Hoje, a comemoração é por minha conta!

Os três, a cavalo, percorreram o caminho por 15 minutos dentro da cidade, até a Porta Sul, próximo à taverna dos estudantes. No caminho, conversaram animadamente sobre todos os detalhes, todas as emoções daquela tarde.

Cardano afirmou que fora tomado por uma força desconhecida, algo parecido com que o pai havia professado, um espírito, ou demônio familiar, *ibi pater... quàm a Dæmone, quem palam familiaren haberese profitebatur*, algo que trouxe tranquilidade na hora certa, assim como agressividade no momento necessário.

— Sêneca disse que a vida é curta — refletiu Cardano —, e que deveríamos viver com alegria. *Vivamus ergo cùm felicitas!* — Sorriu. Após a pausa, uma certa tristeza tomou conta dele. — Apenas lamento que meu pai, neste ano, não esteja ministrando aulas aqui em Pavia.

— Para quê? — Prospero surpreendeu-se. — Já se encontrou com ele por dezenove anos!

— Na semana passada eu escrevi sobre isso.

— Sobre o quê? — perguntou Ottaviano a Cardano.

— *Nulla felicitas sit in his mortalibus, quorum substancia est marcida, inanis, & vacua.*

— Não entendi completamente... Caríssimo, traduza, por favor — solicitou Prospero.

— Não há felicidade na coisa mortal, cuja substância é evanescente, inane, vazia.

— Bem, a filosofia está muito boa, mas agora estamos chegando a algo que é mortal e não é inane... — Ottaviano sorriu, de forma sarcástica. — Adentrem, por favor...

Entraram em uma casa um pouco afastada, no fim da rua. Cardano não suspeitava do que se tratava. Foram recepcionados por uma senhora, vestida de vermelho, com longos cabelos negros. Meninas bem jovens circulavam na sala. Percebeu então que os amigos tinham combinado uma visita à casa da *madonna* mais falada da região, a Mansio di Giannacarla.

Não era exatamente uma mansão, muito menos no sentido latino de ficar, pernoitar, como nas *mansiones* que beiravam as estradas romanas. O fato é que Cardano engoliu em seco quando viu os dois amigos se enveredarem com familiaridade pelo recinto. Por força das circunstâncias, decidiu que já era hora de romper com um longo jejum de contato íntimo com o corpo feminino.

Afinal, Ottaviano não se cansava de brincar com o amigo, pois tinha a suspeita de que ele não frequentava o corpo de mulheres de má reputação.

— Já entendi, meu caro Cardano, quando a tensão aumenta, segue o conselho de Galeno, não é mesmo? — E, fazendo um gesto grosseiro, concluía: — Já disse o mestre: dá à mão livre curso à semente! — E caía na gargalhada.

Dessa vez, ao contrário de sua experiência no Castelletto, estava mais consciente da situação. Escolheu uma moça que o atraiu de forma pelo menos razoável. Entraram no quarto, mas, após tirar a roupa, percebeu que não tinha a mínima condição de concluir o ato. Sentou-se, virou-se, deitou-se. Esperou mais alguns minutos e concluiu que não conseguiria. Seu membro mantinha-se relaxado. Decidiu dar duas moedas de ouro para a menina, que as recebeu de olhos arregalados.

— Isso é para não comentar o que se passou agora, compreendeu?

— Claro, *signore*! — respondeu a menina, agradecida.

— Mas, se por acaso a língua trair sua promessa — falou de forma agressiva, mostrando o brilho da adaga —, pode estar certa de que enfiarei esta lâmina em sua barriga, profundamente, até raspar por duas vezes em suas vértebras!

A garota ficou imóvel, petrificada. Cardano desapareceu em segundos, pegou o cavalo e voltou para casa só. Ao ser interpelado pelos amigos no dia seguinte, sobre o porquê de ter ido embora mais cedo, deixou claro que não iria estender a conversa:

— Sou objetivo..

As folhas caíram, e a neve chegou. O ano de 1520 terminou com boatos, por todo lado, de que a guerra estava próxima e de que para isso o papa Leão X iria se unir a Carlos V, o sacro imperador romano-germânico, com o objetivo de expulsar os franceses de Milão. Ninguém mais sabia se o preço do embate valeria a pena para os lombardos.

Na Germânia, Lutero tinha sido pressionado a abjurar de suas declarações. Convocara-se um grande encontro de bispos em janeiro, na cidade de Worms, para a discussão do tema. O professor de Wittenberg parecia firme em suas convicção de que cada fiel poderia ler a Bíblia sem a intermediação de um clérigo, tanto que alguns trechos do Novo Testamento já eram veiculados em alemão. Já havia vozes moderadas dizendo que o enfrentamento não seria tão fácil como se pensava inicialmente.

Cardano preparou-se para voltar a Milão, pois a faculdade iniciaria o recesso do inverno. As festas seriam singelas e com pouco estardalhaço. Todos guardavam dinheiro e estocavam bens, esperando dias mais difíceis.

Antes de sair de Pavia, Cardano encontrou com seus dois amigos na entrada da faculdade. O cavalo estava carregado com dois sacos cheios de livros, um de cada lado, mais um saco de roupas. Vendera o cavalo que ganhara no desafio contra Branda Porro, mas perdera uma parte razoável do dinheiro em apostas com dados e cartas, seu passatempo predileto.

Parou e cumprimentou Ottaviano e Prospero.

— Passarão as festas na cidade? — perguntou Cardano, e os dois acenaram com a cabeça, confirmando que não sairiam de Pavia. — Meus pais me mandaram uma carta. Talvez viessem para cá, mas com a morte do amigo deles que morava aqui, o último dos Resti, vou mesmo para Milão. Além disso, minha mãe odeia viajar.

— Estamos indo ver a execução de um preso, no prédio das arcadas — disse Prospero. — Vai ser agora mesmo. Vamos lá?

Cardano deu de ombros. Não partilhava nenhum prazer mórbido em ver alguém estrebuchando por alguns segundos até terminar paralisado, sem respiração. Mesmo assim, admitia que poderia ser agradável pensar no fato de outra pessoa estar lá, pendurada, e não ele mesmo ou alguém da própria família. Talvez por isso eventos desse tipo atraíssem tantos espectadores.

Pararam os cavalos na entrada do prédio e os amarraram nas argolas de ferro. Ao entrarem no pátio central, muitos presentes se aglomeravam no átrio, mesmo com uma temperatura bastante fria. Ottaviano e Cardano ficaram mais atrás. No parapeito do segundo andar, um homem estava de pé, já com a corda envolvendo o pescoço. Após prestarem um pouco mais de atenção no condenado, tiveram a sensação de que o conheciam.

— Ottaviano, esse não foi aquele desesperado que procurou o Girolamo, perguntando se ia morrer? — perguntou Prospero.

— Minha Nossa Virgem, era ele mesmo! — espantou-se o amigo.

O homem observava os olhos de Cardano enquanto ouvia as palavras do padre. Não demonstrava apreensão. Parecia agradecer o fato de ter conhecido seu destino com antecedência. Talvez tivesse aproveitado positivamente o tempo restante de vida.

— Caro amigo — disse Prospero, sorrindo —, caso tenha alguma premonição em relação a mim, peço que não diga nada!

— Não sou vidente. Aquele sujeito já demonstrava que não iria longe — tentou explicar-se Cardano. — Só pela angústia que ele apresentava, já era possível adivinhar que estava sendo procurado.

Ottaviano e Prospero olharam para o amigo com desconfiança. Cerraram as sobrancelhas e balançaram a cabeça, mostrando que não tinham engolido aquela justificativa.

Cardano foi tomado subitamente de uma profunda tristeza ao olhar para Prospero, que estava agora distraído, observando os detalhes finais da preparação do condenado, a colocação do capuz preto e o exame da corda. Teve a impressão de que não o teria por muito mais tempo, então procurou guardar suas feições na memória.

Um grito curto se ouviu no átrio, seguido do som seco da corda segurando o corpo no espaço vazio. Quase não se debateu. Pareceu ter perdido os sentidos imediatamente. Tanto melhor, pensou Cardano.

Mal de Job

Os dias passados em Milão, em pleno inverno, foram importantes para aproximá-lo um pouco mais de sua mãe. Chiara não conversava muito. Ficara ainda mais calada após a morte da irmã, mas, do seu jeito, recepcionara o filho fazendo a comida que ele mais gostava.

No café da manhã, havia pão embebido no caldo de frango e grandes uvas chamadas Zibbidos. Mais tarde, na hora do almoço, gemas de ovo com duas onças de pão e vinho suave. Nos fins de semana, um pedaço de carne, de preferência uma vitela, batida com o cabo da faca de açougueiro, assada no caldeirão com seus próprios líquidos. Assim ficava muito mais suculenta que a carne no espeto. Gostava especialmente de caranguejos-do-rio. Sua mãe comera muitos deles quando estava grávida.

Assim escrevia em seu livro: Sinto grande prazer com mel, açúcar da cana, uvas secas. *Gaudeo dulcibus melle, saccharo, uvis penfilibus.* Acima de tudo, óleo de oliva, misturado com sal e azeitonas maduras. *Oleo supra modum delector, & sale misto, ac mollibus Olivis.* Dos animais, a carne branca é a melhor. *In quadrupedibus alba meliora.* E o coração é mais duro que o pulmão, que tem a parte de baixo menos nutritiva. *Sanguinea duriora cor, pulmo mollior, extrema parum nutriunt.*

Cardano só achou estranho quando foi solicitado a ajudar Chiara a enterrar, no chão gelado da casa, uma pesada arca.

— O que tem aqui dentro, mãe? — perguntou, curioso.

— Muita terra da minha cidade — respondeu Chiara. — Quando preciso, aspiro o cheiro e me sinto bem. Com meu filho em Milão, posso enterrar esta arca.

Depois de tantos momentos difíceis passados por Chiara, alguns deles presenciados por Cardano, ninguém se atreveria a discordar das esquisitices demonstradas por ela: os passeios semanais solitários, as arcas cheias de terra da cidade natal, as idas à missa duas vezes ao dia, a obsessão em manter tudo arrumado dentro de casa.

Fazio foi visitar o primo pároco em Gallarate, que estava muito doente, e em breve estaria de volta. Cardano, por sua vez, teve imenso prazer em reencontrar Evangelista, seu tio, que partiria em breve para um convento. Em uma tarde fria de janeiro, foram tomar vinho aquecido na taverna e conversar sobre os novos rumos de suas vidas.

— Como se passaram estes últimos meses em Pavia, Girolamo? Conte-me os detalhes.

— Foram meses de muito trabalho, tio. Estamos nos aprofundando nas obras de Hipócrates e Galeno. As leituras são diárias, com cursos extras à tarde.

— Recordo-me de ter lido sobre um médico que foi preso por aqueles antigos tribunais da Inquisição, *signor* Pietro d'Abano. Ele dizia, se não me engano, que as três coisas mais importantes para a formação médica eram Lógica, Filosofia Natural e Astrologia. Vocês estudam Astrologia?

— Nem tanto. A astrologia me atrai bastante, até como forma de passar o tempo, mas não tem tido muita acolhida na Universidade. São apenas algumas aulas à tarde, junto com conceitos de astronomia.

— Depois eu vou querer uma carta astrológica minha, combinado? — Cardano acenou com a cabeça, demonstrando que teria imenso prazer. — Tem feito amigos? — perguntou Evangelista.

Cardano pensou um pouco após a pergunta. Sua fama de ser frio e distante, sua habilidade retórica em espezinhar adversários e sua dedicação quase total aos estudos não tinham colaborado para aproximá-lo de outras pessoas da faculdade.

— Prospero foi comigo, e conheci outra pessoa, Ottaviano, que se tornou um grande amigo. Talvez vá para Veneza, infelizmente, pois a família o chama para trabalhar como livreiro e editor. De resto, acho que fiz mais inimigos. Não me importo.

— Cuidado. Os inimigos podem complicar a sua vida, até por causa da inveja.

— Deu-me certa tristeza receber um sinal de que Prospero não irá viver muito.

— Que sinal? Olhe... Não existem esses sinais, exceto em Cristo e seus apóstolos, rapaz. Isso pode ser obra do demônio. Cuidado... — falou o tio. Olhou pela janela, com a sensação agradável de estar em um local protegido do frio, e sorveu mais um pouco do vinho quente. — Pensei uma coisa: depois de fazer meu estudo astrológico, faça o de Jesus; o que acha?

Cardano ficou um pouco assustado com a proposta.

— Talvez... — Preferindo mudar de assunto, perguntou a Evangelista se haveria guerra.

— Provavelmente sim — disse Evangelista, após pensar um pouco. — Mas depende de que guerra se fala. Uma delas deve envolver o rei da França, e, nesse caso, Milão vai sofrer mais uma vez. A outra pode ser resultado da agitação provocada por Martin Lutero. Foi convocada uma Dieta, um encontro canônico, em que o professor Lutero terá que se explicar. É dado como certo que ele baterá o pé. Ele não acha que o papa tenha a ascendência sobre os fiéis de que se autoproclama, nem o direito de manter terras e fazer guerras. Muito menos de vender atestados de salvação.

— Ele tem razão? — Cardano cerrou as sobrancelhas.

— Quem? Lutero? É um assunto delicado, Girolamo. Não se deve misturar questões políticas com a atuação da Igreja. Quem cuida dos fiéis enfermos? Quem enfrenta a peste e vai até a casa dos necessitados? Quem distribui alimentos e defende a alma das pessoas, mesmo as das mais pobres?

— Isso é verdade — concordou Cardano.

— Mas também é verdade — ponderou Evangelista — que, recentemente, Laurenzio Valla demonstrou em um texto detalhado que o papa Estêvão, trezentos anos antes, tinha forjado grosseiramente alguns documentos para se fazer herdeiro de Pedro e Constantino e manter as terras da Igreja. Também me incomoda saber que alguns mitos foram resultado de manipulações de textos bíblicos e cópias de histórias do Oriente, como a história pagã da virgem fertilizada por Deus, ou da Santíssima Trindade.

— Como assim? — Cardano arregalou os olhos. — E a presença do corpo de Jesus na eucaristia?

— Veja — Evangelista engoliu em seco e olhou discretamente para os lados —, não podemos falar isso em público, certo, Girolamo? São temas antigos. Não afetam meu trabalho com as pessoas necessitadas e não tiram minha admiração pelo que faço. Podem ser apenas divagações, entendeu?

— Claro, tio. Não está no meu pensamento. Já vi uma pessoa sendo queimada viva. Não tenho interesse em terminar assim.

— A transubstanciação, que você perguntou, trata do verdadeiro corpo de Cristo, do milagre eucarístico em que há a presença real de Jesus na missa. Para outros clérigos e bispos, no entanto, a eucaristia é o corpo místico de Cristo, ou seja, há apenas um sentido figurado, pois ele manifestou no Evangelho que iria se oferecer em sacrifício apenas uma vez, e não todos os dias. Qual o sentido de Jesus realizar um sacrifício diário? Esta é a pergunta. No fundo, são brigas de doutrinas.

Cardano se lembrou do medo que tinha, nas primeiras vezes que comungou, de morder sem querer o pão entregue pelo padre e constatar que o sangue de Cristo escorria por sua boca.

— Mas o professor Lutero acabou atrapalhando outros projetos — continuou Evangelista. — Veja nosso calendário. — Apontou para uma cópia do Calendário do Pastor, na parede da taverna. — É bonito, com triângulos negros para os dias da semana e vermelhos para os domingos, os símbolos do zodíaco e a cruz no dia da Páscoa. Até quem não sabe ler consegue contar os dias. Admito que é uma grande invenção. Mas já se afastou dez dias além da data correta desde a época de César. Daqui a alguns anos, vamos comemorar o Natal em pleno verão. Será o fim do mundo! — Deu uma gargalhada.

— É por isso que o equinócio não está coincidindo? — perguntou Cardano, curioso.

— Claro! Todos sabem que esse calendário é uma vergonha para o mundo cristão. Já tinha visto uma palestra do professor Mikolaj Kopernik em Roma, comentando isso. Você nem era nascido. Depois estudamos juntos direito canônico em Pádua, antes de ele voltar para a Frauenburg. Na época, ele já se apresentava como Nicolaus Copernicus, mas, para mim, ele continua sendo o calmo Mikolaj...

Cardano não piscava, ouvindo com atenção o relato de Evangelista.

— E aí chegamos ao que eu queria falar: ele me escreveu contando que sua proposta para a mudança do calendário não foi aceita, e a comissão comandada pelo bispo holandês Middelburg foi desfeita pelo papa Leão X por causa da agitação provocada pelo professor Lutero. — Levantou as sobrancelhas. — Percebe a bagunça?

— Um padre se queixa das indulgências e nosso calendário continua o mesmo! — Cardano riu.

A questão do Calendário Eclesiástico, de todo modo, não parecia simples. O papa tinha enviado carta pedindo sugestões até para o rei Henrique VIII. O encontro no Palácio de Latrão, em Roma, iria avaliar o resultado da comissão encabeçada por Paul Middelburg, que proporia, em lugar de cortar dias, a mudança da data do equinócio de primavera para o dia 10 de março. A verdade é que muitos acreditavam que as contas do holandês, baseadas em tábuas do século XIII, feitas em Castela, também estavam erradas. O Concílio de Latrão acabou, o tempo passou, o papa desistiu da ideia, e tudo ficou como estava.

Antes de voltar para Pavia, no início do ano, Cardano reencontrou o pai, que estivera acompanhando a doença de dom Giacomo, em Gallarate. O frade estava muito doente. Recebera a visita de um médico de Milão, e suas feridas estavam sendo tratadas por Achilles. Lembrou com carinho das conversas que tivera com o barbeiro-cirurgião, possivelmente uma influência fundamental em sua decisão de seguir o rumo da Medicina.

O inverno ainda castigava Pavia com seu vento gelado e neve por toda parte. Os cursos regulares da manhã e também as palestras particulares da tarde eram suspensas nesse período, para que todos se concentrassem no estudo da anatomia. Diariamente eram revisados os princípios básicos do funcionamento de cada órgão, com relação aos seus aspectos orgânicos.

As necrópsias, no entanto, eram pouco frequentes. Os artistas, principalmente em Florença, tinham acesso a uma grande quantidade de corpos humanos. Dissecavam condenados e mortos sem sinal de doença que não eram procurados por nenhuma família. A causa da discrepância, ou seja, raras autorizações para faculdades de Medicina e maior liberdade para pintores e escultores, era o fato de estes não destruírem os órgãos internos. Como estavam interessados apenas no aspecto exterior — pele e músculos —, gozavam de autorização mais ampla dos cardeais.

Muito se discutiu, naqueles dias, sobre o mal de São Jó, que se espalhou rapidamente pelo mundo, atingindo principalmente aqueles que se deitavam com meretrizes. Fernão de Magalhães não voltou vivo, mas cartas de Antonio Pigafetta, que participou da primeira viagem ao redor do globo e chegou são e salvo, já circulavam com detalhes dos acontecimentos.

Em todas as ilhas, dizia um folheto, vimos o mal de São Jó. *In tutte queste ysolle havamo trovato lo mal de Job.* Mais que em qualquer outro lugar, *più que in altro loco.* Nós na Itália o chamamos de mal-francês, mas também pode ser chamado de mal-português. *Lo chiamano mal portughese e noi altri in Italia mal francese.*

Muitos já não consideravam a doença uma punição divina, mas apenas um influxo astrológico negativo, uma conjunção altamente nociva entre Saturno e Marte. Professores defendiam que deveria existir um hospital para isolamento das vítimas, como fez a cidade de Bolonha, ao construir seu Ospedale di San Job, ou Saint Giobbe. Afinal, os resultados de um contágio eram realmente funestos: manchas pelo corpo, tumorações putrescentes, alteração óssea e lesão no cérebro, levando a convulsões repetidas e perda da capacidade de decisão. O mercúrio, amplamente utilizado na forma de unguento, não parecia ter resultados animadores.

Após o ciclo de aulas de anatomia, os cursos foram retomados e Cardano passou a ser chamado também para auxiliar em aulas no ginásio, ministrando palestras de Geometria. Além disso, substituiu o frade Romolo e o médico Pandolfo em aulas de Dialética e Filosofia. Seus amigos se surpreendiam a cada dia. Ele parecia não se cansar jamais.

Continuava a morar na casa de Giovanni Targio, próximo à Chiesa di Santa Maria Venerea. Em uma manhã, acordou com um estrondo, um golpe forte na parede, que fez balançar tudo em volta. Ouviu mais uma batida, como um enorme martelo, no quarto ao lado, que estava vago. Agora tinha certeza de que não fazia parte de um sonho. Giovanni também acordou. Cardano levantou-se e, como de costume, não teve trabalho para achar a lamparina e acendê-la com a última brasa do fogão.

— Ouviu o barulho, Cardano? — perguntou Giovanni, assustado.

— Ouvi — respondeu, pensativo. — Meu livro até caiu da cômoda. Isso não é bom sinal. Espero que todos estejam bem.

— Pegue a água quente que está na chaleira, e vamos fazer uma infusão. Dificilmente conseguirei dormir agora — disse Giovanni, receoso de voltar a ficar sozinho. — Outro portento como esse, e morrerei com a mão no coração.

Como se nada mais acontecesse na manhã, Cardano retomou suas atividades normais, indo para a Universidade.

À noite, no entanto, com a chegada de Boneto Sganzolo, um conhecido da família que morava em Milão, Cardano tomou conhecimento que Galeazzo Rosso tinha falecido. *Quòd hora vesperi obiisse Galeazium de Rubeis, amicum singularem.*

Mais impressionante foi saber que tinha sido exatamente no momento das fortes batidas em sua parede. De fato, Galeazzo era um amigo singular. No leito de morte, com 55 anos, em delírio febril, recusou a intervenção de médicos e de sacerdotes. Jogou com violência todos os medicamentos no chão e morreu agonizante, contou Boneto. Em relação a Fazio e Chiara, no entanto, Cardano poderia ficar tranquilo, pois estavam bem.

Naquela noite, sonhou que tinha um filho e que ele estaria sendo preso. Acordou assustado com a possibilidade de estar desenvolvendo algum dom premonitório. Por isso, conversou com Prospero, e decidiram consultar uma quiromante bastante conhecida em Pavia, a *madonna* Di Filippi.

Foram à casa dela e ficaram impressionados com a riqueza da decoração, ainda que fosse de gosto duvidoso. Panos, joias penduradas, cartas, cabeças empalhadas e velas pelos cantos da sala de entrada. As joias eram imitações, certamente, mas a ambientação sugeria mais uma charlatã que uma quiromante séria.

Uma serva recepcionou-os, recebeu o dinheiro dos dois e levou inicialmente apenas Cardano para a segunda sala, onde a *madonna* Di Filippi estava sentada em uma pequena mesa redonda. Com 80 anos aproximadamente, cega e com a mão direita tremendo continuamente, a quiromante não causou boa impressão em Cardano.

Meu Deus, pensou, como uma cartomante cega vai ler cartas e ver a mão?

— Sente-se, meu filho — disse a senhora —, e não fique tão desconfiado. Dê-me suas mãos.

— A senhora vai ler minhas mãos? — perguntou Cardano, ainda sem saber como avaliar a situação.

— Não, vou senti-las. Posso enxergar aqui dentro da minha cabeça. — Levantou a mão tremulante a quase tocar a têmpora direita.

A vidente segurou nas mãos de Cardano, e ele teve um frio na espinha, que o percorreu de cima a baixo.

— Como é seu nome?

— Girolamo Cardano, filho de Fazio.

— Que bom, está vivo... O destino achou que sua vida vale o preço.

— Que preço? — perguntou Cardano.

— Por que está preocupado?

Cardano se recompôs, pensou um pouco o que deveria dizer.

— Tenho pressentido algumas coisas estranhas... Tenho sonhado — discorreu ele, sem muita convicção. — Será que terei que conviver com isso?

— É verdade sobre seu amigo — concordou a vidente. — Pode despedir-se dele...

Cardano pôs a mão na cabeça, atordoado.

— Sonhei com um filho.

— Já tem um filho?

Ela não sabe que não tenho um filho?, pensou Cardano. Que raios de vidente é essa?

— Vejo seu filho — começou a *madonna* Di Filippi. — Não sei em que local está. Pode ser aqui ou fora daqui. Ele já nasceu?

— Não.

— Terá problemas com seu filho. Ele fará uma grande bobagem. Será preso. Mas vai conseguir se livrar e terá o seu perdão. — A voz rouca da vidente era forte e segura.

Cardano engoliu em seco, agora mais fragilizado, pois seu sonho parecia com o relato da vidente. Ao que tudo indicava, no entanto, as coisas correriam bem. Melhor assim.

— Terá que conviver com isso, sim. Nem todos conseguem. Descubra como — disse a senhora, para finalizar.

— Eu tenho um problema... — deixou escapar Cardano.

— Terá filhos — cortou a vidente, para logo após abaixar a cabeça, como se estivesse em um transe.

Cardano aguardou um pouco. Não sabia se devia chamá-la, ou tirar suas mãos, que ainda eram seguras por ela. A serva voltou e reconduziu-o para a primeira sala. Sentou-se no sofá e ficou absorto em seus pensamentos por alguns minutos.

Prospero despertou-o da reflexão, mostrando a moeda nas mãos.

— A velha devolveu o dinheiro, acredita? — disse Prospero, indignado.

— Falou que não conseguiu ler o meu destino.

Cardano continuava em silêncio. Preferiu não dizer nada.

— Não sei se fico contente por ter recuperado o dinheiro, ou preocupado por ter o corpo fechado à visão daquela senhora que não me inspirou muita credibilidade... — disse Prospero, com um riso meio sem graça.

— Vamos tomar cerveja, por que não? — propôs Cardano. Assim, caminharam pela cidade mais despreocupadamente, sem se importar com o que tinha acontecido naquela sala cheia de tecidos.

Fidei defensor

As notícias começaram a se suceder de forma rápida naquele ano de 1521. Em maio, o edito de Worms condenou o professor Lutero como herético. Ele se refugiou em um castelo, no sul da Alemanha, e esperava o desenrolar dos acontecimentos.

O impacto da posição de Lutero já era sentido nos quatro cantos da Europa. O atlético e intelectualizado Henrique VIII, por exemplo, tinha escrito uma pequena obra em defesa dos sete sacramentos, *Assertio Septem Sacramentorum*, com razoável repercussão; tanto que o papa Leão X considerou-o um defensor da fé, concedendo a ele um título honorário: *fidei defensor*.

Em seu livro, que já circulava na Lombardia, Henrique VIII afirmava que Lutero tinha interpretado a palavra de Cristo seguindo seus próprios interesses. *Lutherus interpretatur in suam partem verba Christi*, escreveu. Cristo não deu pão aos seus discípulos, mas seu corpo. *Non panem communicasse discipulis, sed corpus*. Era o mistério *de transsunstantiatione*.

Entre outros sacramentos, o rei inglês deu especial atenção a um deles: casamento, o primeiro dos sacramentos, celebrado como o primeiro da humanidade, honrado com o primeiro milagre de Nosso Salvador, por tão longo tempo venerado religiosamente.

Estava claro para muitos que Henrique VIII interpretava o casamento à sua própria maneira, já que seu filho bastardo, FitzRoy, era oficialmente recebido na corte, abrindo especulações de que um dia pudesse entrar na linha da sucessão real.

O rei da França, François I, por outro lado, não parecia se importar com a discussão religiosa e declarou guerra ao imperador do imenso Sacro Império Romano Germânico, Carlos V. Uma medida, segundo alguns, muito temerária. Nos meses seguintes, a liga militar comandada por Prospero Colonna chegou próximo a Milão. O papa, mais os suíços, tinham se unido contra a França.

Como a Faculdade de Pavia anunciara que suspenderia as aulas em consequência dos acontecimentos, além da absoluta falta de fundos para continuar as atividades, Cardano tomou a decisão de voltar para a casa dos pais. A última carta que recebera de Fazio mostrava grande apreensão.

Felizmente, a estrada de Pavia a Milão permitia a entrada pela porta sul, onde as tropas estavam esparsas, havendo poucos confrontos. O Convento Sant'Angelo tinha sido tomado por tropas suíças, e todos os frades foram expulsos.

Ao penetrar pelos portões da cidade, com muitos livros nos sacos, deixaram-no passar, pois conseguiu demonstrar que era apenas um estudante de Medicina. As ruas estavam sujas, tochas acesas aqui e ali, alguns gritos e pessoas que pareciam andar a esmo. Muitas lojas do comércio estavam fechadas. Ao chegar próximo de casa, Chiara esperava na porta e veio abraçá-lo, sem dizer uma palavra. Seu pai, Fazio, estava acamado, com muitas dores nas costas.

— Filho — estendeu a mão para dar a bênção —, a cidade acaba de se render. Deus sabe o que nos aguarda...

Cardano puxou uma cadeira e sentou-se ao lado da cama de Fazio.

— O que tiver que ser, pai. Não será a última vez, ao que parece. — Lembrou-se então do grande amigo de seu pai. — Sinto muito por Galeazzo.

Os olhos de Fazio encheram-se de lágrimas. A idade parecia dobrar a sua severidade. Enquanto isso, Chiara apressava-se em preparar algo para o filho comer.

— Sabem se Ambrogio está na cidade? — Cardano sentia falta de seu amigo de infância.

— Foi embora — respondeu Chiara. — Foram para a França, não sei onde.

— É uma pena. — Cardano silenciou por um momento. — Tive dois amigos na faculdade: Ottaviano, que foi para Veneza, e Prospero, que vai ficar em Pavia. Parece que tudo se dispersa às vezes...

Fazio fechou os olhos para descansar um pouco. Cardano aproveitou para trocar sua camisa de baixo, pois estava toda cheia de suor dos eventos daquele dia. Sentiu a agradável sensação de estar de volta a casa, mesmo com a balbúrdia da cidade.

— A peste voltou, não é mesmo? — perguntou Cardano. Chiara se arrepiava a cada vez que ouvia a palavra, tanto que, quando precisava falar sobre o tema, referia-se à Doença.

— Que diferença faz? — Fazio deu de ombros. — Estou mais preocupado com a guerra que não termina... a cidade capitulou, mas o castelo continua na mão dos franceses. Por que não vão embora de uma vez por todas? Nem o papa nos salvará deste caos.

— Já que falou no papa, sabe dizer o que aconteceu com o padre Martin Lutero?

— Só sei que foi condenado, filho. Eu avisei que esse assunto teria um encerramento, e o herege seria esmagado, não avisei? — Gemeu um pouco. Suas dores nas costas às vezes davam uma trégua, mas nos últimos meses as crises estavam mais frequentes. Praticamente não andava de mula.

Ouviram um grande grupo de pessoas se aproximar, gritando agressivamente. Passaram em frente da casa com tochas na mão, de forma amedrontadora.

— Vê isso? — comentou Fazio. — Espero que não venham saquear nossa casa. Por enquanto, eles têm preferido as lojas.

Giovanni de'Medici, o papa Leão X, acabou morrendo depois das comemorações da tomada de Milão. Tinha alçado Roma ao patamar de um grande centro cultural, inclusive com a intensificação das obras da Basílica de São Pedro, mas os gastos foram tão grandes que obrigaram a Igreja a aumentar a venda de indulgências. Alguns consideravam que, mesmo com o Concílio de Latrão, Leão X não tinha conseguido avaliar corretamente o risco revolucionário que germinava no Sacro Império. A situação poderia ser mais crítica do que parecia.

Ao contrário do que muitos previam, o ano de 1522 começou com um papa não italiano escolhido para o lugar de Leão X: Adriano VI, de Utrecht. Quinhentos anos antes, o papa ainda era escolhido em votação pelo clero e pelo povo romano. Nicolau II, naquela época, acabou com a ingerência do poder político civil, determinando que somente os cardeais poderiam decidir quem seria o novo descendente de Pedro.

Alguns anos após acertou-se que eram necessários dois terços dos votos. A propalada inspiração divina, portanto, que determinaria quem seria eleito o chefe da Igreja, influenciaria pelo menos dois em cada três cardeais.

Em Milão, os anos que se seguiram foram de apreensão constante. Um novo Sforza foi empossado — Francesco, segundo filho de Ludovico il Moro —, e os franceses finalmente foram expulsos da cidade. Os milaneses aprovaram a mudança, mas sabiam que não seria fácil, pois os esforços de guerra não terminavam.

A correspondência estava muito irregular. O correio semanal de Pavia falhava frequentemente. Nem sempre havia resposta às cartas que escrevia ao amigo Prospero, até que um dia recebeu um pacote com um livro de Galeno, *Le facoltà dell'anima*; nem se lembrava mais para quem havia emprestado. A família o encontrara entre os pertences de Prospero. Como estava assinado com o nome Hieronymus Cardanus, decidiram enviá-lo para Milão, junto com um bilhete, avisando da doença febril à qual ele tinha sucumbido.

Prospero visitou-o naquele noite, durante o sonho, dando a entender que o faria mais vezes. Cardano ficou triste, mas não sofreu tanto quanto imaginava. Não tinha a sensação de ter perdido o amigo por completo.

Agora, nessa fase da juventude, já tinha total consciência de quanto a vida era frágil. Seus próprios dados astrológicos davam como certo uma vida que não passaria dos 40, ou 45 anos. Confirmara recentemente com outro astrólogo a impressão que ele mesmo tivera ao ver seus planetas com as efemérides mais importantes, uma a uma. Mesmo assim, não desistiria dos estudos.

Avaliou com seu pai o que faria dali em diante, e consideraram mais adequado continuar a faculdade em Pádua, por causa das dificuldades por que estava passando a Universidade de Pavia.

Esse período em Milão parecia ser apenas uma fase. Era tempo de estudo e de jogo. Alguma disciplina permitiu que Cardano não exagerasse nas cartas, no xadrez e nos dados. Às vezes ganhava algum dinheiro, às vezes perdia. Enquanto isso, conhecia pessoas.

— Boa noite — cumprimentou Cardano, acenando com a cabeça, como sempre fazia.

Ao penetrar no salão, a sensação agradável de estar entrando no paraíso se repetia. Velas por toda parte, iluminando com eficiência o ambiente, afrescos no teto maravilhosamente pintados e música da mais alta qualidade, tocada por um seleto grupo de instrumentistas.

O doce som produzido pelo alaúde, pela flauta e pelo violino competia discretamente com o burburinho dos frequentadores da corte. Era incrível como a imagem da guerra e da carestia pudesse estar tão longe daquela realidade. Ainda assim, não se registravam os excessos da gestão do último Sforza, por exemplo.

Ao redor de pequenas mesas redondas viam-se grupos envolvidos na discussão de um tema pertinente ao ducado, jogando cartas ou simplesmente deliciando-se com um bom vinho. Cardano percorreu com os olhos até encontrar os amigos de jogo que procurava.

— Magno, Carlo, excelentíssimo Francesco... — disse Cardano, curvando o corpo em direção ao duque de Milão.

— Sente-se, Cardano — disse o duque, sem tirar os olhos das cartas.

— E então, vamos jogar?

Cardano lembrou-se de que tinha escrito em seu diário sobre sua imoderada tendência ao jogo, mesmo sendo jovem. *Deditus fui etiam immodicè, ab ipsa adolescencia ludo*. Foi dessa forma que conheceu Francesco Sforza, príncipe de Milão, e fez amizade com outros nobres. *Quo etiam Francisco Sfortiae Mediolani Principi innotui, & nobilium amicitiam multorum mihi comparavi*.

— Caros, sentirei muitíssimo a falta de vocês. Vim me despedir, pois vou para Pádua. Em breve partirei para fazer a Universitas Artistarum di Padova — anunciou Cardano.

— Para quê? Para ser um artista? — perguntou Magno, sem tirar os olhos das cartas.

— Não, amigo — sorriu Cardano —, é a Universidade das várias artes: Teologia, Filosofia e Física. Ou seja, é separada da Universidade dos juristas.

— Perdoe a falta de conhecimento do nosso amigo... — brincou Carlo, sorrindo para Cardano.

— Então explique, Carlo, já que é tão inteligente — retrucou Magno. — Ele vai fazer Física, Filosofia ou Medicina?

O duque Francesco Sforza não tirava os olhos de suas cartas, absorto em suas possibilidades de jogo.

— Um pouco de tudo, acredito. Não é mesmo, caro Cardano?

Cardano sorriu. De fato, muitos não compreendiam exatamente como se dividiam as artes intelectualizadas. Ele tentou, em poucas palavras, explicar a origem dos termos Física, Filosofia e Medicina, que frequentemente se confundiam.

— A Física, ou Medicina, é um dos ramos da filosofia natural. O propósito da Física é estudar a preservação da saúde e o prolongamento da vida. Para isso é preciso dominar os princípios naturais — esclareceu Cardano.

— Claro — concordou Magno, aparentando ter compreendido.

Jogou mais uma carta na mesa. Carlo levantou a cabeça, esforçando-se para assimilar os conceitos.

— A natureza, para os gregos, a *physis*, deu origem ao termo "físico", que também significa médico — completou Cardano. — Nós fazemos parte da natureza, certo? Por isso é que Avicenna falava dos princípios filosóficos naturais da vida humana.

— Se continuar a falar, Cardano, voltarei a não entender... — disse Carlo, e todos riram.

Nesse momento, Francesco Sforza levantou a cabeça e dirigiu-se a Cardano.

— Caro jovem, em lugar de mostrar suas habilidades mentais, não vai se sentar e jogar?

— Vou jogar só um pouco. Como disse, vou partir amanhã bem cedo — respondeu Cardano, com uma ponta de melancolia. — Estive penando, caro duque. Seria bom ter uma figura importante da pintura, ou escultura, para atrair outros artesãos a Milão, não acha? Como na época de seu pai.

— Sim, é um bom pensamento — respondeu o duque, prestando atenção parcialmente às cartas. — Mas não se acha um mestre Da Vinci em cada porta da cidade. Aliás, nesta semana — abaixou as cartas, para contar a novidade —, vi alguns quadros que estavam na casa do *signor* Caprotti, aquele que o mestre chamava de Salai. Foram herança de Da Vinci para ele.

— Herança para o namoradinho. — Carlo sorriu maliciosamente.

— Tinha um *San Giovanni Batista*, outro era *La Gioconda*, que chamam de *Madonna Lisa*, e mais três quadros, cujos nomes não me recordo. Havia junto uma cópia da *Madonna Lisa*, igualzinha, feita por algum discípulo. Quadros razoáveis — disse Francesco —, mas nenhum da categoria do retrato de Beatrice d'Este, a maior obra de todos os tempos! — falou, orgulhoso, sobre a pintura da mãe feita pelo mestre Leonardo, mesmo sabendo que todos consideravam *La dama con l'ermellino*, o retrato da amante do *il Moro*, Cecilia Gallerani, segurando um arminho, como uma obra muito mais importante.

— Morreu de tiro de espingarda, o pobre coitado — falou Magno.

— Salai era um desmiolado, de fato — completou Carlo.

— Melzi, o outro amiguinho de Da Vinci, está morando perto de Milão, em Vaprio d'Adda — lembrou Magno, referindo-se a uma pequena comunidade, atravessada pelo *naviglio della Martesana*.

— *Vàver d'Adda* — corrigiu Carlo, preferindo o dialeto milanês.

— Eu conheci *messer* Melzi — falou Cardano, surpreendendo a todos.

— Está falando sério? — perguntou Magno.

Francesco Sforza também levantou os olhos, para prestar atenção à conversa.

— Meu pai era consultor de mestre Leonardo di Ser Piero, como ele o chamava. Uma vez Melzi foi lá em casa, acompanhando Da Vinci. Conversamos um pouco, mas eu era apenas uma criança.

— Melzi herdou os livros e os escritos — falou o duque. — Talvez seja de mais valor que aqueles quadros.

Voltaram todos ao jogo, e Cardano entrou naquela rodada. O último ano tinha sido interessante para ele. Muitos dados e cartas por um lado, muitos livros por outro. Estudara matemática a fundo e escrevera um pequeno tratado, que enviara ao amigo Ottaviano Scotto, agora editor em Veneza. Aguardava ansiosamente a resposta sobre uma possível publicação.

Fazio tinha tido um papel fundamental na decisão de sair de Milão. Mesmo adoentado, estimulou o filho a continuar os estudos e, mais importante, em uma Universidade que estivesse passando por um bom momento. As cartas trocadas com a reitoria da *Universitas Artistarum* de Pádua, por longos três meses, resultaram na aceitação do estudante ainda em período de formação.

É verdade que Milão estava começando a ter um ressurgimento econômico com a nova administração do duque Francesco, subordinado ao imperador do Sacro Império. Houve reforma do Senado, que se tornou um tribunal supremo. Alguns membros honorários eram da família Visconti, uma das mais expoentes.

O rei François I parecia ter desistido, pelo menos, da cidade. Os últimos sobreviventes franceses refugiados no castelo se renderam no início do ano anterior, mas ainda havia tropas dentro da Lombardia.

Tinham sido anos tumultuados politicamente. Agora as coisas pareciam estar se acertando. Alguns artesãos e livreiros voltavam à cidade. Moinhos eram reabertos. O medo se dissipava.

O sol ainda não aparecera. Era mais um dia de inverno. Para Cardano, no entanto, não era um dia qualquer. Ele acabara de se preparar para a partida. Empreenderia sua primeira viagem para fora da Lombardia. Um frio na barriga assaltou-o ao se despedir de seus pais. E se não voltasse mais a vê-los?, pensou. Recordou-se então de Telêmaco e refletiu se estaria preparado para a viagem de descobrimento de si próprio.

Lembrou-se do conselho de Francesco Sforza, que o advertiu a não ser tão afoito em colocar suas ideias. Seus desafios oficiais e as aulas que dera em Pavia foram comentados nas rodas de nobres e entre os médicos do Colegiado de Milão, mas Cardano também ampliou sua lista de desafetos, pois alguns o consideravam excessivamente arrogante.

Perguntou-se se conseguiria agir diferente. Talvez não. Sou o que sou, concluiu. Estava seguro de que poderia determinar seu grau de popularidade, uma vez que, desde Pavia, percebera que o ronco que aparecia no ouvido direito acontecia quando falavam bem dele e, diferentemente, ao falarem de forma negativa, um desagradável barulho era sentido no ouvido esquerdo.

Um servo de Fazio iria de mula acompanhando Cardano até Pádua e todo mês voltaria a Milão com cartas e novidades do estudante. Assim seus pais ficariam mais tranquilos, e Cardano teria um canal seguro de comunicação.

Iniciaram os passos quando os primeiros raios de sol atravessaram os limites da planície. Apesar do frio, não havia lama, nem neve. Cardano inspirou fundo o ar fresco da manhã. Não sentiu a falta de ar que às vezes o acometia nesses momentos. Seria difícil descrever a agradável leveza que o invadia. Mais difícil ainda seria sentir um prazer maior, mais completo, do que aquele que estava sentindo. Despedira-se dos pais afetuosamente. Abraçara sua mãe como há muito não fazia. Só faltava se despedir de sua terra.

— *Ciao, Milano* — falou Cardano, para os muros da cidade, antes de se afastarem lentamente.

De ludo aleae

No início do ano de 1524, Cardano se instalou com seu servo em uma pequena casa alugada e começou a frequentar aquele que era considerado o melhor centro de ensino da Europa, a Università degli Studi di Padova.

Trezentos anos antes, um grande afluxo de estudantes e professores tinha vindo de Bolonha para dar início à história da instituição. Havia cem anos tinha sido inaugurada a Universitas Iuristarum, onde se estudava Teologia e os Direitos Canônico e Civil. Com os anos, houve a divisão das matérias, e outro prédio recebeu a *Universitas Artistarum*, que compreendia os estudos de Astronomia, Dialética, Filosofia, Gramática, Medicina e Retórica. Cada *universitas*, dali em diante, escolheria seu próprio reitor.

A cerimônia de abertura do ano, no *Studio Patavino*, causou impressão em Cardano, com uma pompa maior do que tinha previsto. O reitor, um dos alunos escolhidos pelo Senado de Veneza, apresentou a grade curricular, bem mais rica e estruturada que em Pavia, e convidou a todos a seguirem-no à *Duomo*, ou, em latim, à *Domus Dei*, para assistir à missa que seria ministrada pelo bispo.

A rigor, todas as igrejas poderiam ser consideradas a Casa de Deus, mas, por ser o endereço da diocese local, somente a *Duomo di Santa Maria Assunta* poderia ostentar o título. Não era tão grande e famosa quanto a *Basilica di Sant'Antonio*, mas era uma bela catedral, em estilo românico. Como disse o bispo, era *dedicata all'assunzione della beata vergine Maria*.

Após a missa, seguiram para o batistério, o prédio colado à igreja, somente os alunos da Universidade de Artes. No caminho, sob um dos pórticos que se multiplicavam pela cidade, Cardano trocou algumas palavras com o estudante, que se apresentou como Gianangelo Corio.

— E eu sou Cardano di Milano, muito prazer — fez um aceno de cabeça Gianangelo. — Notei que o reitor é bastante jovem... Surpreendente, não?

— É verdade. Como de praxe, ele é um aluno da Universidade das Artes. Antes eram os próprios alunos que escolhiam, mas os conflitos aumentaram muito. Agora a decisão cabe a Veneza.

Os alunos acomodaram-se na salão principal do batistério para os discursos principais. Apesar de ser católica, a Universidade de Pádua recebia estudantes de todos os países e crenças, tanto que muitos luteranos faziam o curso sem ser incomodados.

Após o reitor, que falou brevemente, o notário leu o *ròtulo*, um rolo de papel manuscrito onde se registravam os nomes dos professores, o programa e os horários de aulas. *Theoricam Ordinariam Medicina*, a matéria de Medicina Teórica Ordinária, seria ministrada pela manhã, na primeira hora, por dois professores, que conduziriam os estudos de Avicenna, no primeiro ano, Hipócrates, no segundo, e Galeno, no último ano. Na terceira hora da manhã, cirurgia.

As palestras extraordinárias, após o almoço, eram pagas, como em Pavia, mas aconteciam simultaneamente, em número de duas ou três. Assim, havia a competição para ver que professor de aula particular cativava maior audiência.

Em seguida, o jovem Gianbattista da Monte iniciou seu discurso, lembrando que seu professor, Niccolò Leoniceno, já bem velhinho e com dificuldades de discernimento, não pôde vir à cerimônia.

— Caros, pelo prazer e desejo do Supremo Deus, presidindo o governo da Igreja, *Universalis Ecclesiæ Regimini Præsidentes*, nos comprometemos a defender a fé religiosa e nossa vocação letrada — iniciou Gianbattista com firmeza. — O manual *Articellæ* traz o aforismo número um de Hipócrates, que nos lembra o fato de a vida ser breve, a arte longa, a ocasião fugidia e a experiência enganosa. Por fim, meus senhores, Hipócrates afirma o quanto é difícil o julgamento e como o médico terá que conseguir a cooperação do paciente e dos acompanhantes.

"Ainda assim - continuou o jovem reitor —, estaremos continuamente expostos ao julgamento de outrem, seremos desafiados a não perder a ocasião que se nos apresenta e seremos forçados a lançar mão de nossa experiência, muitas vezes acima de nosso conhecimento teórico. Os olhos estarão sobre nós, assim como os do afresco deste teto — e apontou a pintura com centenas de pequenas figuras religiosas, uma ao lado da outra, circundando o santo ao centro, com olhos que pareciam tudo perscrutar."

— É de Giusto de Menabuoi — sussurrou Gianangelo.

— Já ouvi falar dele. Meu primo é clérigo e disse que perto de Milão tem uma igreja, em Viboldone, onde há trabalhos desse pintor.

Enquanto Gianbattista continuava o discurso, Cardano olhou maravilhado para o afresco e se surpreendeu com a representação do Apocalipse. Todos os episódios estavam minuciosamente documentados. Correu os olhos até se deter em um detalhe estranho do desenho: a besta que emergia do mar tinha sete cabeças, cada uma vestindo um chapéu de papa.

— Então eu pergunto a todos os presentes — continuou o orador, de forma provocante. — Por que não irmos para o lado do leito do paciente juntos, alunos e professores? — Os ouvintes entreolharam-se com surpresa.

A proposta soava estapafúrdia para alguns, mas muito atraente para outros. Com a interrupção das atividades da faculdade, anos antes, houve grande troca de professores. Os mais antigos, defensores do esquema rígido que tradicionalmente tinha sido adotado nos últimos dois séculos, cederam lugar a outros mais novos, alguns dos quais bastante identificados com o pensamento humanista. Aproximar-se do paciente era uma sugestão que encontrava cada vez mais eco entre os professores da faculdade.

— Gianangelo, viu aquelas cabeças que saem do mar? — perguntou Cardano.

— Vi — sussurrou —, e se quer falar sobre a tiara papal que está em cada uma, melhor não dizer nada, certo?

— Certo... — Cardano calou-se.

Pensou então que talvez alguém, um dia, pudesse esclarecer o que Menabuoi estaria pensando quando pintou aquilo, à vista de todos. Na República de Veneza isso era possível. Em Milão, talvez não. Tinha intimidade o suficiente para questionar o primo Evangelista, ou, quem sabe, Kenneth di Gallarate, se o encontrasse. Evangelista dissera que Kenneth tinha ido para Roma e fora chamado para trabalhar junto ao papa.

Ao saírem da cerimônia, Cardano e Gianangelo dirigiram-se juntos para o prédio da Universidade, onde seria servido vinho e algo para comer. Os alunos, sozinhos, ou em grupos, vinham dispersos pela mesma rua, observados por um paciente pastor que detivera suas ovelhas a tempo e esperava a passagem dos jovens vestidos como nobres.

— Onde adquiriu tantas informações sobre a Universidade, Gianangelo? — perguntou Cardano, caminhando ao lado do recém-conhecido.

— Meu pai estudou aqui. Antes, por exemplo, o cargo de reitor tinha até mais força simbólica do que hoje. É verdade que quase todo o trabalho é feito pelo pró-reitor, mas o jovem reitor era recebido de forma solene pelo bispo e pelos magistrados. Depois ia a cavalo para a catedral, escoltado por duzentos homens e cinquenta tocadores de flauta.

— Tinha uma roupa especial, ou um manto, algo assim?

— Claro! — respondeu Gianangelo. — Era um manto de seda vermelha no verão e roxo no inverno, com um grande broche, coberto de ouro e pedras preciosas.

A ideia de estar em tamanha evidência atraiu Cardano, mesmo sabendo que nesses tempos de pós-guerra a pompa do cargo tinha diminuído bastante.

— E o que é preciso fazer para ser um reitor? — arriscou Cardano.

— Ter dinheiro, vir de uma família nobre, cativar os colegas com sua vivacidade e astúcia, ser reconhecido como um aluno brilhante...

Continuaram andando lado a lado. Cardano refletia sobre a impossibilidade de preencher os pré-requisitos para ser um reitor. Talvez o último item fosse acessível. Dependeria exclusivamente dele. Reservaria alguns momentos de prazer para os dados e as cartas, mas, para atingir seu objetivo, deveria se aplicar intensamente nos estudos, como fizera em Pavia.

Em Pádua, as aulas aconteciam de forma bastante organizada, sem falhas, e isto trouxe especial admiração para o aluno que estava pouco interessado em festas e encontros sociais. Naquele ano, ele recordou seus conceitos sobre a teoria das febres de Avicenna, um tema fundamental que seria recorrente, acreditava, em sua prática clínica como médico.

— Veremos oportunamente as doenças particulares da cabeça ao coração e em seguida as doenças particulares abaixo do coração — falou de forma grave o professor Pietro. — Hoje, vamos continuar com a discussão sobre o *Liber nonus ad Almansorem*, de Rhazes, o livro IX dedicado ao rei Almansor. Amanhã, veremos a obra sobre febre, *De Febribus*, o quarto livro do cânon de Avicenna.

Os alunos, em total silêncio, miravam o professor com reverência, aguardando a continuidade da exposição.

— Como já sabem todos, Rhazes nasceu na Pérsia, em plena época de ouro do conhecimento oriental, quinhentos anos atrás. Ele nos deixou o ensinamento de humildade no tratamento de pobres e ricos e da importância em diferenciar as crianças e os adultos, pois as doenças e a forma de aparecimento podem depender da idade. Para isso, veremos hoje *Practica Puerorum*, o tratado da prática em crianças. — Pietro Pomponazzi entregou o livro para o primeiro aluno da primeira fileira. — Gianmarco, por favor, leia *De magnitudine capitis puerorum*. Se quiser, pode transformar em nosso latim vulgar.

— Sobre o... alargamento da cabeça em crianças — começou Gianmarco, titubeando um pouco. — Acontece, às vezes, de a criança nascer com a cabeça grande e ela aumentar até a morte, como eu já vi... isso é resultado da ventosidade gerada dentro dos ossos da cabeça, ou de água que não encontra o caminho de saída... Pegue quantidades iguais de bile de águia, de lontra e de... carpa e misture com açafrão e açúcar, amassando e formando uma pílula do tamanho de uma...

— Lentilha — completou o professor.

Alguns discretos risos contidos foram ouvidos pela sala.

— Lentilha... — continuou Gianmarco. — Deve-se aplicar nas narinas três vezes ao dia e medir a circunferência da cabeça com uma pequena corda por quinze dias... dessa forma, verá a cabeça retornar ao tamanho normal.

— Obrigado, *messer* Gianmarco. — Dirigindo-se à turma, salientou os aspectos do texto a serem lembrados. — Vejam, senhores... a cabeça deve ser medida regularmente para que se tenha a noção exata de como acontece a modificação da circunferência. Além disso, a substância aplicada nas narinas, que provavelmente se dissolve para cima, permite que água em excesso escorra e a cabeça volte a ser o que era, sob pena de termos uma criança que não consegue mais erguê-la, tão grande o seu tamanho.

Pomponazzi lembrou então, no fim, que as explicações médicas não deveriam recorrer aos espíritos.

— Devemos explicar esses fenômenos com causas naturais, sem perguntar aos demônios — falou Pomponazzi, terminando a aula em italiano. — É ridículo abandonar as evidências e procurar o que não é crível, *quello che non è né evidente né credibile*.

Cardano gostava das explanações do professor Pietro. Além disso, sentia-se bastante identificado com *Muhammad ibn Ràzi*, chamado de *Rhazes*, por ele ser um polímata, um estudioso em várias áreas do conhecimento humano, inclusive na matemática.

Isso o fez recordar da resposta que esperava de Veneza, sobre o manuscrito que escrevera. Coincidentemente, ao entrar em casa e interromper suas divagações sobre o médico persa, observou que chegara uma carta de Ottaviano Scotto. Abriu, ansioso, esperando a resposta sobre seu livro de matemática:

> *A messer Hieronymus Cardanus.*
> *Magnifico e Honorato amico.*
> *Io ho tanto penato a scrivervi...*

Ottaviano tinha penado a escrever, pois era obrigado a dar uma má notícia: o servo tintureiro da editora havia perdido todo o material. Provavelmente confundiu-o com papéis a serem descartados e tudo se foi. Tentara achá-los, mas, depois de muita procura, desistiu. Propunha então publicar o próximo trabalho que Cardano escrevesse, independentemente do tema que escolhesse. Esse era o trato.

Não deixava de ser uma boa notícia ter uma possibilidade certa e clara de publicação, mas poderia achar que alguma força superior estaria impedindo seu caminho de escritor rumo à fama. Pela segunda vez seus escritos desapareciam! Talvez meus escritos ainda não estivessem à altura de minhas ambições, pensou. Quem sabe agora, com mais experiência?

A segunda carta era de um servo de Fazio. Reconheceu a letra canhestra, mas compreensível. Por que escrevera e não tinha esperado o servo de Pádua fazer a visita mensal? Ao abri-la, percebeu que tinha sido ditada por Chiara.

Meu filho, seu pai está muito doente.
Não sai da cama.
Temo pelo futuro.
Seria bom se pudesse vê-lo.
Com apreço,
Sua mãe.

Os meses em Pádua tinham passado como um raio. Alguns desafios entre colegas da turma, sem maiores consequências, muitas aulas sobre Avicenna, um curso extraordinário sobre Filosofia e algumas tardes em que saía para jogar dados. Não estava disposto a perder tempo com conversas em mesas de taverna, ou visitas a moças de reputação duvidosa.

Sua energia estava toda concentrada em estudar e adquirir a maior quantidade de conhecimentos possível. Não fizera nenhuma amizade, com exceção de Gianangelo. Ainda assim, encontrava-o basicamente na Universidade. Por isso se surpreendeu quando o amigo propôs acompanhá-lo na visita ao pai.

Saíram bem cedo, no dia seguinte. Era início de agosto. Com clima suave, afortunadamente, a marcha foi tranquila e rápida. Dormiram em uma estalagem próxima a Brescia e, no dia seguinte, bem tarde da noite, com os cavalos completamente exaustos, chegaram a Milão.

Os sinos batiam constantemente, avisando das mortes pela peste. A doença recrudescera naquele mês e dizimara milhares de milaneses, ao contrário das expectativas. Com o Lazzaretto excedendo sua capacidade e sem coveiros suficientes para enterrar os mortos antes de exalarem um odor insuportável, muitos foram colocados em valas múltiplas, fora dos muros da cidade.

Cinquantamila i morti ne' soli domini del ducato milanese, dizia-se, pelas esquinas. Cinquenta mil, só no ducado, era um exagero evidente, mas, ainda assim, não se podia negar a gravidade da situação.

Os pais de Cardano agora moravam em uma casa que ficava no Mulino dei Bossi, alugada do primo Alessandro Cardano. Chiara chorou ao ver o filho, mostrando que estava já bastante desgastada com a doença de Fazio, que não saía mais da cama. Fizeram o diagnóstico de peripneumonia epidêmica. Nos últimos dias ele estava um pouco melhor, voltando à lucidez e à rabugice cotidiana.

— Estou feliz que tenha vindo... — falou Fazio, com dificuldade —, mas deve voltar para não perder o ano de estudo...

— Fique tranquilo, pai, nesta semana as atividades são mais leves. Gianangelo, meu amigo, me convidou a voltar a Veneza e rezar na natividade da Virgem Maria, em setembro.

— Já foi lá, filho? Me conte... é bonito?

— É uma cidade linda, pai. Os barcos pequenos e rasos se deslocam para todas as casas. Por exemplo, fomos a uma recepção e voltamos somente pela água. Não há nada igual. Pode-se caminhar pelos becos e pontes e perder-se no emaranhado de vielas. Mulheres colocando roupas para secar, crianças brincando, quase a cair no canal, mercadores bem-vestidos que passam, de repente, ao seu lado. É verdade que os canais, às vezes, cheiram mal... Nada é perfeito.

— E o Senado, filho?

— Maravilhoso! Há mais de dois mil nobres em Veneza, pai. O doge, a *signoria* e o chanceler recepcionam-nos no Grande Conselho, um lindo salão onde se sentam todos, de frente e de costas, em longos bancos de couro. Votam periodicamente os sessenta escolhidos que farão parte do Senado. Aí sim, no Senado é que são tomadas as decisões de guerra, paz, taxas e leis. O Grande Conselho, por ser enorme, não permitiria discussões sobre tantos temas. Quando estivemos lá, muito se falava sobre a invasão dos turcos em Rhodes. Os Cavaleiros Hospitalários de São João acabaram sendo expulsos. Eles não estão mais no mar Egeu.

— Para onde eles vão? — perguntou Gianangelo, interessando-se pela conversa.

— Não sei — respondeu Cardano. — Ninguém sabe. Eles são muito bem considerados. Certamente arranjarão algum lugar.

— Veneza deve ajudar... — falou Fazio. — É o maior império de todos...

— Acho que esses tempos já passaram, pai — Cardano fez cara de dúvida. — Os venezianos ficaram muito bravos com o comentário de um político de Florença, Niccolò dei Machiavelli, que zombou deles por não terem um exército de pessoas da própria cidade, por não fazerem uma convocação aos moldes daquelas que levam as pessoas ao mar. Ademais, agora o mar Egeu é muito mais dos turcos, e o resto do mundo é dos portugueses e dos espanhóis.

— E a Universidade, filho? — perguntou Fazio, suspirando e fechando um pouco os olhos, para recobrar energia.

— Muito boa, pai — respondeu Cardano, apreensivo pelo estado em que se encontrava Fazio. Ainda assim, considerava que aquela conversa seria um grande prazer para ele, já impossibilitado de se deslocar pela cidade. — Temos aula com grandes professores, como Fracastoro e Pietro Pomponazzi. Estudamos Oribasius, Ætius, Paulus Ægineta, Avicenna, Rhazes, Averróis...

— Não estudam matemática?

Gianangelo sorriu com o comentário.

— Não, pai, vou ser médico, lembra-se? Estudo filosofia, não matemática.

— Claro, filho, claro... — corrigiu-se Fazio, falando lentamente. — Então vocês abrem pessoas, fazem estudos em corpos?

— Muito pouco. Discute-se bastante se é válido, moralmente aceito, ou se o médico deve se rebaixar ao nível de um cirurgião, que coloca a mão em cadáveres... Eu, particularmente, não tenho muita atração. É muito mórbido. Não quero ver a morte dessa forma. Já fiz minhas experiências, basta — falou Cardano, já querendo mudar de assunto. — Mas, em relação à matemática, não quer dizer que eu próprio não esteja estudando do meu jeito. Quando escrever um livro que chamarei a *Arte Maior*, a *Ars Magna*, um nome que já está na minha cabeça, todos verão um Cardano alçar o maior voo da história das letras e números! — completou, empolgado.

— Seu filho não tem limites para os pensamentos, *messer* Fazio — disse Gianangelo, sorrindo. — Ele não tem amarras... Ele critica Galeno e ainda assim prende a atenção das pessoas em um debate. Correu a notícia que até o professor Camuzio, de Pavia, disse que Cardano era o único a fazer contraponto ao mestre de Roma. Ele disse que debateu até em Veneza, diante da Academia?

Fazio ouvia, orgulhoso, não querendo perder um único detalhe do sucesso do filho.

— O pretor veneziano, Sebastiano Giustiniani, falou que ele era ainda jovem e, se continuasse a estudar, superaria outro grande professor — continuou, empolgado, Gianangelo, imitando a voz grossa do pretor: — *Studia giovinotto, tu superarai lo stesso Curzio!*

Cardano sorriu e voltou a falar dos detalhes da posse do reitor:

— É o Senado de Veneza que escolhe o reitor da Universidade de Pádua. Presenciamos uma linda festa para o reitor atual.

Gianangelo observava o diálogo dos dois. Chiara, por outro lado, sentia uma ponta de ciúme por não ter longas conversas com o filho, mas estava segura de que seu afeto aparecia de outras formas. Preparava com carinho as comidas preferidas de Cardano, evitava que Fazio tomasse medidas muito prejudiciais às finanças da família e regularmente enviava ao filho uma pequena, mas fundamental, ajuda em dinheiro.

Após dois dias em Milão, Fazio foi taxativo: não queria que Cardano permanecesse mais na cidade. A peste estava ceifando vidas, e, em Pádua, o curso de Medicina chegava ao fim do ano letivo.

Antes de partir, ficou sabendo da morte do mestre Achilles, o barbeiro-cirurgião que permanecia vivo em sua memória.

— Frade Giacomo veio à nossa casa no mês passado e nos deu a notícia — disse Chiara.

— Nossa... Frade Giacomo esteve aqui? — disse Cardano, surpreso. — Ele disse que nunca mais sairia de Gallarate...

Então, por Fazio não ter tido a coragem de contar, ele ouviu dos lábios de Chiara uma notícia que o deixou muito emocionado.

— Ele veio nos casar, filho. Fez a cerimônia. Eu e seu pai, agora, somos marido e mulher perante Deus Todo-Poderoso — disse Chiara, com os olhos cheios de lágrimas.

Poderiam até considerá-lo um filho ilegítimo, como de fato continuaria sendo para muitos; apesar disso, no íntimo, nunca mais olharia no espelho como uma pessoa cujo pai recusara a união sob a bênção da Igreja de Roma.

Ao retomar o caminho para Pádua, viajou de cabeça erguida, orgulhoso de sua condição atual, alegre por ser um honrado e legalmente aceito filho de Fazio Cardano. Triste, por outro lado, pois sabia que seu pai não viveria muito.

Em setembro, pouco depois de voltar a Pádua, Cardano recebeu uma carta que contava a agonia dos últimos momentos de seu pai. Foram nove dias de jejum até que, no dia 28 de agosto, próximo dos 80 anos, com a mente fresca e o ânimo sereno, Fazio expirou.

Cardano ajoelhou-se e dirigiu-se a Deus, pedindo paz à alma do pai. Depois solicitou, para si próprio, por meio da bondade divina, *Domine Deus, infinita tua bonitate,* dai-me vida longa, *dona mihi vitam longam,* além de sabedoria e saúde, na mente e no corpo, *et sapientiam sanitatem que mentis e corporis.* Fez o sinal da cruz e deitou-se para um longo sono. Nele, sabia que seria visitado por Fazio.

Cardano escreveria em seu livro, no dia seguinte:

Minha alma, nua, estava no Paraíso da Lua, liberada de meu corpo. *Anima mea esset in Cœlo Lunæ, nuda à corpore, & solitaria.* Apreensivo, ouvi a voz de meu pai. Ele me falou que todos os espaços eram preenchidos por espíritos e que não poderia vê-los. Eu permaneceria nesse céu por mil anos, *millibus annis, in singulis orbibus,* e o mesmo número de estrela em estrela até a oitava, quando então chegaria ao reino de Deus, *usque ad octavum, post pervenies ad Dei regnum.*

A interpretação do sonho pareceu fácil para Cardano. A Lua significava a gramática; Mercúrio, a geometria e a aritmética; Vênus estava relacionada à música e à poesia; Marte representava medicina e Saturno, a agricultura. A oitava órbita era a colheita de todo entendimento e, após todo esse caminho, a paz ao lado do Senhor.

Cardano estava preenchido por uma sensação de total serenidade e assim se sentiu inspirado para escrever as palavras que seriam gravadas na lápide de seu pai. Morte foi para ele ter vivido, pensou. A morte mesma lhe deu a vida. A mente continua eterna.

Facio Cardano
Juris Consultus
Mors fuit id quor vixit
Vitam mors dedit ipsa
Mens æterna Manet
Gloria tuta

O ano letivo estava próximo do fim. As matérias se sucediam com aulas sem muitos intervalos. O título de bacharelado em Artes já estava garantido, mas faltaria conseguir, até o fim de 1525, ou início de 1526, o título de doutor em Medicina, que lhe permitiria ser aceito em um Colegiado. Assim, poderia atuar como professor e atender pacientes, uma maneira de ter um retorno financeiro garantido.

Por ora, conseguia se manter com algum dinheiro que a mãe lhe enviava e com ganhos irregulares na mesa de jogo. Na maior parte das vezes, as rodadas aconteciam na casa do professor Francesco Buonafede. No fim de uma dessas tardes, restaram Cardano e o professor, o que permitiu uma conversa íntima sobre um assunto que interessava bastante ao aluno.

— Professor Buonafede, já é hora — falou Cardano, levantando-se com reverência. — Todos se foram.

— Não, Cardanus, meu caro, temos algo a conversar — disse Buonafede, servindo-lhe mais uma taça de vinho. — Um terço de água?

— De bom grado...

— Quero que tenha conhecimento — começou o professor — que, graças à sua exímia habilidade acadêmica, seu nome entrará em votação para a reitoria da faculdade. Sabe que é um cargo simbólico, entende?

Cardano não deixou transparecer a sensação de alegria e acenou levemente com a cabeça.

— Bem, não há mais festas, nem comemorações na posse desse cargo — explicou Buonafede. — Como de praxe, o novo reitor deverá oferecer aos professores um jantar especial, em um local compatível. O que será de comer, e de beber, primará pela boa qualidade. Além disso, deverá ajudar o pró-reitor no que for preciso. Em contrapartida, a honraria poderá pesar em decisões de colegiados de outras cidades, caso queira trabalhar em regiões diferentes de nossa Itália.

Cardano refletiu um pouco sobre o convite, pois passava por um difícil momento, por causa da perda do pai.

— Aceito e me sinto honrado, professor Buonafede. É verdade que tenho muitas coisas a resolver, pois meu pai deixou muitas dívidas. Terei de voltar a Milão algumas vezes no próximo ano. Não diria isso para ninguém mais além do senhor — disse Cardano, deixando claro que era uma informação que não desejaria partilhar com outros da faculdade.

— Tem minha confiança, Cardano. — Francesco Buonafede colocou a mão no peito em sinal de pacto de honra. Depois, voltou aos temas corriqueiros: — Pretende morar novamente em Milão?

— Não, professor. Não é que eu queira fugir das obrigações de enfrentar as disputas judiciais que estão começando a ocorrer contra minha mãe, em nome de meu pai. Os Castiglioni e os Barbiani, por exemplo, insistem em receber uma quantia que não lhes pertence. Estão brigando em cima do túmulo de uma pessoa honrada.

— Mas e a cidade, como está? — perguntou Buonafede. — Ouvi dizer que o problema agora são os espanhóis.

— É verdade — respondeu Cardano. — Milão não está passando por um bom momento. Os espanhóis estão aviltando as casas dos moradores de forma vergonhosa, e a peste ainda não desapareceu completamente. Madri enviou, a serviço do imperador, *il duca di Borbone*, um governador fraco e sem personalidade. Os franceses, novamente, pediram três mil ducados para não atacarem, e o duque aceitou. Quem pagou? Como sempre, os milaneses.

— Sua mãe, como está?

— Passa bem — disse Cardano. — Na última carta, disse que estava se adaptando à situação. Não sei como ela consegue. Mas a vida dela é aquilo, sem grandes aspirações.

— Se ganhar, Cardano, deve ir a Veneza. Seu nome será referendado pelo Senado. Está de acordo? — perguntou Buonafede.

— De acordo. — Cardano fez uma demorada reverência ao professor e tomou o caminho de casa.

O início de noite estava bastante agradável. A possibilidade de ser escolhido reitor deixou-o radiante, mas a sensação de querer continuar a jogar levou-o a refletir sobre o que empurrariam as pessoas para aquele hábito, para a necessidade de manter-se continuamente em uma mesa rolando dados, ou trocando cartas, sabendo que a vida pode proporcionar outros prazeres.

Sentou-se em sua escrivaninha, tomou um maço de folhas em branco e alinhou as primeiras palavras de uma série que estava em sua cabeça, esperando para ser colocada no papel: *Liber de Ludo Aleae, O Livro dos Jogos de Azar*. Logo abaixo, seu nome em latim: Hieronymus Cardanus.

Ao longo de vários dias, escreveu sem parar, às vezes em italiano, às vezes na língua latina, sem atentar como ficariam alinhavadas as palavras. Só estava preocupado em deixar fluir aquilo que precisava ser transcrito. Qual era a vantagem do jogo? Quais eram seus perigos? Somente o destino decidia quem iria ganhar, ou uma série de mandamentos seriam obedecidos pelo rolar dos dados, fazendo com que umas pessoas ganhassem mais do que outras?

De ludorum conditionibus. Sobre as condições de jogar. Quando há ansiedade e sofrimento, escreveu, o jogo pode ser considerado não apenas autorizado, mas até benéfico.

Aos homens que estão na prisão, aos condenados à morte, aos doentes, o jogo pode ser de grande ajuda. Da mesma forma, a lei o permite nos casos de dor. No entanto, deve haver moderação na quantidade de dinheiro envolvida. *Impositus est tamen modus, circa pecuniæ quantitatem*.

Para a desculpa de alguns de que o jogo alivia o tédio, *de leniendo tædio temporis*, diria que seria melhor ocupar-se com uma leitura agradável, com a narração de contos e histórias, ou com uma bela arte. *Pictura, musica, legendo audiendove fabulas*. Digo isto por três razões.

Prima, porque uma mudança causada por algo sério resulta em maior prazer que o jogo, seja porque algo é produzido, como é o caso da pintura, ou pela sua natureza, como na música.

Secunda, toma-nos mais tempo que deveria. E o tempo, disse Sêneca a Lucílio, é a mais preciosa de todas as coisas.

Tertia, o emprego do tempo de lazer com artes nobres é mais respeitável e não se apresenta como um mau exemplo para as crianças e os servos. *Non mali exempli & maximè apud filios & domesticos.*

— O segredo está em determinar o circuito, para então estudar as chances de uma aposta — confidenciou ao amigo.

— Explique-se melhor, Cardano — rebateu Gianangelo. — O que é o circuito?

— São todas as opções de jogo — explicou Cardano, com paciência, tirando dois dados de seis lados e jogando-os na mesa da taverna. — Veja, fica fácil se analisar primeiro apenas um dado. O circuito compreende de um a seis. Se escolher os números quatro e cinco, terá um terço de chances de ganhar, certo?

— Certo — concordou o amigo. — O que há de novo, então?

— Calma, Gianangelo. O assunto complica-se quando usamos mais dados. Diga-me uma coisa: se eu jogar os dois dados, e você escolher como resultado da soma o número dois e eu escolher o três, quem tem mais chance de ganhar?

— É igual! — sorriu Gianangelo. — No meu caso, tem que cair o número um nos dois dados, e, para você, teria que ser um dado com o número um e o outro com o número dois.

— Errado, meu caro. — Cardano levantou as sobrancelhas, com indisfarçado prazer. — O resultado equivalente ao três tem um circuito de duas opções: um-dois e dois-um. Ou seja, quando se escolhe o resultado de número dois, só há uma opção para cada dado, o lado de número um. Com a soma totalizando três, eu teria o dobro de chances de ganhar. Se escolhesse um resultado que somasse seis, mais chances ainda: um-cinco, dois-quatro, três-três, quatro-dois etc.

— Puxa, não tinha pensado nisso... — Gianangelo surpreendeu-se.

— A chance de uma aposta ocorrer depende das possibilidades de ele poder acontecer. Há a necessidade de analisar com detalhes o circuito.

— Por que a palavra circuito?

— Não sei. Tinha que escolher alguma. Por exemplo, escrevi o seguinte: *in decem octo circuitus ad aequalitatem dissimilium*, ou seja, ocorrem em pares de dezoito resultados de equidade quando se jogam com faces desiguais. A equidade para esta jogada consiste em nove opções.

— Já não estou acompanhando, caro amigo Cardano. Prefiro acreditar que esteja correto. Só não entendi o seguinte: como vai continuar ganhando dinheiro no jogo se contar o segredo?

— Esse é o conflito entre um lado da pessoa que produz e outro que joga... — Cardano refletiu, coçando a cabeça. — Acho que é mais forte para mim escrever e contar a todos o que sei, o que descobri. Guardar segredo pode ser um trunfo em debates, ou no jogo, mas quero ter o prazer de disseminar a verdade.

— Agora está falando como um messias... — zombou Gianangelo.

— Além disso — continuou Cardano, sem se importar com o *scherzo* do amigo —, Aristóteles condenou o jogo. Seria mais nobre escrever um livro que jogar. Chamei esse capítulo de *Quòd alea damnata sit ab Aristotele.*

— O que ele falou? — Gianangelo ficou curioso ao ouvir a citação ao grande mestre.

— No livro Ética, Aristóteles disse que jogadores e ladrões são sórdidos por fazerem de tudo para ganhar. Ladrões enfrentam maiores riscos, enquanto apostadores ganham dos amigos, pessoas a quem deveriam, ao contrário, doar. *Aleatores autem ab amicis, quibus dare oportet, lucrantur.*

— Sórdido é uma palavra muito forte. — Gianangelo cerrou as sobrancelhas. — Os cristãos toleram o jogo.

— Essa é uma boa ideia: falar dos cristãos, em contraste com os antigos.

— Não sei se é muito adequado falar dos cristãos... — Gianangelo arregalou os olhos.

— Talvez não — concordou Cardano, avaliando a delicadeza do tema. — Vou pensar nisso. Ainda há muito o que escrever. Quando tiver algo pronto, mostrarei para um amigo de Veneza. Recebi uma carta dele. Vou visitá-lo na semana que vem.

— Quem é, Cardano?

— Ottaviano Scotto.

— Da família de editores? Incrível!

— Sim, são eles — completou Cardano, orgulhoso. — Sendo escolhido como reitor, ou não, já me decidi: voltarei à cidade que é a capital do mundo!

— Fico contente que esteja animado, caro amigo. Veneza ainda é maravilhosa, com certeza, mas o rei François I tem feito um trabalho impressionante — ponderou Gianangelo. — Paris e o vale do rio Loire estão se tornando um centro de humanistas, talvez o centro da Europa. O professor Buonafede disse que os franceses Budé e Lefèvre têm o apoio do rei. Eles falam em unidade essencial do conhecimento. Um deles até usou uma palavra nova, "enciclopédia".

— Boa, essa palavra, bem inteligente. Acredito que venha do grego. Eu traduziria como no círculo da educação, *en-kyklos-paidèia*.

— É mais ou menos isso — concordou Gianangelo. — Algo que abrange toda informação, todo o conhecimento.

— Quer ir a Veneza? — perguntou Cardano.

— Nesses dias não poderei, amigo. Divirta-se. — Tomou o último gole da cerveja.

Naquela semana, transcorreu uma votação para a nova reitoria, mas houve razoável rejeição ao nome de Girolamo Cardano. Ele decidiu então ir a Veneza mesmo assim, aceitando o convite do amigo Ottaviano.

Buonafede disse a ele que o resultado não fora totalmente ruim. Se por um lado havia alguma rejeição, por outro evidenciou que muitos votaram nele. Isso abriria a possibilidade de uma nova votação posteriormente. Bastava conversar com os que se opuseram e talvez alguns pudessem mudar de ideia.

Mas não era a hora de se preocupar com isso, pensou Cardano. O que importava era aproveitar esses momentos preciosos do recesso escolar.

Venezia

Saiu cedo pela Porta Romana que mirava a nordeste. A estrada, monótona em seu início, margeava plantações de cereais e de vegetais. Após duas horas, ele e seu servo passaram por uma densa floresta e cruzaram com uma caravana de hebreus. Decidiu descansar um pouco e observar o jeito estranho que eles tinham de rezar, balançando a cabeça com força, entoando em uma língua bem diferente. Um dos hebreus, vestindo uma roupa preta dos pés à cabeça, com um pequeno chapéu de aba curta, aproximou-se de Cardano e apresentou-se em latim.

— *Ave*. Somos de paz e chegamos da Germânia.

— *Ave* — respondeu Cardano, desconfiado, com a mão repousada em sua arma. — Por que saíram da Germânia?

— As terras estão sendo arrasadas, camponeses lutam com mestres e entre si. O sacerdote Lutero prega contra os judeus, mas nós não queremos mal a ninguém.

— Os camponeses estão em guerra? — perguntou Cardano, surpreso.

— Pode-se dizer que sim. Chamo-me Alef, e o senhor?

— Cardanus di Milano. — Estendeu a mão. Dirigindo-se a um estrangeiro, era mais fácil falar de sua cidade de criação do que a de nascimento. Geraria menos perguntas. — Aceita vinho, *signor* Alef?

— Agradeço a gentileza, caro Cardanus. Hoje é dia de jejuar e de rezar em nossa comunidade. Desejo que espalhe a todos que chegamos em paz.

— Se é a paz que trazem, muito me alegra.

— Corre o mundo a máxima de que Veneza acolhe a diferença e preza a liberdade de pensamento — completou o hebreu.

— Assim é a verdade — concordou Cardano. — Que sejam bem-vindos. — Com um aceno de cabeça, fechando os olhos em sinal de reverência, despediu-se e continuou caminho, seguido de seu servo.

Após duas horas e meia a cavalo, em passo lento, começaram a perceber cada vez mais grupos de pessoas, pequenos comércios de frutas e de cereais, dois moinhos, uma taverna, até chegarem a uma grande feira.

As tendas grudavam-se umas às outras e assim o calor do sol não penetrava. Sentia-se o cheiro do mar. Desceram do cavalo e caminharam, trombando com as pessoas, que andavam apressadas. Cardano nunca tinha visto algo parecido.

Parou em frente de um rapaz oriental que tinha belos pães brancos em seu tabuleiro. Notou que ele acabava de vender um bolo, mas tinha conversado em uma língua de um país distante. Talvez fosse de algum lugar dos Bálcãs, do outro lado do mar Adriático. Tirou do bolso uma pequenina moeda de cobre e, sem dizer uma palavra, ofereceu pelo pão maior.

O oriental gesticulou, argumentou de forma veemente e demonstrou em sua língua que a oferta era inferior ao valor do produto.

Cardano ouviu atentamente, refletiu por alguns segundos, levantou as sobrancelhas e tirou do bolso uma moeda maior, ao que o comerciante fez cara de que tinha concordado e iria dar o devido troco. Embrulhou o pão com cuidado e devolveu duas pequenas moedas.

Cardano saiu então do miolo da feira para poder sentar-se com calma na parte de fora e aproveitar com prazer grandes nacos do pão de trigo.

— Que pão delicioso — disse o servo de Cardano. — Mestre, responda-me, por favor, como entendeu o que disse aquele rapaz de pele escura? Ele explicou longamente sobre alguma coisa do pão. Nunca ouvi aquela língua.

— Como entendi? — sorriu Cardano. — Apenas fiz cara de que estava entendendo. Quando recebi o troco é que fiquei sabendo quanto era... Fingir demonstrar conhecimento quando, na verdade, não se tem, é uma arte. Pode-se ter erudição, ou apenas a aparência dela: *eruditio, vel representatio*.

— Mestre, o senhor domina mais artes que qualquer outro homem que já vi. Música, Astrologia, Medicina...

— Isso pode ser um problema — respondeu Cardano, pensativo. — Muitos acham que não é possível conhecer mais de uma arte, e isso pode diminuir a reputação na principal a que vou me dedicar: Medicina. De fato, *pluribus intentus minor est ad singula sensus*, ou seja, ter muitos intentos é menos eficiente à concentração que ter apenas um.

Veneza, a cidade de Giorgione, o pintor que tinha morrido cedo mas deixara cobiçadas obras-primas, não tinha os muros que outras cidades ostentavam. Contava, na verdade, com uma rede inextricável de canais. Esse era o trunfo. De fato, a maior preocupação, em caso de invasão, era o ataque pelo mar. Quando mestre Da Vinci trabalhou ali como engenheiro militar, a cidade estava ameaçada pelos turcos pela via marítima.

Entrar em Veneza produzia uma sensação única. Chegar ao Canal Grande, o Canalazzo, um rio que cruzava a cidade construída sobre ilhas de variados tamanhos, e ver grandes barcos, ou pequenas embarcações achatadas, em um tráfego frenético, deixava maravilhado o viajante mais experiente.

Dessa vez Cardano se surpreendeu ao ver uma gôndola vermelha que cruzava o Canalazzo com quatro ocupantes, todos em pé, imóveis, de pastas e sacolas na mão, esperando chegar à outra margem para continuar caminho.

La Ca' D'Oro, La Ca' da Mosto, Il Flangini e Il Giovanelli, recheados de pinturas magníficas, eram apenas alguns dos palácios construídos às suas margens.

A passagem de um lado ao outro já tivera uma grande ponte de madeira, danificada e destruída recentemente. Por isso, as autoridades chegaram à conclusão que era necessário construir definitivamente uma ponte de pedra, uma nova ponte do rio Alto.

A ideia não era nova, mas colocá-la em prática era um desafio colossal. Veneza estava à altura do desafio, pensou Cardano. Lamentou que o editor Aldo Manuzio não estivesse vivo. As conversas que tiveram estavam guardadas vividamente em sua memória. Lembrava-se de quando ouviram juntos a leitura da carta de Américo Vespúcio em uma taverna de Milão.

O porto fervilhava com cargas de vidro, madeira, lã e ferro. Carregadores saíam dos barcos com engradados de vinhos, cânhamo, azeite e condimentos dos mais variados cheiros e sabores, além de um produto bastante rentável, os escravos vindos de Azov: tártaros e russos, em sua maior parte. O viajante nem pensaria que sinais de crise já eram sentidos pelos comerciantes.

Após guardar os cavalos na margem oeste do Canal Grande, Cardano e seu servo contrataram um barco de fundo chato extravagantemente colorido, com um cavalo de bronze no flanco, equipado com cabine baixa, e se dirigiram ao endereço que forneceram ao gondoleiro, um senhor baixo, vestido com uma túnica de cores vivas, que habilmente manipulava o remo sobre a forquilha de ferro.

Desceram ao lado de uma pequena praça, vencida com poucos passos. Ao parar em frente da tipografia, Cardano admirou a placa de madeira bem grossa e entalhada, com o brasão e uma descrição logo abaixo: *Scotti di Monza a Venezia — Editori,* e, em seguida, perguntou por Ottaviano Scotto ao encarregado. O corretor chefe apresentou-se ao saber que o estudante de artes de Pádua estava lá.

— Lamento, *signor* Cardano, ele foi obrigado a viajar para Siena, mas deixou instruções expressas de tratá-lo como a um rei. Logo acima da tipografia há um quarto para hóspedes. Terá total liberdade de sair e chegar.

— Muito amável — agradeceu Cardano. — Gostaria então de subir com minha arca e meu servo para acomodar os pertences.

— Perfeito — respondeu o corretor. — Quando voltar, apresentarei a tipografia.

Após subir com dificuldade a estreita escada em caracol, Cardano considerou o quarto deveras singelo para ser chamado de real. De qualquer maneira, ter uma porta e uma escada que se abriam para a rua era um ponto fortemente positivo. Lavou o rosto e desceu para a tipografia, deixando seu servo acomodar a roupa e os livros na pesada estante de madeira.

No centro do salão se destacava a prensa, com seu enorme parafuso central de metal. A tinta era passada sobre o bloco escrito, que seria pressionado sobre o papel.

Os olhos de Cardano brilharam quando foi apresentado aos tipos móveis usados na impressão dos livros. Com mãos ágeis, o tipógrafo lia o texto manuscrito colocado à altura da visão e, sem olhar, retirava de cada caixinha a letra correspondente, ajustando-a na mão esquerda, de trás para a frente. Os tipos repousavam em pequenos casulos, como se pertencessem a uma colmeia de finos lingotes de ferro.

Ao lado, um artesão entalhava em madeira o frontispício de um livro. A xilogravura permitia até dez mil cópias. Com retoque, renderia ainda mais. Na mesa, logo atrás, o corretor apresentou outro artesão. Este ranhurava uma placa de metal para uma impressão diferenciada de gravura. O material era bastante valorizado no comércio. Cardano interrompeu-o brevemente.

— *Signor*, desculpe a intromissão, sou Cardanus di Milano. — Estendeu a mão, sendo cumprimentado pelo gravurista. — Estou curioso sobre a sua arte.

— Veja. — O artesão levantou a placa em que desenhava um palácio e colocou-a próxima aos olhos de Cardano. — Esta parte de cima, enegrecida, tem uma fina camada de cera, que é retirada com a ponta de metal. Se eu utilizasse a placa lisa, sem cera, a força teria que ser maior, pois o buril arranharia a seco.

— Depois de tirar a cera, recebe a tinta?

— Não — respondeu calmamente o artesão. — Tenho que preparar a água-forte, ou seja, o ácido *mordente*, e ajustar o tempo de exposição da placa para que o metal seja corroído exatamente onde fiz o entalhe. Depois um solvente limpa a cera, e a matriz está pronta para a impressão, pois a tinta entrará nos sulcos.

— Então esta é a arte da *aqua fortis*? — Cardano levantou as sobrancelhas.

— Exatamente — respondeu o corretor, permitindo que o artesão voltasse ao trabalho. — Note como os traços podem ser de uma suavidade incrível. — Retirou uma folha já impressa de cima da mesa e mostrou o resultado da técnica. — Por melhor que fosse o entalhador, ele nunca conseguiria isto em uma matriz de madeira.

Ao ver um livro com o nome de Manuzio em cima de uma mesa, pediu permissão e folheou-o, vendo as frases curtas, com explicações justapostas.

— Conheci Aldo Manuzio em Milão. Um grande homem.

— De fato. Talvez façamos também uma edição desse livro como ele fez há alguns anos. Conhece?

Cardano voltou à capa e viu o nome do autor.

— Erasmo da Rotterdam? Aldo me falou dele, mas não sei muita coisa.

— Esse livro é sensacional — falou o corretor, mostrando sua admiração. — Erasmo coletou frases na língua latina que agora todos comentam. Um grande sucesso de impressão de 1500, ou 1501.

— Foi quando eu nasci — interrompeu Cardano.

— O interessante é que o livro tem aumentado — continuou o corretor. — Cada vez o escritor coloca mais adágios.

Cardano folheou-o e começou a encontrar ditados que soavam familiares.

— Lágrimas de crocodilo. — Sorriu Cardano. — Essa é uma boa frase! — E continuou, avançando para outras páginas. — Dos males, eleja o menor... A paz mais desvantajosa...

— ... é melhor que a guerra mais justa — completou o corretor. — Uma frase verdadeiramente humanista.

— Melhor prevenir que curar... Gostei dessa! — Cardano sorriu mais uma vez, divertindo-se com o que lia. — Um crime o tornará um maldito; milhares, um herói... — Então se deparou com outra que o fez pensar. — O talento escondido não produz reputação... — É verdade — refletiu. — Se está escondido...

Cardano depositou o livro com carinho sobre a mesa e continuou a percorrer a tipografia. Aprendeu um pouco mais sobre o trabalho do compositor, do impressor e do próprio corretor. Para quem era apaixonado pelo mundo dos livros, a visita tinha sido um êxtase completo.

Agradeceu imensamente, despediu-se do corretor-chefe e saiu sozinho para encontrar o *patrizio veneto* Tommazo Lezum, um amante do jogo, indicado por um parceiro de cartas de Pádua. Atravessou a praça principal, a Piazza di San Marco, que tinha em um dos lados a basílica em obra de reforma.

Andou por um labirinto de pontes e canais, até finalmente receber uma indicação precisa da casa do veneziano.

Após ser recebido por um dos servos, entrou no salão, revestido de tecido. Cardano maravilhou-se com um relógio que ficava encostado na parede oposta à porta de entrada. Todo dourado, quase da altura de uma pessoa e com parte do sistema à mostra, o engenho conseguia manter a pontualidade em relação ao relógio solar com incrível precisão. Foi informado de que era necessário apenas dar corda diariamente e fazer um ajuste semanal do horário.

— Esta é a cidade dos relógios mais fantásticos do mundo — falou Tommazo Lezum, ao observar o interesse de Cardano, cumprimentando-o em seguida. Já tinha recebido o recado que o estudante de Pádua chegaria em breve. — Fez atenção ao Orologio della Torre? — perguntou o anfitrião. — Os magos saem por uma porta e entram por outra. Então, como em um passe de mágica, a *campana* de mais de um metro de diâmetro recebe as estocadas de dois mouros. De metal, claro. O som do sino sai da Piazza di San Marco e percorre a cidade; é ouvido até por quem está chegando ao porto.

— Magnífico — respondeu Cardano. — Não estava presente no bater das horas. Retornarei à torre expressamente para isso.

— A torre foi construída especialmente para a colocação do relógio — explicou animadamente Tommazo —, inaugurado há vinte e cinco anos pelo doge Agostino Barbarigo.

— E quem cuida do mecanismo?

— No início, era o próprio construtor, Giancarlo Rainieri. Ele foi contratado como o primeiro *temperatore* a morar lá dentro com sua família e responder pela manutenção. Visitei-o algumas vezes. Fizemos grandes rodadas de cartas.

— Já morreu? — questionou Cardano.

— Há alguns anos. Agora a *signoria* contratou um novo *temperatore*. Não tão capacitado, ao que me consta.

— Notei que os ponteiros circulam por vinte e quatro horas, a última gravada como XXIIII — detalhou Cardano. — No ponto mais alto, vê-se o número XVIII e, no mais baixo, o número VI.

— No círculo interno foram colocadas as doze casas do zodíaco.

— De fato. Como astrólogo, não poderia deixar de notar — Cardano sorriu.

— Então sabe predizer o futuro? Diria que hoje vai ganhar dinheiro, ou perder?

— Não é possível predizer a sorte no jogo. — O estudante de Medicina cerrou os lábios. — Creia em mim.

Se pudesse fazer alguma previsão, Cardano certamente não permaneceria naquela sala. Rodadas após rodadas de *primero* depauperaram quase todas as economias que tinha trazido. Foram horas de jogo em que ganhou algumas vezes, mas o saldo tornou-se mais negativo. Dois ducados de ouro, quatro de prata, algumas moedas de bronze.

O anfitrião Tommazo, senador da República, continuava a contar histórias da cidade, de forma inusualmente animada. Falou sobre a quase invasão dos turcos, o comércio de escravos e os naufrágios. Descreveu histórias de moradores e do doge. Era um tipo de jogador que não parava de falar, ao contrário de Cardano, que tentava se concentrar.

No início da noite, no entanto, quase sem dinheiro, Cardano percebeu que algumas cartas estavam manipuladas com sabão. *Sunt etiam inungant chartas sapo,* pensou. Com a textura modificada, escorregavam mais facilmente. Além disso, uma minúscula marcação facilitava o reconhecimento de algumas, previamente escolhidas.

Cardano, certificando-se de que estava sendo trapaceado, deu um grito de raiva:

— *Periculosissima fraude!* — Levantou-se rapidamente, sacou a adaga e feriu o rosto de Tommazo com um golpe certeiro.

O anfitrião, assustado, caiu para trás, com cadeira e tudo, levantando-se logo em seguida, com a mão no rosto que sangrava. O servo próximo à porta trancou-a imediatamente. Com a mão direita, Cardano desembainhou a espada, apontando-a para o pescoço do segundo servo, que tinha se aproximado da mesa, a ponto de quase tocá-lo.

— Mexa-se, e eu furo sua traqueia! — gritou Cardano, virando-se então para Tommaso. — Quero todo o meu dinheiro de volta! Agora!

— Não precisamos de barulho aqui, *signore* — falou Tommazo, percebendo que o ferimento vertia pouco sangue, por ter sido superficial.

O dono da casa preferiu contemporizar, pois ficou bastante preocupado com o vazamento de alguma notícia para jogadores habituais. Além disso, apesar de a milícia permitir o jogo, era muito dura com quem usasse de subterfúgios desonestos.

— Não queremos que haja nenhum mal-entendido, certo, estudante Cardano?

— Então afastem-se! Vou pegar o meu dinheiro e irei embora! — gritou mais uma vez Cardano, puxando as moedas para o saco.

— Que assim seja. — Tommaso virou-se para o servo e fez um sinal com a cabeça, autorizando a abertura da porta.

Cardano tomou o caminho da rua, embainhou a espada e cobriu-a com a capa, rapidamente perdendo de vista a casa onde tinha passado todo o dia. Andou a esmo, cruzando pequenas praças, subindo e descendo pontes, admirando a beleza rústica das paredes carcomidas pelo tempo.

Em alguns becos, sentia-se bastante à vontade, mesmo na total escuridão da noite sem lua. Deixou-se perder no labirinto da cidade e sentiu prazer com a experiência.

Descuidou-se, no entanto, ao ver um pequeno barco. Aproximou-se demais da beira de um canal mais largo, escorregou e caiu profundamente na água fresca. As roupas encharcaram rapidamente, tornando-o muito mais pesado, principalmente porque portava suas armas e o saco de moedas, firmemente presos à cinta.

Com dificuldade se manteve com o rosto acima da superfície, debatendo-se para não submergir, mas as margens altas de pedra não facilitavam sua saída do canal. Felizmente, os dois servos que conduziam o barco perceberam o ocorrido, ajudando Cardano a subir. Sentou-se exausto no banco lateral da embarcação, agradecendo a fortuna de ter sido salvo.

Ao levantar os olhos e mirar com mais atenção o senhor dos escravos, viu que ele tinha uma bandagem na face, do lado esquerdo. Mesmo na luz tênue das lamparinas, reconheceu a figura de Tommazo Lezum.

Os servos se entreolharam e esperaram o sinal do mestre para investirem em cima do recém-chegado. Cardano ameaçou se levantar, mas Tommazo tranquilizou-o e deu sinal para os serviçais abaixarem a guarda.

— Foi um bravo na contenda, caro Cardano. Permita-me levá-lo com segurança.

Mais calmo, Cardano aquiesceu com um elegante aceno e descreveu a tipografia onde se alojara. Agradeceu aos céus por ter conseguido se safar do *imbroglio*. Chegou ao quarto tremendo um pouco de frio, sendo recepcionado pelo servo.

— *Signore*, que aconteceu?

— Uma distração, apenas isso. — Cardano deu de ombros. — Pelo menos a água não estava gelada...

Naquela noite ele preferiu não sair mais. Sentou-se na escrivaninha de madeira e bronze e juntou mais anotações ao *Ludo Aleae*.

Considerando o número de pessoas que jogam, escreveu, isso parece ser um vício interno do ser humano. Por esta razão, deve ser discutido com um médico como uma das doenças incuráveis. *Insanabilibus morbis à Medico tratandum fuit.* Além disso, tem sido o costume dos filósofos lidar com os vícios de tal forma que alguma vantagem possa ser extraída, como a de aprender a lidar com a raiva. *Mos fuit Philosophorum etiam de vitiis agere, velut de ira.*

A volta a Pádua ocorreu sem surpresas, assim como os meses seguintes. Aplicou-se como nunca para fazer jus à honra da reitoria, pois haveria nova votação para o cargo, que estava vago.

No fim do verão, seu amigo Gianangelo Corio trouxe notícias de Milão.

— Gianangelo, por favor, entre e fique à vontade — disse Cardano, ordenando ao servo que fizesse uma infusão de ervas com bergamota para que bebessem bem quente. — Agradeço a gentileza de visitar minha mãe. Acabei não indo vê-la nos últimos meses.

— O prazer foi da minha parte, meu caro — disse Gianangelo. — Sua mãe está bem, fique tranquilo. Mandou-lhe algumas moedas — entregou o saco de couro a Cardano.

— Agradeço, amigo. Não sei como minha mãe consegue me mandar dinheiro com toda a crise que passamos.

— Ela disse que vocês ganharam o processo dos Castiglioni, o que resultará em um razoável ressarcimento.

— Verdade? — Cardano não se conteve. — Como é bom saber que ele terá de ouvir a sentença do juiz...

Gianangelo fez cara de preocupação.

— Mas, em relação a Milão, más notícias: a cidade está em frangalhos, Cardano.

— Por quê, Gian, o que aconteceu?

— Não tem ouvido os comentários? — Arregalou as sobrancelhas. — Os espanhóis dominam a cidade e estão assediando Francesco Sforza, que foi acusado de traição ao imperador. O duque está refugiado no castelo. Nesse meio-tempo, espocam motins de descontentes.

— Minha nossa... — lamentou Cardano. — Pensei que não iria ficar pior do que estava...

— Houve barricadas e derramamento de sangue — continuou Gianangelo. — O governo de Madri mandou como governador *il duca de* Borbone, com reforços espanhóis.

— Isso eu já sabia. É sempre a mesma história... Muitos devem estar vivendo mal — lamentou Cardano.

— Nem imagina! A peste ainda não foi embora, meu caro. Além disso — continuou Gianangelo —, existem os feridos de guerra. Lembra-se de que no início do ano se tinha falado na faculdade sobre a batalha de Pavia?

— A batalha em que os franceses foram derrotados?

— Isso mesmo! — concordou enfaticamente Gianangelo. — O próprio rei francês, o François I, foi preso e teve que assinar um tratado de paz. Aquilo foi uma carnificina.

— Não há mais elegância em uma batalha — retrucou Cardano, sorvendo lentamente a infusão de ervas.

— Não há, de fato — concordou o amigo. — Por culpa deles mesmos, malditos gauleses. Eles subverteram todas as regras de boa conduta. Para que lutar de verdade se há uma eficiente combinação política?

— Sabe o que eu vi no porto de Veneza? — perguntou Cardano, para logo em seguida responder ele mesmo. — Um enorme armazém turco.

— Turco? Eles não são inimigos da Sereníssima?

— Sim. E aí vem a surpresa. Eu perguntei a um calafete, que estava vedando um barco, se eles conviviam sem problemas — explicou Cardano.

— A resposta foi simples e direta: não misturam negócios com questões militares. Há muitos venezianos na corte otomana, por exemplo. Assim, trocam informações.

— Na Lombardia não acontece dessa maneira...

— Mas, afinal, os franceses desistiram da Itália? — questionou Cardano.

— Acho que sim. A derrota em Pavia foi um golpe muito duro para eles. Pelo menos temos uma notícia boa.

— Vão-se os franceses e chegam os espanhóis... — Cardano enrugou a testa. — Não sei o quanto é boa essa notícia... Sabe de uma coisa, Gian? — Cardano olhou no vazio e tomou uma decisão. — Não voltarei a Milão. O professor Buonafede me sugeriu que, quando conseguir o título de doutor, eu me aloje em uma cidade próxima daqui, onde não há médicos. Nem precisarei passar pelo risco de ser reprovado por um colegiado.

— Mas por que não seria aprovado, Cardano?

— Tenho razões para achar que isso pode acontecer — respondeu Cardano, sem querer partilhar suas conjecturas.

Beberam mais um pouco da infusão e depois cada um mergulhou um pedaço de pão na bebida.

— E o debate com Matteo Curzio? — perguntou Gianangelo.

— Ótimo. Ele foi muito amável em me permitir a oportunidade de debatermos filosofia. Não houve vencedor.

— Já imaginava. É seu admirador. — Gianangelo sorriu.

— Pelo menos alguém que me olha como se eu fosse uma pessoa normal.

— Mas você não é uma pessoa normal! — Gianangelo gargalhou.

Cardano demonstrou-se levemente consternado mas, no fundo, admitiu como puro o comentário do amigo.

No fim do outono, após nova insistência, Cardano conseguiu finalmente ser eleito. Ao término do meu vigésimo quarto ano de vida, escreveu, fui escolhido reitor da faculdade. *Sub anni XXIV, finem factus sum rector ejus Academiæ*. Uma eleição que teve que ser repetida e terminou com a vitória de um voto. *Uno suffragio bis repetita suffragratione victor*.

A fama da posição, no entanto, tinha se esvaído, e ele teve que arcar com alguns gastos razoáveis para manter a honraria. O dinheiro que chegou de Milão como resultado do processo ganho sobre o médico Castiglione foi bem-vindo, mas não durou muito. Cardano cumpriu um ano de reitoria sem conseguir aproveitar as vantagens que imaginou ter com o cargo.

O terceiro ano de estudo na Universidade envolvia uma minuciosa revisão da obra *Tegni*, de Galeno, completando a formação teórica iniciada por Hipócrates e Avicenna. A obra reunia o essencial da formação médica, com um olhar especialmente voltado para a prática clínica e para os três estados em que uma pessoa poderia se apresentar: neutro, saudável e doente.

A saúde do corpo, para Galeno, constituía o equilíbrio das substâncias simples, dos elementos e das qualidades e dos órgãos que compunham a proporção ideal necessária ao funcionamento das partes do ser humano.

Em contrapartida, a indisposição mórbida, ou doença, só poderia ser resultado do desbalanço destas forças. A interpretação dos sinais apresentados pelo paciente produziria o diagnóstico, tendo em vista que os nervos obedeciam ao cérebro, assim como a espinha dorsal ao coração, e as artérias serviam ao fígado. Mais abaixo, os testículos tinham como servo o duto espermático.

Para Cardano, Galeno tinha explicado de forma magistral as causas das doenças, que envolviam a teoria dos seis, sempre em dupla: movimento e repouso, sono e vigília, ar e ambiente, alimentos e bebidas, evacuação e completude e, muito importante, sentimentos e emoções, ou seja, tudo aquilo que acontecia com a alma do indivíduo.

Muitas das noções estudadas em Galeno eram repetições dos textos clássicos de Avicenna, por sua vez baseados em Hipócrates. Para Galeno, no entanto, o melhor médico era também um filósofo. *Medicus sit quoque philosophus.*

Vários professores salientavam que a função da filosofia era eliminar a ignorância do ser humano na arte de viver melhor, na contemplação da verdade e no entendimento das necessidades materiais. Esta última parte envolveria as artes fundamentais à vida do ser humano e ao seu prazer, aspectos diretamente ligados à Medicina.

Nesse sentido, Aristóteles enxergava a conexão fundamental entre Filosofia e Medicina, pois considerava saúde e doença como propriedades da vida. Filósofos estudariam Medicina, e médicos utilizariam os princípios básicos científicos para nortear suas teorias.

Pertencentes ao último ano de estudo, noções das doenças mais comuns foram reforçadas, com ênfase para peripneumonia, catarro epidêmico, erisipela maligna, doença petequial, peste, lepra e tarantismo.

Em relação a esse último diagnóstico, as interpretações variavam entre os professores. Matteo Curzio explicou a Cardano que a picada da tarântula, em camponesas, poderia desencadear um mal-estar geral, além de prostração e depressão. *Malesseri fisici e muscolari, uniti a un senso di prostrazione e depressione.* O tratamento aceito pela maioria incluía a dança em ritmo frenético, chamada em algumas cidades de *tammorra*, em outras de *tarantella*.

Na metamorfose ocorrida em função da picada, principalmente nos pacientes originados da região sul da península, a mulher se transformaria em aranha. *La donna si fa ragno*, diziam. Um fato único e completamente diferente de tudo o que se conhecia até então.

Marra di Padova já tinha escrito, cento e cinquenta anos antes: o tratamento exige alguma manifestação de alegria por causa da música emitida pela picada da aranha. *Poiché la tarantola emette una musica nel momento in cui morde.* A verdade é que o tarantismo deixou muitos estudiosos da Universidade desconcertados por não saberem onde inserir o fenômeno dentro dos ensinamentos antigos.

Lógica, matemática, cirurgia, anatomia e as demais disciplinas de leituras teóricas dos textos clássicos se completaram na formação do estudante Cardano.

Ao terminar seu curso de Medicina e Filosofia, com 25 anos, aguardava apenas a votação para o título de doutor. *Sub anni XXV, factus Medicinæ Doctor.* Não foi fácil. Após duas rodadas com resultados negativos, a terceira e última votação resultou em aprovação, dessa vez com apenas nove votos contrários. *Suffragis contra me latis, nec esset ultra tertium experimentum locus, superior evasi IX.* O acontecido expôs de forma clara o fato de ele possuir muitos desafetos entre os colegas de profissão.

Em seu diário, Cardano registrou: após a morte de meu pai, no início do meu vigésimo sexto ano, *ergo mortuo patre, sub initio XXVI anni*, instalei-me na cidade de Sacco, dez milhas de Pádua. *In Saccense oppidum, ab est id à Patavio M.P. X.* Isto após conselho e sugestão de Francisco Buonafede, médico de Pádua. *Auxilioque Francisci Bonæfidei Medici Patavini.*

Com essa decisão, Cardano poderia se afastar de um meio que não tinha aprendido a conquistar suficientemente. Mesmo porque, também em Pádua, não tinha conseguido consumar um ato sexual com uma mulher. Mais uma tentativa frustrada adicionara um capítulo extra de constrangimento à sua história; um assunto que parecia pertencer ao subterrâneo de sua mente intelectualmente desenvolvida.

Meus infortúnios, escreveu, são minha impotência no encontro com as mulheres, *infelicitates sunt impotentia ad congressum mulierum,* uma pobreza sem fim e muitas doenças, *paupertas perpetua & morbi.*

Depois de devolver a casa onde morava, parou em frente do Palazzo del Bo, uma incrível construção de três andares, perto da praça central. Comentava-se que havia negociações para que uma parte do Gymnasium Patavinum fosse instalada lá. Mas não será no meu tempo, pensou Cardano. Além disso, esta não é minha terra; aqui não volto mais...

Sacco

Cardano chegou no fim da tarde a Sacco, ou Comune di Saccolongo, uma pequena vila aos pés das colinas chamadas de Colli Euganei, com trechos pantanosos, frequentemente inundadas pelo rio Bacchiglione.

Os grandes animais já tinham desaparecido na época do Império Romano, portanto não havia riscos para a jornada. A vegetação não era muito alta. Pequenos carvalhos, urze e medronheiros podiam ser vistos pelo caminho, estes últimos com frutos bem vermelhos, semelhantes a um morango.

Atravessou o majestoso pórtico de pedra branca da Ístria, uma matéria-prima muito utilizada nas construções de Veneza, bastante parecida e tão resistente como o mármore, e passou em frente da Chiesa Parrocchiale, uma igreja dedicada à Madonna Assunta.

Já era esperado por Gianmaria Morosini, um nobre de Veneza que havia respondido à carta que anunciava a vinda de um médico à região. Ele preparou um quarto em sua própria residência até a instalação definitiva do novo e ilustre morador.

A grande casa tinha o aspecto de morada agrícola. Era uma construção baixa, com uma fachada composta por seis grandes arcos e mais dois pequenos, onde estava o celeiro, a poucos minutos do centro do vilarejo e dos moinhos de grãos.

— Já arrumou suas coisas? — perguntou Gianmaria.

— Tudo arrumado. Agradeço a gentileza — respondeu Cardano, após ser gentilmente recepcionado e apresentado a um espaçoso e confortável quarto. — É verdade então que não há médicos na cidade?

— Temos apenas um cirurgião que é barbeiro, Carlo Guerrinini, uma pessoa exemplar, mas sem a formação aprofundada de um médico da cidade, como o senhor. Além dele, há o boticário Paolo Lirici, um *pharmaceuticus* muito querido por todos — explicou Gianmaria.

— São profissionais importantes, com quem terei contato se quiser desenvolver um trabalho na região — disse Cardano.

— Certamente. Fazemos frequentemente rodadas de *primero* e dados três vezes a cada semana, mas meu jogo preferido é o xadrez. Já pode considerar-se convidado — salientou Gianmaria. Serviu um pouco de vinho suave e, mudando de assunto, lembrou que no dia seguinte seria bom apresentá-lo à população. — A missa de sábado da Madonna delle Grazie é a mais concorrida.

— Acho que o professor Buonafede falou algo sobre esse santuário... — Cardano coçou o queixo.

— Do milagre? Foi mesmo surpreendente. Pois eu conheci quem estava presente e confirmou o que aconteceu. — O anfitrião animou-se ao fazer o relato. — A construção fica a uma milha do centro, no fim de uma estrada arborizada que margeia o rio. Dois irmãos, ao dividirem o espólio deixado pelos pais, brigaram por uma imagem sacra da Virgem. Ao se prepararem para o duelo, uma criança de um ano, no colo da mãe, passou a falar, afirmando que eles deveriam acabar com a disputa e levar o quadro a uma capela, fora da cidade.

— Foi por isso que decidiram construir uma igreja naquele local? — perguntou Cardano.

— Exatamente! Toda a população ajudou. Temos um carinho especial pela basílica, *signor* Cardano. Amanhã chegaremos um pouco mais cedo e combinaremos com o padre sua apresentação. Não faltam doentes em Sacco. Verá logo.

— Assim espero. — E fizeram um brinde.

Gianmaria contou a um dos servos que um médico chamado Cardano havia chegado para morar na cidade e que iria à missa no dia seguinte. A instrução expressa era de que ele deveria espalhar a notícia. Talvez por isso a igreja tenha ficado um pouco mais cheia do que o normal. Houve até aplausos ao ser anunciado o novo morador. Quem olhasse apenas o número de casas do vilarejo consideraria exagerada a quantidade de igrejas da região, mas a verdade é que a grande maioria das pessoas que frequentavam o culto morava no campo.

Após alguns dias, Cardano conseguiu alugar uma casa simpática e bem localizada, normalmente não atingida pelas enchentes do rio Bacchiglione. Colocou com orgulho a pequena placa de madeira entalhada que tinha mandado fazer em Pádua: *Hieronymus Cardanus, Medicinæ Doctor*. Estava pronto para exercer sua profissão. De fato, não demorou muito e chegou o pedido para que fosse avaliado seu primeiro paciente. Era uma garota pequena, que já falava quase sem erros de dicção e, segundo o pai, apresentava muita febre.

Cardano preparou com carinho sua maleta profissional com pena, tinta, papel timbrado, um tubo de vidro para análise da urina e um livro de formulações, o *Ricettario Utilissimo Et Molto Necessario*, em língua italiana do norte, que incluía as possíveis receitas a serem elaboradas pelo *magister*, pelo mestre: eram as *magistrali*. No livro havia também composições encontradas já prontas na *officina* do boticário, as *officinali*. Por fim, Cardano ajeitou no canto da maleta, com o cuidado para que não tombasse, um pequeno frasco de éter aromatizado. Sentia um imenso orgulho de poder começar a prática da profissão que tinha escolhido com o reconhecimento da sociedade.

Acompanhou o pai da menina por trinta minutos na estrada para o sul. Passaram ao largo de um charco malcheiroso, com plantas aquáticas abundantes, e, em seguida, rente a um pequeno bosque. Do lado oposto divisavam terras que tinham sido recentemente aradas e aguardavam a semeadura.

A casa da família era simples, com um amplo cômodo onde se instalavam todos os parentes. A velhinha deitada em uma das camas parecia não se importar com o que estava acontecendo em volta. As paredes estavam repletas de manchas escuras, denotando excesso de água no ambiente. O pai ficou junto à porta após apresentar a mãe da criança.

Capte todas as informações, parecia dizer Hipócrates em sua cabeça, esteja atento a tudo que puder ver, sentir e ouvir. Nos convalescentes — Cardano continuava a revisar as palavras do mestre, se uma parte permanece dolorosa, é nela que se formam os depósitos.

Primeiro deve-se conversar, extrair as informações vitais para conseguir pensar sobre os detalhes da doença, que é o resultado da interação do corpo com o meio à sua volta. Cada aforismo do maior médico de todos os tempos parecia verter uma torrente de sabedoria.

Será que o grande sábio tremeu como eu estou tremendo agora?, perguntou-se Cardano. Será que ele ficou sem saber o que fazer, o que perguntar?

— Doutor? — perguntou a mãe, retirando Cardano de seu transe.

— Sim, claro. — Olhou agora para a mulher que estava sentada na beirada da cama. — O que está acontecendo?

— Minha filha está com tremores, muito quente, suores e gemidos sem parar.

Cardano percebeu que tinha se esquecido de perguntar o nome, a idade, detalhes sobre o passado da criança. Em seguida, teve a sensação de que já conhecia aquela mãe. De onde seria?, pensou.

— Certo — continuou então, acalmando-se um pouco. Puxou uma cadeira, sentou-se bem perto da cama da doente e reiniciou sua conversa. — Quero saber o nome, quantos anos tem e o que ela tem feito.

Assim, retirou as informações necessárias ao início do raciocínio.

Vou começar pela regra dos muito graves e muito frequentes, refletiu. Ou seja, analisar paralelamente todas as doenças mais perigosas, ainda que raras, sem esquecer as doenças leves, mais frequentes. Mesmo porque, em crianças, boa parte das afecções apresenta melhora sem a intervenção de um médico; bastam os cuidados básicos alimentares.

— Por quanto tempo ela tem febre e por quanto tempo fica suando? — perguntou Cardano, sem se lembrar ao certo o porquê de ter feito a pergunta e o que faria com a resposta. — E que gosto tem o suor? Muito salgado, muito azedo? — continuava a fazer perguntas, pois não conseguia determinar em sua cabeça uma linha de pensamento. Não sabia o que, na verdade, estava procurando. A queixa da menina parecia muito vaga. Qualquer doença poderia se encaixar naquele relato.

Poderia ser uma febre terçã?, perguntou-se. Não, acho que não... Mas lembre-se de que vimos um charco malcheiroso no caminho, senhor Cardano, falou mais uma vez consigo próprio, tentando concatenar algum raciocínio em meio a tantas informações que tinha coletado.

Pegou o braço bem fino da garota e sentiu seu pulso. Parecia apenas mais rápido; era cheio e sem solavancos, ou falhas. A pele estava isenta de manchas. A criança, abatida, sem forças e com olhos arregalados, obedecia a um jovem médico que, titubeante, fazia a sequência da análise corpórea.

Abrir a boca e mostrar a língua, sentar-se para ver a respiração, mostrar as palmas e plantas e, por fim, repousar a mão sobre a barriga. Muitos médicos achavam todo esse procedimento um absurdo. Por que colocar a mão em um paciente se a anamnese, ou seja, o questionamento dos sintomas e detalhes da vida do doente já seria o suficiente?, perguntavam.

Abriu sua maleta de médico, tirou o papel e ajeitou-o em um dos cantos da mesa abarrotada de itens da casa, após o pai retirar algumas frutas e pedaços de pão. Escreveu: colocar em partes iguais sementes de aipo, funcho, anis e endívia; cozinhar em fogo brando até diminuir à metade e obter o xarope, um *siroppo* em que se adicionará açúcar fino pode ser usado também sem vinagre.

        Seme d'Appio
           di Finocchio   } ana 3.i.
           d'Anici
           d'Endivia   3.s.
        Cuoci à fuoco lento à consumatione della metà,
        & aggiugni alla colatura
        zucchero fino   lib.iii.
        Aceto bianco   lib.ii.
        Cuoci, & fa Siroppo, usasi ancora senza Aceto

Fa Siroppo à fuoco lento secondo l'arte, escreveu no fim da receita, entregando-a ao pai da criança.

— Este é um xarope que deverá ser preparado pelo boticário Paolo Lirici. Amanhã a *signora* deve trazer a menina para que eu a veja novamente. Moro a cinquenta passos do moinho de grãos, em direção oposta à praça. Verá uma placa com meu nome.

— Como devo pagar, *signor* médico?

Nesse momento Cardano percebeu que não tinha conversado sobre isso com Gianmaria. Afinal, quanto se pagava por uma consulta naquela região? Quanto cobrar?

— O dobro do que pagaria ao barbeiro Carlo... — Cardano sentiu-se orgulhoso por sua criatividade ao perceber que a proposta tinha sido considerada com naturalidade pela família da paciente.

Em um átimo, o pai da menina saiu pela porta e voltou com duas galinhas, uma em cada mão. Amarrou-as pelas pernas, e assim elas seriam colocadas no lombo do cavalo.

Cardano agradeceu, despediu-se e depois se perguntou se não era mais interessante que as duas galinhas já estivessem mortas, pois cacarejaram por todo o caminho de volta.

— Já sei quanto custa a consulta do Carlo — falou para si mesmo e sorriu.

No dia seguinte, ficou em casa lendo e escrevendo. Preferiu não sair, pois poderia a qualquer momento receber a visita de sua primeira paciente. Almoçou com seu servo e descansou após uma seleta frugal de ingredientes da região. No fim da tarde, como não foi procurado por ninguém, foi conversar com o boticário.

— *Signor* Lirici, boa tarde.

— Boa tarde, doutor Cardano, como tem passado em nossa terra?

— É tudo muito agradável, devo admitir — respondeu Cardano. — Venho questionar-lhe sobre uma paciente que atendi ontem. Chama-se Rafaella e tem por volta de 6 anos. Os pais procuraram-no para aviar a receita do xarope que receitei? Coloquei sementes de funcho, anis e endívia.

— Não, doutor. Não fiz nenhum preparado desse tipo, e nenhuma receita sua caiu nas minha mãos. O que ouvi dizer — disse o farmacista, um pouco constrangido — é que a família foi para Pádua nesta manhã, pois a febre da garota tinha aumentado muito.

— Para Pádua? — Cardano surpreendeu-se, com uma ponta de decepção. — Bem, depois conversarei com a família. — Ele não sabia que todas as informações da cidade passavam pela botica de Paolo Lirici, assim como as conversas no balcão versavam sobre aspectos da vida cotidiana de cada cidadão.

Voltou para casa pensando se não deveria ter feito o mapa astral da garota ou conversado um pouco mais sobre a alternância de banhos quentes e gelados.

Gradativamente, ele começou a sedimentar uma rotina de acordar cedo, ler e escrever algo, tomar um desjejum módico junto com seu servo, ir pescar no rio, fazer um almoço baseado em frutas e legumes e depois caminhar até a casa de Gianmaria Morosini, onde permaneciam até a hora do jantar jogando xadrez e, eventualmente, cartas e dados, sempre com apostas em dinheiro.

Os conhecimentos de Cardano na arte dos jogos permitiam que ele terminasse o dia sempre com ligeira vantagem econômica.

Algumas semanas depois encontrou, na pequena quitanda, ao lado do moinho, o pai da criança que havia atendido. Ficou curioso em saber como ela estava passando.

— Ela está bem, obrigado.

Cardano percebeu que o pai não queria estender a conversa, mas precisava saber mais detalhes.

— Diga-me, por favor, como ela ficou nos dias seguintes.

— Bem... — falou o pai, um pouco constrangido. — A febre dela piorou muito naquela noite, depois que o doutor a viu, então partimos para Pádua na manhã seguinte.

— Pádua?

— Fizemos consulta com doutor Francesco. Ele conhece o senhor.

— *Dottor* Buonafede? — perguntou Cardano, surpreso.

— Não me lembro... mas ele disse que o conhece. Sei que o doutor Francesco nos receitou uma fórmula especial e previu que em breve iria estourar todo o humor negativo na forma de manchas intensas na pele, por todo o corpo. Disse também que felizmente eu o consultei a tempo, senão minha filha não iria resistir.

— Mas ela teve manchas no corpo? — questionou Cardano.

— Na mesma noite — afirmou o pai —, e a febre abaixou imediatamente. Ele salvou nossa filha... Peço que compreenda, doutor, ela é nosso tesouro. Não sei o que aconteceria se eu a perdesse. Nós já passamos por uma situação bastante triste quando morávamos em Pavia; tivemos um filho que ficava todo roxo desde o dia em que nasceu. Com o tempo, o cansaço, a tosse e a arroxeamento pioraram, ao ponto de ser desenganado por um médico professor da faculdade. Ele até nos ofereceu algum dinheiro para o corpo ser estudado na aula de anatomia. Disse que provavelmente tinha um furo no coração e poderia contaminar todos os outros filhos que eu tivesse. Mas eu neguei o pedido dele.

Cardano não se despediu. Perdeu-se em divagações sobre o que tinha acontecido e voltou para casa. Qual era o diagnóstico da menina?, pensou. Depois refletiu sobre as palavras que faziam um médico sobrevalorizar seu próprio trabalho. Ainda bem que trouxe sua filha a tempo..., repetiu Cardano. Como Buonafede pôde dizer isso? Ele tem poderes divinatórios, por acaso?

Mas foi uma boa tática, admitiu; gerar medo para em seguida fornecer a solução.

Depois pensou sobre a história do menino arroxeado com um furo no coração. Seria aquele que a mãe cedeu em troca de dinheiro? Teria a mãe dado veneno ao filho desenganado e vendido o corpo ao professor Giulio Luttizi?

Nos dias seguintes, ele ficou em casa, melancólico. Estudava para tentar achar a solução para o problema da paciente que tinha atendido, quando recebeu a visita de um servo, solicitando a sua presença na casa da *madonna* Rigona. Conhecia-a de vista, pois ela costumava sentar-se na primeira fileira quando ia à missa, sempre que possível ajudando no trabalho do padre. Além disso, era uma mulher muito ativa nos afazeres do campo.

As doenças que infligiam limitações aos adultos eram encaradas como muito preocupantes, pois diminuíam a capacidade de trabalho do grupo familiar. Rigona estava deitada na cama ao lado da janela. Tremia muito pois apresentava uma forte doença febril.

— Como tem sido essa febre nos últimos dias? — perguntou o jovem médico.

— A cada dois ou três dias, a febre vem muito forte — explicou o marido. — Depois ela sua bastante. Por um dia fica bem.

— Está tomando líquidos?

— Ontem chegou até a comer alguma coisa. Pensamos que a doença tinha ido embora. Mas a febre voltou, junto com fezes líquidas e abundantes. Lembramos que o padre Paolo tinha apresentado o doutor como o médico da nossa região. Então o chamamos...

Cardano percebeu que o pulso da *madonna* Rigona falhava de vez em quando e que isso não estava relacionado à respiração dela, por sinal um pouco ofegante. Voltou para casa preocupado, pois aquele poderia ser um quadro de febre maligna. Preferiu, no entanto, não alarmar os familiares.

Na mesma manhã, logo após a visita de Cardano, o marido prontamente solicitou que a receita fosse aviada. Administraram a fórmula com raízes da floresta conhecidas pelos sinais próprios. *Le radici forestiere si cognoscono per i loro segni proprii,* dizia o *ricettario,* de sabor, odor e cor; *sapore, odore & colore conveniente.* Foram utilizadas na receita do doutor Cardano *barbe della Gentiana, della Brionia i della Cétaurea.*

Na manhã seguinte, a *madonna* Rigona não se mexeu quando a filha tentou acordá-la para ministrar mais uma dose do xarope. Estava morta.

A comoção que aconteceu na família e o impacto que teve na vizinhança foram enormes. Muito mais do que Cardano poderia prever.

Foi velada na nave central da igreja matriz. Seria enterrada ao lado, com uma cruz especialmente feita para ela. Suicidas e hereges, ao contrário, não poderiam jazer ao lado da igreja. Cardano se sentiu obrigado a comparecer e, naquele momento, percebeu como ela era querida pelo povo local. Rigona não era apenas uma religiosa exemplar.

De camponeses ao magistrado, muita gente foi dar o último adeus à *madonna* Rigona, uma mulher solidária, pronta a ajudar os vizinhos e os companheiros da paróquia; cozinhava nas festas, organizava as procissões e tinha sempre uma palavra de apoio e sabedoria para quem a procurava em busca de um conselho.

Cardano se postou no fim da igreja, observando todo o movimento de entra e sai. Percebeu os olhares que se repetiam em sua direção. Aproximou-se Carlo, o barbeiro-cirurgião de Sacco, para trocar algumas palavras com o médico.

— Doutor Cardano, vejo que compareceu à cerimônia — disse Carlo, sem muito entusiasmo.

— Achei que deveria vir — disse Cardano. — Na verdade, sinto-me um pouco culpado pelo ocorrido. Espero que as pessoas não me julguem mal.

— Foi um azar, meu caro — contemporizou Carlo. — Todos que atendem perderão pacientes, principalmente em uma febre terçã. É uma pena que tenha sido seu segundo atendimento, principalmente com a *madonna* Rigona. As pessoas comentam, você sabe...

Febre terçã?, refletiu Cardano. Como não pensei nisso? Deveria ter avisado à família o quanto era grave.

— *Messer* Carlo, diga-me com sinceridade — falou o médico, de forma grave: — As pessoas estão achando que eu sou culpado pela morte dela?

— Eu diria ao doutor — respondeu Carlo, escolhendo as palavras — para seguir seu caminho, tratando e curando pessoas, seja em Sacco, seja em sua terra natal. A confiança se constrói aos poucos.

Cardano sentiu que o melhor a fazer era se retirar. Voltou para casa. Teve início naquele dia novo ciclo de insônia, que duraria oito dias. Não ousou sair. Permaneceu em sua solidão, lendo e escrevendo, tendo contato apenas com seu servo.

A maior felicidade resulta em escolher aquilo que está ao seu alcance, escreveu Cardano no trecho do diário que tinha o título de *Felicitas*. O que faz a felicidade é ser o que se pode, quando não se pode ser o que se gostaria. É necessário, portanto, reconhecer o que está em seu comando, *il meglio di ciò che sta in nostro potere*.

Devem-se escolher duas ou três faculdades pelas quais temos ardente afeição e desejo, *ad amare di vero cuore*, e possuí-las com verdadeiro direito. Possuir é uma coisa; segurar algo em seu poder de maneira inquestionável. *Possedere ottimamente*, esse é o ato perfeito da possessão.

Muitos não concordarão com esse paradoxo, tenho consciência disso, corria com leveza a pena do jovem médico. Ainda assim, deverão se lembrar que o tempo traz todas as coisas à luz. *Il tempo d'ogni cosa è scopritore*. Descobridor, sim. O tempo tira o manto dos fatos escondidos.

E assim o tempo passou rápido para Cardano, com sua rotina de pesca pela manhã bem cedo, pausa para escrita até o meio da tarde e, entrando na noite, xadrez e cartas na casa de Gianmaria Morosini, a menos que o veneziano estivesse em viagem.

Os eventos ao redor da Lombardia também pareciam seguir seu curso próprio, como as águas claras do Bacchiglione. Lutero se casou; as guerras camponesas acabaram; as tropas do imperador germânico destruíram o Convento de Sant'Angelo, onde Cardano tentou iniciar sua vida religiosa; Machiavelli não conseguiu voltar ao poder, caindo em desgraça e morrendo logo depois; e Roma foi submetida ao saque mais horroroso desde o tempo das invasões que findaram a época antiga. Até o papa Clemente foi preso.

— Os espanhóis são os novos bárbaros — disse Gianmaria enquanto saboreava o vinho e escolhia suas cartas.

— Ajudados pelos germânicos — disse Cardano.

— Treze mil *tedeschi luterani*! — bradou Gianmaria, referindo-se aos germânicos que arrasaram a Lombardia e se juntaram aos espanhóis do condestável de Borbone para descer em direção a Roma.

— Estou preocupado com a chegada da peste aqui na cidade, Gian — disse Cardano. — Parece que ela me persegue...

— Persegue a todos. — Gianmaria franziu a testa. — Vamos precisar dos seus préstimos, mais do que nunca.

— Raramente atendi pacientes nestes anos aqui em Sacco, mas, se quiser meus serviços, estarei à disposição. De qualquer maneira, este é um momento especial na minha vida, Gian — falou Cardano, com olhar fixado no horizonte. — Estou refletindo e escrevendo sobre muitas coisas. — Voltou o olhar para Gianmaria. — Terminei dois livros. Um sobre epidemias e outro sobre o método de cura das doenças.

— Vai publicar?

— Na verdade, eles estavam apoiados no chão e se perderam com a enchente do mês passado — lamentou Cardano. — Mas estão todos aqui. — Apontou para a própria têmpora.

— Não dá para tirar algo daí e jogar na prensa! — falou de forma bem-humorada Gianmaria, baixando mais uma carta na mesa.

— Claro — falou Cardano, um pouco constrangido —, mas meu tratado sobre Quiromancia saiu ileso e está quase acabado.

— E qual será o nome desse livro?

— Ainda não sei. — Cardano pensou um pouco. — Também prefiro, por ora, não me precipitar. Meu pai sempre lembrava que era melhor deixar cem coisas não ditas que proferir apenas uma que deveria permanecer em silêncio.

— Bonita frase. Há outras da família? — perguntou Gianmaria.

— Sim, muitas! Deixe-me ver... O tempo nos dá apenas uma pálida visão da significância de Deus na eternidade. Mais uma: *lachrymæ sunt medicina doloris*. Lágrima é o remédio da dor; indignação, da piedade. A inevitabilidade de ambos tem sido atestada pela história... Ainda escreverei sobre isso.

— Matemática, Epidemia, Quiromancia... o doutor escreve sobre tudo? — perguntou Gianmaria, curioso sobre as áreas em que Cardano se aventurava.

— Sobre tudo o que me interessa. Acredito que interesse a outros também. Pelo menos esse é o meu desejo. Há algum tempo estou finalizando um livro sobre jogos de azar, por exemplo.

— Está dando muita atenção aos livros, rapaz! Precisa casar-se logo. Senão ficará velho e perderá a energia necessária para criar filhos. Veja minha nova esposa. — Apontou para a jovem que acabara de arrumar a roseira na parte da frente do jardim.

— É uma esposa bem escolhida, senador — falou com respeito o médico. — Muito amável e honesta.

— Sim, concordo. Mas não interessa que eu já tenha tido três filhos com a falecida. Como todas as jovens, quer ter o filho dela. — Fez cara de tédio. — Só um desavisado acha que casará novamente e convencerá a segunda esposa a manter uma união sem prole.

— Aguardo a companheira certa, assim como encontrou a sua. Nesse meio-tempo, cuido-me para não pegar uma peste francesa com mulheres de má vida. O professor Paolo Ricci, um hebreu convertido que ensinava a cabala, me falou que conheceu Fracastorius, um famoso médico de Verona. Fracastorius dava aula de lógica na faculdade de Pádua há alguns anos e, segundo o professor Ricci, chamava a doença de mal de Sífilo.

— Interessante. — Gianmaria coçou o queixo. — É parecido com sifílide, uma palavra aqui da região.

— Bem, dizem que o termo é do doutor Fracastorius, pois sempre contava em aula a história do pastor Sífilo, que, ao tornar-se infiel ao Deus Sol, recebeu como punição grandes úlceras abertas na pele.

— Concordo em parte com a postura de se proteger. O risco de contrair a peste existe, mas não há nada como uma mulher de pernas abertas... — O senador sorriu malicioso.

— *Audire,* Joanne Maria Mauroceno! — disse Cardano de forma séria, lançando mão do nome latinizado de Gianmaria para chamar-lhe a atenção. — Não é só isso. Evito dispêndio de tempo, dinheiro e aborrecimento.

— É um bom discurso. Algo mais? — falou o senador, agora com deboche.

— A continência fortifica o corpo e rende uma vida mais longa!

— Minha nossa! — Gianmaria arregalou os olhos. — Parece que está no púlpito, Cardano! Até Lutero falou que só os tolos não gostam de mulher: *wein, weib und gesang* — e, em seguida, traduziu com indisfarçado orgulho. — Vinho, mulheres e uma boa canção!

— Não sabia que falava a língua germânica. — Cardano surpreendeu-se.

— Mas eu não falo! — Gianmaria gargalhou. — Apenas decoro frases bonitas...

Naquela noite, Cardano escreveu sobre como o zelo pela honra, no sentido da glória, da aparência, poderia exaurir um ser humano, levando-o a gastar generosamente com roupas, ricos banquetes, *ambitiose vestimur, convivamur,* e muitos servos, *& plures domesticos alimus.*

O zelo por essa honra nos leva à beira da morte, continuou. Guerra, querela judicial, festas indecorosas. *Bello, litibus improbis, conviviis importunis.* Também consomem nossa energia as relações físicas com a esposa, ou com outra mulher. *Concubitu cum uxore, vel meretrice.*

Nós enfrentamos os mares, continuava rápida a pena sobre o papel amarelado, professamos coisas honoráveis ao lutar por um país. São atos de tolos. Pelo desejo de riqueza e poder, romanos, cartagineses, espartanos e atenienses pisaram nos honestos e pobres. Atos de mortais sem vergonha. *O improbus mortales!*

Por outro lado, mesmo os mais pobres e rústicos se vangloriam, dizendo que, ao morrer, os descendentes serão chamados do arado para a carruagem, em pompa triunfal! Esse é o amor pelo país? É uma honra espúria! *Hic erat amor patriae, stimulus honoris.* O desejo por esse tipo de honra rouba nossa devoção para a sabedoria, o maior dom divino de uma pessoa.

Isso não quer dizer que devamos evitar uma situação de destaque, ponderou, uma posição que nos proteja. Tudo o que o homem chama de bom possui a essência do bem, exceto a ambição. Os filhos trazem a esperança da sucessão, e a amizade não é uma parte pequena da felicidade. *Amicitia, partem felicitas non levem.*

Dinheiro nos traz conforto, e a virtude é a base para suportar o infortúnio, ou a distinção para uma vida feliz, repetiu para si mesmo o fim da frase para em seguida mirar o balançar da luz da vela — *in felicitate ornamentum.*

Na manhã seguinte, Cardano foi bem cedo à oficina do boticário, pois aguardava notícias de sua mãe.

— Bom dia, *messer* Paolo, venho saber se seu cunhado chegou de viagem.

— Claro, doutor, aguarde só um momento — respondeu o boticário, que interrompeu seu trabalho de organizar os vidros em cima do balcão e foi até a porta para chamar o cunhado. — Antonio, venha cá. Doutor Cardano está aqui!

Antonio chegou apressado, limpando as mãos com um pano já encardido.

— Doutor, prazer em vê-lo. Desculpe não estender a mão. — Mostrou as mãos sujas pelo contato com o azeite envelhecido.

— Conseguiu falar com minha mãe? — perguntou o médico. — Meu servo teve que voltar do meio do caminho da última vez por causa do avanço dos venezianos.

— Sim, consegui. Com suas indicações, achei a casa. Alguns vizinhos saíram da cidade, mas sua mãe continua lá.

— Ela está bem?

— Minha impressão é de que ela está muito triste — falou Antonio com certo pesar. — Pediu que o doutor voltasse a morar lá, pois está muito sozinha. Às vezes ela parava de falar e olhava para a frente, como se procurasse algo. A situação está muito dura em Milão, como já deve ter ouvido. A morte do meu tio me obrigou a viajar, mas, se eu soubesse o que iria encontrar, não teria ido.

— Ainda existem saques pela cidade? — perguntou Cardano, sentindo-se culpado por estar vivendo prazerosamente, bem distante do tumulto que Antonio relatava.

— Diminuiu um pouco. Os espanhóis deixaram a cidade, e agora quem preside são os *lanzichenecchi*, como eles chamam.

— Como? — Cardano arregalou os olhos.

— *Lands* vem do *tedesco*, do germânico, e quer dizer terra. São mercenários germânicos, servidores da terra do império — acrescentou Paolo. — Eles aprenderam a lição dos suíços...

— Para piorar as coisas, os franceses atacaram Pavia — continuou Antonio. — Ouvi dizer que destruíram o lado norte do castelo antes de invadirem a cidade.

— Meu Deus... — lamentou Cardano. — E o duque Francesco Sforza?

— Ele também está ameaçando a cidade de Milão. É provável que volte ao poder, mas ninguém aposta mais nada... — Subitamente Antonio lembrou-se de um detalhe importante. — Aguarde um pouco, doutor.

Antonio desapareceu atrás da botica para retornar logo após.

— Aqui está! — Mostrou um recipiente de barro. — Sua mãe pediu para entregar-lhe um pote com a terra de onde nasceu, consagrada pelo padre da paróquia. A terra deve ser espalhada em uma tigela rasa para abençoar a casa — explicou Antonio levantando brevemente as sobrancelhas, o único indício de que achara a história meio absurda.

— Minha mãe já está bem velha. Desculpe fazê-lo trazer um pote de terra por tão longo caminho.

— Doutor, sinto-me grato por poder ajudar. — Fez uma reverência ao médico. — A minha volta foi tranquila, pois a estrada para Milão agora está desimpedida. Se o senhor quiser viajar, irá fazê-lo com segurança.

Cardano agradeceu, despediu-se dos dois e saiu da botica diretamente para casa. Ao chegar, colocou o pote de barro em cima da mesa e demorou-se a fitá-lo, lembrando-se de sua mãe. O gargalo do pote era tampado por um chumaço de pano branco de algodão, lacrado de forma tosca com cera derretida. Admitiu que sua mãe já não estaria bem mentalmente. Talvez não fizesse mais diferença vê-la.

Não tenho dinheiro nem para viajar! Se ela queria que eu me sentisse culpado por não visitá-la, conseguiu!, pensou Cardano com raiva. Jogou o pote contra a parede e virou-se para se lavar no canto do quarto.

Após se espatifar, os pedaços do pote espalharam-se pelo chão, junto com a terra escura e um inesperado som metálico. Cardano virou-se para onde quedavam os cacos. A luz das velas brilhou nas moedas de ouro que estavam escondidas no interior do recipiente; agora se mostravam em seu esplendor. Uma delas rolou até seus pés. Ele abaixou-se, pegou-a e considerou que não poderia fugir ao chamado de sua mãe.

Melzi

Cardano pagou por três meses o aluguel de sua morada em Sacco, juntou suas coisas, fechou a casa e resolveu tentar a sorte no Colegiado Médico de Milão. Assim conseguiria exercer a arte para a qual tanto tinha estudado. Os anos de jogo na casa de Gianmaria tinham sido agradáveis, mas vazios. Ainda não se sentia um profissional pleno.

Com exceção de algumas investidas de lobos, a viagem transcorreu sem sobressaltos, como previra Antonio.

A travessia do portal da cidade trouxe a agradável sensação de volta ao lar, mas as ruas da cidade transpareciam uma chocante decadência. O impacto foi ainda maior, pois chegou no fim da tarde em que transcorria uma grande procissão composta por velhos e crianças, todos descalços, cantando de forma sincopada, em catarse, cada um com uma corda no pescoço. Na frente do grupo, uma urna era sustentada nos ombros por quatro sacerdotes com amplas vestes brancas, ornadas com fios de ouro nas mangas. No peito, uma cruz vermelha que lembrava o antigo símbolo das cruzadas.

Cardano parou com o cavalo e a mula no canto da rua e foi perguntar do que se tratava a uma das mulheres que assistiam ao cortejo. O servo também desmontou e segurou os animais.

— É a Arca da Aliança — respondeu a mulher.

— De Jerusalém? — perguntou Cardano com descrédito.

— Não, é a *quarantore*. Quarenta horas de cortejo atrás da hóstia consagrada.

Cardano demorou a entender que se tratava da *Oratio quadraginta horarum*. A procissão era uma prática antiga que lembrava as quarenta horas em que Jesus ficou no sepulcro. Tinha sido retomada naquele ano pelo dominicano espanhol Tommaso Nieto. O símbolo era uma cópia da Arca da Aliança, que o povo de Israel tinha levado junto às muralhas de Jericó.

O pranto e os gritos com a passagem da procissão impressionaram Cardano. Parecia que todos pediam aos céus o perdão dos pecados, entendendo que os males pelos quais passavam tinham explicação na conduta reprovável dos cidadãos da cidade.

Após a passagem do cortejo, chegou à humilde casa de sua mãe, o único imóvel que restara dos despojos de Fazio Cardano. Ainda assim, ela permanecera nas mãos de Chiara após uma longa e desgastante batalha judicial contra os Castiglioni.

Após o tímido abraço, em que Chiara não conseguiu disfarçar as lágrimas, Cardano externou sua preocupação com o que tinha visto.

— Mãe, com tudo o que aconteceu, é um milagre que esteja viva.

Como se um furacão tivesse passado dentro dela, despertou de sua letargia melancólica para destilar mais uma vez sua acidez, um sinal de que ainda tinha energia suficiente para continuar enfrentando o dia a dia.

— Milagre de quê? De trabalhar de sol a sol, lavando roupa e cozinhando para os outros? Milagre é a sua presença na minha casa! — respondeu mal-humorada, voltando-se para as frutas que tinha na tigela. — Quer comer alguma coisa? Veja isto...

— Que fruta é essa, mãe? Tem certeza de que vamos comer essa coisa?

— É isso que dá viver no mato; nem conhece as novidades — falou Chiara enquanto lavava na tigela o produto de sua compra da manhã. — Paguei caro por isso, pois sabia que viria... Os espanhóis trouxeram isso para Nápoles. Era planta de jardim, mas a verdade é que é muito bom.

Cardano pegou o sabugo das mãos de Chiara e deu uma dentada nos grãos, fazendo imediatamente cara de reprovação. Ela deu uma gargalhada como há muito não fazia.

— Tem que cozinhar, meu garoto... — Colocou alguns sabugos na água, que já esquentava em cima da chapa de ferro. — É milho da América.

— Que enorme! Nem vi que era um milho, Santo Deus...

— Conheceu uma mulher correta? — perguntou a mãe, indo direto ao ponto.

— Não, ainda não.

— Tem atendido muitos pacientes?

— Mais ou menos. As pessoas da cidade pequena preferem ir ao barbeiro-cirurgião — respondeu Cardano, acomodando-se no velho sofá. — Vou tentar a aprovação no Colégio de Médicos daqui. Milão é a minha cidade, afinal.

Chiara virou-se para Cardano em leve tom de repreensão.

— Está bem, mas já é hora de tomar um rumo em sua vida. Tornou-se um homem, meu filho...

Cardano fechou a expressão e ficou em silêncio.

— Ontem passou por aqui o padre Kenneth — disse Chiara, ignorando o mau humor do filho. — Quer falar com você. Ele está na cidade por alguns dias. Poderá achá-lo na igreja de San Francesco di Paola.

— Lembro-me bem dele... — respondeu Cardano, deixando de lado a censura que recebera da mãe. — Encontrei-o quando estava entrando na ordem. — Cardano franziu a testa, com leve inveja. — Quer dizer que ele virou mesmo padre? Puxa, quanta coisa aconteceu na minha ausência... Mãe, e a música?

— Raramente...

— Deve tocar mais. Sabe que o alaúde cura muitas dores, não?

— Sei mais do que imagina, filho.

— Pois bem, então toque um pouco para mim — pediu Cardano.

— Daqui a pouco. Deixe eu terminar o jantar — disse Chiara, contente com a possibilidade de recordar os tempos em que tocava para o pequenino Girolamo.

Retornei à minha cidade natal em 1529, escreveu Cardano na noite em que chegou, após o tumulto da guerra diminuir um pouco. *Anno M.D.XXIX. redij in patriam bellicis infortuniis paululum remittentibus.* Vou utilizar as amizades de meu pai e os papéis do casamento para pleitear uma vaga no Collegio dei Fisici di Milano.

A cidade está em um momento difícil, mas o entorno também. Lobos tentaram nos atacar no caminho. Eles se proliferaram com a fuga da gente do campo. Imagino o que tem acontecido quando avançam sobre doentes, velhos e crianças. Francesco Sforza está para voltar. Esperemos que tudo melhore. Quanta coisa mudou...

— Quanta coisa? — falou, surpreso, Kenneth, na entrada da igreja, uma semana após a chegada de Cardano a Milão. — O mundo virou de cabeça para baixo em poucos anos; você é que não viu. — O padre sorriu. — Gênova se rebelou contra os franceses; Roma foi saqueada, os Medici foram expulsos de Florença.

— Mas voltaram... — Cardano sorriu.

— Sim, os Medici voltaram, como sempre — admitiu Kenneth. — E veja só esta: tudo leva a crer que o imperador Carlos V será aclamado como sacro imperador da Germânia e da Itália.

— Da Itália? — Cardano arregalou os olhos. — Qual Itália?

— Toda a Itália. Lombardia, Florença, Veneza, além dos pequenos estados, claro. Sei disso porque vivo em Roma. A coroação deve acontecer no começo do ano que vem.

— E o que faz aqui em Milão? — perguntou Cardano.

— Estou a caminho de Londres. Uma comissão papal estuda o pedido do rei Henrique VIII para a anulação do casamento. Vou junto para discutir o caso. Não tenho problema com a língua deles. Isso ajuda bastante.

— Por que a anulação? O que houve?

— O rei alega o fato de a rainha Catarina ter consumado anteriormente o casamento com o falecido irmão dele, mas ao que parece ele está se esfregando com uma mulher chamada Ana.

— Mas ele sempre foi tão religioso, não?

— Dizem que ele é muito culto — ponderou Kenneth —, mas também muito impulsivo. Se ele se apaixonou mesmo por aquela moça, temos um problema sério. Depois do rompimento desencadeado por Martin Lutero, tudo é possível.

— Muita coisa está ainda mudando... — Cardano colocou a mão no queixo.

— Ah, tem uma notícia triste para nós todos da península italiana — falou Kenneth, sorrindo maliciosamente, pois a pessoa que perdera o título de descobridor não era da Lombardia, mas de Florença. — Não foi Vespucci que descobriu o Novo Mundo.

Cardano arregalou os olhos.

— Foi *Colón*, como chamam os espanhóis — continuou Kenneth. — Foi Cristòforo Colombo, de Gênova.

— E o Novo Mundo continua a chamar-se América? — perguntou Cardano. — Isso seria um contrassenso! O curioso é que um amigo do meu pai, um editor de Veneza, tinha me alertado para essa possibilidade. Na época, parecia absurda.

— Agora já é tarde — Kenneth lamentou discretamente —, não muda mais.

Kenneth levantou-se e convidou Cardano para andar ao redor do jardim interno do mosteiro.

— E o que tem feito? Aguardo ansioso a possibilidade de assistir a palestras suas — falou Kenneth animado.

— Tenho escrito... atendido alguns pacientes...

— Tem atendido fora de Milão? Sua mãe me falou que morava em Pádua.

— Sacco, na verdade — corrigiu Cardano. — Uma pequena cidade perto de Pádua que agora está sendo atingida pela peste.

— Conversei bastante com sua mãe um dia que fui visitá-la, antes de você chegar. Tive a impressão de que ela estava muito melancólica.

— É natural. Perdeu o marido, amigos, parentes... — analisou Cardano. — Está sozinha. Ela me pareceu normal, na verdade, com o mau humor de sempre. Talvez porque eu tenha voltado a Milão.

— Certamente! O filho que retorna.

— Quero fazer Medicina aqui mesmo. Para isso, estou pleiteando uma cadeira no Colégio dos Médicos, por intermédio do senador Filippo Archinto — explicou Cardano. — O primeiro pedido foi recusado, o que não é uma novidade, mas conversei com o jurisconsulto Francesco Croce, um conhecido de meu pai. Ele me disse que agora, com o recurso, tenho grande chance de conseguir, pois estou com os papéis do casamento dos meus pais em ordem.

— Que estranho recusarem um médico por ser filho ilegítimo... Isso é coisa do passado. — Kenneth franziu a testa. — Acho bom considerar a hipótese de existir algum desafeto lá dentro, alguém com poder de decisão.

— Não, acho que não. É só uma questão burocrática. O problema é que isso custa dinheiro. Os médicos do colegiado se reúnem periodicamente na igreja do Santo Sepulcro, uma vez por semana. Espero que em breve tenham a resposta para que eu possa iniciar meu trabalho.

— Boa sorte, *messer* Girò! Dê-me um abraço.

— Boa viagem, padre Kenneth di Gallarate!

Ao passar pela porta, Cardano ainda se virou com o chamado do amigo.

— Vem me visitar na Britannia?

— Nunca sairei desta península! Pode gravar em água-forte o que estou dizendo — falou Cardano convicto.

— Então escreverei — gritou Kenneth. — Tenho o endereço anotado. Adeus!

Foram mais trinta dias e bastante dinheiro em custas do processo para que saísse o resultado final da requisição de exercício profissional no ducado. Cardano chegou ansioso à casa do jurisconsulto Francesco Croce. O professor de direito civil recebeu Cardano e indicou gentilmente que entrasse. Ele era tão sério que não dava nenhum sinal de qual poderia ser o veredicto encerrado no envelope timbrado do Senado de Milão.

— Doutor — falou gravemente Francesco, o jurisconsulto —, não tenho boas notícias. Vou ler o comunicado, está bem?

Cardano sentiu um gelo na barriga, mas aguentou firme o que o advogado tinha a dizer.

— "O Colegiado dos Médicos de Milão, referendado pelo Senado, determinou, como está escrito nesta carta, que Hieronymus Cardanus di Pavia não foi aprovado para o exercício da profissão de médico no Ducado de Milão após votação realizada nesta casa. Desta forma, o referido postulante não tem direito de consultar, examinar, indicar remédios ou fazer formulações relativas a pessoas doentes nos limites da jurisdição, em virtude de sua condição de filho ilegítimo ao nascimento, conforme as normas deste grupo profissional. Se burlar estas determinações expressas, estará sujeito às sanções aplicáveis pelo condestável, ou pelo chefe da Casa do Senado."

Como pode atestar — Francesco franziu a testa — a carta, assinada pelo doutor Branda Porro, chefe do colegiado, tem a data de hoje.

— Branda Porro? — Cardano não queria acreditar no que tinha ouvido. Pegou a carta em mãos, para conferir a assinatura. — Branda Porro... — repetiu, olhando para o nada.

— O doutor o conhece? — perguntou Francesco.

— Sim... Eu o venci em um debate — falou Cardano, visivelmente chateado. — Fui o primeiro aluno que derrotou um professor. Ele ficou tão humilhado que saiu da faculdade de Pavia duas semanas depois. Outro professor do colegiado estava presente, se não me engano, e confirmou tudo.

— Isso pode explicar o fato de a decisão ter sido tão rigorosa. — O jurisconsulto levantou as sobrancelhas. — Será necessário um trabalho político antes de se tentar uma nova autorização.

— Não tentarei mais nada, professor — disse Cardano de forma determinada. — Este lugar não é mais para mim. Voltarei à cidade de Sacco, de onde não deveria ter me afastado.

— E sua mãe?

— Minha mãe sempre soube ganhar a própria vida. Não precisa de mim — respondeu Cardano, já decidido a partir imediatamente.

Quando voltou para casa, em parte decepcionado, em parte surpreso por não ter avaliado corretamente como seria o processo decisório do colegiado, encontrou um emissário, que já estava de saída.

— É o *signor figlio di* Fazio Cardano? Só posso entregar esta carta nas mãos corretas.

— Sim, sou eu. De quem se apresenta como enviado?

— Venho da parte do conde Francesco Melzi, de Vàver d'Adda. Ele o espera.

Intrigado, Cardano agradeceu a mensagem e logo abriu a carta. Melzi encontrara algumas anotações que poderiam ser de interesse dele, dizia o bilhete. Tinham saído do punho do mestre Leonardo.

— Mãe, lamento, mas voltarei para Sacco amanhã cedo — falou Cardano, logo após entrar em casa.

Chiara não se manifestou. Continuou a mexer o caldo que preparava.

— Não vai dizer nada? — insistiu Cardano.

Após mais algum tempo de silêncio, ela esbravejou, de sua maneira peculiar:

— Então vá bem cedo pela manhã, na primeira hora, entendeu?

— Sim, entendi — respondeu Cardano. — Espero que a senhora fique bem.

Chiara não falou outra vez.

Os primeiros raios de sol ainda não tinham chegado à casa de Chiara quando Cardano se levantou e acabou de arrumar suas coisas. Entre elas achou um embrulho com peixe seco e pão de centeio, além de um pequeno saco, do tamanho de um punho, com a corda fazendo o fecho. Dentro havia três moedas. Mais do que suficiente para visitar Melzi, depois atravessar a Lombardia, dormir em Brescia e chegar tranquilo a Sacco, onde tentaria mais uma vez sua vida como médico.

Agora estava determinado a se afastar do jogo. Não visitaria mais a casa de Gianmaria. Não bastasse alguns casos iniciais em que não teve sorte no diagnóstico, sua fama como amante das cartas era definitivamente negativa para a vida profissional que almejava.

Rumou com seu servo para a pequenina cidade de Vaprio, às margens do rio Adda.

Sua estadia em Milão tinha sido mais que decepcionante. A cidade estava decadente. Muitos tinham se evadido. Não conseguira ter notícias de seu amigo de infância, Ambrogio Varadei. A casa dele, bem próximo de onde morara, na Via del Maino, estava abandonada. A praça em frente do castelo, que antes abrigava uma animada feira, não dava nem sinais daqueles tempos áureos, em que tinha visto o próprio rei francês entrar triunfante em seu cavalo branco.

Sua mãe, após um sopro de vida inicial, graças à chegada do filho, percebeu que as coisas não estavam indo bem para ele e voltou a ficar desanimada, sem energia nem para brigar. Sentiu que ele não iria ficar. Praticamente não saía mais. Apenas quando estritamente necessário. Mesmo as idas à igreja, que eram diárias alguns anos antes, restringiram-se a duas ou três por semana.

Após algumas horas de marcha, Cardano margeou o rio Adda e chegou fácil à casa do conde Melzi, duas após a do ferreiro, próxima à praça. Ele já estava um pouco envelhecido, apesar de ainda beirar os 40 anos, e recebeu Cardano de forma muito amável.

— Caro *signor* Cardano, *figliuolo* de Fazio! Que prazer em recebê-lo. Por favor, entre em minha humilde casa. — Apontou para o alpendre de tijolo e pedra, por onde se chegava à porta.

Cardano cumprimentou-o e seguiu para dentro da sala. Espantou-se com a quantidade de papéis amontoados por todos os cantos: em cima de cadeiras, nas estantes e até no chão. No centro da sala, havia uma grande mesa ladeada por candelabros de muitas velas, onde algumas pilhas de papéis estavam postadas de cada lado.

— Antes que comece a me inquirir sobre o que significa tudo isto, pergunto: como devo me dirigir ao *signore*?

— Cardano, ou Girolamo, como preferir. Lembro-me bem quando foi à minha casa. Eu era um menino, talvez com 10 ou 11 anos. Mestre Leonardo estava presente.

— Também me recordo — concordou Melzi. — Contou-me que estava escrevendo um livro.

— É mesmo? Lembra-se desse detalhe? — Cardano surpreendeu-se com a memória de Melzi.

— Caro *signore*, ficará mesmo impressionado quando analisar estas pilhas de papéis. São milhares deles. Mais de cinco mil. Todos escritos por mestre Leonardo da Vinci.

— Tudo isso? — Cardano arregalou os olhos.

— E há mais, no meu quarto. Ainda não tenho a menor ideia de como catalogá-los. São escritos pessoais, misturados a descrições de cadáveres, máquinas de guerra e outros engenhos dos quais nem sei qual seria a utilidade. Muitas linhas de palavras se entrecruzam com desenhos, apinhados de letras e símbolos inventados por Da Vinci. Já contratei dois homens de letras para ajudar a decifrar o que for possível, mas o trabalho avança de forma muito lenta. Temo que não esteja apto a publicar algo antes de morrer. Ficaria triste, pois prometi ao mestre que faria isso.

— Agradeço por ter me chamado, caro Melzi, mas o que deseja de mim?

— Sim, boa pergunta! — Sorriu Melzi. — Chamei-o aqui pois já achei duas inscrições em que o mestre Leonardo cita o nome de seu pai. Pensei que poderia ser interessante conferir com seus próprios olhos.

Cardano ficou eletrizado com as palavras de Melzi e sentou-se na mesa central para analisar os papéis. Foi orientado a colocar o espelho nos trechos de escrita invertida, o que facilitaria sobremaneira o trabalho.

— Aqui está, ele pede que algo seja mostrado ao meu pai — disse Cardano, com a excitação de um menino — *fa veder a messer Facio Cardano* —, e pegou mais uma folha fornecida por Melzi, onde havia outro comentário do mestre, citando o nome de Fazio. Encheu-se de orgulho. — Posso ver um pouco mais esses escritos?

— Claro! — respondeu Melzi. — Tenho que fazer muita coisa na cidade. Meus ajudantes também não virão até aqui. Portanto, hoje não me debruçarei sobre isso. Fique à vontade e não tenha pressa.

Cardano começou a ler as folhas traduzidas e pareá-las com os originais, mas o que impressionava mesmo eram os desenhos. Muitos esboços mostravam a parte interna dos órgãos de uma pessoa, com músculos, olhos e intestinos minuciosamente detalhados. Certamente um trabalho realizado com cadáveres reais. O coração também estava lá, sem nenhum furo desenhado entre as câmaras. Será que Da Vinci tinha errado?, perguntou-se Cardano, bastante desconfiado. Então lembrou-se de como ele mesmo não tinha visto nenhuma comunicação interna quando se aventurara a abrir o tórax de um corpo sem dono.

Depois analisou uma junta de dois eixos rígidos para moinho, máquinas para um homem voar e andar debaixo da água, canhões múltiplos com artefatos que só poderiam ter saído da mente fértil daquele homem singular.

Por horas e horas Cardano destrinchou os escritos, até o anoitecer. Melzi convidou-o a tomar uma sopa e a pernoitar em um dos cantos da sala. Pela manhã, tomou o caminho de Sacco, com a cabeça apinhada de informações. Por vezes ele fechava os olhos para tentar ver com mais nitidez o que estava gravado ainda de forma tênue em sua memória.

O grande impacto que Cardano não esperava ter era a volta da lembrança de seu pai. Os anos que tinha passado em Pádua e Sacco pareciam ter colocado o sofrimento da perda em algum lugar escondido, fora de seu alcance. Agora que voltara a Milão, encontrara pessoas do tempo do Piattine e se deparara com as citações de Fazio em escritos de Leonardo di Ser Piero, como ele o chamava, um sentimento avassalador retornava à superfície, sufocando-o de forma tremendamente incômoda. Definitivamente, não estava preparado para lidar com aquilo.

Deitou-se em sua cama, tendo início um ciclo de insônia e febre. A tosse voltou a atacá-lo impiedosamente, e sua bronquite purulenta tornou-se fétida. Adicionalmente, seu suor emanava um cheiro sulfuroso e sua pele coçava de forma extremamente incômoda, *un odore acompagnato da prurito molesto*. Entre seus momentos de delírio, pediu ao servo que chamasse o notário Sormani para registrar seu testamento. Afinal, a análise astrológica já tinha definido que não viveria muito e morreria cercado de cheiros pútridos, *un certo odore di zolfo, incenso ed altre cose*.

Louvou ao Senhor, o *Creatore ed alla Corte celeste* e relatou ao notário que a maior parte do que tinha deveria ser dada à *domina Chiara de Micheriis, mater honorandissima*, um pouco aos parentes Giacomo e Francesco Cardano, e o restante ao Ospedale Maggiore di Milano.

Mas Cardano sobreviveu. A doença que definiu como praticamente mortal, *ac febre maligna lethalis*, deixou apenas um aroma ocre em suas axilas, junto com uma coceira moderada pelo corpo. Como consequência, o prurido passou a acompanhá-lo na nova fase de vida na cidade de Sacco. Parou de jogar e começou a receber alguns pedidos de consulta médica. Voltou a se exercitar com armas, a nadar e aventurou-se a participar da pretoria da pequena cidade. Afinal, médicos eram autoridades em pequenas vilas.

Recebia ajuda de sua mãe com menos frequência e, mesmo assim, estava conseguindo se manter. Era o mínimo que se esperaria de um profissional próximo de seus 30 anos, em uma fase estável da vida.

Parecia que não haveria mais novidades naquele ano, mas em uma noite Cardano sonhou com uma jovem e linda garota, toda vestida de branco. Ela parecia dizer algo, aproximava-se e depois se distanciava; então sua imagem esvanecia-se.

As feições lembravam muito a garota com quem conversava na soleira de sua casa, em Milão, muitos anos antes. O sonho repetiu-se na noite seguinte, deixando Cardano ainda mais impressionado. Sonhos não acontecem à toa; ele sabia disso. Difícil é sua interpretação. As imagens dos sonhos são o que parecem ser, ou representam outras ideias?

Foram necessários apenas poucos dias para que ele tivesse a confirmação do real significado. Na frente da casa de um novo morador, seu vizinho próximo, Cardano teve a visão que esperava: uma maravilhosa *fanciulla dalla veste bianca*, uma cena que captava seu olhar e o embevecia. A garota da veste branca de seus sonhos estava lá, cuidando do jardim, movendo-se com a beleza que só os anjos poderiam ter, morando a poucos passos de sua casa.

Ao perceber a presença de um homem que a observava, ela parou de regar as plantas, olhou para Cardano e abriu um sorriso que o deixou sem ação. Como uma garota tão jovem poderia estar consciente de sua capacidade de atração? Ou será que ela estava apenas sorrindo? Estas foram perguntas que vieram rápido à sua cabeça. Como convinha a uma moça honesta, ela fez uma breve reverência e se retirou para dentro da casa.

Cardano não perdeu tempo e foi se informar com o farmacista Paolo Lirici.

— Ele é o *signor* Altobello Bandarini, um comandante de milícias da região de Veneza — disse Paolo. — Lembra-se de que estivemos a ajudar em um incêndio que ocorreu há duas semanas?

— A casa era dele? — Cardano arregalou os olhos.

— Sim, ele é poderosíssimo, meu caro. Veneza o autoriza a arregimentar pessoas em toda a região com o objetivo de montar uma infantaria de defesa. Após o incêndio, o Senado autorizou imediatamente mais fundos para cobrir o prejuízo.

— Observei a filha dele no jardim — falou Cardano, para logo recompor-se e tentar esconder seus sentimentos. — Respeitosamente, claro. Observei-a, quero dizer, com o respeito de... na verdade, não imaginei que ela estaria sozinha no jardim...

Paolo Lirici parou o que estava fazendo e, segurando o riso, percebeu o que estava se passando com o médico.

— Imagino que queira saber detalhes da filha mais velha do *signor* Bandarini.

— Mais velha? — questionou Cardano, enrugando a testa.

— Sim, são sete filhos, entre meninos e meninas.

— E como ela se chama?

— Acho que o nome dela é Lucia, não tenho certeza. — Paolo fez cara de indiferença.

— Lucia? — Cardano sentiu um gelo no estômago.

O boticário surpreendeu-se com a insistência do médico.

— Doutor, tenho a impressão de que está nascendo um interesse especial pela moça, não é verdade?

— Verdade do quê? — Cardano indignou-se. — Tenho um paciente para atender. Até mais tarde.

Ainda houve tempo para Paolo gritar atrás do balcão, com uma boa e sonora risada:

— Boa consulta, doutor!

Na semana seguinte, Cardano apresentou-se à família e conseguiu autorização para conversar com a moça, sempre na presença de um dos irmãos. Apesar de não ter nenhum dinheiro, sua posição de médico permitiu que os encontros começassem a acontecer. Quando estava com Lucia, ele se vangloriava de ter sido reitor em Pádua, dos debates que tinha participado, da visita à tipografia em Veneza.

Ela falava pouco, mas mantinha-se atenta a cada detalhe do que ouvia. Sorria de tempos em tempos, como que autorizando Cardano a continuar a listar seus feitos, em uma demonstração de como seria, na verdade, um excelente partido para o matrimônio.

— Mas existe um coisa que me intriga bastante, *signorina* Lucia. Tenho a nítida impressão de que já a conhecia antes. Creio que sua imagem visitava minhas alucinações infantis — disse Cardano, arrependendo-se logo depois de ter manifestado algo tão íntimo.

— É como o doutor mesmo disse... impressão — respondeu ela, como de hábito usando poucas palavras, sempre muito bem colocadas.

— Sabe, perguntarei ao seu pai se podemos nos casar. O que pensa?

— O que eu penso? — sorriu Lucia, com uma mistura de olhar de menina e convite de mulher, da maneira que só ela sabia fazer. — Penso que deve perguntar ao meu pai.

Nos dias seguintes, não conseguia parar de pensar naquele sorriso, nos gestos, nos olhares. Esse só poderia ser um *tormento giocondo*, uma *follia sui generis*, escreveu Cardano. Como pode nossa mente ser tomada de assalto pela visão de uma pessoa como se mais nada existisse? Como nos sentimos atraídos pela necessidade do encontro da mesma forma como somos atirados ao jogo de cartas? Agora ele compreendia por que o poeta Giacopo Sanazzaro tinha pensado em suicídio ao se ver completamente envolvido pelo pensamento da bela Carmosina.

— Mas ele se matou? — perguntou Paolo Lirici.

— Não, ele não teve coragem de se matar — respondeu Cardano, com um certo desprezo pela atitude covarde do poeta.

— Pelo que posso constatar — o boticário franziu a testa —, o doutor também decidiu não se matar.

— Agradeço o *scherzo*, *messer* Paolo... Não, não decidi me matar. Pelo contrário, fui falar com o capitão.

— Capitão? — perguntou Paolo Lirici.

— Altobello Bandarini, capitão das milícias padovanas, pai de Lucia.

— Nossa senhora! Teremos casamento?

— Parece que sim. Um pouco a contragosto, ele admitiu minha explicação de que agora não disponho de meios para fazer um casamento à altura do que ele merece, pois acabo de sair de dívidas na Justiça pelos processos deixados pelo meu pai.

— Falou dos jogos de cartas e dados?

— Não houve necessidade. Sei que ele tem informações tanto de meu tempo de jogador como de minha nova fase, longe desse hábito. Nós já nos conhecíamos de vista por termos frequentado a pretoria. Ele parece ser uma pessoa correta. Só me assusta o poder que ele tem, sua influência em Veneza.

À noite, escreveu um pouco mais sobre esse momento de mudança. Até conhecer Lucia, Cardano considerava que o casamento lhe seria negado e sua sina significaria viver para sempre em solidão. Mas a dúvida ainda o assaltava:

O que farei em relação a ela? Se a esposar, a opressão de muitos irmãos e irmãs me levará à ruína! *Se la sposo, andrò incontro a sicura rovina.* Se a levar embora, seu pai, com espiões a seu serviço, nos encontrará onde estivermos.

Niccolò Cardano, o garoto que tinha morrido cedo em Milão, anos atrás, visitou-o no sonho para dizer apenas duas palavras: É ela! Mesmo estando dentro da visão onírica, Cardano não se conteve e chamou Niccolò pelo nome. Ele desapareceu imediatamente.

Pela manhã, recebeu a mensagem de Altobello Bandarini, solicitando que comparecesse para tratar de detalhes do casamento. Isso significava que não haveria mais impedimento à cerimônia. Agora não poderia mais voltar atrás, sob pena de causar injúria à família e, principalmente, à moça.

Chamou seu servo e ditou-lhe a mensagem que deveria dizer à mãe: Cardano, seu filho, conheceu a mulher mais meiga e bonita de todo o norte d'Itália. Lucia é seu nome. Casarão em breve. Por enquanto, viverão em Sacco.

Venceu os passos que separavam sua casa da do vizinho e anunciou sua chegada.

— *Signor* Bandarini. — Cardano curvou-se ao cumprimentá-lo.

— Doutor Cardano, vamos entrar.

Sentaram-se na sala. Estavam sós na casa, pois todos os filhos tinham isso à missa. A *signora* Taddea Bandarini, sempre muito simpática, veio dar as boas-vindas a Cardano, para logo em seguida se retirar. Era um assunto a ser tratado apenas por homens, mas o médico tinha ciência de como tinha sido fundamental para a anuência de Altobello a interferência da mãe de Lucia.

— Sabe que não era o meu desejo inicial, mas faremos uma cerimônia sem banquete. Conversei com o vigário-geral em Pádua e o padre da paróquia da Capela da Arena com o objetivo de lá realizarmos a sagração do casamento.

Cardano ouvia com atenção e sabia que deveria apenas concordar com o que estava sendo planejado.

— Não sabia que a capela poderia ser usada para esse fim. — Cardano ficou surpreso. — Mas, obviamente, eu me sentiria honrado se pudesse acontecer lá. Os afrescos de mestre Giotto são maravilhosos.

— Tenho minhas influências. — sorriu Altobello. — Mas gostaria de saber um pouco mais sobre seus planos após o casamento.

— Atualmente estou me dedicando mais à profissão, com possibilidade de atuar também em Pádua, ou, quem sabe, Veneza.

— Neste caso meus contatos poderiam ajudar; sabe disso, não é mesmo?

— Claro, *signore*. — Cardano fingiu estar contente com a proposta, mas preferia não lançar mão da ajuda de um capitão militar. Tinha dúvidas de como essa abordagem poderia ser interpretada no Colegiado Médico. — Também estou analisando a opção de dar aulas na Universidade, o que seria vantajoso financeiramente, além de repercutir de forma positiva entre os colegas.

— Bem, pode não ter dinheiro nenhum, *signor* Cardano, mas é um homem de letras, algo que é cada vez mais valorizado. Só espero que não se afunde em seus livros, sem ter tempo de sustentar a família.

O recado estava dado, de forma clara e direta. Restava a Cardano honrar seu compromisso. O fato de Lucia parecer contente com o desenrolar dos acontecimentos o deixava cheio de energia para enfrentar um oceano, se fosse preciso.

Quando ela teve permissão para visitar a casa de Cardano, acompanhada da mãe, ficou surpresa com a quantidade de livros amontoados por toda parte. Ao ser perguntada sobre as mudanças que faria, se ali fosse morar, Lucia respondeu sorrindo, de forma meiga.

— O que eu mudaria? Tudo...

Passadas três semanas, o casal teve o privilégio de se postar no altar de uma diminuta capela incrivelmente pintada por Giotto, o escolhido para ornamentar as paredes com temas da vida de Cristo e da Virgem Maria dois séculos antes.

O pequeno oratório, ao qual compareceram a família e poucos convidados, chamava-se Arena, graças a um anfiteatro romano, que ficava próximo. O retábulo da entrada, uma grande peça de madeira que se dobrava em três, pintada sobre folhas de ouro, mostrava o momento da descida da cruz.

Dentro da capela, os olhos se perdiam em incríveis imagens com emoções vivas, ainda que a perspectiva não se apresentasse da forma evoluída como no traço de Da Vinci. Maria seguia em sua mula com Jesus no colo e José à sua frente. Cenas seguintes mostravam a infância, Cristo com os apóstolos, a Paixão. Nem sempre as histórias eram baseadas exatamente na Bíblia, mas compunham uma ambientação didática e cativante sobre a fé católica.

Nesse contexto de beleza religiosa, o casal firmou seus votos de fidelidade eterna. Dessa vez, Lucia não voltou mais para a casa dos pais.

À noite, em seu quarto, Cardano retirou a túnica e mirou com admiração a bela jovem que se dirigia à sua cama, coberta apenas com um leve e branco vestido de baixo. Essa era a imagem dos seus sonhos.

Deitou-se por cima dela e, com sua virilidade presente ao máximo, sentiu-a por inteiro. Lucia, como convinha a uma moça honesta e de família, não se mexeu, nem soltou nenhum som. Virou-se para o lado, absorveu sua dor inicial e entregou-se ao seu marido, de forma completa. Somente depois de consumado o ato é que Cardano se deu conta de que a impotência não o assombraria mais.

Aninhou então sua cabeça na barriga de Lucia e chorou. Chorou como nunca tinha feito antes. Ela acariciou seus cabelos e não falou nada, demonstrando que conhecia, como poucos, a arte de dizer o que era importante utilizando apenas o silêncio. Assim adormeceram na primeira noite em que se tornaram verdadeiramente marido e mulher.

No fim de meu trigésimo primeiro ano de vida, escreveu Cardano, casei-me com Lucia Bandarini di Sacco e fui liberado de minha doença por voto da Abençoada Virgem Maria. *Tum eo morbo solutus, voto B. Virginis.*

Primeiro filho

Foram alguns meses de vida conjugal em Sacco até dois eventos mudarem radicalmente os planos da família Cardano: a súbita e inesperada morte, com apenas 44 anos, de Altobello, pai de Lucia, e em seguida um aborto, após quatro meses de atraso de seu sangue. Era um duro teste para o casal, que ainda não encontrara uma maneira de lidar com eventos difíceis como aqueles.

— Recebi duas cartas de Milão, Lucia. — Ela levantou os olhos, parou de costurar e prestou atenção às palavras do marido. — Uma delas é do senador Filippo Archinto. Ele está muito esperançoso com a situação em Milão. Houve festa com a volta de Francesco Sforza.

— E a outra? — perguntou Lucia, sem muito ânimo.

— A outra carta é do *signor* Croce, um jurisconsulto, aquele que me defendeu frente ao Colegiado de Médicos em Milão. Ele também conta boas notícias.

— Está pensando que devemos ir para lá? — perguntou Lucia, adivinhando as palavras dele.

— Talvez sim. — Cardano titubeou. — Seu pai morreu, não vejo grande futuro em meu trabalho como médico nesta cidade. Acho que já tentei o suficiente. Se não conseguir autorização para atender pacientes em Milão, poderíamos ir para Gallarate, a cidade do meu pai, bem próxima.

— Conhece alguém lá? — perguntou Lucia.

— Dom Giacomo, meu primo de sangue. Foi ele que casou meus pais. Há pouco tempo ficou muito doente, mas parece que se recuperou.

— Sou sua mulher, caro marido. Se decidiu assim, então iremos. Além disso, devo conhecer sua mãe. Já é o momento.

— Essa é minha maior preocupação. Ela não é fácil. — Cardano contraiu os lábios.

— Pelo que tem me contado, parece mais difícil o que ela tem passado e não o humor dela. Perderei uma mãe. Acredito que ganharei outra.

— Rezo por isso — disse Cardano, já pensando quais seriam as medidas práticas a serem tomadas para se desvencilhar da casa e arrumar os pertences que poderiam ser transportados por tão longo caminho.

A viagem a Milão transcorreu sem percalços. A estrada estava livre. Um posto de controle veneziano, próximo da divisa atual com a Lombardia, nem estava ocupado quando passaram em direção ao rio Adda. Chiara esperava desconfiada para saber quem era a mulher de seu filho. Segundo o relato enviado pelo mensageiro, era uma mulher correta. Sua dúvida era se o comportamento da nova inquilina seria de uma trabalhadora ou de uma filha de família rica.

A primeira impressão, logo após os cumprimentos e a acomodação da bagagem, foi boa, tranquilizando sobremaneira Girolamo Cardano. Afinal, todos morariam sob o mesmo teto.

Mas Milão ainda não parecia ser uma cidade afortunada para Cardano. A nova demanda ao Colégio dos Médicos teve a mesma resposta negativa que a anterior. Na verdade, como não havia um fato novo e a questão tinha sido recentemente julgada, nem foi levada à votação. Pior. Quando lá estava, Lucia tivera mais um aborto.

No entanto, para Cardano, não eram só más as notícias. O senador Filippo Archinto convidou-o para escrever artigos de Astrologia para as efemérides de Milão e contou como a vida se passava com menos gastos na região onde tinha videiras, as vizinhas Gallarate e Cardano, em que moravam por volta de quatro mil pessoas.

A ideia de ficar bem perto de Milão novamente agradou Cardano, e a coincidência da sugestão de uma cidade de seu próprio primo começou a pesar na balança da sua decisão.

Os primeiros meses de vida em Milão ainda não tinham resultado em ganhos significativos. Até seus trajes já estavam gastos e remendados, uma inadequação à posição que almejava na sociedade milanesa. Para completar, as duas mulheres de sua casa estavam bastante apreensivas. Lucia esperou um momento em que Chiara tinha ido à igreja para questionar Cardano sobre seus planos.

— Sabe que a ideia de sair de Milão não agrada sua mãe, não é mesmo? Ela continua repetindo que nas vezes em que teve que fazer isso, a fortuna a abandonou.

— Não se preocupe. Eu explico tudo a ela. Ninguém tem uma formação como a minha naquela região. Não terei concorrentes.

— Talvez esteja interessado em saber como eu me sinto — falou Lucia, com lágrimas nos olhos.

— O que há para saber? — questionou Cardano. — Não estou contente com a minha situação. Não consigo trazer para casa o que uma esposa merece...

— Não falo de dinheiro. Sua esposa não merece um carinho, um olhar? — respondeu Lucia, chateada. — Não espero que você chore com a morte de nosso segundo filho, mas tenho a impressão de que não sentiu nada...

Cardano ficou profundamente incomodado com a conversa. Sabia que os abortos tinham sido muito desgastantes para a esposa, mas seus produtos não eram, para ele, verdadeiramente filhos. Eram projetos de filhos. Não tinha nutrido nenhuma emoção com a perda deles, tirando o fato de admitir o peso que teria para uma mulher.

— Eu sou um homem. O que quer que eu seja? — perguntou ele, sendo quase interrompido por um acesso de tosse.

— Quero que seja mais próximo — respondeu Lucia. — Não sei se estou preparada para engravidar novamente.

— Por que ficaria grávida agora? Desde a última vez que perdeu a gravidez, nós nos deitamos apenas uma vez...

— Mas não sangro há algumas semanas. Meus enjoos voltaram. Estou apavorada, Cardano, consegue entender? — Então ela começou a chorar com um sentimento de profunda tristeza e desolação.

Cardano não sabia exatamente o que fazer, como consolá-la, onde colocar as mãos. Sua inabilidade em lidar com momentos como esse ficava estampada em sua face tensa, com lábios contraídos. Tentou trazer o assunto para suas novas tarefas.

— Veja, estou escrevendo um livro. Na verdade são dois: *De occulta philosophia Agrippæ* e *De astrorum Judiciis*. O primeiro fala da filosofia oculta de Agripa e no segundo descrevo as particularidades das estrelas.

— Sério? — Lucia se recompôs, enxugando as lágrimas e esforçando-se para parecer interessada. — Vai dedicar a alguém?

— A quem me der um bom emprego. Talvez o senador, quem sabe...

— Não espere muito de pessoas que lidam com a política. Os interesses mudam — alertou Lucia, guardando para si um pouco mais da tristeza que poderia ter sido exposta.

— Lembrarei disso — admitiu Cardano. Ele andou um pouco e serviu-se do chá que estava em cima do forno. O movimento de levantar-se evidenciou que ele já estava bastante ofegante.

— Está sentindo falta de ar? — perguntou Lucia, agora com um tom de preocupação.

— Um pouco — respondeu ele, não querendo admitir que o esforço da respiração já estava próximo do insuportável: — Preciso de ar!

Nesse momento chegou Chiara e logo se assustou com a condição do filho.

— O que está acontecendo? — gritou sua mãe, notando que o peito apresentava grunhidos semelhantes aos de um gato. — Vamos levá-lo para a janela, para o ar fresco. Nunca vi uma crise de bronquite assim!

Cardano estava pálido como cera, sem controle de seus movimentos, sem noção do que fazer. Chiara ordenou que Lucia pegasse imediatamente alguns galhos de hortelã, amassasse na água e trouxesse na beirada da janela.

— Despeje a água bem próximo à boca dele, para que o aroma se erga no ar — orientou Chiara. — Respire fundo, filho, devagar...

Ele recobrou um pouco os sentidos, os lábios deixaram de ficar roxos, mas estava sem forças para se mover. Foi levado até a cama por Lucia e Chiara. Ali permaneceu por 18 horas, alternando períodos críticos, de intensa falta de ar, com outros de chiado menos audível no tórax.

Para Cardano, que demorou duas semanas para se recuperar completamente, a crise de falta de ar tinha sido um sinal claro de que deveriam sair de Milão.

Dom Giacomo poderia alojá-los por apenas alguns dias, mas seria o suficiente para fechar o contrato de uma casa que já tinha sondado para o primo Cardano, sua esposa e seu servo. Chiara insistiu em permanecer em Milão. Analisou que poderia perder a casa se não continuasse presente. Tinha ouvido muitas histórias de invasões e depredações nos últimos anos. A verdade é que não queria ser responsabilizada por outras tragédias.

— Deixem-me aqui — finalizou com seu último argumento. — Aqui está minha terra, em minhas arcas, sob o solo. Aqui vou morrer...

A gravidez de Lucia avançou sem problemas e ultrapassou os seis meses. A sombra de um novo aborto parecia ter sido deixada para trás. Os ares de Gallarate se mostravam promissores para a saúde de todos, exceto pelo fato de o médico Cardano continuar praticamente sem pacientes. Ficava claro que o povo da região preferia a atenção dos barbeiros-cirurgiões e a confidência dos boticários.

Dessa forma, o marido de Lucia estava ocupando seu tempo com o jogo de xadrez. Algumas casas fora da cidade reuniam amantes de uma atividade considerada apenas como divertimento não fossem as frequentes apostas a dinheiro.

Estava em uma dessas casas, próxima ao moinho de grãos, quando recebeu o chamado de seu servo:

— Patrão, é hora! *Signora* está passando mal! — Os amigos de cartas e de xadrez tinham a informação de que a esposa de Cardano estava grávida, então ficaram alarmados com a notícia.

O médico, no entanto, sabia que no *paese* de seu servo a expressão passar mal significava o mesmo que dar à luz.

— Calma, amigos, por enquanto tudo está bem. — Cardano saiu, despedindo-se com um aceno e imprimindo passo rápido.

A parteira não teve trabalho. Um pouco mais de uma hora decorreu entre a descida das águas e a saída, quase sem ajuda, de um menino são e sem deformidades. Quando Cardano chegou, seu filho já tomava o primeiro banho, ativo, resmungando.

— Acho que está com fome — disse a parteira. — Alguns vêm ao mundo afobados. Parece o caso deste aqui.

Lucia descansava, contente por tudo ter corrido bem. A ama de leite já sabia que o parto seria por aqueles dias, mas fazia três anos que tinha tido o último filho. Seu leite era escasso. Tiveram que adicionar mel ao leite de uma égua para conseguir acalmá-lo. Por fim, Cardano pôde entrar em seu quarto e vislumbrar pela primeira vez seu filho. Um homem, pensou com orgulho. Era o dia 14 de maio de 1534. Passou então a mão no rosto de Lucia, que sorriu.

Os sonhos que teve naqueles dias após o nascimento, no entanto, deixaram-no apreensivo. Acordou várias vezes no meio da noite com a sensação de que o pequeno, que se chamaria GianBattista, poderia estar em perigo. Felizmente, o bebê dormia tranquilo ao lado de sua ama e acordava somente quando estava com fome.

No dia 17 de maio, um domingo de muita luz, *Sol clarissimus*, o menino de cabelo escuro, braços finos e alguns dedos do pé grudados por uma fina membrana, recebeu oficialmente, ao lado da pia batismal, *il Sacro fonte*, o nome de Giovanni Battista Cardano. A avó Chiara, que chegara na noite anterior, emocionara-se ao pegar no colo o recém-nascido. Que venham outros, pensou.

Por volta das onze horas, *hora diei inter quintam & sextam*, o sol entrava pela janela do quarto. Estavam todos lá, presentes, ao lado do leito de Lucia, comentando em voz baixa o batizado da manhã. A cortina de linho estava puxada para o canto, permitindo que a claridade penetrasse integralmente no aposento. Subitamente, entrou pela janela uma grande vespa e começou a circundar o berço de GianBattista. *Crabro magnus circumvolat infantem!* Todos ficaram petrificados.

O ronco forte do enorme inseto dominou o ambiente. Por várias vezes a vespa subiu e desceu, ficando fora do alcance. Depois voava até próximo do rosto do bebê. Fez voltas no ar como se quisesse dar algum recado, parou diante de Cardano, mirando em seus olhos, esperando que ele compreendesse o que estava querendo mostrar e, por fim, chocou-se na cortina, entremeou-se ruidosamente e desapareceu aos olhos de todos. Nenhum sinal do inseto foi achado.

Um verdadeiro mau presságio para a nossa criança, pensou Cardano. Por mais que ele tentasse interpretar o ocorrido, seu exato significado fugia à compreensão. Escreveu em seu diário: Diríamos que um tambor estava sendo batido dentro do quarto. *Diceres tympanum verberatum in cubiculo.* O incidente encheu-nos da premonição de que alguma coisa horrenda pudesse acontecer.

A visita de Chiara foi curta. Ela trouxe para o recém-nascido uma roupa de baixo toda trabalhada em delicada costura e duas moedas de ouro para o pai. Antes de sua partida, conversaram em frente da casa.

— Não tenho mais quase nada, Girolamo. Deixo essas duas moedas para pagar suas dívidas. Pense qual foi a razão de estudar tanto. Até um artesão do ferro ganha mais. Agora existe uma família, com filho e muita responsabilidade.

— Reconheço sua ajuda — disse Cardano. — Minha vida irá tomar novos rumos.

— Não diga a si mesmo que vai parar de jogar. Não prometa o que não irá cumprir. Quero que cuide dos seus. A casa em Milão está aberta, esperando que retornem para lá.

Constrangido, Cardano disse que conseguiria acertar o que devia da casa e que na semana seguinte iriam todos provisoriamente para um albergue da igreja, o *xenodochium* de Gallarate. Lucia ainda não sabia. Ele não tinha como arcar com os custos de uma esposa, uma ama, uma serva e, agora, um filho.

Chiara fechou os olhos, como uma forma de absorver o golpe da notícia que acabara de ouvir. Não imaginava que o filho estivesse chegando ao fundo do poço, mudando-se para um lugar que abrigava viajantes, por certo, mas também pobres e indigentes.

— No mês que vem talvez eu vá para Milão — continuou Cardano. — Acredito que dará certo uma proposta de aula no Piattine. O senador está vendo isto para mim.

— Tomara que não seja mais uma balsa furada — falou Chiara, com sua peculiar acidez. Depois deu de ombros, como se já tivesse feito tudo o que estava ao seu alcance, e mudou radicalmente de assunto: — Lucia curou sua doença?

— Do que está falando? — perguntou Cardano, um pouco assustado com a pergunta.

— Quando era criança, Lucilla, aquela garota que só você via, disse que seu casamento seria com uma moça em tudo parecida com ela, uma moça que curaria a sua doença. Pelo menos foi isso que você mesmo me contou... Estou errada?

— Eu disse isso? Curar minha doença? — Cardano, desnorteado, não conseguiu responder à pergunta de Chiara.

— Acho melhor conversar com sua esposa sobre isso — falou Chiara, acenando para um Cardano perplexo enquanto a carroça fazia a curva lentamente e tomava o caminho da capital do ducado.

Cardano não se sentia à vontade para falar com Lucia sobre o que tinha comentado com a mãe. Segundo refletiu, com certeza seria mal interpretado. Portanto, o melhor a fazer era enterrar de vez o assunto.

Na semana seguinte, Lucia aceitou com resignação a notícia de que todos teriam que se mudar para o *xenodochium*.

— Marido, é hora de parar de desperdiçar dinheiro no jogo de apostas, compreende? — advertiu Lucia de maneira suave. — Agora temos um filho para cuidar.

— Feche sua boca! Não há necessidade de falar sobre isso, Lucia! Pensa que estou contente? Eu, um médico, rebaixado a esta situação? — Cardano bufou, com a cara fechada. — Já tive um primeiro livro sobre o destino que foi vendido a uma editora. Recebi pouco, eu sei.

Como convinha a um marido, Cardano não falava sobre valores com a esposa.

— O início é assim, devemos ter paciência — continuou, um pouco mais calmo. — Tenho uma proposta do prefeito do Ospedale Maggiore para dar aulas de Geometria e Matemática no Piattine. Serão cinquenta escudos por ano. Irei a Milão acertar os detalhes e depois volto para buscá-los. A humilhação vai acabar, eu garanto.

— Piattine é a mesma escola de seu pai?

— Essa mesma...

— Imagino que deva estar orgulhoso — comentou Lucia de forma carinhosa.

— Tem razão. Tenho bastante orgulho. Eu mesmo assisti a algumas aulas lá — respondeu Cardano, com feições mais amistosas. — Não será um grande estipêndio, mas é um começo. É uma pena que o duque Francesco Sforza tenha morrido. E eu, que o conhecia, nem estava lá. Era uma grande vantagem que não aproveitei. Que idiotice a minha! — Deu um golpe com força na mesa. GianBattista estremeceu, depois ajeitou-se e virou-se para o lado. — Nosso lugar não é aqui, Lucia.

Olharam mais um pouco para o fogo que queimava embaixo da pesada chapa de ferro. GianBattista continuava a dormir, tranquilo. Cardano tomou coragem de contar o sonho que tivera na noite anterior:

— Tive um sonho — começou o relato, percebendo que Lucia demonstrava interesse em escutar. — Eu corria para a base de uma montanha, que estava ao meu lado esquerdo, junto com uma multidão de pessoas, de todos os tipos: *uomini, donne, vecchi, giovani, poverelli, ricchi*. Mulheres, jovens, velhos corriam atabalhoadamente. Perguntei a um deles, ao meu lado, qual era o destino, e ele me respondeu: "*Alla morte*."

"Fiquei terrificado e fugi para outra montanha à direita, agarrando-me às videiras — continuou Cardano, angustiado. — Cheguei ao cume, ofegante, ultrapassando meus limites, desvencilhando-me de rochas escorregadias, prestes a cair em um fenda sombria, *un abisso tenebroso*! Entrei então em uma choupana, onde um garoto, *un fanciullo*, de 12 anos, todo vestido com uma roupa cinza, segurou minha mão."

— E depois? — perguntou Lucia.

— Nesse exato momento meu sonho esvaneceu — respondeu Cardano. — Acordei e comecei a refletir o que significaria.

— Como assim? — questionou Lucia. — Sonhos têm significado?

— Sonhos não são o que parecem — explicou Cardano. — Às vezes preveem eventos; em outras situações nos contam, de forma curiosa, o que está em nossos pensamentos ocultos. Nesse caso eu analisei como uma profecia, apontando para a imortalidade do meu nome. A glória eterna no futuro está nas videiras, que sempre rendem frutos. Sim, *la vigna e la vendemmia*. Mas também interpreto a vinda da prisão, sofrimento e muito trabalho duro. A pequena e aconchegante casa e o menino mostram que existirão momentos de tranquilidade. A visão do abismo, no entanto, me apavora.

— Algumas coisas terão que ser — falou Lucia. — Vamos dormir. — Beijou-o carinhosamente e apagou a vela que ardia ao seu lado.

A chama que movia Cardano para conseguir seu nome imortalizado, de ser adulado por seu conhecimento, continuava presente, apesar de todos os fracassos que enfrentara até então.

Uma coisa eu sei, desde sempre, escreveu. *Hoc unum sat scio*, o desejo do meu nome tornar-se imortal está comigo. *Inextinguibili nominis cupiditate...*

Sei também que sou tímido, de cabeça quente e coração frio, dado a reflexões e considerações sobre grandes e pequenas coisas. Não ataco ninguém, apenas me defendo. Sempre treinei fazer com que minha face não revelasse meus pensamentos. Esse é o segredo. Esse é meu trunfo.

Opistótono

Os meses seguintes, após a mudança de todos para Milão, foram de muito trabalho. Para a jovem Lucia não foi nada fácil, pois o pequeno GianBattista ficava repetidamente doente, com episódios de febre e crises de falta de ar e sufocação. Para Chiara também não. Tinha esgotado suas economias e precisava suar mais para tirar algum dinheiro da lavagem de roupas e preparação de comida para viajantes. Cardano intensificou seu trabalho, pois acabou assumindo também o serviço médico do Capitolo di Sant'Ambrogio, além das aulas do Piattine.

Capitolo era a maneira de se chamar uma reza rápida, mas também significava o corpo canônico, a comunidade eclesiástica, o *canonicorum collegium* e, por conseguinte, as dependências da igreja. Apesar de ter aceitado a oferta de apenas cinco escudos por ano, conseguiu o apoio dos frades para exercer a Medicina e começar a ser conhecido em Milão.

Sempre que possível, trocava ideias com o *priore* Francesco Gaddi, o superior dos padres agostinianos de Sant'Ambrogio, um homem áspero e autoritário, mas muito agradecido a Cardano pelo tratamento que tinha proposto à sua doença de pele.

— Veja, doutor Cardanus. — Francesco Gaddi levantou a manga de sua camisa. — Melhorou completamente. Fantástico! Nesses dois anos, eu tinha sofrido como um condenado em cela úmida, com coceiras terríveis.

— *Curavi ex lepra biennali* — respondeu Cardano, orgulhoso.

— Muitos doentes têm agradecido aos frades pelo seu serviço. Não sou apenas eu quem venera sua magia.

— Tem sido recompensador, *priore* Gaddi. Apesar do intenso trabalho neste início, que é uma fase de adaptação, sinto como se já estivesse aqui há muito. — Cardano sentou-se em uma das cadeiras do refeitório, sendo acompanhado pelo prior. — Tenho ciência que devo minha volta à religião cristã de Roma, à qual agradeço.

— Nossa fé está em perigo, doutor.

— Está se referindo a Lutero? — perguntou Cardano, enrugando a testa.

— Seria bom se fosse apenas isso. O Império Otomano está no coração da Europa. É assustador! Do outro lado, Henrique VIII declarou-se chefe supremo da Igreja da Inglaterra. Como é possível um rei perder a compostura religiosa dessa forma?

— E o que vai acontecer? — perguntou Cardano, boquiaberto.

— Não sei e ninguém sabe. Esta é a resposta. Tudo por causa do traseiro de uma mulher. Ao que parece, ele obteve o divórcio e está para se casar com Ana Bolena, se já não se casou. Seguramente uma mulher de má fama.

O prior não sabia que a segunda esposa de Henrique VIII tinha sido presa por conspiração e adultério, decapitada e já substituída por uma das damas de companhia da ex-rainha.

— O rei inglês vai ficar sem punição? — perguntou Cardano.

— Ele já teve mais de uma punição divina, segundo dizem. Tem uma ferida na perna que cicatriza, parece que vai melhorar e depois volta a verter pus. Pegou também a doença do suor alguns anos atrás.

— *Sudor anglicus?* Espero que esse mal não chegue até a Lombardia.

Cardano se referia à doença quase sempre letal que iniciava com tosse e evoluía com febre, mente confusa e suor fétido. Uma imensa quantidade de ingleses já tinha sucumbido. De tempos em tempos, o *sudor anglicus* voltava. A tosse, primeiro sinal, deixava claro que a pessoa estava possuída pelo mal.

— *L'amur, la fiama e la tuss se fan cugnuss* — repetiu Francesco Gaddi o bordão no dialeto *milanese*, lembrando que se faziam conhecer, ou seja, que não era possível esconder, o amor, o fogo e a tosse.

— Bem, mas ele conseguiu sobreviver... — franziu a testa Cardano.

— É verdade — reconheceu Francesco Gaddi —, e assim foi com o herege Martin Lutero. Pegou também o suor inglês e se safou. Lutero escreveu recentemente *La Confessione di Asburgo*, uma tentativa de unir quem está protestando contra a Igreja Católica.

— Isso é resultado do encontro na Germânia, que aconteceu a pedido do imperador?

— Sim, claro. Na verdade, cada um fala uma coisa. Eles estão divididos. Isso mostra como a Igreja de Roma é única e em breve voltará a reinar em todo o continente — falou em tom de pregação Francesco. — Para isso, ajudaria muito se o papa trouxesse o maior tesouro de Cristo, o manto em linho que o envolveu assim que ele morreu. Imagine só o perigo que corre na França! A capela de Chambéry pegou fogo, e o manto quase foi perdido. É inacreditável! Mas, felizmente, parece que não sofreu grandes avarias...

— *Amen!* — Cardano suspirou e procurou deixar a conversa um pouco mais leve. — Então me fale das boas notícias...

— Ah, estou muito orgulhoso com meu sobrinho! Ele vai ajudar Michelangelo Buonarroti a pintar a parede atrás do altar da Capella Magna, que agora se chama Sistina. Só lamento o fato de eles apagarem os afrescos da *Ascensão da Virgem*, junto aos apóstolos. Há até quem duvide se o *Juízo Final* do mestre Buonarroti ficará melhor que a pintura do Perugino.

— Por que Sistina? Por causa do papa?

— Isso mesmo. Sisto della Rovere morreu há uns cinquenta anos. Ele reestruturou aquela pequena igreja na época. Mestre Buonarroti já fez alguns afrescos lá. Agora nossa família Gaddi, que é de Florença, tem mais um integrante na arte da pintura e estará presente em Roma, uma cidade que felizmente conseguiu se recuperar daquele horroroso saque. Já tivemos Gaddo, Taddeo, Angelo... — Francesco levantava o queixo quando falava dos pintores de sua linhagem. — Taddeo, por exemplo, trabalhou com Giotto!

— Muito bem — parabenizou Cardano, para depois completar. — Da minha parte, espero também ter ilustres descendentes. Minha mulher está grávida. Em breve, terei uma família maior. Posso dizer que, se meu primeiro filho sobreviver às febres, teremos um novo médico na família.

— Ou um escritor! O que está preparando, doutor?

— Muita coisa... — Cardano pensou um pouco. — Terminei *Arithmeticæ Parva*, ou Pequena Aritmética. Talvez o chame de *Practica Arithmeticæ*, uma pequena amostra do tema para os estudantes do Piattine. São cálculos básicos.

— De somas e subtrações? — O prior ficou intrigado.

— Também sobre os números perfeitos, aqueles que gozam da preferência de Deus. Santo Agostinho escreveu que o número seis é o número perfeito em si mesmo.

— Desculpe a ignorância, doutor, mas o que são mesmo os números perfeitos? Acho que já soube, mas esqueci... — falou *priore* Gaddi, com discreto constrangimento.

— São números resultantes da soma de seus divisores. Observe que o número 6 pode ser dividido por 1, por 2, e por 3. Some 1, 2 e 3 e terá 6! — Cardano franziu a testa, levantando o supercílio direito, para continuar logo em seguida. — São raríssimos. Depois do 6 vem o 28. Lembre-se: são 28 dias para o ciclo lunar. Não são números apenas perfeitos, são divinos!

— São vinte e oito dias para o sangue feminino! — O prior gargalhou.

— Não tinha pensado nisso — sorriu Cardano. — Mas verdadeiramente intrigantes são os números amigos. A soma dos divisores resulta no número amigo e vice-versa.

— Os números dos talismãs?

— Sim — concordou Cardano —, os famosos 284 e 220. Por isso é que eles são muito usados. São amigos. A soma dos divisores de 284, ou seja, 1, 2, 4, 71 e 142, dá 220, e a soma dos divisores deste tem como resultado 284. Não é incrível?

— Estou assombrado... — admitiu o prior.

— Também estou escrevendo um livro sobre a conduta dos médicos, um outro sobre todas as coisas físicas e uma coletânea de horóscopos. Meu pai me introduziu na arte da Astrologia, o senhor sabe... Bem, muita coisa está sendo preparada, *messer* Francesco. O mundo verá do que sou capaz! Enquanto isso, continuo trabalhando duro. O conde Camillo Borromeo, assim como o cardeal Andrea Alciati, já me disseram que pedirão meus préstimos, caso seja necessário. Mesmo sem o aval do Colégio dos Médicos, meu nome tem circulado pelas ruas de Milão.

Os dois levantaram-se, e o prior fez uma pequena reverência, despedindo-se.

— Continue assim, rapaz. Ah, quero ser o primeiro a saber dos seus escritos publicados. Até depois de amanhã.

Cardano retribuiu o cumprimento, e saíram para o átrio do prédio.

A família parecia estar vivendo dias melhores. Cardano alugou uma nova casa, um pouco mais ampla, perto da Porta Tosa, e a mãe foi morar com eles. Já podiam ter mais um servo, uma ama e outra mula.

Nos momentos de folga do trabalho, Cardano tocava um pouco da flauta para seu filho GianBattista, que já passara dos 2 anos; no fim da tarde, sempre às cinco batidas do sino, encontrava o vizinho Giovanni e conversavam por meia hora à soleira da entrada da casa dele; às vezes ia pescar, ou nadar no rio, mas, principalmente, debruçava-se sobre seus livros, lia e escrevia.

Lucia, ainda bastante jovem, com seus 17 anos, continuava, como sempre, mais madura do que aparentava. Chiara, agora passando dos 70, estava mais lenta e com menor capacidade de trabalho; ainda assim, ajudava nos afazeres da casa. As duas mulheres de Cardano, por terem personalidades bem diferentes, complementavam-se, vivendo em relativa harmonia. Ele, por sua vez, estava otimista. Como tinha relatado ao *priore* Gaddi, seus serviços estavam sendo mais requisitados.

Na semana seguinte à conversa que teve com o prior, Cardano notou algo estranho em sua casa. Teve a sensação de que deveria ir para o canto do armário de armas. Levantou-se, parou em frente do móvel. Esperou um pouco. Nada. Passou então junto ao crucifixo e sentiu um forte cheiro de velas queimadas. Ao se distanciar da parede, o cheiro desaparecia. Ficou intrigado. Chamou o garoto que trabalhava na casa.

— Carlo, venha aqui.

— Sim, mestre.
— Sente algo?
— Não — respondeu o garoto.
— Vá para perto do Cristo.
— Minha nossa, estou sentindo! — O servo Carlo surpreendeu-se. — *Un grande odore di cera!*

Quando Lucia foi ao local e teve a mesma impressão, porcos começaram a grunhir, seguidos de patos grasnando, em grande quantidade. De repente, silêncio. Chegaram à janela, mas nada viram. Cardano não conseguiu pregar o olho por toda a noite. Sabia que se tratava de um portento de morte.

No dia seguinte, trabalhou preocupado no Convento de Sant'Ambrogio e, ao fim da tarde, não retornou diretamente para casa, como sempre fazia. Por causa de um chamado, foi direto para a casa do conde Borromeo, *illustre gentiluomo e dei principali della città*. O garoto, com idade em torno de 7 anos, parecia ter uma doença leve, *exiguo laborare morbo*, com febre baixa. Ao sentar-se ao lado do leito, segurar seu braço e sentir as batidas do coração, notou que o pulso falhava a cada quatro batidas. Examinou as mucosas, observou dentro da boca e cheirou seu hálito. Voltou a prestar atenção ao pulso. Continuava a falhar, *ogni quarta battuta*.

— Doutor Cardanus, pode dizer a sua impressão? O que está acontecendo com meu filho?

— Estou preocupado com a falha no funcionamento do coração, condessa. Não é possível determinar ao certo o que está acontecendo. Pode ser uma doença leve. Pode ser algo mais sério.

Cardano lamentou não realizar um diagnóstico mais preciso por não ter em mãos o livro de Galeno sobre os pulsos, *Praefagiis ex pulsibus*, mas deveria tomar uma decisão. Tinha à sua frente um paciente e uma família esperando sua orientação médica. Fez então a prescrição de uma planta purgativa das Índias, a *Operculina Turbithum*.

— Mensageiro, por favor, peça ao boticário para aviar esta receita: *Diarob cum Turbit*. A infusão deve ser preparada imediatamente e oferecida a cada duas horas.

O rapaz tomou a receita e foi confirmar com o conde se ele precisava de algo mais, antes de sair para a botica próxima.

No mesmo momento, Cardano lembrou-se do sonho de morte que havia tido na turbulenta noite anterior, em seus poucos minutos de sono, além do sinal do cheiro de velas queimadas, outro mau agouro.

E se o jovem morrer, como avisou meu sonho?, perguntou a si mesmo Cardano. Se o jovem morresse, continuou em sua reflexão, os médicos do Colegiado de Milão, alguns hostis à minha presença, certamente colocariam a culpa na medicação prescrita, pois não era um item muito comum no receituário. Com um estalo, arranjou uma desculpa para trocar sua orientação.

— Espere! — falou firme ao mensageiro, que já estava na porta. — Tenho que acrescentar um detalhe na receita.

Rasgou o que tinha prescrito e, dessa vez, escreveu uma formulação diferente: pó de pérolas com osso de unicórnio. *Margaritis cum osse monocerotis*. Combinou com o conde e a condessa que retornaria diariamente para analisar a evolução do quadro febril. A volta para casa foi carregada de angústia. Sabia que algo lhe escapava no caso do garoto doente.

Ao chegar e cumprimentar a mãe, teve a triste notícia sobre seu vizinho.

— Foi atingido por um raio, Girolamo — explicou Chiara —, na soleira da porta. Se estivéssemos passando em frente da casa, teríamos sido queimados pela explosão. Os funcionários do Lazzaretto recolheram o corpo, pois aquela mulher que vivia com ele estava fora da cidade.

— Giovanni... atingido por um raio — falou Cardano, surpreso. — Eu poderia estar lá!

— Foi o sinal de ontem, marido, dos cheiros e sons — disse Lucia. — Você nem dormiu bem, não é mesmo?

— O Senhor não quis este destino, por ora — disse Cardano, fazendo demoradamente o sinal da cruz. — Pensei que estivesse relacionado ao paciente que atendi, uma criança. Até troquei a receita dele, esperando pelo pior. Algo maior está reservado para mim, agora tenho absoluta certeza...

Saíram todos e levaram tochas para observar o local onde estava Giovanni no momento em que caiu o raio. Ele era uma pessoa simples, sempre propenso a fazer o bem, bastante apreciado pelo seu ofício de seleiro e artesão de esporões para cavalo, mas, para alguns, tinha como grave defeito viver em concubinato com uma mulher mais velha, sem ter feito laços de matrimônio.

O pequeno GianBattista acompanhou-os, grudado à mãe, quase caindo. Desde que começara a andar, puxava um pouco a perna direita. No início, todos acharam que era apenas um andar passageiro. Agora não havia dúvida de que o garoto realmente permaneceria coxo.

Ficaram algum tempo sem falar nada, observaram os pequenos sinais chamuscados na soleira da porta e a sinalização na entrada feita pelos homens do Lazzaretto.

— Essa energia não é boa para o bebê, Lucia — disse Cardano, olhando para a barriga, que começava a se formar. — Não é bom passar por situações assim, pois isso pode afetar a gravidez.

— Então toque um pouco para nós, meu amo — sugeriu Lucia. — Faz algum tempo que não ouço sua música.

A sugestão foi bem aceita. Sentaram-se, então, no chão do cômodo central da casa. Cardano tinha comprado uma espécie de pequeno alaúde, ou lira, chamada de *lira da braccio*, que era colocado entre o queixo e ombro e se tocava com um arco de crina de cavalo, mas ainda não conseguia tirar muitos sons daquele instrumento.

Preferiu pegar sua grande flauta doce e iniciou um *passamezzo* bem conhecido e agradável, uma sequência de melodias que se repetiam e poderiam ser adicionadas aos sons de outros instrumentos. Chiara gostou da sugestão e tirou seu alaúde, entrando no *passamezzo* e inundando o ambiente com um som tão mágico e puro que deixou embevecido o pequeno GianBattista.

Naquela noite, todos dormiram bem. Cardano, antes de pegar no sono, partindo do pensamento de Aristóteles, refletiu como a música provocava uma profunda influência na alma humana, baseada na *voluptas*, no prazer. De um lado, a música atuaria curando doenças, mas, como todo remédio, poderia amargar efeitos também negativos.

Lembrou-se de como seu mestre Leo Oglonus sofria de um distúrbio da mente resultante de sua imersão contínua na arte. Considerou, dessa forma, como instrumentistas profissionais sofreriam de impaciência e seriam corroídos pelo modo de vida lascivo, denotando algo ainda mais sério, ou seja, uma afecção grave e inexorável do caráter.

Cardano não se considerava um exímio instrumentista. Era, antes, um amante da contemplação, da reflexão e da teoria. *In musica ego ineptus, contemplatione non impar.*

Quando voltou à casa do conde Borromeo, na tarde do dia seguinte, encontrou na porta um médico do Colegiado de Milão. Cumprimentou-o com polidez, trocaram algumas palavras amigáveis, mas ficou bastante preocupado com o ocorrido.

O conde explicou-se, dizendo que estava desesperado com a possibilidade de acontecer algo grave.

— O médico do colegiado falou que não havia necessidade de trocar a receita, doutor Cardano. Concordou totalmente com sua conduta.

O garoto, no entanto, tomava o pó com dificuldade, vomitando às vezes e evidenciando uma piora progressiva de seu estado.

No terceiro dia, Cardano constatou que as batidas do coração estavam mais fracas, com falhas frequentes. Decidiu permanecer com o paciente em seus últimos momentos. Conforme tinha dito Hipócrates, a Medicina permitiria algumas vezes tratar; em outras tantas, aliviar. Mas agora, estar ao lado da família era tudo o que poderia fazer: confortar. *Guarire qualche volta, alleviare spesso, confortare sempre.*

No início da noite, o garoto se foi. O desespero do pai, ao constatar a sua morte, fez Cardano lembrar-se do livro que tinha ganho do barbeiro-cirurgião Achilles. Em um dos capítulos, Sêneca escrevera ao amigo Lucílio, consolando-o da perda do filho: O espaço compreendido entre o primeiro e o último dia é variável e incerto. Se levas em conta as doenças, é longo mesmo para as crianças. Se levas em conta a rapidez, é curto mesmo para os velhos. Como conseguimos lidar com a tragédia?, questionou-se o médico. Poderemos ser felizes depois de momentos tão duros?

Com essas perguntas sem resposta, Cardano tinha acompanhado os últimos momentos de uma criança que nada pôde realizar, de uma pessoa que tinha vivido tão pouco aqui na Terra. Esse fato o fez recordar do pequeno Niccolò, que voltou em sonho mais uma vez, naquela noite.

O médico não apenas recebeu essa visita, como reviveu os recentes momentos de agonia da família de seu pequeno paciente ao presenciarem a descida do corpo, envolto em panos brancos, na lateral da Igreja de Sant'Eusebio.

Acordou e pegou a pena, tomado por uma força indizível que o empurrava a não abandonar o projeto enquanto não estivesse terminado. Foram quinze dias em que escreveu alucinadamente, quase sem parar. Seu servo avisou no Piattine e no Convento de Sant'Ambrogio que Cardano estava impossibilitado de comparecer; assim que se recobrasse, estaria de volta. Chiara e Lucia ampararam-no na empreitada.

Esgotado por comer pouco, restringir o sono a poucos cochilos e ficar curvado sobre a escrivaninha, finalizou o livro, entregando ao servo com ordens expressas de despachar o documento para Veneza, aos cuidados de Ottaviano Scotto, seu amigo dos tempos da faculdade. Caiu então em sono profundo e só acordou na noite do dia seguinte.

Não se passaram muitos dias, e o próprio Ottaviano veio a Milão. Adiantou alguns compromissos que tinha na cidade para encontrar-se com Cardano. Ao chegar, não perdeu tempo; enviou o mensageiro e solicitou que comparecesse o quanto antes no albergue em que estava. Os amigos do tempo de faculdade abraçaram-se quando se viram.

— Lamento não o ter encontrado quando veio a Veneza, Girolamo. Alguns negócios nos puxam como os cavalos a uma carruagem — falou Ottaviano logo após sentarem-se à mesa.

— Imagino — respondeu Cardano. — O fato é que estou muito curioso para saber suas impressões do livro. Antes quero apresentar o rapaz que veio morar comigo, o *pupillu* Ludovico Ferrari. Vou ser o tutor dele daqui em diante; serei o responsável pela educação do seu intelecto. Tem apenas 15 anos, mas é muito capaz.

O jovem Ferrari cumprimentou Ottaviano e retirou-se para um canto da sala, onde sentou-se em silêncio para observar a conversa dos dois amigos.

Cardano retomou o tema.

— Então, caro Ottaviano, leu meu livro do começo ao fim?

— Com certeza! Devorei com gosto e estou aqui, pois queria discutir alguns detalhes — começou Ottaviano. — Já posso dizer de antemão que vou publicá-lo, conforme o que tínhamos combinado. Tenho minhas dúvidas se venderá bem, mas isso não importa.

— Gostou do título? — perguntou Cardano.

— Deixe-me ver... — Ottaviano mirou a primeira folha do manuscrito que estava em cima da mesa. — *De malo recentiorum medicorum medendi usu libellus* é interessante. Falar da má prática da Medicina pelos médicos atuais, já no título do livro, é bastante provocativo. Para mim, como editor, é ótimo, pois instiga mais pessoas a comprarem. O que me pergunto é se, da sua parte, há fôlego para enfrentar as críticas e represálias da sua classe profissional.

— Não, Ottaviano! — discordou Cardano. — O objetivo é mostrar que conheço a Medicina a fundo, auxiliando na interpretação dos diagnósticos e das condutas. O médico que não está ciente desses detalhes poderá exercer a arte com má prática, *de malo medendi*. Entenda o seguinte: sou conhecido em Milão como professor de Matemática, Geometria e Arquitetura. — Torceu o nariz. — Para pleitear novamente a admissão no Colegiado, devo demonstrar que domino a Medicina, tanto em seus aspectos de diagnóstico como de cura.

— Faz sentido... — respondeu Ottaviano, ainda não totalmente convencido. — Nesse caso, vamos em frente! Vejo que dedicou a Filippo Archinto. Ótimo. Fiz algumas anotações para entender um pouco mais sobre o tema, pois não sou médico e talvez eu mesmo tenha que fazer correções na prova final — continuou, folheando algumas páginas do livro. — Como mora longe de nós, não podemos ficar com tudo parado e enviar um mensageiro a cada vez que aparecer uma dúvida.

— Claro, entendo perfeitamente... — disse Cardano, com razoável ansiedade.

— Você criticou os médicos que não usam o vinho em suas receitas. Muito bom. Além disso, disse que não pode ser feita a sangria, a retirada de sangue do corpo, quando o paciente está no pico da doença, ou está com muita dor. É isso mesmo? A extração de sangue não melhora as doenças?

— Um grande erro, como disse no livro, é achar que só há um tratamento para muitas doenças. Pior ainda, sangrar o paciente pode levá-lo à morte — disse Cardano, convicto de sua posição, mesmo sabendo que iria contra o senso comum. — Esta lista de setenta e dois erros da prática médica inclui, como você disse, a falta de uso de vinho, mas lembre-se que escrevi que o peixe deveria ser recomendado, ao contrário da carne, principalmente em pessoas com febre.

— É verdade — concordou Ottaviano, folheando o livro para encontrar outra passagem que tivesse chamado a sua atenção. — Aqui há a descrição de uma doença nova, a *morbus pulicaris*.

— Sim, esse nome foi dado porque as lesões pareciam picadas de insetos.

— Muito bom! — falou, animado, o editor. — Até aqui tudo compreendido. Depois, no entanto, fiquei confuso. Está escrito que, muitas vezes, é melhor não fazer nada com o físico que fazer muito. Pode explicar?

— Talvez não tenha sido claro. — Cardano torceu a boca. — Médicos agridem o físico do paciente com sangrias, compressas, emplastros e lavagens, mas existem muitos aspectos que devem ser considerados antes de se pegar a pena e fazer uma prescrição, Ottaviano. Talvez seja difícil se ele não tiver muito tempo para conversar; com o decorrer da consulta, aspectos escondidos vêm à tona e dão mais informações sobre o doente e a doença.

— Certo — concordou Ottaviano, admirando as observações. — Vou ler outro trecho completo para você refletir se é isso mesmo que queria escrever, ou se deseja fazer alguma modificação.

Assim continuou o encontro de Ottaviano Scotto com Girolamo Cardano, acompanhado pelo jovem Ferrari. Por mais duas horas, discutiram detalhes do texto e dúvidas de compreensão foram sanadas. O editor de Veneza também ficou sabendo dos projetos atuais de Cardano, que incluíam um tratado enciclopédico sobre as diversas coisas materiais, um livro sobre horóscopos de destacadas pessoas, incluindo a carta astrológica de Jesus Cristo e, seu grande desafio, a descrição de novas fórmulas matemáticas em uma obra que chamaria de *A Grande Arte, Ars Magna*. Ferrari estava ajudando na empreitada, pois tinha se mostrado um aprendiz extremamente eficiente e aplicado na matéria. Nunca o médico escrevera tanto e tão rapidamente.

Antes de se despedirem, Ottaviano perguntou sobre a família. Sabia que já tinha perdido o pai, mas não sabia dos filhos.

— Já está no segundo filho, muito bem! — exclamou o editor de Veneza.

— Lucia está no meio da gravidez — respondeu Cardano, com serenidade —, mas não tenho tido muito tempo para a família, como deve ter percebido. Às vezes toco alaúde para meu filho GianBattista; é tudo. Minha esposa é de uma paz divina. O problema é minha mãe. Já está bem velha e, com seus 70 anos, não consegue mais andar direito. Tem sofrido bastante. A vantagem é que seu gênio difícil foi suavizado com o decorrer do tempo — completou, dando um sorriso.

— E a cidade está tranquila, não? Gostei dos ares que encontrei.

— Ainda bem que não existem mais aqueles tumultos — concordou Cardano.

— Com a morte de Francesco Sforza, agora temos um imperador para Milão e para toda a Itália! — falou, animado, Ottaviano, deixando transparecer que estava fazendo um *scherzo*.

— É verdade. — Sorriu Cardano. — Mas a tranquilidade é fugaz, meu caro. A disputa do imperador com o rei da França parece não ter fim. Fui a Piacenza recentemente, por indicação do senador Archinto, e fiquei em dúvida se mudaria para Roma a fim de trabalhar na corte do papa Paulo III. Ao que parece, a cidade papal se recuperou do saque que a vitimou há alguns anos.

— Mas, afinal, vai para Roma ou não? — perguntou, surpreso, o editor.

— Quero estar mais livre e dizer o que penso, Ottaviano. Acho que estaria muito próximo de alguns setores da Igreja que querem perseguir e punir pessoas por suas convicções. Não admiraria se em breve criassem uma nova inquisição contra aqueles que chamam de hereges.

— É verdade... — admitiu Ottaviano. — Para mim, que estou acostumado à liberdade de Veneza, seria a morte!

— Quando o livro sair, farei nova requisição no Colegiado de Milão. Tenho certeza de que agora as opiniões vão mudar. Só desejo três coisas — falou Cardano, sorrindo: — Fama, felicidade e dinheiro.

— Só? — Ottaviano gargalhou. — E a cátedra de Pavia, que ofereceram a você? Também vai recusar?

— Como vou aceitar se eles não têm como me pagar? — Cardano abriu as mãos, levantando-se para se despedir do amigo. — Se eu tivesse já alguma fama, poderia fazer as aulas extraordinárias, ou as particulares. Mas não é só isso. Todos dizem que a guerra vai estourar de novo e, como tem acontecido, Pavia estará na linha de frente. Não quero estar lá quando isso acontecer.

Cardano e seu pupilo Ludovico Ferrari voltaram a pé para casa, discutindo o novo projeto.

— Temos que terminar meu livro de matemática, Ludovico. O problema é que não encontrei ainda algumas soluções. Desconfio que não haja resposta.

— Todos comentam a grande vitória do matemático Niccolò Tartaglia em um debate na faculdade em Veneza. Ele tem a resposta para a equação cúbica, mestre.

— Se ele é o único que sabe a resposta — Cardano contraiu os lábios —, então devemos entrar em contato com ele. — Pensou um pouco mais e, logo em seguida, teve uma ideia: — Veja, podemos propor apresentá-lo como o descobridor da fórmula. Ele ficaria contente por ter seu nome gravado, e o livro seria de minha autoria.

— Será que ele ficará satisfeito com isso, mestre? — respondeu o pupilo.

— Talvez não. Vamos pensar um pouco mais.

— Quando desejar, poderei ir pessoalmente falar com ele.

— Perfeito, Ludovico. Analisarei qual será o melhor momento — respondeu Cardano logo antes de chegarem à casa.

O fim do ano trouxe bons ventos. Sem nenhum percalço, nasceu a menina que passou a ser chamada de Clara, em homenagem à avó, já bem cansada e doente.

Cardano não conseguiu participar integralmente de um momento tão importante na vida da família. Seu corpo, graças aos projetos que tinha assumindo, dava sinais de esgotamento. Os movimentos das juntas ósseas eram dificultados pela gota, e as hemorroidas traziam dor a cada ato de se sentar ou de produzir as necessidades orgânicas. *Hæmorrhoides etiam & podagra*, escreveu em seu diário *Vita Propria*.

Clara ainda estava na primeira semana de amamentação ao peito de Lucia quando Cardano começou a ter uma intensa descarga de urina, junto com uma desagradável coceira na pele. *Fluxu urinae, magno etiam & vexatus morbis cutaneis ac pruritu.*

Trabalhava muito, mas profissionalmente ainda não tivera um retorno financeiro significativo. Os pedidos de consulta aumentavam lentamente. Cardano tinha a firme impressão de que o livro sobre Medicina iria sedimentar seu nome na área, principalmente depois que fosse aceito pelo colegiado.

O ano de 1537 tinha apenas começado, no entanto, quando recebeu um chamado que o deixou apreensivo. O senador de Cremona, Francesco Sfondrato, patrono do colégio dos médicos de Milão, enviou um servo pela manhã de inverno solicitando a presença de Cardano para tratar de seu filho.

Não perdeu tempo. Apressou-se, colocando sua melhor capa e uma grossa bota. Felizmente não havia neve. Galeno tinha ensinado que um homem deveria se contentar com quatro conjuntos de roupas; ou apenas dois, se não contasse com as roupas de baixo. Mas os tempos havia muito estavam difíceis. Esses poucos conjuntos davam sinais de bastante uso.

No caminho, passou na botica de Donato Lanza para ter uma conversa rápida e entender o que estava acontecendo.

— Caro doutor! — O boticário recebeu-o afetuosamente, como sempre fazia. Tinha grande admiração pelo amigo, pois Cardano curou-o de uma tosse com eliminação de sangue que o incomodou por muito tempo.

— Fui chamado para ir à casa do senador Sfondrato. Sabe do que se trata, Donato?

— Certamente! Eu mesmo fiz a indicação. Sfondrato é um grande amigo. Falei de forma clara que seu trabalho deveria ser contratado, doutor

Cardano, pois o garoto dele não está bem — disse gravemente o boticário. — Doutor Luca Della Croce está acompanhando o caso, mas o senador não está satisfeito. Veja que outro filho de Sfondrato teve algo parecido, meses atrás, e resultou em uma criança meio viva, meio morta.

— Meu Deus... — Cardano fez cara de preocupação. — Isto pode ser uma situação muito delicada, Donato. Um médico do colegiado já está no caso!

— São dois os que acompanham o menino, na verdade. — Cardano arregalou os olhos, mas Donato continuou, bastante seguro: — Tenho certeza de que se sairá bem, doutor. Apresse-se!

Não havia mais como fugir do risco de se expor à situação. Chegou à magnífica casa, e um servo direcionou-o ao espaçoso quarto com duas grandes camas, onde poderiam dormir várias pessoas, cada uma com uma cômoda cuidadosamente trabalhada. As paredes laterais eram ornadas com marchetaria da melhor qualidade. Quatro longas janelas, que chegavam quase ao chão, com as pesadas cortinas parcialmente abertas, deixavam entrar os poucos raios de sol das oito horas da manhã.

Em uma das camas estava deitado o filho do senador. Sfondrato levantou-se e cumprimentou cortesmente o recém-chegado. Apresentou o doutor Luca, como preferia ser chamado, e outro médico, bem mais velho, doutor Cavenaga, cuja figura Cardano não conhecia. Luca discorreu sobre o caso em seus detalhes enquanto Cardano se perguntava se valia a pena realmente permanecer naquela encruzilhada. Estaria pronto a demonstrar conhecimento suficiente a dois médicos do colegiado?

Convulsões localizadas em uma parte do corpo, vômitos, febre, intensa dor de cabeça e profundo mal-estar. Estes foram os sintomas relatados. *Sfondratus, pater infantis,* acompanhava com atenção a descrição do caso. O doutor Cavenaga, por sua idade, seria o último a falar.

Cardano examinou a criança demoradamente. Analisou o pulso, o hálito, a cor da urina e a posição que a criança adotava na cama. Notou que a nuca estava rígida, não permitindo que fosse flexionada até o peito. Ao contrário, o paciente permanecia com a cabeça estendida para trás, gemendo o tempo todo. O médico pensou um pouco, tomou coragem e expôs seu diagnóstico. Era opistótono.

— *Signori*, o mal da criança é um *infans opistotono*!

O médico mais velho, *proto physicus* Ambrosium Cavenagus, ficou estupefato, como se quisessem confundi-lo com uma palavra difícil.

— Entendo o que quer dizer — adiantou-se o doutor Luca, desfazendo o constrangimento. — Refere-se ao espasmo dos nervos que contraem a cabeça da criança para trás, certo?

— Sim, *capite pueri quod pendulum erat in posteriora* — respondeu Girolamo Cardano, dando em seguida a descrição da grave patologia que poderia levar à morte, ou a uma vida incapaz. Ressaltou o fato de muitos médicos acharem, no entanto, que a causa da doença era uma imbecilidade, *ex imbecillitate*, forçando a nuca a pender a cabeça sobre seu próprio peso.

Os dois médicos fizeram sinal para que Cardano continuasse livremente a exposição de seu ponto de vista.

— *Febrem convulsioni*. É melhor a febre suceder à convulsão, que a convulsão suceder a febre, disse Hipócrates. Quando o cérebro está afetado severamente, febre e vômitos de bile sobrevêm — continuou Cardano, sentindo-se mais seguro em sua argumentação. — Não podemos esquecer também o aforismo que fala especificamente de um caso como este: se a pessoa estiver oprimida pela febre, com a cabeça virada para trás e com dificuldade para engolir, mesmo sem nenhum inchaço no pescoço, este é um sinal de morte.

Doutor Luca ficou impressionado, falando em bom som que Cardano não tinha igual em sua arte de diagnosticar doenças.

— *In dignoscendis morbis non est Don Hieronymus par æqualis!*

Sfondrato, percebendo que Cardano tinha domínio do caso e recebera a aprovação dos outros médicos presentes, perguntou, ansioso:

— Já que conhece a doença, haverá remédio? — E acrescentou que, se o filho morresse, não deveria ser motivo de injúria de outros médicos. Cavenaga e Luca aquiesceram; Sfondrato disse então, emocionado, que, ao contrário, se o filho voltasse da doença para a cura, iria se tornar posse do médico.

Cardano foi firme em argumentar que a criança não deveria trocar um pai rico por um pai pobre e se contentaria em ter o apoio dos médicos presentes, sendo considerado por eles como um profissional à altura do colegiado.

— Tenho o prazer de estar junto a grandes médicos discutindo este caso — continuou Cardano. — E, se me permitirem, farei a proposta da medicação a ser utilizada.

Mais uma vez os doutores Luca e Cavenaga concordaram, mantendo-se em silêncio e aparentando apoio à decisão de um jovem médico que sentiu, naquele momento, que sua batalha estava ganha.

Partiu então para as orientações, escrevendo suavemente com sua pena sobre o papel.

— Fomentações de gaze com óleo morno de linhaça devem ser realizadas reagularmente, pelo menos três vezes ao dia. A ama que prestará os cuidados aplicará o óleo gentilmente até sua nuca voltar à posição normal.

Como a criança ainda era amamentada ao peito, mesmo apresentando 7 anos, a ama não deveria comer carne, em hipótese alguma, enfatizou o médico, acrescentando que, ao óleo de linhaça, seria adequado intercalar, se possível, óleo de flores de nenúfares, uma rara planta aquática em forma de círculo que ornamentava lagos em países quentes.

No dia seguinte, após completar duas semanas de doença, estando o clima mais quente e agradável, a febre cedeu, e a criança começou a melhorar, recobrando-se em quatro dias. Cardano escreveu em seu diário: *postqua prope XIV diem & tempus calidus, ut infans intra quatriduum convalesceret.* Era a cartada que precisava.

Passado um mês, voltou a conversar com o jurisconsulto Francesco Croce sobre a realização de um novo pedido de inclusão no Colégio de Médicos. O pequenino livro *De malo medendi*, título resumido que acabou sendo adotado nas conversas pela cidade, foi um tremendo sucesso. Todos os exemplares enviados a Milão foram vendidos. Ottaviano fez novo envio aos livreiros, além de um exemplar especialmente para Cardano, com uma carta que relatava seu contentamento em ver o êxito da obra do amigo. Despachou também um carregamento a Wittenberg e outro a Nuremberg, na Germânia.

— Veja que maravilha, Lucia! — Mostrou com orgulho sua primeira obra impressa na área médica, a primeira de muitas, acreditava. Era pequeno, menor que um *octavo*. O novo tamanho de livro, fácil de caber na mão, se tornara o mais comum entre os editores.

— Querido Girolamo, fico contente que tenha conseguido — falou a esposa, sempre pronta a lembrar que seus filhos também ficariam contentes se o pai desse um pouco mais de atenção a eles. Logo, no entanto, Lucia percebeu que a excitação dessa fase da vida do marido não permitiria isso.

GianBattista já corria pela rua atrás dos meninos maiores, e Clara tentava os primeiros passos, mas o médico e escritor Cardano parecia estar em outra esfera celeste.

— Pegue este livro, Ludovico! Não é fantástico? — perguntou Cardano, jogando-o nas mãos do pupilo, assim que ele entrou em casa. Dessa vez o médico esperava mais empolgação do que tinha sentido a esposa.

— Sensacional, mestre! — respondeu o pupilo Ludovico Ferrari, observando atentamente a capa e depois folheando as primeiras páginas. — Trago as novidades dos livreiros, conforme me pediu.

— Então diga! — gritou Cardano, a ponto de explodir de emoção. Deu a volta na mesa e sentou-se, para sorver com prazer as novidades da rua. — Fale-me o que acontece por aí, pois só tive tempo para o Capitolo di Sant'Ambrogio nestes últimos dias.

— Há pontos positivos e outros possivelmente negativos, doutor.

A expressão do médico mudou, e ele ficou possesso.

— Negativos? Que pontos negativos? — gritou ainda mais forte, dessa vez com muita raiva.

— Os livreiros estão muito satisfeitos, com certeza; o livro tem vendido muito — explicou-se Ferrari, tentando contornar a exasperação do mestre da melhor maneira possível. — É um sucesso, um verdadeiro assunto entre as pessoas que dominam a leitura.

— Sim... e que mais?

— Os médicos, no entanto... devo dizer... estão indignados. Estão muito bravos com o livro. Isso é o que me disseram.

As feições de Cardano novamente mudaram. Dessa vez, seu rosto ficou pálido. Não emitiu mais nenhum som e sentou-se lentamente, absorvendo o golpe da notícia.

— Estão indignados? — falou para si próprio, tentando entender a magnitude da nova realidade. — Mas é um guia para evitar erros... —

Refletiu então que caminho tomar. Não via uma solução fácil. Talvez seu pupilo pudesse... — Ludovico!

— Sim, mestre.

— Amanhã haverá a sessão aberta do Colégio de Médicos de Milão, na Igreja do Santo Sepulcro. Uma vez ao mês, eles permitem a entrada de outras pessoas da comunidade. Ninguém o conhece, meu caro. Preciso de sua ajuda.

Na noite do dia seguinte, o pupilo Ferrari compareceu incógnito à reunião. Foram informadas as posições do rei francês, que, aliado a Henrique VIII, tentava novamente conquistar a Lombardia. Lutava contra as tropas de Carlos V em Turim, mas, como era esperado, boa parte do encontro foi dedicada a discutir o impacto do livro *De malo medendi*. Houve alguns médicos, como o doutor Luca, que argumentaram ser apenas um bom livro com um título infeliz, mas a sensação de orgulho ferido dos colegas prevaleceu.

— Como pode um médico que sequer atende pacientes querer nos ensinar o que é Medicina? — perguntou um deles, ao lado de Ferrari.

— Ele é um maltrapilho! — falou outro.

— E fala mal da sangria; assim dissemina confusão entre os nossos pacientes!

Na fileira da frente, um senhor de mais idade colocou sua impressão para a plateia:

— Já presenciei uma exposição desse *signor* Cardano em Pavia, anos atrás. Ele é arrogante, é petulante; não serve para uma associação de homens da nossa classe... — disse, provocando novo burburinho na sala.

O médico que conduzia a reunião propôs a reprodução de um trecho do livro.

— Notem, senhores, que é recheado de erros crassos. Uma afronta ao latim e à nossa profissão. Tomarei a liberdade de corrigir os enganos durante a leitura. — Abriu o livro em uma das páginas marcadas e iniciou a leitura: — Não devemos fazer como nossos médicos, que, ao não rechaçar a palavra e a estima de Galeno, matam os doentes impunemente. Todos os dias morrem, graças à ignorância dos médicos galênicos, o dobro de pacientes quando comparados aos que são atendidos pelos médicos chamados de bárbaros. Infelizmente, os profissionais de hoje, preocupados em fazer discursos elegantes e rebuscados, não se preocupam em estudar cada doença em profundidade, incluindo sintomatologia, cura e prognóstico.

"Vejam mais esta parte, excelentíssimos colegas: O que dá mais autoridade aos médicos dos tempos atuais são as roupas, a carruagem, maneiras artificiais de lidar com os doentes; em suma, nada que dependa do aprendizado ou da experiência."

Como novas manifestações de repúdio se repetiram, principalmente depois da leitura do trecho em que desafiava a figura de Galeno, Ferrari decidiu se retirar. Já tinha visto o bastante.

Cardano ficou estarrecido e envergonhado com a repercussão do livro. Sua primeira incursão editorial fora um prognóstico astrológico, que passou despercebido. Agora que poderia ter sucesso com um livro médico, o efeito tinha sido o contrário do que esperava.

Ferrari trouxe uma informação interessante, de todo modo: ouviu o comentário de que um barbeiro-cirurgião francês iria apresentar sua experiência de tratamento de feridos de guerra no Ospedale Maggiore naquela semana. Um padre tinha visto o trabalho dele e recomendado o convite à paróquia em Milão.

Seria uma oportunidade de se distrair um pouco, afinal, pensou Cardano. Queria esquecer o impacto do livro *De malo medendi*. Como se não bastasse, quando conversou com Francesco della Croce para que ele adiasse o novo pedido de inclusão no Colégio de Médicos, o jurisconsulto dissera que era tarde demais, pois já tinha protocolado a solicitação. Ou seja, além de tudo, provavelmente teria que amargar a negação humilhante do colegiado uma vez mais.

Resignou-se e foi à exposição do francês. Era um fim da tarde. O jovem mirrado, com menos de 30 anos, chamava-se Ambroise Paré. Vestia-se de forma discreta, como convinha a um ajudante no *front*. Possuía uma voz suave, mas firme. Explicou que tinha trabalhado no Hôtel Dieu, em Paris, onde recebera a designação de cirurgião. Sua família não tinha posses suficientes para que ele fosse médico, mas logo foi chamado a seguir o exército, como convidado do coronel Montejan. Uma grande honra, sem dúvida. Os grandes nobres eram acompanhados de seus médicos particulares, explicou. Outros traziam barbeiros-cirurgiões. A grande maioria, no entanto, estava jogada à própria sorte.

— Não tenho salário regular — continuou Ambroise Paré. — Meus pagamentos são eventuais, conforme minhas tarefas. Além disso, quero deixar bem claro que não lutamos contra os italianos, e sim contra os imperialistas, caros senhores. A verdade é que eu não estava preparado para o que iria ver. Gostaria de compartilhar com todos aqui presentes um pouco dessa experiência.

Fez silêncio, como se estivesse rezando pelas almas do campo de batalha.

— Entramos em Turim desordenadamente, passando por cima dos corpos dos soldados caídos. Alguns ainda não estavam mortos e gritavam, desesperados. Lamentei não estar em Paris. Não vim para cá para ver esse tipo de espetáculo. Marcou-me especialmente o momento em que cheguei em um estábulo e vi três soldados encostados na parede, com ferimentos profundos de arcabuzes. Não falavam, nem gemiam. Tinham apenas a expressão de horror gravada em suas faces. Um soldado, que entrou logo atrás de mim, perguntou se os ferimentos teriam cura. Respondi que não. Então, gentilmente, ele cortou a garganta dos soldados feridos, sem remorso. Fiquei indignado, mas ele me garantiu que estaria feliz se fizessem o mesmo com ele.

"Foi a primeira vez que vi esses ferimentos de arcabuzes e canhões — continuou Paré, com a plateia absorta em seu relato —, principalmente quando atacamos, com ajuda de suíços, as tropas do imperador nas montanhas próximas a Turim. Já tinha lido o livro de tratamento de feridas de John de Vigo, em que ele orientava o uso do óleo fervente de sabugueiro, ou de azeitonas, misturado com melaço, pois a pólvora faria penetrar sua ação venenosa na carne. Mas meu óleo acabou. Apliquei, em seu lugar, gema de ovo, óleo de rosas e terebintina. Não dormi naquela noite, preocupado por não ter cauterizado as carnes abertas com o óleo escaldante. Minha surpresa foi constatar que, nos dias seguintes, os pacientes que usaram esse novo tratamento melhoraram mais rápido, sem inflamação e sem dor. Eles deixaram de urrar por toda a noite. — Paré contraiu os lábios, um pouco apreensivo com a revelação que estava fazendo. — Não tenho mais usado o óleo fervente, senhores. Acreditem, meus resultados têm sido excelentes, com menor sofrimento para os soldados."

Alguns médicos que estavam na plateia demonstraram repulsa aos comentários de Ambroise Paré, retirando-se do recinto. Cardano gostaria de esperar até o fim para trocar algumas palavras com o jovem barbeiro-cirurgião, mas preferiu também não se expor em excesso, saindo logo após o grupo. A verdade é que ficou bastante intrigado com a descrição do tratamento proposto. Mesmo sendo jovem, e sem formação médica teórica, talvez Ambroise Paré estivesse com a razão.

A revelação do francês ecoou em sua cabeça por algumas semanas, até ele ser desperto de sua concentração pelas palavras de sua mãe. Havia alguns dias que ela não falava, com a face fechada de quem não tinha mais vontade de viver, quando então emitiu um chamado:

— Girolamo!

Lucia largou os filhos e virou-se para ela. Cardano levantou os olhos do papel, fechou o livro e veio até a mãe.

— Diga, mãe, o que deseja?

— Fiz o melhor, meu filho. Foi tudo o que consegui.

— Claro. Ninguém duvida disso — respondeu Cardano, falando a primeira coisa que veio à mente para que ela ficasse reconfortada.

— Converse com seu amigo Kenneth... Ele sabe o segredo...

— Ele foi para a Britannia, mãe. Está muito longe daqui — explicou o filho.

— Converse com seu amigo...

— Está bem, conversarei com ele — falou Cardano, não querendo contrariá-la, ajudando para que ela se levantasse da cadeira, desse os poucos passos até a cama e se deitasse para dormir. Não aceitou o jantar.

A cena impressionou Lucia e Cardano, que não demoraram a adormecer. Ambos sonharam imagens desconexas, cheias de cores. Ele abriu os olhos antes do nascer do sol. Ouviu batidas na parede, ritmadas. As crianças continuavam a dormir. O quarto tremeu. *Tremente cubiculo. Mortua est dixi mater.*

Chiara não acordou mais. Lucia ajoelhou-se ao lado da cama e rezou. Cardano já esperava por aquele desfecho. Pensou que ninguém estaria maduro se não perdesse o pai ou a mãe. Ele perdera os dois.

Após enterrá-la, interrompeu todos os projetos que estava desenvolvendo. Parou tudo e começou a escrever sobre como ter uma consolação para o sofrimento. Sobre o dormir, o morrer. Sobre o ato de desaparecer da Terra, sobre a dor. *De consolatione*, seria o título. Pensou inicialmente em *Accusatoris*, pois iria acusar as paixões vãs e as falsas persuasões da humanidade. No entanto, chegou à conclusão de que muito mais homens desafortunados precisariam de consolo do que afortunados necessitariam de repreensão. Com a escrita, atingia a profundidade de sentimento que talvez não conseguisse demonstrar em seu contato com a esposa nem com seus filhos.

Parece fazer parte da natureza humana, escreveu, considerar a si próprio como infeliz, mas desejar que os outros pensem que estão mais contentes do que realmente estão.

Essa nova tarefa de Girolamo Cardano teria como ponto de partida um grande sofrimento, a morte, para finalizar com a explanação de um homem que não precisaria mais de consolo, pois estaria imerso na paz só encontrada após o túmulo.

Veremos que ninguém vivo poderá ser considerado totalmente feliz, continuou, pois, apesar de alguns homens mortais estarem livres de todas as calamidades, o tormento e o medo da morte ainda assim os afetam. A melhor maneira de estar salvaguardado das atribulações, portanto, é manter o coração limpo e a mão ocupada.

Os homens neste mundo são como campos de feijão, escreveu Cardano. *Homines in hoc mundo ut fabæ sunt.* Alguns pés são delgados, alguns são grandes, alguns floridos, alguns com frutos, *allæ magne, allæ luxuriantes, allæ aridae, allæ fructibus conspicuæ* que, em tempos de colheita, são colocados juntos e repousam no umbral.

Ninguém vê a diferença entre eles depois de colhidos, o que foram, ou como foram. Serão cortados para crescerem novamente. Da mesma forma são o orgulho, a ambição, a riqueza, a autoridade, os filhos, os amigos. Não importa se a pessoa foi Antaxerxes ou o nobre Hércules. Apenas a honestidade e a virtude da mente fazem um homem feliz. Por outro lado, a covardia e a consciência corrupta trazem infelicidade, pois o pior que um bom homem pode recear é o que de melhor o mau pode desejar: a destruição da alma após a morte.

Equação cúbica

— Lucia, tenho boas notícias — falou Cardano com olhar de satisfação ao entrar em casa.
— Sim, marido, vejo que está contente. — Dirigiu-se a GianBattista: — A bênção de seu pai, vamos! — Clara dormia no berço encostado à parede.
— Conheci o marquês dom Alphonso d'Avalos! Lembre-se de que, agora que morreu o governador Caraccioli, o marquês passou a ser o homem mais poderoso de Milão.
— Muito bem, é uma pessoa com bastante prestígio. Mas o que conversaram?
— Ele me disse — respondeu Cardano, empolgado — que apoiará de forma generosa meus projetos. Consegui um patronato, Lucia! Sfondrato falou bastante de mim a ele. — E lembrou-lhe do caso da criança febril que tinha tratado, filho do cardeal.
— Sfondrato, o patrono do Colégio de Médicos? — falou Lucia, desconfiada.
— Já entendi aonde quer chegar. Quer me dizer que mesmo tendo bons contatos fui recusado no colegiado novamente, é isso? — falou Cardano, irritado.
— Apenas lembro-lhe que essas pessoas são volúveis. Faça atenção, marido

— Dom Avalos pode ser um pouco invejoso em relação à riqueza dos outros nobres, é verdade, mas é polido em suas maneiras e estudioso das finas artes; ou seja, um homem de mente elevada. Vai me dar um estipêndio mensal, Lucia. Poderei escrever mais. Não precisarei ir mais ao convento.

— Tem certeza de que vai diminuir seu trabalho como médico? É isso que quer? — perguntou Lucia.

— Assim será — respondeu Cardano, resignado. — Enquanto não for aceito pelo colegiado, minha atuação como médico estará bloqueada. Escrevendo, conseguirei meu lugar.

— Que Deus ouça suas palavras, mas pergunto-me se precisamos além do que temos.

— Sim, precisamos! — respondeu Cardano com raiva, em parte, pois sabia que Lucia poderia estar com a razão. Por outro lado, tinha dois filhos. Em breve surgiriam outros gastos, com tutores, roupas e livros.

— Ferrari, vamos sair! Prepare a mula. — Pegou dois livros e trocou a capa que estava vestindo.

Cardano tinha um encontro no albergue onde estava hospedado um editor da Germânia luterana. Ele tivera contato com alguns escritos astrológicos de Cardano e recentemente ficara bastante impressionado com o livro *De malo medendi*.

Com Ferrari a pé, ao seu lado, Cardano percorreu as ruas de Milão por meia hora, com um sol fraco às suas costas. Chegou exatamente no horário combinado.

— *Signor* Johann Petreius, de Nuremberg, prazer em conhecê-lo. Sou tutor deste rapaz, Ludovico Ferrari.

— Excelentíssimo doutor Hieronymus Cardanus, *signor* Ferrari — falou Petreius, com um latim impecável, fazendo uma breve reverência aos dois.

Em seguida se sentaram à mesa da taverna do lado de fora. A tarde apresentava uma agradável temperatura.

— Recebi informações do editor de Veneza — Petreius entrou diretamente no assunto, como era comum entre os germânicos — de que o doutor tem outros materiais escritos. Temos um grande público luterano que está consumindo cada vez mais livros. Acho que poderíamos trabalhar juntos.

— Mas que assuntos são publicados em sua gráfica? — perguntou, receoso, Cardano, sabendo que deveria ter atenção ao fazer algum contrato com os que protestavam contra a Igreja de Roma.

— De tudo, doutor. Teologia, Ciência, Direitos, Clássicos e até Música. Paul Hofhaimer, Ludwig Sent e Nicolaus Copernicus, por exemplo.

— E astrologia? — perguntou Cardano, começando a ficar empolgado com a ideia de poder publicar seus escritos.

— Certamente! — respondeu o luterano. — Penso até em dar-lhe um adicional de pagamento caso o livro seja de grande venda. Publicaremos seus horóscopos.

A possibilidade de ganhar um pouco mais com o sucesso de um livro fez os olhos de Cardano brilharem.

— Tenho vários livros prontos para ir ao prelo e outros em fase final de preparação, *signor* Petreius. O principal deles é sobre matemática. Tenho descoberto, com Ferrari, algumas soluções fundamentais nesse campo. Falta pouco para terminarmos esse projeto.

— Poderíamos receber um privilégio imperial para eles — disse o editor, explicando os detalhes do apoio oficial que existia na região. — Temos o mesmo imperador, afinal. — Petreius sorriu.

O patrocínio impulsionava as editoras e impedia, por dez anos, que o material fosse produzido em outra gráfica.

— Acabo de escrever um livro sobre a consolação aos que sofrem. *De consolatione*, este foi o nome que escolhi, mas tenho dúvidas se seria do interesse de muitas pessoas.

— O doutor também bebeu na fonte do filósofo Sêneca?

— Em parte, sim — respondeu Cardano —, mas trago muitas ideias minhas.

— A reflexão é sempre bem-vinda, mas, muitas vezes, devo concordar, não produz resultados editoriais surpreendentes. Isso me lembra um livro de um francês que mora na Suíça, Johannes Calvino. Agora ele tem sido muito comentado por seus ataques à eucaristia católica e está revisando uma Bíblia para o francês, mas quase foi à ruína quando publicou, há quatro ou cinco anos, *De Clementia*, um livro sobre Sêneca que tive oportunidade de ver. Uma obra impressionante para quem tinha um pouco mais de vinte anos. Infelizmente, poucos quiseram ler.

— Mas Calvino foi perseguido na França, não é mesmo? Ouvi dizer que ele veio para a península da Itália... — comentou Ferrari, curioso sobre o destino daquele que consideravam um Lutero francês.

— Sim, *signor* Ferrari. Calvino fugiu e veio para Bolonha, ou Ferrara, mas ficou pouco — explicou Petreius. — A Itália é da Igreja de Roma, todos sabemos. Então ele foi para a Suíça. Genebra acolheu-o, e lá ele está bem. O fato é que os franceses estão queimando pessoas, chamando-os de hereges, só porque têm seguido a mensagem de Lutero.

— Tive a ideia de fazer o horóscopo dele, agora que terminei a carta astrológica de Jesus. — Cardano se sentia mais confiante em relação ao editor e começou a expor projetos que poderiam incomodar algumas pessoas na Itália. — Poderia me passar a data mais correta do nascimento de Lutero, por favor?

— Certamente! — respondeu Petreius animado. — Só peço que considere, ao escrever, a grande massa de leitores que serão adeptos dessas correntes religiosas.

Cardano refletiu um pouco. Continuava a achar que o pensamento protestante tinha muitas divisões, sendo, por isso mesmo, uma causa equivocada; mas, ao mesmo tempo, poderia conquistar um grande número de leitores ávidos por conhecer suas ideias. Sim, a empreitada o seduzia, definitivamente. Sorriu e aquiesceu com a cabeça, fechando o contrato com o editor germânico com um forte aperto de mão.

Poucos dias depois, Cardano escreveu uma carta introdutória para que fosse feita uma reimpressão dos horóscopos, agora ampliados em 67. Qualquer um que falhar em entender o futuro utilizando este breve livro, escreveu, não fará melhor consultando outras obras, pois, como a arte é infinita, pode ser ensinada apenas por julgamentos, não por um sistema.

No prefácio já era possível ter uma ideia do amplo apelo que o livro teria.

Aqui estão expressos todos os tipos de morte: veneno, raio, água, condenação pública, ferro, doença. *Veneni, fulguris, aquæ, publicæ animadver-*

sionis, ferri, morborum. Também várias formas de nascimento que tenham resultado em gêmeos, monstros, bastardos e morte da mãe. *Varie nascendi formae geminorum, monstruosorum, spuriorum et puerperio mater extincta est,* assim como todas as variações de caráter: tímido, ousado, estúpido, herético, pederasta, ladrão, adúltero e sodômico. Acompanhei os diferentes incidentes da vida, explicando que tipos de homens matam suas mulheres, mudam de religião, tornam-se pobres, ou saem da pobreza para a fama.

Cardano não perdeu tempo em comentar com Filippo Archinto sobre sua nova empreitada.

— Agradeço a dedicatória — falou o senador Achinto, satisfeito. — Vejo que este manuscrito renderá um livro de muito sucesso.

— A honraria foi merecida, senador — disse Cardano, expressando em seguida sua preocupação —, mas temo que interpretem como sendo um livro que apenas lida com fatos passados. A Astrologia, como Ptolomeu advertiu, tem tantos inimigos quanto existem homens ignorantes. Contornei isto comentando o caso do garoto ilustre em que previ problemas com seu olho e uma marca de ferro quente em sua bochecha. Os médicos foram testemunhas de que, no quinto ano de sua genitura, os eventos aconteceram, como foram previstos, nos mínimos detalhes.

— Esta já é uma prova inequívoca — concordou o senador.

— Também falei de uma mulher chamada Veronica, cujo sobrenome não revelei para preservar a família, que foi morta pelo marido por ser uma pervertida anunciada por Vênus, em estreita conjunção com a cauda do dragão em Capricórnio — explicou Cardano. — Outras genituras foram-me oferecidas por Georg Rheticus, um professor de Wittenberg com quem estou me correspondendo. Ele me disse que vai trabalhar com Nicolaus Copernicus, um excelente astrólogo e astrônomo.

— Não se preocupe com críticas, Cardano. Quem fica em evidência faz mais inimigos, é natural. Por outro lado, tem muitos admiradores. — Em seguida o senador solicitou ao servo que trouxesse a bebida feita com uma nova especiaria do Oriente. — Prove isto, doutor, e ficará mais calmo. É uma infusão de ervas que os chineses chamam de *tchà*. Eu, particularmente, gosto de adicionar o açúcar espanhol.

Cardano provou a bebida, uma água escura e amarga, que se tornava agradável com a adição do açúcar.

— É interessante — comentou o médico, ainda sem saber ao certo se tinha gostado. — Onde conseguiu isto?

— Tenho um amigo genovês, meu caro. — O senador Archinto sorriu, com o prazer de quem sabe ter os amigos comerciantes certos. — São poucos os que conhecem a bebida. Posso dizer com certeza que, em Milão, só na minha casa sorverá esta iguaria.

O senador explicou então como as folhas eram colhidas, secas e trituradas para finalmente serem colocadas em um pequeno saco, que seria imerso na água quente. Sorveu mais um pouco da preciosidade e lembrou-se de um contato no qual Cardano tinha falado da última vez que se encontraram.

— E o professor Tartaglia? Teve resposta da carta que enviou?

— A história está complicada, senador. Despachei um livreiro para convencê-lo a nos fornecer a fórmula para a resolução da equação cúbica, dizendo que iria colocar seu nome em meu livro, mas ele foi rude na resposta.

— Ele também vai escrever um livro sobre o assunto?

— Provavelmente não. Ele não sabe nada da língua latina, a única forma possível de ser reconhecido no campo da matemática. Ao que parece, ele só domina o dialeto italiano de Brescia.

— Mas o doutor ofereceu algo mais em troca? — perguntou o senador. — Para todos existe um oferta irrecusável...

— Na verdade, eu acabei sendo mal-educado em uma resposta que escrevi a ele, até perceber que o caminho deveria ser outro. Então disse que o marquês D'Avalos estava interessado em conhecê-lo por causa do livro sobre artilharia que ele publicou. Agora ele não tem como recusar. Se não vier a Milão, será uma desfeita ao marquês.

— Muito bem! — O senador gargalhou. — Está dominando a arte da negociação!

— Assim espero — respondeu Cardano. — Em breve, ele estará na cidade. Tenho que conseguir a fórmula. Da próxima vez que nos encontrarmos, terei novidades.

Tartaglia era um apelido que significava tartamudo, ou gago. A gagueira, segundo diziam, era resultado de um golpe de espada em sua boca desferido por um soldado francês, dentro de uma igreja que tinha sido cercada e invadida. Ele ainda era uma criança de 7 anos quando houve o terrível saque da cidade de Brescia. O matemático autodidata consolidou sua fama na cidade de Veneza ao vencer um debate público contra Antonio Maria Fiore, e o apelido virou definitivamente seu nome.

Basicamente, discutia-se qual seria a solução para a equação cúbica $x^3 + px = q$, ou seja, *cubus* e *res*, igual ao *numerus*. Fiore, o pupilo de um grande matemático, formulou as trinta questões na contenda pública, certo de que arrasaria o oponente. Tartaglia não só solucionou todas, como apresentou outras ainda mais difíceis, como $x^3 + px^2 = q$, calando Fiore e selando a vitória.

Um mês após a conversa com o senador, no começo de março de 1539, um servo mensageiro avisou Cardano que o professor Tartaglia chegaria à cidade em poucas horas.

— Diga que o estou esperando — respondeu o médico.

Antes do anoitecer, chegou à sua casa Niccolò Tartaglia da Brescia, montado a cavalo e ladeado por seu servo.

— *Messer* Hieronymus Cardanus, eu suponho.

— Sou eu mesmo — respondeu o médico. — É um prazer recebê-lo em minha casa. Pode deixar os cavalos com meu servo, e entremos para tomar um bom vinho.

Lucia preparou a casa com esmero para receber o matemático. Sabia que seria um encontro crucial para o marido. Flores estavam espalhadas, dispersando o aroma de um campo de primavera, carne da melhor caça estava salgada, à espera de uma refeição especial e vinhos Claretes tinham sido encomendados. O pupilo Bigioggero e um dos ajudantes dormiriam no vizinho naqueles dias, deixando espaço suficiente para a estadia do hóspede.

Os pertences de Tartaglia foram acomodados em um dos cantos da sala, onde ele dormiria com o servo ao seu lado.

— *Messer* Niccolò Tartaglia, nossa cidade já viveu épocas mais difíceis. Nosso papa, Paulo III, está ajudando a selar uma trégua com os franceses que vai permitir a volta dos dias de glória.

— É verdade, *messer* Cardanus, não suportamos mais a guerra. Eu já sofri na carne a dor da ignorância dos bárbaros. Quero ardentemente a paz, mesmo ciente de que ela não será duradoura.

— Então faremos um brinde ao nosso encontro. Tenho que comunicar um fato inesperado, no entanto — falou Cardano, fazendo expressão de pesar. — O marquês D'Avalos teve que se ausentar da cidade. Lamentou e tentará retornar o mais breve possível.

Visivelmente consternado com a notícia, Tartaglia levantou a taça e de má vontade fez o brinde.

— Não se preocupe, *signore*, teremos tempo — disse Cardano, pensando consigo mesmo que não poderia ter planejado um situação mais propícia. O matemático teria que continuar em sua casa, e assim haveria mais tempo de conversarem sobre o assunto que o trouxera até ali.

Após a missa, no dia seguinte, Tartaglia e Cardano reuniram-se de novo, dessa vez para conversar seriamente sobre as soluções matemáticas. Lucia tinha saído com um servo para comprar artigos domésticos em uma feira mambembe e levara também GianBattista. A casa estava excepcionalmente tranquila. Nada mais convidativo.

— *Messer* Tartaglia, sua exímia habilidade no trato da matemática foi muito comentada em Milão — começou Cardano, bajulando o convidado —, por isso lhe perguntei sobre a solução daquelas questões.

— Desculpe, doutor — respondeu Tartaglia, desconfiado —, mas as oito questões algébricas que seu emissário Juan Antonio me mandou foram seguramente criadas por Giovanni Colla, um matemático de muitas limitações que as trouxe pessoalmente para mim há dois anos.

— Não mandaria questões que eu mesmo não tivesse feito, ou solucionado, meu caro — falou Cardano de forma pouco convincente.

— Pois digo que o doutor certamente não as compreende — retrucou Tartaglia de forma dura, temendo que sua viagem tivesse sido um engodo, já que a principal razão de estar ali seria oferecer seus préstimos ao marquês, e não revelar seus trunfos nas soluções algébricas.

— Então por que não discutimos apenas as perguntas colocadas por seu desafiante, Antonio Maria Fiore? — Cardano tentou tergiversar, temendo que Tartaglia o colocasse em uma situação de xeque.

Tartaglia pensou que não poderia negar ao anfitrião pelo menos algumas informações. Seria por demais indelicado. Colocou então no papel, de má vontade, algumas das operações realizadas naquela famosa contenda. Cardano acompanhava sua escrita com atenção, tentando descobrir o raciocínio do convidado.

— Aí está — apresentou Tartaglia.

— Sua habilidade é notável, *signore*, mas sei que pode fazer muito mais — provocou Cardano. — Concordamos que Giovanni Colla é um perfeito tolo, não é mesmo? — ao que Tartaglia aquiesceu, com um gesto de cabeça. — E pode ver do que sou capaz ao folhear este manuscrito. — Colocou, em cima da mesa, um calhamaço de folhas do *Practica Arithmeticæ*, que em breve estaria nas livrarias.

O médico quis impressionar, sabendo que o convidado não dominava o latim.

Tartaglia folheou um pouco e conseguiu compreender do que se tratava em alguns trechos, pois visualizava as equações, mas seria muito constrangedor solicitar que alguma parte do livro fosse traduzida. Perguntou então, de forma incisiva, o que o médico realmente desejava.

— A solução da equação cúbica. *Cubus e res, risultato pari al numerus* — falou taxativamente Cardano.

Completou dizendo que certamente não comentaria com o marquês D'Avalos, um homem de ciência, mas também um soldado, que seu excelente tratado sobre artilharia continha alguns erros sérios nas conclusões sobre gravitação. Aproveitou então a pausa para dar o tempo necessário de reflexão ao matemático de Brescia.

— Veja, meu caro — continuou Cardano —, farei um livro como nunca se fez desde os tempos de Euclides. Será uma obra máxima, escrita na língua latina. Seu nome estará lá, gravado para que todos saibam. Direi que Niccolò Tartaglia foi o único a ter a solução do problema e que, de forma magnificente, proporcionou, a todos os leitores, a informação que faltava à ciência dos números. Lembre-se de que Luca Paciolus, nosso grande antecessor, disse que seria impossível uma regra geral. É motivo de um capítulo, *De erroribus' Fratis Luca* neste meu livro *Practica*. Direi que *messer* Tartaglia mostrou ser possível a solução.

— O que ganho com isso, excelência? — respondeu Tartaglia de forma raivosa, levantando-se com o ímpeto de quem teme ser enganado. — Sou vitorioso em debates que me dão fama e dinheiro. Agora me pede que deixe meu segredo convosco? Nunca! Minha descortesia em direção a sua excelência é porque me afirma que escreverá um livro igual ao meu e se propõe a publicar minhas invenções. Confesso que esse não é meu gosto. Publicarei as descobertas que fiz usando minhas palavras, não as palavras de outros! — Foi até a janela, pensando em como faria para se desvencilhar da situação. Voltaria imediatamente para casa, ou aguardaria mais um pouco, tendo que suportar a impertinência do anfitrião?

— Pois então desisto — falou Cardano, dando uma guinada repentina à sua argumentação. A face de Tartaglia mostrou o alívio da tensão provocada até aquele ponto. — Concordo em não publicar a solução, considerando que a sua resposta é a única possível e conhecida. Apelo então ao prazer que nos une, à centelha de conhecimento divino que, transportada para o papel, nos enche os olhos de contentamento. Que minha mente conceba sua solução como única e não mágica, a solução que é fruto de uma mente brilhante. Assim mirarei este papel, até os fim dos meus dias, até que os vermes comam meus olhos e minha língua. Nunca, ninguém mais, em lugar algum, terá conhecimento do que eu vi.

— Seu juramento me comove, doutor Cardano — respondeu Tartaglia, ainda desconfiado. — É verdade que o prazer que esse conhecimento proporciona é indescritível. Seria excessivamente rude se não atendesse a um compromisso como esse. Como cristão, sinto-me inclinado a aceitar o seu pedido. Considerando nosso trato, se eu não for ao encontro do marquês, apelo à sua integridade para que lhe transmita as descrições dos instrumentos que concebi, com um quadrado perfeito que regula os disparos dos canhões, assim como a forma de determinar as elevações necessárias na análise da distância em terrenos planos.

A informação de que o marquês iria se demorar mais na campanha, próximo ao vilarejo de Vigevano, tinha chegado naquela manhã e pressionara o encontro dos dois matemáticos naquela direção. Sentindo que Tartaglia dava mostras de poder revelar seu segredo, Cardano reafirmou seu compromisso.

— Colocarei sua fórmula em cifras, de tal forma que ninguém compreenda quando eu me for desta vida. Assim juro pelo sagrado Evangelho e por minha condição de cristão e cavalheiro.

Tartaglia debruçou-se sobre a escrivaninha para transcrever os versos que tinha na memória, em rimas, uma maneira que inventara para não esquecer nenhum passo da equação.

Quando chel cubo con le cose apresso, se agualia à qualche numero discreto, trovan dui altri differenti em esso..., escrevia Tartaglia, cantando mentalmente cada um dos 25 versos, necessários passos para que fosse solucionada a equação. *Et terzo poi de questi conti, che per natura son quasi congionti...*

Após três dias, Niccolò Tartaglia, sem nenhuma explicação, pareceu ter perdido a paciência e, com uma breve despedida, beirando a grosseria, partiu diretamente para Veneza. Desistiu de visitar o marquês, mesmo tendo em mãos uma carta de apresentação redigida por Cardano, deixando a impressão de que estava muito arrependido por ter revelado seu segredo.

— Que pessoa difícil, aquele sujeito, Ferrari!

— É verdade, mestre — concordou o pupilo. — Quando ouvi o tom alto de voz que vinha da sala, pensei que haveria uma disputa corporal.

— Fiz um juramento de não revelar a fórmula que ele me apresentou, por ele reivindicar ser o isolado inventor — disse Cardano. — Mas o fato de Giovanni Colla ter dito que Scipio Ferreo já tinha descoberto uma das soluções muda tudo. Sabemos agora que Tartaglia não é o único; esse, portanto, não é mais um segredo de uma invenção exclusiva.

— O mestre vai publicar a solução, então?

— Talvez sim, mas darei o devido crédito a ele, com certeza. Vamos ver o que descobrimos. Neste momento de minha vida, não terei atenção para mais nada. Vamos trabalhar duro para aquele que talvez seja o maior de todos os livros.

Nos meses seguintes, Cardano exercitou ao máximo sua paciência, como nunca tinha conseguido antes, escrevendo cartas amistosas a Tartaglia, sem resposta. Finalmente, chegou à sua casa uma correspondência de Veneza em que o matemático de Brescia suspeitava que seu segredo já estaria exposto em algum lugar.

— Mas eu já enviei o livro *Practica Arithmeticae* para ele, Ferrari. Sabe o que ele diz nesta carta? Que meu trabalho completo é ridículo e inacurado, em um desempenho que faz tremer meu bom nome. Ele adverte que não faltará à fé conosco somente se não faltarmos à fé com ele...

— Quer dizer, se não descumprirmos a promessa? — perguntou Ferrari.

— Sim. E ainda por cima faz ameaças. Ele é uma daquelas pessoas que não gostam de um livro sem nunca tê-lo lido. Isto é uma cegueira resultante da petulância, meu caro. Diz que errei a extração da raiz, algo que se ensina a um aluno iniciante.

Cardano rasgou com raiva a carta maledicente e completou:

— O livro ainda não está pronto, Ferrari. Continuaremos o trabalho. Quando o mundo vir o resultado, Niccolò Fontana, esse malfadado Tartaglia, será apenas uma sombra.

E se debruçaram novamente sobre a pilha de papéis que se acumulava cada vez mais.

Nostredame

O ano de 1539 começou com boas notícias do editor germânico. O livro sobre as genituras astrológicas estava vendendo muito bem, assim como um novo tratado que discutia diagnósticos e tratamentos. O dilema atual em sua vida era como conciliar a carreira de escritor e homem de ciência, como começava a ser conhecido em várias partes da Europa, com a de praticante de Medicina na cidade de Milão.

Um passo importante tinha sido dado na segunda frente: Francesco della Croce, seu jurisconsulto, junto com o senador Archinto, negociaram no Colegiado de Médicos sua aprovação definitiva. Cardano já tinha tido destaque em diagnósticos que eram comentados na elite milanesa, e seus livros davam uma visibilidade que os seus concorrentes de profissão não poderiam mais esconder. Por outro lado, ele se comprometeu a não autorizar mais uma reimpressão de seu livro *De malo medendi* e a apoiar a causa da sociedade à qual passaria a pertencer. Desta forma, foi feito um adendo no estatuto, permitindo a inclusão de médicos que fossem legitimados com o casamento posterior dos pais.

Continuava a ter seus ferrenhos desafetos, sim, pois ainda houve resistência razoável à sua aprovação, mas agora, ao fazer 38 anos, com dois filhos, GianBattista, de 5, e Clara, de 2, poderia finalmente exercer a profissão de médico abertamente, sem subterfúgios, receber pelas consultas sem receio de represálias e aceitar uma cadeira como professor de Universidade.

Era um bonito domingo de verão. Encomendou na taverna, para depois da missa, comida para oito pessoas. A casa incluía agora, além do médico, sua esposa e filhos, dois servos e dois pupilos. Comemoraram, brindando e saboreando um delicioso vinho suave, o anúncio de mais um médico pertencente ao Colégio de Milão, *quod legitimati per subsequens matrimonium, admitti debeant Hieronymus Cardanus di Ser Facio.*

Depois Cardano leu a carta que tinha recebido do amigo Kenneth, que morava na Britannia. Ele contava que o rei inglês, Henrique VIII, tinha tido finalmente um filho homem, de nome Eduardo. Todos acreditavam que, no futuro, este seria o novo monarca. A mãe de Eduardo, no entanto, morrera logo após o parto, causando profunda tristeza no rei.

Mas, se a vida real já tinha suas dificuldades, para os súditos católicos era pior ainda.

— Ouçam o que meu amigo Kenneth conta aqui. Prestem atenção, pois lerei o trecho para vocês: Conventos e mosteiros foram fechados, e as propriedades transferidas à Coroa. Muitos acreditam que o som de correntes arrastadas pelo chão e as vozes que saem dos sótãos são espíritos de monges que sofreram a humilhação e a tortura antes de partirem deste mundo. O clima geral está péssimo, mas minha luta continua. Alguns crentes na fé de Roma e até protestantes que não professaram sua obediência ao rei foram açoitados e queimados. Que seja feita a vontade de Deus, *messer* Girò. Demorarei a escrever, pois as cartas têm sido abertas. Com apreço, Kenneth di Gallarate. Londres, 2 de fevereiro de 1539.

— Quem é Kenneth, pai? — perguntou GianBattista.

— Isto é assunto dos adultos — respondeu secamente Cardano. — Coma sua comida.

GianBattista obedeceu e calou-se ao comando do pai. O mesmo não aconteceu com Clara, que se jogou no chão e continuou a chorar de forma estridente, mesmo recebendo o açoite nas pernas. Que gênio indomável, pensou Cardano. Terá de encontrar um marido que a faça calar.

O almoço especial também comemorava o sucesso, mesmo que as dez coroas que tinha recebido pela publicação fossem ainda um pagamento irrisório, do livro *Practica Arithmeticae*, um manual cuidadosamente elaborado, dedicado ao *priore* Francesco Gaddi. Fora editado por Bernardo Caluscho, em Milão, pois a distância de Veneza impedia uma revisão mais próxima do próprio autor, mesmo que os irmãos Scotto estivessem solicitando mais material. O *Practica* já entrara inclusive na França, com boa acolhida.

No livro, que poderia ser usado por estudantes em formação, pois apresentava regras simples de álgebra, eram discutidas as operações astronômicas, a multiplicação usando a memória, o valor do dinheiro e os mistérios do calendário eclesiástico; progressão, raiz quadrada, agregação, fórmulas com números inteiros e frações; regra dos três e regra dos seis, *de regula sex*. Também discorria sobre as estranhas respostas de certos números em determinados contextos, lugares da Lua, festas dominicais e parcerias na agricultura. O capítulo final passava a discutir o sobrenatural e as místicas propriedades dos números, *De Proprietatibus Numer*, para finalizar com um teste de aquisição de conhecimento para os estudantes. Um manual como nunca tinha sido visto antes.

Cardano abriu então nos capítulos *De subtractione Denominatorum* e *Omnibus Imperfectis* para constatar, com prazer, o trabalho tipográfico, com cada número e cada símbolo em seu devido lugar.

$$
\begin{array}{c}
10 \qquad 3. \,|\, \bar{m}. \, \mathbb{R}. \, cu. \, 5. \,|\, \mathbb{R}. \, cu. \, \tfrac{25}{17} \\[4pt]
3. \, \bar{p}. \, \mathbb{R}. \, cu. \, 5. \, \bar{p}. \, \mathbb{R}. \, cu \, \tfrac{25}{27} \\
3. \, \bar{m}. \, \mathbb{R}. \, cu. \, 5. \\ \hline
9. \, \bar{m}. \, \mathbb{R}. \, cu. \, 25. \, \bar{p}. \, \mathbb{R}. \, cu. \, 25. \\
\bar{m}. \, \mathbb{R}. \, cu. \, \tfrac{125}{27} \, \& \, \text{eſt} \, 7 \, \tfrac{1}{3} \\ \hline
3. \, \bar{p}. \, \mathbb{R}. \, cu. \, 5. \, \bar{p}. \, \mathbb{R}. \, cu. \, \tfrac{25}{27} \\
10. \\ \hline
30. \, \bar{p}. \, \mathbb{R}. \, cu. \, 5000. \, \bar{p}. \, \mathbb{R}. \, cu. \, 925 \tfrac{25}{27} \\
7 \tfrac{1}{3} \qquad \tfrac{1048}{17} \\ \hline
4 \tfrac{3}{11} \, \bar{p}. \, \mathbb{R}. \, cu. \, 12. \tfrac{93}{2531} \, \bar{p}. \, \mathbb{R}. \, cu. \, 2. \tfrac{413}{1335}
\end{array}
$$

Igualmente, as figuras do capítulo 67, *De Geometricis Questionibus*, se mostravam impecáveis.

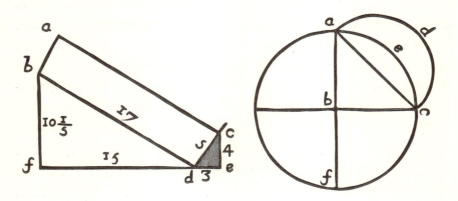

De forma ainda mais surpreendente, listava em seu apêndice nada menos que 34 livros que estavam prontos para a publicação, esperando apenas o interesse de um editor.

— Caro mestre — falou Ferrari —, nunca soube de um escritor que tivesse anunciado seus livros. — E completou, perguntando com bastante polidez: — De fato, todos eles já estão prontos para a publicação?

— Claro, Ferrari! — respondeu o médico, com um bom humor pouco usual. — Muitos deles estão aqui. — Apontou para a têmpora. — Outros já estão parcialmente escritos, e alguns merecem últimos retoques. O interesse do editor acelera o processo de finalização de um livro, não é mesmo?

— Isto só funcionaria com um mestre da sua capacidade, professor! — falou o pupilo.

— Parece que o *signor* Ferrari está se derretendo em elogios... — falou Lucia, em tom de brincadeira. Todos riram.

— *Donna* Lucia, não é lisonja falsa — falou Ferrari, sério. — Não há gênio em Milão que se compare ao mestre.

— Caros, agradeço o elogio merecido — falou Cardano, arrancando um naco de carne e levando-o à boca. — A lista que criei deu certo, afinal — mastigou mais um pouco —, pois impressionou o editor germânico Petreius e seu colaborador, Andreas Osiander, este um humanista eminente, bastante conhecido pelos luteranos, apesar de não ser tão fervoroso. Osiander é erudito a ponto de ensinar grego e hebraico entre os monges agostinianos. Já me enviou uma mensagem em que se coloca à disposição para publicar os tratados *De Consolatione, De sapientia* e *Ars Magna*. O que acham? — perguntou Cardano, com indisfarçado orgulho.

Lucia mirou o marido com olhos de suave reprimenda, como se dissesse que ele não deveria acreditar tanto em elogios.

— Sei o que pensa, Lucia. Não me censure. Também não esquecerei um amigo. Enviarei pelo menos um dos livros para Ottaviano Scotto. Nunca esquecerei a oportunidade que ele me deu, mas vou escolher um livro em que não haja a possibilidade de erros de impressão, como o que aconteceu com *De malo medendi*. Talvez *De Consolatione*.

O almoço terminou em um tom agradável, como há muito tempo não acontecia. Os pupilos continuaram a conversar com Cardano enquanto Lucia e um dos servos levavam os pratos para a bacia de limpeza.

— Falta pouco para terminar *Ars Magna*, não é, mestre? — perguntou Ferrari.

— É verdade. Muitos me perguntam se eu teria a solução para a equação cúbica. Não há nada nesse campo que desperte tanto a atenção das pessoas, Ferrari. Este é o momento. Não podemos perdê-lo.

— E o que dizia a última carta do mestre de Veneza, Niccolò Tartaglia? — perguntou o pupilo Bigioggero.

— Uma exposição de rudezas — respondeu o médico, contrariado. — Vamos deixá-lo onde está e fazer o que temos que fazer. Ele não é mais o único e nem sabe que existem outros segredos que descobrimos. Preferiu a desonra. Poderia ser nosso sócio nesta empreitada. Mas não. Quando perceber, será tarde demais. Felicidade e paz não se encontram no mundo externo, meus caros, mas dentro da mente. Este contentamento só é possível com a virtude. Isto eu escrevi no livro *De Consolatione* e me servirá de lema.

— Uma frase de muita riqueza, mestre — falou, admirado, Ambrogio Bigioggero.

— Pedirei inclusive para Ottaviano colocá-la na capa: *Fiat pax in virtute tua*, deixe a paz vir com sua virtude.

Como se não fosse suficiente a torrente de ideias e informações que ocupavam sua mente com a finalização simultânea de um texto sobre a vida de Cristo, teve mais um sonho cheio de cenas carregadas de mensagens: subia pelos ares um livro pintado em três cores — vermelho, verde e dourado —, com impressionante beleza.

De suas páginas fluíam as imagens daquilo que vivenciávamos no cotidiano e tínhamos vontade de saber mais explicações, relembrou Cardano. Arco-íris, relâmpago, terremoto, inundações, assim como a variedade das coisas que nos cercavam. Sim, Variedade das Coisas. *De Rerum Varietate*. É um bom título, pensou consigo mesmo. Depois poderia se dedicar a escrever sobre a imortalidade da alma.

Outro assunto que urgia sair de sua pena era a cura da consumpção, ou da opressão respiratória. Um dos pacientes atendidos com sucesso tinha sido Jerome Tibbold, um comerciante que o procurara porque tossia e cuspia sangue. Cardano controlou sua consumpção enviando-o aos ares mais limpos de Gallarate, com orientação estrita de uma alimentação frugal e atividades que liberassem a mente das preocupações de Milão. Ele melhorou tanto que seu peso até se tornou excessivo.

Cardano voltou a procurar, entre seus preciosos livros, o *Tractatus de Asmate*, do rabino Maimônides, um magnífico manuscrito com ricas iluminuras. Folheando-o com carinho e cuidado, desejava conferir o que dizia o sábio hebreu sobre a doença que retornava de tempos em tempos como crises de falta de ar.

A cópia de um texto original, vislumbrada uma vez com curiosidade por Cardano em um livreiro de Milão, tinha caracteres em uma língua escrita dificílima de entender. Felizmente poderia se dar o privilégio de manipular o *Tratado de asma* na versão em latim, uma tradução vertida diretamente do árabe pouco mais de duzentos anos antes.

Deve-se ter muito cuidado para se evitar defluxos de frio e calor no caso de pessoas doentes. Ar frio e úmido é muito nocivo, escreveu Maimônides. *Aer frigidus et humidus nocet multum.* Quando a alma de uma pessoa, assim como suas funções física, vital e natural, estão muito fracas, perde-se o apetite. *Impediatur appetitus.* Por exemplo, isso acontece quando há tristeza, preocupação e angústia. *Tristitie, anxietate, timoris et suspirii.* Cardano fechou o livro e refletiu sobre as palavras do mestre, lembrando-se da melhora que teve o paciente Tibbold após ficar um período em Gallarate.

Na saída da missa, em um belo domingo de sol, distanciou-se um pouco dos filhos, de Lucia e de seus servos para trocar algumas palavras com Della Croce. A fonte da praça fazia jorrar pequenas gotículas no ar, deixando surpresas as crianças que tentavam segurar os pequenos arcos-íris que se formavam, um após o outro. Os dois médicos se cumprimentaram com reverência.

— Digo-lhe que não deve ser consumpção, meu caro — argumentou o doutor Luca Della Croce, após o breve relato de Cardano. — Se assim fosse, ele não teria se recuperado da forma como relata.

— Pois atendi um paciente de nome Tibbold. Reafirmo que ele se curou — disse Cardano. — Assim atesto com boa-fé.

— Não pode dizer que cura uma doença ao atender apenas um paciente...

— Também Donato Lanza, que o senhor conhece bem! — disse Cardano, já um pouco exaltado. — Sua opressão impedia-o de correr. Às vezes seu corpo tremia, e sua respiração forçada assemelhava-se a um saco com gatos que grunhiam desesperadamente. Nada mais resta dessa agonia.

— Está bem, meu caro — disse Della Croce. — Mas lembre-se de que o que se escreve fica no papel. Depois poderão criticá-lo por dizer que pode curar a opressão e a consumpção e terá que provar o que disse.

— Lembrarei — contemporizou Cardano. Estava seguro, no entanto, de que, se não publicasse logo seu relato, outros o fariam antes dele.

— Virá na próxima reunião? — perguntou Della Croce, mudando de assunto.

— Do que se trata? — disse Cardano.

— Será a exposição de um médico francês de nome Michel — respondeu Della Croce. — Não me lembro seu nome de família. Ele tem muita experiência no tratamento da peste negra e é um mestre da Alquimia e da Astrologia, segundo dizem. Além disso, trabalhou com Julius Cesar Scaliger.

Scaliger era um italiano que lutara no exército do imperador Massimiliano e depois fizera fama na França, tornando-se médico pessoal do bispo de Agen. Fez ataque fortíssimo a Erasmo de Roterdã e defendeu a pureza da literatura de Cícero. Muitos estavam lendo seu livro em Milão.

— Certamente será interessante ver um médico que trabalhou com doutor Scaliger — analisou Cardano.

— Talvez mais ainda — completou Della Croce —, pois parece ter havido um forte desentendimento entre os dois, esse doutor Michel e o doutor Scaliger. Dizem que o francês está fugindo, e não apenas viajando para conhecer outros países.

— Fugindo? — Cardano fez cara de surpreso. — Fugindo de quê?

— Não sei — disse Della Croce, ponderando que talvez fosse apenas um boato. — Imagino que seja em virtude de suas ideias religiosas.

— E a história de que ele encontrou um frade e disse que será papa?

— Essa é boa — disse Della Croce. — O sujeito chega à Itália, visita um convento franciscano, olha para um jovem e atesta que será papa. Depois vai embora, muitos anos antes que possamos verificar se a profecia realmente se concretizará.

— Veremos o que ele diz — falou Cardano, antes de voltar para casa.

Poucos dias depois, enviou para impressão um novo texto em que registrou a cura da opressão torácica, assim como dos sintomas desagradáveis de falta de ar e chiado no peito. A experiência própria que tivera na juventude com uma queixa parecida fazia com que ele se identificasse ainda mais com os pacientes que sofriam daquele mal.

Compareceu então, no terceiro dia da semana, à reunião regular do Colegiado de Milão, bastante curioso em relação ao médico francês.

Michel de Nostredame, ou Nostradamus, como pediu para ser chamado, em latim, relatou como aprendeu técnicas especiais para a interpretação de prognósticos em Astrologia com seu pai e seu avô. Além disso, contou que tivera uma vivência recente muito forte com a peste. Sua própria família fora morta pela doença. Mulher e filhos. Uma tragédia que acontecera justamente com ele, um médico que tinha tratado e curado tantos que sofriam.

— Caros excelentíssimos médicos da cidade de Milão, digo que não é interessante fazer o paciente vestir uma roupa encharcada de alho. Nem mesmo o âmbar amarelo tem qualquer poder de prevenção. As pessoas atacadas por essa doença negra perdem a esperança de salvação. Pode ser que achem estranho o que vou dizer — continuou Nostradamus, com certo receio —, mas oriento a sanidade da casa e dos que estão nela. Limpeza rigorosa, banhos frequentes e alimentação leve, com produtos pouco gordurosos. Nada de extração de sangue.

— Viemos aqui para ouvir isso? — reclamou um colega ao lado de Cardano. — Um médico que receita banho ao paciente?

— Lembrem-se de que Galeno falou taxativamente da importância de manter as passagens do fígado livres. *De presenvantia et securitates est quod sin transitus nutrimentis, vie epatis, aperte et fortes.* Se o humor se putrefaz, sobrevêm as febres malignas — e completou, com impecável latim: — *Putrefactis generantur febres fraudulente.*

— E sobre o remédio para curar a peste, caro mestre? — perguntou um dos presentes à reunião.

— Desenvolvi a pílula rosada — continuou Nostradamus — com os frutos da rosa-mosqueta. Mas a verdade é que nosso trabalho não terá resultado satisfatório se não houver uma boa conjunção dos astros no horóscopo do paciente em questão.

— O excelentíssimo colega quer dizer que devemos abandonar o paciente que não apresentar uma genitura favorável em sua carta? — perguntou outro médico do colegiado.

— Abandonar nunca! — respondeu, enfático, Nostradamus. — O capitão não pode ser o primeiro a fugir de um navio que naufraga.

A palestra, que aconteceu na curta estadia de Nostradamus em Milão, deixara impressões variadas entre os profissionais da cidade. Para alguns, ele era um charlatão; para outros, um conhecedor admirável da arte da cura. Cardano não se deixou impressionar nem por um extremo, nem por outro. Identificou-se, na verdade, com o apreço que o médico francês demonstrara por Cícero e ficou intrigado com os boatos de que estaria sendo perseguido pela Inquisição. Mas não foi só isso. Esmerar-se em compreender o ponto de vista de um paciente que sofre fora um grande lembrete, uma grande lição. Algo que Cardano prometeu a si próprio não mais esquecer.

Ottaviano Scotto vem a Milão

O ano de 1543 traria mais uma criança para o seio da família Cardano. No ano anterior, os pais de GianBattista e Clara tiveram outra noite de amor como marido e mulher, algo naturalmente menos comum quando pais e filhos dormem embaixo do mesmo cobertor. O resultado fora uma gravidez que transcorria tranquila e tinha atravessado as festas da natividade de Jesus Cristo sem sobressaltos.

Uma mensagem de Ottaviano Scotto, editor de Veneza, trouxe particular alegria e quebrou a monotonia daquele fim de inverno. Havia muito que Cardano não encontrava o grande amigo de faculdade e ficou particularmente emocionado quando recebeu sua visita.

Era um início de tarde tranquilo, com uma temperatura amena para a época. O frio era agradável; poderia ser espantado com um esfregar de mãos. Lucia descansava com a mãe, Taddea, que viera ajudá-la nos momentos finais da gravidez. Na porta da casa, um pastor passava conduzindo seus carneiros para comercializar no mercado.

— Também estava com saudade, caro amigo — disse Ottaviano, ao sentarem-se à beira do fogo —, mas fico contente que esteja bem instalado, com uma casa grande e confortável.

— Não posso dizer que não esteja aproveitando deste conforto — disse Cardano —, mas meu dinheiro vem todo para cá. São dois pupilos que moram conosco, mais dois servos, a irmã de Lucia, uma ama e, agora, a *signora* Taddea; sem contar, claro, GianBattista, com 9 anos — apontou para o garoto que estava brincando no chão, próximo deles —, e Clara, que está dormindo com a mãe, beirando os 6 anos. Conte ainda os gatos, cães, mulas e pássaros, além de músicos que estão sempre aqui nos alegrando, mas nos cobram até a última coroa. Lucia era de uma família de muitas posses, meu caro. Ela passou comigo momentos difíceis, sem nunca reclamar. Cheguei a vender suas joias antes de irmos para um abrigo em Gallarate. Merece ter o conforto de volta.

— Bem, vejo que, de qualquer maneira, as aulas e a Medicina estão rendendo bons frutos. — Ottaviano sorriu.

— Nem tanto — ponderou Cardano. — Sei que ainda será mais. As aulas e palestras dão uma paga razoável. Os clientes, que têm aumentado, também. Tenho ainda o patronato de Filippo Archinto, um homem sábio que me entende bem. Mas a verdade é que tenho frequentado a casa de um nobre que tem muito prazer com a minha presença. De fato, jogamos bastante. Chego a ganhar duas ou três coroas por dia!

— Tome cuidado — falou Ottaviano, incomodado com o relato do relacionamento do amigo com o nobre Antonio Vimercati. — As pessoas podem comentar, caro Cardano. É estranho dois homens passarem tardes e mais tardes juntos, principalmente se um deles é quem sempre ganha.

— Não me importo — respondeu o médico, dando de ombros. — Ele tem muitas posses. Pode desperdiçar em jogo sem que eu fique me sentindo culpado. Lembra que sou perito em dados e *primero*, não é mesmo? — Cardano sorriu ao propor um brinde.

— É verdade. Sinto saudades de nossas rodadas na taverna do moinho cervejeiro — falou Ottaviano em tom melancólico. — Mas naquele tempo ainda não conhecíamos isto. — Abriu um saco, colocando na mesa algumas bolas ovaladas cobertas de terra. — Vamos comer?

— Comer bolas de terra? — Cardano surpreendeu-se.

— Não, meu caro. Devemos lavar e ver as cores avermelhadas e amareladas aparecerem. Depois é só colocar no fogo. Ficará cada vez mais mole. É delicioso. Tenho um amigo que ganhou isso de um navegante espanhol. Ninguém conhece em Veneza, posso assegurar.

Cardano pediu que o servo as lavasse.

— Os portugueses também têm negociado muito com os venezianos — continuou Ottaviano. — Nem imagina quanto! Eles preferem o lucro conosco a levar as riquezas para o rei. Estamos novamente no topo do comércio de especiarias, de onde nunca deveríamos ter saído. Lembre-se de que vindo de Tashkent, atravessando Bagdá, ou Mascate, e passando por Alexandria, a porta de entrada na Europa é Veneza! As *gazzetta* vão cair do céu!

— *Gazzetta?* — Cardano arregalou os olhos.

— *La gazzetta*, amigo, *La gazzetta*! O novo símbolo da Sereníssima! — e tirou do bolso algumas moedas de prata chamadas de *gazzetta*; equivaliam a *due soldi* e tinham sido cunhadas recentemente, com a subida de Pietro Lando, o novo duque de Veneza.

— Certo, meu caro, não precisa se empolgar... Esta fruta aqui, ou coisa parecida — perguntou Cardano, olhando mais de perto a novidade —, é uma espécie de maçã que nasce dentro da terra?

— É do Novo Mundo — respondeu Ottaviano, concordando com a cabeça. — Um dia será um sucesso por toda a Itália, escreva isso.

— Será uma Itália de um rei apenas. Um rei milanês, já pensou nisso? — perguntou o médico, cutucando o editor.

— Quem defendeu a ideia de único rei foi Niccolò dei Machiavelli, o florentino... — falou Ottaviano, sem dar muita atenção à piada de Cardano. — Quando o livro saiu, há alguns anos, ele já estava morto. Um livro sensacional: *De Principatibus*. Todos já chamam de *Il Principe*. Afinal, não foi escrito em latim mesmo... Mas nada mudou em nossa Europa. Continua terrível, essa é verdade. Bem pior que o mundo novo, de onde vêm essas iguarias — apontou para as batatas que já estavam no fogo.

— Tenho minhas desconfianças em relação ao Novo Mundo...

— Não me diga! Ainda está impressionado com aquelas cartas de Américo Vespúcio? — questionou Ottaviano. — Sossegue. Nenhuma serpente envenenada vai sair de lá.

— Sim — concordou Cardano. — Eu sei que nossa Europa está mais assustadora. — Recordou a história dos anabatistas, na Germânia, que cantavam, gritavam e tiravam a roupa em nome de Jesus. — Lembre-se de que os luteranos de Münster tinham várias mulheres e subiam em cima de cadáveres dos adeptos da Igreja de Roma...

— Não pense que as coisas estão mais fáceis aqui na Itália, Cardano. Depois que Paulo III criou a Inquisizione del Santo Offizio, no ano passado, o aperto aumentou. Acabam de instaurar em Veneza um grupo de esecutori contro la bestemmia.

— Contra que blasfêmia, Ottaviano?

— Tudo o que parecer herege, meu caro. As editoras estão sendo vasculhadas. A nossa já foi visitada mais de uma vez. O medo está aumentando.

— Mas nunca teremos uma Inquisição como na Espanha, tenho certeza disso — falou Cardano de forma convicta. — Eu não poderia escrever um horóscopo de Cristo se estivesse na terra de Castela e Aragão.

— Acredito que deva prestar mais atenção.

— Está bem, Ottaviano. O que sair da minha pena, a partir de agora, levará em consideração seu conselho. A menos que eu escreva para o mundo luterano...

Cardano pensou um pouco mais antes de tocar em um tema delicado.

— Diga-me, houve mágoa por causa do meu contrato com Osiander e Petreius, de Nuremberg?

— Em nenhum momento, Cardano. Fique à vontade para explorar o mercado europeu. Eu não conseguiria espalhar seu livro como eles fazem. Há o seu merecimento, com certeza. Agradeço sua confiança em nos enviar *De Consolatione* no ano passado, um livro bonito, mas talvez um pouco profundo demais.

— Entendo o que quer dizer — falou Cardano com certa decepção. — É por isso que não dediquei a ninguém um livro que esmiúça o sofrimento.

— As pessoas querem assuntos mais leves. Pena que não possamos publicar novamente o *De malo medendi*.

Cardano levantou as sobrancelhas:

— Agora que estou mais conhecido e continuo a desfrutar do patronato de Francesco Sfondrato, fui escolhido reitor do Colégio dos Médicos de Milão, seria desastroso fazer uma nova edição daquele livro.

— Eu sei. Sua carta foi clara. De qualquer forma, parabéns pela reitoria. Foi uma grande honra, não? Principalmente porque recebeu o próprio imperador. Amigo, está ficando poderoso...

— Finalmente! — Cardano deu uma risada. — Confesso que ser uma das autoridades que receberam Carlos V em Milão foi inesquecível. Não imagina a beleza do *baldacchino* que os servos portavam sobre ele. Uma longa peça de pano retangular, toda trabalhada e colorida, com seis hastes nas laterais.

— Não estava em carruagem? — perguntou Ottaviano.

— Eu também me surpreendi. Tinha preparado o projeto de um sistema de amortecimento, pois nossas ruas em Milão não estão em bom estado, e ele nem usufruiu. Tomei como base o método de suspender um compasso que inventei para o livro *De Rerum Varietate*. Para que o eixo transmitisse a energia giratória, usei uma espécie de moeda central e deu certo. Veja.

Cardano rascunhou em um papel sua ideia para que Ottaviano visualizasse melhor.

— Aqui já pode notar que meu talento não está direcionado à arte do desenho. — Sorriu. — O segredo está nesta rodela central, que vira em dois eixos diferentes.

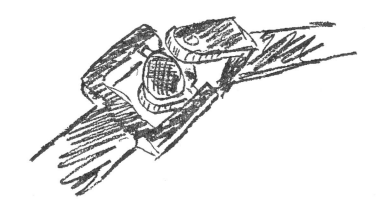

Lembrava-se de que *messer* Leonardo da Vinci tinha concebido algo parecido, mas o servo enviado à casa de Melzi não encontrou mais ninguém morando lá. Então teve que se virar sozinho.

— A verdade é que o imperador, no fim das contas, percorreu a cidade a cavalo — continuou Cardano. — Fez contraste com o *baldacchino*, e todos da nobreza em volta, vestindo uma modesta, mas elegante, roupa negra e um chapéu de feltro na cabeça. Alojou-se na corte depois de ir à catedral, seguido por uma multidão embevecida.

— E o que está escrevendo agora? — perguntou Ottaviano curioso.

— Neste momento estou escrevendo uma espécie de obra enciclopédica, que inclui, por exemplo, essa luminária que pode ver pendurada na parede. Preste atenção neste esboço que fiz para o *De Subtilitate*.

— O óleo da lâmpada dá uma luz mais constante — falou Cardano, mostrando o bico da lamparina especialmente desenhada para a sala de entrada da casa.

— E que óleo utiliza?

— De olivas — respondeu Cardano. — Já experimentei também o de sementes de colza e de um derivado da terebintina. São muito bons, contanto que não explodam. Neste caso, vão subtrair sua casa do horizonte, em meio a chamas incontroláveis — ironizou.

— Bem, eu continuo a preferir as velas. As de cera, naturalmente. As velas de sebo podem ser baratas, mas deixam uma fedentina insuportável.

— Concordo em relação às velas para a leitura. Gosto de escrever à noite. Neste caso, a iluminação é fundamental — explicou Cardano. — Ferrari fez as contas: tenho escrito um pequeno livro por semana no último ano. *Metoposcopia*, que é a arte de ler as feições, *Vida de Galeno*, *Convivium*, sobre o amor e muitos outros. Livros a serem impressos e outros para serem devorados pelo lixo. Também estou, neste momento, revisando meus manuscritos de álgebra.

— Será dedicado a quem? — perguntou Ottaviano, curioso.

— Não sei ainda. De todo modo, está prometida ao imperador. Acabo de chegar de Bolonha, aonde fui com Ferrari para analisar os papéis de Del Ferro. Ele descobriu uma regra para a equação do *cubus*. Esta aqui — escreveu rapidamente, para que Ottaviano soubesse do que se tratava.

$$x^3 + px = q$$

— Não tenho a menor ideia do que é isso, rapaz! — Ottaviano sorriu.

— Bem, será uma obra para iniciados, como poucas. Aliás, falando nisso — Cardano franziu a testa —, Osiander me disse que lançaria um livro de Nicolaus Copernicus que eu iria gostar, pois tinha muita matemática, em grau aprofundado.

— Mikolaj Kopernik? Conheço os escritos dele. É um religioso e astrônomo do norte, que morava em uma torre ao lado do mar e vivia com uma linda mulher mais jovem...

— Meu Deus! — exclamou Cardano. — O histórico completo!

— Lembre-se de que eu tenho uma tipografia; quem escreve livros está na minha mira. Sei também que Copérnico agora está paralisado, na cama, prestes a morrer. Dizem que ele tem mostrado cálculos em que a Terra deixaria de ser o centro. Em lugar dela estaria o Sol.

— Também ouvi algo nessa linha. Qualquer um tem o direito de ter seus delírios, às vezes. Se ele estivesse na Itália, com esta nova Inquisição, certamente seria chamado para dar esclarecimentos. Mas diga-me uma coisa: ele é padre e tinha uma concubina?

— Quem não tem? — Ottaviano gargalhou. — Não seja ingênuo. Só o doutor Cardano não pega doença, não é mesmo?

— Não brinque com isso, meu caro amigo. Sua carta falava justamente que sua viagem até aqui tinha o objetivo de tratar de uma peste que o afetava no canal da urina, estou errado?

O semblante de Ottaviano mudou. A doença estava provocando grande incômodo e sofrimento. Em alguns dias estava bem; em outros, a doença da queimação, a *nefandum infirmitatum*, ou perversa doença, tornava quase impossível verter a urina, geralmente acompanhada de pus. Era considerada uma forma de sífilis, nome em voga depois da publicação de um poema do médico Fracastorius, de Verona.

Portanto, dessa vez, o amigo de Cardano não fizera uma longa viagem apenas para reforçar a amizade ou conversar com um escritor. Viera a Milão atrás da solução de seu padecimento com um médico cujo nome já tinha ultrapassado os limites do ducado.

Ottaviano contou todas as peripécias por que passou na tentativa de eliminar o mal, após consultar videntes e cartomantes. Emplastros de sapo dissecado e o mergulho das partes íntimas em vísceras de mula nem foram as piores medidas. A gota d'água foi ter que encontrar um mendigo que estivesse disposto, por boa gratificação, a chupar a secreção no momento da descarga urinária.

Após uma profunda expressão de asco, Cardano perguntou mais detalhes dos sintomas e concluiu que a doença da queimação não seria uma variante da sífilis, mas uma doença completamente diferente.

— Essa afecção das partes íntimas é considerada por muitos como o prenúncio da sífilis, o que o médico Gaspare Torella chama de Pudendagrum sen Morbum Gallicum.

— O mal-francês das pudendas?

— Exatamente — disse Cardano. — Mas eu penso diferente. Para mim, é outra doença e pode ser curada. Não é a mesma que mortificou as partes de César Bórgia, ou que grassa nos ambientes imundos.

Ottaviano, em poucos dias, já estava seguindo à risca o tratamento do emplastro sarraceno, usado pelos cruzados, que incluía louro, carvão vegetal, óleo de escorpiões e mercúrio. Partiu e combinou que depois escreveria de Veneza, ou, em alguma oportunidade, voltaria a Milão.

Com o passar das semanas, a expectativa voltou-se para o novo filho. Quando no dia 25 de maio Aldo Urbano nasceu, o terceiro do casal Cardano, ninguém teve uma boa impressão. Os olhos distantes um do outro, as sobrancelhas pontiagudas e o cabelo preto davam uma feição diabólica ao menino. Houve dúvida se ele tinha uma deformidade.

Lucia ficou bastante afetada, com uma melancolia profunda. Já estava assim mesmo antes do nascimento, na verdade, como se prenunciasse o desgaste pelo qual iria passar a cada mamada. Teve ajuda de uma nova ama na tarefa de cuidar do bebê, mas não parecia suficiente. GianBattista, bem mais velho, observava apenas com desconfiança, mas Clara tornou-se muito agressiva, dando petelecos na cabeça do menino sempre que podia.

Cardano praticamente ignorou o acontecimento. Não pressentiu nada, nem recebeu avisos de qualquer sorte, para o bem ou para o mal. Ficou até tranquilo, pois o horóscopo de Aldo mostrava-se bastante favorável. Talvez o garoto nem precisasse de ajuda. Um brilhante futuro viria pela frente. É apenas mais um filho, pensou. Já tenho o mais velho para me ocupar. E assim decidiu tomar as rédeas da tutoria de GianBattista. A partir dali, o próprio pai seria responsável pelo aprendizado do filho mais velho, repetindo os passos de Fazio.

Enquanto escrevia um diálogo na própria língua em que discutia as diferenças entre grego, latim, italiano de Petrarca e língua espanhola, salientava as qualidades de cada uma para o filho e traduzia os trechos principais. Em relação à língua de Castela e Aragão havia pouca dificuldade. O espanhol fazia parte do dia a dia da Lombardia; as tropas vindas de lá eram presença marcante nas últimas décadas.

Paralelamente, o furor incansável de Cardano permitia a produção de novos livros, além da revisão dos anteriores. *De Sapientia Libri V*, ou *Os Cinco Livros da Sabedoria*, por exemplo, foram enviados a Petreius junto com a correção do livro *De Consolatione*. Suas publicações aumentavam consideravelmente uma reputação que ascendia ano após ano.

O convite para dar aulas na Faculdade de Milão permitiu que mais temas surgissem à sua mente, assim que preparava as matérias que fariam parte de suas exposições. Foi um arranjo que emergiu após a transferência da Faculdade de Pavia para a capital do ducado por causa da bancarrota que se abateu sobre a ancestral instituição, agravada pelo medo de uma nova invasão pela França.

A rotina se estabelecia na espaçosa casa da região de San Michelle alla Chiusa com impressionante regularidade. Na parte inicial do dia, acordava depois que todos estavam de pé, na segunda hora da manhã, tomava um café com uvas, pão e água. Na sua sala de trabalho, cães, gatos, cabras e pássaros disputavam espaço.

Apesar de suas contínuas congestões no nariz e no peito, ele lia e escrevia com os pés descalços. Dessa forma se movimentava continuadas vezes ao redor da mesa enquanto pensava sobre um assunto que estivesse demandando maior reflexão. Era interrompido pelas brincadeiras de GianBattista e Clara, que corriam pela casa. Um ou dois estudantes estariam também na sala para ajudar na pesquisa de algum tema específico. Consequentemente, uma parte razoável do orçamento era direcionada à caríssima tinta preta.

Nesse meio-tempo, pacientes chegavam e solicitavam consultas, palestras eram preparadas e encontros eram agendados com filósofos, matemáticos e outros médicos.

No horário do almoço, uma gema de ovo misturada ao vinho e uma fatia de pão eram suficientes, sem que o trabalho fosse interrompido. Músicos chegavam à sua casa e tocavam quase diariamente. Alguns eram contratados e outros eram amigos que vinham para se divertir. No fim do dia, caso a temperatura estivesse agradável, Cardano reservava uma hora para pescar. GianBattista e mais um ou dois pupilos acompanhavam-no e tomavam nota de tudo que viesse à mente do médico-escritor.

A última refeição do dia incluía mariscos, arenque, peixe gobião, ou uma carpa, ao lado de cebolas apimentadas com ervas da floresta. Em seguida, frutas e queijo. Após todos irem dormir, Cardano sentava-se em sua escrivaninha para escrever um pouco mais sobre os assuntos do seu amplo espectro de interesses, com especial atenção para suas curas e descobertas.

Em seu livro-diário *De Vita Propria*, abriu um capítulo, Felicitas in Curando, em que começou a descrever os sucessos na prática médica, alguns dos quais já tinha publicado. Relatou a cura de Martha Motta, uma mulher na faixa dos 30 que estivera presa à cadeira de rodas por 13 longos anos. *Martham Mottam, quae per annos XIII in cathedra sedebat.* Apesar de ainda estar curvada, *per totam vitam inclinata*, já conseguia dar seus passos de forma independente.

Também descreveu a cura da consumpção, *a phthisi*, de Giulio Gati, e o empiema de Adriano, o belga. *Ex Empyemate Adrianum Belgam*, que ficou de todos os modos grato, *mirum in modum mihi gratus, atque amicus*. A noite já ia alta quando Cardano repousava a pena e decidia dormir.

Mas nem sempre as curas aconteciam como ele esperava. Ficou bastante decepcionado quando foi chamado para o enterro de Donato Lanza. Não estava a par da última piora do estado de saúde do amigo cuja consumpção pulmonar tinha tratado. Dera a cura como definitiva. No primeiro dia do verão, com chuva fina e a sensação de que ainda estavam no fim do outono, doutor Luca Della Croce, que tinha acompanhado o desenrolar do quadro do boticário, contou a Cardano os detalhes do ocorrido.

— Ao que parece, as autoridades foram atrás de Donato por alguma ofensa que fez a alguém. Ele pulou em um tanque e saiu encharcado.

— Pulou em um tanque? — perguntou, surpreso, Cardano.

— Pulou, ou caiu, não sei — disse Della Croce. — O fato é que demorou a trocar de roupa e teve, como consequência, a volta da doença, com grande intensidade. Não se passaram nem duas semanas, e o resultado foi este. — Apontou para o corpo que descia para a vala, ao lado da Basílica de Sant'Eustorgio, bastante antiga, da época dos primeiros cristãos.

Essa igreja ao lado da qual Donato Lanza estava sendo enterrado tinha um belo púlpito de madeira esculpida. Sofrera graves danos após o encontro de soldados franceses e espanhóis. Muitos mártires jaziam lá. Apesar disso, ninguém acreditava que um dia o belo prédio fosse restaurado. Seria um trabalho demasiadamente caro.

Cardano observava as pás de terra serem jogadas sobre o amigo e constatava que suas conclusões sobre a cura da doença da opressão respiratória poderiam estar equivocadas. O problema era que já tinha publicado seu caso, uma iniciativa que se mostrara precipitada. Della Croce estava ciente disso e lembrou Cardano sobre o que já tinham discutido uma vez.

— Veja, caro colega, a *phthisi* pode ser traiçoeira. Eu disse anteriormente... não tem mesmo cura.

— O que escrevi foi com boa-fé. Infelizmente, fui decepcionado pela esperança — respondeu Cardano, contrariado, lembrando de outro caso recente que preferiu não comentar.

Tibbold, que já tinha recebido os cuidados de Cardano meses antes, depois de retornar da missa em um dia chuvoso, não trocou as roupas molhadas e passou a noite inteira jogando dados. Sua queixa de tosse com sangue voltou com violência, e ele não resistiu. A viúva informou a Cardano que a tosse e a falta de ar, na verdade, nunca desapareceram por completo, ao contrário do que o médico tinha pensado.

Após rezarem à alma de Donato Lanza, Della Croce e Cardano tomaram o rumo da praça da Matriz. O livro de um médico da Universidade de Pádua, Andreas Vesalius, chamado *De Humani Corporis Fabrica*, era o tema do momento.

— Vesalius me escreveu recentemente, caro Luca.

— De onde ele é mesmo? — perguntou Della Croce.

— Acredito que tenha vindo de Bruxelas — respondeu Cardano. — Ele realizou, na verdade, sua primeira dissecação pública como professor convidado no inverno de 1540, em Bolonha. Desde então fez outras, gerando o livro. Dizem que é um grande mestre, mesmo que se tenha algumas ressalvas em relação ao *Corporis Fabrica*.

— Algumas ressalvas? — falou, surpreso, Della Croce. — O livro é um total disparate! Por que insistir em abrir a carne humana? Nosso corpo merece esse aviltamento?

— Ao que parece, eles faziam as dissecações à luz de velas, na Igreja de San Francesco, de duzentas a trezentas pessoas, na maior parte estudantes.

— Isso é curiosidade da juventude. É possível compreender esse sucesso. Não trocaria uma aula de Matthaeus Curtius por dez aulas de Vesalius.

— Concordo que o mestre Curtius seja excepcional...

— E a explicação que ele tem sobre o amarelado da pele e a formação de pedras junto ao fígado? O que acha? — completou Della Croce.

— Só me resta fazer minhas as suas palavras — concordou Cardano. — No entanto, há algo de muito interessante nessa obra de Vesalius impressa em Basileia. Por vezes a anatomia que ele apresenta faz muito sentido.

— Caro reitor de nosso colegiado, o que faz sentido é que ele tenha dedicado o livro a Carlos V, chamando-o de maior e mais invencível. *Maximum, Invictissimum que Imperatore!* — falou de forma irônica Della Croce, passando em seguida para uma pergunta desafiadora. — Então me diga: quem é ele para falar mal de Galeno?

— Devo dizer que eu mesmo já fiz uma dissecação... — confessou Cardano, um pouco constrangido. — E vi com meus próprios olhos que não havia a passagem que Galeno descrevia no septo do coração...

— Está falando sério? Hoje poderíamos ter problemas até com a Igreja... sabe disso, não?

— Claro, *messer* Luca, fique tranquilo. Mas ouça esta história: escrevi a Vesalius perguntando por que um coração que vimos em uma aula tinha um furo denotando comunicação. — Levantou as sobrancelhas. — Ele perguntou se a criança vivia com a cor arroxeada; nesse caso, seria uma doença, e não um coração normal.

— A criança era arroxeada? — perguntou, um pouco assustado, Della Croce.

— Sim. Vesalius acertou. Galeno estava errado...

Della Croce não soube mais o que dizer. A explicação de que o corpo humano tinha se alterado desde a Antiguidade e por isso estavam encontrando aspectos anatômicos não demonstrados antes não era muito convincente. Ele sabia disso. Ficou pensativo e preferiu continuar a conversa outro dia.

O fato de Vesalius ter pegado o escalpelo em mãos e subvertido o ritual acadêmico desencadeara uma excitação nunca antes vista nas aulas de anatomia. A regra ainda adotada pela maioria das Universidades dizia que antes de se iniciar a dissecação deveria ser lido um texto de Galeno. O cirurgião, logo depois, empreenderia a tarefa com a ajuda de um demonstrador. Com Vesalius, algo de fundamental estava se alterando no ensino da anatomia.

Ao chegar em casa, Cardano pegou com cuidado o fólio com mais de seiscentas páginas e centenas de ilustrações, segundo diziam, feitas pelo mestre Tiziano Vecelli, ou talvez por seu discípulo, o pintor flamengo Stefan von Kalkar e releu com atenção o prefácio de Andreas Vesalius: Os doutores da Itália, depois de tantos anos, imitando os antigos romanos, *romanorum imitationem manus operam*, orientavam seus servos a realizarem as operações manuais necessárias nos pacientes; prostituíram-se sob o nome de *medici*, relegando o resto da medicina, como a cirurgia, aos barbeiros.

Abriu então na parte que falava da circulação: Dos órgãos criados para manter o calor e reacender nossos espíritos, o coração é o mais importante. Tem os ventrículos separados por um grosso septo adaptado para distender e contrair.

Não é à toa que tantos estão indignados com esse livro de Vesalius, pensou Cardano, para em seguida escrever em seu diário: Nunca o vi, embora não possa ter amigo mais íntimo. *Nunquam vidi, ut neque Vesalium quamquam intimum mihi amicum.*

Cardano repousou a pena e voltou a ler com admiração o que tinha escrito o ousado anatomista belga. Os médicos têm negligenciado a fábrica de ossos, músculos, nervos, veias e artérias como se esse ensinamento não lhes pertencesse. Mas devemos, ao contrário, chegar ao ponto de não termos vergonha de comparar nossos métodos de dissecação com os dos antigos. Essa ambição não teria acontecido se, ao estudar em Paris, eu não tivesse colocado minhas próprias mãos no interior do corpo humano e tido o prazer de apresentar esse trabalho em público.

— Que livro bonito — falou GianBattista, chegando de mansinho e com cuidado para não enervar o pai.

— Sim, meu filho. Aproveite o privilégio de ver um maravilhoso livro. Eles nos ensinam, nos fazem aguentar os momentos difíceis, nos consolam.

— Clara não gosta de livros...

— Mas, se o meu filho gosta, estou contente.

— E o Aldo? Vai gostar de livros? — perguntou o filho, sabendo que a saúde do irmão menor, de um ano e meio, era bastante frágil.

— Nem sei se ele vai sobreviver. Teve convulsões, agora não anda nem fala — falou com desapego o pai. — Parece que não vai se desenvolver nunca, mesmo com a genitura bastante favorável que ele tem.

— Por que alguns têm tantos problemas? — perguntou Gian, com a expressão de quem estava bastante preocupado com as diferenças do mundo.

— Porque assim está escrito. Eu nasci com o destino de ser grande. Sou reitor do Colégio de Médicos, meus livros estão por toda a Europa, os pacientes me procuram. Ainda haverá mais. E você descobrirá seu caminho. Mediocridade ou excelência... Escrevi algo sobre isso hoje. Ouça. — Pegou uma folha em um maço diferente, onde esboçava um diálogo que teria com Fazio, o seu próprio pai, *ipsius patris*. — Ouça e veja se compreende: *Et qual iniqua sum conditione inter mortales!*

— Como são as condições entre os homens... — arriscou GianBattista.

— Quão injustas são as condições! — corrigiu o pai. — Estude muito e poderá ser alguém. Do contrário, não será nada. Morrerá e desaparecerá... — E gritou com força, a ponto de deixar GianBattista assustado. — Agora saia daqui. Vá! Leia o texto que mandei!

Ars Magna

Quando Cardano recebeu a edição de *Ars Magna*, o livro publicado em Nuremberg por Petreius, após mais de cinco anos de trabalho intenso, sentiu que 1545 seria o seu ano. Mostrou com orgulho a Ferrari, que também tinha ali dentro seu nome gravado para a posteridade.

Para que não achassem que ele era apenas um matemático brilhante, publicou também, simultaneamente, e dessa vez por uma editora de Milão, um detalhado livro sobre questões de Medicina: *Contradicentium medicorum liber*. Nele eram expostas as contradições médicas nas doutrinas dos diferentes autores, mas a verdade é que o livro que causou maior impacto foi o de matemática.

Artis Magnae, sive de regulis algebraicis. A grande arte, ou *As regras da álgebra*, foi sucesso imediato. Estava sendo comentado na faculdade tanto quanto os livros sobre o movimento dos corpos celestes, do falecido Copernicus, e sobre o corpo humano, de Vesalius. Pela primeira vez eram exibidos os princípios das soluções de equações biquadráticas e cúbicas. Na verdade, não só uma solução foi relatada em relação a esta última, mas nada menos que 13 possíveis abordagens.

De uma forma totalmente inovadora, outras pessoas foram citadas como colaboradoras em ideias para o livro. Scipio Ferro di Bologna descobriu esta regra, há trinta anos, e passou-a a Antonio Maria Fiore, de Veneza, relatava em um dos trechos, que teve uma disputa pública com

Niccolò Tartaglia. Niccolò descobriu a fórmula e *qui cum nobis rogantibus tradidisset*, ou seja, em resposta ao pedido de outrem.

— Por favor, Ferrari, leia um pouco para nós.

Cardano sentou-se e com prazer tomou uma taça de vinho. Tinha Lucia ao seu lado e GianBattista sentado aos seus pés, junto com Clara.

— Atenção, todos! — falou Ferrari, com certa pompa. — Problema sete!

— Por que começar do sete? — perguntou Gian.

— Ele só vai ler algumas partes — disse Lucia. — Vamos fazer silêncio... — Passou a mão na cabeça do filho.

— *Quæsto septem!* Alguém comprou uma libra de açafrão, duas libras de canela e cinco libras de pimenta. *Croci, cinamomi et piperis.*

— É um livro de receitas? — interrompeu Gian.

— Psst! Fique quieto! — falou de forma ríspida Cardano, e o garoto imediatamente se encolheu.

— Cinco libras de pimenta — continuou Ferrari — com preços proporcionais de tal forma que o preço de toda pimenta estava para o preço da canela assim como o preço da canela estava para o do açafrão, o preço deste sendo o menor, o da pimenta o maior, o da canela intermediário e a soma destes três preços perfazendo seis *aurei*. Queremos saber o preço, por libra, de cada um. *Quaeruntur singulorum precia.*

— Puxa — disse Lucia —, não consegui acompanhar...

— Fale outro — pediu Cardano.

Ferrari folheou mais um pouco e recomeçou.

— *Quæsto quinque.* Este problema foi proposto por Zuanne da Coi. Ele disse que não havia solução. Eu disse que sim. *Ego verò dicebam.* E foi descoberto por Ferrari. — Estufou o peito, com orgulho. — *Ferrarius eum inuenit!*

Então o pupilo de Cardano abriu a página e mostrou, para que todos vissem, uma das centenas de equações que recheavam o livro, apinhada de raízes quadradas, as *quads*. Abundavam também sinais de p, *più*, ou seja, de adição, e os símbolos grafados com a letra m, *meno*, de subtração.

| 1. poſ. | v. ℞. 4. m̄. 1. quad. | 6. m̄. 1. poſ. m̄. ℞. v. 4. m̄. 1. quad.
| 6. poſ. m̄ 1. quad. m̄. ℞. v. 4. quad. m̄. 1. quad. quad.
|---|
| 4. | 6. poſ. m̄. ℞. v. 4. quad. m̄. 1. quad. quad.
| 6. poſ. m̄. 4. æqual. ℞. v. 4. quad. m̄. 1. quad. quad.
| 36. quad. p̄. 16. m̄. 48. poſ. æquadtur 4. quad. m̄. 1. quad. quad.
|---|
| 32. quad. p̄. 16. p̄. 1. quad. quad. æqualia 48. poſ.
|---|
| 1. quad. quad. p̄. 32. quad. p̄. 256. æqualia 48. poſ. p̄. 240.

Lucia, Clara e GianBattista fizeram a expressão de que estavam impressionados, mas não tinham a menor ideia do que se tratava. Cada um deu uma desculpa, foi se ocupar de algo, e deixaram Ferrari e Cardano se deliciarem com os detalhes da impressão.

No fim, o livro ostentava a sentença de quem acreditava estar determinado a fazer história: Escrito em cinco anos, que dure por muitos milhares.

Também no mundo luterano o livro foi bem recebido. O amigo e colaborador de Petreius, chamado de Rheticus, o maior pupilo de Copernicus, veio a Milão especialmente para conversar com o médico escritor. Cardano recebeu-o em casa, como costumava fazer nessas ocasiões.

— *Signor* Georg Rheticus, *mio gientilissimo*, agradeço a honra da visita.

— *Messer* Hieronymus Cardanus. — Fez uma reverência o matemático e cartógrafo de nariz adunco, longa barba e gestos delicados, por volta de dez anos mais jovem que seu anfitrião.

— Tive conhecimento de seu trabalho junto ao nobre Copernicus — disse Cardano.

— Fui um grande estimulador da difusão das ideias do mestre Mikolaj Kopernik. Ele mostrava seus escritos apenas aos amigos, em cartas que explanava seu conhecimento. Foram quase trinta anos assim, mas conseguimos, enfim, com Petreius, a publicação das completas anotações no livro *Revolutionibus Orbium Coelestium*, uma obra-prima sobre o movimento das órbitas celestes. Estou orgulhoso...

— Mas eu não entendi um aspecto que considero importante — disse Cardano, intrigado. — Se ele acreditava que o Sol era o centro de tudo, ou pelo menos estava quase no centro, e falava da harmonia no movimento da órbitas, por que disse no prefácio que ninguém deveria esperar algo de definitivo da Astronomia?

— Ele foi enganado! Ele não disse isso — afirmou com indignação Rheticus e respirou fundo para controlar sua exaltação. — Não tenho provas, mas estou plenamente convicto de que Osiander escreveu aquele prefácio. Convivi muitos anos com o mestre. Sei que ele nunca faria aquela introdução. E é esse texto que tem desviado a atenção das pessoas. Quase ninguém está dando a devida importância à descoberta de Copérnico.

— Dizer que a Terra não é o centro pode ser considerada uma grande ousadia, admito. No entanto, não sei se compartilho dessa ideia... — falou Cardano, titubeando. — Ademais, sabemos que se está iniciando o concílio na cidade de Trento, onde vão discutir os assuntos contra a reforma de Lutero, entre tantos outros. Uma afirmação como esta, de que a Terra não está imóvel, talvez gere reações da Igreja de Roma...

— De forma alguma! — Rheticus reagiu com veemência. — O próprio papa Paulo III compareceu a uma apresentação sobre esse tema, e um cardeal muito amigo dele foi firme em dizer que as descobertas deviam ser publicadas. Apenas Martin Lutero foi contra, saiba disso...

— O que Lutero disse? — perguntou Cardano, intrigado.

— Chamou Copérnico de tolo. Um tolo que estava contra as Escrituras, pois Joshua teria dito para o Sol paralisar, assim como a Lua, durante o tempo necessário para que houvesse a vingança sobre os inimigos — completou Rheticus. — Ou seja, se o Senhor ordenou a paralisação solar, isto teria significado que a Terra é que estaria imóvel, no centro de tudo.

— É verdade... — disse Cardano, sem deixar seu interlocutor perceber que concordava com a passagem bíblica.

Rheticus então entrou no tema que o trazia a Milão: a discussão sobre novas publicações em Astrologia.

— Trouxe datas e locais de nascimento para que o doutor Cardano faça novas análises. Seus comentários são muito procurados.

Os pupilos Ferrari e Bigioggero chegaram do mercado junto com Lucia e as crianças. Subitamente o silêncio e a calmaria da casa acabaram. Rheticus cumprimentou-os e esperou com paciência o momento certo, após uma crise de choro de Clara, para que continuassem o assunto. GianBattista veio se sentar ao lado do pai e beijou sua mão.

— Eu dizia que trouxe genituras de muitas pessoas, se lhe aprouver.

— De quem, por exemplo? — perguntou Cardano.

— Vesalius, Regiomontanus, Cornelius Agrippa e até de Osiander.

— Rejeitarei aqueles cujas datas são questionáveis, certo? — disse Cardano. — Isto porque depois ninguém se importará em saber se fui induzido ao erro. Foi o que aconteceu com o horóscopo de Henrique VIII. A carta que analisei mostrava uma vida longa e um casamento sólido. Já soube que o rei, com sua sexta esposa, apresenta-se acabado e doente.

— Tem certeza de que pode acertar se tiver dados confiáveis?

— Não se esqueça de que eu inventei e ensinei minha arte, pela virtude da qual posso predizer ocorrências extraordinárias. — Falou com pompa Cardano, sentindo que sua ciência estava sendo posta em dúvida.

— Então poderia ver uma genitura neste exato momento e me falar sua avaliação? — desafiou Rheticus. — Sem saber de quem se trata?

— Aceito seu teste. Apresente-me os dados — respondeu com firmeza.

Por duas horas Cardano estudou o horóscopo e as efemérides relacionadas à data fornecida. Roma, 1505. Dia 12 de dezembro. Primeira hora da manhã.

Rheticus retornou de seu passeio e se sentou calmamente, aguardando a exposição do médico, com um discreto sorriso de dúvida em seus lábios.

— Digo que esta pessoa é saturnina e melancólica — iniciou Cardano.

— É homem ou mulher?

— Homem... Como sabe que é melancólico?

— Porque Saturno rege o ascendente e tem um grau de oposição a ele. Olha para ele. Saturno está em Leão, o que traz sofrimento. — Cardano suspirou. — Mas ele é capaz de falar doce, gentilmente.

— De onde tirou isso? — perguntou Rheticus, intrigado.

— *Aquarius* é um signo humano, e Saturno produz homens suaves na retórica. A cabeça do dragão, e isso é importante, está no ascendente.

— Estou impressionado. O homem é exatamente assim — admitiu Rheticus. — Mas ainda falta mais. Continue.

— A morte será dura.

— Como?

— Por enforcamento — respondeu Cardano.

— Mas como pode dizer isso? — Rheticus surpreendeu-se.

— A cauda do dragão e Saturno, ambos na sétima casa, mostram que ele será enforcado. Depois — completou Cardano, com um sorriso de satisfação — ele será queimado.

Rheticus, estupefato, não conseguia acreditar no que ouvia.

— Mas quem é esse homem, afinal? — perguntou Cardano.

— Francesco Marsili — respondeu Rheticus, com o olhar paralisado.

— É seu amigo?

— Foi. Seu corpo queimou na semana passada.

Prospero Marinone voltou em sonho mais uma vez. Sua imagem se distorcia como uma folha de papel manipulada por uma criança. Cardano, preso à poltrona, não podia se mover. Apenas conseguia fazer as perguntas. Não tinha como se levantar e tocar o amigo.

— O homem não morre completamente com sua morte... — disse Prospero.

— Diga-me ao menos quanto sofreu ao morrer — questionou Cardano.

— Foi o mesmo sofrimento de uma febre aguda...

— Deseja retornar à vida? — perguntou Cardano.

— Jamais...

A imagem de Prospero começou a sumir. Cardano, agoniado por não conseguir se mexer, ainda teve tempo de perguntar como era a morte.

— Diga-me ainda: a morte se assemelha ao sono?

— Não, de forma alguma...

Cardano acordou antes das primeiros raios de sol, pegou seu livro *De Consolatione* e reviu o que tinha escrito anos antes.

— Por que devemos esperar que a morte se assemelhe a algo melhor que o sono? — leu com o fôlego suspenso. — Melhor comparar com uma longa viagem. Nenhuma profecia do fim da vida é melhor do que esta: andar a esmo em países desconhecidos, sem esperança de retorno.

"O que é nossa vida, se não um contínuo sacrifício, perpetuamente acompanhado de trabalho, suspeitas e perigos? Que grande prazer está presente nela, que não seja seguido de arrependimento?"

O diálogo com Prospero e um outro sonho em que conversou algo semelhante com sua mãe inspiraram Cardano a escrever sobre a imortalidade da alma. Sim, esse era um tema que demandaria um livro. Precisava terminar, no entanto, vários outros projetos ainda em andamento. O fato é que não conseguiu mais dormir. Saiu cedo, sem tomar o desjejum, e na entrada do Capitolo di Sant'Ambrogio encontrou o juiz criminal Gian Speziano, um amigo que tinha sido apresentado por Sfondrato, o patrono do Colégio dos Médicos.

— Caríssimo Cardanus, soube que a Universidade de Pavia vai voltar a funcionar no prédio original...

— Está seguro disso? — perguntou o médico, prevendo que iria passar pelo conflito de decidir se ficaria em Milão ou acompanharia a cátedra na cidade onde tinha estudado Medicina.

— Seguríssimo — respondeu Speziano, contente com a notícia. — Sfondrato também sabe. Conversamos sobre isso. França e Espanha selaram a paz, definitivamente.

A notícia foi comemorada pelos professores. Exceto por Cardano, que não queria se mudar da capital do ducado. Lucia também estava receosa de sair de um lugar onde tinha tanto conforto, principalmente porque nos últimos tempos não vinha passando bem. Cansava-se facilmente, aos menores esforços. Foi vista por um médico do colegiado, e o próprio marido também a examinou. Não notaram nada que chamasse a atenção para alguma doença. Apenas um pulso fraco, comum em quem tem tido muitos afazeres domésticos ou excesso de preocupações.

— Preferiria ficar em casa, em Milão, caro marido — falou Lucia, antes de dormir. Os três filhos também já estavam na cama, adormecidos.

— Digo o mesmo — respondeu Cardano. — Eles não pagam tão bem, mas é um emprego que dá o prestígio de que ainda preciso. Quem sabe no futuro não seja mais necessário.

— Também há o prazer de dar aulas, não é mesmo?

— Sim, é verdade — respondeu o marido. — Mas poucos alunos têm comparecido às minhas exposições. Não sei o porquê, sinceramente...

— Não basta querer ensinar o que dá prazer ao professor — disse Lucia, com sua calma de sempre. — Será que não é melhor pensar bem o que eles estão querendo?

— É esta nova geração de alunos. Não estão comprometidos com nada. Eu sei o que passei para conseguir estudar. São mimados... — falou com um pouco de amargura Cardano. — E se estamos aqui bem instalados, em uma casa grande, segura e confortável, é porque devemos aqui permanecer. Deixemos a faculdade voltar sem mim para Pavia!

Dormiram serenamente até o meio da madrugada, quando um grande estrondo acordou-os de sobressalto. Mais barulhos eram ouvidos, em meio à escuridão total, como pedras e móveis caindo. Sentia-se um forte cheiro de pó de barro. Todos acordaram, à exceção de Aldo, que suava em sua camisola.

Um dos servos começou a reclamar de dor na perna. Lucia apalpava as cobertas, vendo se todos estavam bem. Cardano enxergava tudo no meio da escuridão. Viu que Lucia e os filhos não tinham se machucado. Levantou-se e andou sobre os escombros, acudindo seu servo. Com a passagem obstruída, havia dificuldade em chegar a uma lamparina. Finalmente conseguiram acender o fogo e verificaram que a parede de trás tinha ruído.

Era possível ver as estrelas no horizonte. Apenas o servo se machucara, sem gravidade. Alguns vizinhos se aproximaram, acordados pelo barulho, e perguntaram em voz alta se precisavam de ajuda.

Domus ruina. A ruína da casa, devo reconhecer, foi um sinal do Senhor. *Itaque munera Dei à me sunt recognoscenda*, escreveu Cardano, na viagem de mudança para a cidade de Pavia. Esse sinal para deixar Milão tinha sido bastante claro. A verdade é que a casa, quando foi comprada por Chiara, já era velha. Não houve manutenção desde aquela época.

O reitor da Universidade tinha perguntado, antes do incidente, se Cardano aceitava continuar a ministrar aulas na faculdade, em Pavia, pelo mesmo estipêndio: duzentos e quarenta coroas. Era um salário baixo, que tinha sido recusado em um primeiro momento com a desculpa de que havia muito trabalho a fazer em Milão. Agora, no entanto, o portento não deixara dúvidas: deveria aceitar.

Também pesou o fato de Lucia estar doente, pálida, sem energia. Morando próximo à Universidade, Cardano estaria mais presente; não precisaria viajar tanto, como aconteceria se fizesse como seu pai, que morava em Milão e trabalhava na cidade de Pavia.

A segunda metade do ano transcorreu calmamente. As crianças aproveitavam a maior liberdade que tinham na nova cidade. A casa era grande, apesar de ter a construção tradicional de apenas dois cômodos: um para as crianças e o outro para o fogo e as camas maiores. Cardano comparecia regularmente às aulas da Universidade e continuava sua rotina intensa de escrita.

Decidiu fazer de novo um testamento, o terceiro. Os dois filhos homens seriam os herdeiros, e Clara receberia um dote de três mil escudos. Lucia ficaria com a casa e um estipêndio fixo. Agora poderia morrer tranquilo. Mas, no fim do outono, o destino reservou outra pessoa para abandonar a família. Lucia se deitou na cama e serenamente se despediu de Cardano.

— Deixo três filhos ainda não formados, marido.

— Que está falando, Lucia? Quem fez um testamento fui eu! O horóscopo dizia que seria a minha vez!

— Não sei se consegui fazer a minha parte...

— Que missão é essa? Preciso da sua ajuda — falou Cardano, não querendo acreditar que Lucia pudesse estar morrendo.

— Meu marido é uma pessoa diferente... Pessoas assim sofrem e fazem sofrer os que estão próximos... mas são pessoas especiais...

— Não quero ser necessário, nem especial nesse sentido que está falando — respondeu Cardano, em dúvida sobre o real significado da mensagem de Lucia. — Quero apenas viver a minha vida.

— Irá viver. Posso garantir...

Lucia, com apenas 31 anos, fechou os olhos e por algumas horas não aceitou comida nem bebida, até sua pele esfriar lenta e gradativamente, como se o calor do seu coração não se espalhasse mais pelo corpo. Cardano ainda sentiu as batidas do seu pulso por algum tempo, muito fracas, até que cessassem por completo. Envolveu a frágil mão da esposa ternamente e a beijou.

Ouviu o ranger da porta. Virou-se. Era Chiara, vestida com um manto branco. Ficou gelado ao ver a própria mãe entrando pela casa. Ela chegou calmamente, não disse nada, e se deitou ao lado do corpo de Lucia. Cardano, paralisado, apenas observava. Mais um barulho de passos, GianBattista menino, aparentando ter 7 anos, entrou e deitou-se entre as duas. O médico teve a sensação de que as duas viriam buscar seu filho. Seu reflexo foi baixar a cabeça e começar a rezar.

— *Pater Noster, qui es in caelis, sanctificetur nomen tuum...*

Lembrou-se das palavras da falecida vidente Di Filippi: "Terá problemas com seu filho. Ele fez uma grande bobagem. Será preso. Mas vai conseguir se livrar e terá o seu perdão..."

Ele vai se livrar desse chamado, pensou. Terminou o padre-nosso, fez o sinal da cruz e levantou a cabeça. Lucia, imóvel, sozinha, jazia no colchão.

Não tinha tempo para sofrer. Como as crianças ainda dormiam, levou seu corpo até a igreja, junto com Ferrari. Acordaram o pároco no meio da noite. Não o conheciam direito, pois estavam havia pouco tempo em

Pavia, mas ele foi bastante compreensivo. Em parte porque Cardano pagou as despesas necessárias e fez uma doação generosa à irmandade para que as crianças não soubessem o que tinha acontecido.

Pela manhã, Cardano transmitiu a notícia da suposta viagem de Lucia.

— A mamãe teve que viajar.

— Viajar para onde? — perguntou Clara.

— Para a casa da sua avó. Ela não está bem. Está precisando da ajuda de Lucia.

— Mas a mamãe é que não está bem, pai! Como ela poderia viajar? — continuou Clara, indignada.

— Foi com uma carruagem bem confortável. Já estava melhor, ontem à noite, quando chegou o mensageiro.

— Está mentindo! Eu não quero você, quero minha mãe! — gritou Clara, de forma desafiadora.

— Cale-se! — gritou Cardano.

— Quero minha mãe!

Cardano segurou em seus cabelos e tapou sua boca com força. Mesmo assim ela ainda gritava e se esperneava.

GianBattista cobriu os ouvidos com as mãos e olhou para o outro lado, como sempre fazia durante os ataques de fúria da irmã. Ao ser jogada com força no canto da cozinha, ela começou a chorar e parou de gritar. Os servos e os pupilos saíram discretamente do recinto, como sempre faziam em momentos como esse. Sabiam que era uma questão familiar e não queriam se intrometer.

— Não quero mais perguntas nem gritos, fui claro? — falou Cardano, um pouco arrependido por ter perdido a paciência. A verdade é que as crises de Clara eram sempre atenuadas por Lucia. Agora não existia mais essa possibilidade.

Aldo, que começara a falar havia pouco tempo, chorava sem entender o significado do que tinha presenciado. GianBattista, no entanto, não disse uma única palavra. Percebeu que algo de muito grave estava acontecendo, mas não se sentia à vontade de tocar no assunto com o pai.

Nas semanas seguintes, Cardano percebeu que seu dinheiro estava se esvaindo rapidamente. A serva principal demandara a contratação de mais duas servas, além de compras dispendiosas nas vendas de comida e vestuário.

Ele não tinha controle sobre os gastos. Sempre dera a soma que fora solicitada, mas agora era diferente. Não tinha a esposa para decidir sobriamente sobre como e onde aplicar o dinheiro da casa. Teve a impressão de que os servos estavam se aproveitando da situação.

Para piorar, os três filhos sentiam a falta da mãe todos os dias. Choravam baixinho quando iam dormir e ficavam doentes constantemente. Febre, tosses e vômitos se repetiam com frequência alarmante.

Mal se passaram três meses e, quando chegou o verão, a ama de Aldo acordou Cardano assustada, pedindo para que ele se levantasse, pois Aldo estava muito mal.

— *Signor* Cardano, rápido! Aldo está morrendo!

O pai de Aldo perguntou o que se passava, e a serva respondeu que ele revirava os olhos sem emitir uma palavra.

Cardano levantou-se e foi para o lado do leito onde dormia a ama com Aldo. Ele ardia em febre. O pai teve um estalo. Lembrou-se da eficiência de uma medicação utilizada em casos como aquele.

— Pó de pérolas e pedras! Rápido!

Ofereceu uma vez. O garoto vomitou. Ofereceu novamente, e ele reteve o remédio.

— Eu digo o seguinte — atestou Cardano, olhando para a serva, como se quisesse se convencer de que a afirmação ajudasse de alguma forma o efeito do remédio. — Repetirei as doses, ele suará e ao longo de três dias estará bem... *Replico la dose, egli suda ed è guarito in tre giorni*. Será a cura do corpo e do espírito, entidades inseparáveis. *La cura del corpo che dello spirito, poichè dal corpo inseparabile!*

Cardano ajoelhou-se e rezou. Assim fez a serva, acompanhando o patrão. Por mais que achasse que o terceiro filho estivesse fadado a ter uma vida miserável pelo atraso da sua mente, não estava preparado para mais uma tragédia em tão pouco tempo. Rezou para que o filho se recuperasse, mesmo que estivesse convicto, como médico, em sua habilidade de tratar as doenças.

Por três dias Aldo Urbano teve seu corpo quente, seguido de momentos de suor, recobrando-se, por fim, como previra o pai. Foi a gota d'água para a resistência de Cardano. Não teve outra escolha a não ser chamar a sogra Taddea para auxiliá-lo na administração da casa e na educação dos filhos. Sabia que ela havia sido bastante dura como mãe. Era isso exatamente o que queria.

Na manhã em que se esperava a chegada de Taddea a Pavia, Cardano, já um pouco atrasado, alimentou-se com dois ovos, junto com vinho doce, sobre uma fatia de pão de centeio e partiu apressado para a Universidade. Tinha uma exposição a fazer sobre os usos das partes do corpo humano, baseado no livro de Galeno, *De usu partium corporis humani*.

A faculdade não era um emprego bem pago, mas permitia o contato com profissionais de destaque. Lamentou não ter encontrado pessoalmente Andreas Vesalius, o professor que dera recentemente um concorridíssimo curso de anatomia. Por outro lado, conheceu Andrea Alciati, o maior jurista da Lombardia.

— *Meraviglioso giurisconsulto ed oratore!* — exclamou Cardano, com genuíno interesse. — Muito me honra conhecê-lo. Saiba que meu pai também foi um profissional de sua área.

— Tenho ciência disso — respondeu o jurista Alciati, fazendo reverência com a cabeça, ao lado de seu filho.

— Prazer em conhecê-lo, *signor* Cardano. Todos já ouvimos falar seu nome, ou lemos algo de sua pena — completou Francesco Alciati, um jovem clérigo ao redor dos 24 anos.

— Pois então almocemos juntos! — exclamou Cardano. — Têm algum compromisso? — ao que pai e filho negaram com um sorriso, aceitando o convite.

Puseram-se a caminhar para a taverna próxima da faculdade, continuando animadamente a conversa.

— Responda-me, caríssimo Cardano, tem gostado de ensinar em Pavia? — perguntou o pai Andrea.

— Certamente. Não diria que o estipêndio é o maior atrativo. Além disso, há muito não tenho sido desafiado. Parece que correu a notícia de que sou imbatível nesse tipo de contenda.

— Posso dizer o mesmo. Da última vez que fui desafiado ainda lecionava em Bourges.

— Interessante... — completou Cardano. — Já tinha ouvido a afirmação de que viajara para a França. Como é lá?

— A cidade é agradável, mas as pessoas não falam, discursam! Tudo é muito pomposo...

— Não sairia de nossa terra por nada, caro Andrea Alciati — disse Cardano. — Ademais, eles são luteranos, não?

— Meu pai deu aula para Jean Calvinus, que agora mora em Genebra — disse Francesco. — Lá, eles têm perseguido os cristãos de Roma, queimado bruxas e até proibido nomes que consideram não bíblicos.

— Meu santo é razoavelmente poderoso — brincou Cardano, referindo-se à inspiração de São Jerônimo utilizada por Fazio para batizá-lo. — Mesmo assim não me aventuraria em Genebra; não gostaria de encontrar esse Calvino...

Os três sorriram, e Cardano completou:

— Aqui na Lombardia é que faço minha obra, como resultado da inspiração do Senhor.

— Tudo aquilo que é feito pelo poder de Deus é resultado de Sua inspiração! *Omne quod in virtute a Deo fit...* — disse de forma pomposa o jurista Andrea Alciati.

— Santo Cristo! — exclamou Cardano, emocionado. — Essa era exatamente a frase que meu pai costumava repetir! Que o Deus o tenha em Sua glória...

— Ele morava aqui em Pavia? — perguntou o clérigo Francesco.

— Não, sempre vinha de Milão. Mas a verdade é que nunca saiu da Lombardia.

— Apesar do que falamos, *signor* Girolamo Cardano — considerou o jurista —, Genebra é uma cidade pulsante. A fuga de luteranos da França trouxe não só a língua, mas também especialistas em relojoaria, tecelagem e finanças. Além disso, não pense que não existam severas críticas à atuação de Calvino. Nada é definitivo.

— Sim, claro, nada é definitivo — concordou Cardano —, mas fico triste por algumas mudanças feitas pelo destino. Apreciava imensamente dom Alphonso d'Avalos, um grande governador e incrível figura humana. Sua morte foi um choque para mim. Agora as forças políticas se alteraram.

— Tem toda razão. Veja os países da Itália. Parecem se dividir entre os imperialistas, como Gonzaga, nosso novo governador de Milão, ou seja, aqueles que estão a favor de um imperador que não tem sido tão eficiente no bloqueio da expansão do protestantismo, ou os papistas, como os Farnese, isto é, os leais à Igreja de Roma. Por quem o doutor tem mais simpatia?

— Essa é um pergunta perigosa. Para quem pergunta e para quem responde. Não me envolvo em política. Aprendi isso com meu pai. Não fosse apenas isso, lembro que tenho três filhos para criar. Minha mulher se foi recentemente — lamentou-se Cardano —, e ainda não tive tempo de refletir sobre isso.

Os três fizeram uma pausa, com pesar.

— Então, com humildade, recomendo a releitura do salmo 129, *signore* — disse o jovem Francesco. — *De profundis clamavi ad te, Domine.* Das profundezas vos clamo, Senhor, escuta minha voz. *Exaudi vocem mean.*

Cardano conhecia o salmo *De profundis*. Acenou com a cabeça para Francesco Alciati, como que agradecendo a gentileza de sua empatia.

— Eu recomendaria Sêneca — disse o jurista, de forma enérgica —, pois ele disse: Aceitarei de boa vontade aquilo que me cabe; tudo o que provoca nossos sentimentos e nossos medos é a lei da vida...

Ao chegarem à taverna, os três sentaram-se para comer, percebendo que tinham bastante em comum. Raras vezes Cardano sentira-se tão à vontade para conversar com pessoas que apenas acabara de conhecer.

Em Pavia, fui recebido em amizade por Alciati, o mais celebrado dos juristas, *inde in amicitiam receptus Andrea Alciati,* grande professor de oratória. *Admirabilis Jurisconsulti & Rhetoris,* escreveu Cardano em seu diário e deixou sua pena correr mais um pouco, até se sentir satisfeito. Ao acabar, juntou as páginas de seu livro, mudou o título para *Libris Propris* e pediu para Ferrari enviar ao editor. Se morresse naquele momento, já teria deixado o registro de sua vida. Sua biografia não seria esquecida.

— Ferrari — anunciou Cardano, antes de dormir —, chegou a hora de desafiar aquele ingrato e insolente Tartaglia. Sfondrato me disse que ele enviou a Roma minha interpretação sobre o horóscopo e a vida de Cristo insinuando que fosse herética. Que blasfemo!

— Ele teve a coragem? — falou Ferrari, indignado.

— Sim. Depois, aqui no norte, fingiu compartilhar a simpatia imperialista do governador Gonzaga e insinuou que eu fosse completamente leal ao papa. Não que eu não seja — corrigiu parcialmente Cardano —, mas como pode me colocar nessa posição se envio livros ao luterano Petreius? Em suma, aos clérigos de Roma ele disse que eu sou imperialista, mas espalhou em Milão que eu sou papista.

— É o jogo político... — Ferrari levantou as sobrancelhas.

— Fará o desafio àquele maldito gago em meu nome, Ferrari, defendendo meu livro — continuou Cardano. — Ao mesmo tempo, o seu nome se erguerá. Ninguém mais deixará de saber quem é Ludovico Ferrari se ganhar de Niccolò Tartaglia. Aceita o risco desse embate?

Ferrari contraiu os lábios e percebeu que esta poderia ser a grande oportunidade de sua vida.

— Estou preparado — respondeu com segurança o pupilo. — Que ele venha a Milão, onde quero ser conhecido.

— Que ele venha a Milão — sorriu Cardano, antes de se cobrirem, junto com Aldo, GianBattista e Clara, que já estavam adormecidos.

O estipêndio que Cardano recebia da Universidade no segundo ano que estava em Pavia subiu para quatrocentas coroas. O dinheiro começava a não ser um real problema. Muito pelo contrário. O professor, que suspirara ao ver o prédio onde chegara como um jovem titubeante, agora era venerado pela reconhecida instituição. Mais: o último processo que ainda corria na Justiça tivera uma decisão inapelável a favor do médico.

Outra casa poderia ser comprada com a soma que seria acrescentada à sua crescente fortuna. Poderia se dar ao luxo de recusar a oferta do rei da Dinamarca, que beirava as trezentas coroas de ouro húngaras, livres, mais uma porcentagem na venda de peles, o que poderia elevar o valor até oitocentas coroas, uma soma imensa, sem contar a casa e mais três cavalos, com toda a manutenção.

Vesalius tinha indicado o nome de Cardano, mas o médico milanês considerou vários aspectos da questão para chegar à sua decisão. Em primeiro lugar, achava que, com sua saúde frágil, não iria se adaptar ao clima do norte da Europa; também tinha receio de que, aceitando uma oferta de um rei tão abertamente contra os cristãos, poderia fechar suas portas na Itália.

Por fim, nutria a convicção de que era um povo bárbaro. Não queria se distanciar de um país de letrados, da Universidade e dos editores. Não poderia esquecer que havia os filhos. Este foi o motivo, aliás, que alegou para recusar da forma mais gentil possível a solicitação de um poderoso rei.

GianBattista esforçava-se em estudar o que o pai orientava. Tinha a companhia de Gaspare Cardano, um primo distante. A ausência da mãe, no entanto, ainda era um tema delicado.

— Pai, responda-me, por favor. Mamãe não vai voltar mais, não é mesmo?

Cardano sentiu que não poderia mais guardar aquela informação.

— Ela está sentada junto com o Senhor, ao lado de seus avós Fazio e Chiara. Isso é tudo o que eu tenho para dizer.

GianBattista foi para a cama e deitou-se sem dizer uma palavra, tomado de profunda tristeza

A reação dos outros dois irmãos, no entanto, foi explosiva. Clara e Aldo continuavam a desafiar a autoridade do pai.

— Você mentiu! Mentiu! — gritou Clara, até bater a porta com força e sair para a rua.

Aldo, com idade próxima dos 5 anos, repetiu as palavras de Clara, jogando-se no chão e cuspindo no pai em seguida.

Cardano foi tomado por uma raiva indizível. Pegou o alicate de lenha e prendeu a orelha de Aldo, com toda a força que podia. O filho gritou e se debateu até cair subitamente no chão. O tranco resultou no arrancamento de um pedaço da orelha.

A avó Taddea chegou naquele momento, acudindo o neto. As coisas para ela também não estavam fáceis, mas ela conseguia, com pulso firme, melhores resultados que o pai na obediência dos dois menores.

— Mais calma, Girolamo! Mais calma — disse Taddea, envolvendo com um pano seco a cabeça de Aldo, que continuava a chorar em compulsão.

Cardano, em silêncio, observava o pedaço de carne na ponta do alicate. Jogou-o com raiva para o canto da sala, em parte por perceber que não tinha se controlado o suficiente para manejar aquela situação.

Mais tarde, a sogra Taddea conseguiu conversar com calma com ele, argumentando que a filha Clara era uma boa pessoa, no mais das vezes bastante obediente e solícita.

Aldo, no entanto, estava aprendendo maus modos com as figuras estranhas que frequentavam a casa. Os artistas que vinham entreter Cardano em seus momentos de reflexão, ou quando jogava, tinham vozes bonitas e muitas habilidades artísticas, mas careciam de uma educação refinada. Eram frequentemente rudes e ensinavam truques e ações desonestas ao menor, apenas por diversão.

As observações de Taddea não foram desconsideradas por Cardano. Ele refletiu bastante sobre o assunto quando teve que se ausentar por alguns dias para atender um paciente em Gênova e voltou inspirado para escrever conselhos para seus filhos.

Chamou o conjunto de 36 capítulos curtos, que incluía elementos de sabedoria, cultura popular e trechos de Cícero, Sêneca e Publius Syrus, de *Præceptorum ad Filios Libellus, Livro de preceitos para crianças*.

Muitos, meus filhos, acham que a principal parte da felicidade depende do dinheiro, começava em seu prefácio. *Multi, ô filij, maximam partem felicitas pendere à fortuna*. Saibam que esses ficarão decepcionados, pois, apesar de uma fortuna contribuir com algo para isto, a parte principal está em nós mesmos, *in nostra constituitione*.

Assim continuavam os capítulos sobre a reverência a Deus, à vida, às jornadas, à prudência com a saúde, à esposa e aos filhos.

Agradeçam a Deus diariamente e nunca jurem guardar um segredo. Estando livres, não se tornarão escravos.

Não acreditem em espíritos que falam, ou na visão de imagens de mortos. *Nolite credere vos aut dæmones alloqui, aut mortuos videre.* E não procurem vivenciar isto, pois muitas coisas estão escondidas de nossa vista.

Não descontentem um príncipe. Se assim agirem, não esperem que este ato seja esquecido.

Nunca durmam sobre penas. *Super plumam non dormite.*

Não existe necromancia. Também não coloquem sua fé na Alquimia. *Necromancia nulla est, Alchymiam non esse credere præstat.* Saberá quem são homens sábios por seus trabalhos, não por suas palavras.

Os conselhos de Cardano sobre como se portar em uma viagem eram particularmente úteis.

De Itineribus.

Nunca deixem a via pública, exceto por extrema necessidade. Nunca fiquem muito tempo em uma pousada isolada. Não viajem durante a noite. *Nec nocte equitare.* Evitem viajar, ou entrar em uma cidade, sozinhos. Muitas coisas podem acontecer a vocês. Nunca entrem com o cavalo em águas profundas, a menos que sejam obrigados.

Caput VI. De prudentia in generali.

É mais prudente usar o dinheiro de forma útil que o guardar. Mais resultados vêm do dinheiro em ação do que da sua passividade.

Falem pouco. Entre muitas palavras, algumas são imprudentes. *In multo sermone, multa excidunt imprudenter.* E nunca riam muito, pois as risadas abundam na boca dos tolos. Quando falarem com uma pessoa desonesta, olhem em suas mãos, não em sua face.

Em outro capítulo, Cardano refletiu sobre as mulheres e em relação a quem deveriam desconfiar.

Uma mulher ama ou odeia, não tem humor intermediário. *Aut amat aut odit, nihil habet medium.*

Não confie em um lombardo de pele avermelhada, um toscano que pisca ou um germânico de pele escura. *Longobardo rubeo, Hetrusco lusco, Germano Nigro.* Nem em uma mulher de barba, um veneziano coxo ou um espanhol alto. *Mulieri barbate, Veneto clando & Hispano longo.* Mas se forem gregos... bem, não confie em nenhum deles.

Um último conselho: nunca menospreze um homem com uma deformidade física. A mente é o homem inteiro.

A observação de todas estas regras não é necessária para a felicidade — terminava o livro, com uma conclusão curta — mas será mais feliz quem as observar. *Qui haec omnia observ averit felix erit.* No entanto, é muito mais fácil saber de tudo isto do que colocar em prática estes preceitos.

Ferrari e Tartaglia

No dia 10 de agosto de 1548, em uma noite de gala, estavam presentes no jardim da igreja dos frades Zoccolanti di Sant'Angelo, quase na estrada de Santa Tereza, vários nobres, altos oficiais e cidadãos de destaque da sociedade milanesa. Mesmo sendo um fim de tarde, o sol ainda estava alto.

O árbitro supremo da disputa era ninguém menos que o governador, dom Ferrante di Gonzaga, o mantovano que fez parte do saque de Roma e desfilava de nariz empinado por todos os ambientes com sua barba cerrada, avançada calvície e uma barriga que não conseguia mais disfarçar.

As questões que serviriam de ponto de partida para o debate já tinham sido combinadas entre os oponentes. O matemático de Brescia aceitara vir até Milão e estava convicto de que impingiria uma derrota humilhante ao jovem pupilo do seu maior desafeto, Girolamo Cardano. Ao tomar o lugar do médico na correspondência, Ferrari trocou com seu oponente, por mais de uma ano, cartas duras, recheadas de termos rudes.

Tartaglia trazia um grande séquito, entre os quais seu preferido pupilo, o inglês Mr. Wentworth. Não conseguiu que o próprio autor de *Ars Magna* aceitasse o debate, mas tanto melhor, pensou, poderei arrasar a fama do milanês surrando seu pupilo.

O tablado, especialmente erguido para o encontro, ficava no centro do átrio do convento, cercado por todos os lados por arcadas cobertas, onde se aglomeravam, nos dois andares, os espectadores.

Após ter a palavra, Tartaglia, com a luz do sol em sua face, às 18 horas de um dia de pleno verão, deu início à sua exposição, afirmando que seus oponentes não dominavam o tratado de introdução à geografia de Ptolomeu e tinham cometido repetidamente erros muito graves.

— Lembrem-se, senhores — falava de forma pomposa Tartaglia de que foi esse tratado que influenciou jovens e ousados viajadores a descobrirem o Novo Mundo.

Depois, contando em detalhes sua versão da visita a Milão, quando pessoalmente conheceu o médico agora aclamado por ter criado a regra para a equação cúbica, o matemático de Brescia contou como fora obrigado a ceder a solução do problema, mediante juramento solene.

Para desgosto de Tartaglia, a disputa fora chamada de "Desafio sobre a Regra de Cardano", título impresso nos cartazes distribuídos pela cidade.

A grande audiência era exatamente o que desejava o jovem Ferrari, lembrando-se de cada detalhe dos conselhos dados por seu mestre: "Deixe que ele se afunde no próprio veneno da vingança."

— Não quero fatigar os nobres ouvintes com assuntos paralelos, mas saibam que o *honorandissimo* mestre desse jovem pupilo aqui presente foi detestável — continuou Tartaglia no mesmo tom descortês — por descumprir um juramento feito à luz do Senhor. Não há prova mais cabal de sua afronta.

Avançando repetidamente sobre o limite de tempo anunciado pelos juízes, Tartaglia testava ao máximo a paciência de todos. A audiência tinha comparecido para presenciar um desafio de questões de matemática, e não impropérios contra um catedrático que não estava presente.

Ferrari, ao ter a palavra, não se conteve. Considerou que precisaria responder pelo menos uma vez aos ataques de Tartaglia.

— *Signor* Niccolò Fontana, tem a infâmia de dizer que o mestre Hieronymus Cardanus é inculto, simplório e ignorante em matemática, mas esse linguajar grosseiro denota sua baixa posição social. Como o assunto diz respeito a mim pessoalmente, pois sou criatura dele, incumbi-me de tornar publicamente conhecida sua trapaça...

Para evitar que a querela se tornasse tediosa, Ferrari retomava rapidamente a discussão matemática, mostrando, com didática exemplar, como a resposta de cada equação poderia ser atingida.

Tartaglia, por outro lado, queria aproveitar o primeiro dia de debate para expor todos os pontos que considerava críticos no relacionamento com Cardano e as divergências teóricas importantes de Ferrari. Lembrou que teria sido a primeira pessoa a usar a raiz quadrada de números negativos. Afirmou que escrevia um livro, o mais revolucionário no campo da matemática desde Euclides.

— *Quesiti et Inventioni Diverse* é o nome que já escolhi para a obra máxima que está a caminho — continuou Tartaglia. — Será dedicada ao honorável e magnânimo rei Henrique VIII, que morreu no ano passado.

A dedicatória ao falecido rei causou certo incômodo, pois, apesar de ele não ter abraçado o luteranismo, tinha sido um flagrante opositor da Igreja de Roma, excomungado pelo papa. Arrasara conventos e mosteiros, criando uma própria religião independente.

Agora a coroa real inglesa estava na cabeça de uma criança de 9 anos, Eduardo VI, filho do terceiro casamento do monarca. As filhas mais velhas poderiam herdar o trono, pois o Ato de Sucessão de 1543, aprovado pelo Parlamento, restaurou a linha sucessória que incluía as irmãs Mary e Elizabeth, mas a prioridade cabia ao herdeiro masculino. Muitos concluíram que Tartaglia fizera a honra a um rei de um país distante como resultado da influência do pupilo e amigo inglês Richard Wentworth.

Ferrari, por sua vez, tocou em um ponto delicado: a solução do quarto problema do arquiteto romano Vitruvius. O matemático de Brescia notou a própria falha, pois não tinha a resposta para a questão apresentada. Percebeu que tinha sido traído por sua autoconfiança. Divagou sobre outros temas, como tinha feito até então, ganhando tempo. O público, impaciente, já se manifestava a favor do pupilo de Cardano.

— Para esses senhores, Ludovico Ferrari e Girolamo Cardano — gritou Tartaglia, com gestos exagerados, evidenciando que perdia o controle de seus nervos —, parece que uma promessa é, na verdade, uma não promessa, a menos que seja executada com documentos legais, pelas mãos de um notário! Senhores! — gritou mais uma vez, tentando vencer o burburinho da plateia. — Sêneca disse que um homem que perde sua honra não tem nada mais a perder!

A sessão foi interrompida a tempo de os ânimos não se exaltarem excessivamente. Ademais, já era tarde. Ficou acordado que a disputa continuaria no dia 11, bem cedo, pela manhã. Para muitos não havia dúvida: Ferrari seria o vencedor.

No dia seguinte, no entanto, a notícia de que Tartaglia tinha deixado Milão antes do amanhecer percorreu a cidade como um raio. Foi comentada nas igrejas e repartições do governador, nos moinhos e nas tavernas, no Piattine e nas prisões.

Não demorou a Ferrari receber convites para dar palestras em Roma, Veneza e Brescia. O próprio imperador solicitou-o como tutor do filho.

O médico orientador de Ferrari circulava pela cidade orgulhoso. Mesmo não tendo comparecido ao desafio, seu nome estava presente. Muitos já se referiam à fórmula de Cardano. Ele não negava nem retificava. Já tinha dado o devido crédito em seu livro àqueles que inventaram as fórmulas, mas, se quisessem usar seu nome como referência, por que não?

Um dia, voltando para casa após atender uma paciente com ataque desencadeado pelo movimento do sangue no útero, a *hystèra*, passava perto da Igreja Santa Maria Maggiore, quando um senhor alto e forte, bastante queimado pelo sol, tocou nas costas de Cardano.

— *Messer* Girolamo?

— Sim? — O médico matemático interrompeu a marcha, virando-se, curioso, para o homem com um brinco na orelha que o fitava sorrindo.

— Não me reconhece?

— Deveria? — perguntou Cardano, surpreso.

— Sou Ambrogio Varadei, seu amigo de infância! — falou de forma amistosa. — Brincávamos de gritadores oficiais, lembra-se? Fomos juntos, com o *signor* Aldo Manuzio, à leitura das cartas de Américo Vespúcio...

— Claro que me lembro, Ambrogio! — respondeu Cardano com um sorriso nos lábios. — Apenas estava estupefato por ver um homem bronzeado, com músculos saltando da camisa e um brinco que não se usa em Milão. Por onde andou?

— Depois daquela tarde em que ouvimos o relato sobre as cartas do Novo Mundo, fiquei com a ideia fixa de conhecer outros lugares. Tudo aconteceu muito rápido. Fomos para Paris, e de lá meus pais foram enviados a Castela e, em seguida, Sevilha. Essa era a minha chance. Acabei indo, por acaso, para o lugar certo.

— Então — perguntou Cardano, brincando —, atravessou o Mar Oceano?

— Atravessei... — respondeu Ambrogio. — Fiquei dez anos em Hispaniola.

Cardano ficou paralisado, pasmo. Estava falando com um amigo que conhecia terras onde poucos europeus tinham pisado. O Novo Mundo.

— Precisamos nos sentar para conversar — propôs Cardano. — Estou muito curioso sobre o que tem a me dizer. Vamos?

— Sim, certamente — respondeu prontamente Ambrogio, feliz de reencontrar um amigo. — Mas, antes de falarmos de viagens, preciso saber sobre esta minha terra. Há muito não venho aqui.

Os dois sentaram-se calmamente na taverna próxima à pousada onde Ambrogio se hospedava para beber vinho branco suave e comer ambrosia.

— Ambrosia? — perguntou o amigo de Cardano, surpreso.

— Sim — respondeu o médico. — A mesma receita usada por Platão — e citou a passagem do filósofo: O cocheiro interrompe a marcha dos cavalos e oferece ambrosia e néctar...

— É muito bom — falou Ambrogio, impressionado, ao experimentar um pouco. — Do que é feito?

— Não sei — respondeu Cardano, sorrindo. — Mas eu, pessoalmente, julgo fruto da ação dos deuses. O segredo contém ovos, vinho doce, açúcar branco... Por mais que eu tenha perguntado a receita, o taberneiro Gian-Marco tergiversou.

— Vamos então brindar com este néctar — Ambrogio levantou a taça — e comer o manjar divino. — Pegou mais um punhado do doce com a mão e levou-o à boca.

Cardano, surpreso com os modos um pouco rudes do amigo, relatou as notícias que chegavam a Milão.

— François I, o rei da França, desde que tinha subido ao trono, só pensava em guerra, querendo expandir suas posses à custa de terras da Itália — começou Cardano. — O sacro imperador também tinha seus desejos, fazendo com que a Europa fosse pequena para os dois monarcas. Foram necessárias duas mulheres para interromper o que parecia uma briga infantil. A mãe de François I e a tia de Carlos V negociaram a paz. Não é à toa que o recente acordo estava sendo chamado de Paz das Damas. Portanto, finalmente, Milão respira um pouco, sem o perigo de guerra iminente.

— Vamos ver agora o que fará o sucessor de François, Henrique II — disse Ambrogio.

— Concordo. É sempre uma incógnita a morte de um rei. As coisas podem até piorar — disse Cardano, retomando o relato. — Do outro lado, os turcos abandonaram a Áustria, uma notícia auspiciosa.

— E como está a agitação causada por Martin Lutero? — perguntou Ambrogio.

— Para quem segue a Igreja de Roma, o cerco está mais fechado. Muitos abandonaram a Suíça. A Suécia também aderiu. Por aqui, nas terras italianas, Paulo III aprovou finalmente a existência da Companhia de Jesus — continuou Cardano. — É uma entidade que responde diretamente ao papa. Os irmãos jesuítas farão missões em terras distantes e educarão os jovens, mas não poderão aceitar cargos de grande poder. É espírito do que eles chamam de Soldados da Igreja.

— É bom que a Igreja tenha muitos soldados mesmo, pois os espanhóis e os portugueses estão indo para toda parte — disse Ambrogio, levantando as sobrancelhas. — Parece que os portugueses chegaram à China, a partir de Sião, e aguardam autorização dos mandarins para instalar um entreposto na região de Macau, na entrada do rio Cantão.

— Na China? — perguntou Cardano, surpreso. — Eles vão dominar o mundo...

— Pode ser que sim. Por isso é que o meu próximo passo será ir para terras de portugueses. Talvez a Terra de Santa Cruz, que chamam de Brasil. Conheci um almirante francês, que lutou em Argel. Ele me convidou a fazer parte do grupo. Fala muito bem a língua da Toscana, pois morou em Roma e lutou por aqui.

— Como se chama? — perguntou Cardano.

— Nicolas de Villegagnon. Estava na Itália até recentemente, em missão diplomática.

— Cuidado ao pronunciar o nome desse oficial. Muitos o odeiam, pois ele venceu as tropas de Milão — falou Cardano, abaixando a voz, como se alguém estivesse escutando. — Mas sou um homem de letras e de Medicina. Não me interesso por batalhas...

— E os seus livros? — perguntou Ambrogio. — Disseram-me que o doutor Cardano é um grande escritor...

— Tenho trabalhado para isso — respondeu Cardano sem modéstia. — Acabo de escrever o livro sobre metoposcopia, que é a ciência de conhecer as pessoas por suas marcas faciais, mas *De Subtilitate* está superando todas as expectativas. Já houve edições em Paris, Lyon e na Basileia. Estou caminhando para ser o autor mais lido de nosso tempo.

— Também em outras línguas? — Ambrogio surpreendeu-se. — Que ótimo! Muita gente não sabe latim...

— Em francês não demorará a sair — falou Cardano, sorrindo com orgulho. — Pelo menos comecei a ganhar dinheiro com isso. Outro livro que teve impacto foi *Ars Magna*, Grande Arte, que permitiu uma vitória incrível em um debate que meu pupilo Ferrari fez, aqui mesmo, em Milão. Agora ele tem um bom emprego. Sinto-me responsável pelo sucesso que ele teve, após tanto estudo em Pavia.

— Mas agora o doutor mora aqui.

— Desisti da Universidade de Pavia, pois não pagavam mais o que tínhamos combinado. Por isso voltei para Milão. Reconstruí minha casa na Via Chiusa e aqui estou. Retomei minha clientela, apesar de perder um emprego que gostava junto aos *frati regolari di* Sant'Ambrogio. Se tivesse interesse em ir a outras terras, como você, já teria aceitado ofertas incríveis. Até o rei da Dinamarca queria meus préstimos.

— Para mim é o contrário. Se eu não viajasse, eu morreria. Está no meu sangue. — Sorriu Ambrogio.

— Então agora conte-me das suas aventuras. Como é viajar para longe?

— Não existe nada mais bonito que a imensidão do mar. — Os olhos de Ambrogio brilhavam. — E o fim do dia é o mais lindo que um ser humano pode conceber. O cheiro da água salgada, a expectativa de chegar a um lugar desconhecido, o barulho do vento batendo nas velas. Não há nada igual. — Suspirou. — O problema é que, para viver isso, terá que enfrentar a rotina dentro de uma nau, que é um barco maior que a caravela portuguesa. Nem sempre o dia a dia é empolgante.

— Não há nada para fazer? — perguntou Cardano.

— Sempre há algo a fazer. Quando digo rotina, refiro-me às condições difíceis do interior do barco. — Ambrogio contraiu os lábios para conseguir descrever o que tinha passado. — Quando os intestinos soltam, e a doença se alastra, o cheiro se torna insuportável. Alguns vomitam, evacuam e morrem ao seu lado sem conseguir subir ao convés. Escorrega-se em uma espécie de água suja e fedorenta que se espalha pelo chão. A água de beber, por outro lado, fica estragada e a carne cheia de vermes.

— Vermes? — Cardano fez uma expressão de repulsa.

— Se as larvas são cinzentas e roliças, tudo bem. Mas se estão pálidas e finas, você vai vomitar. — Ambrogio gargalhou, para em seguida voltar aos detalhes mórbidos da viagem. — Alguns comem no escuro para não ter que se preocupar com o que colocam na boca. Afinal — deu de ombros —, vermes também alimentam. Os barris de peixe salgado, queijos e biscoitos são carregados logo antes do navio zarpar. Diria que a comida é até agradável nos primeiros dias de viagem. Com duas semanas, está podre.

— Mas é só pescar! Vocês estão no mar... — sugeriu Cardano.

— Ah, assim seria fácil... — Ambrogio sorriu. — Os peixes fogem dos barcos grandes, Girolamo! Às vezes conseguimos pegar pássaros, mas só comemos ratos em último caso.

O estômago de Cardano estava embrulhado. Apesar de a ambrosia parecer deliciosa, boa parte permanecia sobre a mesa.

— Há algo ainda pior — reiniciou Ambrogio, com um prazer quase mórbido. — É a doença das gengivas. Elas incham tanto que, às vezes, é preciso cortá-las. Os dentes caem, um após o outro. Sangra-se por todos os lados. Já vi um amigo colocar sangue pelos olhos e pelo ânus. Até quatro em cada cinco homens do mar contraem essa praga. Espalha-se como uma peste. Os portugueses acham que se pega nas viagens para a África. Por isso a chamam de mal de Angola.

— Você nunca teve? — perguntou Cardano, com os olhos esbugalhados.

— Nunca, pois tenho a fé em Santo Ambrogio. Minha mãe ensinou que se deve rezar a cada quatro dias, chupar um limão da Ásia e logo depois jogá-lo por cima do ombro esquerdo nas águas do mar.

— Já riram de você por causa disso?

— Sempre, mas não me importo. Levo minha sacola em cada viagem. Ninguém mexe. — O marinheiro sorriu. — E sua família? Tem filhos?

— Minha esposa morreu há cinco anos, mais ou menos — falou Cardano com pesar. — De filhos, sobraram três. O menor é inútil. Minha filha, de nome Clara, tem 14. O maior, esse sim, tenho bastante orgulho. Em breve começará Medicina. É estudioso e capaz. Um rapaz brilhante.

— Não vai se casar de novo? — perguntou Ambrogio.

— Só iria atrapalhar. Já tenho minha sogra que me ajuda. Estou casado com meus livros.

— As mulheres daqui não me atraem. Gosto de índias. Elas não têm pelos, sabia?

— Está falando sério? — perguntou, surpreso, Cardano.

— Não aprecio fios de cabelo nas pudendas... Girolamo, vou contar-lhe um segredo. — Baixou a voz. — É por isso que quero voltar à América!

— Parece ser uma boa razão! — concordou Cardano, rindo junto com o amigo. — Lá também não deve existir a doença da queimação, como temos aqui. Um grande amigo de Veneza sofreu muito com o pus que jorrava toda vez que ia urinar. Recebi uma carta dele nesta semana. Tratei-o e felizmente já está curado.

Ambrogio contou, então, como chegara em Hispaniola, com os navios que iriam prender Hernán Cortez, o espanhol que se achava o dono do Novo Mundo. Conseguiu escapar de morrer. Foi por pouco.

Depois se integrou às tropas que tomaram a capital, uma incrível cidade de ruas limpas, que não conhecia cavalos nem pólvora. Em contrapartida, tinham muito ouro. Curiosamente, jogavam uma disputa religiosa com bolas que pulavam muito mais que as europeias, pois eram confeccionadas com a seiva de uma árvore.

Para beber, os chefes indígenas tinham um líquido apimentado e escuro feito da semente de uma fruta, *cacauat*. Apesar de estimulante, era uma bebida muito amarga.

O relato de Ambrogio ficou dramático quando contou a devastação que a doença das bexigas fazia nos índios. Carbúnculos pequenos, ou *variolas*, brotavam por todo o corpo e na boca, não deixando nenhum espaço de pele normal. Quase todos morriam. Quando exploravam o interior, deparavam-se com cidades fantasmas, pois a doença tinha chegado antes.

Cardano, boquiaberto, se embevecia com o relato. Seu amigo partiria em breve para a França, depois de resolver os papéis da morte dos pais e vender a velha casa que tinham em Milão. Tentaria juntar-se às tropas de Villegagnon.

A conversa tinha estimulado a curiosidade de Cardano. Nunca viajara para mais longe do que Roma. Como seriam outros países? A perspectiva do deslocamento, o trabalho de arrumar todo o material, os riscos, sua saúde frágil, com recorrentes sintomas de gota, tudo isso deixava o médico em dúvida sobre uma empreitada para fora dos limites do que já conhecia.

Quando parecia já convencido de que nunca sairia das terras da Itália, recebeu uma carta instigante, datada de 28 de setembro de 1551, assinada pelo médico William Cassanate. Não poderia ter chegado em melhor momento.

Health to you, saudava a carta, para em seguida se desenrolar em um sofisticado latim: Como é sempre importante em toda nova conjuntura de eventos, caro homem de letras, compreender como eles surgem, e pela recomendação que nos chega de estrangeiros, penso que é correto dizer por que razão escrevo esta carta, eu que sou desconhecido do meu destinatário, mas que o conheço muito bem por intermédio do trabalho que tenho diligentemente estudado.

A missiva, que demorou um mês para chegar ao destino, vinha de um país distante, a Escócia, com o convite para que Cardano fosse até Paris tratar um importante paciente com sintomas de asma, *phthisi* e consumpção. Afinal, o médico de Milão tinha deixado claro em seus escritos que descobrira como livrar completamente as pessoas daquelas aflições.

Doutor Cassanate, filho de espanhóis estabelecidos na Burgundia, tinha sido anteriormente médico da corte real francesa. Depois fora contratado para acompanhar a saúde do arcebispo John Hamilton, irmão do regentecondede de Arran, o político mais poderoso das terras altas escocesas.

Em um longo e prolixo texto, Cassanate contava como se transformara de médico a amigo do religioso, apesar de não ter conseguido tratar de maneira eficiente sua recalcitrante asma. Pelo menos mantivera o arcebispo vivo até aquele momento.

Profissionais da corte de Carlos V foram chamados em seguida, como convinha à sequência protocolar. Da mesma forma, todas as orientações e remédios tinham sido infrutíferos. A doença piorava a cada semana, com crises que duravam mais de 24 horas e estavam consumindo a energia do paciente. Temia-se por sua vida.

A carta dava detalhes do ambiente político que estavam vivendo. De forma conturbada, o irmão de Hamilton, conde de Arran, fora designado temporariamente o regente da Escócia, após a morte de James V, em 1542, tornando-se católico por conveniência.

Mary Stuart estava na linha sucessória, mas tinha apenas uma semana de vida quando o pai James morreu. Foi coroada logo depois, antes de falar as primeiras palavras. Agora, beirando os 9 anos, ainda era mantida na França em virtude das ameaças inglesas.

Logo antes de falecer, Henrique VIII prometera raptá-la para guardá-la como futura rainha. Na cabeça do rei inglês, Mary deveria ser esposa de Eduardo, seu filho. Assim, em uma jogada matrimonial, o norte da ilha passaria a pertencer à coroa anglo-saxã. Os escoceses, que veneravam a Igreja de Roma, sentiam-se mais próximos da fé proferida na França. Por isso Mary tinha ido para lá. Além disso, escoceses e ingleses estavam longe de serem amigos.

Cardano releu com atenção aquele trecho da carta, pois ficara um pouco confuso com os detalhes de uma política distante, que não estava acostumado a acompanhar. Não percebeu exatamente que relação teria o contexto administrativo do conde de Arran com a doença do irmão Hamilton, seu futuro paciente.

Penso, como Cícero, continuava a carta, que a melhor base para a amizade é a fé no caráter, porque é propriedade da virtude conciliar as mentes dos homens e uni-las em seu serviço e na amizade entre as pessoas.

Tive imenso prazer em tomar contato com sua obra *De Libris Propriis*, os livros da Sabedoria, o livro *De consolatione*, assim como aquele sobre as sutilezas, *De Subtilitate*. O último foi-me dado por um amigo neste ano de 1551, na Escócia, onde agora estou exercendo a Medicina.

Cardano deixou por um momento a carta para ler um trecho do livro *Lélio*, ou a *Amizade*. Abriu em uma página que marcara havia muito tempo. Ficou emocionado. Na amizade, dissera Cícero, nada é fingido, nada é dissimulado. Isso tenderia a provar que a amizade se origina da natureza, que ela é uma inclinação da alma associada a um certo sentimento de amor. Respirou fundo e retomou o que escrevera o médico da Escócia.

O que seguramente me deleitou, a carta relatava mais adiante, foi a leitura de seu quinto livro sobre a Sabedoria, em que há a citação da sua experiência, doutor Cardano. Aqui reproduzo suas próprias palavras. Podemos fazer muitas tentativas para descobrir algo de novo em nossa arte. Eu, por exemplo, Girolamo Cardano, curei a *phthisi*, ou *phthoe*, e tratei muitos que sobreviveram. A razão deve guiar a invenção. Na experimentação, se há perigo, é melhor seguir lentamente, passo a passo.

Cardano interrompeu a leitura e pensou em como tinha se equivocado naquelas observações. Não achava mais que tinha o poder da cura sobre a *phthisi*, a consumpção e a asma. Paciência, pensou. O que está escrito está escrito. Voltou então os olhos para a carta.

Após algumas laudas em que contava a trajetória de sua própria vida, Cassanate descreveu os sintomas de seu paciente e entrou em detalhes que deixavam mais claro o contrato que propunha ao médico milanês:

O mais ilustre arcebispo de Saint Andrews tem sofrido de periódica asma há uma década, a partir dos seus 30 anos. Está claro que há uma destilação do cérebro em direção aos pulmões. Algo foi aliviado com nosso tratamento, mas a má temperatura restou dentro de sua cabeça. O cérebro permanece muito frio e úmido. Ou seja, sempre que o corpo é preenchido por uma matéria de vapor, invadindo o cérebro, há um fluxo do mesmo humor que desce para os pulmões. Se fosse acre ou salgado, os pulmões ulcerariam, da forma como os gregos chamam de *phthoe*.

A crise começa com uma violenta tosse. O catarro fica grosso e só é expelido com os mais intensos esforços. A consequência é a dispneia, ou falta de ar, com muitos estertores. O ar parece tirado à força, por causa da estreiteza do caminho que restou para ele.

Um envelope com duzentas coroas de ouro francesas foi entregue a Cardano apenas como parte das despesas iniciais. Os pontos de controle seriam avisados, assim como as cortes das grandes cidades em seu caminho. Uma carruagem com escolta estava pronta para buscá-lo assim que ele decidisse o dia exato da partida.

O mais ilustre lorde arcebispo recomendou-me para fixar o mês de janeiro para nos encontrarmos, finalizava a carta. Aqui me despeço.

Farewell, most excellent man. Edinburgh, the 28th of September, 1551. William Cassanate, Physician.

Em seu livro *De Vita Propria*, Cardano abriu um novo capítulo, sobre viagens. *Peregrinationes*. Começou descrevendo o convite que tinha recebido de uma terra longínqua e estrangeira.

Era John Hamilton, correu a pena sobre o papel, arcebispo de St. Andrews, chefe de estado na Escócia, irmão do regente. *Erat Amulthon Archiepiscopus beati Andrea in Scotia civitatis principalis*. Meu nome chegou aos seus ouvidos, escreveu —, e ele enviou, por seu médico, duzentas coroas.

Tratou então de confirmar a ida para a França, mas deixou claro que não viajaria além de Lyon. Lá aguardaria a chegada do médico e de seu paciente escocês. Partiria de casa assim que deixasse tudo organizado em Milão.

Minha jornada será, respondeu em carta Cardano para o médico Cassanate, por Domodossola, Sion, Genebra e monte Simplon. *Me itineri transiens Dondosola, Sione, Geneva, per Montem Sempronium*. Deixarei o lago de Genebra para trás para chegar a Lyon. *Lacu Lemano et Lugduni*.

Após a resposta da nova carta, por um mês se preparou, deixando estritas orientações a todos. Estava tranquilo, pois a sogra Taddea se mostrara confiável e competente na administração da casa.

Em 23 de fevereiro, bem cedo pela manhã, reuniu os três filhos antes da partida.

— GianBattista, sendo o mais velho, sua responsabilidade é maior. Já fará 18 anos. Não viajará comigo porque está em um momento crítico de estudos, bem entendido? Irá para Pavia, como combinado.

— Serei médico. — O filho sorriu com orgulho. Aproximou-se do pai e recebeu um beijo na testa.

— Clara — Cardano olhou com ternura para a filha três anos mais nova que Gian —, deve obedecer a sua avó. Quando voltar, trataremos de seu casamento.

Ela se aproximou, abaixou-se. Cardano beijou sua cabeça.

Aldo, com 8 anos, era o mais arredio dos três. Ficava horas metido no mato, brincando sozinho. Só saía para comer. Com modos rudes, era quase inexistente seu contato com o pai, que, de certa forma, desistira do garoto, por causa da sua dificuldade em aprender e da tendência para um temperamento forte e agressivo. Naquela manhã, no entanto, Aldo atendeu ao chamado do pai e se aproximou em silêncio.

— Aldo Urbano, meu filho, siga também as instruções de sua avó, da mesma forma como Clara. Entendeu?

O filho mais novo, de cabeça baixa, afastou-se sem dizer uma palavra.

Cardano subiu em um cavalo da municipalidade de Milão e dobrou cuidadosamente seu passe de viagem.

Portando um *laissez-passer*, poderia hospedar-se como agente do estado, utilizar os pontos de parada oficiais e trocar os cavalos conforme sua conveniência. Poderia também solicitar um mensageiro e avisar sua chegada com antecedência. Havia recusado a oferta da carruagem. Preferia viajar mais livre e mais rápido. Um de seus servos o seguiria, dando mais segurança e permitindo o transporte de livros e roupa. Os pupilos Paolo Paladino e Gaspare Cardano também acompanhariam o mestre.

Fazia muito frio, mas, felizmente, não havia neve. A lama que se formava nessa situação deixaria a viagem impraticável. Seus sapatos de pele de ovelha e as grossas meias de lã conseguiam manter o calor por mais tempo. Seu manto preto também.

Despediu-se da família e seguiu em direção ao castelo. Parou em frente por um momento para mirar a imponente construção de tijolos vermelhos, antes de aventurar-se por terras que não conhecia. Seu último trecho familiar seria a estrada até Gallarate. A partir dali, seguiriam em direção à cadeia dos Alpes.

Pendurada em uma das torres do Castelo de Milão continuava a cabeça de um conspirador que fora pego e esquartejado alguns meses antes. O movimento da feira de frutas e carnes já era intenso, mesmo que o sol ainda estivesse tímido em aparecer. Cardano absorveu os diferentes aromas, ouviu os sons da cidade e guardou-os em seus sentidos. Não sabia quando estaria de volta. Talvez demorasse mais de três meses para cumprir sua tarefa, um desafio que poderia alavancar seu nome na França e, quem sabe, no norte da Europa.

Sentiu um frio na barriga. O mesmo que sentira quando saiu da Lombardia pela primeira vez para estudar em Pádua. Recordou-se de Telêmaco, seu herói que partira para o descobrimento de si próprio.

Adeus, Milão, pensou. Minha grande viagem começa agora.

A viagem

Foram cinco dias até chegar à base das montanhas, em Domodossola. Os picos brancos pela neve se erguiam belos e assustadores ao redor. As casas de pedra pareciam pequeninos pontos a distância, ameaçados pelos gigantes dos Alpes. Por um dia, o médico resolveu ficar na estalagem, lendo, próximo ao fogo. Sabia que a passagem para a Suíça seria cansativa. Uma família com carroça coberta atravessaria a fenda no dia seguinte. Como já conheciam o caminho, Cardano e seus acompanhantes iriam com eles.

O ar, frio e seco, entrava pelas narinas e deixava a respiração difícil ao enfrentarem a subida das montanhas. Não havia mais homens levando o feno, nem vacas e cabras circulando pela paisagem branca. De vez em quando, um mensageiro vinha em maior velocidade, tendo que contornar a carroça em pontos mais estreitos. Era o único local de passagem naquela época do ano, fazendo o contato entre a Lombardia e as terras que agora eram dominadas por bernenses.

O cantão de Berna passara a ter uma grande força política nos últimos tempos. O que começara, duzentos anos antes, como um povoado de Lucerna e seu lago dos Quatre Cantons, agora era uma nação de treze cantões, habitada em grande parte por germânicos que tinham expulsado os celtas da região. Outra opção para chegar ao seu destino, a partir de Milão, seria ir mais para o sul, entrar na França e tomar o caminho do norte, em direção a Genebra.

Já passava da hora do almoço quando um cavaleiro com uma longa lança chegou em direção contrária, apresentando-se e perguntando pelo doutor Cardano. A carroça também parou, e todos estavam curiosos para saber do que se tratava. Ficaram impressionados quando perceberam o motivo do contato. O jovem com a farda oficial do cantão suíço falava correntemente o italiano da Lombardia.

— *Dottor* Cardano? — Interrompeu a marcha e parou o cavalo bem próximo.

— Sou eu, gentil-homem, ao seu dispor.

— Tenho ordens para escoltá-lo e ajudá-lo em terras de Berna e do Wallis durante a sua passagem. Sou apto a atendê-lo no que for preciso. A nobre família do castelo de Chillon, já no país de Vaud, o aguarda para uma estadia mais prolongada.

— Agradeço a gentileza. Pode seguir caminho às nossas costas. Vou lado a lado com meu servo.

Após algumas horas, faziam o caminho de descida, onde dormiriam à noite. Um letreiro avisava que chegavam próximo à região de Brig.

— Amanhã estaremos em Brig. Hoje ainda dormiremos em um posto de viagem — falou o cavaleiro, quebrando o som ritmado do lento cavalgar. Apontou então para um senhor gordo e de barba, vestido com roupas rústicas, que estava parado na estrada. — Veja aquele homem. Está esperando alguém sem escolta para atacar.

— Sozinho?

— Nunca está sozinho — respondeu o cavaleiro. — Com certeza, há alguém escondido, aguardando um sinal para descer da pedra. Empunhe sua adaga, por favor.

Cardano atendeu ao pedido. O cavaleiro pegou sua arma de fogo do bornal, para que ficasse à vista.

Passaram pelo homem, que retirou o chapéu, cumprimentando-os ironicamente. Deixaram-no para trás, e, logo após, Cardano virou-se para fitá-lo com mais atenção. Não estava mais lá.

Meia hora após, o servo gritou, assustado:

— Vejam! É um homem!

Avistaram um corpo nu, deitado ao lado da trilha, de barriga para baixo. Era de um senhor de meia-idade. Os pés estavam quase pretos. O restante branco-azulado.

— Meu Deus, por que está totalmente sem roupa? — perguntou Cardano, contraindo os olhos.

— Porque é valiosa, assim como o seu meio de condução — respondeu o cavaleiro, descendo da montaria para avaliar o cadáver. — Já está congelado. Vê-se pela cor dos pés que andou algum tempo procurando ajuda após ter sido assaltado. — Observou que não havia sinal de luta, nem de penetração de arma. — Nem se deram ao trabalho de gastar munição. O frio cumpriria o serviço.

Viram que não havia nada mais a fazer. Também não conseguiriam saber de quem se tratava, pois todos os seus papéis tinham sido roubados.

Fizeram o sinal da cruz e seguiram viagem até avistar o vale do rio Ródano, ou *Rodenus*. Estavam definitivamente no sul da Suíça.

Após mais alguns dias de trajeto, seguindo o rio, chegaram a Sion. Sitten, como estava grafado no mapa, bem no meio da região do Wallis, ou Valais, que tinha como símbolo o escudo dividido em dois, vermelho e branco, com estrelas em ambos os lados. Uma das igrejas da cidade possuía um órgão conhecido em todo o mundo germânico.

Um mensageiro já tinha deixado uma informação destinada a Cardano, na estalagem onde passariam a noite, avisando que os nobres da região aguardavam a chegada do famoso médico para um almoço, no dia seguinte, nas dependências do convento franciscano.

A viagem pelo vale permitia a visão de majestosos picos brancos dos dois lados. Uma cena maravilhosa, principalmente quando percebiam que havia neve fresca no morro. Na encosta, várias áreas de plantação de videiras completavam a paisagem.

No décimo dia, o médico, o servo, os pupilos e o cavaleiro chegaram à entrada do castelo de Chillon. *Chi-i-on*, como diziam com o som do xis em francês, uma língua que Cardano compreendia bem, apesar de não conseguir falar. Se fosse na língua da Itália, por outro lado, diria *Quilón*. Sorriu ao imaginar como soaria estranho.

A visão do castelo era esplendorosa. Fora construído em diversas etapas, havia séculos, sobre uma pedra, a poucos metros da borda do imenso lago, permitindo o controle da passagem de quem transitava entre o vale do Ródano e Genebra. A impressão era de que estava flutuando sobre a água.

As paredes de cor cinza que rodeavam o complexo se erguiam até encontrar os telhados escuros, com leve tom avermelhado. A pedra que servira de base ao castelo permitira uma forma arredondada, ao contrário das habituais construções de defesa com linhas retas, e, como não poderia haver assalto com escadas pelo lado do lago, não havia necessidade da borda denteada.

O soberano capitão de Chillon, um senhor sorridente vestido a caráter com as cores do país de Vaud, estava na porta da ponte levadiça, junto com nobres de Berna, dos dois lados. O grupo de músicos se colocava logo atrás e começou a tocar assim que os visitantes apareceram na curva da estrada.

— *Magnifico e Honorato Hieronymus Cardanus!*

— O prazer em estar aqui na presença de gentes tão especiais me reconforta. Já são onze dias que deixei meus filhos em Milão para empreender esta viagem.

— Seus préstimos de médico são muito aguardados, *dottore*. Posso garantir que serão bem recompensados.

— Ao seu dispor — curvou-se Cardano, de forma polida. Ele não pretendia permanecer muito tempo em um país que tinha abraçado a Reforma Protestante, pois isso poderia lhe trazer problemas quando voltasse ao seu país.

O soberano convidou a todos para entrar e mostrou os setores do castelo. Havia a prisão, a torre, com os aposentos principais, e o pátio central, com alojamentos para o ferreiro, o confeiteiro e o mestre de armas. As latrinas desembocavam diretamente no lago, evitando o acúmulo de excrementos.

O longo salão principal, revestido de madeiras de nogueira, com duas fileiras de assentos, uma de cada lado, permitia que os nobres recebessem a refeição enquanto assistiam a apresentações de artistas que passavam pela região. À noite, houve música, dança e um número de teatro com homens vestidos de mulheres, bruxas que acabavam na fogueira, em meio ao riso da plateia.

Grandes queijos, bastante duros, eram cortados ao meio e colocados junto ao fogo. Os servos esperavam até que borbulhassem para então raspar, ou *racler*, como diziam em francês, deslizando-os no prato já com pedaços de pão. Uma verdadeira delícia a *raclette* acompanhada de vinho Dezaley, comentou Cardano. No entanto, desculpou-se com o soberano por não ficar muito mais. Estava cansado da viagem.

Acordou cedo, preparado para bastante trabalho. De fato, a notícia da chegada do médico se espalhou, e donos de terras da região vieram para serem consultados. A surpresa foi constatar que muitos eram italianos que tinham se convertido ao luteranismo e fugido da terra natal. Alguns compareceram apenas por curiosidade, para ter contato com um famoso escritor da Itália.

Mais um dia e retomou o caminho, passando pelo antigo campo militar romano de Lousanna e depois por Nyon, para chegar ao lado oposto do castelo de Chillon, na outra ponta do imenso lago com o formato de uma lua crescente. Contornou pelo norte, sobre a face convexa do Lacu Lemano, como também era conhecido, e preferiu atravessar a cidade de Genèva, antigo assentamento de celtas *helvetii*, sem se demorar além do tempo de sorver uma boa sopa.

A região, como ele já sabia, era dominada pela doutrina de Calvino, e os ânimos ainda estavam muito exaltados naquele período. Preferiu dormir no próximo posto de descanso após passar pelo portal da cidade na direção de Lyon.

Conforme tinha solicitado o doutor Cassanate, Cardano enviou um mensageiro ao prior antes de chegar à cidade francesa. Quando estava se aproximando da porta principal, uma comitiva com carruagem aberta e nobres cavaleiros veio ao seu encontro. À frente estava o comandante da infantaria real, Ludovico Birago, recepcionando um surpreso médico ao emparelhar seu cavalo.

— Que imenso prazer encontrá-lo, doutor Cardano! Trocamos cumprimentos uma vez, na corte de Francesco Sforza, príncipe de Milão.

— Lembro-me bem, *signor* Birago. Maior é meu prazer ao perceber que posso falar a língua da minha terra — sorriu Cardano — e ver que conquistou honorável posição entre os franceses.

— Agora sou vice-rei da região. Deus está ao meu lado, eu diria — falou, orgulhoso, Ludovico Birago —, e é minha incumbência trazê-lo para a carruagem e permitir que a massa de pessoas que o aguarda em Lyon possa vê-lo entrar, como convém a um profissional de sua magnitude.

— Entrarei em cortejo? Por acaso sou um príncipe? — O médico arregalou os olhos, incrédulo.

— Vejo que não tem ideia do conhecimento que as gentes fazem de seu nome em terras estrangeiras. Verá com seus próprios olhos. Por favor... — e indicou a posição de Cardano no centro da comitiva.

Era o dia 13 de março, sexto dia do carnaval. Entrar em Lyon como centro das atenções fez Cardano se recordar de seus tempos de criança, quando, aos 9 anos de idade, acompanhou fascinado a chegada de Luís XII a Milão. Dessa vez não havia trombeteiros, mas a experiência foi fascinante.

O médico foi conduzido à casa do nobre Guillaume Choul, um fervoroso católico, conselheiro de Henrique II. O atual rei francês era filho do falecido François I, um monarca que permitia o espalhamento das ideias de Lutero. Henrique II, ao contrário, fechava cada vez mais o cerco contra os protestantes.

Uma das alianças recentes, lembrava Choul, tinha sido justamente com a Escócia, objetivando trazer Maria Stuart para a França. Assim ela escapava de se casar com o jovem rei inglês Eduardo VI. Agora Cardano estava começando a entender os conflitos daquela região da Europa.

Mas um problema lhe pareceu bem mais sério. Constatou, com razoável indignação, que não estavam na cidade nem o médico Cassanate, nem o arcebispo inglês. Havia apenas uma carta, solicitando paciência e assegurando que cada dia seria pago generosamente.

"Talvez não seja necessário ir até Paris. É possível que His Grace the Archbishop John Hamilton", especulara Cassanate, "venha a Lyon, poupando sua eminência de uma tediosa viagem..."

— Como posso ficar tranquilo com uma demora como esta? E meus pacientes em Milão? — esbravejou Cardano para si próprio.

Ao longo dos dias, no entanto, deu-se conta de que não ficaria ocioso. À casa de Choul chegavam diversas pessoas solicitando seus serviços, fossem cartas astrológicas ou consultas médicas. Até recebeu uma gorda proposta, por intermédio do milanês Birago, para servir ao marechal Brissac como matemático e responsável por máquinas de guerra. Mil coroas anuais seriam destinadas ao médico caso ele aceitasse. Cardano preferiu continuar aguardando seu paciente, como tinha combinado, para depois voltar à sua terra natal.

— É uma pena — lamentou Ludovico Birago. — Pelo menos, poderia honrar o Colégio de Médicos de Lyon com uma exposição de um tema médico?

— Será com muito prazer — respondeu Cardano. — Diga-lhes que falarei sobre bronquite, asma e *phthisi*, segundo o pensamento de Moses Maimônides. Para quando propõem a data?

— No fim desta semana. Pode ser?

— Está combinado — confirmou Cardano. Escreveu o título da apresentação em uma folha de papel e a deu a Birago. — De qualquer maneira, terei que me aprofundar um pouco mais nesse assunto. Será um bom pretexto.

Aproveitou então a oportunidade para reestudar o *Tratado de asma*. Interessou-se inclusive pela vida do autor, um hebreu espanhol do século XII, conhecedor profundo da religião dos judeus, que passou a estudar e praticar medicina depois que morreu em um naufrágio seu irmão, a pessoa que efetivamente sustentava todos da família.

— O título do livro é traiçoeiro — começou Cardano, diante da plateia de médicos da região —, pois Maimônides não pregava o mesmo tratamento para todas as pessoas, mas sim o estudo minucioso do paciente, para que a orientação fosse única. Vejam o que o hebreu escreveu.

Cardano pegou o livro para ler um trecho da tradução em latim.

— O regime de saúde deve se adaptar às necessidades específicas do cliente asmático. Afinal, a cura é difícil, ou mesmo impossível, assim como em outras doenças prolongadas e crônicas, como a gota, a artrite e a migrânea. *Podagra, sciatica, emigranea et similibus, quorum cura est difficilis aut impossibilis.*

"Portanto — continuou o médico de Milão —, a terapêutica depende do temperamento do paciente, das condições da cidade onde mora, época do ano e do clima no momento da avaliação."

Um revolucionário princípio em que a abordagem dependeria de fatores específicos não era um ideia em voga entre os estudiosos de Medicina. Principalmente quando os hábitos sexuais também eram acrescentados ao raciocínio. A afirmação causou certo burburinho na plateia.

— *Messer* Cardanus, poderia falar então sobre a relação do coito com a asma? — perguntou um médico entre os ouvintes.

— *Coitum in regimen sanitatis.* O ato sexual no regime da saúde é fundamental, com certeza. A pergunta é muito boa. — Cardano animou-se. — Muitos homens têm relações sexuais não porque é necessário, mas por mero prazer, salientou Maimônides. Se há mau temperamento, o sêmen deve ser espalhado. *Evacuare semen... in malis complexionibus.*

Cardano abriu o capítulo dez.

— Sobre dormir e acordar, banho, massagem e relações sexuais: *sompni et vigilie et balnei et fricatione et coitus.*

O hebreu afirmava que dormir seria frequentemente nocivo para a doença, especialmente durante um ataque, e a emissão de esperma seria parte excepcional do regime de tratamento. Por outro lado, a relação sexual poderia ser fatal para pessoas idosas.

— Por quê? — perguntou Cardano à plateia, para completar em seguida: — Pois seca os órgãos e exaure o calor remanescente. *Senibus autem coitum est mortiferus.* Um homem, dessa forma, deve diminuir gradativamente a atividade sexual em anos avançados. Isto é necessário para a pureza da alma e para as qualidades éticas de tranquilidade, modéstia e castidade.

Galeno tinha dito que existia uma disposição corpórea muito negativa, lembrou Cardano, em que o esperma estava tão quente que forçava sua própria saída. A abstinência não seria benéfica para essas pessoas, pois sofreriam de emissão espontânea noturna.

— Eu observei pessoalmente um paciente que teve relação sexual na recuperação de uma febre aguda, gerando imediatamente intensa fraqueza. — Cardano lia o trecho do tratado que tinha selecionado com especial prazer, pois previa o impacto que causaria na audiência. — No fim do dia, houve perda de consciência e ele morreu.

O médico milanês refletiu então como poderiam ser complexas as orientações em torno dessa atividade. Fundamental para uns, nociva para outros.

Da mesma forma, no capítulo sobre bebidas havia o lembrete de que o vinho, em pequenas quantidades, ou seja, três ou quatro copos, seria ótimo para o corpo e para a mente, levando à cura de doenças. Grande quantidade, no entanto, a ponto de causar embriaguez, poderia ser especialmente nocivo para a asma.

— Como o vinho é proibido aos muçulmanos, *licet sit prohibitum vinum sarracenis*, falar extensivamente dessa forma de tratamento não seria útil, segundo Maimônides, pois eles não consumiam essa bebida. Faz sentido, não é mesmo? — concluiu Cardano.

Após seis semanas, finalmente o médico francês Cassanate chegou à casa onde Cardano estava alojado. Um asseado homem de estatura mediana, barba rente, olhos brilhantes e de fala tão prolixa quanto sua escrita se apresentou e colocou sobre a mesa um pesado saco de moedas. Ao lado, uma carta escrita de próprio punho por John Hamilton, o paciente que ansiava por seu tratamento.

— Leia o senhor mesmo, caro Hieronymus Cardanus — falou Cassanate.

A carta escrita em latim pedia para que Cardano aceitasse a oferta das moedas de ouro levadas pessoalmente por seu médico particular. O arcebispo estava impedido de deixar Edimburgo em virtude de sérios e urgentes assuntos de negócios.

— A verdade é que estão armando um complô para retirar o irmão dele do poder. — Cassanate levantou as sobrancelhas. — Se isso acontecer, toda a sua fortuna seria ameaçada. O conde de Arran é muito inseguro, não têm vínculos políticos fortes. Se John Hamilton sair da cidade por um dia, o irmão cairá.

— Agora entendo a relação entre o conde Arran, que foi citado na carta inicial, e a situação de angústia que ele está vivendo — considerou Cardano.

— Nós médicos, que diligentemente cuidamos do excelentíssimo arcebispo, acreditamos que esta situação possa estar contribuindo para o esfriamento do cérebro. Um cérebro frio resulta na descida de catarros grossos para o pulmão. Por isso temos recomendado que ele não se afaste de ambientes quentes.

A discussão se estendeu pelos dias seguintes, quando os dois médicos tomaram o caminho do vale do rio Loire, onde se localizava a corte francesa. Não foi uma decisão isenta de alguma hesitação. Cardano duvidou da honestidade de seus contratantes, que poderiam tê-lo chamado até Lyon sem avisar que não seria possível para o arcebispo ausentar-se da Escócia.

Se o convite inicial tivesse sido para atravessar toda a Europa, em direção ao norte, certamente teria sido recusado, mas dois fatores pesaram na decisão de acompanhar Cassanate — sem contar a pesada sacola de moedas, evidentemente.

O primeiro foi ter conhecido mais detalhes da trajetória de Maimônides. Uma grande viagem selou o destino do médico mais famoso do século XII, quando aceitou o convite para ir tratar a asma de um rico paciente em Alexandria. Seria difícil não se identificar com a história do hebreu.

O segundo motivo era a curiosidade em conhecer a cidade de Amboise, onde o mestre Da Vinci tinha passado seus últimos dias, e visitar a Capela de Saint-Hubert, onde estava enterrado.

Paolo Paladino e Gaspare Cardano permaneceriam em Lyon para enviar notícias e aguardar a resposta dos filhos de Cardano.

Quando estava saindo da cidade é que se deu conta de que o italiano Ludovico Birago, aquele que se tornara seu amigo durante a estadia em Lyon, era um dos conspiradores que tentaram tomar o poder em Milão, com o apoio dos franceses. A cabeça de seu comparsa, que teve pior sorte, ainda estava pendurada no torreão do castelo. Lembrou-se de que tinha sido sua última visão na capital lombarda, antes de partir. De fato, pensou Cardano, é melhor seguir caminho. Não é hora de voltar à Itália e correr o risco de ser chamado de amigo de um traidor...

A viagem até o vale do rio Loire transcorreu sem problemas. Ao chegarem a Amboise, após dez dias, foram recebidos pelo marquês de Chenoux, que os hospedou, em nome do rei, nos aposentos reservados a hóspedes renomados.

— Agradecemos a hospitalidade, marquês — agradeceu Cardano, em dúvida sobre que língua falar. — *Parla la lingua latina? latine loqui?*

— *Oui, oui, latin, sans problème.* Mas falo o italiano da Lombardia, se preferir. O rei pediu para que tudo seja maravilhosamente preparado durante sua passagem pela corte.

— Também agradeço, de minha parte — falou Cassanate.

— Fizeram agradável vossa viagem? — perguntou o marquês, mostrando os aposentos.

— Muito tranquila — respondeu Cassanate.

— Fiquei surpreso em constatar que existiam três opções de caminho até Clermont, quando saímos de Lyon — disse Cardano, orientando os servos onde seriam colocadas as arcas de roupas. — Viemos por Billom, que não tinha sinais romanos. Deve ser uma estrada mais recente.

— Às vezes temos até mais opções — falou o marquês, para depois fazer cara de insatisfeito —, mas são quase sempre de terra. Não é como na Itália.

— O principal é a segurança — falou Cassanate. — A escolta enviada pelo rei nos evitou qualquer tipo de apreensão.

— Vejam, doutores, a viagem foi anunciada pelo conde de Arran, regente da Escócia, com quem temos a melhor das relações — adiantou-se o marquês, fazendo uma suave reverência. — Não poderíamos fazer menos que isso. Haverá também escolta para Paris, conforme já determinado. Até quando permanecem?

— Não sabemos. Depende do rei — disse Cassanate.

— Infelizmente, estamos em preparação de guerra. O rei partirá amanhã à tarde para Metz. Poderão assim assistir ao desjejum real e depois encontrá-lo ainda cedo no jardim.

— Nesse caso, partimos depois de amanhã — disse Cardano, olhando para Cassanate. — Estamos com pressa. — Depois pensou, surpreso: — Assistir ao desjejum? Ele está falando de forma séria?

— Então que seja assim — completou o marquês. — Quando desejarem, poderão descer para o jantar. Os servos serão conduzidos para a ala reservada a eles. Lá terão comida e roupa adequada. Um último aviso: prestem atenção aos umbrais das portas. Boa noite.

Os dois médicos se despediram, trocaram as camisas de cima, jantaram bem e, após tantos dias de viagem, dormiram cedo.

Cardano sentiu que era bastante familiar o ambiente do jardim, assim como a fachada do castelo. De fato, Carlos VIII tinha invadido a Itália alguns anos antes da virada do século, tornara-se também rei de Nápoles e trouxera muitos italianos para iniciarem a reconstrução do castelo. Luís XII e depois François I continuaram a propagar o espírito da Itália na França.

Sentindo-se um pouco em casa, Cardano teve uma repousante noite de sono.

O dia seguinte apresentava temperatura excepcionalmente agradável, permitindo o encontro da corte nas dependências externas do castelo.

— Conde Gaspard de Coligny! — O anunciador avisava em alta voz, na entrada do jardim, a chegada de pessoas de importância. — Jurisconsulto Michel Eyquem!

— Sim, é verdade, a Gália respira a cultura italiana por todos os lados. — Aproximou-se sorrindo um senhor de pele bastante queimada, cerca de dez anos mais novo que Cardano, com um longo cabelo preso em forma de crina de cavalo. — Desculpem a intromissão e meu latim insuficiente. Apresento-me. Sou o cavaleiro da ordem de Malta, vice-almirante da Bretanha, Nicolas Durand de Villegagnon. — Pendeu levemente a cabeça. — Soube que viajará para a Escócia...

— *Monsieur* Cardan foi chamado para tratar conosco um paciente — falou o doutor Cassanate.

— Faça atenção aos ingleses! São traiçoeiros. — Villegagnon sorriu mais uma vez mirando Cardano. — Prefiro os escoceses — e apontou para uma linda menina de seus 9 anos entretida com um cavalo de madeira, brincando junto com um garoto. — Vê a *mademoiselle* de vestido rendado branco?

— Sim, adorável — respondeu Cardano.

— É Maria Stuart, a rainha — falou, orgulhoso, o almirante. — Eu a trouxe a salvo da Escócia até aqui. Irá casar com o rapaz.

Cardano arregalou os olhos.

— Ele é o delfim da França?

As conversas foram interrompidas quando o anunciador real encheu os pulmões com a chegada de Henrique II, rei cristianíssimo, pela graça de Deus.

— *Par la grâce de Dieu, Roi Très-Chrétien de la France, illustre Henri Seconde.*

Todos olharam para o rei e se curvaram ante a sua figura. Magro, com ombros largos e semblante triste, rosto esguio e barba bem aparada, andava sem prestar muita atenção às pessoas à sua volta. Portava uma boina cinza, com pena branca, uma capa escura e meias claras.

Cassanate se afastou um pouco para falar com o rei, e o médico milanês retomou o diálogo com Villegagnon.

— E qual será sua próxima proeza, comandante Villegagnon? — perguntou Cardano.

O comandante pensou um pouco, como se estivesse em dúvida se revelaria seu projeto atual.

Cardano adiantou-se:

— Talvez tenha conhecido um grande amigo meu, Ambrogio Varadei.

— *Ambròge? Certainement!* Um fantástico navegador que vai trabalhar comigo a partir de agora. — Sentiu-se então mais seguro de revelar seu segredo. — Iremos ao País dos Canibais, como chamam, ou seja, à colônia portuguesa do Brasil, um imenso território.

— Para comércio, imagino... — arriscou Cardano.

— Sim, é verdade. Quero fazer um entreposto. Estou de olho no caminho das Índias. Mas antes deverei convencer o rei de que este é um bom negócio.

— Então boa sorte — desejou o médico — e cumprimentos ao meu amigo Ambrogio.

Quando Villegagnon já começava a se afastar, ainda fez mais uma pergunta.

— Comandante?

— Sim?

— Sabe por que devemos tomar cuidado com os umbrais?

— Alguém disse isso? — Villegagnon deu uma gargalhada. — O rei Carlos VIII morreu ao bater a cabeça em um batente de porta do castelo — e deu de ombros. — Dizem...

Cardano ficou em dúvida, mas achou que, por trás de toda a seriedade, o marquês que os recepcionou na noite anterior poderia ter feito um elegante *scherzo* ao italiano que chegava.

— Não bata a cabeça — falou Villegagnon, indo embora com um sorriso nos lábios.

O rei aproximou-se com sua comitiva. Quatro servos seguravam um grande tecido de proteção, pois o sol já começava a esquentar, mesmo com o frio suave que fazia no vale.

— Lamento não poder ficar um pouco mais, doutor Cardano, mas temos uma guerra que em breve irá começar. Terei que partir. Devo dizer que seus escritos mágicos me encantam.

Cardano agradeceu, fazendo uma reverência prolongada, e aguardou alguma pergunta do rei para que pudesse lhe dirigir a palavra.

— Conhece *monsieur* Michel Eyquem, do castelo de Montaigne? — questionou o rei. — Tem uma conversa agradabilíssima. Gosto muito quando ele está por perto.

— Terei imenso prazer em conhecê-lo, sua alteza — respondeu Cardano, fazendo uma reverência ao jovem de 19 anos que aparentava ter uma razoável empáfia.

A primeira impressão, no entanto, se desfez quando o rei se afastou e o médico teve a oportunidade de conversar com o jurisconsulto.

— Como devo chamá-lo, *signor* Eyquem?

— Michel de Montaigne, assim me intitulo. Refere-se ao castelo de nossa família.

— Poucas vezes ouvi um latim tão impecável, devo admitir. Como aprendeu? — perguntou Cardano.

— *Gratias ipsum*. Em meus primeiros anos de vida, foi minha única língua — respondeu Montaigne. — Meu pai trouxe professores da Itália, depois de ter lutado em Pavia.

— Então temos realmente algo em comum, meu jovem — Cardano sorriu. — Meu pai foi meu professor e minha terra é Pavia. Lá também estudei a arte da Medicina.

— Simpatizo com as coincidências, mas confesso que não nutro o mesmo sentimento por médicos... — falou Montaigne. — Mas veja — tentou corrigir o que poderia ser interpretado como uma possível rudeza —, esta é uma falha minha...

— No julgamento de muitos, sou mais um mágico, ou astrólogo. Para outros, um filósofo. Boa parte do tempo, no entanto, sinto-me mais um escritor que um médico. Portanto, não precisa se afastar de mim — disse Cardano com um pouco de ironia.

— Agradar-me-ia a ideia de, um dia, retirar-me para escrever. — Montaigne olhou para o horizonte, como se procurasse um eco às suas palavras.

— Não há escrita sem reflexão — alertou Cardano. — Em metade do tempo se escreve, na outra metade o cérebro deve estar livre para pensar. Eu diria para um jovem o seguinte: deixe suas experiências entrarem em seu texto. Suas fraquezas, suas dúvidas e seus retrocessos podem caminhar junto com os temas principais.

— Seus livros trazem experiências pessoais, não é mesmo, caro doutor?

— Por certo! Assim o leitor se sentirá identificado e rapidamente se tornará um amigo, ou um admirador. Já expus minha impotência, meus calafrios, minhas febres e minha tristeza. Também minha felicidade, por que não?

— Acredita em felicidade? — perguntou Montaigne.

Cardano parou por alguns segundos para pensar. Seu interlocutor estaria à procura da resposta, ou queria apenas vê-lo tropeçar?

— Essa palavra sugere uma noção abstrata, distante do aplicável, longe de nossa natureza. *Felicitas nomem à nostra natura longè absit.* Mas a verdade é que já me senti feliz. Posso dizer que sim.

— Talvez um senso de gratificação por algo bem realizado... — considerou Montaigne.

— Exato! Ainda assim, pode ser, por outro lado, resultado de uma leveza irresponsável. Já fui muito feliz quando morei em uma pequena cidade chamada Sacco. Jogava, entretinha-me com música, pescava sem preocupação.

— Parece-me que brincava como uma criança — falou Montaigne de forma provocadora. — Às vezes é o que nos falta na infância.

— O magistrado é deveras perspicaz. — Cardano surpreendeu-se, agora entendendo o elogio real. — Diria que a minha felicidade em um momento da vida é sempre comparada ao todo. Entre os mais altos, um será o menor, e entre os pigmeus, um será o maior. *Inter gigantes, unus sit necessario minimus & inter pygmeos maximus*. Talvez não exista apenas uma felicidade. Cada um faz a sua. O filósofo, por exemplo, não será feliz se não adentrar sua própria mente.

— Pensarei sobre isso, *messer* Hieronymus — falou Montaigne com sinceridade. — Mas Cícero disse que filosofar não é outra coisa senão aprender a morrer. Neste caso, aproximar-se da felicidade seria aproximar-se da morte?

— Não tinha analisado dessa maneira — Cardano arqueou os lábios —, mas em *mio paese* as pessoas simples poderiam, em resumo, usar muitas palavras: tranquilidade, modéstia, limpeza, caminhada, meditação, contemplação, temperança... *voilà*!

Montaigne sorriu.

— Foi um prazer conhecê-lo, Hieronymus Cardanus. Talvez minha rejeição aos médicos fique diminuída com a lembrança de sua pessoa. — Despediu-se, acenando também para Cassanate, que chegava junto a Cardano.

Às 11 horas se fartaram em um almoço servido sem animais, pois a Igreja proibia o consumo de carne às sextas e sábados. Felizmente não era Quaresma, época em que nem mesmo os ovos eram permitidos. De qualquer maneira, peixe fresco, a preferência do médico milanês, seria mais difícil de conseguir nesse período do ano. Só se fosse salgado, ou seco. Maior variedade estaria disponível apenas no verão, quando o mar não era tão hostil, e os dias longos permitiam o transporte de mercadorias para cidades mais distantes da costa.

À tarde visitaram o túmulo de Leonardo da Vinci, foram passear no vilarejo e, pela manhã, partiram para Paris, pelo rio, com uma grande escolta, tomando o rumo de Orleáns, para depois passar por Fontainebleau. Interromperam o curso para conhecer o castelo de Chambord, em fase final de obras, uma magnífica construção com mais de oitocentas colunas esculpidas. O castelo tinha o objetivo de servir de local de repouso real.

Cardano se emocionou com a grandeza do prédio, assim como por sua beleza. Foram informados de que a escadaria central, em hélice dupla, que permitia a subida e descida de cavalos sem que se encontrassem no percurso, teria sido projetada pelo próprio mestre Da Vinci, que morou ali perto.

Henrique VIII, invejoso do projeto, mesmo sem nunca tê-lo visto pessoalmente, tinha exigido uma façanha arquitetônica à altura nos bosques de Hampton Court, próximo a Londres.

Os dias de viagem permitiram que o médico trabalhasse em uma nova obra, baseada em um belo presente que ganhara em Amboise, o livro escrito por Ptolomeu, recheado de julgamentos astrológicos. Registrou em seu diário: Viajando no rio Loire, sem nada para fazer, *interim in Ligeri flumine, nec haberem quod facerem,* escrevi os Comentários, *commentaria in Claudii Ptolomæum conscripti.* Escrevi também um tratado sobre música. *Tum etiam libro Musicam.*

A chegada a Paris era muito aguardada. Uma recepção de médicos fora organizada e eventos cívicos tinham sido agendados. Aimar de Ranconet, advogado da Quarta Câmara de Crédito do Parlamento, preparou um banquete para a noite seguinte, além de uma volta pela cidade.

Estou gostando de minha estadia, sendo bem acolhido, escreveu Cardano em seu diário, mas as ruas estão sempre cheias de pessoas e de sujeira, emitindo um fedor próximo do insuportável.

— Em poucos dias, estaremos frente a frente com o mar, doutor Cardano — Cassanate sorriu. — É sua primeira vez, não é mesmo? Imagino como deva estar ansioso para ver uma massa de água que suplanta a imaginação.

— Tem razão, caro colega. — Entraram na Igreja de Saint Denis.

— Venham, *s'il vous plaît* — chamou Nicholas LeGrand, um dos médicos do rei francês. — Aqui embaixo, na cripta funerária, verá um *especimen* raríssimo.

Cassanate e Cardano abaixaram a cabeça e desceram à parte menos iluminada da igreja, portando tochas e observando cada detalhe das câmaras mortuárias.

— O que é isso? — perguntou Cardano.

— Um chifre de unicórnio — explicou LeGrand.

— Meu Deus! — exclamou o médico milanês, misturando latim e italiano graças à emoção. — Nunca vi nenhum tão bem preservado, *maximè ob integrum monocerotis cornu*; e ainda por cima maior do que eu esperava. *Maggiore di quanto aspettava!*

— Fico contente que tenham aproveitado o passeio, caros amigos. De nossa parte, agradeço as exposições que fez em Paris. Foram de grande repercussão.

Cardano também agradeceu, acenando de forma elegante com a cabeça.

— Gostei particularmente da palestra sobre o livro *De Subtilitate* — continuou LeGrand, quando voltaram à rua. — Também concordo que a Terra permanece estável, situada exatamente no centro do Universo. Interessei-me pelo seu conceito do que é *Subtilitas*, que seria um processo intelectual em que coisas sensíveis são percebidas pelos sentidos e coisas inteligíveis são percebidas pelo intelecto. Estou correto?

— Sim, meu caro, *intelligibilia ab intellectu*. Mas devo lembrar que esta compreensão escapará a muitos. *Difficile comprehenduntur*. Defendo que serão quatro os tipos de dificuldades...

— A obscuridade, a perplexidade em lidar com incertezas... — adiantou-se Cassanate.

— Sim, *incertorum dubitatione* — concordou Cardano.

— *Causarum inventione* — adicionou LeGrand.

— Na descoberta das causas! Perfeito! — Cardano sorriu. — E qual seria a quarta dificuldade?

LeGrand e Cassanate se entreolharam e aguardaram que o médico de Milão completasse.

— *Rectaque explicatione!* — completou Cardano. — A correta explicação dessas causas.

Assim continuaram a discutir os elementos, andando lentamente pelas ruas de Paris enquanto ao lado a carruagem era levada pelo condutor. Falaram sobre a origem e do que era feita a Terra, as coisas inanimadas, as coisas com alma, a matéria transmutável, as máquinas. A afirmação mais surpreendente, no entanto, que deixou Cassanate e LeGrand boquiabertos, disse respeito ao fósseis encontrados longe do mar.

— *Cochleæ, conchilia* e outras conchas, segundo o escritor Agricola, em seu *De Natura Fossilium*, são formados pela ação do calor em substâncias pegajosas. Na minha opinião — falou com segurança Cardano —, a presença desses fósseis indica que a região onde foram encontrados foi, algum dia no passado, coberta pelo mar.

Continuei minha viagem nos melhores termos, escreveu em seu diário, e deixei Paris com pesar. Sentirei saudades de Jacques de la Böe, o famoso professor de Vesalius, Jean Fernel, o primeiro médico da corte, assim como de LeGrand, Ranconet e tantos outros. Finalmente chegaram de Lyon os dois pupilos que irão me acompanhar até a Escócia: Paolo Paladino e Gaspare Cardano. Trouxeram notícias dos meus filhos. Todos estão bem.

Seguiram até Boulogne, onde foram recebidos pelo governador das províncias da costa norte, príncipe de Sarepont, que forneceu uma escolta de 14 homens a cavalo, além de vinte soldados de infantaria. A próxima parada seria já no território inglês de Calais, antes de atravessar o Canal da Mancha.

No caminho, próximo da divisa, era possível observar os primeiros efeitos da guerra. No fim do dia, já na estalagem, Cardano abriu seu livro e escreveu as cenas que tinha presenciado.

Uma séria guerra estourou entre o imperador Carlos e o rei da França. Por onde passávamos, tudo estava destruído, pelo fogo e pela espada. Crianças e mulheres tinham sido assassinadas. Mesmo sendo escoltado por inimigos do imperador, fui recebido com o melhor espírito por nobres germânicos que cruzaram nosso caminho. Em nenhum momento foi necessário apresentar o *laissez-passer*. Bastou que os nobres franceses explicassem o motivo de nossa viagem.

Chegamos a Calais sem nenhum incidente. Lá observamos uma construção de Giulio Cesare, ainda de pé! *Vidique Caesaris turrim adhuc stantem*. A torre de Júlio César!

— Veja, caríssimo *Gulielmus Cassanatus*, a força da Itália representada nesta torre. Aqui César juntou centenas de barcos, cinco legiões e dois mil cavalos para invadir com sucesso a ilha britânica.

— E foi aqui que Henrique VIII e François I se encontraram, trinta anos atrás — complementou Cassanate.

— É uma pena que não tenham se tornado realmente amigos — lamentou Cardano.

— Teria evitado muitas guerras — concordou Cassanate, quando chegavam ao porto. — Talvez não estivéssemos passando por aquilo que vimos nos dois últimos dias.

— Talvez... — respondeu Cardano, sem prestar atenção ao que dizia, pois sentia um frio na barriga ao observar o barco que atravessaria o mar até a Inglaterra.

Britannia

A galé de escravos que atravessava o Canal da Mancha tinha saído mais tarde do que o planejado. A brisa era fraca. O fedor que emanava dos *decks* inferiores, indescritível. Os dois médicos desceram alguns degraus e puderam observar todo o horror da cena.

Nos largos bancos, com quatro a seis metros, cobertos com camadas e mais camadas de pele de carneiro, estavam acorrentados escravos nus, que urinavam e defecavam sem poder sair do lugar. O oficial mestre recebia as ordens do capitão, e, junto com o segundo oficial que estava na proa, soavam com frequência os chicotes sobre as costas dos infelizes. As peles feridas e sangrando tinham a cor do ébano, como poucas vezes Cardano tinha visto. Lembrou-se do estudante etíope que conhecera na faculdade, em Pavia.

Como ele se chamava?, perguntou a si mesmo. Nagast... Nagast d'Abissínia, era isso.

Seu pensamento foi interrompido pelo som agudo do apito prateado utilizado pelo primeiro oficial. Era o sinal de que os escravos deviam remar com mais força. Cinco dezenas de remadores faziam os pesados remos baterem ao mesmo tempo na água, rodarem e voltarem ao alto para de novo repetirem o ciclo, sem sinal de descanso. Foram dez horas de trabalho ininterrupto. O segundo oficial, quando percebia que um dos escravos estava por demais debilitado, colocava em sua boca um pedaço de pão duro encharcado com vinho.

Pela manhã, os primeiros raios de sol bateram em uma alta parede de pedra branca que acompanhava a costa, como uma muralha, tornando-a amarelada. Uma visão de rara beleza. A galé rumou para o sudeste da costa, ancorando perto do Tâmisa, de onde muitos seguiram viagem.

Já na grande ilha da Bretanha, o segundo pernoite aconteceu no castelo real de Leeds, na direção de Londres. Ali tinha dormido Henrique VIII quando partiu para Calais, naquela noite de maio de 1520. Seguramente nem todas as quatro mil pessoas que acompanhavam o rei dormiram nas dependências do castelo, por mais que ele fosse grande.

Também tinha se hospedado lá o cardeal Wolsey, braço direito do rei, fugindo do *sudor anglicus*, a epidemia que ceifara muitas vidas no fim daquela década. Quando o encarregado contou a história, dizendo que os surtos foram diminuindo até desaparecerem no ano anterior, Cardano riu sozinho ao lembrar do bordão milanês: o amor, o fogo e a tosse não se podem esconder...

Wolsey gastara boa parte de seu tempo naquela estada no castelo de Leeds determinando para quem iriam as terras dos mortos pela doença e também quebrando a cabeça para resolver a questão do primeiro divórcio real. A espanhola e católica Catarina de Aragão, mãe de Maria Tudor, ainda era a rainha naquela época.

A ilha do castelo era circundada por uma grossa muralha de proteção. Os diques controlavam a água do imenso fosso e o movimento dos moinhos.

Durante a ceia, maravilharam-se com a sala de banquetes, The Henry VIII Banqueting Hall, uma sala com o teto em carvalho cuidadosamente trabalhado.

— Este tipo de teto já é usado nesta ilha há alguns séculos e continua fazendo muito sucesso — explicou Cassanate.

— Mas ele parece ser muito pesado, não? — falou Cardano, duvidando da sua funcionalidade.

O encarregado do castelo, um jovem conde, sorvia a sopa do outro lado da mesa sem entender uma palavra do que os médicos discutiam. Os pupilos Gaspare e Paolo prestavam atenção à conversa, mas não dominavam o latim como os dois médicos.

— É verdade — respondeu Cassanate. — Pode parecer pesado, mas a maneira como as traves são encaixadas permite cobrir grandes espaços. Todo salão importante do reino, todos os tetos de grandes conjuntos de comércio e todas as salas de Universidades utilizam esta forma de cobertura com a madeira à vista. É só visitar o Colégio do Cardeal em Oxford e o Trinity College em Cambridge para constatar essa evidência.

— Diria então que é uma instituição inglesa... — avaliou Cardano.

— Certamente! Veja este salão. — Cassanate abriu os braços. — Deve ter mais de setenta pés. Carvalho no teto, ébano no chão, lareira francesa na parede. Não é magnífico?

— Concordo — disse Cardano, olhando em seguida para os detalhes da madeira abaixo de seu prato. — Mas esta mesa parece ter vindo de um monastério...

— Caro amigo, vamos comer — disse Cassanate, mirando o próprio prato. — Depois discutiremos esses detalhes...

A autorização para a estada dos dois médicos no castelo de Leeds, com seu pequeno séquito, viera do próprio Eduardo VI. Infelizmente ele não estaria na capital inglesa para recebê-los.

Ao fim da ceia decidiram, ao partirem do Leeds Castle, ficar o menor período possível em Londres, a Civitas Londinum, como era chamada em latim, e seguir viagem o quanto antes. Cardano considerou que na volta poderia passar alguns dias na cidade para conhecê-la melhor, caso fosse recebido na corte.

Chegando à capital inglesa, a carruagem seguiu por Southwarke até se aproximarem do portão, a Bridge Gate, imediatamente antes da ponte. A cidade ficava no lado norte. Portanto, deveriam proceder à travessia do rio Thames, o Thamesis Fluvius.

Logo antes da entrada, podiam ser vistas, em ambos os lados, plataformas de madeira destinadas a enforcamentos. Cardano notou que o tamanho da corda era bem curto. Isso faria com que o pescoço não se quebrasse com a queda, permitindo um tempo de agonia bem maior. O lento estrangulamento da traqueia e alguma passagem do sangue para a cabeça prolongavam um espetáculo que acontecia quase diariamente.

Pessoas importantes eram privilegiadas, pois poderiam escolher a decapitação, muitas vezes em um local mais reservado. Após a execução, os corpos dos criminosos eram deixados para serem comidos por abutres, e muitas cabeças de condenados jaziam expostas acima da muralha. O objetivo era intimidar aqueles que chegavam à grande cidade, mostrando que, dentro dos muros, a lei e a ordem prevaleciam.

— Que são esses tonéis espalhados pelas ruas, Cassanate?

— Para água. São usados em incêndios, eventos bastante frequentes por aqui.

— Mas estão cheios de lixo apodrecendo — falou Gaspare.

— Nesse caso, espero não estar em uma casa em chamas... — Cassanate sorriu. — Na próxima chuva, talvez isso se regularize. Não se preocupem.

A ponte, London Bridge, era a maravilha de engenharia do reino, com 19 grandes arcos, 28 pés de largura e lojas de três andares que se abriam em ambos os lados. As primeiras pontes de pedra começaram a ser construídas no século XII, mas boa parte ainda era de madeira. Esse processo de transformação aconteceu junto com a onda de obras de reforma em igrejas por todo o país. Ambas as construções eram vistas como um uso devoto do dinheiro.

Próximo à ponte, o trânsito era muito lento, beirando o insuportável. Pequenos vendedores acompanhavam o importante cortejo dos médicos gritando e levantando o mais alto possível toalhas, jarros, estribos e cintas de couro, pois sabiam que ali dentro existiam pessoas com bastante dinheiro. A pedido de Cardano, um dos cavaleiros trouxe uma gravura que o deixou encantado. Comprou de imediato. Era justamente a Ponte de Londres, onde estavam prestes a passar. Tinha a sofisticação de uma *aqua fortis*, fidelíssima à realidade. Guardou-a em seu bornal.

Cardano admirou-se com a quantidade de prédios de até quatro andares que encostavam no rio de intensa correnteza, às vezes com apenas alguns degraus separando as águas da porta virada para o sul.

Com mais de uma centena de populosas paróquias, agora sob a tutela da Igreja Anglicana, movimentos de animais para serem abatidos, navios chegando próximos à ponte, punguistas fugindo com o produto de seus furtos e profissionais de todas as áreas anunciando seus serviços para uma maioria de analfabetos, os sons da cidade se tornavam enlouquecedores para quem nunca tinha visto um grande centro.

Observar isso com mais calma, no entanto, ficaria para depois. O sol nem bem apareceu, seguiram por *Leadon hall* e *Grations streete*. Ao atravessarem a *Bushopes gate*, o portão mais importante da face norte da cidade, já penetravam em direção à zona rural, a campanha inglesa, o *countryside*, e tomavam o caminho de Hampsted. Cassanate deu alguns números a Cardano, para que ele começasse a ter uma ideia das diferenças entre a Lombardia e aquele país insular.

— Uma maneira de olhar o reinado de três milhões de pessoas — avaliou Cassanate — era considerar aqueles que efetivamente guerreavam. No topo estava o rei. Logo abaixo, por volta de cem duques, condes e barões. Depois, dois mil cavaleiros e quinze mil escudeiros e fidalgos, com terras arrendadas. Londres talvez tivesse cem mil pessoas.

A população de toda a ilha ainda era menor do que dois séculos antes. A grande peste tinha dizimado muita gente, e, principalmente na região norte, grandes áreas não tinham mais dono. Um viajante poderia andar por um dia inteiro sem ver ninguém.

Outra razão eram as incursões de escoceses. Nem coletores reais de taxas se aventuravam em algumas partes remotas. Até porque, nas terras altas, por vezes não era possível a locomoção com veículos de rodas. As últimas escaramuças, no entanto, tiveram como grandes vencedores os ingleses, dizimando boa parte dos cavaleiros e nobres da Escócia.

No caminho, ainda bem antes de chegar à fronteira, programaram dormir em Ashbourne, um calmo vilarejo com um cruzamento de ruas cheio de lojas de serviços, uma ao lado da outra. Grandes sinais esculpidos na madeira, como facas, pernil de porco, peruca, ou calças, avisavam que ali morava alguém que dominava alguma arte.

Como de hábito, dois servos tinham cavalgado na frente para conseguir uma estada na casa de uma família. Ficar em uma estalagem, um *inn*, como chamavam os ingleses, não seria difícil, pois eles chegariam a cavalo, demonstrando que tinham dinheiro, mas esse tipo de ambiente era frequentado muitas vezes por jogadores e bêbados.

Ter que ouvir um hóspede sendo despachado para a rua no meio da noite, por causa dos problemas que estava causando, não era uma perspectiva propriamente agradável. Cassanate explicou que os escoceses até brincavam com a palavra, chamando seus pequenos hotéis de Welcome Inn.

Na rua principal, passaram em frente de uma *public house*, ou *pub*, um lugar onde poderiam beber um pouco de vinho ou cerveja antes de dormir. Combinaram que seria uma boa ideia para aliviar um pouco o cansaço da viagem.

O número de pessoas na cidade quadruplicava em dias de feira. Muitos tinham membros tortos em consequência da quebra de ossos, seguida de solidificação sem acompanhamento médico. As guerras e os embates constantes também eram lembrados na grande frequência de falta de olhos, dentes, dedos e braços, trazendo especial dificuldade aos que perdiam uma parte da perna.

Uma data do ano era especial em Ashbourne: a terça-feira gorda.

— Que acontece nesse dia? — perguntou Cardano.

— Eles têm um jogo de bola, que pode se arrastar por muitas e muitas horas, até o dia seguinte. A população ao norte do rio desafia os habitantes do outro lado, há mais de duzentos anos — explicou Cassanate. — Ao que parece, só não houve disputa nos anos de peste.

— Quantos jogam? — continuou Cardano, curioso.

— Não há limite. Quantos vierem participar da festa.

— Na Itália, o jogo com bola reúne por volta de cinquenta pessoas, mas o campo é bem menor. Não é uma cidade inteira. Chamamos o jogo de *calcio. Càl-tchô.* — Cardano exagerou na pronúncia, para Cassanate captar o som da palavra. — Sempre foi um jogo da plebe, mas mestre Da Vinci disse ao meu pai que gostava muito de jogar quando morava em Florença. Um escritor e político famoso na região, Niccolò dei Machiavelli, também adorava participar.

— Aqui em Ashbourne quase todos os lugares fazem parte do jogo. Até dentro do rio. Apenas as áreas de igrejas e os cemitérios ao redor são poupados — lembrou Cassanate. — Conforme a sua moradia, ou seja, de que lado do rio você vem, a bola deve acertar um dos dois moinhos, que ficam a mais de três milhas de distância. Acho que é o jogo de bola mais antigo de que se tem notícia...

— Antigo? — rebateu Cardano. — E a descrição de Homero na *Odisseia*, quando Ulisses tapou suas vergonhas e foi chutar a bola, ou seja, a *palla*? E Galeno, que fala na *superiorità del gioco della palla*, pois, além de lavorar o corpo, também divertiria?

Cassanate fez sinal de que aceitava os argumentos.

Cardano continuou:

— E as regras?

— Regras? Pode-se bater, empurrar, segurar, chutar tanto a pelota quanto o adversário. Mas não é permitido esconder a bola nem matar um oponente.

— Puxa — Cardano levantou as sobrancelhas —, são regras animadoras...

Cassanate pediu ao cocheiro para descerem em frente do alfaiate. Apresentaram-se e pediram para ver a Royal Ashbourne Ball. Em cima da prateleira ficava a bola revestida de couro de vaca, usada no último evento.

— Veja que maravilhosa peça de artesanato — disse o alfaiate.

O médico francês traduziu para Cardano o comentário e em seguida a resposta do alfaiate, quando foi perguntado por que a bola era tão irregular.

— Natural — respondeu o alfaiate —, depende da forma da cabeça do executado...

Cardano arregalou os olhos e rapidamente devolveu-a ao dono.

Após atravessarem a cadeia de montanhas, no dia 29 de junho de 1552, chegaram a Edimburgo, uma cidade com 15 mil vidas. Foram diretamente para a casa do arcebispo. Cardano cumprimentou os dois médicos franceses que estavam com a responsabilidade de tratar John Hamilton na ausência de Cassanate. Não demorou muito e chegou para recepcioná-los o próprio arcebispo, anunciado pelo servo de sala.

— *My good and gracious Sir John Hamilton!*

Entrou na sala principal um homem de estatura mediana, peso excessivo, queixo e pescoço relativamente finos e uma áspera pele vermelha que suava constantemente sob o peso de várias camadas de roupa de uma riqueza exuberante.

A camisa superior, vermelha, trabalhada nos mínimos detalhes, tinha pedras incrustadas, pretas e outras claras, brilhantes. As mangas terminavam em renda fina. O casaco abria-se como um manto, bastante grosso, aumentando tremendamente a largura dos ombros. Do pescoço pendia um colar de ouro, com um pingente quase do tamanho do punho de uma pessoa, também com pedras vermelhas e pretas.

— *Salutation and greeting ye all* — saudou a todos John Hamilton, de forma distraída, lendo seus comunicados.

— *Ay, my good lord archbishop!* — saudou Cassanate.

— *Ah, ha, boy! art thou here?* — Bateu nas costas do médico. — *Halloo, William!* — exclamou Hamilton, irônico por terem enfim chegado de viagem, depois de tão longo período. — *You brought thy friend, my new physician!* — Olhou para o médico milanês.

Cardano fez uma reverência. O fato de chamar o recém-chegado de seu novo médico causou incômodo entre os outros colegas de profissão presentes na sala.

E Hamilton completou:

— *Loqui in Latine, amicus?*

— *Certe*, vamos falar em latim, *ego rogare* — respondeu Cardano. — Infelizmente, não domino a língua inglesa.

— Então sentemo-nos todos para receber esta ceia que é uma dádiva do Senhor e agradecer a presença do eminente astrólogo e médico de Milão. — Fez o sinal da cruz. — *In nomine Domini, amen.*

— *Amen* — responderam todos, acomodando-se para iniciar a refeição. Logo em seguida, os servos começaram a servi-los.

Durante a ceia, comentaram que a visita do italiano era revestida de bastante interesse por todos na cidade.

— O conde de Worcester e Henry Parker já retrataram a beleza e a cultura da Itália — falou Hamilton. — Agora os escoceses estão curiosos por conhecer o nobre médico.

Cardano agradeceu a atenção, e o arcebispo continuou:

— Sabe por que nosso desenvolvimento está parado? Os odiosos ingleses invadiram nosso país e mataram boa parte de nossos nobres. Não faz nem cinco anos que o castelo foi saqueado! Para piorar, a peste fez tantas vítimas quanto conseguiu. Mas, veja, estamos de pé.

Um silêncio profundo se fez na sala. Todos aguardavam o arcebispo prosseguir.

— Além disso — falou Hamilton, após uma ruidosa sorvida na sopa —, muitos reis chegaram ao poder ainda crianças. Veja Mary Stuart, está na França! Se não fosse a minha presença, este país estaria em ruínas!

Todos sabiam que ele se referia ao poder que exercia efetivamente, tendo como irmão um inseguro regente.

— Mas esta respiração está acabando com minha força! — Deu um soco na mesa, sentindo cada vez mais falta de ar.

— Tem que continuar o tratamento — disse o assistente Clermont. — Logo estará melhor.

— Logo? Que logo? — bradou o arcebispo. — Estou suando por cada um dos meus poros! Os ambientes que frequento estão queimando turfa, ou carvão, com fumaça por toda parte. Até na carruagem! Comidas fervendo, vinho quente! Preciso de ar fresco, senhores! — Jogou o prato no meio da mesa, levantando-se com raiva, saindo do salão sem se despedir.

Após um momento de silêncio, os médicos conversaram sobre os detalhes da doença que aflige o arcebispo.

— Discutimos longamente em Paris o caso de Sua Graça Lorde Hamilton — começou Cassanate. — Estavam presentes o professor de anatomia Jacques de la Böe e o magnífico acadêmico Fernel.

— A que conclusão chegaram? — perguntou Thierry, um dos médicos franceses.

— Ficou claro, por nossa experiência com o arcebispo — respondeu Cassanate —, que os ataques não coincidem sempre com as mudanças da Lua. Além disso, ele dorme bem, mas não o suficiente para se distanciar das cruezas do cargo. Tem comido e bebido livremente e em abundância. Tem sido muito irascível e expirado o ar dos pulmões sem controle.

— E a matéria da expectoração? — questionou dessa vez Jean-François, o terceiro médico francês.

— O pus tem sido armazenado no cérebro no intervalo dos ataques e desce de forma violenta e repentina, provocando a falta de ar — explicou Cassanate. — Esta seria a explicação mais plausível. A temperatura cerebral está extremamente fria, por isso devemos redobrar as medidas de aquecimento do ambiente.

— E as ventosas? — perguntou o doutor Thierry.

— Sim, poderíamos usá-las agora, aplicando gentilmente nas costas a cada três dias — respondeu Cassanate, acrescentando que o próximo passo, caso essas medidas não surtissem resultado, seria a sangria e, adicionalmente, o uso de sanguessugas francesas.

— Talvez o doutor Cardano queira expressar seus pensamentos — falou de forma cáustica Thierry.

Cardano divergia totalmente do raciocínio apresentado e, da mesma forma como em Paris, não quis expressar sua opinião. Se o cérebro estivesse sendo afetado da forma como imaginam, pensou, as funções mentais estariam comprometidas. Não era o caso.

— Acabo de chegar — disse o médico milanês. — Ainda não tenho uma opinião formada, senhores. Preciso conhecer melhor o arcebispo.

— Está bem — concluiu Cassanate. — Vamos colocar em prática essas medidas e reavaliar o caso oportunamente. — Dirigiu-se a Cardano. — Aqui não temos um colegiado oficial, mas alguns médicos da Universidade de Medicina de Aberdeen, a primeira da língua inglesa, que fica a alguns dias de cavalo para o norte, solicitaram uma exposição sobre o livro *De Consolatione*, caso o mestre Cardano aceite.

— Poderia ser aqui em Edimburgo? — perguntou Cardano.

— Sim — respondeu Cassanate —, podemos arranjar um lugar. Talvez no Colégio de Cirurgiões. Deixaremos o arcebispo decidir. Nossos nobres da região também participariam do evento, com certeza. Bem... teremos tempo. Depois conversamos sobre isso.

Levantaram-se da mesa e foram dormir. Cassanate comprometeu-se a chamar Cardano para que ele acompanhasse de perto o dia a dia do arcebispo.

Acordaram bem cedo, quando o sol aparecia e ainda fazia um frio agradável. O tempo estava seco. Havia algumas semanas que não chovia. John Hamilton tinha acabado de comer seu pedaço de pão envolto em banha de porco. Tinha uma reunião importante na Capela de Santa Margarida, no rochedo do castelo, uma construção de defesa, a mais de trezentos pés de altura.

O arcebispo preferiu ir a pé até a base do morro, em ritmo rápido. Não suportava mais o ambiente esfumaçado que seus médicos o induziam a ficar. A carruagem seguia ao lado, enquanto Cardano mal conseguia acompanhar seu anfitrião. Cassanate viria em seguida.

— Vamos, doutor, apresse-se, tenho uma reunião importante! — falou Hamilton de mau humor.

— Os anos já estão exigindo de meu corpo, *my lord*! — falou Cardano, esbaforido.

A cidade era como um imenso retângulo murado; em uma das extremidades, tomando aproximadamente um quinto da área, havia o morro e sua fortaleza. Na parte baixa, muitas residências incendiadas ainda não tinham sido reconstruídas depois da invasão inglesa, cinco anos antes.

Contornaram a última esquina de casas de pedra e tiveram a maravilhosa visão da fortaleza recentemente reformada. O despenhadeiro, do lado norte, era tão íngreme que não permitiria nenhum assalto.

— Preciso explicar-lhe uma grande causa de preocupações, doutor Cardano — falou o arcebispo, interrompendo a marcha e preparando-se para subir na carruagem. — Marie de Guise, a mãe de Maria Stuart, aquela menina que o senhor viu na França, quer tomar o poder a todo custo. Afinal, sua filha é a rainha. O problema é que essa viúva poderá colocar em risco a segurança de todos nós. O idiota do meu irmão não pode deixar a regência, entendeu, doutor?

Cardano notou que Hamilton estava preocupado, na verdade, em manter a própria fortuna, muito mais do que com uma suposta intervenção da França nos assuntos de estado escoceses. A explicação foi interrompida por um grave acesso de tosse, seguido de falta de ar. O peito do arcebispo começou a produzir o som de gatos miando, observou Cardano. O esforço de encher o peito para sorver o que pudesse de ar fresco e depois expeli-lo era enorme.

— Vamos subir... na carruagem... vamos — disse Hamilton, com a fala entrecortada pela falta de ar. — Não sei... o que é pior...

— Respire fundo, *my lord*, acalme-se — pediu Cardano.

Cassanate chegou a cavalo e notou que o arcebispo estava tendo uma daquelas graves crises de asma. A última tinha sido havia menos de uma semana. Solicitou ao cocheiro que o levasse de volta à residência.

Acomodaram Hamilton em sua cama fofa de penas, coberta por um tecido vermelho pintado com o brasão da família. A temperatura dentro do aposento estava bastante elevada, com dois braseiros de carvão emitindo calor e fumaça. As janelas estavam devidamente fechadas, como tinham orientado os médicos franceses.

— Mais um braseiro foi colocado em funcionamento — falou Thierry. — Tragam o flebótomo e as ventosas!

O aparelho do tamanho de uma pequena caixinha de música foi trazido para o médico, que deu corda, posicionou-o nas costas do paciente e disparou o mecanismo. Finíssimas lâminas passavam paralelas a um quinto de polegada dentro da pele. Tão rápido que o paciente praticamente nem percebia. Ventosas feitas de chifre foram colocadas no local. O médico habilmente sugava o sangue e lacrava o buraco com uma mistura de barro e mel.

Algumas ventosas de vidro com sanguessugas francesas também foram colocadas. Uma pesada coberta de lã cobriu o arcebispo, para que pudesse suar os humores que o consumiam. Uma leve melhora pôde ser observada, e assim todos se retiraram do quarto.

Doutor Thierry deu a entender que o médico de Milão, que ainda não se envolvera diretamente no tratamento que estava sendo aplicado, poderia ter sido o responsável pelo ocorrido, pois permitiu que o paciente andasse fora de sua carruagem, esfriando demais seus líquidos corpóreos e seu cérebro. Cardano preferiu não responder à insinuação. Percebeu que os franceses tinham certo ciúme em relação à sua presença no local.

Foi um dia inteiro para a recuperação. Depois, John Hamilton voltou às suas atividades cotidianas, dormindo tarde da noite, acordando cedo, comendo irregularmente e frequentando a casa de mulheres de Edimburgo, uma fonte frequente de doenças. Lá as mães conduziam as filhas para a profissão, dormindo com os parceiros eventuais na mesma cama que elas, orientando-as para o ofício.

Cinquenta anos antes, James IV, preocupado com a grande quantidade de pessoas afetadas com pestes passadas por mulheres de vida não virtuosa, fez uma proclamação banindo homens e mulheres que estivessem com alguma praga que permitisse contágio. Os que não obedecessem à ordenança, dizia o comunicado, seriam queimados em praça pública. Uma lei que, fácil imaginar, não conseguiu ser aplicada na prática.

Com o passar dos dias, os hábitos de John Hamilton se tornaram claros para Cardano, que anotava cada detalhe. Após a crise inicial de falta de ar que presenciara, nada de extraordinário aconteceu, até ouvir uma voz bastante familiar, logo após o lanche da tarde.

— *Messer* Girò!

Cardano virou-se e ficou contente em rever o amigo.

— Que prazer em vê-lo, Kenneth! Não sabia que estava na Escócia.

— Estou sob a jurisdição do bispo de Aberdeen. Fiquei sabendo que estava aqui e pedi permissão para acompanhá-lo no que fosse preciso.

— Ótimo, será de grande ajuda. Às vezes tenho problema com a comunicação. É bom saber que posso falar a língua da minha terra e ainda por cima ter um tradutor — falou Cardano, com satisfação. — Vamos andar um pouco?

Pediram licença aos médicos e saíram do convento para caminhar pelas ruas da cidade.

— Imagino que deva ter histórias para contar — disse Cardano.

— É verdade — concordou Kenneth. — A mais forte de todas foi ter encontrado o túmulo de um conhecido em uma cidade próxima a Londres — contou, com a voz embargada. — Realmente muita coisa aconteceu. Estava difícil permanecer na Inglaterra. A pressão sobre os padres era grande. Como o bispo William Gordon tem laços estreitos com o papa, conseguiu minha transferência para Aberdeen. É uma cidade que fica na costa, ao norte. Felizmente, lá não faz tanto frio. Fui bem recebido pelos franciscanos. — Levantou as sobrancelhas e questionou sobre a Itália: — Como andam as coisas em Milão?

— O imperador é o soberano, não há novidade. A dominação espanhola está tão enraizada em nosso modo de vida que, acredito, permanecerá por muito tempo. Não tenho esperança de vislumbrar, ainda em vida, a independência do nosso ducado...

— É uma pena — lamentou Kenneth. — Gostaria de um dia voltar a Milão, ou Roma. Talvez terminar meus dias lá na capital da Igreja, quem sabe. Mas ainda tenho muito trabalho por aqui. — E, mudando de assunto, perguntou: — E a família? Lembro-me do quanto conversei com sua mãe quando passei em Milão. Ela me contou a vida toda. Um história de muita luta.

— Minha mãe teve seus problemas. Morreu dizendo que desejava continuar sua missão — comentou Cardano, não querendo muito falar sobre ela.

— E seus filhos?

— Orgulho-me muito deles. Talvez nem tanto do menor. Meu primogênito, Giovanni Battista, que você conheceu menino, já está com 18 anos, entrando na Universidade para ser médico. Um grande orgulho. Tem feições bonitas, ao contrário do pai. — Riu. — É apenas um pouco coxo do lado direito e tem uma membrana entre os dedos do pé. A avó reclama o tempo inteiro que ele só quer jogar dados e andar com más companhias, mas eu fiz tudo isso e estou aqui, não estou? Tenho sido recebido por reis, com meu trabalho e meus livros reconhecidos em toda a Europa...

— E sua filha, Girolamo?

— Uma linda moça. Está com 15 anos. Vou preparar o casamento dela quando voltar a Milão. Já existe um interessado. A avó também implica com ela. As roupas, os gestos, o linguajar, tudo é motivo de conflito. Mas a senhora Taddea não entende que o mundo mudou. Para ela, toda mulher é uma devassa. São novos comportamentos — e completou, falando do mais novo: — Aldo, com 10 anos, é um pouco atrasado mentalmente. Pensávamos que ele não iria nem andar. Já me deixou tão bravo com seus ataques irracionais que uma vez cheguei a arrancar um pedaço da orelha dele. Sem querer, claro.

— Ele ficou com alguma marca? — perguntou Kenneth, com cara de dor.

— Na parte superior da orelha direita. A solução é usar o cabelo por cima. Na verdade, ele tem hábitos meio estranhos... Gosta de torturar os animais da casa, por exemplo. Já fiquei muito bravo com ele quando matou um cachorro que eu gostava muito. Mas o que fazer? Quando se é jovem cometem-se erros. Para quem não tem filhos, as reprovações transbordam pela boca sem esforço.

— Não deve ser fácil colocar um filho no mundo atualmente — ponderou Kenneth.

Os dois refletiram por um momento sobre as dificuldades que todos tinham em lidar com crianças em um mundo em transformação.

— Agora me diga como está o tratamento do arcebispo. Estou curioso.

— Ainda não consegui fazer nada. Estou anotando os hábitos e observando se a doença vai piorar mesmo com a orientação dos médicos franceses — explicou Cardano. — Tenho que ficar atento. Eles estão conjurando contra mim, esta é a verdade. Estou no meio das desavenças, *inter tantas turbas*... Acho que é puro ciúme, pois perceberam que discordo totalmente do que estão fazendo e tenho muito mais fama que eles. Estou aqui há quase um mês, Kenneth. Tenho saudade dos meus filhos. No entanto, ainda não chegou o momento de atuar. Infelizmente, devo esperar que uma nova crise torne insustentável a função dos outros médicos, senão ele não seguirá minhas orientações.

Na noite da chegada de Kenneth, John Hamilton pediu que fosse preparada uma apresentação de música. Panos brancos foram estendidos no salão principal da mansão. Vários artistas que passavam pela cidade foram chamados, assim como muitos nobres de Edimburgo.

Ao lado de Cardano, Kenneth traduzia em seu ouvido o significado das canções e dos eventuais números teatrais curtos.

— *Are you going to Whittingham Fair...?* — começou o cantador de camisa vermelha e capa preta. — *Parsley, sage, rosemary, and thyme...*

O segundo rapaz, vestido como mercador, apenas caminhava ao lado, mas não cantava. Ouvia e demonstrava guardar em sua mente as solicitações do apaixonado. A mulher esperava em pé, a alguma distância, para fazer a sua parte no dueto.

— Ele pergunta se o mercador vai à feira de Whittingham. Então avisa que, se encontrar seu antigo amor, deve relatar as tarefas impossíveis que ela precisa realizar para que eles voltem a ficar juntos.

— E a parte das ervas? — perguntou Cardano.

— *Parsley, sage...* Salsa, sálvia, alecrim e tomilho podem ter os significados do casamento e da coragem, ou então nos lembrar dos incríveis aromas das feiras do reino.

— *Tell her to make me a cambric shirt...* — continuava o cantador.

— Veja, ele fala de uma das tarefas: confeccionar uma camisa de cambraia sem trabalhar com agulha, ou seja, sem costurar.

Depois era a vez da mulher, que passava a cantar, pedindo igualmente tarefas que deixavam a plateia extasiada. Por que não ficam juntos de uma vez? É apenas orgulho? Os alaúdes e as flautas repetiam a melodia, que, de tão bela, não produzia cansaço, enquanto os três artistas andavam e cantavam pela área central do salão.

— Na Inglaterra, em lugar da feira de Whittingham, canta-se a feira de Scarborough — cochichou Kenneth—, que nos últimos anos tem perdido movimento por causa do fechamento dos mosteiros.

Foi uma noite inesquecível, em que comeram e beberam com abundância. O único momento desagradável aconteceu quando o arcebispo chegou escoltado pelos médicos franceses e insinuou que Cardano estava aproveitando da comida, da bebida e das diversões sem dar sinal de trabalhar, como tinha sido combinado.

Na madrugada, Cardano foi acordado por um servo esbaforido e chamado ao quarto de John Hamilton. Ao entrar, junto com seu pupilo Gaspare, afastou a fumaça com as mãos e viu o arcebispo ser amparado por Thierry, Jean-François e um servo. De pé, padecia em uma agonia extrema. Cassanate, aflito, não sabia mais o que fazer e rezava pelo amigo e senhor. Os lábios de Hamilton e a ponta dos dedos estavam roxos. Ele já começava a perder os sentidos; não tinha mais forças para respirar.

Cardano assumiu o controle da situação.

— Abram as janelas, rápido! Tragam o arcebispo! — Gritou para baterem forte nas costas e no peito. — Mais forte!

O arcebispo parecia não voltar a si. Então apoiaram-no no umbral e bateram mais intensamente. Ele tossiu e soltou uma bola grudenta de catarro. Ainda continuou desfalecido, mas já fazia algum esforço para respirar, mostrando que estava vivo.

O ar frio e gelado da noite entrou gradativamente em sua via respiratória, e ele começou a se recobrar. A cor voltava à sua face lentamente, e agora já podiam ser ouvidos os gatos em seu peito, assim como uma extrema dificuldade para soltar o ar dos pulmões.

— Desliguem os braseiros de turfa! — ordenou Cardano. — Mantenham-no no ar puro. Tirem tudo de cima da cama, todas as almofadas e todos os cobertores! — Percebendo que o paciente voltava a suar, pediu para que trocassem a roupa úmida e optassem por roupas leves e secas.

— Graças ao santo e bom Deus, *Mon Dieu*, ele está se recobrando. — Cassanate fazia o sinal da cruz.

Cardano solicitou que iniciassem imediatamente uma inalação com a infusão de eleutério.

Todos ficaram aliviados quando perceberam que John Hamilton estava voltando a si e respirando um pouco melhor. Abria os olhos e depois os fechava, como se ainda estivesse muito cansado para falar. Cardano se despediu e combinou que pela manhã anunciaria o novo tratamento.

O dia começou cinzento, com uma chuva fina. A temperatura tinha caído bruscamente. Parecia um início de outono em pleno verão.

John Hamilton não saiu do quarto. Estava muito abatido para pisar fora da cama, mas seu mau humor e sua língua ferina demonstravam que as faculdades mentais estavam preservadas.

— Incompetentes... Quem vai pagar seus estipêndios se eu morrer?

Os médicos reunidos ao redor do leito não responderam à provocação. Thierry, Cassanate e Jean-François aguardavam em silêncio. Ao lado também estavam Gaspare Cardano e Paolo Paladino, além do amigo Kenneth di Gallarate. Dessa vez os franceses estavam muito assustados para colocar qualquer impedimento às orientações do médico milanês.

— Já tenho suficientes informações para iniciarmos o novo tratamento — falou Cardano em latim, segurando algumas folhas de anotações minuciosas.

— O que propõe, caríssimo Cardanus? — perguntou Cassanate.

— Depois discutiremos a parte teórica do caso. Quero que o arcebispo acompanhe atentamente o relato de todas as medidas que serão necessárias à sua recuperação.

Cardano começou a ler o relatório: Hamilton, arcebispo, com crises de asma recorrentes há dez anos, no início pouco frequentes. *Amulthon Archiepiscopus, difficultate spirandi per circuitus, primum longiores, cùm annum X.*

Cardano lembrou que, após os 41 anos, nada parecia aliviar as crises. Depois, a cada oito dias, a morte era iminente. *Singulis octo diebus, moriturus videretur.*

— Pelo que me informaram e também pude perceber nestas quatro semanas que estive aqui — continuou Cardano —, em três situações, pelo menos, poderia ter perecido. Isto porque ainda estamos no verão, meus senhores. Da forma como está evoluindo, nosso paciente não sobreviverá ao inverno.

— Estamos todos comprometidos em colaborar com seu pensamento — admitiu doutor Thierry.

— Peço finalmente a concordância do ilustríssimo *signor* Giovanni Hamilton e sua palavra de que irá obedecer aos critérios de conduta apresentados.

Hamilton não tinha escolha. Fez o sinal para que o italiano continuasse.

— O tratamento envolverá princípios estritos de comportamento que deverão ser seguidos todos os dias, assim como uma dieta especialmente preparada. Os exercícios serão controlados, e os horários determinados com rigor, visando à boa saúde. Qualquer assunto, por mais importante que seja, da Igreja ou do Estado, deverá se adequar a estes horários.

Segundo o plano estabelecido, a cabeça do arcebispo deveria ser lavada diariamente com água tépida, adicionada de cinzas, seguida de um banho frio e uma massagem geral e suave com toalhas secas e um composto de pêssegos e açúcar de violetas passadas no leite da fêmea de asno alimentada com milho e cevada.

A orientação de banho todos os dias deixou os médicos franceses de olhos arregalados.

— Sua Graça, tendo realizado seus primeiros afazeres da manhã, deve pentear os cabelos com um pente fino de mármore, para confortar seu cérebro, e ungir sua espinha e o peito com óleo de amêndoas doces e folhas de malva, ou pavônia do Velho Mundo. Nas costas, serão aplicados emplastros da mistura de alcatrão grego, mostarda, eufórbia e mel, junto com uma pasta feita com o corpo de moscas.

Foi explicado então como deveria ser a curta e agradável caminhada, evitando-se o sol forte.

— Às nove horas — continuou Cardano —, deve se alimentar rapidamente com fígado de ave, temperada com dois grãos de gengibre, seguida de pão banhado em caldo de carne e duas onças de vinho branco. Adicionalmente, ensopado de frango e vinho, perfazendo dez onças de peso. Até a hora do almoço, deve se divertir, de forma leve e agradável.

— E meu trabalho, doutor? — perguntou, surpreso, o arcebispo.

— Ele estará inserido na jornada, certamente — respondeu o milanês. — Por quatro horas, Sua Graça poderá tratar de negócios, mas não escreverá cartas de seu próprio punho e evitará, tanto quanto possível, os assuntos desagradáveis.

— Isso não será fácil... — Hamilton suspirou.

— Às quatro horas — Cardano pegou a segunda folha de orientações —, deverá cavalgar de forma suave por uma hora; ao retornar, receberá, sentado em uma poltrona confortável, aqueles que desejarem uma audiência. Está terminantemente proibido o contato com mulheres de má reputação.

John Hamilton arregalou os olhos. Sabia que não poderia dizer nada contra a rígida medida, pelo menos naquele momento.

— De forma alguma estará fora de casa no momento do crepúsculo — falou, firme, Cardano. — Às sete tomará a sopa, junto com uma colher de mel, pão e leite de fêmea de asno. Às oito, irá para a cama para assegurar de sete a dez horas de um bom sono.

— Que mudanças sugere que sejam feitas no quarto? — perguntou Thierry, convencido de que Cardano tinha estudado todos os detalhes.

— Essa é uma boa pergunta, pois são medidas de suma importância. Tudo que for de penas deve ser afastado. Travesseiros, colchão, almofadas, espanadores. Nada de penas. O colchão e o travesseiro devem ser de seda, preenchidos com palha ou alga seca. Ao dormir, deve se deitar de lado, com a mão sobre o estômago. Guardem os braseiros. Serão abolidos.

Cardano deu as anotações a Cassanate para que fossem escritas cópias.

Serão quarenta dias de tratamento. No fim, relatarei as recomendações necessárias para todas as estações do ano. Não esquecer da eufórbia. Talvez seja difícil de achar essa planta por aqui, mas é fundamental.

As recomendações surtiram efeito já nos primeiros dias. Frutas frescas pela manhã e sopa de tartaruga na hora do almoço, evitando carne vermelha, o prato preferido de seu ilustre paciente, cujas exasperações foram diminuindo pouco a pouco, na medida em que se deu conta da evolução favorável de sua asma. Todos no arcebispado notaram que o dirigente se tornou mais tranquilo, ponderado e atencioso.

Nesse contexto, Cardano apresentou um horóscopo com boas notícias em relação ao futuro de John Hamilton, que ficou por demais agradecido.

— Que bom saber que os astros anunciam muitos anos de saúde para o arcebispo — disse Kenneth em um momento de folga, caminhando ao lado de Cardano.

— Tenho sérias dúvidas quanto a isso — respondeu Cardano, contraindo os lábios. — Mas sei que uma visão otimista do futuro seria fundamental neste momento.

— Perfeito — Kenneth levantou a sobrancelha. — O doutor está se mostrando um hábil estrategista da saúde. Não me impressiona mais a quantidade de nobres que têm vindo consultá-lo. Sairá daqui rico.

— Em um único dia, ganhei 19 coroas de ouro. Uma soma impressionante, é verdade. Por outro lado, ninguém vai embora deste mundo levando dinheiro. Sabe disso mais que ninguém, meu caro Kenneth. Dentro do túmulo, todos são iguais — falou Cardano, como um lamento. — A fama está se espalhando rápido, admito, mas as dificuldades vêm junto... Acabo de receber um pedido de consulta do rei.

— De Eduardo VI, em Londres? — falou, estupefato, Kenneth.

— Isso mesmo — respondeu Cardano, preocupado. — Ele está melhorando de uma maladia de manchas febris e parece que já ficou doente de novo.

— Se parar em Londres, poderá ser mal interpretado em Roma...

— Sei disso, Kenneth. Esta é a razão da minha angústia. O Santo Ofício tem expulsado da Itália grandes homens de letras e preso muitos outros. Nenhum livro mais é impresso sem ser previamente analisado. Até existe uma lista daqueles que não são recomendados. É o *Index Librorum Prohibitorum*. Sei, por informação de cardeais amigos, que farão esse índice impresso no Concílio de Trento, para que todos os clérigos tenham ciência do que é proibido.

— Mas há o encorajamento para que os autores defendam seus trabalhos. Pelo menos essa é a informação que tenho — ponderou Kenneth.

— Sim, mas não sei até que ponto isso funciona na prática. Eu, por exemplo, tenho preferido mandar um livro antes ao Santo Ofício para evitar que seja banido depois. Neste contexto, minha viagem a Londres seria um desastre.

— Seu receio é válido. Calvino encorajou o rei a continuar as reformas. Depois disso, muitos protestantes vieram da França e foram acolhidos na Inglaterra. Avisarei o papa de que não poderá recusar o convite real, sob pena de ser detido e impedido de continuar viagem — franziu a testa Kenneth.

— Bem pensado, amigo. Agradeço.

Cardano sentiu-se bastante aliviado com a conversa. Assim, poderia se dedicar ao tema do livro que iria apresentar à noite. Kenneth estaria na exposição e ajudaria com a tradução para o inglês. Apesar de os médicos dominarem o idioma, muitos nobres não falavam latim.

O almoço transcorreu agradavelmente, pois John Hamilton estava de bom humor.

— Acho que deveria permanecer na Escócia, meu caro Cardanus. Sua presença me faz muito bem. Farei uma proposta irrecusável.

— Infelizmente meus acompanhantes sofrem de nostalgia profunda, excelentíssimo — respondeu Cardano, dando a entender que também não permaneceria por muito tempo naquelas terras do norte. — Paolo Paladino, por exemplo, *maledicus, avarissimus*, estava começando a provocar problemas na cidade. Tive que despachá-lo, junto com Gaspare, antes de terminar meu trabalho por aqui. Também sinto muita falta de meus filhos. Tive o prazer de receber apenas uma correspondência. Parece que outras cartas escritas por meu filho GianBattista se perderam no caminho.

— Entendo — respondeu o arcebispo e completou, com leve tom de ameaça —, mas a verdade é que não estou curado totalmente.

— É possível que nunca esteja, com todo o respeito e a franqueza que tenho perante a Sua Graça — admitiu Cardano. — A doença pode ser enfraquecida, mas não abatida. É por isso que as recomendações vão continuar. Preparei um documento detalhado em que prevejo cada possível acontecimento, nas diversas épocas do ano. Lembre-se de que nunca deve dormir antes de completar pelo menos uma hora após a última refeição.

— Sabe que uma recomendação terei que burlar... — falou de forma maliciosa John Hamilton.

Os bancos da bela Catedral de Saint Giles estavam completamente tomados. O som das conversas subia e alcançava os arcos oblongos que se elevavam de forma impressionante até o alto teto de pedra. As guildas de artesãos tiveram papel fundamental no restauro e na manutenção das capelas ligadas ao átrio central.

Era uma noite de gala. Os vários altares estavam decorados com flores, e as janelas foram quase todas fechadas, pois o calor parecia estar indo embora. Ainda estava agradável, mas os ventos frios do norte já tinham começado a chegar. Um italiano autêntico, escritor renomado, com livros que vendiam por toda a Europa, estava em Edimburgo para falar à população local. Era uma oportunidade única.

A presença maciça de nobres, mesmo de cidades mais distantes, refletia também os ecos do tratamento imposto a John Hamilton. A notícia do sucesso terapêutico chegara até o continente. Cartas vindas de Paris e de Bruges faziam propostas de emprego.

O embaixador representante da França, Duc du Cell, que se tornara amigo de Cardano, estava na primeira fila. Dissera que Paris aguardava ansiosamente o retorno do famoso profissional de Milão. Logo atrás estavam sentados os médicos franceses, assim como o arcebispo, que se levantou para apresentar o convidado principal e explicou que o tema seria o alívio às preocupações prescrito pelo médico admirado na maior parte do mundo letrado. Para estar ao alcance de todos, seria uma palestra com tradução para o inglês.

— *My guests, You will have here an antidote against every trouble, prescribed by that physician* — apontou para o médico milanês — *admir'd and envy'd by most of the learned world! Let us begin this english'd lecture* — e aplaudiu Cardano, que se levantava.

Hamilton cumprimentou-o e, antes de passar a palavra, lembrou a todos que o Criador observava como resistíamos aos maus exemplos.

— *Remember, thy friends: our creator has put us into this world and secretly observes how we resist the torrent of bad examples.*

O recado de John Hamilton era claro. A torrente de maus exemplos vinha do mundo luterano.

Kenneth se levantou em seguida, apresentou-se e explicou que após cada frase do convidado ele faria a tradução para o inglês, de modo que todos pudessem aproveitar o conteúdo da palestra.

— Agradeço o convite e a presença de todos. Nesta exposição, farei a consolação ao sofrimento — iniciou Cardano.

— *In english, Cardano's Comforte* — disse Kenneth.

— Pois, além do medo da morte, para quais preocupações precisamos também da fortificação? — começou o médico milanês, ante o completo silêncio dos ouvintes. — Apesar de serem muitos os sofrimentos, para a maioria das pessoas a solução não estará nos remédios.

— *Although the number of our miseries be great, we shall find several of them to be such as need no medicine.*

— Mas por que temos que sofrer? Será parte necessária da vida? Quando o poderoso Júpiter fez os céus, a Terra, o mar, as bestas e também nós, os seres humanos, considerou que, para evitar as irregularidades de uns em relação aos outros, como também a afronta aos deuses, o melhor era conceder punições e recompensas, conforme o que os homens merecessem.

— *... he alloted punishments and rewards for mens deserts.*

— E ordenou que Vulcano fizesse dois tonéis de bronze. Um receberia tudo o que era bom. O outro, tudo que fosse maléfico, fazendo com que ambas as coisas, do mal e do bem, fossem ligadas.

— *... making both good and evil things wing'd.*

— Não se enganem. Todas as alegrias na Terra são vãs e instáveis!

— *All earthly joys are vain and unstable!*

Ninguém piscava. As palavras percorriam toda a catedral e encontravam os atentos ouvidos da plateia.

— Da mesma forma como o ouro é purificado na fornalha, a vida de um bom homem é purgada pela adversidade. Aquele que passa por esse momento vive o resto de sua vida com prazer. Da mesma forma como o sal dá sabor à carne, o sofrimento passado deixa nossa vida mais aprazível.

— *As salt favours meat, so do's past misery render our lives more pleasant.*

— Quem pode saborear a saúde se nunca ficou doente? Quem pode ter os prazeres da riqueza se nunca foi pobre? Quem conhece a doçura de seu país tão bem quanto aquele que esteve por longo tempo no exterior?

— *Who knows the sweetness of his country, so well as he that has been long abroad?*

Um nobre na plateia interrompeu Cardano. As perguntas deveriam ser feitas apenas no fim, mas o médico gostou do questionamento.

— *Will thou say I would not have pleasure without pain?*

— Prazer sem dor? — Cardano fez um momento de silêncio, refletindo sobre a pergunta. — Não, isso é contrário à natureza.

— *'Tis contrary to nature* — traduziu Kenneth.

O clima ficou tenso quando o nobre disse que tinha perdido o único filho, estava sofrendo e não estava convencido de que seria feliz por causa disso.

Cardano solidarizou-se ao pensar o quanto sofreria se perdesse seu amado filho GianBattista. A distância de sua terra o deixara mais sensível a esse sentimento. Lembrou-se das palavras de Sêneca ao amigo que sofrera a mesma tragédia e abriu seu livro *De Consolatione* para ler um trecho que tinha selecionado.

— A alegria é continuamente visitada pelo sofrimento — falou pausadamente Cardano —, a glória pela inveja, a sabedoria depende do labor, a saúde da prudência, aos filhos acompanha o aborrecimento. Como a vida é flutuante e tola!

— *... so fluctuating and foolish a thing is life.*

— Mas se o sofrimento aumenta nossa prudência e nossa diligência, contínuos pesar e pranto, por outro lado, nos levam ao desespero. A morte de uma criança é realmente uma triste aflição e, de certa forma, insuportável. Mas o homem sem filho deve apenas lamentar seu desejo de posteridade.

— *... which if thou desirest in respect of perpetuity...*

— Entendo a que se refere, caro nobre — disse Cardano, olhando em seus olhos —, mas está em nosso poder, no poder de um homem, exacerbar esse fardo ou, enfrentando-o, diminuí-lo.

— *'Tis in our own power to aggravate or diminish our cares, 'tis the part of wise men to disburden himself and patiently bear whatsoever happens.*

— O mais estranho é que ser feliz sem ser propenso a nenhum infortúnio é também uma calamidade. Polícrates, nunca tendo vivenciado um flagelo, desejava a experiência de algum percalço. Então jogou no mar um anel de grande valor. Quis o destino que sua felicidade fosse bloqueada, pois o anel foi devolvido por um peixe.

As palavras do médico e filósofo faziam com que todos prendessem a respiração em determinados momentos, sorvendo e admirando cada detalhe do que ele dizia.

— O que é mais decente que uma comunidade bem governada? No entanto, como é difícil viver em uma! Somos escravos de contrair matrimônio, laborar com as próprias mãos, educar as crianças e participar de guerras. Na guerra, os homens dormem na neve do inverno, marcham ao sol do verão, escalam montanhas, singram os mares, aflitos com fome e sede, reduzidos aos extremos de matar ou morrer. Que estupidez! Um homem sábio esperará toda a sorte de percalços e estará preparado contra o pior. Mas como erramos redondamente em nossas escolhas!

— *How greatly we err both in our opinions and wills.*

— Uma das soluções está no tempo. Nele mesmo... O tempo é um remédio para toda a sorte de preocupações. Quem se angustia por sua avó, que morreu quarenta anos atrás? Ou bens perdidos trinta anos antes? Além disso, comparando com a eternidade, a vida de uma pessoa é menos que nada. Esta é a natureza do tempo, que diminui os extremos de sofrimento e alegria, trabalhando para que nos esqueçamos do que se passou. Eu digo: podemos exercer esta mesma influência em nós próprios, acelerando a cura. Sermos os mestres de nosso tempo...

— *... the influence over our selves, by which we may affect a speedy cure.*

— *And the fear of death?* — perguntou o encarregado do convento.

— O medo da morte? — Cardano refletiu. — Que coisa sutil é o desejo de perpetuar... e esse desejo pode ser chamado de nada. Após alguns anos toda a memória de nossos ancestrais desapareceu. Quem é aquele que já soube algo de seu bisavô?

— *Who is he that ever knew almost his great grandfather?*

— Se você continuar a se atormentar, pensando somente na morte, fará apenas matar o pouco tempo que ainda tem. É vã, nada mais que uma coisa vã.

— *Vanity of vanity, all is vanity. If thou torment thy self...* — falou Kenneth, empolgando-se e começando a teatralizar sua participação.

— Gosto do que disse Agathius. — Cardano, intrigado, olhou de soslaio para Kenneth, que aguardava ansioso a próxima frase para fazer sua interpretação particular. — Para Agathius, a morte não apenas remove as doenças, mas também outros desprazeres. Enquanto os infortúnios ocorrem repetidamente, a morte acontece apenas uma vez. E alguns a enfrentam com grande leveza. O que melhor pode ser comparado à morte que o sonho?

— *What can death be better compared to than a dreame? Aye, there's the point! To die, to sleepe, is that all? No, to sleepe, to dreame, for in that dreame of death...*

Cardano olhou para ele com os olhos arregalados, não entendendo o que acontecia. Kenneth interrompeu o discurso quando percebeu que estava fugindo sobremaneira da tradução. Arrumou-se, pigarreou e aguardou o médico retomar a palestra.

— *Thank you, Kenneth...* — falou Cardano em inglês de forma irônica.

A plateia rompeu em gargalhadas e aplaudiu-os com gosto.

Na ceia reservada, após o encontro, no palácio do arcebispo, Cardano recebeu presentes e reconhecimento.

— Em adição ao combinado, vinte coroas por dia, está aqui nesta bolsa mil e oitocentas coroas, doutor Hieronymus Cardanus — falou de forma solene John Hamilton, disfarçando a emoção. Ele aprendera a admirar a dedicação e a inteligência de seu médico italiano. — Também está selado um cavalo de bom temperamento que o levará a Londres. — Sorriu e completou com bom humor. — Ele já sabe o caminho...

— Sua Graça, não gosto de despedidas — falou Cardano —, mas tenho a dizer que foram momentos inesquecíveis na minha vida. O frio está chegando, e minha compleição não permite um rigoroso inverno. Agradeço por ter-me deixado partir.

Mostrou a todos a nova carta da corte inglesa.

— Chegou aos nossos ouvidos que o grande e amado médico Girolamo Cardano — leu em voz alta — tem uma extrema habilidade no tratamento das doenças do peito. Levantou do leito de morte o sagrado arcebispo da Escócia. Portanto, será um prazer recebê-lo quando retornar a Londres.

Cardano escreveu no diário: Ganhei pelos meus serviços, além das moedas, um colar no valor de 125 coroas, *torque uno centum vigintiquinque coronatum*, um cavalo e muitos outros presentes. *Multisque aliis donis*. Depois lembrou-se da palestra com carinho. Adormeceu com a sensação de que tinha ajudado muitas pessoas a repensarem o significado da vida e do sofrimento. Acordou bastante cedo no dia 13 de setembro, o dia da partida.

Cumprimentou cada médico e assistente e acenou para os ajudantes da mansão. Abraçou afetuosamente Kenneth, que disse baixinho:

— Ainda nos veremos...

Já estava pronta a carroça que faria parte do séquito. Uma escolta tinha sido designada para acompanhá-lo até a capital da Inglaterra. As cartas de Gaspare Cardano e do amigo parisiense Aimar de Ranconet deixaram claro que seguir pela França seria muito arriscado. O próprio Gaspare tinha ficado na mão de assaltantes e por sorte mantivera a vida. Cardano já estava, pois, decidido. Quando saísse de Londres, tomaria o rumo de Flandres e atravessaria o império para chegar a Milão.

— Cranmer e seus amigos estão afastando o menino rei de sua fé católica — falou Hamilton quando a carroça saía. — Doutor, cuidado com a corte!

Fileiras de pessoas nas ruas saudavam a partida do médico que já era o mais famoso naquelas terras. Ele sabia que o sucesso ao tratar seu paciente se devia em grande parte aos preceitos do hebreu Maimônides, segundo o qual alguns órgãos são fracos por natureza e suas alterações afetam não só o corpo como um todo, mas também a saúde da mente.

Ficou convencido de que procurar um modo de vida saudável, com alimentação leve, bom sono e menos preocupações era tão importante quanto utilizar remédios.

Hampton Court

No caminho para Londres, passaram por Warblington e Cowdray.
 Ao chegarem à capital do reino, depois de alguns dias de viagem, foram diretamente à luxuosa casa de *sir* John Cheke, recentemente elevado à condição de tesoureiro das finanças da corte. Treze anos mais novo que Cardano, John Cheke fez crescer, como poucos, sua reputação como homem de letras.

Em seu diário, Cardano escreveu que ele tinha um ar gracioso, sardas amarelas, pele fina corada pelo sol, cabelo moderadamente longo e olhos decentes. Sua estatura era elevada, seus braços fracos, seu temperamento seco. Os sinais precoces de perda de cabelo demonstravam que, em breve, ficaria calvo. Bastante ocupado, grave, liberal, sábio, humano, em suma, um exemplo da glória do povo inglês.

Sir Cheke tinha a incumbência de apresentar Cardano à corte do rei Eduardo VI. A audiência real estava marcada para a semana seguinte em Hampton Court, um castelo que teve seu projeto enormemente aumentado nos tempos de Henrique VIII.

— Caro doutor, prepare-se, pois vamos a Hampton Court amanhã.

— Será a audiência com o rei Eduardo? — perguntou Cardano ansioso.

— Ainda não — respondeu Cheke. — Permaneceremos lá por alguns dias até sermos recebidos no salão real. Mas será bom, pois poderá sentir mais de perto como é a corte e estudar a genitura do rei.

— Ele quer que eu faça um horóscopo dele? — perguntou Cardano, surpreso.

— Já é o momento de sermos claros em relação a isso, doutor — disse Cheeke, cruzando os braços e escolhendo as palavras. — Cranmer não o chamou para tratar da saúde do rei. Ele tem seus médicos. Sua presença aqui é necessária para estudar a carta astrológica e analisar por quanto tempo ainda teremos sua majestade, Eduardo VI, em nossa presença.

Cheke andou um pouco pela sala, como se estivesse pensando a maneira mais adequada de dar detalhes sobre a situação.

— Veja, doutor Cardano, há tempos ele está bastante fraco, mas sobreviveu às duas graves doenças febris que teve neste ano. Pode ser que dure muito mais do que parece. Ademais, voltou a ler e escrever como antes.

— Ele é um rei letrado, como o pai?

— Sim, mas é ainda bastante jovem — respondeu Cheke. — Completará 16 anos no mês que vem. Subiu ao poder com 9, após a morte do pai, Henrique VIII, como o doutor já sabe. Na verdade, a mãe morreu quando ele tinha apenas doze dias de vida. No entanto, não faltou carinho ao garoto. Catherine Parr, a última mulher de Henrique VIII, era bastante atenciosa.

— E também inteligente, não? Ouvi dizer que ela até escreveu um livro — falou Cardano, mostrando sua admiração e surpresa.

— Mais de um, na verdade — respondeu Cheke. — Pode-se dizer que é a primeira rainha escritora.

— Foram tantas as rainhas... — falou com leve ironia Cardano.

— De fato. As crianças do povo até brincam de lembrar a sequência das seis esposas de Henrique VIII: *Divorced, beheaded, died... divorced, beheaded, survived!*

Cardano levantou as sobrancelhas. Achou a quadrinha sonoramente bonita, mas não tinha compreendido exatamente o significado.

— Traduzindo — completou John Cheke: — Divorciada, decapitada, morta...

— Já entendi. *Died* é a mãe do rei Eduardo, que morreu de doença. E *Survived*? Quer dizer que sobreviveu ao rei?

— Sim — respondeu Cheke sorrindo. — Foi a Catherine. A rigor, foi uma das duas únicas esposas, pois houve quatro anulações. Portanto, estritamente falando, ele nunca se divorciou. A, digamos, quase esposa Anne van Kleef, a germânica, ainda está viva. Infelizmente Catherine sobreviveu pouco ao rei. Digo isso com pesar, pois era uma peça importante em nossa transição para o luteranismo. Morreu quatro anos atrás.

— Então, quem governa de fato? — perguntou Cardano.

— Essa é uma boa pergunta. Existe um conselho...

— Mas? — O médico levantou as sobrancelhas.

— Digamos que o primeiro-ministro John Dudley, duque de Northumberland, tem exercido bastante influência, extrapolando suas funções. Parece que casará o filho com a prima de Eduardo. Ele está contando com uma vida curta do rei, não sem antes convencê-lo a tirar Mary e Elizabeth da linha sucessória.

— Entendo — falou Cardano, pensativo. — Com a morte de Eduardo, ele colocaria a nora no trono, com o filho dele sentado ao lado... Minha nossa, o tempo de vida do monarca tornou-se a questão principal do momento!

— Agradeço sua compreensão em perceber a importância do tema, doutor — falou John Cheke, aliviado. — Muito sangue pode correr caso o trono caia em mãos erradas. Se o duque de Northumberland souber que o rei não vai viver muito, usará seu poder atual para agilizar o processo e fará da futura nora a sucessora, como o doutor disse.

— Agilizar? Como assim?

— Veja — explicou Cheke. — Quando todos já acreditam que o rei vai sucumbir em breve, ninguém achará estranho se ele morrer logo, certo?

— E se isso acontecer? — perguntou Cardano.

— Meu Deus, nem quero pensar. — Cheke fez o sinal da cruz. — Em alguns meses conseguiremos contrabalançar a força política de Dudley, mas não agora. Note que a princesa Mary, em princípio, herdaria o poder. Mesmo havendo um golpe de Dudley, acho que ela conseguiria subir, pois é bem-vista por muitos. O problema é que ela é uma católica fervorosa.

Tem se desentendido com Cranmer. Além disso, o afeto de Mary por Elizabeth é conflituoso. Mary viu a irmã crescer, mas sabe que a mãe dela, Ana Bolena, foi a causa do caos que se seguiu em sua vida. E Elizabeth é claramente protestante.

— Vejo que tem relações fortes com o arcebispo Thomas Cranmer, não é mesmo? — comentou com tato Cardano.

— Sim, tenho sua confiança. Fui designado para verter para o latim o livro de orações criado por ele. Veja que curioso, doutor — instigou Cheke —, começamos por um livro em inglês, *The Book of Common Prayer*, e depois o vertemos para a língua latina. Não é incrível esse caminho inverso? É uma nova era!

— De fato... E esse livro já é usado em todas as igrejas? — perguntou Cardano.

— Por toda parte... Vamos dormir, doutor, já é tarde. — Cheke cortou a conversa de forma amigável. — Amanhã bem cedo pegaremos o barco. — Curvou-se de forma respeitosa. — Boa noite.

Antes de adormecer, Cardano recordou a experiência que tivera no dia anterior ao entrar em uma igrejinha muito graciosa de nome St. Lawrence Silversleeves. O interior, ao contrário da aparência externa, mostrava sinais de abandono. As paredes estavam pintadas de branco, os vitrais originais tinham sido retirados, assim como o altar. Ficou triste com a cena. Não teve coragem de relatar a impressão ao seu anfitrião. Estamos em um período de transição, imaginou que seria a resposta de John Cheke.

O mais interessante foi conversar com uma mulher que estava sentada, sozinha, no primeiro banco. Um dos cavaleiros da escolta sabia um pouco de espanhol e ajudou Cardano a compreender que ela se chamava Susan Bull, estava perto de seus 50 anos e, quando criança, em um desses momentos de sorte na vida de uma pessoa, foi pega nos braços por Henrique VIII.

Ela contou, no único átimo em que esboçou o sorriso, que o rei era um homem forte, grande, de ombros largos, e usava uma calça justa com enchimento em suas partes pudendas, para mostrar virilidade.

Susan vinha todos os dias à Igreja de St Lawrence Silversleeves para lembrar da época em que assistia à missa celebrada pelo irmão. O tempo tinha passado para ela e não voltaria mais.

A estrada real, a King's Road, que ia até Hampton Court, era bem menos confortável que a viagem rio acima. Por isso, Cheke optara pelo barco. O tráfego no Tâmisa era intenso. Os barqueiros sempre tinham bastante trabalho, mesmo que fosse apenas para levar as pessoas de uma margem à outra. A ponte de Londres não era suficiente para o grande volume daqueles que queriam cruzar o rio.

Cardano e Cheke escolheram uma embarcação de boa aparência, em que pudessem se deitar nas almofadas e fazer agradavelmente o caminho de 11 milhas a partir do cruzamento das ruas Strand e Whitehall, o Charing Cross. Felizmente, o cheiro do rio estava aceitável. Bem antes de chegar à parada, próxima à entrada, já avistavam os jardins reais.

— Veja, caro Cardano — falou o anfitrião, apontando para a vegetação na margem direita —, tudo isso faz parte do complexo. O castelo teve suas primeiras reformas com o cardeal Wolsey. Henrique VIII tomou-o dele e continuou as obras — explicou Cheke. — Verá que o estilo italiano está presente em parte da decoração e em suas janelas pontiagudas.

A fachada em tijolos vermelhos do palácio real de Hampton Court impressionava, mas ainda assim escondia uma enormidade que não estava ao alcance dos olhos. Após sair das mãos do cardeal Wolsey e se tornar mais um palácio real, a obra de ampliação foi em grande parte financiada pela pilhagem dos tesouros da Igreja, quando os mosteiros foram fechados e as terras, confiscadas. Durante o reinado de Eduardo VI não era mais necessário gastar dinheiro em obras. O problema estava em sua manutenção.

— São mais de mil quartos. Só a cozinha tem cinquenta salas — explicava, orgulhoso, Cheke quando se aproximavam da entrada —, onde mais de duzentas pessoas trabalham para produzir centenas de refeições diariamente. As despensas acumulam iguarias de toda parte do mundo conhecido, e a adega tem uma grande quantidade de tonéis de vinho e de cerveja.

Cardano apenas arregalava os olhos enquanto ouvia os números reais.

— Não vou entediá-lo com mais dados — completou Cheke. — Terminarei por dizer apenas o que vi na lista das carnes consumidas no mês passado: cem bois, seiscentos carneiros, duzentos veados, além de muitos porcos, novilhos, javalis e pássaros selvagens. O que acha?

— Acho que estou com fome... — respondeu Cardano, e ambos riram enquanto penetravam pelo portão principal.

Após o almoço, Cardano teve uma audiência reservada com Cranmer, que explicou oficialmente o motivo da visita do médico italiano.

— Excelentíssimo Cardano! — Thomas Cranmer, o arcebispo dez anos mais velho, com uma longa barba, falando um italiano razoável, que misturava por vezes com o latim, recebeu-o de braços abertos. — Por favor, sente-se.

A sala de Cranmer era magnificamente decorada com motivos de madeira trabalhada. Uma pesada estante de livros sobressaía na parede oposta à sua mesa. Astrolábios e simulações de planetas rodando ao redor da Terra ficavam em grossos pedestais de nogueira esculpida. O sol entrava pelos vitrais como fachos de luz colorida, iluminando o fino pó que se levantava, dando uma aparência mágica ao recinto.

— Observo que fala um pouco da minha língua — falou Cardano. — Esteve na Itália?

— Principalmente em Roma. Tratava das questões do divórcio real. Mas não passei por Milão. Era uma época muito conturbada.

Nesse período, Cranmer tinha declarado o casamento de Henrique VIII como ilegal. Na volta de Roma, conheceu sua segunda mulher, em Nuremberg. Também por isso, opôs-se ao rei, que defendia o celibato clerical. Mas soube ser discreto, tanto que foi o padrinho da segunda filha de Ana Bolena, a princesa Elizabeth. Após a morte do rei, Cranmer passou a ser o principal conselheiro de Eduardo VI. Com o tempo, tornou-se mais radical, encorajando a destruição de imagens, seguindo os preceitos de Calvino.

— Interessante — disse Cardano. — Ouvindo as notícias que chegavam da Inglaterra, eu tinha a impressão que Henrique VIII tinha se tornado protestante.

— Não exatamente... A mudança se iniciou em seu reinado, é verdade, mas há ainda muita coisa por completar. Trabalhei na primeira versão oficial da Bíblia em inglês, por exemplo, atendendo à solicitação de sua majestade. Lembre-se de que, na época, poderia ser sentenciado à morte quem portasse algum evangelho em uma língua que não fosse o latim.

— John Cheke me falou que o livro de orações, atualmente, é em inglês...

— Sim, claro — falou, animado, Cranmer. — Estamos fazendo uma extensa revisão. Incluirá as rezas a serem feitas em ocasiões de batismo, matrimônio, enterro, assim como em atividade de catecismo com crianças.

Então Cranmer enrugou a testa, fornecendo um papel com inscrições detalhadas da genitura do rei.

— Bem, vamos ao ponto, doutor. John Cheke já deve ter falado que estamos em um momento crucial de solidificação de nossa fé. Sua presença aqui é importante. Deve fazer o horóscopo de sua majestade Eduardo VI, estamos de acordo?

— Percebi que todos desejam saber quanto tempo ele vai viver.

— Se os astros disserem que ele vai morrer logo — disse Cranmer, aproximando as mãos e tocando-as com a ponta dos dedos —, a notícia correrá como um raio. Talvez o doutor nem consiga sair da ilha, pois será envolvido pelos acontecimentos. Lembre-se de que a sua apresentação será pública, provavelmente no Grande Salão.

— Por certo seria muito desagradável...

— Não dê ouvidos a pessoas da corte que alimentam intrigas — avisou Cranmer. — Mas lembre-se de que receberá cem coroas de ouro pelos seus serviços. Se achar que o rei merece o título de defensor da fé, ou seja, Defender of Faith, seu estipêndio será um pouco maior, evidentemente. Talvez quinhentas ou mil coroas...

— Não tenho a autorização de Roma para fazer esse tipo de declaração, *sir* Cranmer — avisou Cardano. — Isso pode me trazer sérios problemas.

— Como desejar. — Crammer deu de ombros. — O fundamental é fazer um bom trabalho com a genitura do rei. — Despediu-se do médico milanês com um sorriso irônico. — Conto com sua habilidade astrológica...

A tarde estava agradável. Cardano caminhou até encontrar um grupo de cortesãos que tomava vinho em uma das tendas. Sabendo de sua presença, uma mulher aproximou-se, ladeada por dois servos.

— *Siñor* Cardano? Sou a princesa Mary, muito prazer — abordou-o, perguntando se podia falar em espanhol. Ele se lembrou então de que a mãe de Mary, Catarina, viera de Aragão e tinha sido a primeira esposa de Henrique VIII.

— Sua presença aqui foi muito falada, doutor — continuou Mary.

— Majestade — curvou-se em larga reverência —, entendo a língua espanhola, mas, se puder, me comunicarei em língua latina.

— Vamos caminhar um pouco?

— Como desejar.

— Acho que poderemos ser sinceros um com o outro — falou a princesa. — Partilhamos a mesma fé na religião de Roma, não é mesmo?

— Certamente — respondeu Cardano.

— E todos nós, que somos unidos pelo batismo, estamos preocupados com o rumo dos acontecimentos. Por isso serei direta. Até porque nunca conseguimos ficar sozinhos nesta corte por mais do que alguns breves momentos. — Ele escutava atentamente, querendo saber aonde a princesa Mary Tudor gostaria de chegar. — Algum dia esta ilha poderia ser dirigida por duas rainhas de nome Mary, já pensou nisso? Mary Tudor na Inglaterra, Mary Stuart na Escócia. As duas com o mesmo pensamento cristão.

— Mas isso aconteceria somente se o rei Eduardo VI não vivesse muito... — falou Cardano, fingindo-se de ingênuo.

— Ele tem uma saúde frágil. A questão não é se ele viverá pouco. Sabemos que isso vai acontecer. A pergunta é até quando viverá — disse Mary Tudor, caminhando lentamente ao lado de Cardano, sendo protegida do sol pelo servo. — Tenho certeza de que os astros dirão que o tempo dele é curto. Afinal, qualquer um pode notar essa evidência com os próprios olhos, não é mesmo, doutor Cardano? — Sorriu de forma sutil. — Imagine como seria desagradável se a Igreja de Roma questionasse o doutor sobre uma manifestação pública favorável à vida longa de um monarca calvinista...

— No caso então de um reinado muito breve, Sua Majestade acredita que poderia haver derramamento de sangue? — perguntou Cardano, fingindo não ter ouvido o último comentário.

— Acho que não — respondeu a princesa Mary, parecendo segura de si. — Até porque não me atraem as decapitações. Para os hereges, acho mais conveniente retomar o costume da fogueira...

— Entendo... — disse Cardano, aliviado quando a princesa, percebendo que se aproximava John Cheke, se despediu.

O tesoureiro da corte chegou acompanhado do embaixador francês Claude Laval. Ambos levaram Cardano até a biblioteca, onde o médico poderia trabalhar com total liberdade. Antes de chegar ao local, explicaram por que John Dudley, o duque de Northumberland, simulava ter afeto pelo rei, mas, no fundo, desejava sua derrocada.

— Henrique VIII decapitou o pai dele — disse Cheke —, que, por sua vez, mandou executar os tios de Eduardo VI.

Cardano levantou as sobrancelhas e dessa vez não disse nada. Desejou apenas não se ver envolvido em uma teia real de intrigas. Lembrou-se de Ascletarion, um vidente tolo o suficiente para predizer a morte de um príncipe.

Não havia escolha. Teria que se empenhar. Foram dois dias seguidos de pesquisa e avaliação da genitura real. Ao fim da tarefa, ele não estava completamente seguro do seu resultado.

— São muitos fatores interferindo no processo — disse Cardano, com o maço de papéis embaixo do braço, enquanto se dirigiam à sala de audiências, um magnífico salão com afrescos nas paredes e no teto, circundados por molduras douradas em três dimensões.

Quando seu nome foi anunciado, Cardano atravessou o tapete vermelho ladeado por um grande número de cortesãos. Impossível não ser atraído pela visão do teto trabalhado do Great Hall. Cheke e Laval se postaram bem na frente. Do outro lado estavam as princesas Mary e sua meia-irmã Elizabeth. Ao chegar diante do trono real, que ficava em uma plataforma elevada, fez uma acentuada reverência.

— Sua Majestade... — falou Cardano enquanto se abaixava.

— *Excellentiam*, é imenso o prazer de recebê-lo em nossa corte — falou o rei na língua latina, tendo ao seu lado, em pé, o duque de Northumberland. — Temos ouvido seus feitos. Aguardamos ansiosamente o relato do meu futuro. Depois conversaremos um pouco sobre seus livros.

Eduardo VI, de estatura um pouco abaixo da mediana, tinha face pálida, olhos castanhos e que fitavam com aparência grave e decorosa. Apesar de seus ombros se projetarem um pouco para a frente, mostrava-se um jovem bonito e frágil. Não apenas isso. Era letrado como poucos e versado em dialética. Falava fluentemente latim e francês e tinha conhecimento de outras cinco línguas, assim como grego, ensinado por Cheke.

— Trabalhei com afinco para trazer estas informações, Majestade — disse Cardano, sentando-se em uma cadeira que foi trazida para que também acomodasse o livro especialmente preparado, junto com suas anotações.

De forma pomposa, Cardano abriu o manuscrito, que pedira para ser encadernado na oficina real, e iniciou a leitura do horóscopo. Foi o momento em que o salão ficou em absoluto silêncio.

— As predições realizadas para Eduardo VI, rei da Inglaterra! *Artem quae in consiglio Regis Edoardis VI*. Como foram discernidas as calamidades do reino, *quomodo calamites ejus Regni impendere* e conhecida sua magnificência.

"Sua vinda ao mundo revestiu-se de extraordinários fatos, como a necessidade de uma investida cirúrgica para que o rebento passasse a sorver o ar que respiramos. Mas, a partir do momento em que o crescimento mental e físico aconteceu, ele foi educado e treinado nas habilidades mais sofisticadas de nosso mundo. Seria um bem para a humanidade se ele tivesse uma vida longa, já que todas as graças estariam do seu lado. O primeiro olhar sobre a carta cósmica de Eduardo VI mostra, no entanto, que o poder vital é baixo, pois o maligno planeta Saturno aparece na primeira casa, aquela que define as chances de vida de uma pessoa — falou Cardano de forma tensa, ouvindo-se em seguida um murmúrio entre os presentes. — Felizmente, senhores, Saturno não dominará o resto."

Por meia hora todos prestaram atenção à descrição da interação dos planetas com as casas astrológicas e entre si, seus possíveis significados e seus riscos. Eduardo VI abriu um sorriso quando ouviu o relato de que teria uma vida suficientemente longa.

— *Vivat Rex!* — E outros vivas à figura real foram ouvidos no salão, interrompendo a explanação do médico milanês.

— Aos 23 anos, nove meses e vinte e dois dias, uma languidez se abaterá. Corpo e mente sofrerão com a extrema fraqueza.

Cardano fez uma breve pausa e continuou.

— Na idade de 34 anos, nove meses e vinte dias, sofrerá de uma desagradável doença de pele febril. Após os cinquenta anos, várias afecções consumirão sua saúde. A duração completa de sua vida será de pelo menos 56 anos. Além disso, não é possível precisar.

O médico em sua função de astrólogo agora se sentia mais à vontade. Abriu outra página do manuscrito para finalizar sua exposição, falando das qualidades da mente.

— *De animi qualitatibus.* Com o correr do tempo, será constante, rígido, severo, inteligente, guardião dos direitos e paciente no trabalho. Provará ser sábio além do esperado, prudente e com mente elevada. Dessa maneira, ganhará a admiração do mundo. Será, afortunadamente, um segundo Salomão.

Palmas irromperam por todo o salão. John Dudley aplaudia comedidamente, ao contrário da alegria de Cheke e Cranmer. A princesa Elizabeth, com 19 anos, quebrou o protocolo, fazendo uma reverência diante do rei para depois dar-lhe um carinhoso beijo na face e sentar-se ao seu lado.

Passado o alvoroço da comunicação do horóscopo, Eduardo VI interpelou o médico milanês.

— Agora que já temos a certeza de minha longevidade, diga-me, doutor, qual é o conteúdo do seu novo livro, *De Rerum Varietate*? Minha curiosidade é ainda maior, pois soube que será dedicado a mim — falou o jovem rei, sorrindo.

— Majestade, inicialmente, no primeiro capítulo, eu revelo a causa dos cometas, algo que há muito tempo tem sido questionado.

— E qual é?

— O concurso da luz dos planetas.

— Mas — retrucou o rei — as estrelas se movem em diferentes direções. Como pode acontecer de os cometas não se partirem ou serem desviados?

— Eles se movem, só que bem mais rápido que os planetas, graças à diferença de aspecto, da mesma forma que a combinação de um cristal e um raio de sol produz um arco-íris na parede. Uma pequena modificação no prisma resultará em uma enorme diferença de lugar nas cores refletidas.

— Sem existir uma matéria sujeita a isso, no caso do exemplo, uma parede? Afinal, a parede serve de matéria para o arco-íris.

— Isso acontece da mesma forma como vemos na Via Láctea a reflexão de luzes — explicou o médico. — Por exemplo, observe quando muitas velas são acesas ao mesmo tempo em uma missa; elas produzem uma certa luz branca em seu interior.

Cardano ficou impressionado com a erudição do frágil soberano e indignado ao presenciar as conjecturas relacionadas à sucessão. Aproveitou a oportunidade para anunciar a todos que estava de partida. Seus filhos precisavam de sua presença. Desculpou-se por não poder participar do jantar em que a vida longa do rei Eduardo seria comemorada. Dormiu cedo. Urgia partir, o quanto antes.

Estrasburgo, 1º de dezembro de 1552

Caríssimo amigo Kenneth di Gallarate,

São mais de nove meses que estou fora de casa. Escrevo-lhe nestes dias em que me sinto mais tranquilo, descansando um pouco antes de retomar meu caminho.

Sobre minha passagem pela Inglaterra, e a visita ao rei, contarei em detalhes em uma outra oportunidade. Apenas confirmo seu comentário de que não encontraríamos lobos por terras anglo-saxãs. É verdade, não vimos absolutamente nenhum. John Cheke, o tesoureiro de Hampton Court, me disse que a última determinação real com instruções para a caça desses animais tinha sido, acredite, quase trezentos anos antes!

Além disso, fiquei surpreso como os ingleses se parecem com os italianos do norte. São apenas ligeiramente mais altos e têm a pele um pouco mais clara, com o peito mais bem formado. Vestem-se como nós e, na corte, tomam como modelo de conduta *Il Cortigiano*, di Baldassare Castiglioni, o livro que ensina como se portar nas mansões *dei signori*. Não me interessei por palácios, construções ou muralhas, mas por pessoas. Boas construções habitadas por tolos são como belos corpos e nenhuma alma.

Tenho sido recebido como um príncipe em todos os lugares, Kenneth. Minha fama correu o império, por onde resolvi tomar a estrada em virtude da condição lamentável em que está a França. Infelizmente, tive que recusar consultas de nobres parisienses que propuseram até mil coroas, além de um encontro em que quarenta médicos iriam se reunir para me ouvir. Entre eles estaria o grande amigo Aimar de Ranconet, que conheci quando por lá passei. Ele mesmo, no entanto, com sinceridade, me alertou dos riscos que poderia enfrentar.

Desci em Antuérpia, conheci a Universidade Católica de Louvain, a Katholieke Universiteit Leuven, e depois fui a Bruges, uma cidade toda de canais de água, tijolos alaranjados e gente com muita cultura. É uma atrocidade dizer que são bárbaros os habitantes de Flandres. Em Colônia, por outro lado, estão construindo uma catedral que será a mais alta do mundo, com torres que ultrapassarão os 150 metros!

Com grandes ofertas, vários nobres e príncipes têm tentado me seduzir a trabalhar em outros lugares e abandonar minha amada terra. Não aceitarei.

Ao meu lado está deitado um garoto, de nome William, que conheci antes de atravessar o canal da Inglaterra. Deve ter por volta de 10 a 12 anos, não se sabe bem ao certo. Afeiçoamo-nos um pelo outro imediatamente. Seus pais, de origem italiana, pobres da Ligúria, fizeram questão de que eu o trouxesse a fim de proporcionar-lhe a educação de um homem de letras. Ele costumava trabalhar esvaziando latrinas na periferia da cidade e depois em pequenos serviços para as embarcações que chegavam ao porto. Poucos nobres têm ideia de como a vida pode ser dura, Kenneth.

Minha grande surpresa foi constatar que ele não fala uma única palavra em nossa língua. Tentei até colocá-lo em uma galé que retornava à ilha britânica, açoitei-o com gosto e deixei-o sem comer, mas era tarde demais. Aqui estamos nós dois, a caminho da minha cidade.

Recebi carta de Taddea, reclamando, como sempre, dos meus filhos. Mas eles estão bem. Outra correspondência veio do governador de Milão, Ferrante Gonzaga, oferecendo trinta mil *scudi* de honorários para que eu me torne médico exclusivo do irmão dele, o duque de Mantova. Ferrante relatou que, nem bem começava minha viagem de retorno e todos em Milão, Brescia e Veneza já comentavam meu sucesso na Escócia e na corte inglesa. Quem pensaria que um dia o Colégio de Milão recusou este ilustre membro!

Estou partindo para Basileia. Hoje pela manhã recebi o mensageiro de um nobre, ao que parece, distintíssimo, de nome Peter Titelman. Ele propôs me receber com toda a cerimônia. Disse que nenhuma outra casa na cidade estaria à minha altura. Foi tamanha a insistência que resolvi aceitar o convite. Respondi que apenas visitaria primeiro Grataroli di Bergamo, meu amigo de letras.

Espero receber notícias suas e do arcebispo John Hamilton.
Com estima,
Hieronymus Cardanus, *messer* Girò.

A chegada em Basileia aconteceu dentro do previsto, já no meio da tarde. Ficou acordado que seus servos dormiriam em uma das tavernas da cidade, junto com os dois cavaleiros. Deslocou-se sozinho, então, para a casa do amigo Grataroli, que não encontrava havia mais de dez anos.

— Grande mestre Girolamo Cardano! Que imensurável prazer em vê-lo — recepcionou na porta com carinho o professor Grataroli, um homem de barba cerrada, voz mansa e gestos suaves. — Minha casa está aberta à sua presença. Deixe seu cavalo na parte de trás, onde o pasto está fresco.

Basileia era a cidade em que o médico e alquimista Paracelso, morto havia alguns anos, dera palestras por um longo período, chamando a atenção de eruditos por toda a Europa. Além da liberdade religiosa, esta fora mais uma razão que atraíra para lá Grataroli.

O acadêmico vestia um gorro, calça bufante e um escuro gibão, uma espécie de colete fechado até o pescoço, que terminava em uma gola grossa branca. Ele era formado em Medicina também em Pádua, alguns anos depois de Cardano. Chegou a começar a vida profissional em Milão, onde se conheceram.

— Posso dizer que sua presença me traz boas recordações — disse Cardano. — Foi na época em que receberia na minha casa o matemático de Brescia, Niccolò Tartaglia.

— Lembro-me bem — frisou Grataroli. — Depois eu fui para Bergamo e nunca mais nos encontramos.

— Ouvi dizer que teve problemas com a Inquisição, é verdade?

— O tribunal de Bergamo me declarou herético!

Cardano ficou pasmo.

— Quer ver o que anunciaram? — Grataroli tirou uma folha de papel que tinha sido impressa e distribuída pela cidade quando ele fugiu. — Ouça que preciosidade: O tribunal eclesiástico de Bergamo declarou herético Guglielmi Grataroli Bergomatis... de negar o purgatório, negar as indulgências, negar a veneração dos santos, negar a presença do corpo de Cristo na Eucaristia... *un heretico scandaloso... una peste contra la fede...*

— Uma praga contra a fé? Nossa... Não abjurou, Grataroli?

O acadêmico de Bergamo abriu os braços, sorriu e negou com a cabeça.

— Foi preso?

— Claro!

— E como é ser preso? — perguntou Cardano, sentindo um misto de terror e curiosidade.

— As semanas passam e não se tem ideia se será julgado, torturado ou simplesmente liberado para seguir sua vida. Em determinado dia, sem aviso, levam-no para conhecer as dependências onde acontece a tortura.

Ou melhor, a sala de confissões, como a chamam. Sempre há uma ou duas pessoas acorrentadas, no limite das forças, sangrando e gemendo, aguardando a retomada da sessão.

"Mostraram-me tudo com detalhe — continuou Grataroli, sob o olhar atento do amigo —, e saliento que foi de maneira gentil, apenas para que eu ficasse informado sobre esse tipo de atividade. Afinal, eu estava, como foi dito, ocioso na cela, sem ter o que fazer. Obviamente, essa apresentação faz parte do processo mental que instilam em cada condenado. Tendo sorte, receberá um procedimento suave, como chicotada, dedos apertados em um sistema que parece um grande parafuso, ou o estiramento por cordas em uma cama de madeira, levando ao desmembramento gradativo. A língua é arrancada antes de o réu confesso ser levado ao público, claro, para evitar que algo impróprio seja dito."

Cardano se lembrou então da queima do herege na fogueira, presenciada em Pavia, e a agonia do carrasco ao ver que o condenado gritava heresias a plenos pulmões.

— E os piores procedimentos? — perguntou Cardano, quase se arrependendo de ter colocado a questão.

— Lenta queima com madeira verde, arrancamento das pálpebras e mamilos com pinças de metal e fatiamento do abdome enquanto o corpo é içado com pesos atados aos pés. Depois o condenado sai para o *auto de fé*, em que o salmo cinquenta e um é cantado diante de nobres, magistrados e clérigos. O corpo é queimado, e a multidão segue para a catedral com o intuito de venerar a Deus.

— Acho que é suficiente — disse o amigo milanês, começando a ficar nauseado. — São imagens fortes...

— Dormirá aqui em casa, não é mesmo, Cardano?

— Já me comprometi a dormir na casa de um distinto nobre chamado Peter Titelman.

Grataroli arregalou os olhos e prendeu a respiração, para em seguida soltar um brado.

— Peter Titelman? Está louco? Ele é da Inquisição! Está fazendo tamanhas atrocidades que têm levantado a ira tanto de católicos quanto de protestantes!

— Mas onde ele vive? — perguntou Cardano, terrificado.

— Deve ter vindo à cidade especialmente para pegá-lo. O governador de Basileia não deixaria Titelman colocar a mão em um cidadão daqui, mas você está sem jurisdição, amigo.

Ouviram então o som de alguns cavalos parando em frente da casa. Seguiram-se batidas à porta.

— Ordeno que abram! — gritaram lá de fora.

Grataroli sussurrou para que um perplexo e agitado Cardano se escondesse atrás da estante de armas e caminhou calmamente para abrir a porta, deixando dois soldados entrarem, acompanhados de um clérigo. Os outros aguardariam do lado de fora.

— Guglielmo Grataroli?

— Sim, ao dispor.

— Temos ordens para levar o médico Girolamo Cardano a título de averiguação.

— Quem denuncia? — perguntou Grataroli, fazendo expressão de surpresa calculada.

— Um matemático de Brescia. Não posso dar mais detalhes. Diga-me, conhece pessoalmente o médico Girolamo Cardano?

— Há muitos anos não o vejo...

— O que é isso? — perguntou o clérigo, pegando o papel que Grataroli tinha deixado sobre a mesa. — *Il tribunale ecclesiastico...*

Um átimo de silêncio foi necessário para que a pergunta fosse respondida.

— Estou escrevendo textos contra os hereges... — consertou Grataroli.

— *Una peste contra la fede...* Interessante. — Jogou o papel de volta à mesa. — Sinto, mas precisaremos revistar a casa.

Cardano ouviu o que se passava e engoliu em seco. Decidiu então se entregar para não comprometer o amigo.

— Estão vendo algum cavalo na frente da minha casa? — questionou Grataroli, agora de maneira incisiva.

O médico milanês segurou seu impulso e voltou para o local onde estava escondido.

Os soldados se entreolharam. A pergunta fazia sentido.

— Acham que um médico viria de um país distante a pé?

Pensaram mais um momento e resolveram se despedir.

— Agradecemos sua colaboração — disse um dos guardas, fazendo uma reverência.

Após alguns minutos, Grataroli fez a volta na estante e deparou com Cardano, imóvel e branco, como uma estátua de mármore.

— Acho melhor tomarmos um vinho. Depois você pegará a estrada para casa.

Cardano sentou-se à mesa, recobrando a cor.

— Infelizmente, aqui não é seguro ficar, amigo — completou Grataroli, levantando as sobrancelhas. — Se não sabia, agora já sabe: tem um inimigo na cidade de Brescia.

— Tartaglia... — falou Cardano por entre os dentes.

A morte de Cardano

Cardano apressou sua saída de Basileia. A ocorrência de alguns casos de peste poderia ser usada como uma boa desculpa. Seguiu o conselho de Grataroli, dirigindo-se para Zurique, Berna e depois atravessando os Alpes mais a leste, margeando o lago de Como.

No dia 3 de janeiro de 1553, após quase um ano da partida, Cardano passou pelos portões da cidade de Milão, retornando à sua casa.

Sua chegada não poderia ser mais tumultuada. Aldo desaparecera havia alguns dias, como sempre fazia, seguindo um grupo de amigos baderneiros. Ainda era, a rigor, uma criança, mas seu corpo já estava se tornando parrudo e resistente.

O que mais preocupava, no entanto, era a condição de saúde de Clara. Tinha perdido muito sangue e estava deitada na cama, bastante pálida.

Cardano não conseguiu cumprimentar direito GianBattista, nem apresentar o garoto William e já teve que dirigir suas atenções para a filha.

— O que aconteceu, Taddea? — perguntou à sogra.

— Ela soltou sangue pela casa e deitou-se ontem. Está assim, sem comer e sem falar.

— Minha filha, o que sente? — perguntou Cardano, aproximando-se de seu leito.

— Quero morrer... — respondeu Clara, sem prestar muita atenção ao pai.

— Por que está dizendo isso?

— Deixe-me em paz — respondeu ela.

Cardano considerou o pulso estável, apesar de um pouco fraco. O sangramento, aparentemente, estava estancado.

— Faremos compressas de água fria na barriga, Taddea. Trarei uma fórmula com agárico, polipódio e eufórbia. Ela deverá ficar bem.

De fato, o sangramento não aconteceu mais, mas no terceiro dia a barriga começou a inchar e sobreveio a febre. Cardano nem pôde aproveitar a glória do retorno à sua própria cidade. Ficou ao lado de Clara, culpando-se por não ter voltado mais cedo. Sabia que tinha cedido à tentação de ser recebido com pompa em quase toda cidade que passara.

Com a febre começou o vazamento de pus por sua vagina. O odor fétido, junto com inchaço na barriga, traziam uma má notícia. Se conseguisse sobreviver, teria uma lesão no útero tão séria que provavelmente não poderia mais ter filhos.

— Quem disse que eu quero ter filhos? — respondeu Clara, com a empáfia de sempre.

Cardano continuou ao seu lado nos dias subsequentes, até se certificar de que a febre cedera, o ventre desinchara e as forças estavam retornando à filha. GianBattista, vendo o sofrimento pelo qual passava a irmã, tinha ficado sério, calado e melancólico. Perdera algumas aulas. Não estava com ânimo de voltar à Universidade de Medicina em Pavia.

O menino William apenas observava tudo, sem compreender uma única palavra. Aceitava calado as refeições que lhe ofereciam e dormia na cama, junto com Cardano. Apesar de ser quase da mesma idade de Aldo, era mais baixo e mirrado.

— Não deve interromper seus estudos, Gian. Sabe disso. Está tudo preparado?

— Não tenho vontade de ir — falou o filho, de cabeça baixa.

— O que quer? — Cardano exasperou-se. — Ficar vagabundeando por aí? Ser um ninguém?

— Não quero nada... — Ele olhou para os sacos de roupas e livros.

— Pegue suas coisas, e iremos juntos. Só Deus sabe se terá outra oportunidade — falou Cardano de forma firme. — Eu aproveitei as que se apresentaram para mim. Espero que você faça o mesmo.

Escolheram um novo local com boas acomodações que ficasse dentro dos muros de Pavia, próximo à Universidade. Com tudo arranjado, Cardano voltou a Milão para retomar sua vida profissional.

Excetuando o formato de seu corpo, que é onde lhe falta a graça da perfeição, escreveu Cardano, meu filho GianBattista está apto a grandes realizações.

Nos meses subsequentes o ritmo de trabalho se reacendeu. Voltou a ser procurado para dar aulas e palestras. Consultas não faltavam. Da viagem, retornara com as arcas cheias de moedas. Nunca tivera tanto dinheiro.

E fizera bem ao partir logo da Inglaterra. Desde então, Eduardo VI tossiu e definhou à vista de todos. Seis meses após a chegada de Cardano a Milão, o rei menino morreu. O máximo que o duque de Northumberland conseguiu foram nove dias de reinado para sua nora Joana Grey.

Mary Tudor, aclamada pela população, subiu ao poder e tentou impor a religião católica. Começou a perder popularidade, sendo chamada de Bloody Mary, uma rainha sangrenta em sua ânsia de banir o luteranismo.

Outros acontecimentos se sucederam de forma rápida. Henrique II morreu na França e Carlos V abdicou do império, deixando as terras da península itálica para seu filho.

Villegagnon começou seu projeto de instituir a França Antártida. Tornou-se protestante, invadiu o Brasil na região sul para fazer uma colônia e começou a receber os dissidentes religiosos franceses, os huguenotes.

Enquanto isso, os estados germânicos viviam a paz de poderem escolher, em cada cidade, a religião que lhes aprouvesse, escreveu Grataroli. E foi exatamente em Basileia que o próprio Cardano, sem querer, envolveu-se na querela entre católicos e protestantes.

Em uma das versões de *Rerum Varietate* lá produzida, o editor inseriu, no capítulo LXXX, algumas considerações contra os padres dominicanos que poderiam gerar problemas com o Santo Ofício. São lobos vorazes que perseguem bruxas não por seus crimes, mas pela possibilidade de possuir mais riqueza, estava escrito. Alertado por um pupilo, o médico de Milão arregalou os olhos:

— Escreverei, pedindo que não se repita em outras edições — depois deu de ombros. — É pouca coisa, contanto que não chegue nas terras da Itália...

A pintura é a mais refinada de todas as artes; e a mais nobre. Cria coisas mais admiráveis que a poesia e a escultura. O pintor adiciona sombras, cores e junta a isso um preceito especulativo. É necessário para o pintor ter o conhecimento de tudo, porque tudo é de seu interesse. O pintor é um filósofo cientista, um arquiteto, um dissecador habilidoso. A excelência da representação do corpo humano, por exemplo, depende disso. Essa tendência teve início há alguns anos com Leonardo da Vinci, o florentino. Esse trabalho, no entanto, nunca teve um investigador das partes naturais como Andreas Vesalius.

— Meus caros, este trecho é do livro *De Subtilitate*, em que estou trabalhando para a nova edição. Tenho o prazer de citar Vesalius, um grande amigo, mas o que acabo de ler é, na verdade, uma homenagem ao meu pai, Fazio Cardano, avô de GianBattista, Aldo e Clara, aqui presentes. Ele ajudou mestre Leonardo a ver o mundo da ótica da nova perspectiva — falou Cardano, emocionado —, e este trabalho terá continuidade com os filhos de Clara e na obra de GianBattista. Recebo de portas abertas os amigos aqui presentes em nossa casa e proponho um brinde aos dois irmãos!

Todos levantaram os copos e brindaram os dois recentes eventos de significativa importância na família: a aquisição do título de doutor por GianBattista e o matrimônio da filha Clara com um próspero e distinto jovem cidadão de Milão, Bartolomeo Sacco.

— Agradeço especialmente a presença de meu brilhante ex-pupilo Ludovico Ferrari — que sorriu com orgulho — e do senador Filippo Archinto, meu patrono por tantos anos e quem realmente me apoiou quando eu lutava para fazer parte do Colegiado dos Médicos. Ele voltou a Milão como um distintíssimo arcebispo, o que muito nos honra.

Archinto fez sinal de reverência com a cabeça, agradecendo as palmas dos presentes ao seleto encontro. Apesar de nunca ter tido tanto dinheiro em sua vida, nem tanto sucesso, os hábitos de Cardano continuavam essencialmente os mesmos. Escrevia incessantemente, dava aulas, atendia os doentes, orientava pupilos, cuidava de gatos, cachorros e passarinhos, recebia diariamente os artistas da música e se correspondia com amigos por toda Europa, alguns dos quais nunca tinha visto pessoalmente. Quando escrevia, Cardano era elegante, sem impulsividade ou arrogância.

Nos eventos familiares, por outro lado, preferia reuniões com poucos convidados. Aprendera com seu pai que os amigos se contavam nos dedos de uma mão.

Cardano chamou os convidados a entrarem em um aposento todo escuro, fechado com pesadas cortinas pretas, para ver sua nova invenção. Apenas um pequeno furo, onde havia uma lente biconvexa, permitia a entrada da luz, que projetava na parede branca oposta a imagem invertida da sala com notável nitidez. Quando um dos servos passou em frente, o susto de ver a figura em movimento foi geral. Ao saírem da câmara escura, tiveram a certeza de que a criatividade do anfitrião realmente não tinha rédeas.

Taddea anunciou a refeição. Todos se serviram com gosto. Aldo, como sempre, mantinha-se desconfiado em reuniões como aquela e pouco falava. William se soltava gradativamente, dominando pouco a pouco a língua da Lombardia. GianBattista estava chateado, pois, apesar de finalmente ter conseguido o título e a aprovação do Colegiado de Médicos, fora proibido por seu pai de trazer a mulher com quem vinha se relacionando. Informações seguras davam conta de que ela não era digna de se tornar a esposa de seu filho. Conversariam sobre isso após os convidados se retirarem.

Ferrari, ao lado do anfitrião, ouvia Archinto inquirir mais um pouco sobre os detalhes emocionantes da viagem ao exterior. Cardano salientou o prazer de passar por uma praça italiana, como a Piazza Fontana, que atravessaram pela manhã, após a missa. Era um espaço que permitia o encontro das pessoas. Na Inglaterra, ao contrário, isso acontecia na rua, ou nas *public houses*.

— E a cidade de Basileia — perguntou Archinto —, é mesmo bonita como falam?

— Praticamente não conheci Basileia — respondeu Cardano. — A passagem pela cidade foi carregada de tensão. Para falar a verdade, meu amigo Grataroli me salvou duas vezes. Na primeira, disse que eu não deveria me fixar na locanda programada, nem mesmo os servos, pois recebera informações de que lá havia casos de peste negra.

— Não sabia que a peste circulava por lá — comentou o arcebispo.

— Eu também não. Grataroli, de todo modo, tem muita afeição pela cidade, pois goza de certa liberdade para escrever.

— Mas ele é herético, meu amigo — avisou Archinto. — Cuidado ao fornecer a outras pessoas a informação de que foi à casa dele.

— Sim, claro, mas ouça isso. Um desafeto meu, Tartaglia, estava atento aos meus passos e avisou à Inquisição na Suíça que eu tinha ficado na corte calvinista de Eduardo VI. Esta foi a razão da segunda intervenção de Grataroli. Ele me escondeu na casa dele enquanto um homem chamado Peter Titelman me procurava. Assim consegui sair da cidade a tempo.

"Não sabia que Grataroli tinha sido condenado pelo tribunal de Bergamo — continuou Cardano, desculpando-se. — Veja, ele é um acadêmico extraordinário. Está estudando fisiognômica e publicou *Depredictione ex inspectione partium corporis*. Um dia isso será usado para analisar os traços de criminosos antes que eles possam agir. É a predição pela inspeção, pelas rugas, pelo formato das sobrancelhas, tamanho da testa e outros detalhes. É um assunto intimamente relacionado ao que já estudei, a metoposcopia."

— Entendo sua empolgação acadêmica, Cardano, mas dizer que não sabia que ele era herético pode ser uma resposta pouco convincente em um tribunal. Além disso, preste bem atenção ao que tem enviado para análise, pois ninguém produz tanto quanto o doutor...

— Não entendo, Filippo. O que isso quer dizer?

— Quero dizer que nenhum funcionário conseguirá ler tudo o que escreve.

— Pode ser. — Cardano considerou, parando um momento para pensar. — Desde que voltei de viagem, deixe-me ver — e começou a contar nos dedos —, publiquei uma obra de Astrologia, com o horóscopo de Cristo; um tratado enciclopédico, *De Rerum Varietate*; outro sobre a água; outro chamado *De Dedicatione*, quando fiquei doente; e depois *Ars Curandi Parva*, um livro médico. Também os comentários sobre Ptolomeu; uma oração a Francesco Gaddi, meu antigo paciente e amigo que está preso; e a

Declaração do Tamanho da Arca de Noé. Poderiam ser acrescentados mais uma versão da minha biografia, a lista de meus livros, e os que acabo de iniciar, como um volume de dialética e outro sobre os usos da adversidade. Depois poderíamos falar dos ensaios...

— Está bem, está bem! — interrompeu Archinto, dando risada. — Ferrari, estamos diante de um moinho escritor movido pela força das águas! A energia é inesgotável. Ele não interrompe nunca... — Voltou-se para Cardano. — E este é o ponto em que eu queria chegar: ser aprovado para publicação não garante que não possa ter problemas depois, principalmente quando alguém envia cartas a vários tribunais falando de detalhes que tinham passado despercebidos.

— Tartaglia fez isso? — perguntou Cardano, desconfiado.

— Parece que sim — respondeu Archinto —, mas tenho uma boa notícia para lhe dar. — Fez uma pausa, para dar mais suspense: — Acabo de saber, quando vinha para cá, que Niccolò Fontana Tartaglia da Brescia... está morto.

Ferrari, ouvindo a notícia, deixou escapar um grito de alegria.

— Abençoada justiça divina! Por certo devem tê-lo envenenado.

Cardano, por outro lado, ficou triste. Não encarava a disputa por ideias uma justificativa para a vingança. A divergência de posições deixava o mundo mais rico, e não o contrário. Lembrou que, ao escrever *Ars Magna*, recebeu dele informações para fazer o primeiro capítulo. *Tartalea, à quo primum acceperam capitulum.*

— Apesar disso, ele preferiu me ver como um rival — falou Cardano, com semblante baixo —, não um associado cheio de gratidão e, de todos os homens, o mais devoto em amizade. É uma pena.

— Eu não ficaria tão triste. — Archinto levantou as sobrancelhas. — Seguramente as cartas que ele enviou à Inquisição perderão a força e serão arquivadas, considerando que o acusador não está mais aqui.

Nesse momento, Ferrari e Archinto começaram a divagar sobre a importância da nova Inquisição.

Bartolomeo, o marido de Clara, aproveitou e pediu discretamente para conversar a sós com Cardano. O problema era sério. Saíram da mesa e foram para dentro da casa.

— Não sei como lidar com a questão, excelência, é um tema muito delicado... — falou Bartolomeo com certo constrangimento.

— Diga, rapaz! O que há?

— Já falei com ela. Talvez como médico, quem sabe com o seu conhecimento... Está relacionado à função do marido com a mulher, de quantas vezes acontece essa intimidade...

— Ela acha que você a procura demais? É isso? — perguntou Cardano com certa impaciência.

— Não, é o contrário! — falou Bartolomeo, agora mais seguro em relação à sua queixa.

— Está acusando minha filha de leviandade em sua posição de esposa? — perguntou, perplexo.

— Como posso ficar com uma mulher que acha que uma vez ao dia não é o suficiente? O que ela espera de um homem? — Bartolomeo levantou a voz, sendo ouvido pelas pessoas que estavam na parte de fora da casa.

Cardano ficou em silêncio, tentando entender se era realmente aquilo o que tinha ouvido.

— Pela admiração que tenho por sua pessoa, fingirei que nada foi dito — falou Cardano. — Sua afronta será esquecida, pois sua queixa é estapafúrdia e perigosa. Lembre-se de que recebeu um dote vultoso. Se está tentando manchar a reputação de minha filha, não deixarei que tenha filhos com ela, está entendendo?

— Acho que é o doutor que não está entendendo — rebateu Bartolomeo. — Ela não pode ter filhos... Converse com ela, por favor — disse ele e saiu.

Momentos depois, Clara também foi embora, sem despedir-se de ninguém.

Cardano se recompôs e foi encontrar os presentes na reunião. Gian-Battista falou que também precisavam conversar, mas o pai respondeu que deveria ser em outro dia. Já bastavam tantas preocupações.

No início da noite, um mensageiro vindo da cidade francesa de Agen, perto de Carcassone, trouxe um embrulho. Tratava-se de um livro de Julius Scaliger que chegara aos livreiros dois ou três meses antes. Amigos tinham comentado o lançamento, pois falava mal do famoso médico milanês, que preferira fingir que o livro não existia. Evitara até folheá-lo para não ficar irritado.

Na época do lançamento, Scaliger escrevera uma carta a Cardano, solenemente ignorada. Dessa vez, ele fez questão de enviar sua publicação junto com um mensageiro, pois desta forma estava certo de que teria uma resposta, assim como o relato do impacto que o livro causaria no médico de Milão. Afinal, era um ataque frontal, de grande ferocidade, ao livro *De Subtilitate*.

O professor Scaliger, um homenzarrão de nariz adunco e voz possante, ex-militar do falecido imperador Maximiliano, terrível com seus servos e implacável com seus alunos, tinha expulsado Michel Nostradamus de sua casa alguns anos antes.

Nostradamus seguiu seu rumo e agora já era conhecido como um médico alquimista de dons proféticos. Lançara recentemente *Les propheties*, versos que permitiam ampla possibilidade de interpretações. Na época do aparecimento do livro, ademais, abandonou definitivamente o nome francês Nostredame.

Alguns comentavam que a verdadeira razão da fúria de Scaliger era porque o médico profeta, famoso por tratar da peste em tantas pessoas, estava em viagem justamente quando a sua companheira, que seria a filha de Scaliger, adoeceu. Nostradamus não teria voltado a tempo, ficando então sem mulher e filhas. Scaliger, por sua vez, que perdera a filha e as netas, não teria perdoado o genro. Portanto, isso explicaria o início da fase mais agressiva do professor, diziam.

De fato, o acadêmico que nascera dezesseis anos antes da virada do século, com o nome de Giulio Cesare della Scala, começou sua carreira literária com um violento ataque a Erasmo de Roterdã, já bastante conhecido dos leitores milaneses. Ao enfrentar gigantes da erudição, poderia ser equiparado a eles. Assim, amealharia muitos seguidores com a exposição, pensava Julius Scaliger. A tática, pelo menos por enquanto, dera resultado.

Dessa vez, escolheu outro entre os escritores mais lidos na Europa: Hieronymus Cardanus. Preferiu utilizar uma edição mais antiga do *De Subtilitate*, que continha uma grande quantidade de erros. Assim sua tarefa seria facilitada.

— Sua excelência deseja que aguarde para levar uma resposta? — O mensageiro fez a pergunta de praxe sob o olhar do pupilo Giuseppe Amati.

— Sim — respondeu Cardano, sem fitá-lo —, acomode-se ali. — Mostrou o canto da sala.

Abriu o embrulho e surpreendeu-se com o tamanho do livro *Exotericae exercitationes de subtilitate adversus Cardanum*, por volta de 1.200 páginas. Em cada uma — e Cardano folheou várias — havia comentários que o ridicularizavam. Leu um trecho.

— Abominável composição com um latim em estilo execrável. — Como alguém pode escrever isso?, pensou. Grosseria após grosseria...

Levantou-se, exasperado, e imediatamente passou mal. Um véu preto cobriu seus olhos. Caiu no chão sem sentidos, pesadamente, mesmo com a tentativa de Giuseppe de ampará-lo. O pupilo começou a gritar, pedindo ajuda. Vieram dois servos. Faziam tentativas de reanimá-lo, em vão.

O mensageiro de Scaliger, assustado com o que tinha presenciado, tomou a estrada na mesma hora. Poucos dias após estava em Agen, relatando a notícia da morte de Cardano a um estupefato professor que imaginara tudo, menos ser responsabilizado pelo fim trágico de uma famosíssima figura literária. Sua reputação corria o risco de ser abalada.

A solução seria produzir uma peça oratória que poderia ser lida e comentada. Assim reverteria o impacto negativo e ganharia ainda mais notoriedade.

Quando a crueldade do destino me pressionou de forma que minha glória privada foi combinada com a amargura da dor pública e meus esforços foram seguidos por uma calamidade tão lúgubre, começou Scaliger, em tom de lamento, senti que deveria deixar um testemunho à posteridade de que o infortúnio ocasionado a Hieronymus Cardanus não foi maior que meu sofrimento por sua morte, pois tão grande foi seu mérito no departamento das letras.

Era um homem incomparável, continuou Scaliger. Os séculos posteriores não conseguirão reparar essa perda. Perdi um juiz e até (oh, deuses imortais!) aquele que aplaudia minhas elucubrações, eu que sou apenas um homem simples e privado.

Lamento minha sina, terminava a longa oração de Scaliger, apesar de ter tido claras razões de me engajar em uma disputa com um colega tão nobre. Mesmo que eu tenha saído vitorioso da contenda, lamento a falta que Cardanus fará. Dificilmente conseguirão medir os méritos de sua real divindade. Nenhum homem foi mais humano e cortês, grande em sua indulgência, popular na elevação de sua mente e conhecedor dos mistérios da natureza e de Deus...

Uma semana após a calculada distribuição das cópias de seu réquiem literário, Scaliger recebeu a notícia de que Cardano apenas tinha passado mal naquele dia. Sofreu depois com um ciclo de oito noites com insônia, mas agora estava perfeitamente bem, trabalhando como sempre. Pior: nem tinha comentado o livro que recebera. Indiretamente, e sem se dar conta do fato, Cardano vingara o colega Nostradamus.

— Meu Deus. — Scaliger fechou os olhos e se sentou, colocando a mão na testa. — Estou acabado...

Gianbattista na prisão

Após ter protelado por um longo período, Cardano sentiu que deveria ter uma conversa com GianBattista. Sentia-se no escuro por não conhecer a mulher com quem o filho se relacionava. Ouvira dizer que era uma moça de má fama, atraente e sedutora.

— Filho, por que não me conta nada, não fala de sua vida?

— Eu já disse, meu pai. Quero fazer minhas escolhas!

GianBattista insistia em sua liberdade perante o casamento. Após apresentar donzelas de boa família, Cardano exigiu que o filho o consultasse, senão seria excluído daquela casa.

— Já propus não apenas uma, mas quatro donzelas que por sua pessoa simpatizaram...

— Mas quero outra mulher, não consegue entender? — respondeu com raiva o filho.

— Não decida precipitadamente, sem me consultar. Eu aviso! — Mas Cardano arrefeceu, pensando no neto que poderia ter; uma criança que se assemelhasse a ele, assim como GianBattista lembrava o avô Fazio. Um pequeno neto, pensou, *il continuatore della mia vita e di quella di mio padre...*

GianBattista pegou seu manto, bateu a porta e saiu sem se despedir. Não entendia como uma casa sempre cheia de homens jovens, pupilos, músicos, servos e um garoto inglês que dormia na cama do pai não poderia aceitá-lo para também viver lá com a mulher que tinha escolhido, Brandonia Seroni.

A família de Brandonia estava bastante interessada em que a união acontecesse, pois, segundo informações de GianBattista, Cardano era mais rico que o rei da França Henrique II, tinha mais casas que o governador Ferrante Gonzaga e mais influência que o papa Paulo IV.

Meu filho é um jovem de temperamento impetuoso, escreveu Cardano. Temo que lutará entre tantas desvantagens, inutilmente, por uma mulher sem dote. *Adolescente irato, incommodis laborante, propter uxorem sine dote.*

Na noite de 20 de dezembro, à meia-noite, já deitado, mas sem conseguir pegar no sono, sentiu a cama tremer. Foram cinco vezes de quarenta segundos, cada vez seguida de um intervalo de mais quarenta. Seria um terremoto? A serva Simone Sosia, que ocupava o lugar da casa na ausência de Taddea, percorreu a feira, pela manhã, inquiriu muitos e constatou que ninguém percebera nenhum tipo de ocorrência semelhante.

Logo após o desjejum, no entanto, um mensageiro chegou com uma possível explicação para o fato. GianBattista tinha esposado, sem avisar ninguém, a bela mulher de nome Brandonia. Dizia-se que era uma meretriz sofisticada.

Cardano sentiu como uma facada nas costas. Não admitiria que uma mulher com essa reputação viesse morar em sua casa. Por outro lado, tinha muito amor e comiseração por seu filho. Poderia ajudá-lo com dinheiro. E foi isso o que fez.

Iniciou-se então um ciclo de febres diárias, por quarenta dias, deixando Cardano sem forças por algumas semanas. *Febre quae duravit quadraginta diebus.* Melhorou quando eliminou quarenta onças de urina. *Crisi per urinam liberatus sum XL.*

Após se sentir recuperado, Cardano atravessou a cidade para cumprir sua obrigação de pai: exigir uma prova irrefutável, a ser apresentada à vista de todos, de que o corpo feminino estava imaculado antes do casamento.

— Prova de virgindade? — Evangelista, o pai de Brandonia, deu uma sonora gargalhada.

Cardano, humilhado, voltou para casa disposto a seguir seu rumo, pois tinha atividades que ocupavam a mente e diminuíam a desilusão que estava sentindo.

Os meses se passaram. GianBattista, vivendo na casa da família da esposa, decidiu por não mais visitar o pai, que não o tinha acolhido. A angústia aumentou, até o ponto em que Cardano sentou-se para escrever.

Como sinto, antes de mais nada, pena por seu destino, meu filho, começava a carta —, mais pena que raiva pela ofensa que cometeu, não apenas contra você mesmo, mas a todos que o amam, escrevo estas palavras.

Oh, céus! Se você não tivesse procurado isso por você mesmo, este sofrimento seria maior do que eu poderia suportar! Tão grande é minha ansiedade que no meio da noite estou aqui sentado, à luz de velas, correndo esta pena sobre o papel. Chamo Deus para testemunhar que não sou movido pela raiva.

No livro *Adversidade*, escrevi que nunca deveríamos nos deixar tomar pela ira, pois ela bloqueia nossa mente. Impede-nos de ver a verdade. Quando Aristóteles foi perguntado sobre isso, respondeu: a raiva é uma temporária loucura.

Teria colaborado e recebido você em minha casa, mas tive medo de causar minha própria ruína, uma ruína maior do que a ajuda que eu pudesse lhe dar. Você é jovem, forte. Minha gota nunca esteve tão intensa, meus dentes começam a cair. Já estou curvado pela idade. Estou só.

Seu avô Fazio impôs sobre mim dois preceitos. Primeiro: lembrar de Deus diariamente e pensar em sua vasta bondade; o outro: estar completamente aplicado naquilo que se propõe a fazer.

Não viva sem ter uma atividade. Quando a mente está ociosa, pensamentos ruins entram nela, como ervas daninhas e serpentes em um terreno não cultivado. Seu pequeno livro *De cibis fœtidis non edendis*, sobre os alimentos fétidos que não devem ser comidos, foi um grande começo. Mostro com orgulho aos meus amigos. Vamos publicá-lo um dia. Continue a estudar.

Não seja um mentiroso. Isto está contra as Escrituras e a filosofia. Não apenas isto. O mentiroso perde sua credibilidade.

Não inveje aqueles, meu filho, que se tornaram ricos e poderosos por intermédio de proezas maléficas e estão rodeados de ouro e seda.

A distância de GianBattista só aumentava sua saudade e seu amor por ele. Ficou sabendo que Brandonia Seroni tinha dado à luz uma menina. Doeu-lhe no coração não estar participando de um momento tão especial.

A filha Clara também se distanciara. Desde a conversa que tivera com seu marido, Bartolomeo, considerava, de qualquer forma, que o problema relatado por ele poderia estar resolvido.

Além disso, os eventos da vida estavam afastando Cardano de uma obrigação básica: educar William. Ficaria envergonhado se o devolvesse à Inglaterra sem ensinar-lhe um ofício. Ele não se mostrara talentoso para as letras. Tampouco para a música, apesar de manejar a flauta com alguma destreza.

— William, assim que as coisas assentarem nesta casa, eu o levarei para aprender o ofício de alfaiate.

O garoto, nos seus 17 anos, acenou positivamente com a cabeça. Era um rapaz meigo, que concordava com tudo, até quando Cardano perdia a cabeça e açoitava-o, às vezes sem nenhum motivo.

— Em breve iremos falar com *messer* Antonino Daldo, está bem, William?

Enquanto isso, o norte da Itália entrava em um período de paz. França, Espanha e Inglaterra selaram um importante acordo. Os franceses desistiram da península, e os espanhóis consolidaram seu poder na região, dando as cartas em Nápoles e Milão. Carlo Borromeo, filho do conde, se laureou na faculdade, tornando-se também amigo de Cardano. Outro papa partia deste mundo. Após Paulo IV, subiria Giovanni Angelo Medici, papa Pio IV.

Mais um inverno tinha passado quando GianBattista irrompeu na sala, esbaforido.

— Pai, preciso de dinheiro!

— Filho, há tanto tempo não nos falamos, e é assim que entra na minha casa?

— Não aguento mais — falou GianBattista, desconsolado. — Vou pagar para alguém acabar com a vida dela! É uma vagabunda, pai!

Cardano considerou que não precisava dizer mais nada a respeito da reputação de Brandonia, pois os olhos do filho já estavam abertos. No entanto, deveria evitar que ele fizesse alguma besteira.

— Calma, vamos pensar em como lidar com essa situação. Venha, sente-se, por favor, e me diga o que aconteceu.

— Calma? Quer que eu fique calmo? Vai me descarregar mais uma torrente de preceitos e bons pensamentos? Brandonia está vindo atrás de mim para me destratar, entende agora?

Cardano estava confuso, pois GianBattista não concatenava as ideias de forma compreensível. Estava exasperado. A chegada da esposa deixou o clima ainda mais tenso.

— *Signor* Girolamo Cardano? — gritou ela do lado de fora.

Cardano foi até a porta pronto para dizer algumas verdades à indesejada nora.

— Como ousa falar desse jeito, sem ao menos sair de cima de sua mula? Onde está sua decência? — Então percebeu que ela poderia estar grávida.

— Onde está aquele traste! — gritou Brandonia. — A única coisa que sabe fazer é reclamar! — Ela olhou então para o esposo, que chegara à porta. — Está falando com o papai, Gian? — disse com sarcasmo.

— Algum problema, Brandonia?

— Onde está o dinheiro que prometeu? — desafiou Brandonia e, olhando para Cardano, falou com raiva: — Fique sabendo, *signore*, que a criança em meu ventre não carrega o sangue da sua família! — E partiu, deixando-o sem ter como responder ao desaforo.

Cardano ficou estarrecido. Por alguns instantes, o choque da revelação o destruiu um pouco por dentro. Mais ainda quando teve conhecimento de que o fruto da primeira gravidez, uma menina, também era de outro pai.

— As portas estão abertas, meu filho — continuou —, mas, se quer dinheiro para demonstrar um ato de fraqueza, não espere que eu dê apoio.

William ficou enciumado ao perceber o carinho que seu mestre demonstrava pelo filho mais velho, mas não durou uma semana a permanência de GianBattista na casa do pai. Aldo contou que houve um pedido de desculpas de Brandonia, e os dois se reconciliaram.

Na certa ela ainda tem esperanças de colocar a mão no meu dinheiro, concluiu Cardano. Teve informações que o caríssimo manto de seda que dera ao filho, por exemplo, próprio dos médicos, tinha ido parar nas mãos do pai de Brandonia, provavelmente vertido em moedas de ouro, assim como o anel que representava a arte da Medicina.

Mas a chegada de um mensageiro de bem longe, com um rosto conhecido, trouxe especial alegria ao médico milanês, quebrando a sequência de agravos que tinha sofrido. A carta estava assinada por um arcebispo que conhecera bem: John Hamilton.

Excelentíssimo doutor Cardano,

Recebi suas cartas, assim como seus pequenos presentes. Adorei particularmente o bálsamo indiano. Creio, no entanto, que as minhas correspondências não chegaram ao destino. Por isso ordenei a meu servo, que se dirige a Roma, para quedar em Milão o tempo que fosse necessário até encontrá-lo.

Ele foi expressamente orientado a entregar em mãos esta missiva, salutá-lo em meu nome e exprimir toda a minha gratidão, pois minha saúde está restaurada, os sofrimentos que me consumiam foram embora, minha força está renovada e minha vida, recuperada. Sinto-me em débito por todos esses benefícios, e meu corpo fala por mim. O que necessitar, não hesite em pedir.

Desde que iniciei o tratamento, com suas orientações e seus remédios, frutos de um supremo conhecimento na arte, minhas queixas se tornaram menos aflitivas, em intensidade e frequência. Posso ficar até dois meses sem sentir absolutamente nada.

Recebi também uma carta de Ottaviano Scotto, seu amigo, com comentários a respeito do trabalho sobre Ptolomeu. Para o meu entendimento, um texto belo e bastante complexo.

Meu médico e amigo, doutor Cassanate, voltou para a França. Disse-me que foi à corte e encontrou o marechal Villegagnon com um amigo seu, Mr. Varadei. Enviou-me também notícias de nossa querida Mary Stuart, Queen of Scots. Ela se casou no ano passado com o delfim, que agora é rei com o título de Francisco II, pois o pai morreu subitamente. Portanto, a Rainha dos Escoceses agora também é rainha consorte da França. Eles são bem jovens: Mary tem 17 e o rei, 15. Ainda temos esperança de ver nossa católica rainha Mary em terras escocesas.

Veja que estamos caminhando, Escócia, França e Inglaterra, para a vitória final da Igreja de Roma. Com a inspiração de Mary Tudor, que tem feito um maravilhoso trabalho no país vizinho, tenho sido inclemente com aqueles que zombam da missa e das imagens tão caras à fé em Cristo Senhor. Os hereges protestantes desaparecerão, e o sol da verdade brilhará definitivamente.

Esta é a verdadeira sensação de um dever cumprido, pensou Cardano, que poderia até se sentir feliz, se não estivesse com tantos problemas.

O servo de Hamilton apenas saía quando chegou uma mensagem de Bartolomeo Sacco, marido da sua filha. A satisfação das notícias vindas da Escócia naufragou nas poucas palavras do genro. Ele dizia, sucintamente, que Clara tinha partido para longe de Milão. Não sabia o destino. Estava entediada com a posição de dama do lar. Havia testemunhas que viram Clara ir embora com um desconhecido de aparência tártara.

O marido abandonado aproveitou a oportunidade para reafirmar sua admiração pela pessoa e pelo trabalho de Girolamo Cardano, lembrando que o bilhete deixado por ela foi devidamente guardado para que o pai pudesse conferir, se necessário. Ela reafirmava sua esterilidade. Portanto, era uma mulher que não se mostrava adequada ao marido e, ao mesmo tempo, tinha presente um impulso irresistível de ser livre.

Tanto melhor, finalizou Bartolomeo, pois recebi uma mulher cujas demandas, noite e dia, eram maiores do que poderiam suprir o mais fiel amante dos prazeres da intimidade marital.

Com a velhice vem a solidão. Aldo quase não era mais visto em casa. Quando não jogava, estava frequentando a família Seroni, onde GianBattista morava. Clara sumira, sem paradeiro definido. William começaria seu trabalho de aprendiz de alfaiate.

Por que ficar em Milão?, pensou. Por que não aceitar a proposta da Universidade de Pavia, que me convidou após a intervenção dos cardeais Alciati e Borromeo? Por que ficar sozinho nesta cidade, vivenciando o sofrimento de perder todos que amava?

"Terá problemas com seu filho", ouvia muito frescas em sua mente as palavras da vidente Di Filippi, como se tivesse sido no dia anterior.

"Ele fez uma grande bobagem. Será preso. Mas vai conseguir se livrar e terá o seu perdão..." Deus queira que eu não passe por isso, pensou Cardano.

Outubro de 1559. *Autumnus*. A época em que as folhas apresentavam a queda. *The fall*, chamava o povo da Inglaterra, quando Cardano lá estava. Tempo de colheita, para os germânicos. Esse era o momento de mudar.

Assim como as folhagens se mostravam tristes e os ventos frios anunciavam a chegada do inverno, também o médico sentia uma profunda melancolia, percebendo que talvez nunca mais tivesse a sua cidade de volta. Algo dizia, em seu coração, quando pegava a estrada para Pavia, que a melhor fase de sua vida tinha ido embora, para nunca mais voltar.

Em fevereiro, no dia 15, quando a vida estava se reorganizando novamente — dessa vez na cidade de Pavia —, com um estipêndio de seiscentas coroas de ouro e a possibilidade de escolher suas aulas, Cardano recebeu uma carta do Colegiado de Médicos.

Após uma longa introdução em que discorria sobre a arte de Galeno, o significado do colégio e a importância do fortalecimento da associação, umas poucas palavras, em tom bastante seco, finalizavam o texto.

Sua nora, Brandonia, foi morta possivelmente por veneno. Seus filhos Aldo e GianBattista estão presos, assim como um dos servos da família Seroni. Deve vir a Milão imediatamente. Do contrário, será considerado pelo colegiado como uma pessoa de má reputação.

Cardano não dormiu. No dia seguinte, ele estava na capital do ducado, visitando um renomado jurisconsulto, um advogado que o ajudasse a compreender o que realmente acontecera e assim começar a batalha de defesa, o mais cedo possível. Conversou com amigos e solicitou uma audiência com o governador, mas ainda não tinha noção exata do quanto necessitaria de ajuda.

Contou inicialmente com a determinação de alguns colegas médicos, que examinariam o corpo de Brandonia à procura de evidências que pudessem provar que não teria havido um assassinato.

O jurisconsulto encontrou-se com GianBattista e analisou as provas da acusação. Aldo tinha feito um acordo e fora liberado.

— Que espécie de acordo?

— Não há como obter essa informação — respondeu o jurisconsulto. — E não sei quanto dinheiro poderia resolver isso. Apurei que algumas pessoas do Senado desejam sua queda, doutor. A condenação de GianBattista poderia ser uma maneira de atingi-lo.

— E o governador? Conseguiu falar com ele? — perguntou Cardano.

— Muitos, é verdade, gostariam de apoiá-lo, até o governador, mas ninguém parece disposto a entrar nesta causa, principalmente defendendo seu filho, que não é uma pessoa bem relacionada. Sinto muito. — O jurisconsulto contraiu os lábios.

Cardano pensou quem poderia estar fazendo o papel de seu inimigo.

— O que temos ao nosso lado?

— Acredito que ele possa ser livrado sem nenhuma condenação. Há o depoimento dos médicos, o que é muito importante. Além disso, caso considerem que ele foi às vias de fato, matar a esposa infiel é plenamente justificável juridicamente. Basta não encontrarmos excessiva resistência de algum desafeto seu.

Explicou então, ante o olhar atento do médico, como tinha sido a sequência de eventos.

O bolo supostamente envenenado foi dado à esposa, que estava bastante enfraquecida. Ela vomitou poucos minutos depois. Outros pedaços foram consumidos pelos pais de Brandonia. Um dos irmãos, o soldado, chegou e viu que todos estavam passando muito mal. Concluiu imediatamente que os Cardano estavam envenenando a família. Empunhou a espada e por pouco não os matou, enviando um servo para avisar a guarda do governador, que prendeu os dois irmãos, assim como o empregado que preparou a comida.

Após algumas horas, os pais de Brandonia ainda se recuperavam quando ela então parou de respirar. O médico Vincenzio Dinaldo atestou que a morte fora causada por *lypiria*, uma doença em que as fezes aguadas descem de forma tão intensa que parecem água de arroz, resultando em secura dos lábios e perda dos sentidos.

O processo corria rápido. Na terceira semana, Cardano tomou coragem e foi visitar o filho. Quando os grilhões de ferro fecharam às suas costas, e ele reconheceu de quem eram os gemidos, sua respiração acelerou, as pernas tremeram e uma dor, como de uma facada, subiu de seu abdome para o peito. Puxou o ar profundamente, soltou-o e caminhou em passos lentos sobre o feno, junto com o carcereiro, até a cela escura, no fim do corredor. Nem notou naqueles que se penduravam nas grades ao lado, observando sua passagem.

Abaixou-se lentamente, mirando a face aterrorizada do filho, que tremia e segurava com a mão esquerda o punho direito, de onde pendia um membro que parecia sem vida. Os companheiros de cela, maltrapilhos, sentavam-se junto à parede carcomida, em silêncio.

— Minha mão... Pai, o que fizeram com a minha mão? — falava, baixinho, GianBattista, gemendo, como se o som viesse rouco, de muito fundo.

— Filho... foi torturado? — perguntou Cardano, engasgando em cada palavra, como se elas não quisessem sair. — Eles esticaram seu corpo?

— Eu confessei, pai... Eu confessei...

Cardano engoliu em seco. Seu plano pareceu naufragar.

— Eu confessei que Clara tinha engravidado... de um filho meu... Ela provocou a parada da gravidez no dia da sua volta da viagem...

— O que está dizendo? — Cardano arregalou os olhos.

— Ela tem o demônio... — GianBattista virou o rosto.

Cardano olhou para o lado. Pôs a mão na cabeça. Fechou os olhos. Respirava cada vez mais rápido. Tempo... Somos senhores de nosso tempo, pensou, devemos ser...

Sentiu uma mão em seu ombro. Olhou para cima e viu o rosto de Lucilla, ou de Lucia, não tinha bem certeza. Lembrou-se da conversa que tivera com ela quando era criança.

— Você desejava três filhos, mas a única pessoa com quem se casaria seria comigo — dissera Lucilla. — O problema se tornaria o destino desses filhos.

Cardano tinha perguntado então se ela poderia dizer se ao menos um filho homem sobreviveria.

— Sim, posso responder — ela falou. — Sobrará um...

Cardano sentiu vontade de conversar mais com Lucilla. Mas ela parecia a Lucia.

— Lucilla — sussurrou, e a imagem imediatamente desapareceu.

Cardano virou-se para GianBattista, que olhava, assustado, para o pai, sem entender o que estava acontecendo. O pai se recompôs.

— Ainda temos uma chance — falou Cardano, recuperando a frieza de que necessitava. — Não diga que matou Brandonia, em hipótese alguma! Entendeu? Em hipótese alguma!

GianBattista virou o rosto novamente e não voltou a fitar o pai, que se levantou, pensativo, circunspecto, analisando como poderia lidar com mais uma revelação que serviria de munição para os seus detratores.

O julgamento se iniciou no grande hall do novo Palácio Marino. No fim do salão, abaixo dos estandartes dos governadores imperialistas, estavam as plataformas onde se sentavam os senadores, cada um com a toga preta e um grosso colar de ouro.

Jurisconsultos, clérigos, mensageiros e guardas tinham seus lugares reservados na face leste. No canto oposto estava o júri.

O público ocupava um terço do recinto e era contido por uma alta grade de ferro, com grossos grilhões, ladeados em ambos os lados por arqueiros e alabardeiros. A alabarda era uma longa lança, que tinha em uma das laterais a afiada chapa de metal arredondada, que poderia ser usada até em decapitações. Quando Cardano entrou no grande salão, mirou imediatamente aquela lâmina, e um frio na espinha lhe correu de cima a baixo.

Já no início dos trabalhos, Evangelista, pai da falecida, desistiu de defender a ideia de que ela seria imaculada ao casamento. Relatou sua agonia naquela fatídica tarde em que viu a filha, apenas dez dias após o parto, vomitar até morrer.

Meu Deus, pensou Cardano, ela tinha acabado de parir! Isso tornará as coisas mais difíceis...

Era muito forte a imagem de uma mãe sendo envenenada com uma filha recém-nascida no colo. Rigone, o presidente do Senado, parecia conduzir o caso com convicção de que o acusado deveria ser punido.

Cardano gastara uma boa parte de sua fortuna pagando os dois advogados responsáveis pela defesa. O dinheiro serviria também para chamar as testemunhas e, principalmente, agradar seus desafetos.

Mas os depoimentos se arrastavam sem importância e proliferavam divagações sobre o significado da vida humana. Ao fim de mais um dia, notou que os advogados não estavam presentes no início da nova sessão. Correu à casa de um deles, próxima ao Palácio Marino, e recebeu a notícia de que tinham viajado.

Mais uma decepção... Por que não foram honestos? Por que fugiram com o dinheiro e, pior, deixaram um jovem sem defesa?

De acordo com a lei romana, o pai, por causa do seu grau de parentesco com o acusado, estava impedido de participar da apresentação das provas iniciais, mas poderia fazer as alegações ao fim do julgamento. Cardano era um mestre da retórica. Sabia disso. Poderia assumir o caso e salvar seu filho.

O grande trunfo da defesa residia no depoimento de cinco médicos do colegiado, interessados em limpar o nome da associação. Eles examinaram o corpo da falecida e foram unânimes em anunciar que Brandonia não tinha morrido envenenada. Estavam faltando os sinais básicos, disseram, como a língua preta, o abdome túmido e a queda de unhas e cabelo. Também não existiam sinais de corrosão interna.

As testemunhas conferenciaram entre si e chegaram à conclusão que Brandonia teria morrido de uma doença consuptiva, a *lipyria*. Os senadores, por sua vez, aqueles que dariam a posição definitiva, tendiam a aceitar a opinião dos médicos, mas teriam que aguardar a manifestação dos advogados de acusação.

Os Seroni atacaram com todas as suas forças, pois tinham perdido o elo que mantinha o aporte de dinheiro constante.

Após a exposição do jurisconsulto de acusação, Rigone, o presidente do Senado, perguntou ao médico:

— Então, doutor Vincenzio Dinaldo, de que causa morreu a mulher de nome Brandonia Cardano?

— Não saberia responder, excelência.

— E o que dizer da informação apresentada hoje, de que GianBattista Cardano confessou ter colocado veneno em um bolo, com ajuda de um servo?

Como ele pôde confessar?, falou para si mesmo Cardano.

A evidência da participação do servo era de particular importância.

— O que o réu Giovanni Battista Cardano pediu ao senhor?

— Que eu colocasse grande quantidade de uma poção no bolo para livrar minha senhora da dor que a transtornava — respondeu o servo doméstico.

— Que poção era essa?

— Não sei. Ele trouxe em um saco de couro.

— E onde está esse saco de couro? — perguntou o jurisconsulto.

— Não sei, excelência.

— Essa poção poderia ser um veneno?

— Acredito que sim, pois o pai experimentou um pequeno pedaço e passou muito mal, vomitando bastante — disse o servo.

— Não seria esta uma evidência robusta o suficiente para que considerássemos GianBattista o verdadeiro culpado? — perguntou um dos promotores. — Não é uma manifestação irrefutável?

— Muitos venenos podem ter efeitos curativos — rebateu um dos médicos. — A secreção da víbora é dada para a elefantíase, *euphorbium* para paralisia, arsênico branco para a própria *lipyria*.

Os escribas anotavam cada palavra pronunciada na audiência. Alguns senadores cochilavam de vez em quando, mensageiros saíam e entravam, testemunhas rodiziavam em frente do júri e o povo presente não precisava de muitos motivos para se manifestar ruidosamente. Os alabardeiros eram obrigados a empurrar muitos deles e, frequentemente, a raspar com força suas lanças na grade de ferro, produzindo um som metálico cortante. Seguiam-se momentos de silêncio, quando então todos podiam ouvir os argumentos apresentados.

Cardano tomou a palavra. Com a confissão, a tática agora mudara. Deveria considerar a possibilidade do assassinato, pensando em atenuantes. Cometer o crime não era uma justificativa para que fosse condenado, e, se fosse, a pena deveria ser o exílio, não a morte.

— Matar por veneno não é como matar com uma adaga! — começou Cardano. — E matar pela honra manchada não é como matar por dinheiro! Um ato de deslealdade, confessado de forma despudorada, é uma grande provocação, ao contrário do adultério cometido sob o signo da discrição. Brandonia, assim como sua mãe e suas irmãs, se valiam do escárnio, bradando, a quem quisesse ouvir, que os dois filhos eram fruto de relacionamentos escusos, que não tinham o sangue Cardano em suas veias. Ela insultava GianBattista com suas fornicações públicas.

"Isso não é uma morte? — continuou Cardano. — Tão contundente quanto o crime ao qual ele está sendo julgado? Não é justificada a punição por sua infidelidade declarada e sua violência à menina, minha suposta neta?

"Por nossa lei — falava Cardano, andando de um lado a outro —, um pai é desculpado por matar sua filha quando tem a intenção justificada de puni-la severamente, pois seu amor é tão grande a ponto de se transformar em raiva. Não é justamente o caso de GianBattista? Ele não viveu longa e pacientemente com sua esposa em uma total miséria mental, suportando a vergonha, apontado por seus pares como um marido enganado? Não vimos aqui depoimentos que confirmavam isso? Após tal degradação, não poderia ele próprio ter sido morto? Por sua esposa, ou por seus comparsas? Não é uma justificativa para a autodefesa?"

Cardano citou então numerosos casos em que o homem foi perdoado em circunstâncias semelhantes, situações em que as mortes foram plenamente justificadas, resultando em absolvição para os acusados. Passou então a atacar o argumento de que o veneno era muito mais grave, por impedir a defesa da vítima.

— Repito... Matar por veneno não é como matar com uma adaga! É tolo manter o pensamento de que o uso do veneno é pior que o do punhal. Muitas autoridades, desde Platão, defenderam a respeitabilidade do veneno como um instrumento fatal. Qual morte na história da humanidade foi mais digna do que a de Sócrates? Consolou sua mulher, seus amigos, entre eles Críton, seu mais próximo companheiro, e tomou o veneno que lhe fora imputado. Que homem, contemplando sua inexorável morte próxima, não escolheria a silenciosa cicuta, em lugar do aço brilhante?

"Tem sido dito que o veneno deve ser considerado agravante adicional da pena — e Cardano colocou a mão no queixo neste momento —, pois é um crime fácil de perpetrar e difícil de detectar. Mas qual é o embasamento para tal conduta? Martianus nos ensina que pequenos furtos levados a cabo por servos domésticos não deveriam ser trazidos a um tribunal para não despender o tempo dos juízes, que têm assuntos muito mais sérios para tratar. No entanto, de todas as ofensas, estas são as mais fáceis de realizar. Por que não são punidas severamente?

"Não há petulância no ato do envenenamento — Cardano mantinha a mesma linha de raciocínio. — Aquele que mata dessa forma o faz por necessidade. Aquele que usa sua espada, por outro lado, manifesta raiva, ambição, licenciosidade. Quem utiliza o veneno, balançando entre a raiva e a mágoa, deixa o resultado por conta da fortuna, visto que, a cada cinquenta envenenados, apenas um sucumbe. É um erro dizer que a escolha pela poção líquida é a mais certeira. A dose deve ser fatal, e a ingestão precisa ser completa. Portanto, há muito mais chances de sobrevivência para aquele que sofre esse tipo de investida."

O Senado parecia estar envolvido pela retórica de Cardano.

— A confissão do crime foi resultado da estreiteza de pensamento de GianBattista e da maléfica presença de seu irmão, Aldo. Ele se livrou da pena de conspiração, mas foi quem insuflou de forma demoníaca a mente do acusado, para que assumisse um crime que não cometeu. Ou, se cometeu, o fez por não estar lúcido em suas ações.

Como Aldo não estava mais preso, poderia jogar parte da culpa nele, por que não? Depois mudou de estratégia, passando a afirmar que GianBattista tinha uma mente muito limitada.

— Se o acusado é tão incapaz — perguntou Rigone —, como pôde se formar em Medicina e ser aceito pelo Colégio de Médicos, tendo em suas mãos a vida de outros?

— Apesar de ter se formado — rebateu Cardano —, não exerce a profissão. É um pobre coitado, dependente financeiramente do pai. Além disso, um homem pode ser infinitamente genial na complexa demanda da Filosofia, da Medicina, na construção de pontes, em milhares de outras atividades e ainda assim ser simplório nos assuntos do dia a dia. Assim é meu filho. Não tiveram essa impressão os ouvintes desta sala?

"Se o tivessem conhecido — continuou o médico —, saberiam que não estou mentindo. Ele escolheu uma mulher sem dote, o que já é uma prova de sua pouca inteligência. Por influência dos familiares dela, voltou-se contra mim. E agora, diante um júri, julga-se importante e masculino ao dizer que matou e mataria sua esposa novamente."

O grito de angústia por um filho no banco dos réus se fez sentir mais alto do que a argumentação de um pretenso advogado experimentado.

— Meu filho merece perdão? Um jovem simples, no auge de seu sofrimento, tem esse direito. Não está nas Escrituras? Esqueça, ó Senhor, os erros da juventude. Meus sagrados senadores, quantos entre nós não erramos na época em que ainda nem vislumbrávamos a maturidade? Agradeço a Deus por meus erros da juventude terem causado apenas aborrecimentos e não um processo judicial. Em sua simplicidade, GianBattista experimenta uma prudência que se equipara ao de uma criança de 10 anos. Os senadores e magistrados aqui presentes impingiriam a morte a um lunático que, em um lúcido intervalo, matou alguém? A uma pessoa que tem tanta dificuldade em escolher uma esposa quanto em decidir sobre a compra de um par de sapatos? Lembrem-se de Giampietro Solario, o notário. Ao acusar seu filho bastardo de envenenar as duas irmãs legítimas com o objetivo de se tornar o único herdeiro, considerou que o filho já tinha sido suficientemente punido ao ficar um longo período na prisão. A lei se inclina para a misericórdia. Conto com a lucidez de julgamento de cada um de vós.

Após 53 dias, a contar do momento em que partira desesperado de Pavia, Cardano desceu da tribuna e foi para casa. Não poderia esperar a decisão da corte no próprio Palácio Marino. Lembrou-se, então, de um detalhe do que falara Lucilla: um filho sobreviveria, mas não aquele que mais amava... Sentiu um arrepio. Nada havia que pudesse aplacar a angústia da espera. Talvez sentar-se para escrever.

Meu coração está em choque pelo sofrimento causado a meu filho. Fui avisado do perigo que ele corria. Recebi sinais de que isso poderia acontecer. Minha defesa foi proferida. A luta pela vida de GianBattista chegou ao fim. Não poderia fazer nada além do que fiz. A imagem da adaga ensanguentada insiste em permanecer na palma da minha mão. Os homens do

Senado, alguns deles meus pacientes, não parecem querer ajudar um velho curvado pela dor.

Cardano recordou, como alento, as palavras da vidente, que relatava a libertação do filho preso e o perdão dado pelo pai. Nesse momento, chegava seu servo mensageiro, com uma carta do governador. Sôfrego, abriu-a de forma atabalhoada, para constatar que era um pedido instando os senadores a reconsiderarem uma possível punição mais severa, optando, se fosse o caso, para o exílio do acusado.

— Corra e leve ao Senado! — gritou Cardano para o servo. — Pegue o cavalo! Imediatamente! Vá!

A família Seroni afirmou que só retiraria a acusação se recebesse mais ouro, tesouros e pedras do que existiria no cofre de um rei. Seria mais uma maneira de me insultar?, pensou o médico, angustiado, em sua espera.

Um pouco antes da chegada da carta do governador, o acusado deu mais detalhes sobre a morte da esposa e descreveu o local onde guardara o saco com veneno, *auripigmentum album*, o puro arsênico. Chorou e pediu perdão por seu ato de insanidade.

A noite caiu. Na mesma prisão onde permanecera por quase dois meses, GiovanniBattista Cardano, com 26 anos, médico, assassino confesso, foi sumariamente decapitado.

Santo ofício

Recebi, preparado de forma digna, o corpo de meu filho, Giovanni Battista e o abracei. Acariciei-o e mirei seus olhos fechados. Pude ver, através de suas pálpebras, o quanto ele havia sofrido. Pensei que, ao longo dos dias, teria o tempo de que todos necessitam para absorver uma tragédia como aquela. Mas não. Os dois filhos de Brandonia foram despachados para a minha casa, junto com a ama de leite. Não interessavam mais aos Seroni. Menos de uma semana após, a menina e a serva morreram. Foram três enterros seguidos.

Alguns senadores confessaram que condenaram meu filho com a esperança de que eu pudesse sucumbir ou enlouquecer. *Ut dolore interirem, aut insanerem*. Ao fim daquela semana, como escapei dos dois fins só Deus sabe dizer.

Pouco depois, quem partiu deste mundo foi o rapaz inglês William, pobre infeliz. De tão explorado pelo alfaiate, na oficina e no campo, não resistiu a uma febre que o consumiu por dez longos dias. Sinto-me culpado por isso. É outro peso do qual não me livrarei. Escrevi *Dialogus de Morte, seu Guglielmus*, pensando nele.

Quando ainda estava em Pavia, comprei uma casa próxima à Igreja de Santa Maria di Canepanova. Lá hospedei três pupilos. Ercole Visconti foi o primeiro. Era bonito, aficionado e bom músico. Seu avô tinha um castelo na cidade. Os outros foram Benedetto Cataneo e Gianpaolo Eufomia, este último um músico muito erudito.

Completei o livro sobre a Adversidade. Estava quase no fim quando Gian foi preso. Um capítulo sobre o luto foi acrescentado. Todas as adversidades são tratadas ali. Deformidade, doença, idade, morte, pobreza, inveja, exílio, prisão. A última das quatro partes trata da família, terminando, naturalmente, com a história do meu filho. Desde aquele momento, percebi que não escreveria mais nada em minha vida sem colocar pelo menos uma menção ao pesar que ainda sinto.

Ao iniciar o livro sobre a Tranquilidade, tentava conseguir sossego para minha mente atormentada. Em vão. Discuti a filosofia da anatomia em *Mundinus,* e, para minha surpresa, quem editou o livro foi o próprio Vesalius. Uma grande honra.

Pouco depois da tragédia, tive publicado meu livro sobre a interpretação dos sonhos, *Synesiorum somniorum omnis generis insomnia explicantes*. Muito carinho tenho por essa obra. Homenageio Sinesio di Cirene, daí *Synesiorum,* um arcebispo muito pio que viveu há mil anos.

Explico todos os tipos distintos de sonhos, *omnis generis insomnia,* que ele poderia ter, como os que preveem o futuro, os que revelam doenças, aqueles que evidenciam as emoções e os sonhos provocados por agentes superiores, como anjos e demônios. Falo também dos outros tipos de sonhadores, ricos ou pobres, casados ou solteiros, sãos ou doentes. No fundo, também queria interpretar meus próprios sonhos. Creio que algumas vezes eu o consegui com razoável precisão.

Também escrevi um pequeno tratado sobre os dentes, *De Dentibus,* lembrando sua relação com a inflamação das juntas de nosso corpo. Que eu tenha conhecimento, somente eu, Bartolomeo Eustachio e Vesalius falamos até hoje sobre essa parte do nosso corpo com tanta precisão.

Vivi feliz sob a mão pesada de Ferrante Gonzaga. Com um sucessor mais liberal, no entanto, presenciei a derrocada de meu filho. Quis o destino que muitos viessem a pagar pelo que fizeram. Rigone, o presidente do Senado, perdeu seu filho logo depois. O acusador, Evangelista Seroni, foi preso e, como se não bastasse, também perdeu seu primogênito.

Mas a vida tomou um novo sentido, e, naquele momento, este sentido tinha um nome: Facio Cardano, um bebê carinhoso, tranquilo, cativante. Superava todas as manifestações de afeto que eu tinha presenciado até ali.

Somente meu neto me dava realmente alguma alegria. Vivi a emoção de ver uma criança crescer.

Não passou muito tempo e já amassava minhas folhas, fazia riscos incompreensíveis, quebrava a pena, puxava minha barba e dava risadas deliciosas quando eu formava um bico com os lábios. Nunca em minha vida tinha deixado alguém fazer o que Facio fazia. Nem meus filhos. Facio é diferente. Tem o frescor da beleza dentro de si.

Não me importava que ele fosse um filho bastardo de Brandonia. Não estava mais interessado nessa questão, pois um homem pode estar sem honra e ainda assim ver a honra nascer da depravação.

Quando tudo parecia, com grande esforço, se acertar novamente, recebi a notícia que o Colegiado dos Médicos de Milão tinha cancelado minha licença para exercer a Medicina. Mais que isso: meus inimigos ganharam força também em Pavia. Escapei de ser envenenado por mais de uma vez. Perdi minha cátedra. Sobrou pouco dinheiro, eu que fui um dos homens mais ricos e bem-vistos do ducado. Meu país me expulsava, de forma inclemente. As pessoas cochichavam quando passavam por mim.

Pensando bem, que ser humano não agiria assim? Quem se furtaria a comentar que viu andar na rua o miserável médico acabado, cuja filha se prostituiu e morreu estéril por ter abortado do irmão? Quem não apontaria para o doutor que teve um filho condenado por ter matado a esposa recém-parida? Ou, melhor, aquele que criou um caçula fadado a se tornar um assaltante, frequentador dos mais maléficos grupos de pessoas?

Fui obrigado a partir da Lombardia, *mio paese*, onde sofri de tudo. *In patria soffrii la peste, la febbre dissenterica, la bronchite fetida purulenta*, a repulsa do Colégio dos Médicos, a injúria, a morte do filho. Até pararam de editar meus livros. Bebi o cálice amargo da *diffamazione*.

Mas onde seria feliz? Se tivesse escolha, iria para Aquileia, ou Porto Venere. *Ergo si mihi optio loci detur Aquilam, vel Portum Veneris*. Fora da Itália, preferiria a Sicília. *Si extra Italiam, Siciliæ*. Tenho perfeita consciência, no entanto, que essas regiões podem albergar homens felizes, mas não podem fazer uma pessoa feliz. *Felices homines non faciunt.*

Em minha trajetória de vida, conheci uma pessoa que em tudo era feliz: Ambrogio Varadei. Não era letrado, mas tinha dentro de si uma leveza que sempre persegui e nunca encontrei. Esta é a sina do pensar, do refletir. Seus horizontes se ampliam, mas suas demandas também. Tive notícia dele por intermédio de um francês que conheci em Amboise. Ele presenciou em Rouen a demonstração de dois indígenas da tribo *des tupinambas*, de terras portuguesas do além-mar.

Lá estava Ambrogio. Ele falou da minha pessoa ao francês, que então me escreveu. A carta sobre a vida dos canibais me impressionou. Contava ele que os leitos são feitos de algodão, suspensos no teto, como nos nossos navios. Levantam-se bem cedo e comem imediatamente. São raspados em todo o corpo. Acreditam que as almas são eternas e aquelas que muito merecem recompensa dos deuses são alojadas no lugar do céu em que o sol se ergue. Não se vê traição, tirania, deslealdade.

Recentemente, Ambrogio, que parece não se cansar nunca, mudou de expedição e ajudou na fundação da cidade de São Sebastião, próximo do local onde Villegagnon tinha sua França Antártida, um sonho que acabou não dando certo devido a mesquinharias, loucuras e brigas religiosas.

Os índios podem ser chamados de bárbaros, segundo nossa visão, mas nós os sobrepujamos em toda espécie de barbárie, disse-me o francês.

E barbárie é o termo que se aplica ao tratamento que recebi de muitos colegas, alguns dos quais pretendendo roubar meu lugar e meu estipêndio de 521 *scudi l'anno*, aqui na Universidade de Bolonha, que consegui a muito custo, sob os auspícios do bispo Francesco Alciati e, principalmente, do cardeal Carlo Borromeo, a quem considerei justo dedicar o *Livro dos sonhos*.

Barbárie também pode ser dita de um filho que rouba o pai, como Aldo fez comigo. Quase tudo o que me restava na arca foi levado. Denunciei o furto, e a guarda bolonhesa descobriu que se tratava dele, junto com um comparsa do mais baixo nível. Perdoei-lhe. Não porque ele mereça perdão. Eu é que não desejo mais o peso desta sina. Depois me lembrei das palavras de uma vidente, há muitos anos: "Terá problemas com seu filho. Ele fez uma grande bobagem. Será preso. Mas vai conseguir se livrar e terá o seu perdão..."

Veja, comecei a escrever um diálogo em que dou uma pista em relação a isto. Nele, o espírito de meu pai, Fazio Cardano, me pergunta: O que aconteceu com seus filhos? Você os perdeu por negligência e licenciosidade?

Oh, povero me! Dez anos se passaram desde o último dia em que vi meu filho GianBattista sentado no banco dos réus. Boa parte desse tempo não está registrada em minha memória. É possível que eu tenha realmente perdido a razão por um longo período, como meus servos e pupilos me contaram, mas não perdi minha fé. Deus, meu Senhor, em sua infinita bondade, dê-me sabedoria e saúde de mente e corpo. *Domine Deus infinita tua bonitate, dona mihi sapientiam sanitatem que mentis et corporis.*

Alas! Como os filhos podem ser um fardo!

Só não quero me alongar neste assunto. Tenho certeza de que cometi muitos erros, mas a pena que recebi excedeu em muito o que merecia. Já é o suficiente. Vamos falar de seu *paese*.

Caro amigo John Hamilton, a notícia de que Mary, a Rainha dos Escoceses, voltou à terra natal e deu poderes centrais a sua excelência muito me alegra. Seu projeto de instituir definitivamente a Igreja de Roma ao norte da ilha é uma esperança a todos que cremos na missa, na liturgia e no corpo de Cristo presente. Pena que a Mary da Inglaterra tenha morrido. Sua meia-irmã, a rainha Elizabeth, ao que me consta, está caminhando para outra direção.

Devo acrescentar que estou preso desde ontem para averiguação. Fui muito bem-tratado. É possível que tenha sido um mal-entendido, pois não existe nenhuma queixa específica contra mim. Assim que analisarem os registros, verão que sou um servo de Deus, fiel à nossa Igreja e submisso ao papa Pio V. Acredito que em breve me libertarão.

Como dizia meu pai, tudo aquilo que é feito pelo poder de Deus é resultado de Sua inspiração. *Omne quod in virtute a Deo fit, dicitur eius inspiratione fieri.*

5 de outubro, 1570

Nem bem acabara de terminar a carta, rodaram a chave na fechadura, abrindo a porta do quarto. Um clérigo entrou com um prato de comida e deixou-o na cabeceira da cama.

— Seu almoço, doutor. Hoje à tarde o vigário conversará com o senhor.

— *Grazie*... — Cardano olhou com uma expressão tranquila. — Peço um favor. Gostaria que esta carta fosse enviada a um país distante. Ainda possuo algum dinheiro. Fariam essa gentileza? — Entregou as moedas que tinha junto com as folhas caligrafadas. — Já estou velho, e ele é muito meu amigo...

— Farei o que estiver ao meu alcance. — O clérigo fez uma reverência e saiu.

Cardano sabia que a carta seria lida ainda na Itália. Portanto, não se deteve em falar sobre a prisão, ou assuntos que pudessem gerar suspeita de irreligiosidade.

O que ele não sabia era que Mary Stuart já estava presa na Inglaterra e a Escócia vivia sob poder dos protestantes. Nenhuma carta chegava mais às mãos de John Hamilton. Toda a sua correspondência era interceptada, analisada e destruída.

Três horas depois, Cardano foi conduzido a uma pequena sala que tinha, em seu centro, uma pesada mesa de madeira escura.

— Queira sentar-se, *signore* — solicitou o notário a Cardano.

O frade Antonio Baldinucci, inquisidor geral de Bolonha e admirador de Cardano, viera especialmente para recepcioná-lo.

— Caríssimo professor Girolamo Cardano, lamentamos o inconveniente de tirá-lo de sua residência — falou de forma amável o frade, quase se desculpando. — Temos que cumprir as determinações de Roma. Sabe disso, não é, doutor?

— Estou à disposição — respondeu Cardano. — Apenas desejaria saber por que motivo estou aqui.

— Fique tranquilo — respondeu Baldinucci. — Tudo será informado.

— Parece-me que haverá um processo — falou Cardano, esboçando uma reclamação. — Neste caso, não posso ter o acompanhamento de um jurisconsulto de defesa?

— Não haverá necessidade, doutor — o inquisidor sorriu, dando a entender que a pergunta não deveria ser refeita —, há testemunhas aqui e tudo está sendo registrado. — Apontou para o notário, que escrevia cada palavra pronunciada. — Seu nome foi indicado e, desta forma, temos que proceder a alguns trâmites burocráticos. Tenho certeza que não serão demorados.

Na sala estavam presentes também o magistrado secular e o vigário, que iria interrogá-lo. Nas causas do Santo Ofício, em algumas regiões da Itália, era necessária a presença de oficial não religioso, o que às vezes causava algum conflito entre poderes.

Baldinucci despediu-se, e logo Cardano ficou sabendo que havia algumas denúncias de uma possível postura herética em seus escritos. O vigário apresentou-se e relatou ao notário o nome completo do réu, suas atividades atuais, e anunciou a abertura de mais uma sessão da Congregazione della Sacra Universale Inquisizione, sob o Sommo Pontefice della Santa Madre Chiesa, Pio V Ghislieri.

— Antes de mais nada, *signor* Girolamo Cardano, devo lembrar-lhe o que escreveu em *De Rerum Varietate*. Proponho iniciarmos nossa conversa deste ponto. Posso começar?

— Sim, excelência.

— Citarei exatamente suas palavras, doutor. Os dominicanos são lobos vorazes que perseguem bruxas não por seus crimes, mas pela possibilidade de possuir mais riqueza. — Após ler o trecho, o vigário inquisidor levantou as sobrancelhas. — Sabia que o nosso amado papa Pio V começou sua carreira como um frade dominicano?

— Não, não sabia — respondeu Cardano. Após uma breve pausa, suspirou e complementou. — Mas é incorreto dizer que eu tenha escrito isso. Foi uma interpolação feita pelo editor.

— Tem como provar que estava em desacordo com esta parte que citei? Alguma carta que tenha recebido?

— Não.

— E como explica o fato de ter autorizado novas edições sem nenhuma modificação? — perguntou o inquisidor.

— São muitos livros, com muitas edições, caro vigário — falou Cardano, com certa ansiedade. — Não é possível ter o controle de tudo. São detalhes que nos escapam.

— Nunca foi sua intenção converter os amigos? *Pregare et dogmatizare?* Nunca reuniu pessoas em sua casa para discutir religião?

— Discutir, sempre. Pregar e dogmatizar, nunca — respondeu com firmeza Cardano. — Ademais, processos do Santo Ofício são dirigidos a blasfemadores, luteranos, bruxas e anabatistas. Por que razão estou aqui?

— *Signor*, há mais indícios de palavras ímpias e heréticas em livros seus. Temos denúncias que vieram de Bolonha, Brescia e Pavia. Temos também informações de que, em Milão, o doutor apresentava a *Última Ceia* a jovens, dizendo que Maria Madalena estava sentada ao lado de Jesus Cristo.

A preocupação da Igreja de Roma era pertinente. Muitos camponeses consideravam o poder divino de Maria igual ao de Jesus. Outros incluíam até a pretensa companheira de Cristo em seu leque de adorações.

— Isso é a mais pura inverdade! — exaltou-se Cardano. — Apenas disse que a figura pintada tinha traços femininos! — lembrou-se então do dia em que mostrou a obra de Da Vinci a GianBattista, assim como Fazio tinha feito com ele. De repente, deu-se conta de uma particularidade e questionou o inquisidor: — Eu nunca falei com outra pessoa sobre isso. Como pode saber o que expliquei ao meu filho? Não havia mais ninguém no refeitório, apenas eu, GianBattista e... — engoliu em seco — Aldo...

— Também nos foi dito sobre sua capacidade de prever a morte. Isso é verdade? — perguntou o inquisidor, impassível.

— Talvez esteja se referindo ao meu ex-pupilo Virgilio — falou Cardano, recompondo-se. — Eu disse: tenho algo a escrever a você... morrerá logo se não se cuidar. Uma semana depois, ele ficou doente e morreu.

— O caro doutor tem ciência de que a bula papal do ano passado maldiz as artes divinatórias, não é mesmo? Adivinhação, magia, bruxaria...

— Mas foi a conclusão de um médico, não a de um vidente ou prestidigitador. Tenho um olhar sobre a saúde que outros não têm.

— Entendo. — O inquisidor estalou os dedos e virou mais uma página de suas anotações. — Em Milão, seu processo de acusação de heresia foi bloqueado por alguns amigos importantes, não é verdade?

— Excelência, nunca quis maldizer a Igreja de Roma — afirmou Cardano, ficando cada vez mais preocupado com o teor das denúncias que poderiam ter recebido. Refletiu que talvez tivesse mais inimigos do que imaginara. — Enviei todos os meus escritos e eles foram devidamente liberados.

— Qual foi seu intuito ao fazer o horóscopo de Jesus Cristo, doutor? — perguntou o vigário, ignorando o comentário do médico milanês sobre a aprovação que tinha acontecido havia quase uma década.

Cardano lembrou-se então de quando, em uma tarde fria de janeiro, com 19 anos, reencontrou o tio Evangelista e foram tomar vinho quente na taverna. Conversaram sobre a faculdade e a previsão de que o amigo Prospero não iria viver muito. Evangelista tivera então a ideia de que ele fizesse a carta astrológica de Cristo, uma proposta que parecia assustadora naquela época. Tempos depois, Cardano teve a coragem de encarar a ousada tarefa. Teria sido uma homenagem ao tio?, pensou.

— *Signor?* — falou o vigário, acordando-o de seu devaneio.

— Por que fazer o horóscopo de Cristo? — falou, de súbito, o médico.

— Desculpe, estava refletindo sobre sua pergunta... Veja, encarei esse desafio para mostrar que nada acontece ao acaso. Deus determinou o evento do nascimento de seu sagrado filho de tal forma que coincidisse com vários fenômenos e condições celestiais significativas. De fato, são pelo menos dez coincidências marcantes.

— Prossiga...

— Considero, por exemplo, que a influência de Saturno envelheceu Jesus prematuramente. Outros antes de mim não viram isso.

— Outros? Que outros? — perguntou o vigário.

— Eu não fui o primeiro a fazer o horóscopo de Cristo, Nosso Senhor. Note que, assim como meus antecessores, nunca disse que os milagres, ou a divindade Dele, tivessem sido originados nas estrelas.

— Não disse? Talvez haja inconsistência na sua afirmação. Lerei um trecho que o doutor escreveu a fim de reavivar sua memória — disse o inquisidor, abrindo o livro. — A natureza atribuiu a Ele tudo o que poderia ser trabalhado pela combinada ação dos céus. Nossa lei é estabelecida na melhor maneira possível, e não terá fim, a menos que haja a restauração das eclípticas, que farão surgir um novo estado de coisas no Universo.

Cardano refletia sobre como consertar o que tinha escrito. O inquisidor fechou o livro e voltou seus olhos para o acusado.

— As eclípticas farão surgir algo novo? É isso? Não é Deus, e só Ele, quem tem esse poder? Já o chamaram de homem sem religião e fé, *signor* Cardanus. *Homo nullius religionis ac fidei*. O que tem a dizer?

O vigário, com dez anos a mais, rugas profundas e fala lenta, mostrava-se mais erudito e astuto do que o esperado. Cardano percebeu que a argumentação não seria facilmente aceita.

— Excelência, escrevi em *De Libris Propriis* que era um Cristo de energia maravilhosa, *Christique navitas admirabilis*. Isto não demonstra que sou fiel à força do Senhor?

— Isto será registrado. No entanto, segundo Martim del Rio, há um material seu ainda não publicado e que se chama Mortalidade da Alma — falou o vigário, instigando o médico a confessar sobre um possível livro escondido. — Esta acusação tem fundamento?

— Não, concebi apenas o título Imortalidade da Alma, *signore* — respondeu Cardano, satisfeito por ter destruído a tempo o manuscrito citado —, e assim ajudei a contribuir na discussão sobre esse tema escrevendo de forma natural. *De immortalitate animi naturaliter*. Isto foi realizado em acordância com Platão, Aristóteles e Plotinus. *Platoni & Aristoteli, atque Plotino consentanea*. Analisei que os homens não têm poupado esforços na tentativa de discernir a forma incorpórea e separar a alma das coisas da estrutura física. *Animam quasi à corpore abstrahere*. Como se entre os mortais completasse um ciclo, *quasi in mortalibus per circulum*, unindo o início e o fim, da mesma forma como acontece com os imortais.

— Então poderíamos discutir este livro, não? — O inquisidor levantou as sobrancelhas.

— Como quiser, excelência.

O vigário inquisidor pegou o livro da edição de 1545, com pedaços de papéis que marcavam páginas cuidadosamente selecionadas.

Cardano tinha estudado na Universidade padovana, onde médicos e filósofos, por influência de Pietro Pomponazzi, falavam abertamente sobre a morte da alma, que aconteceria junto com a morte do corpo.

O franciscano Girolamo Galateo, por exemplo, nascido em Veneza, estudou em Pádua e depois foi condenado por heresia, pois mantinha essa mesma visão. A pena escolhida foi a prisão perpétua. Na verdade, somente províncias afastadas de Veneza aplicavam a pena capital.

— No capítulo XII, o escritor Girolamo Cardano — falou o inquisidor, olhando para o notário, enquanto o magistrado secular bocejava — declarou que o intelecto estaria na alma — olhou para o médico — e na parte do coração que repousa o espírito daquela substância. Logo antes, tinha afirmado — fez voz grave: — O intelecto move o corpo; nem necessita dele e não é excitado por ele.

— Veja, caro vigário, eu apenas disse que já tinha sido declarado tal coisa...

— No início do livro, há a pergunta — os olhos seguiam o texto com atenção: — Se o intelecto é divino, o que o impede de inteligir a todo momento, de interagir inteligentemente com todas as coisas?

— Mas também afirmei que somente a alma do homem é imortal — respondeu, seguro, Cardano —, pois usa a razão. A razão é a diferença do homem com a qual se desvincula dos outros seres vivos...

— Certo. Mas, de forma inconsistente. — O vigário folheou o livro, abrindo outro trecho. — Há a pergunta se o ser humano é privado da alma enquanto dorme. Depois, se o céu está cheio de almas, ou seja, se elas ocupariam espaço, pois aqueles que afirmavam a existência da alma fora do corpo atestavam que ela estaria em algum lugar. Curiosamente, há o questionamento se as almas interagiriam todas entre si, ou somente com aquelas que já se conheciam na Terra. — O vigário abriu outra página do livro. — Mais à frente, outra questão: E se a alma se torturasse com alguma angústia perpétua? O que tem a dizer sobre isso, caro doutor?

— Considero surpreendente que a alma tenha que passar solitária um tempo perpétuo. Aristóteles disse que nada impediria que admitamos a fabulosa transmigração pitagórica de almas diferentes para corpos de homens e animais. — Cardano percebeu que não era interessante citar o filósofo antigo e tentou consertar: — Mas não partilho desse pensamento...

O que é mais surpreendente? Que a alma seja um corpo, ou que, sendo incorpórea, seja mortal?

— Continue... — falou o vigário.

— Ainda que a concebêssemos como incorpórea e que, mediante um corpo etéreo, seja atada a um corpo corruptível, não é isto claramente reconhecer que ela é imortal? O homem é um duplo, *signore*, com uma parte corpórea mortal e com uma alma imortal, que é a substância do próprio homem.

— Certo... — disse o inquisidor, com certa dificuldade em acompanhar o raciocínio.

— Muitos são comovidos pelo argumento de São Paulo — continuou Cardano — de que pareceria indigno da justiça divina se o homem tivesse uma alma mortal e, neste caso, seria a mais infeliz de todas as bestas.

— Em que sentido? — perguntou o vigário, franzindo a testa.

— A condição do homem no início de sua vida é misérrima! Indefeso, deve temer, obedecer e ser açoitado por seu mestre; depois, viver a idade antes do casamento, a mais violenta, sendo impotente para o perigo, o frio, o calor. Ninguém, no entanto, quer trocar seu destino pelo de um boi, ou de um asno, tão grande é o prazer da sabedoria! O homem age com deliberação, ao contrário das bestas, que são levadas pela natureza.

— Preferiríamos então ser um sábio pleno de inquietações que um asno feliz? — perguntou, curioso, o inquisidor.

— Certamente! — respondeu Cardano, agora mais confiante. — Mas é melhor ter a alma imortal do que termos o corpo em vida perene. Santo Agostinho perguntou-se — levantou o queixo: — Se fôssemos imortais e vivêssemos em perpétuo gozo sensorial, sem temor algum de perdê-lo, não seríamos felizes? Que mais poderíamos desejar? Depois, no entanto, o magnífico santo descobriu que a luz da virtude tinha a beleza invisível aos olhos da carne, que somente poderia ser vislumbrada nas profundezas da alma.

— O doutor se considera culpado da acusação de irreligiosidade?

— Perante Deus — respondeu Cardano —, tenho que saber como enfrentar a punição de um crime se eu for culpado, ou o benefício de ter demonstrado minha fé se eu for inocente.

Não há dúvida que tinha sido uma resposta de elevado nível, mas logo se arrependeu. Por que falar de forma tão pomposa e enigmática? Por que não dizer apenas: sou inocente?

O vigário anunciou que a sessão seria interrompida. Voltariam a conversar noutro dia. Cardano ficou parcialmente satisfeito com o encontro, sem saber que, nas anotações do inquisidor, estava salientada a obstinação do acusado, tão persistente em sua heresia, *ita pertinacem in istis heresibus*.

À noite, Cardano relembrou alguns preceitos que tinha escrito.

Homens submetem seus pares por intermédio da religião e da força, ou por necessidade, como os médicos. Muitos, desta forma, acham vantajoso combinar a arte da luta com religião.

O intelecto é seu escudo. Instrua sua mente como se manejasse as rédeas de um cavalo; assim correrá para onde quiser. Fale pouco. Não fale de coisas comuns que aconteceram com você. Guarde seus segredos. Palavras pronunciadas sem reflexão são grandes perdas.

Esse é o problema, admitiu Cardano, não sou tão bom em colocar meus próprios preceitos em prática. Eu faria melhor se lembrasse deles antes de me encontrar novamente com o inquisidor.

Depois veio à sua mente um título que se aplicava bem ao momento atual. *De extremis miseriis*. Pertencia a um dos capítulos da segunda edição do livro sobre as Adversidades, *De Utilitate ex Adversis Capienda*, que ainda não tinha data para a publicação.

Miséria extrema, recordou, foi o que sentiu quando um encarregado da sala dos defuntos de Milão chamou-o para ver o corpo de uma mulher, vestida com abandono e rosto envelhecido, marcada por feridas da sífilis, que tinha morrido de forma mal-aventurada. Era sua filha, Clara Cardano. Não sabia que tinha voltado à cidade.

Perguntou-se até que ponto um ser humano conseguiria suportar as desventuras de uma vida que tinha chegado ao ápice do dinheiro e da fama. Desejou que outros pais não passassem por isso e que o Castelletto deixasse de existir.

De fato, quando partiu de Pavia em direção a Bolonha, o processo de desmantelamento do maior prostíbulo da Lombardia já se iniciara, sob a supervisão do arcebispo Borromeo. Um depósito para as mulheres de má fama que deixassem aquela vida, *le convertite*, seria uma importante obra nessa nova política. Sinal dos novos tempos.

Depois de oito anos em Bolonha, tendo recomeçado a vida em sua nova cidade, usufruindo do amor de seu neto, novamente seu peito apertava em intensa falta de ar. Rezou o credo e o padre-nosso e conseguiu dormir. Prospero visitou-o naquela noite e alentou-o em sua amargura.

Os dias passavam sem que nada acontecesse, como se sua resignação estivesse sendo colocada à prova. Após quase três semanas, a segunda conversa com o inquisidor ocorreu da mesma forma como da primeira vez.

Ao contrário de outros hereges, que usavam a língua popular, Cardano escrevia em latim e não se vangloriava de suas posições peculiares sobre a alma, a divindade de Cristo e os sacramentos religiosos. Estava disposto a abjurar no que fosse necessário. Em suma, não tinha nenhum desejo de se tornar um herói.

Além disso, não promovia encontros, não negava a divindade de Cristo nem era reconhecidamente um pregador. Muitos itens que falavam a favor de sua liberação.

O inquisidor, no entanto, achava que ele deveria fornecer alguns nomes importantes para a luta contra a heresia.

— Reconhecemos que há algum grau de violência nesta cruzada — dissera o vigário —, mas quantas mortes não estaremos evitando? Analise o número de pessoas que pereceram na Germânia, respire os ares da França, onde um iminente banho de sangue já pode ser sentido, e nos responda se não estamos agindo em benefício da humanidade...

Talvez, pensou Cardano, mas ficou terrificado quando foi transferido de seu quarto para uma cela comum, nos porões do convento. Isto era sinal de que não convencera o inquisidor de sua posição como ovelha pura no rebanho dos crentes da Igreja de Roma.

Um agravante sério, reconhecia, era o fato de não ter o hábito de comunicar ao vigário local os casos que eram acompanhados por mais de três dias. A ordem expressa do Santo Ofício obrigava a notificação a fim de que os pacientes confessassem seus pecados, ou seja, revelassem a causa do prolongamento da enfermidade. No íntimo, o médico milanês não concordava com esse tipo de explicação sobrenatural para as doenças.

Pouco antes do anoitecer, um frade convidou Cardano a conhecer a sala de interrogatórios.

— Ali — explicou o frade — os condenados têm sua roupa retirada. Realiza-se então a análise para confirmar se estão em condições de serem submetidos aos procedimentos, conforme o que é orientado pelo Santo Ofício. Costuma-se iniciar com as amarras em pés e mãos, dando seguimento com o interrogado na posição deitada, tendo seus membros esticados lentamente. Há intervalos para que as perguntas sejam respondidas. O acusado nunca fica desassistido. Sempre tem ao lado um padre para rezar por sua alma.

"Em alguns casos — continuou —, os questionamentos podem ser intercalados com a retirada das pálpebras, realizadas com alicate próprio. Apenas em último caso se procede ao garrote de pescoço, ao esmagamento parcial do crânio, à suspensão do corpo sobre a pirâmide de ferro ou à extirpação da língua, medidas que naturalmente não se aplicam ao honorável médico — assegurou o frade."

Antes de se retirarem, um carrasco entrou. Mas não se aproximou. Manteve-se no escuro. Cardano, no entanto, podia ver que tinha uma capa de couro em sua cabeça, deixando à mostra, na parte frontal, os olhos, o nariz e a boca. Um olhar conhecido... Quando ele se virou, o médico sentiu faltar sua respiração ao ver que na orelha direita, acima da primeira curvatura, faltava um pedaço.

— Aldo? — sussurrou.

O carrasco, na escuridão do canto da sala, interrompeu o passo por um brevíssimo momento; depois continuou e saiu pela porta de ferro.

Cardano sentiu o chão fugir de seus pés. Cambaleou e foi amparado pelo frade. Seus brônquios fecharam com violência, obrigando-o a arfar repetidamente, no limite de suas forças. Mais tarde, mesmo respirando melhor, não conseguiu dormir. Se o objetivo do passeio era provocar o pânico, tinha sido plenamente alcançado. Além disso, como admitir que seu próprio filho se tornara um torturador da Inquisição? Preferia pensar que outras pessoas também poderiam ter uma falha na orelha, da mesma maneira como ele...

Na manhã seguinte, não recebeu nenhum alimento até a cela ser aberta, quando o sol já estava havia mais de três horas no céu.

Antonio Baldinucci, o inquisidor geral de Bolonha, entrou no recinto acompanhado do vigário inquisidor.

— Tenho uma notícia para o doutor — falou de forma grave Baldinucci, para depois seus lábios se abrirem em um sorriso, ao contrário do vigário, que demonstrava certa decepção. — O papa Pio V solicitou sua transferência para as dependências domiciliares. Ao que parece, o médico Girolamo Cardano tem mais amigos cardeais do que imagina — sorriu novamente. — Diz-se que chegou até uma comunicação de um arcebispo da Escócia, amigo do papa, o que teria sido de grande peso na decisão.

— Estou livre? — balbuciou Cardano.

— Ainda não completamente — respondeu Baldinucci. — Terá que fazer algumas semanas de prisão em seu domicílio, cumprindo as medidas protocolares. O processo ainda continuará. Lá fora, seu neto e seu servo o esperam para acompanhá-lo à sua casa, junto com a guarda da *signoria*. — Apertou a mão do incrédulo médico. — Tenha boa sorte e vá com a paz de Cristo.

Foram exatos 166 dias de prisão. Setenta deles no cárcere. Tempo mais que suficiente para fazer um novo testamento. Dessa vez, Aldo voltou a fazer parte, como instrumento de sua hereditariedade.

Quero que meus haveres — ditou ao notário — sejam destinados aos descendentes do sexo masculino de meu filho legítimo Aldo e meu neto Facio, filho de Giovan Battista. Cessando a linha masculina, que seja considerada a linha feminina, excluindo os filhos adotivos. Não será permitido alienar a herança. Todos os beneficiados deverão assumir o meu sobrenome. A casa de Bolonha deverá perpetuamente manter a placa *Casa dei Cardano*.

Dois meses após cumprida a pena domiciliar, Cardano foi chamado para abjurar, ou seja, negar as posições que tomara em seus escritos. Tinha sido condenado. Não poderia mais publicar livros, nem dar aulas em Bolonha. Felizmente, a finalização desse processo aconteceu dentro das dependências da igreja, *coram congregatione*, e não de forma humilhante, em cerimônia aberta ao público, *coram populo*.

De todo modo, a situação em Bolonha tornou-se insustentável. Estava sem emprego, sem poder escrever, sem amigos. Só permanecera ao seu lado o neto Facio, com quem derramaria as poucas lágrimas que ainda lhe restavam. O cardeal Morone aconselhou-o a ir para Roma. Lá poderia pleitear uma pensão do papa. Cardano nunca tinha visitado o coração da Igreja. Parecia um contrassenso, justamente após a decisão do tribunal inquisitório, mas foi exatamente isso o que ele fez.

Roma

Kenneth ajeitou-se com dificuldade, ajudado por um jovem clérigo, no primeiro degrau da praça do Campidoglio. O fim de tarde daquele verão de 1576 estava ameno. O outono já se avizinhava. Além do manuscrito, tinha em mãos um mapa colorido da cidade. Ele mostrava que havia, no local onde estava sentado, a pequena colina do Capitolium, de suma importância na capital do Império Romano séculos antes. Nas últimas décadas tinha se tornado o morro das cabras graças à frequência dos animais que vinham pastar.

Agora era diferente. Michelangelo fizera um projeto para dignificar a praça, que seria completada com a forma trapezoidal, rodeada por três grandes palácios, tendo ao centro a estátua equestre de Marco Aurélio, de frente para a escadaria que se abria para a cidade. O famoso pintor e arquiteto já falecera, mas a reforma continuava.

Admirou a magnificência de Roma. Ao longe podia avistar a cúpula da catedral inacabada, no coração da pequena cidade do Vaticanus, que também ficava dentro dos muros. Roma se reerguia em obras, tornava-se jovem. Kenneth, ao contrário, sentia a força do tempo, pois passara dos 70 anos. Voltara recentemente da Inglaterra. A viagem tinha sido penosa e demorada, principalmente sobre carroças, pois já não conseguia ficar muito tempo em cima de um cavalo.

O sacrifício valera a pena. Em parte por retornar ao coração da Igreja, que tanto amava, e reencontrar alguns amigos que fizera na capital dos Estados Pontifícios. Por outro lado, fora um grande prazer chegar a tempo de ver ainda com vida o grande amigo Girolamo Cardano. O médico, a quem costumava chamar de *messer* Girò, já não saía mais da cama. Sua última obra escrita tinha sido a autobiografia, ditada a um discípulo. O título, estampado no manuscrito ainda não publicado, era *De Vita Propria Liber*, ou o *Livro da minha vida*.

Os sons da cidade subiam os degraus da praça. Eram música para os ouvidos. Kenneth abriu as primeiras páginas a fim de descobrir o que o amigo tinha relatado sobre si próprio. A primeira surpresa foi constatar que o livro não apresentava uma sequência linear. Cardano dividira os capítulos em temas. Natividade, Prudência, Jogo, Felicidade, Casamento, Perigo, Anjos da Guarda...

No Prólogo, já havia, desde o início, um lembrete sobre o porquê da falta de sequência cronológica:

Escrevi seguindo o exemplo de Antonius, o Filósofo, relatou Cardano, aclamado como o mais sábio dos homens, sabendo que nenhuma tarefa humana é perfeita, *nec ulla mortalium structura perfecta esse possit*, mas também nenhuma é mais prazerosa que o reconhecimento da verdade. Minha autobiografia é sem artifício. *Non doctura quemquam*. Também não tem a função de instruir ninguém. É apenas uma história, *sed pura historia contenta*, contando minha vida.

A quadratura de Marte com a Lua poderia ter feito de mim um monstro. *Ideò poteram esse monstrosus*, escreveu em Natividade, mas o lugar da conjunção precedente foi em Virgem. *Sed quia locus conjunctionis praecedentis fui virgin*.

Fui o servo de meu pai, em sua teimosia, continuou Cardano. *Pater me ut servum ducebat secum mira pertinacia*. Depois, no capítulo da breve narrativa da vida, escrevi sobre a amizade com Vesalius, Prelato Archinto, o nascimento dos filhos, os tempos de Gallarate, a morte do primogênito. A partir daí, suportei minha existência, desabafou.

Trabalhei em Bolonha até ser preso. Excetuando a perda da liberdade, fui tratado de forma civilizada. *Omnia fuere civiliter administrata*. Vim para Roma no dia da celebração da vitória sobre os turcos, em 7 de outubro de 1571. *Veni Romam die pugnæ contra Turcas celebratæ*. Aqui tenho o patronato do papa, de quem recebo pensão.

Kenneth levantou os olhos por sobre a cidade. Os últimos raios de sol deitavam-se suaves na praça do Campidoglio. Pensou como as palavras recentes de Cardano poderiam ter a influência do momento atual. A pensão do sumo pontífice, a proibição de publicar livros, a necessidade de reafirmar a religiosidade.

Ele manifestara a Kenneth sua vontade de ser enterrado em Milão, ao lado do pai, mas a peste voltou a grassar por lá. Seria muito difícil cumprir esse desejo.

Folheou mais algumas páginas de *Vita Propria Liber*. O debate que ganhou de Branda Porro, os vícios no jogo, as descrições detalhadas de doenças e sintomas que tivera. Um capítulo chamou a atenção de Kenneth. Meditação sobre a perpetuação de meu nome. *Cogitatio de nomine perpetuando*.

Não era um livro que tinha pretensão de ser uma obra literária, como tinha feito recentemente Benvenuto Cellini. Não, definitivamente não. Cardano fizera uma obra filosófica e informativa. Por um lado, discutia os anseios do homem; por outro, dava detalhes pouco comuns como, por exemplo, a lista de obras, ou as citações que tinha recebido de outros autores.

Kenneth abriu o capítulo 45, Livros escritos por mim, *libri à me conscripti*, e contou minuciosamente exatos cem títulos, sendo alguns ainda não publicados. Englobavam assuntos como astronomia, física, moral, matemática, medicina, teologia, além do setor variado, *diversorum argumentorum*. Curiosamente, na lista de livros estava *De Vita Nostra*. Seria a própria biografia que estava lendo?

Mais para a frente, um poema: o lamento pela morte do filho.

Onde está o meu caminho?, escreveu Cardano. Que terra agora reivindica o corpo e os membros desfigurados pela morte? Eu o procurei por mares e lugares distantes, meu filho. Encarreguem-se de mim, deuses enfurecidos, se a misericórdia pode ser achada em algum lugar...

Kenneth fechou as páginas do manuscrito. O velho e arqueado Cardano, que acabara de ditar sua autobiografia, visto andando lentamente pelas ruas de Roma, já dava mostras de decaimento mental. Ainda assim dissera, ao encontrar Kenneth, dias antes: *"Vecchio è solo colui che fu abbandonato da Dio!"*

Se ele se considerava abandonado por Deus ao sentir os sinais da velhice, certamente não manifestava a fé na imortalidade da alma. Pobre amigo!

Com dificuldade, Kenneth se levantou e, junto com seu ajudante, rumaram para o convento. A última claridade deixava Roma já com as horas bem avançadas de uma jornada de fim de verão.

No dia seguinte, Kenneth voltou a visitar Girolamo Cardano. Ao entrar no quarto, lá estava o cartaz de sempre, pregado na parede, com os dizeres na língua latina: EU SOU O SENHOR DO MEU TEMPO.

Cumprimentou o servo de Cardano e se sentou ao lado da cama.

— É sua a carruagem na porta? — perguntou, surpreso, Kenneth.

— Nos últimos anos eu não tinha mais condições de me locomover sobre uma mula, amigo. Menos ainda sobre um cavalo. Felizmente, ainda tive muitos chamados para exercer minha profissão, desde que fui aceito pelo Colégio de Médicos de Roma, mas a verdade é que foi fundamental a pensão do papa. Minha salvação.

— Fico contente que a Igreja tenha entrado na sua vida também como uma bênção, e não só como sofrimento. Gregório XIII tem feito um bom trabalho, muito fervoroso.

— Eu o conheci em Bolonha... — comentou Cardano, virando-se com dificuldade na cama, ajudado pelo servo. — Gosto muito dele, mas não me agrada que o papa mantenha em Roma um bairro fechado só para os hebreus. Aquilo parece o Castelletto... Fiquei também um pouco chocado com a festa que ele fez após o massacre de protestantes na França, alguns anos atrás. Lançou até medalha para comemorar o assassinato de tantos inocentes na Noite de São Bartolomeu...

— Não sabia desse detalhe... Concordo que é lamentável... — falou, constrangido, Kenneth. Ficou um pouco em silêncio até achar algo interessante para dizer sobre Gregório XIII. — Sabe... disseram-me que ele vai acertar o calendário. Fizeram uma comissão para estudar o assunto. O ano deverá começar em janeiro, em lugar do fim de março, e vão cortar alguns dias para ajustar o equinócio. O calendário de Júlio César deve cair mesmo em desuso. Muitos já estão chamando o novo projeto de Calendário Gregoriano.

— Finalmente... — concordou Cardano, sorrindo. — Mas será um pouco tarde para eu aproveitar essa mudança — brincou.

— Outro projeto do papa é o da reconversão da Inglaterra — explicou Kenneth. — Muitos missionários foram para lá nos últimos anos com o objetivo de implantar a religião romana novamente. Parece que Gregório XIII não medirá esforços para isso.

— A Inglaterra também é um pouco seu país, não é mesmo? — comentou Cardano.

Kenneth contraiu os lábios, segurando a emoção ao se lembrar do porquê de aquela terra distante, que já fora possessão do Império Romano, também fazer parte do seu coração.

— Devo dizer — confessou Kenneth — que, na verdade, fui à Britannia em busca de meu pai. Ele abandonou nossa família quando eu tinha 10 anos. Essa era a minha procura.

— Você nunca me contou isso... Ele nasceu em Londres? — perguntou Cardano, com curiosidade.

— Em Stratford. Fica sobre o rio Avon, a noroeste, passando por Oxford — explicou Kenneth. — Lá eu encontrei o túmulo dele. Não foi difícil. Conheci um fazendeiro, Richard Shakespeare, seu grande amigo, que me contou sobre os últimos anos. Quando tive que ir para a Escócia, segui com a sensação de ter cumprido meu dever.

— Então, alguns anos depois, em 1552, nós nos encontramos... — completou Cardano.

— Isso mesmo. O tempo passou, o arcebispo John Hamilton ganhou mais poderes com a chegada de Mary, rainha da Escócia, e a luta contra os partidários de Lutero tomou um novo fôlego, pelo menos momentaneamente. Então, numa bela manhã de 1561, recebi a visita de um nobre luterano. Já dominavam quase toda a Escócia. Ele era o responsável pela fronteira com a Inglaterra. Tinha interceptado uma correspondência com a sua assinatura, Girolamo!

— Meu Deus... era a carta que escrevi na prisão... — Cardano arregalou os olhos.

— Isso mesmo — Kenneth franziu a testa. — A carta iria para o fogo, mas ele reconheceu seu nome, pois participara da palestra que falava da consolação ao sofrimento. Lembra-se daquela conferência? Você discursava e eu traduzia...

— Lembro-me bem — respondeu Cardano, com saudosismo.

— Pois é — continuou Kenneth. — Aquele nobre tinha perdido um filho, se separado da esposa e ficado melancólico, mas refez a vida após ouvir suas palavras.

— Fico feliz em saber que pude ajudar mais uma pessoa em um lugar tão distante — falou Cardano, com uma ponta de satisfação.

— Ele fez questão de trazer sua carta em mãos e, muito importante, permitiu que um mensageiro saísse da Escócia com uma comunicação endereçada ao papa, escrita pelo arcebispo.

— Foi de grande ajuda... E John Hamilton, está vivo? — perguntou Cardano, curioso quanto ao destino de seu antigo paciente.

— Morreu.

— A asma voltou? — perguntou Cardano, preocupado.

— Não! — respondeu Kenneth, enfático. — Nunca mais teve problemas sérios de asma e *phthisi*. Seu destino foi político. Pouco tempo depois de ter enviado a carta ao papa, Hamilton foi cercado no castelo e enforcado. A verdade é que ele foi muito vingativo com os luteranos. Seus atos voltaram-se contra ele. Mary, por outro lado, fez um casamento desastroso, perdeu poder e foi presa. Você pode imaginar como, para mim, um católico, se tornou impossível permanecer na Escócia. Além disso, eu já estava muito velho. Fui então autorizado a voltar definitivamente para Roma. Antes, porém, passei em Stratford, para dar um último adeus.

— Visitou mais uma vez o túmulo de seu pai?

— Era meu segredo. Meu pai foi um fervoroso luterano. Essa era uma procura particular minha.

— A viagem de Telêmaco — completou Cardano.

— Pode ser... — admitiu Kenneth. — Em Stratford eu conheci o neto do *signor* Richard Shakespeare, um rapaz chamado William, muito inteligente. Lembrei-me de que você tinha levado da Inglaterra um garoto com o mesmo nome. Então o presenteei com a tradução do seu livro. Ele adorou.

— De qual livro? — perguntou Cardano curioso.

— *Cardan and his books of Consolation, english'd.*

— Meu *De Consolatione*? Em inglês? — perguntou Cardano, orgulhoso.

— Isso mesmo. Pena que não tenha outro exemplar para trazer aqui.

— Tanto faz. — Cardano suspirou. — Já vou morrer mesmo, amigo. Lamento apenas não ter visto o mural de Da Vinci em Florença, no Palazzo della Signoria. Ver mais uma obra do mestre, estampada na parede, também me faria lembrar de meu pai. É engraçado... Estamos no fim da vida e ainda esperamos um olhar de aprovação dos mais velhos, como se eles estivessem lá no céu, nos observando...

— Entendo... Mas essa pintura foi apagada, Girolamo. Giorgio Vasari e Benvenuto Cellini foram contratados por Cosimo de Medici para fazer afrescos no local, na Sala del Consiglio. Eu estive lá.

— Que pena... Vasari morreu, sabia?

— Sim, foi o que me disseram — respondeu Kenneth.

— O livro dele sobre os pintores saiu dois anos atrás, em nova edição, com imagens de cada um dos biografados. Um livro muito bonito. É de se lamentar que não tenha feito um livro dos escritores...

— Lá estaria Hieronymus Cardanus, não é mesmo? — Kenneth sorriu.

— Provavelmente... Mas isso não me traria a alegria que perdi ao longo da vida... Tenho dúvidas se fui feliz, amigo. Sei que falhei, isso sim. Não fui bom pai, não fui bom marido.

— Você fez o que estava ao seu alcance — Kenneth levantou as sobrancelhas. — Não se pode esquecer que, por sua causa, muitos tiveram uma vida mais rica, com mais saúde. Ninguém escreveu mais livros depois de Aristóteles. Ninguém foi mais lido. Você disse que os surdos deveriam ser educados, pois tinham inteligência, e que os cegos tinham que ler com as mãos; defendeu a ciência, a circulação de ideias, o tratamento médico para quem está escravo do jogo, falou de doenças ainda não descritas, perscrutou os sonhos, a alma, o sofrimento. Fazer outras pessoas felizes é uma grande realização. Colaborar para a humanidade adquirir mais conhecimento também.

— Se eu realizei tantas coisas, como está dizendo — franziu a testa —, então devo ser feliz... É verdade que os deuses estiveram ao meu lado em muitos momentos; tenho que admitir.

— Temos um só Deus, Girolamo! Quem faz o contato divino não são deuses, são os anjos. O livro da Revelação de Jesus, o *apokálypsis*, lembre-se bem, teve seu conteúdo trazido a São João pelos anjos. Depois, os próprios anjos derramaram as sete taças da ira de Deus.

— E quando o anjo abriu o sétimo selo... — completou Cardano — fez-se silêncio no céu... Lembro-me bem desta parte da Bíblia, amigo. Vou confessar-lhe uma coisa. — Fechou os olhos novamente; respirou fundo: — Esta noite sonhei que jogava xadrez com a morte, atormentado pela revelação do fim. Eu queria tirar Deus de dentro do meu coração, mas ele continuava como uma realidade assustadora. Era um Deus sem religião. Tinha medo da minha alma não ser imortal. Não queria que a minha vida terminasse assim. Eu tentava esconder minha estratégia no jogo, mas a morte lia meus pensamentos, sabia que eu ia atacar com uma combinação de bispos e cavalos, quebrando seu flanco. O barbeiro Achilles também estava lá. Ele me ajudaria. Você o conheceu. Foi ele quem me ensinou as regras do xadrez e me inspirou a ser médico. Se eu vencesse a morte, viveria por mais um tempo.

— Para que viver mais? Você mesmo disse que a vida é um nada...

— Para conviver um pouco mais com meu neto Facio. Ele está um homem. Nós nos amamos muito. Acho que a idade e meu neto me fizeram mais doce do que eu era antes... Sempre tive o coração frio, ao contrário da cabeça. *Freddo in cuore e caldo di testa...*

— Gostei do seu livro, Girolamo. É diferente dos demais. Não sei dizer ao certo...

Cardano sorriu e fechou os olhos.

— É minha vida...

Kenneth esboçou um sorriso, com uma ponta de tristeza. Perguntou sobre o neto querido do médico.

— Facio não mora mais aqui?

— Não, está fazendo a vida dele. De vez em quando vem me ver. — Cardano respirou com dificuldade, tossiu e voltou a falar vagarosamente:

— Quanto a tirar Deus de dentro do meu peito, Kenneth, saiba que foi apenas um pesadelo de um devoto da Igreja de Roma... Mas, diga-me, caro amigo, tenho que perguntar: Deus tem religião?

Kenneth ficou em silêncio por um momento.

— Posso dizer que minha religião é o caminho para Deus. E também o caminho para a ciência. Por isso tantos clérigos fazem descobertas, não é mesmo? Você, que é um homem da ciência, acredita nisso que eu falei?

— Acredito, amigo. Mas também acredito em outras coisas... Refiz meu horóscopo. Minha carta astrológica mostrou que eu vou morrer amanhã. Meu pai morreu após nove dias sem comer. Isso também acontecerá comigo...

— Não está jejuando de propósito, está? — perguntou Kenneth, preocupado.

— Não sei, não tenho vontade de comer.

Kenneth olhou para o servo.

— Ele está recebendo comida adequadamente?

— Há mais de uma semana recusa tudo, padre — respondeu o servo. — Só toma sumo de frutas.

Kenneth levantou a cúpula de metal que repousava sobre a comida.

— Minha nossa, Girolamo! Batatas com o molho da fruta tomate! É por isso que estava sentindo um aroma delicioso. Não tínhamos isso na nossa infância, rapaz! Vai recusar esse banquete?

Girolamo fechou os olhos. Kenneth suspirou, triste por presenciar o fim da vida do amigo, mas com o contentamento de poder compartilhar as lembranças do passado.

— Tenho viva a recordação de quando sua mãe conversou comigo, na época em que passei por Milão — revelou Kenneth, sentando-se novamente ao lado do médico. — Disse que estava guardando dinheiro, pois sabia que entrariam em uma fase difícil. Disse também que, apesar de ser um segredo de confissão, eu poderia revelá-lo quando ela já tivesse partido.

Girolamo se arrepiou ao lembrar de sua mãe falando ao morrer: "Converse com seu amigo, ele sabe o segredo..."

— Contou-me que saía de casa sozinha para se dirigir ao ourives — continuou Kenneth — a cada semana, trocava o dinheiro por moedas de ouro ou joias. Na época, perguntou-me se era pecado esconder uma parte do que recebia do marido. Respondi que, sendo um motivo honesto, em prol da família, não haveria problema.

Cardano ficou em silêncio. Lembrou-se de como a mãe convenceu a todos que guardava terra dentro das arcas e enfrentou o pai para continuar a andar pelas ruas de Milão semanalmente. Depois de um momento, ele confessou a Kenneth que nunca desconfiara de nada.

— Agora percebo como tinha sempre algum dinheiro para as necessidades quando morava em Sacco... Eu só jogava, como se fosse uma criança feliz, mesmo sendo impotente com as mulheres.

— Sim, exatamente como uma criança — analisou Kenneth. — Tinha a pureza do corpo, brincava o tempo todo e sabia que havia uma mãe por trás, zelando por tudo. A infância que não tivera, pelo jeito.

— Lucia e minha mãe foram pessoas importantes na minha vida, Kenneth. Eu não enxerguei.

— Posso estar errado, mas acho que pelo menos uma delas era seu anjo. Talvez as duas. Deus utiliza anjos como protetores e às vezes os envia à Terra.

— Anjos? — Girolamo refletiu um pouco. — Anjos podem assumir a forma corpórea?

— Para Santo Tomás de Aquino isso é impossível, pois anjos seriam apenas criaturas espirituais, mas São Justino disse que os demônios podem ser, por exemplo, filhos de anjos caídos. Os anjos poderiam até ter relações carnais com mulheres, segundo Justino.

— Como não percebi antes? Nem Lucia nem minha mãe falaram nada sobre isso... — Cardano olhou para o vazio.

— Anjos não esperam reconhecimento, amigo. Apenas agem. Só que não têm consciência disso quando estão junto a uma pessoa, a um corpo. No capítulo sobre Anjos da Guarda, você diz que pode ter recebido ajuda de entidades angelicais, não é?

— Não falei nada sobre elas... Lucia e minha mãe foram esquecidas em meus escritos...

— Nem sempre as coisas mais importantes são registradas em um papel, Girolamo, você sabe disso. Lucilla desapareceu da sua vida exatamente quando Lucia nasceu em Sacco. Sua mãe me falou as datas. Foi só juntar as informações. Lembre-se de que Lucilla é luz, assim como Lucia. É o mesmo nome. Pode ser que sejam o mesmo anjo; antes incorpóreo, só existindo nas suas visões; depois desceu à Terra.

— Chiara também traz claridade... Chiara é luz — completou Cardano. — Como fui cego...

— Sua mãe teve que abdicar de três filhos para ter você — revelou Kenneth — e ela não tinha consciência dessa missão. É compreensível que tenha ficado revoltada no início. Estive pensando... Quem sabe você não tenha sido o anjo de outras pessoas, Girolamo? Você se dedicou a escrever, sofreu muito, abdicou de três filhos e influenciou-nos nessa época. Provavelmente influenciará outros que ainda nem nasceram. Estamos em setembro de 1576, amigo. Talvez escrevam sobre você daqui a quatro ou cinco séculos. Sua missão certamente foi muito complexa.

— Em breve acharei que você também é meu anjo — falou com dificuldade Cardano, rindo e tossindo junto. — Estava no momento certo, na Escócia, quando precisei. Está aqui agora, abrindo meus olhos para o que eu não vi...

— Sou apenas um padre, *messer* Girò.

— Então me dê a última unção, padre. Vejo Lucia em pé à sua direita e Chiara, minha mãe, à sua esquerda. — Cardano fez uma pausa. — Não desapareceram quando falei o nome delas...

— *Signor* Girolamo Cardano, está preparado?

— Estou.

Após a confissão, Kenneth iniciou o último sacramento.

— *Confíteor Deo omnipoténti, beatæ Maríæ semper Vírgini...*

Os sons da cidade entravam pela ampla janela do aposento. Ao longe, era possível avistar o morro do Campidoglio.

A noite caía quando Kenneth deixou a casa de Girolamo Cardano. Foi a última vez que conversou com seu amigo.

Vinte e quatro anos após a morte de Cardano, no início do século XVII, a peça *Hamlet* estreou em Londres com o monólogo que se tornaria o mais conhecido da história do teatro, inspirado na versão inglesa do livro *De Consolatione*.

Posteriormente criou-se o termo febre tifoide para a doença febril com manchas no corpo descrita pelo médico de Pavia.

Passaram-se alguns séculos até que veículos motorizados circulassem em grande quantidade pelas metrópoles equipados com o eixo cardã, termo utilizado em homenagem a Girolamo Cardano.

Quinhentos anos após seu nascimento, todo estudante do curso superior de matemática tem contato com a fórmula de Cardano, a solução para a equação do terceiro grau.

Para quase todos os colegas médicos, no entanto, ele nunca existiu.

Posfácio

Como especialista em Alergia e Asma, deparei-me com um artigo científico da década de 1940 que comentava o que poderia ter sido o primeiro registro histórico de uma intervenção terapêutica antialérgica eficiente, a chamada higiene ambiental, em relação a um paciente asmático: afastar as penas do quarto. O médico em questão chamava-se Girolamo Cardano. O paciente, John Hamilton.

Achei interessante a citação e, a título de curiosidade, fiz sua inclusão nas aulas que dava para colegas em várias regiões do Brasil. Percebi que o nome do médico renascentista era completamente desconhecido em meu meio profissional. Mesmo especialistas de reputação internacional nunca tinham ouvido falar sobre aquele relato.

Ampliei minha pesquisa e gradativamente me apaixonei pelo tema, que tinha interface com várias áreas do conhecimento humano. História, Filosofia, Artes, Matemática, Psicologia, Medicina... Mais incrível foi conhecer a trajetória de um médico que chegou ao fundo do poço quando jovem, atingiu o ápice e teve nova queda. Uma sequência digna de um épico hollywoodiano de quatro horas de duração.

Para o historiador especialista em Renascença Anthony Grafton, Cardano reviveu o mito de Narciso, ao reler seus livros inúmeras vezes, recontar sua vida em várias versões e se perder no prazer da inspiração de seus próprios escritos.

Mesmo não sendo italiano, eu contava, a meu favor, minha experiência familiar, que incluía uma mãe especialista em Matemática, um pai ateu, uma tia freira, um tio professor de História e um avô barbeiro-cirurgião (que nos tempos de Getúlio Vargas tinha o título de técnico em farmácia).

Também deu-me confiança em encarar este projeto a vivência que tive na Europa. Morei e trabalhei na França, na Inglaterra, na Suíça e fiz retiro espiritual em conventos de Assis e Milão, onde aprendi um pouco da língua italiana. Fiquei mais surpreso ainda em descobrir que tinha passado exatamente pelos mesmos lugares que Cardano conheceu em sua viagem à Escócia.

Escrever outra biografia seria restringir um thriller tão palpitante. Decidi-me então por enfrentar o fio da navalha do romance histórico, com o calcanhar de Aquiles de não ser um historiador.

Com uma agenda cheia entre compromissos profissionais e intensa participação familiar, tive que subtrair duas horas de sono e, por mais de um ano, escrever durante a madrugada.

Para a empreitada, utilizei um narrador que, à exceção do capítulo final, funcionou como uma sombra do protagonista. Importante: não tinha conhecimento do futuro. Dessa forma, compartilhava os mesmos conceitos da época e não poderia dispor de um linguajar contemporâneo. Para não comprometer a fluidez, evitei parênteses, aspas e notas de rodapé. Não resisti à tentação, no entanto, de inserir três referências posteriores ao século XVI: uma peça de teatro, um romance histórico e uma obra cinematográfica, que emprestaram algumas palavras à narrativa.

Quatro personagens foram criados. O primeiro foi Lucilla, a versão incorpórea de Lucia. A vidente Di Filippi representou os inúmeros relatos premonitórios registrados que chegaram até nós, os chamados "portentos". O barbeiro-cirurgião Achilles deu sentido à preferência do protagonista pela Medicina, em detrimento do caminho natural para o Direito. Cardano não relata em seus escritos a razão para a decisão. Por fim, e mais importante, o anglo-italiano Kenneth, que acompanhou a vida do médico, colaborando para o entendimento do contexto britânico, para a tradução da palestra sobre o livro *De Consolatione* e participando da fictícia revelação final.

Um quinto personagem merece menção: o amigo de infância Ambrogio Varadei. Não existe praticamente nada sobre ele, apenas um comentário na autobiografia: "meu amigo de juventude. Juntos jogamos xadrez e nos divertimos ouvindo música". Tomei a liberdade de criar uma trajetória de aventura, que unisse a Europa às novas terras do além-mar.

Não há registro do encontro de Cardano com Aldo Manuzio, Nostradamus, Villegagnon, Ambroise Paré, ou Montaigne. É certo que estiveram nos mesmos lugares no mesmo período. Podem ter se encontrado. Ademais, o círculo de pessoas letradas na época era muitíssimo mais restrito do que hoje e Girolamo Cardano tornou-se uma figura bastante conhecida nas cortes de diversos países.

O nome Andreas Vesalius é familiar aos médicos, pois representa o olhar moderno da Anatomia. Correspondeu-se com Cardano, que, no entanto, relatou não conhecê-lo pessoalmente. Desta forma, não há o encontro dos dois neste livro.

O debate com Branda Porro e a surpresa geral por ele ter errado uma determinada palavra foram relatados pelo próprio Cardano, mas a discussão sobre a obra de Homero é fictícia. Apenas alguns trechos da tradução de Livius Andronicus para a *Odisseia* chegaram aos nossos dias.

Exemplos de escritos e desenhos retirados de livros da época compõem as ilustrações, com exceção do rascunho feito à mão de um eixo do tipo cardã. Não se sabe com certeza que figura inspirou a criação da junta automotiva atual.

Durante o processo de criação, utilizei *De Vita Propria Liber*, a autobiografia do protagonista, checando simultaneamente as traduções em inglês e italiano com o original em latim, do qual selecionei algumas frases. O ostracismo no qual caiu a figura de Cardano pode ser explicado, pelo menos em parte, pelas acusações de irreligiosidade que proliferaram nos séculos seguintes e pelo prefácio escrito por Gabriel Naudé para o livro, em 1643, que considerou o médico louco e, possivelmente, possuído pelo diabo.

Além dos livros que serviram de base para a ambientação histórica, também reli e comparei, em cada etapa do projeto, seis das biografias disponíveis.

O livro de Henry Morley, em edição inglesa de 1854, é ponderado e informativo. Contém a tradução de muitos trechos do livro de preceitos para os filhos, escrito por Cardano. Pode ser lido no Google books.

O estudo biográfico do britânico William George Waters, do final do século XIX, é, no geral, mais envolvente, excetuando alguns longos trechos da autobiografia de Cardano que são inseridos no decorrer do livro. A Forgotten Books fez uma reimpressão recente, que pode também ser encontrado gratuitamente na internet (Projeto Gutenberg) e no Kindle.

A obra de Angelo Bellini, de 1947, é rica em detalhes e julgamentos morais. Curiosamente, contém muitos diálogos, compondo, dessa forma, uma ficção dentro da biografia, tarefa que dificilmente um historiador atual veria com bons olhos.

As três biografias citadas caem em um pós-clímax, após os eventos principais da derrocada de Cardano, que é difícil de transpor.

Oyster Ore, em 1953, recontou a história de Cardano, do ponto de vista dos matemáticos, no livro *The Gambling Scholar*. A grata surpresa fica por conta da segunda parte, em que foi acrescentado, na íntegra, traduzido para o inglês, o livro *De Ludo Aleae*, sobre os jogos de azar.

Em 1969, Alan Wykes escreveu uma biografia mais sucinta, bastante agradável de se ler. Discute a sexualidade de Cardano, uma questão não abordada anteriormente (para a qual não há uma certeza definitiva) e cita Maimônides como uma fonte importante para o médico em sua tarefa de tratar a asma do arcebispo escocês. Wykes comete, no entanto, uma falha imperdoável: coloca a figura de Tartaglia como um inimigo atormentador até o fim da vida de Cardano. O problema é que o matemático de Brescia tinha morrido muito antes.

A biografia escrita por Anthony Grafton, publicada em 1999, é espantosa. Focando do ponto de vista astrológico, *Cardano's Cosmos* é baseada em uma pesquisa longa e aprofundada. Trouxe à luz vários aspectos novos e interessantes do médico que tinha banners com a inscrição *Tempus Mea Possessio* em seu gabinete de trabalho. O tempo está em minha posse, acreditava.

Entre aqueles escritos pelo próprio Cardano, foram importantes em minha pesquisa consultar os livros *Imortalidade da Alma*, em espanhol (um PDF gratuito que pode ser encontrado no site italiano do Projeto Cardano – cardano.unimi.it), *De Consolatione, De subtilitate* e os já citados *Ars Magna, De Ludo Aleae* e *Praeceptorum ad filios*. Para quem deseja mais informações sobre a bibliografia, acessar o site www.raulemerich.com.br, no setor "livros".

Aqui valem parênteses: quase todos os livros de Cardano são encontrados no conjunto das obras completas (*Opera Omnia*) que foi publicado no século XVII, disponível na internet, mas muitos ainda estão em latim, não traduzidos. Devido a isso, pode-se especular que ninguém até hoje tenha dominado toda a obra do genial escritor.

Uma edição de 500 exemplares do livro de preceitos foi editada na Itália (*Precetti ai figli*, em lâminas de papel vergê) em comemoração ao quinto centenário do nascimento do médico de Pavia.

O livro da Consolação (*Three books of Consolation*, Londres, B. Aylmer) vale a leitura, apesar de ser (ou exatamente devido a isso) uma tradução de 1683. A grafia e a construção de frases em um inglês do século XVII foi emprestada e adaptada para a fala de Kenneth, no momento em que coloquei Girolamo Cardano fazendo uma palestra na Escócia.

Para quem deseja o prazer (e tem a possibilidade) de portar uma edição original, publicada bem perto da época de Cardano, a Amazon.com disponibiliza um exemplar do livro *De Subtilitate*, de 1611, por 17 mil dólares. Uma bagatela.

Raul Emerich.
São Paulo, maio de 2012.

Agradecimentos

À minha esposa Marília e filhas Mariana e Rafaela, por suportarem os devaneios do autor.

A Myriam Carvalho dos Santos, professora, pela primeira revisão e, acima de tudo, pelos comentários agudos e pertinentes.

A Eduardo Adas, sócio da Soap (State of the art presentations), pela parceria na produção de palestras e estímulo para escrever um novo livro.

A Lorenzo Francesconi, diretor da Euroweb, pelas preciosas dicas sobre a língua italiana.

Ao falecido avô Raul Achilles Emerich, fundador de um vilarejo em Barra Alegre, no município de Bom Jardim (RJ), pela inspiração e exemplo de vida.

Aos pacientes e amigos que acompanharam o processo e, de vez em quando, perguntavam: "Com quantos anos está mesmo o Cardano?"

Aos pais, Eda e Fausto, pela formação e incentivo.

A Marialuisa Baldi e Guido Canziani, diretores do Progetto Cardano e professores do Departamento de Filosofia da Università degli Studi de Milão, pelas discussões enriquecedoras sobre o tema.

À Società Storica Lombarda, em Milão, na pessoa de Antonio Fusi Rossetti, pelo acesso a documentos históricos do século XVI.

A Paolo Pissavino, professor de Filosofia da Universidade de Pavia, pela troca de ideias e acesso à biblioteca antiga.

À arqueóloga Nádia e à professora de Letras Nicoletta, pela apresentação dos detalhes históricos das cidades de Milão e Pádua.

A Andrea Franzioni, assessor de Cultura de Cardano Al Campo, pela recepção calorosa quando o autor visitou a cidade.

Ao tio Edson Mello e Silva, professor de História, o primeiro leitor deste livro, que de forma empolgada pediu para que Cardano voltasse como personagem em uma nova obra. Girolamo Cardano novamente? Talvez...